大林药铺 上

谭以牧 —

著

APETIME
时代出版传媒股份有限公司
安徽文艺出版社

图书在版编目（CIP）数据

大梦药铺：上、下 / 谭以牧著. -- 合肥：安徽文
艺出版社，2023.12
ISBN 978-7-5396-7832-0

Ⅰ.①大… Ⅱ.①谭… Ⅲ.①长篇小说-中国-当代
Ⅳ.①I247.5

中国国家版本馆CIP数据核字(2023)第147754号

DAMENG YAOPU（SHANG、XIA）

大梦药铺(上、下)

谭以牧 著

出 版 人：姚　巍
责任编辑：宋潇婧
装帧设计：罗静颖

出版发行·安徽文艺出版社 www.awpub.com
地　　址：合肥市翡翠路1118号　邮政编码：230071
营 销 部：(0551)63533889
印　　制：北京盛通印刷股份有限公司 电话：(010)52249888

开本：880mm×1230mm 1/32　印张：19.25　字数：570千字
版次：2023年12月第1版
印次：2023年12月第1次印刷
定价：78.00元

目录

CONTENTS

大梦 引

见苔生

他们都有七窍玲珑心

不该问的不问

不该说的不说

— 1 —

天蒙蒙亮，兴旺镇上的鸡鸣了三两次，身穿白衣的少女白沐和身穿黑衣的少年黑芒抬着一个装满脏衣服的大木盆，吭哧吭哧地往河边走。

在兴旺镇，这条河就是镇民赖以生存的母亲河。人们白天在河边洗衣服、洗菜、淘米……每当落日时，便有人在河里嬉戏，欢声笑语不绝于耳。

黑芒身高约七尺五，肌肤雪白，容貌秀气，身材高挑瘦削。他开心时双眼会弯成月牙，嘴角微翘，是一个温柔的倾听者。

他旁边的白沐脸颊上有一个桃花形的印记，一双杏眼又大又圆，脸上总是透着红扑扑的胭脂色。她扎着一个高高的马尾辫，走路时一蹦一跳的，仿佛遇到了什么快乐的事情。

他们走到河边放下盆，白沐手握捣衣棍，取出一条长长的裙子，刚刚放入河里浸泡，忽然发现远处漂来一样东西。

天灰灰的，距离有点远，白沐凝神看了许久，还是看不分明，只觉得是黑乎乎的一团，好奇地问："黑芒，那是什么？"

黑芒极目看去，微微一笑。他脚尖点地，跃向长河，当即将那东西提到了岸上，笑着道："你看。"

原来是一个人。

此人衣衫破烂不堪，上面还挂着许多水藻之类的东西。他身上有许多伤口，有些被水泡得皮肉都翻卷了，看了让人难免头皮发麻。

白沐饶有兴味地打量着这个男人。他的脸很白，眼睫长而翘卷，轮廓棱角分明，五官精致，就像是手艺极好的工匠雕刻出来的艺术品一样。

白沐探了一探他的鼻子，发现还有气息。她眉头微皱，问："小黑，你说我们该怎么办呢？"

大小姐的宗旨是，如果能够不惹是生非，尽量置身事外。这个来路不明的人，说不定是被仇家追杀，所以才落得如此下场。他们若是贸然救了他，也许会引火上身。

"扔在这里吧！"黑芒笑着说出略显凉薄的话。

白沐的眉头皱得更紧了，有些不甘心，她的良知不允许她视而不见。她咬咬唇，问："真的不管了吗？"

黑芒仍旧笑眯眯的，不发表任何意见。

白沐服软，叹了一口气："好吧，我们到别的地方洗衣服，希望他能遇到一个好心人。"

白沐端起木盆正要往别处走，那男人忽然发出嘶哑的闷哼声，他身上若隐若现的橘红色鳞片让人没有办法忽视他的存在。

白沐与黑芒都停了下来，他们看着男人，若有所思。良久，白沐又开口："我们把他救回去吧！"

黑芒点了点头。他主意多着呢，但若是白沐有了提议，与他的想法一致，便听他的；不一致，就听白沐的。这意味着，他的想法一点儿也不重要，然而他甘之如饴。

他们把衣服扔在河边，各架着男人的一只胳膊往家里走去。一路上，他们反常地沉默着，他们知道，这次大小姐一定不会拒绝他们救人。

"吱呀"一声，木门开了。

一个美艳的女子正在后院晨练，她的身材凹凸有致，只穿着轻薄的雪色点花衫裙，披着一件艳色的大袖衫。她妆容冶艳，然而没有一丝风尘气。她单手撑着一个药架，使劲地压腰，听到门口的响动，转过头。

白沐、黑芒架着那人走进院子。女子皱眉："我不是说了我不救人，你们若是再动什么慈悲之心，干脆自己救好了。"

"大小姐，这人可不一般。"白沐立马解释，"他身上有……"

"鱼鳞"两个字正要说出口，她感觉到黑芒轻轻地推了她一下，当即闭了嘴。

白沐口中的大小姐玉瑶狐疑地打量着眼前这个伤痕累累的男人，沉默良久，才吩咐道："先把他放在后院的那张席子上。哎，你们不是去洗衣服了吗？衣服在哪儿？"

白沐看了黑芒一眼，吐了吐舌头。黑芒微笑道："我们现在就回去，衣服应该还在。"

玉瑶柳眉倒竖，喝道："快去，若是少了一件，扒了你们的皮！"

白沐拉着黑芒风一样溜了。

玉瑶将长发扎在脑后，走到男人身边。她猫下腰，仔细地盯着男人的脸，端详了半天，才若有所思地道："怪不得白沐会动恻隐之心，这么好看的男人，就是我也要多看两眼。"

她暂时没有理解白沐所说的"这人可不一般"是什么意思，只以为白沐贪恋美色。于是她把这个男人晾在后院，不予理会。

现在是卯时三刻，她准备吃点东西后，就开门迎客。

院子里晾晒着许多几天前从山上采来的药草，这几天天气正好，若是再过两天，兴许就要下雨了。她得早点把这些药材分门别类地一一装好，等到下一个晴天再分批拿出来晒一晒。

她一顿不吃肉就心发慌，进厨房后，把前两天做好的筋头巴脑切了，又烙了两张饼子，盛了一碗小米粥，拿到后院，搬出一张凳子，对着将要升起的太阳大口咀嚼着。

她面前昏迷的男人没有一点要苏醒的迹象，她也不理会，全当他是一条僵死的鱼。

她不怎么怜悯这个随时可能断气的男人，她只是在想，待会儿开张了，若有人发现后院里躺着一个人，她该怎么解释。

吃着吃着，男人忽然动了几下，先是手指，然后是他的腿。他口中发出嘶哑的闷哼声，脸上和身上再次浮现出橘红色的鳞片。

玉瑶的半张饼嚼得正香，见状停顿了一下。可这会儿男人又没了动静，她坐不住了，将饭菜放在一边，再次走到男人身边，蹲下身子。

她仔细地端详着男人方才浮现鳞片的肌肤，一时陷入了纠结之中——她应该救他吗？

也许在黑芒和白沐将这个人带进院子的时候，她平静的人生，注定将掀起波澜。

这是宿命，如晓风、晚烟、夜雨与梦中青苔，不请自来，她避无可避。

玉瑶的手伸向了他的衣领，嘴里还是骂了一句："冤家。"

多亏他碰见了她，不然就是华佗再世也救不了他。

— 2 —

在无庸城流传着这样一个传说，横公鱼是一种十恶不赦的妖怪，他们喜欢在夜里出现，吸取小孩的阳气，吞食大人的精气。

横公鱼化作人形的时候是没有腿的，就像鱼尾一样。只有强行把鱼尾斩断，他们才会生长出两条腿，那时他们就会与人类无二。

不过横公鱼化作人类并不是一件简单的事情，稍有差池，便会命丧黄泉。

玉瑶猜测，男人应该就是横公鱼妖。不知出于何种考虑，竟然斩断了自己的尾巴，想化作人类。

是个狠角色。玉瑶忍不住对他竖起了大拇指。

她又觉得有些奇怪，男人的变化与一般横公鱼化人有所区别。他似乎没有成功，又变回了横公鱼。在她的印象中，横公鱼一族从未有过如此先例，早前，只要化人失败，则必死无疑。

玉瑶将男人安置在客房，吐出自己的内丹，为男人疗伤。

半个时辰后，她才吞了内丹，将男人放平，替他盖好被子。

她伸了个懒腰，准备收拾一下就开张。

霞光漫过屋檐，屋脊上的瑞兽饮饱了昨日的露水，翘首凝望着远方。玉瑶开门的时候，发现门前站着一个老太太。

老太太佝偻着身体："小瑶，今天怎么这么晚才开门？"

"秦奶奶，"玉瑶解释，"我昨天晚上喝了酒，睡得沉了些。你腿疼的毛病又犯了吗？"

"是啊，昨天晚上一场秋雨，我疼得睡不着，想在你这里买些草药来敷一敷。"

"您先进屋坐着吧！"玉瑶把秦奶奶迎进门，发现她还带着两个烤玉米，她把烤玉米塞进玉瑶怀里，"你这小身板太瘦了，多吃些。"

玉瑶十分不好意思，推辞了半天还是收下了。

她知道秦奶奶没有药钱，只能靠这两个烤玉米抵账。为了让秦奶奶心里过意得去，她自然要收。

"这样疼，还是在孙大夫那里开个刀比较好。"玉瑶将药拿过来，一如既往地劝说。

其实说了也没用，可她还是习惯性地劝告一二。

秦奶奶果然只是笑笑，取了药，烤了一会儿火就走了。

不一会儿，商略从后院走了过来。他穿着青色的长衫，身上散发着浓郁的书卷气。

商略没有跟玉瑶打招呼，径直走向了前台，开始扒拉他最喜欢的算盘。

他就像一个工具人，不爱说话，只爱算数。只要他把工作做完，就会回去睡觉。招待客人这种事完全不能靠他，所以玉瑶虽然身为掌柜，但更像一个处处忙碌的小二。

这家药铺名为"大梦"，如此别致的药铺名在无庸城只此一家。比起什么李记、王记的掌柜，她也算一个有格调的人了。

白沐、黑芒曾经问她，为什么给药铺起这个名字。她的回答是，这家药铺看似存在，但迟早会像一场大梦一样，消失无踪。

听来有些伤感，不过他们心里明白，玉瑶只是不想自欺欺人。

都是失路人，都是他乡客。

今天没有发生什么特别的事，除了白沐救了一个特别的男人。

晚上几人聚在一桌吃饭，白沐突然问起："大小姐，那男人怎么样了？我待会儿去看一下吧！"

“草药的名字都认全了吗？你若有这闲工夫，不如继承了我的衣钵。你这样贪玩可不行，该让黑芒多管管你。”

“我今天又认识了十种草药，怎么贪玩了？”白沐昂头，不服。

“我问你，能活血的有哪些草药？哪些是相克的，哪些又是相合的？”

“你摆明了是不想让我去看，难道大小姐想独占这个男人吗？”白沐不满地噘噘嘴。

玉瑶放下了筷子，剜了她一眼：“有的人喜欢吃着碗里的看着锅里的，别到时候丢了芝麻又丢了西瓜。我吃饱了，你们慢慢吃吧！”

玉瑶是好性子，多么希望白沐能认清自己，和黑芒能走到一起。不过现在看来，这个愿望短期内是不可能实现了。

倏地七天过去。

在这七天里，玉瑶不辞辛劳地为男人擦洗身体，疗伤上药。

男人身上的伤口很多，而且又细又密，有一些处在十分隐蔽的部位。玉瑶每天都要换一遍药，等于将他上下摸了个遍。每当她的手碰到男人的肌肤时，总会涌现出一种异样的感觉。

她对男人有许多猜测，他的名字，他的来历，他的遭遇。

她对这个陌生男人又有诸多怜悯，要经历怎样的苦楚，才有如此多的伤痕。

第八天晚上，她照例给男人换药，手刚刚碰到他的衣领，他霍然睁开了眼睛。

他盯着玉瑶，手下意识地抓住了玉瑶的腕部。他没有说话，因为他看见玉瑶还捧着一盒药膏。

两人四目相对，久久沉默着。

终于，他松开了手。

“你醒了？”玉瑶把药膏放下，假装热情，“我还以为你不会醒了呢，这么多天了。”

男人没有理睬她。

今天的玉瑶依然穿着华丽的衣袍，美艳得让人挪不开眼睛。面前这人，倒也不算木头。

玉瑶准备再次给他上药的时候，他不自觉地躲开了。他看了一眼自己身上的衣服，还有各处涂抹均匀的药膏，脸上渐渐泛起了红云。

"我自己来吧！"他淡淡地说。

虽然他清楚自己这些天可能都被看光了，但是当他恢复了意识，还是忍不住感到难堪。

玉瑶点点头："等你换完了药，告诉我一声。"

"嗯。"

玉瑶出门的时候，把门带上了。

他拉开衣服，看着身上大大小小的均匀抹了药膏的伤，沉默。

光是看着，他便觉得害羞了。

怎么是个女人呀？他心里闪过这个念头，咬了咬嘴唇，又没有办法倾吐。

屋子里弥漫着浓郁的中药味，他丝毫不嫌弃，这里的味道倒是令他心安。

大约半炷香的时间后，他打开了门。此时，他已经将身上缠着的绷带全部换了下来，把药膏还给玉瑶："谢谢。"

斟酌了许久，他还是讲出了心中的隐忧："我……没有钱，也没有地方可以去，不知道能不能在你这里做工？"

— 3 —

"我虽然救了你，但我毕竟不是普度众生的菩萨。我这里本大利薄，多添一双筷子恐怕会承担不了。"玉瑶皱眉，顿了顿，"你有什么本事，讲来听听，看看能不能让我改变主意。如果你真的要留下来，我还得确保你没什么仇家，不会让我引火上身。"

男人又露出了难堪的脸色，他从来没有被一个人这么直白地评价过。他诚心地问："如果我真的想留下来，你希望我会什么？"

玉瑶反问："你觉得呢？"

男人想了想，才道："我不会给你惹事。"

"说是这么说，你能保证吗？"

男人不说话了，像一根木头杵在那里。

玉瑶看着他那木讷的样子，无奈地叹了一口气："我只管饭，没有工钱，有很多力气活，你若能干，我就留你。"

男人总算开口了："好。"

"对了，你叫什么名字？"

男人愣了一下："我……"

他犹豫良久，再次保持沉默。

玉瑶心想，原来他是头倔驴，对于无法解释的事情，他就不会开口。

她也不是对方心里的什么人，或许没有资格揭开他的伤疤。

不说就不说吧，她也不爱八卦。

"你今天先去后山捡些柴回来，然后把缸里的水加满。我待会儿上街给你买几套干净的衣裳。"

男人依旧言简意赅："好。"

玉瑶和他又沉默了一小段时间，玉瑶受不了了："你身上这么多伤，我干脆就叫你小伤好了，反正你也不肯告诉我名字。我叫玉瑶，是这家大梦药铺的掌柜，你可以跟他们一样呼我为大小姐或者叫我玉掌柜。"

他口里还是那个字："好。"

换好了药，他便拿起砍柴的刀，背着竹篓从后院出去了。

这是兴旺镇并不繁华的一角，读书人不多，也没有几个阔绰的人，但是邻里街坊之间关系很好。

他默默地沿着乡间的小道上山，默默地捡柴。

对玉瑶来说，她只是随手帮助了一个陌生人，可是对他来说，这是一次重生。

从今以后，他就叫小伤了。

小伤捡了柴火回到药铺的时候，发现玉瑶正在和一个少年谈话。

少年十五六岁，生得唇红齿白，腰身纤细，举手投足间给人一种中气不足的感觉。他的身量也不高，若是不细看，还会误以为他是个女子。

小伤提着水桶又要去打水，听到少年在抱怨，他的父亲想让他学武，可是他天生力气就小，不是这块料。

乡里乡亲间唠唠家常而已。

少年经常来大梦药铺买骨伤贴膏，算是这里的常客。

从他们的谈话里可以听出，少年名叫陈瑛，有一个比他大一岁的姐姐陈牧。姐弟俩长得十分相似，不过姐姐陈牧的体质比他好得多，从小力能扛鼎，气壮如牛。他的父亲为人保守，认为习武之事应该男人去做，至于女儿家，只要学会女红，找个好人家嫁了就行了……

小伤听了个大概，便去小镇的公用水井打水。他打完水回家的途中，陈瑛正好经过。小伤忍不住多看了他一眼。他只是普通的少年，耳后似乎有一个模糊的胎记。

陈瑛穿着普通的棉质衣衫，脚上趿拉着一双粗布鞋。看他这样子，他们家在兴旺镇不是大富之家，也没有穷到揭不开锅。

小伤回到大梦药铺，将水倒入水缸里。

他做完这一切，天已经黑透，玉瑶让他歇着，待会儿该吃晚饭了。

做饭之类的杂活都是白沐、黑芒干的，黑芒负责生火做饭，白沐负责浣洗衣裳。两人还跟着玉瑶上山采药，学习一些药理。

小伤无所长，不太爱说话，玉瑶见他难以沟通，便也不让他多做事。

今天他装满了水之后，就搬来一个板凳，坐在院子里呆呆地看着天空。

他看着天上的星星，思绪飞得邈远。

这里的百姓关系融洽，不爱计较。自家种的东西吃不完就会拿去分给别家，生怕浪费了。药铺后院的门开着，只要谁有什么想聊的，就大大方方地走进来说上两句，等聊够了又自然而然地离开。

家家户户都养着猫或狗，日出而作，日落而息，炊烟升起的时候，千家万户都飘着米饭的香气。

这才是生活。

他先前过的都不是生活。

那时的他只是被人簇拥着，按照别人的指示活着罢了。

第二天，一个妇人抱着她幼小的孩子前来求医，那孩子突然肚子疼，疼得满地打滚，昏厥过去。

镇上的孙大夫也瞧不出那孩子到底怎么回事。妇人一来没什么钱，二来抱着的孩子又没有意识，对孙大夫而言，于利于名，都算得上是亏本买卖。

有人提议让她来大梦药铺，说药铺的掌柜好说话，平时哪家若是有些难处，掌柜都会赊账。

虽然药铺掌柜不是大夫，但既然是卖药的，或许能帮上忙吧！妇人死马当作活马医，抱着自己昏迷不醒的孩子就来大梦药铺了。

"玉掌柜，玉掌柜，求你救救他，我就这么一个孩子。"妇人哭得梨花带雨。

玉瑶出言拒绝："我毕竟只是个卖药的，不是大夫，您还是去找个大夫看看吧！"

躲在门后的白沐急得开始抠门板上的碎木："她明明能救，偏偏选择视而不见，也不是第一次了。那些半截入土的倒也罢了，可这还是个孩子。"

她身边的黑芒微微笑着，不说话。

白沐越看越着急："她若不出手，我倒要出手了。"

黑芒问她："你若有救人的本事，何必只在这里打下手？我们和她不一样，你忘了吗？"

白沐这才停住，是了，他们和大小姐不一样，他们没有救人的本领。

不知什么时候，小伤也站在了他们的身边。他看着店外的情形，看着又是哭，又是跪，又是磕头的妇人，脸上并没有什么表情，似乎只是在看一场闹剧。

"小伤，不然你去劝劝大小姐吧，我说不动她。"白沐想，既然玉瑶救了小伤，也许看在小伤的面子上，她会帮这个妇人一把。

白沐还特意强调："你也是一个幸存者，现在别人有难了，你是不是也应该伸出援手？"

"如果是我的话，只要被拒绝一次就该走了。"

白沐没想到小伤竟然给她这样的回答，耳边响起的又是商略啪啦啪啦打算盘的声音。这间药铺里的人，真是一个比一个冷血。

白沐狠狠瞪了小伤一眼，气冲冲地去了后院。

黑芒转身跟了上去，很想告诉白沐——小伤的眼里没有任何感情，不会同情任何人，包括小伤自己。也许现在小伤自己都想不明白，为什么要活着，只因小伤冷血，不明白生命的意义。

— 4 —

周围人劝玉瑶："玉掌柜，你若是能救就帮一帮吧！"

再这样下去，他们都会觉得玉瑶会见死不救。

白沐气呼呼的，不说话。在院子里，她拿着把扫帚到处挥舞。玉瑶怎样被道德审判，她才不管呢！

就在玉瑶有嘴说不清的时候，小伤走了出来。众人都不知道这个衣着朴素的男人究竟是何来历，玉瑶也不知道他为什么突然间横插一脚。

玉瑶袖手旁观。

小伤走上前，给那孩子把脉，一番望闻问切，才淡淡地开口："我先给你开一服药，吃了这服药，夜里行了气就好了。"

妇人止住了哭闹。原本她给玉瑶出了难题，现在自己反倒被难住了。这个男人到底是谁？他的话可信吗？看玉瑶那副袖手旁观的模样，想来是不会管的。

玉瑶甚至十分凉薄地道："他只是我院里负责洒扫的小厮，我不知道他为什么敢给这个孩子看病，你若是信得过他你就信，这件事与我没有关系。"

小伤听完这番话，并不生气，只是用十分平淡的口吻跟那妇人道："现在没有人肯分文不取地救你儿子，你要是再耽误下去，或许他就没命了。我就在这里，你随时可以来找我。"

他那副冷淡的样子，却莫名让人信服。妇人动摇了，咬了咬牙："你开药方吧，我全听你的。"

小伤默不作声地往药铺里走。商略还在柜台后噼里啪啦地打着算盘。小伤瞥了他一眼，若说怪人，这药铺里都是怪人，他不算出挑。

"我要木香一钱、柴胡一钱、砂仁一钱、陈皮半两……"小伤对着商略说。

商略头也不抬，转身去取药。

不到半炷香的工夫，他把几包药扔给小伤："若是那妇人不能出钱，这笔钱都得你垫上。我听说你没有工钱，你要想办法把这笔钱给我。"说完，他继续低头算着账，仿佛比方才更加投入了。

小伤把药交给妇人，最后还是多了一句嘴："平时对他好一点。"

如果不是经常让孩子饥一顿、饱一顿的，孩子也不会因为忽然间遇到了一顿好吃的便吃成这样。

妇人愣了一下，表情难以捉摸。

等到这场闹剧落幕，玉瑶交叉着手臂，冷声问小伤："难道你从前是个大夫？"

方才小伤望闻问切，手法娴熟，仿佛行医多年。玉瑶对小伤的过往仍是十分感兴趣的，这份兴趣让她不愿去责怪他多管闲事。

小伤的回复依旧短得可怜："不是。"

他们都以为玉瑶是慈悲心肠之人，哪怕不赚什么钱，也要经营这个药铺，为的就是方便十里八乡穷苦人家买药。

可小伤苏醒的第一天就发现，玉瑶痛恨人类。

她之所以开药铺并不是为了赚钱，所以她并不追讨那些人赊的账，但她又绝对不会同情任何一个可怜的人。

小伤问玉瑶："你为什么如此绝情呢？"

"你也不肯告诉我关于你的一切，凭什么来问我？"玉瑶没好气地道，然后转身进了屋。

她穿着松松的鞋子，背影没入药铺的时候婀娜多姿，就像一朵渐渐被黑暗吞噬的红色花朵。

他们都有七窍玲珑心，不该问的不问，不该说的不说。

半夜三更，小伤在床上辗转反侧。

他身上的伤口隐隐作痛，若隐若现的鳞片在黑夜中泛着红色的光芒。他感觉到浑身灼热，皮肤瘙痒。五脏在翻江倒海，腥甜的气息不断地冲击着他的喉管。

小伤终于忍不住，睁开眼睛，呕出一口黑血。

他扶着床沿，头晕眼花。月光透过窗户漏进屋子里，映照在他苍白的脸和长长的头发上。尽管衣服松松垮垮的，但还能看出他的胸膛起伏不定。

他以为自己已经遗忘了，可是这些奇怪的变化还是不断提醒着他，他遭遇了一场可怕的噩梦。

悲切之感从小伤的心里涌出。他眼眶发酸，几乎要落下泪来。那种绝望和无助，在他的身体里生根、发芽，令他无法释怀。

就在他艰难地呼吸着的时候，后院的门忽然响了三声。

小伤好奇，穿上靴子起身，走到门边，悄悄拉开一条缝。

喝了许多酒的玉瑶，正在屋檐下沉睡。

黑芒和白沐同样听到了声音，白沐匆匆地下楼，黑芒随着白沐一起来到后院的门边。

来人有规律地敲击着后院的门，小伤不出声，可是黑芒和白沐仿佛接收到了什么信息，很快就将门打开了。

一个老人扶着一个青年男子艰难地走进院子。老人的声音在暗夜里格外沙哑："大小姐安在？我们遇到了一点麻烦，我的孙子被人袭击了，半条尾巴断了。"

方才还呼呼大睡的玉瑶，不知何时已经起身。

小伤躲在门后想，如玉瑶这样冷口、冷面、冷心之人，应该会对此视而不见。今天那妇人带着孩子，场面可比现在凄惨得多。

谁知玉瑶二话不说就将他们迎到了客房，客房的灯亮了起来。

玉瑶、白沐、黑芒，还有那一对爷孙在客房里，一整夜都没有出来。

小伤不免困惑，难道玉瑶只是选择性地救人，那妇人和这对爷孙究竟有什么区别？为什么她对妇人视而不见，却对这爷孙关怀备至？

小伤郁闷地捡起了一块木头，开始雕刻，余光瞥见墙角的苔藓多生了三五片。

秘密需要用秘密去交换，他舍不得说出自己的秘密，自然也不能奢望玉瑶告诉他什么。

时日久了小伤才发现，玉瑶对这个小镇的人完全没有怜悯之心，唯有半夜在后院敲三下门进来的病患，才能得到她的优待。

也许这就是她看病的规矩，那些不知道规矩的人，不配得到她的救治。

只是小伤不明白，自己和那些人又有何区别。

他暗暗祈祷，希望玉瑶没有发现他身体的异样。

有清音

天地若有盛意

山水总能相逢

三十年一念而逝

比梦还短

— 1 —

"发生了一件大事。"陈瑛刚刚进药铺，水还没来得及喝一口，便咋咋呼呼地开口了。

玉瑶正在整理药架，闻言翻了个白眼。

她这儿只是一间药铺而已，什么时候变得如茶馆一般了？怪只怪她的熟客太多。她少不得装出一副感兴趣的模样，嫣然一笑，问："又怎么了，我的小祖宗？"

"驱妖门招弟子，爹逼着我去呢。"陈瑛愁眉苦脸。

"那你去便是了，多大点事。"玉瑶不理解他的忧心，问，"去了又能怎么样？"

"你知道我体格羸弱，根本不会那些，去了不过让人笑话罢了。我爹希望我能进驱妖门，里面的驱妖术士可威风了，能驱魔卫道、匡扶正义，又受人尊敬，吃穿不愁。"陈瑛叹了一口气。

无庸城是一个人、神、妖、魔共存的地方，主城无庸城周围有九个辅城，城中有大大小小的郡、县、镇和村庄，郡、县、镇中有许多世家望族，也有许多修道伏妖的宗门。

驱妖门便是在主城无庸颇有声望的一个宗门，宗主陆昶膝下有两名爱子，长子陆昶是陆昶关门弟子，未来的宗主继承人；次子陆翡没有修仙的灵根，但擅长处理宗门琐事，是这次招弟子的主要负责人。

在无庸城，想成为驱妖门的弟子，除了测试是否有灵根外，体格也不能太弱。

难怪陈瑛的父亲常常督促陈瑛习武，原来是希望他进驱妖门。

"他年轻时也报过名，可惜没有灵根，一直是他心头的遗憾。我出生后，他立刻找人给我测试，发现我有灵根，高兴得当天就买了肉。"陈瑛苦笑，"就我家这条件，吃顿肉多不容易。我当然知道，他哪里是把我当心肝宝贝，只不过觉得我能实现他未竟的愿望，把欲望强加在我身上罢了。"

玉瑶听到"心肝宝贝"四个字，没来由地起一身鸡皮疙瘩。

让陈瑛生发男儿豪气，绝对是陈父做得最错误的一件事。

玉瑶将跌打药膏打包，交给陈瑛，模棱两可地安慰几句："你若是真的不喜欢，他又如何勉强？放宽心，让事情自然地发生吧，该做什么就做什么。"

陈瑛也不幻想玉瑶能给他什么实际的帮助，发了两句牢骚，照常离开了药铺。

小伤躲在门后，发现玉瑶在走神。

她看着陈瑛的背影若有所思。

陈瑛耳郭后火焰色的胎记，若隐若现。玉瑶的眼睛微微瞪大，突然间追上去："等一等。"

陈瑛疑惑地转过身："怎么了？"

玉瑶死死地盯着他的脸："如果日后遇到了什么难处，一定要找我。记得，一定要找我。"

陈瑛莫名其妙，他知玉瑶好心，但不知她原来这么热情。

"我若是真的遇到了什么麻烦，只要姐不嫌我啰唆，我自然会来找你的。"

玉瑶舒了一口气："那就好，那就好。"

她有些失神地回了药铺。

玉瑶真是一个怪人，不仅陈瑛这么觉得，小伤也这么觉得。

往后院走的时候，玉瑶发现小伤正在偷懒，冷冷地瞥了他一眼："你可别闲着，现在伤好了，更应该多做些活。我不盯着你，你自己也该勤快些，应该知道自己平日里吃了多少饭吧？"

小伤尴尬地咳了咳，继续扫地了。

她真是一个苛刻的掌柜，只不过多添了两碗饭，就想着多压榨一些他的劳力了。

这天天气甚好，玉瑶在院子里发了一会儿呆，忽然想起了什么，把小伤叫了过来，问："你上次给那妇人开的什么药？前几天我赶集的时候看见了那孩子，活蹦乱跳的，好极了。"

"行气调理的药方而已，他吃多了东西，伤了脾胃。"

"那么你应该也通些药理吧？"

"耳濡目染久了，多少懂一些。"

"那便好了，小黑、小白那两个木头听不懂我的话。你收拾收拾，待会儿跟我一起上山采药吧！"她也不再问小伤的来历，只当他是天赐的工具，能帮她分担一些苦恼之事。

小伤闷闷地点头，等他收拾好了，便背着竹篓，与玉瑶一起从后院往山上走去。

河流顺着山峰缓缓地向下流淌，他们沿着蜿蜒的小道跋涉前进。山上的草木繁多，无数的蚊虫藏在隐秘的角落，等待着饱餐一顿。本来早上还有灿烂的太阳，中午时分，天气陡然转阴了。

他们已经来到了半山腰，玉瑶正在寻找灵芝。山野菌菇总是藏在不为人知的角落里，或者是悬崖绝壁之上。玉瑶找得满头大汗，忽然一阵风吹来，她只觉得浑身舒爽。

"你就不能讲一两句话吗？你不觉得我们两个人在一起的时候，就好像只有我一个人一样。"玉瑶坐在一块石头上休息，非常不满地埋怨着。

小伤杵在那里，不知所措。他自小便没有哄女孩子的本事，从来只有别人追求他，他对别人自是不屑一顾的。

玉瑶自己扇了一会儿风，发现他还直愣愣地站在那儿，便朝他伸手，道："给我松松骨吧，我这筋骨都酸了。"

"哦。"小伤走过去，倒有些手足无措了。他又不敢碰对方了，毕竟男女授受不亲。

"还愣着干什么，我是个大夫，你身上我都看遍了。"玉瑶很是不耐烦。

听到"看遍了"三个字，小伤又羞臊地红到耳朵根。

这世上怎么会有这么大大咧咧的女人？

他迟钝地握住了玉瑶纤细的手腕，沿着手腕到胳膊肘、肩膀，有一下没一下地捏着。

"没吃饭呢，力气这么小。"

小伤被她这么一激，忙加大力度。谁知玉瑶又怪哼起来："你这也太使劲儿了吧，我这么细的胳膊，几乎要被你弄断了。"

小伤摸索了半天，终于找到了一个合适的力道，继续给玉瑶按摩。

"这就对了嘛！"

玉瑶瞥了一眼天色，竟然阴沉得如浓墨一样，瓢泼的大雨倏忽而至，两人都始料未及。

他们就近找了一块山岩，躲在背风处。虽然不能完全遮挡雨水，但好歹挡住了狂风夹雨的攻击。

"你说你是不是扫把星，出门的时候天色还好好的。"玉瑶那一张利嘴从来不饶人。

小伤有些无奈，不知道如何回应，只能挡在外面，让她少淋一点雨。

雨一时半会儿停不下来，玉瑶又冷又狼狈，苦中作乐的她忍不住打开话匣子："其实半夜三更有人敲门的时候，你都听见了吧？"

小伤不好隐瞒："嗯。"

"你知不知道我接到客房里的都是什么人？"

小伤觉得自己应该保持缄默，他摇了摇头。

"我留你在药铺，这些事本身也不该对你隐瞒。只不过你是新来的，我多少得考验你一下。我觉得你虽然寡言少语，但不是奸猾之人。告诉你也无妨，因为你迟早要给我打下手。"玉瑶难得对他如此坦诚，"我不是一个为人治病的大夫，我只给妖怪看病。"

小伤露出难以置信的表情。在雨水打在玉瑶的脸上时，他看见玉瑶的瞳仁竟然变成了金黄色。他的心慢慢掀起涟漪，顷刻间化作惊涛骇浪。

"为什么这么害怕？你不也是妖怪吗？"玉瑶笑问。

小伤一时无措："我……"

"好了，我不会说出去的，"玉瑶伸了个懒腰，"我又不是什么长舌妇。"

她在救他的第一天就发现了，他的身上会浮现鱼鳞。

小伤十分尴尬，他不是妖，不过如果玉瑶的误会对他有好处，他便不做解释。

雨渐渐停了，两个人采了药，回了药铺。

对于玉瑶为什么做妖怪大夫一事，小伤没有问。不过他相信，玉瑶一定能让他过上平静的生活。

小镇宁静，无事过这一生便好。

— 2 —

那个叫陈瑛的少年又过来买跌打药了。他看起来有些狼狈，似乎是招惹了谁。

"前几天不是才取了药，怎么今儿就用完了？"玉瑶将新采的药交给白沐、黑芒。

陈瑛一脸郁闷："别提了，我见有人强抢民女，刚出头就被人一顿揍。"

小镇里有一伙横行霸道的家伙，为首的地痞流氓叫八哥，总是横行乡里，鱼肉百姓。陈瑛大抵就是被那伙人所揍。

玉瑶给他上药，跌打药刚碰到伤口，他禁不住发出吸气声："轻点。"

没那金刚钻，偏揽瓷器活，玉瑶还没笑他学人路见不平拔刀相助当英雄，他倒指挥起她来了。玉瑶"呸"了一声："嫌我手重的话，去隔壁孙大夫那儿看去。"

"姐，你别生气呀。"陈瑛连忙道歉，"我这人不会说话，但刚才绝对没嫌弃你。"

玉瑶挑眉："谅你也不敢。"

敷了药，陈瑛忙下地走了走，十分夸张地道："姐，你的药真管用，这会子就不疼了。"

玉瑶哂笑："别以为夸我两句，我就原谅你了。"

"我说真的，看到你我就想到我姐。这天下，就数你和我姐对我最好了。"陈瑛说的是他的姐姐陈牧，不仅与他生得相似，还疼爱他这个弟弟。

"说到陈牧，我有好几天没见到她了，平时你们不都形影不离吗？"

"她学女红呢，要绣荷包到镇子上卖，补贴家用。"陈瑛呵呵一笑，"家里大事小事都离不开她，她不像我这么悠闲。"

"亏你还笑得出来，若是你能让身体好起来，她也不至于这么辛苦。"

"姐说得是，我这不是先天不足嘛，别人哪有我这问题，我就是想改也改不了。"陈瑛看了一眼天色，"瞧这天，黢黑黢黑的，我得回家了，家里的老母鸡还等着人喂呢！"

"走吧！"玉瑶一副好走不送的模样。

柜台边，商略还在计算这个月的流水。算着算着，他忽然抬头："掌柜，这些年大梦药铺浪费特别严重。很多药放到发霉也卖不出去，不如找人把压的库存清了。"

"找谁呢？"

"等着吧，自有贵人愿意收购。"商略说完这句话，又低头继续记账。他的脑子似乎只跟着钱走，别的他一概不管。

玉瑶哂笑一声，管他什么贵人，她开店又不是为了赚钱。

"只是养几张嘴而已，这点收入绰绰有余，剩下的药就扔给那些穷困潦倒的人吧！我挣个菩萨心肠的好名声，也少些人在我这里闹事。"

商略还是没有抬头，但他肯定不会听取玉瑶的意见。

他不会跟钱过不去。

能发财却不愿意好生经营，也太奇怪了，就算一旁观望的小伤想刻意忽视，也无法做到。

玉瑶的心思的确不在经营药铺上，也不在济世救民上。她偶尔在药铺内外转悠，大部分时间都不知去向。

小伤只来了一个月，对药铺的熟悉程度已经超过了玉瑶这个掌柜。譬如，铺子里最畅销的就是含麝香的跌打药酒，譬如，陈瑛是买药酒的常客。

只是陈瑛一连数日不见踪影，连玉瑶都开始嘀咕：这小子怎么回事？

陈瑛自小身子骨就不好，他的姐姐陈牧却天生神力。有陈牧的庇护，陈瑛无论闯多大的祸，都没人敢拿他怎么样。可最近这姐弟两人跟商量好了似的，一前一后从人们的眼皮底下消失了。

一日，玉瑶带着小伤外出买菜，却见陈瑛家门口人来人往，热闹非凡。

玉瑶好奇地走过去，才发现是陈家老爷子在大摆宴席，桌子都摆到大街上了，行道更是被占满了。

门口，陈瑛正在迎客。他一反往日打扮，穿了修裁得体的碧色云纹交领襕衫，踩一双玄色的靴子，头发束起，绑着条飘逸的发带。这身广袖青袍，与衣着朴素的村民对比鲜明，用实力证明了那句老话——人靠衣装马靠鞍。

玉瑶从未见过如此俊朗儒雅的陈瑛，就跟太阳打西边出来一样稀奇。她忍不住揶揄："都说女人要靠装扮，原来男的换件衣服也挺精神呢！"

不仅是她，周围人对陈瑛的变化都很惊奇。尤其是小伤跟前两个嗓门粗的，你一句我一句聊了半天，直接交代了事情的来龙去脉。

原来陈瑛通过了驱妖门的重重选拔，正式成为驱妖门的弟子了。

陈老爹高兴啊，半夜睡不着，挨家挨户发请帖。

"只要活得久，母猪能上树，没想到病秧子陈瑛也有进驱妖门的一天，往后岂不要成仙？"有人眼馋。

不怪他眼馋，听闻驱妖门中子弟修炼的术法不光能除魔卫道，还能益寿延年。尤其是他们的辟谷之术，可以让人不吃不喝也不饿。而且，进了驱妖门，靠冶炼天材地宝就能日入斗金。

在这个贫穷的小村子，普通人吃饱饭都是奢望，哪敢妄想修炼术法？

"我早该想到的，老陈一直跟我讲，陈瑛有灵根，我还以为他说胡话。"有人附和。

"他一早就给陈瑛测过了？"

"可不，要不大老远的，花那么多钱送他去报名？"

他们你一言我一语，越说越羡慕。到最后也不知道是在说陈家事，还是感叹自己的不如意。

论及无庸城陆家，又另起了一个话题。

陆家本家在兴旺镇，世代更迭上百年，族中子弟早就脱离了小小县镇，有的甚至扎根于主城无庸城。他们中有的做官、有的经商，还有如陆昶这一脉修仙问道的。

陆昶祖上便已大富大贵，位列三公，创立驱妖门后，更是声名远播，威震海内。凡人能和陆昶见上一面，都是上辈子修来的福分。若能得他点拨，未来必有大作为。

他们好奇的是，陈瑛是不是见过陆昶？

那陆昶到底生得什么模样，是否如传言所说，鹤发童颜，不老不死？

让玉瑶奇怪的是，先前陈瑛一直排斥进驱妖门，还说自己身体羸弱，不可能通过选拔，现在怎么稀里糊涂就被选上了？

这就是他最近没来大梦药铺买药的缘故？

"玉瑶姐。"玉瑶没有和陈瑛打招呼，他却主动唤她。

玉瑶一个不留神，把自己的疑惑问了出口："什么时候驱妖门也选病秧子了，陈瑛，你能行？"

"姐，你说的是什么话，"陈瑛笑了一下，"他们能选我，肯定有他们的道理。"

小伤漠然地站在玉瑶身后，只觉得陈瑛的笑容中藏有几分发苦的意味。

玉瑶又问："可你之前不是说不想进驱妖门吗？看来你口是心非。"

"是吗？"陈瑛眸光漾动，随后失声笑道，"姐，如果我从前真这么说过，你就当我少不更事、胡言乱语。驱妖门也没什么不好，你看看，爹娘他们现在多开心。"

他突然的成熟，让玉瑶不太自在。她试图问出他的言不由衷，可他滴水不漏，让人窥不到半分情绪。

—— 3 ——

这只是采买途中的一个小插曲。

玉瑶走到集市的时候，忍不住问小伤："短时间内一个人怎么会有这么大的改变？他一朝得志，以后该不会再来光顾我这小药铺了吧？"

小伤心道，如果她真的关心陈瑛，就该进去和陈瑛喝两盅，而不是走了还在这儿嘀嘀咕咕。

玉瑶偏不，为了避免给礼金，甚至没有蹭陈家的酒席。

"大白菜，一个铜板一兜。"菜摊，小贩笑嘻嘻地说了一句，玉瑶忽然间暴跳如雷。

"发大水了还是闹饥荒了？一兜白菜就敢收我一个铜板，你是不是生病的时候都不想买药了，那你赶紧去街头买一口棺材吧！"

大白天的咒人买棺材，小贩也急了眼："不买就不买，再说这种话，信不信我揍你。"

玉瑶发现了自己的失态，及时打住。

要入冬了，又到了大家囤白菜的时间。玉瑶犹豫片刻，直接买了三兜。

返程的时候，他们遇到了一辆疾驰而过的马车。马车呼啸而过，那速度，仿佛赶着去投胎似的。积水溅到了玉瑶的白裙上，她柳眉倒竖："走路不长眼，你瞎了吗？姑奶奶我何时受过这样的委屈？"

跟她相熟的邻居连忙阻拦："那马车上挂着陆家的牌子，你还是不要去招惹了。"

"招惹？明明是他们先来招惹我。"玉瑶咬牙切齿。

"听说从无庸城里来了贵人，陆二爷陆翡这才急忙从猎场赶回来了。"

"什么贵人？"

"什么贵人不清楚，但肯定跟城主司空辉脱不了关系。说不定是司空辉的亲信。"

"我当是谁呢，原来是王八底下的一条狗。吃饱了民脂民膏，现在来我们面前作威作福了。"玉瑶啐了一口。

想必商略所说的贵人，就是这位从无庸城过来的人吧！

这下玉瑶总算明白了商略在打什么小九九——兴旺镇盛产药材，他们若是能够跟无庸城城主府里的人搭上线，大梦药铺日赚斗金指日可待。

玉瑶想了又想，终究没有发作："小伤，我们走吧！"

小伤呆呆地站着，他的视线还停留在马车离去的方向。

"看什么？"玉瑶不解地问。

小伤这才回神："没，没什么。"

只不过是想起故人罢了。

他经常想一些人，然后悄悄地藏在心里。

小伤的神色有一丝落寞，很快，他又掩饰过去。

陈瑛自入了驱妖门后，一连三个月没有出现。陈家倒是肉眼可见地张扬起来，买新衣、喝小酒、吃大餐，陈父和陈母喜气四溢，逢人就炫耀。

"小瑶呀，我来买点跌打药。"这次来买药的竟然是陈父。

他的牙前年坏了，隔三岔五疼得嗷嗷直叫，今儿一开口，两排镶金的大牙格外晃眼。

买了跌打药，陈父也没有付账，见玉瑶皱着眉似有话要讲，陈父立马开口解释："别急，我这钱多了就忘带，待会儿我回家，给你三倍。等过几天陈瑛给我找好大夫，以后啊，我就不用再来这儿了。"

他那股神气劲儿，玉瑶真是难得一见。她只在心里暗笑，面上也不戳破，摆摆手："拿去吧！"

陈父嘿嘿一笑，出门时又补充了一句："没办法，自家儿子出息了，又是给钱又是请大夫，我拒绝都不行。"

他从前吃顿肉都抠抠搜搜，现在人生圆满，精神爽利，摆开架势享受，玉瑶只当他没见过世面，懒得理论。

晚上吃过饭，有人忽然在后院敲门。不是敲三下，而是杂乱无章地敲，似乎在发泄什么情绪。玉瑶不免有些好奇，急忙让黑芒与白沐去开门。

"谁呀？"白沐问了一声。

"是我，陈牧。"陈牧气闷地说。

玉瑶"咦"了一声，白沐已经开了门。

与陈瑛相比，陈牧不常到大梦药铺。但从前陈瑛惹是生非之后，陈牧一准能在大梦药铺找到他。她果然和陈瑛生得十分相似，甚至比陈瑛还要英气一些。

"你们姐弟也真是，敲门就敲门，怎么一个个都跟我有仇似的，弄得叮咣响。"玉瑶没好气，翻个白眼。

还是白沐笑着给陈瑛倒了一杯凉茶："喝吧，喝了它能消消火气。"

她也给玉瑶端了一杯："大小姐，你也喝些。"

"我没火，不需要。"玉瑶摆手，很干脆地拒绝。

陈牧从前出现的时候，都生龙活虎、步步生威，这次把砍柴刀往墙上一搁，竟是垂头丧气："我还喝什么茶？陈瑛出息了，我肯定要马上许配人家，到时候不得天天仰人鼻息，伺候没见过面的丈夫醒酒洗脚？"

听这口吻，原来兴旺镇里最羡慕陈瑛的，竟然是他的亲姐姐陈牧。

玉瑶分拣着药材，乐了："说得是，他原来身体比你差得多，怎么被选上了？"

"提这个我就郁闷。"陈牧今天上山，柴砍了一半，实在想不通，才来玉瑶这里发牢骚。

"他平时连只鸡都打不过，又向来没有远志，偏偏赶鸭子上架成功，世道不公平。

"玉瑶姐，你不知道我多羡慕他。爹从小重男轻女，我这样好的资质他不理不睬，愣是把陈瑛推出去。十几年辛苦化作东流，该什么命数还是什么命数，我不甘心。"

她这话，让玉瑶没来由地心中一动，叹了一口气："命数这事，哪有这么好改？"

陈牧抿抿唇，被她一说，剩下的话全憋了回去。

陈牧没敢告诉玉瑶，她之前还瞒着家里人，偷偷去驱妖门报了名，但连复选都没进。

其实她并不该埋怨陈瑛，只是觉得难受。

从小到大，爹爹从未抱过她，据说得知她是个女儿，他还想把她扔到村子边的河里，是娘一把鼻涕一把泪，才留下她这条命。

娘也不见得多疼她，尤其是陈瑛出生后。有了儿子，家人对娘青眼有加，娘也开始冷落她。

"女儿往后嫁了人，得些彩礼，咱们再给儿子置备些行头，好让他娶个漂亮媳妇。"娘的原话，陈牧没听到便罢，偏偏无意间听到了，心里跟刀扎似的。

当时她年纪尚小，爹娘也忙，便把陈瑛交给她看护。

她把陈瑛抱在怀里摇着，喂他喝米糊。

再后来，他小小一个，总是乖巧地跟在她身后，姐姐姐姐地唤着，她回头，看着他白皙红润、憨态可掬的笑脸，心肠越发柔软。

软心肠的结果，就是陈瑛依然被爹娘捧在手心，她依然被冷落。陈瑛慢慢长大，变得懦弱，屡次惹爹娘生气，她对他更加怜爱起来。

陈瑛在外面教训地痞流氓，反被人打得鼻青脸肿，她嘴上教育他不要多管闲事，心底巴不得爹嫌弃他没用；陈瑛贪玩，不按爹的心意练武强身，她总帮着爹娘到大梦药铺抓他，心底偏又盼着让爹娘知道自己比他优秀。

陈牧比他更想进驱妖门，但爹不会在她出生没多久就找人替她测灵根。没有关系，她体格强健，是习武奇才，说不定真有那么一天，她就进去了呢。

她还常趁着和陈瑛上山砍柴、采野菜的工夫，和他挑战山野里的小妖精，以此证明自己有本事。

但她的梦因为陈瑛突然被驱妖门选上而破碎，她已不满足于当一个拿着把砍柴刀装行侠仗义的女侠，她想学驱妖门的上乘术法，想和陈瑛一样能除魔卫道，被世人敬仰。

爹娘想用十几两银子把她许给陌生男人，她一万个不接受。

"玉瑶姐，整个村子里，就你愿意听我发牢骚，我要和别人说这些，他们一定觉得我疯了。"陈牧擦了擦眼角，半是委屈半是不甘地道。

玉瑶把药材放进研钵里捣，恍惚间，也看到陈牧耳后的火焰胎记，不禁好奇地问："你们姐弟真奇怪，连胎记都一模一样。"

"你说它？"陈牧摸了摸耳后根，莫名有些羞赧，"玉瑶姐，你眼睛真尖，这胎记我从小就有，陈瑛非学我，也给自己画一个。他这人就这样，像跟屁虫、学人精，偏偏他有的我都没有，他学我个什么劲儿？"

"他的胎记是自己画的？"玉瑶眸子一转，脸上竟溢出难得的光彩。

她知道，陈牧身在局中不知局。

陈瑛从来没有学人的癖好，更不喜欢跟在人屁股后边。是她陈牧得了兴旺镇独一份的宠溺。

玉瑶从恍惚中回过神来："嘻，你方才说什么来着，你爹娘想给你许配人家？"

"娘托媒婆给我问了。我无论如何也不嫁，再不济我就跑，她能奈我何？"陈牧皱眉。

"别价，你一个女儿家，生得花容月貌的，出了村子能跑哪儿去？"玉瑶放下药杵，竟然上前亲和地握住她的手，和之前的疏离判若两人，"我看着你们姐弟俩长大，总不能让你就这样被嫁出去。你若有难处，只管到我这儿来，对你，我的门总是开着的。"

"真的？"陈牧受宠若惊。

玉瑶温柔地道："那是自然。姐骗你能捞什么好处？"

小伤一直在后院里劈柴，隔着道门缝，能清楚地看见玉瑶的笑靥。

那笑甜腻得过分，一点也不像她平时的作风。

她这人好生奇怪，明明说过只救妖怪，怎么如今慈悲起来，连人的事都管了？

— 4 —

陈牧怅然若失地回到家中，娘正在后厨杀鸡，爹蹲在茅檐下吧嗒着旱烟，和邻居二伯聊天，嘴里的大金牙格外闪亮。

"死丫头，捡个柴都捡那么久，陈瑛不在你就会偷懒耍滑！"才见到她，爹不由分说，劈头盖脸一顿数落。

娘在院子里瞧见，忙着搭腔："捡半天才捡了这么一小筐柴，要死啊你！还不赶紧洗洗手过来帮我做饭？你弟待会儿回来！"

陈牧憋着一肚子火，把柴刀和背篓放下，过去熟练地提起水桶："陈瑛回来了？"

"可不，上回走的时候说给你爹找大夫，今天就回来了。陈瑛这孩子心眼实在，不忘本，你好好学着点。"

陈牧在心底暗自呸了一声，既然到驱妖门学了本事，干吗成天回家？

说是不忘本，也不知道是不是学艺不精，被驱妖门赶回来了。

陈牧正在那儿烧水，隐约又听爹和二伯在屋檐下对话。

"你家陈牧快有十八岁了吧？"

"差不多，来年就该十八了，老姑娘了，现在还没找到合适的婆家。"

"出落得这么漂亮，现在还没许婆家？"

"马马虎虎吧，这不是为陈瑛进驱妖门的事耽误了吗，最近正在村里物色呢！"

"嘿嘿……我儿子也正相着媳妇，我看你家陈牧不错，要不改天让他俩碰个面，看看他俩意愿？"

"……"

陈牧忍不住打了个寒战，若真嫁给隔壁那愣头青，她定要一掌打掉他的大牙。

太阳西斜，陈瑛提着二斤烧酒姗姗来迟。

他从进村子起，就被亲戚邻里缠着打招呼、叙家常。大家都以为他变成了神仙，没想到和以前一样没架子。

"陈瑛，又回来了？"

"是啊，二伯。"

"进了驱妖门，能经常回家？"

"我学的不是无情道，不过是些驱妖术法。驱妖门没那么多不近人情的规矩，不会让人一直困在山上的！"

"那敢情好，我老觉得家里这阵子不干净，点儿背，得空帮我瞧瞧？"

"得，有空我找你去。"

陈瑛一路走，一路陪聊，好容易进家门，即刻把前院的门锁上，免得再来客人。

陈牧正在布菜,桌上可丰盛了,什么宫保鸡丁、酱肘子、猪肚鸡……凉拌的、热炒的、油炸的、生煎的……应有尽有。

"姐,都是你做的?"陈瑛上前把酒放下,抓了一把卤水花生,谄媚地道,"以前我在家还不知你有这份能耐,没想到人没嫁出去,厨艺越发好了。"

"娘跟镇上大厨子学的。"陈牧白了他一眼,没好气地道,"我才没这本事,只能给人打打下手。唉,到底是操劳命,哪像你,刚回来就有好酒好菜。"

"还不多亏了姐,我的福气都是借你的。"陈瑛嘿嘿一笑,朝她使了个眼色,"我给你带好东西了,待会儿吃完饭,跟我到后院聊聊?"

陈牧没应他。

无论今时境遇如何,他都不是出于坏心,可这句"我的福气都是借你的"让陈牧心里发堵。如果她也是个男孩,如果她不是他姐姐,而是他哥哥,人生是否会有所不同?

席间,陈瑛一身广袖锦衣,和穿着粗布衫裙的陈牧对比鲜明。但爹娘恍然未觉,只不断地夸赞陈瑛青出于蓝而胜于蓝,给陈家长脸。

爹娘异乎寻常地热情,让陈瑛不大自在,插科打诨一番终于糊弄了过去。

陈牧想,他真是身在福中不知福,即便爹娘同样吹捧的话说了一次又一次,可她从来没有听过。爹的恭维不属于自己,娘的捧哏也不属于自己。他呢,倒疲于应对似的。

油灯还没点亮,陈瑛便推托说吃饱了。

"这点就饱了?你饭量怎么比从前还小?"娘难得流露一丝担忧。

陈瑛道:"我快到辟谷期,对饮食自然不感兴趣。"

爹娘听不懂"辟谷期"的意思,只道他是因为学术法才这样。爹难免更高兴了:"不吃就不吃,我儿要求道,凡人的东西自是入不了眼。"

陈牧没说话,趁他们聊天的时候,往自己碗里添了只鸡腿。

这顿饭从下午做到傍晚,娘和她都快累坏了,但陈瑛只吃了小半碗饭。以前他吃饭的时候就娇气,挑肥拣瘦的,现在不仅没长进,反而倒退了。

晚饭后,陈牧又被娘叫去洗碗,一直忙到月色出来,她还要清扫鸡笼,完全把陈瑛的话抛在了脑后，直到陈瑛喊她。

"姐，我跟娘说了，想和你聊点家常，你别忙活了。"

陈牧放下笤帚，这才发觉，浑身的筋骨酸得厉害。

他如果不喊，她还不知道自己这么累。

同人不同命，偏偏他对她挺好的，她一时间五味杂陈。

她洗了把手，觉得自己身上有股鸡粪味，不由得离锦衣华服的陈瑛远点。

"你想说什么？"

"我又不是夫子，要训你不成，就这么不情愿？"陈瑛往后院走，不满地嘟嘟嘴。

陈牧想了想，跟了上去。

"我哪有你的闲工夫，今天做不完活，堆到明天活更多。我还是喜欢到山上劈柴，一个人清净自在，还能捉些山野精怪。"陈牧瘪瘪嘴，又想，她若能学术法就好了，她不满足于用蛮力。

"陈瑛，你别小人得志，我做这么多好菜招待你，你是在驱妖门见过大世面，不喜欢吃了？"

"世面确实见了不少，但我胃口不好，不是真的喜欢暴殄天物。若是将这些菜放入地窖里，兴许还能再搁两三天。我在陆家不愁吃喝，倒是你们，寄回来的银子千万不要省着花，我这儿还有呢！"

陈牧心道，你寄回来的银子，爹可没少花。

陈牧开始向往陈瑛见过的世面，可她知道，自己没有什么办法和陈瑛一样。她从前自负于自己的神力，可如今他学的是术法，比她厉害多了。

陈瑛找她，原来是为了给她辟谷丹。

"我知道爹娘他们背着我不舍得给你吃好的，万一哪天你饿肚子出去，可以吃它，吃了它就不会饿了。"顿了顿，陈瑛叮嘱道，"姐，你是女孩子家，别总一个人上山砍柴。我没法跟着你，万一你遇到了什么妖魔精怪，被欺负怎么办？"

"陈瑛，你小看我？"陈牧又不愉快了，"我知道，你在驱妖门，觉得我的三脚猫功夫不入流了，可我还不至于砍个柴就被人欺负。"

陈瑛捻了捻衣袖，眼睫半合，眸色有些暗淡，讷讷地道："姐，我不是这个意思。"

陈牧不以为意。

尽管她也不想用如此生硬的口吻和弟弟说话，可她总觉得现在他说的每句话都是在对她炫耀。

她是可以趁着和他闲话家常的工夫，躲掉一些繁重的农活，可她宁愿干活，以免对驱妖门日常滋长的好奇心把她吞没。

她又提起水桶，打算到村里的公共井打水。

夜风吹到身上挺冷的，她都想把夹袄穿上了。

为什么陈瑛穿那么丝滑纤薄的料子，袖口那么宽大也不冷？他学了驱妖门的术法，是不是能御寒？哪怕被冰冷的井水浸没也不会冷？

她胡思乱想着，陈瑛追上来，抢过她的水桶："姐，你不愿意和我说话，就让我帮你打水吧。"

"你骷髅架子一样的身材，能提得动水？还是像以前一样跟在姐身后吧！陈瑛，你最喜欢站在姐身后，让姐罩着你。"陈牧固执地不让他帮忙，大抵这样，她就还能幻想自己能代替他，成为爹娘的骄傲。

她拒绝看见陈瑛的改变，直到自己在半道上不小心被一块石子绊倒。

水桶咕噜噜滚到边上，她摔破了皮，伤口火辣辣地疼。

陈瑛体面地帮她捡起水桶，她却狼狈地趴在地上，根本起不来。半晌，她看到他单膝跪下，朝她伸出一只手。

陈牧抬眸，她的弟弟背着月色，眼神如此悲悯。

她才知道，她如今在他眼里是那么可怜。

"弟弟，你到底是怎么进驱妖门的？让我也进去好不好？"在陈瑛攥紧她手腕的时候，她忽然哀求。

"姐，你就这么想修炼术法？"陈瑛动作稍顿，神色复杂，"可我也能保护你。"

"你不会懂我！你什么都有了。"陈牧愤慨地道。

她觉得自己失态，终于不再说什么，沉默着重新拿起水桶。

在前往水井的路上，她的伤口仍然在疼，陈瑛要替她疗伤，她却一再拒绝。她忽然想起一件陈年往事，一件和打水风马牛不相及的往事。

那年她才十二岁，带着人小鬼大的陈瑛上山挖野菜。

临近村子的野菜都被挖得差不多了，为了能让爹娘高兴，她刻意带陈瑛走到山的深处。陈瑛跟她说，山的深处有野兽妖魔，非常危险，她那时却把自己当作他的天，说他不敢跟着自己是因为胆小。

她记得很清楚，陈瑛涨红了脸，认真地道："姐，如果我们一起真的遇到了危险，我不是只会躲在姐身后看姐被欺负的男人。我要永远挡在姐前面。"他又认真地强调，"永远永远。"

"你才多大，怎么就成男人了？"陈牧笑话他。

陈瑛的脸更红了："我总会长大。"

没想到进了山后，他们竟然真的遇到了一只妖怪。

妖怪的体格像老虎一样魁梧，吼声像闷雷一样低沉，獠牙狰狞吓人，涎水直往下滴。

陈牧举着朴刀，没来得及施展神力，就被对方用头撞到树上，眼前一黑，昏了过去。

她以为自己死定了，没想到苏醒后，却看到陈瑛浑身是血地站在自己面前，双手紧握着朴刀，刀刃还在滴血。

他在自己面前，带笑的苍白脸孔上满是血污，孱弱的身体摇摇欲坠。

"妖怪呢？"陈牧惊疑不定地问。

他手中的朴刀应声当啷掉地，不知所措地搓了搓脚趾："我不知道，我也差点被它杀死。可当我又举起刀的时候，听到别的野兽嗥叫，应该是它的天敌，它就跑了。姐，我好害怕，这里太危险了，我们快回去吧。"

他的惶恐入木三分，陈牧忍不住问："你不是说要永远挡在我前面，就这点胆子？"

他转而嬉皮笑脸："姐，我不该说大话。"

陈牧还是肯定地拍了拍他的肩膀，嘉许地道："你遇到危险没有顾着一个人逃命，也算有心了。只是陈瑛，以后再遇到这种情况，千万不要逞能，无论是何种结局，姐都不会怪你。"

陈瑛闻声点点头："好，我都听姐的。"

陈牧当时只顾着教育他，甚至取笑他的胆色，如今他进了驱妖门，陈牧忽然又回忆起这件说大不大、说小不小、记忆深刻的往事，不免想，她当初是不是遗漏了什么重要的细节，那妖怪真的是遇到天敌才跑的？

她问陈瑛，陈瑛却说不记得了。

陈瑛还是要帮她提水："姐，我真的就走狗屎运进的驱妖门。我的身体素质你还不清楚吗？只不过进了驱妖门，他们会给我们洗髓，我自然不像从前那样，风一吹就倒了。"

他说着陈牧半懂不懂的话，但陈牧知道，他到底和从前不一样了。不管他如何进的驱妖门，她与他的差距会越来越大。

— 5 —

翌日，陈瑛离家，人已经出了前院大门，忽然又站定在离陈牧不远的地方。她在那儿劈柴，狠心地不抬眸瞧他。

陈瑛忍不住往回走了两步，脚踩在门槛处："姐，你就不叮嘱我在驱妖门好好吃饭，好好睡觉？"

"你学会了辟谷，还吃什么饭？学会了吐纳之法，睡不睡觉也不重要了。"

"啪"的一声，陈牧劈断柴火，声音不咸不淡。

陈瑛抿了下唇，眸色越发暗淡。

爹娘倒是缠着陈瑛，希望陈瑛能停留片刻，陈瑛却不予理睬，转身便走。

陈牧忽然起身，追着道："既然有机会学习上乘术法，千万别偷懒耍滑。"

不知为何，他拥有的，她格外关心。

陈瑛终于顿住脚步，嘴角绽开，唇红齿白："那我真走了，姐，以后我不常回来了。"

陈牧撇撇嘴："混不出个人样，回来做什么？若混差了，别跟外人说你是我弟弟，我可没工夫再去捞你。"

爹娘即刻数落陈牧嘴毒，陈瑛却笑着说没事。

他的身影淡在日色里，陈牧目送着，半晌，又沉默地回去劈柴。

她的弟弟果然长大了，从前肯定要为此和她理论一番。她如果心气儿没那么高，就该觍脸求他带她到驱妖门看看，他那么通情达理，应该会答应她吧？

陈牧想着，突然后悔起来。

也不知道他下次回家是什么时候，如果他真的不回来，她该怎么找他？

日色正好，大梦药铺内药香弥漫。

隔着一层缀着五彩贝壳的帘子，玉瑶和商略在接待客人。

那日在集市上，玉瑶曾被陆家马车溅了一身污水，就是因为陆氏二爷陆翡急着从猎场回来见贵客。

陆翡和兄长陆域不同，并无修炼术法的天赋，但他长袖善舞，是维系整个宗门运转的大总管。如此陆翡才有资格见从主城无庸来的贵客，玉瑶和商略接待的，是这位贵客负责琐碎事务的属下。人是商略引荐的，谈的是大梦药铺库存药材的生意。

理论上，贵客的属下即便负责的事务再琐碎，也不会考虑采买一个位于小村子边角地带的药铺的药材，但他偏偏就来了，而且对商略的态度颇为客气。

玉瑶对此没有兴致。

她本想让小伤去集市上采买食材，留客人吃中午饭，没想到的是，平时准点在后院劈柴的小伤今天玩起了失踪。

若能把库存清了，大梦药铺能赚一笔，可是以玉瑶的性子，她也不会良心发现，给小伤工钱。

小伤躲在后院的柴房，沉默地坐着。

他知道那个人从主城无庸城而来，因此更加不敢出去。他以为这里人迹罕至，不会接触到什么大人物，但他明显小看了这家药铺的伙计，他们的身份，并不像打眼一瞥那样简单。

陈牧就是在这时候敲的门，白沐蹦蹦跳跳地过去给她开了，热情地问："大小姐在会客呢，陈牧，你到我房间里吗？"

说话间她发现，陈牧的脸色极差。

玉瑶曾经叮嘱，若陈牧私底下来，他们必须好生接待，白沐这才笑脸相迎、盛情相邀。

陈牧咬了咬苍白的唇，点头应好。

白沐让黑芒烧了一壶茶，亲昵地让陈牧坐下，喝了暖暖身，还对她嘘寒问暖："你平时可精神了，今天怎么跟霜打的茄子一样，蔫巴了？"

黑芒神色平淡："也许，是因为陈老爹给她许了亲事。"

"不是。"陈牧正要喝茶，闻言立刻反驳。

爹娘的确在给她物色亲家，但陈牧如今烦恼的，不止于此。

她有了更为烦恼的事。

她最终没有受住诱惑，趁着赶集的工夫，到无庸城找陈瑛。但陈瑛并不在驱妖门，据说他被二爷陆翡接到私人府邸了。

"二爷不能修仙，可人阔绰，跟着他是好事。"有人笑着对陈牧道，"驱妖门每年收那么多弟子，谁不想出人头地？从村里来的，资质总归差些，走旁门左道也是个发达的路子嘛！"

其实那人并没说得这么直白，但陈牧知道，他就是这个意思。

她也才知道，驱妖门内亦有派系之争，新弟子想学上乘术法，不仅论天赋与资历，也论家世、与师父师兄们的亲疏远近。

她以为陈瑛在认真修炼，没想到他图谋的是巴结陆翡赚钱。

陈牧气得跑到陆府找人，还没有走近，就看到陈瑛和几个驱妖门弟子在一处说笑。

陆翡也在其中。

陆翡生得高挑俊秀，举手投足，尽显贵公子派头。

他们人模狗样地聚在一起，并不研习驱妖术法，而是和陆翡一道享用什么仙丹。

"此枚逍遥丹是我托人偷偷从九原那儿弄来的，可以让人如登极乐，数量不多，你们一人一枚，莫要多服。"

陈瑛率先吞下肚，谄媚地道："二爷还有这好东西，吃了我的灵气岂不飞涨？我先吞了，你们随意。"

其他人见他先吃，忙跟着吞下。

和陈瑛的追捧不同，他们或多或少面露犹豫之色，抑或是不得已。

陆翡在驱妖门名声臭，连陆昶都经常训斥他，就算没有灵根，也不能自甘堕落，整天想歪点子。他偏不，总不知从哪里弄来些灵药，囫囵塞进肚子。自己一个人吃不算，还要强迫别人吃。

这道遥丹听来也不似修仙之物，果然，陈瑛才吃没多久，便头晕目眩，足如踩云。

陆翡吃得早，也和他一起五迷三道的，跌跌撞撞不知跑向哪里。

陈瑛扶着砖墙，隐约看到了陈牧的脸。他忍不住朝她走来，温柔地唤了声："姐姐。"

他不知道自己现在多荒唐，眼底迷离睫凝水雾，容颜皎艳唇如沃丹，完全没有修仙之人的出尘淡泊，反倒类妖。

陈瑛以为自己是吃了丹药，才产生幻觉，心中格外欢喜，道："姐姐，好久不见，我很想你。"

"啪！"他冷不防被陈牧扇了一巴掌。

"陈瑛，爹娘送你进驱妖门，不是为了看你在这里巴结逢迎。你什么都有了，连我最奢望的你都得到了，为什么不珍惜，不好好修炼？"

陈瑛的脸生疼，恢复了一点意识。

"修仙问道、匡扶正义有什么好？跟着二爷有钱花，能做人上人。爹不是喜欢大金牙吗？娘不是喜欢新衣裳吗？我可以给他们。我从来不想当道长，也不想驱妖降魔。"

"可爹一辈子的心愿，就是进驱妖门，修仙问道、匡扶正义。他若知道你这样，会很失望的。"

"跟我有什么关系！"陈瑛忽然大声地反驳她，"那是爹的心愿，又不是我的。我送他的银子，他不也花得趁手吗？"

陈牧气得直打哆嗦。他从小什么都拥有了，她那么努力表现，盼着能进驱妖门，成为爹娘的骄傲。可他拥有了竟不珍惜，把她最在乎的东西丢在地上，碾压踩碎。

陈牧忍不住斥道："你等着，陈瑛，等我夺得了《御极典》，我会亲自替爹娘教训你这个不孝子！"

她气极，踹了陈瑛一脚。

陈瑛捂着肚子，疼得跪在地上。

白沐听她咬牙切齿地抱怨，疑惑地挠了挠头，费解地问："《御极典》是什么东西？"

黑芒微笑解释："应当是驱妖门的上乘术法，我曾经听人说过，驱妖门的苍殿阁中，藏着驱妖门诸多上乘术法，《御极典》便是其中之一。"

"既是驱妖门的宝物，怎么能轻易偷到？"白沐轻叹一声，希望陈牧面对现实。

陈牧脸红。

她敢说，自然是偷过，因为它并不在苍殿阁，而在陆翡府上。

陆翡不学无术，却喜欢在陆昶面前装作勤勉的样子，是以府中也藏了些术法典籍。她进不得驱妖门，还混不进陆翡的私人府邸吗？

但之前她偷东西时不走运，被陆翡撞见了。若非他当时吃了什么丹药，全身酥软，她也跑不了。

偷《御极典》，是陈牧目前想到的唯一能够让自己"东山再起"的办法。她的老毛病又犯了，一面厌弃痛恨陈瑛拥有而不珍惜，一面又忍不住想，陈瑛这样是不是会被赶回家？爹娘如果对他失望了，会不会把注意力转移到她身上？

白沐忍不住安慰："陈牧，你何必那么在意爹娘的看法？他们对陈瑛的关注，陈瑛也未必想要，他还跟我们大小姐说，进驱妖门是你爹的愿望，不是他的。"

黑芒微笑道："陈瑛的愿望是什么？"

"他整天就知道说昏话！"陈牧好容易压下去的火气，又被白沐激起，"我听人说，父母疼爱孩子，才会为他做长久的计划。爹让他进驱妖门，是希望他能流芳百世，而不是让他和不学无术的二世祖陆翡蝇营狗苟。"

她委屈，但讲出的话语气很凶："他就是得到的太多了，年纪又太小了，错把好心当成驴肝肺！"

白沐不免害怕地往黑芒的怀里缩："陈牧，你别那么凶嘛。他在你面前是弟弟，但年纪也不算小啦！"

"小一岁也是小！"陈牧生气地道。

— 6 —

原来陈瑛只比陈牧小一岁多。

陈牧做惯了长姐，总以为他是个长不大的少年。

可再大也才十六七岁，心性肯定没有自己成熟。她比他足足多吃了一年多的饭，他怎么会比她成熟？

陈牧依然想偷《御极典》，但她一个月内能够离开村子的时间不多。

她假意绣了些荷包，拿到镇子里卖，悄悄探到陆翡的私人府邸所在地。陆翡在各个县镇都有私宅，今年主城来了个贵人，相中了兴旺镇附近的山山水水，又恰好要在这边挑选合适的新弟子，一番合计，趁势住在镇子上。

即便遴选新弟子的事务已经结束，贵人游玩的兴致不减，想必是在这边遇到了称心如意的美人。

如果陆翡回无庸城，陈牧偷《御极典》的机会就渺茫了。富贵险中求，她应当冒险。

之前往来陆府的人很多，她能勉强混进去，如今事务少，高阔的府门守卫森严，还有几个小厮加入巡逻，陈牧一时不知道该如何是好。

她躲在暗处，决定翻墙溜进去。

陈牧捡了几块石头垫高，还没来得及站在石头上，就有人拍了拍她的背。她吓了一跳，跌在一个人的臂弯中。他的臂弯稳如坚实的横木，抵在她的后腰窝。

"姐姐，你找我吗？"陈瑛眼眸含笑，把她扶正。

陈牧忙推开他，下意识把石块推倒，不希望他借此做文章。十来岁的少年长得很快，陈瑛又高了很多，已经比她高近乎半个头。漂亮的丹凤眼眼尾微挑，下颌线条也变得清晰分明。

他的气势比从前凌厉逼人，似乎和他修炼的术法有关，可陈牧对术法毫无了解，只是本能地不高兴。

她不会承认自己是为了偷《御极典》来的，于是别过脸不想说话。

陈瑛捏着下巴猜测，很快就猜到了："姐，你贼心不死哪。"

"谁是贼？"陈牧顿时夺毛，"我不过来城里卖荷包，路过这里，好奇看看。"

"姐能骗别人，却骗不了我。"陈瑛瞥了一眼地上凌乱的石块，像是好笑，"你之前不也做过一次小偷，差点被人逮着？"

似乎是觉得陈牧的脸色还不够难看，他戏谑着补充："姐，你没有灵根，偷《御极典》也没用的。"

"你小瞧我？"陈牧眉毛一拧。

身为长姐，向来只有她教训他的份，他竟敢反过来教育她？

"我不敢。"陈瑛嘴上这么说，但眼底的嘲讽赤裸裸。

陈牧从来没有直视过陈瑛长大了这件事。他们先前总形影不离，她的直觉驽钝，直到他进入驱妖门，和她分开数月，她才觉察出来，他不仅外表有所变化，对她的态度也不尽相同。

陈牧将他的变化归咎于进驱妖门后自负了。

她力能扛鼎，他却纤细如女子，走到哪里都被取笑。虽然他经常调侃自己羸弱，但他肯定心有不甘。

陈牧还没回神，陈瑛忽然从怀里摸出一本线缝的蓝皮书，径直丢给她："姐，偷《御极典》何必大费周章，我给你就好。我这儿不仅有《御极典》，也有别的上乘术法，你还想要什么？"

硬的书脊狠狠打在陈牧的手背上，打得她生疼。她突然觉得自己是个乞儿，千方百计想得到的东西，陈瑛轻飘飘地就能施舍给她。

手背疼，心也痛了。

陈牧的脸不争气地泛红，第一次无法在陈瑛面前维持长姐的骄傲。

陈瑛忍不住道："姐姐，我……"

他欲言又止，可不等他开口，陈牧便激动地打断他。

"谢谢！"陈牧把《御极典》砸回去，砸得陈瑛的脸都撇到一侧，颊上当即出现了一道红印子。

"我现在不想要了！陈瑛，我更不想问你，你是通过什么手段拿到的上乘术法，别又做了什么丢人现眼的勾当，捅到爹娘跟前，让我看你笑话！"

"姐姐！"陈瑛唤她，陈牧却大步流星地离开。

她伤心的，不仅仅是陈瑛给她嗟来之食，而是她知道，她没有办法和陈瑛争什么了。她以为的唯一机会，他弹指间可以倾覆。

陈瑛凝睇她，半晌，才沉默地蹲下，把那本典籍捡起。

大梦药铺的库存药材被商略售卖一空后，贵人差小厮过来拉货，大梦药铺众人忙着把药材搬到牛车上。

玉瑶奇怪，每当这时候，素来勤快的小伤就玩失踪。

她问白沐，白沐高兴得两眼放光："小伤人真好，今天主动帮我到河边洗衣裳。"

"洗什么衣裳，洗到日头升到正空也不回来？我看他是皮痒了，趁机偷懒。"玉瑶牙尖嘴利，靠在门框处，毫不留情地嘲讽小伤。

远处，鞭炮的声音格外响亮。

"哟，谁家办喜事？"

对门挺着孕肚的媳妇碎嘴道："玉掌柜，你这都不知道，陈老爹给陈牧说亲呢，今天两家人搁那儿摆酒，看样子好事要成了。"

兴旺镇是个芝麻大的地方，谁家有事，人人心里门儿清。玉瑶不是个喜欢论是非短长的人，对村里的事情亦不敏感，但"陈牧"两个字让她忍不住眉心一跳。

她思量片刻，忙把黑芒招呼过来，让他把后厨桶里的草鱼和柜台后的一坛药酒包好，她要到陈家贺喜。

她颇为稀奇，陈牧以前总说，自己一万个不愿意嫁人，不想伺候丈夫醒酒洗脚。这会儿突然定亲，甚至不告诉她一声。

"玉瑶姐。"前院，一个陌生又熟悉的男声传来。

玉瑶抬眸，便见陈瑛笑着和她打招呼。

他好似突然出现，没有惊动任何人。他的身量已经比玉瑶高了，墨色的长发上系着一条碧色云纹绦带，广袖宽袍，薄唇挑起，阴柔的脸上幽浮着妖气。

玉瑶看着他长大，晃神间，他的模样已经从青涩稚嫩的少年，变成俊美挺拔的青年，变化实在太快。

陈牧也曾抱怨过此事。

陈牧曾让玉瑶帮她说服爹娘，借大梦药铺的车到无庸城卖绣品，马车在街上飞驰而过，她们看到陈瑛和陆翡躲在窄巷里，偷偷吞噬妖怪的原神。

当夜，玉瑶也听到村镇附近的妖怪抱怨，陆翡是个疯子，企图靠吞噬妖怪原神的方式，让自己获得不凡的力量。

陈瑛进驱妖门后，蓄意巴结没有灵根的陆翡，竟然和陆翡染上一身恶劣习性，不仅不努力修炼，反倒和陆翡走歪门邪道。

玉瑶纵然见多识广，也不知吞噬妖怪原神能让人修为大涨。那玩意，只有妖怪才觉得美味吧，陆翡是人，陈瑛也是人，人真的能做到像妖怪一样，茹毛饮血而面不改色？

妖丹或许能入药冶炼，但如何冶炼，也需懂行的术士仔细把控。玉瑶揣测，陆翡可能是没吃过，觉得新鲜而已。

至于陈瑛对此的看法，她不得而知。

"陈瑛，你怎么来了？"玉瑶问。

陈瑛笑了下："玉瑶姐，你刚才还让人准备药酒和草鱼，猜不出我回来的原因？"

"你也回来给你姐姐贺喜？"玉瑶拍了下额头，怪自己脑子没转过弯，哂道，"你这道修得有意思，动不动就回家。"

陈瑛的指尖在柜台上轻叩着，一脸的不以为意："我六根从来不净，修什么道？"

"既然六根不净，当初为什么非要进驱妖门？"玉瑶忆及他和陆翡吞噬妖怪原神的情景，一时瘆得慌。

"玉瑶姐，过去的事勿要再提。"陈瑛浑然没有意识到，他这么说的时候，脸上掠过一丝罕见的不耐烦。

他果然长大了，像是雏鹰羽翼渐丰，开始讨厌周遭的束缚，希望能随心所欲。

玉瑶眼波微动，唇角勾起，不搭腔。

"你路上被人打了，为什么不是直接回家，而是先到药铺？"

陈瑛的指甲划过柜台的梨花木，眸色晦暗不明："我怕，想在这里待一会儿。"

"怕？"

陈瑛缄默。

是怕吧，怕看到陈瑛怨恨、失望的眼神。

他明明没有离开很久，为什么反而近乡情怯？

玉瑶发了慈悲："小陈瑛，我正好给你姐姐道喜去，你和我一起吗？"

"那我得谢谢玉瑶姐了，可是姐，你千万别现在触她霉头，嘱咐她做了新娘子以后要如何如何。"陈瑛恳求玉瑶。

"你还挺了解她。"玉瑶笑道，"不管怎样，你们姐弟俩谁成亲，我都得去看看的。"

玉瑶盯着陈瑛耳朵后，发现他耳后画的胎记不知什么时候没有了。他似乎有意识地，把自己身上有关陈牧的印记，处理得干干净净。

— 7 —

陈家的定亲宴摆得像成亲宴，席间，陈牧的脸冷得能冻死人。陈老爹最终决定和二伯亲上加亲，是因为对方给的彩礼丰厚。

他们推杯换盏，陈老爹喝得两颊微醺。言辞间表示，陈牧自小力能扛鼎，不够柔顺听话，希望女婿不要跟她一般见识。

陈牧的脸色更差了，连坐在席间吃饭都做不到。她的筷子甚至发抖，不敢相信爹是这么想的。

原来，她从小引以为傲的本事，会让爹觉得羞耻。她力大无穷，反倒让他发愁女儿嫁不出去，或者卖不出个好价钱。

陈牧霍然起身，端起饭碗就要往桌上扣——她受够了，她不想成亲，也不想再得到爹娘的青眼。有她在，根本算不上一家四口，他们和陈瑛是一家三口，她不过是一件可以随时发卖的货物。

"姐姐。"陈瑛这时和玉瑶走了进来。

玉瑶把药酒呈给陈老爹，笑容娇娆："陈老爹，今天小牧定亲，怎么没让我知晓？我火急火燎的，也没什么礼物送你。"

陈老爹曾夸玉瑶这药酒管用，但玉瑶脾气古怪，他没想到她会过来贺喜。

他懒得计较，笑呵呵应下，让玉瑶也入席吃点。

玉瑶趁势到陈牧身边，把她摁回原位。

"小牧，当初姐见你的时候，你才这么大点，转眼间竟然要出嫁了。女大十八变哪，你和陈瑛，一个赛一个出挑。"

玉瑶的力道不大，陈牧却能从她嫣然的笑容中，窥到她劝自己暂且忍耐的意思。陈牧闷闷地坐下，瞥了一眼陈瑛，愤恨地扭过脸。

她还没有原谅陈瑛上次羞辱她的事，他竟然还有脸回家？

陈瑛一出现，爹娘的注意力全被吸引过去了，即便陈牧中途离席，他们也不再计较。

世上可没有一直下山回家的术士，陈瑛定是不学好。陈牧来到后院，捧着盛有粗糠的木盆，愤愤地往鸡食槽里倒粗糠。

她喂着喂着，才发现陈瑛无声地站在鸡棚旁边。

他戴着碧色玉戒指的修长手指捻着什么，指尖中有细碎的流沙飘散。眨眼之间，粗糠就变成了杂粮粥。

陈牧骇然，装米糠的木盆脱手掉下去，陈瑛即刻腾出一只手，托住那木盆："姐姐，你怎么这么不小心？"

陈牧抬眸，陈瑛峨冠博带，俊美似妖，和印象中脆弱纤细、稚气未脱的弟弟判若两人。

"你往米糠里放了什么？"陈牧撩了撩耳边碎发，不自然地问，顿了顿，她补充，"歪门邪道的东西，别给鸡吃。"

"歪门邪道？"陈瑛掸了掸手上的灰尘，明显有几分不悦，他嘴唇翕动，却没反驳什么。

月色里，他的姐姐穿着喜庆的红衣裳，唇上点了胭脂，掩住了素日的凌厉英气。

他从没告诉过她，他喜欢看她打扮过的样子。

可他不喜欢她为不爱的人打扮。

"姐姐，你早早离席，是不是吃得不开心？"

"跟你没有关系，"陈牧反感地道，"陈瑛，如果你千里迢迢回来，是为了给我贺喜，就不必了。"

"姐姐是这么想我的吗？"陈瑛歪头，半晌，淡红的薄唇挑起，"姐姐，你一直怎么看我的？你的弟弟，不学无术的小屁孩，还是抢走你梦想的混蛋？"

他的眸光恢复固有的纯澈，陈牧一时无所适从。

她不知道他为什么突然问她这些，仔细探究，她的确把他当成小辈，永远逞能地挡在他面前，让他崇拜她。他出息了，她便觉得自己成了他眼底的小丑，只能变本加厉地在言语上打击他。

但她无论如何打击，也改变不了她如今需要仰视一番，才能勉强看到他的现状。

陈瑛忽然笑了，抬手比画自己和陈牧的高度："姐，我比你高好多啊。"

他像是问她，又似喃喃自语："这样的我，是不是终于变成可以挡在姐面前的男人了？"

陈牧的心猛然跳了两下，他原来记得当初两人遇到妖怪的往事，为什么骗她不记得？

陈牧听得心软，犯了爱教育他的老毛病："弟弟，长得比我高有什么意思？你若能潜心修炼术法，除魔卫道，才是真的长大了。"

陈牧想到自己过了今晚可能会离家出走，又叮嘱他："妖怪的原神，有什么好吞噬的？你知不知道，你那天比妖怪更像妖怪。"

"比妖怪更像妖怪？"陈瑛蓦然面露惊骇之色，"姐，你都看到了什么？"

陈牧毫无隐瞒："我什么都看到了。"

陈瑛眸光中满是悚然，五指摁在鸡棚围栏上，良久，才开口："姐，你还是先管管自己，哪有准新娘吃了不到半个时辰，就撒下姐夫到后院喂鸡的？你不知道未来嫁了人，要约束自己的言行，不能再意气用事吗？"

"陈瑛！"陈牧又被他气着，恨不得再扇他一巴掌。

"如果不是因为你，我怎么会跟他谈婚论嫁？那个脑子都没长全的玩意儿，你爱你就自己跟他去过吧！"陈牧本来不想把自己对二伯家儿子的厌恶告诉任何人，可被他诀了一句，实在忍不住。

陈瑛忽然大笑，也不知因何而笑。陈牧快被他气死了，也顾不得浪费，把那木盆中剩下的杂粮粥全部泼在他身上，木盆径直砸向他心口，砸得他忍不住倒退两步。

陈牧愤懑离开，木盆倒扣地上，发出短促渐变的嗡鸣，直至完全扣在地上。

一片狼藉。

陈瑛一身狼狈，却还是在笑。

"脑子都没长全……"这是她对未婚夫的评价，不比自己好到哪里。他还以为，她会和从前一样，对不喜欢的事、不喜欢的人，逆来顺受。

陈牧半夜翻墙离家时，距定亲的酒席已经过去半个月。

她若是普通女子，逃婚和离家出走必是困难重重，但她自小力能扛鼎，单手能挑翻十个成年男子，不怕路遇黑店和匪徒。

她从前不走，只是舍不得爹娘和陈瑛，他们如今个个让她失望透顶，她姑且不去思考自己悔婚会让爹娘如何没面子。乘着月色走了没多久，她忽然碰到手里拎着一盏萤火灯的玉瑶。

"玉瑶姐？"

玉瑶嫣然笑道："这么晚了，要不要到药铺坐坐？"

幽微的萤火和飘逸空灵的纱裙，让玉瑶绝丽的容颜更浓艳三分，颇像陈牧少时在山间见过的精魅。陈牧犹豫着，呆愣着，玉瑶又道："陈牧，你信不过姐？"

玉瑶不知出于什么目的邀请自己，但陈牧本就没什么主意，索性跟玉瑶回去。

萤火虫在羊角灯罩里飞舞，玉瑶纤细的手指攥紧灯杆，静默地走在陈牧身边。

陈牧忽然发觉，玉瑶走路没有声音。

陈牧以为自己听错了。

—— 8 ——

玉瑶找陈牧并没什么别的事，只是把一笔银子给陈牧。

"你弟弟那天知道你定亲，给你备下的。他叮嘱我，如果你想逃婚，拿着这笔钱，去哪里都行。"

"陈瑛？"陈牧打开装银子的木匣，明晃晃的，格外耀眼。

"他怎么会给我银子？他还教训我，让我好好伺候对方。"

"他可不是这种人。他在我面前，从来只说你的好。怕你不喜欢这门亲事，特意给你攒的银子。你知不知道，这么多银子，够他娶十个媳妇。"

陈牧的爹娘常盘算用她的彩礼给陈瑛娶媳妇，焉知他自己攒这么多了。

陈牧忽然怀念起陈瑛来，从他离家进驱妖门，总是回家看望她，她从没想过主动寻他。得了这笔银子，她离开无庸城前，也该和他道个别。她反正已经放弃修炼术法，放弃讨爹娘欢心，他们毕竟是姐弟，姐弟之间，怎能有隔夜仇？

"玉瑶姐，我知道我应当去哪儿了。"陈牧收拾妥当，认真地对玉瑶道。

玉瑶揉了揉酸疼的手腕："嗜，你去哪儿，我也管不着。只是夜深露重，你走夜路仔细些。"

陈牧点点头。

她想，摸黑逃跑更好。

待陈牧的身影成豆大一个点，玉瑶打了个哈欠，回身，发现小伤站在院子里。玉瑶吓了一跳——

"小伤，你以后不要神出鬼没的。"

小伤端着个瓷碗，是白沐做的玉米糖水，无辜地道："掌柜，我一直都在这里。"

玉瑶沉浸在和陈牧的叙话中，根本没有注意到他。

他知道，玉瑶对人并不古道热肠。她更像个旁观者，旁观这对姐弟，哪怕表面上热忱体贴。

陈牧来到无庸城，恰好看到陆翡送葬。

街道两旁的行人纷纷避让，天空飘着明黄的纸钱。据说最近无庸城恶妖肆虐，今晨杀了几个驱妖门弟子。

送葬的人担着蒙了白布的担架，白布上血迹斑斑。

陈牧隐在人群中，探出个头，忽然看到其中一个担架上坠下一条胳膊，未干涸的血顺着中指蜿蜒而下。

她看到了熟悉的广袖，和无名指上熟悉的碧色玉戒指。

驱妖门的弟子都穿这样的衣裳，可只有陈瑛，不知为何在无名指上戴了枚玉戒指。

陈牧的心似被什么攫住，越发不安起来。她不能凭借一条胳膊就确认那是陈瑛，她的弟弟自小就好运，怎会如此年纪逝去？

陈牧心乱如麻。

如果陈瑛真的出了事，她更不能原谅自己在爹娘最无助的时候离开。可她不凑巧地发现，陆翡行进的方向，直指兴旺镇。

陆翡一行速度鬼魅，日升时出发，傍晚即到了兴旺镇。

担架上其余的尸体已经发还到本家，唯剩下戴着碧色玉戒指的这个，他送到陈家小院前。

陈牧跟在他身后，手中包袱不禁滑落。

天色灰蒙蒙的，爹娘和二伯一家还沉浸在陈牧离家出走的怨愤中，看到陆翡和担架上的尸体，一时未能反应过来。

爹相对坚强一些，撩开了白布，旋即又蒙上。

他才发现，自己的承受能力也是有限的。

他的神色忽然苍老了许多，浑浊的眼珠抖了抖。

放还别的尸体，陆翡面无表情，但他此时盯着陈瑛，沉浸在悲戚之中。

他道，陈瑛是个好苗子，可惜被那恶妖挖了心肝，其他弟子赶到时，陈瑛已经不行了。

陈老爹问："什么样的妖怪？"

陆翡微微仰头，忆道："大约……白头发，长相格外丑陋，似人而非人……见过它的都已经死了！大伯，你放心，我们驱妖门不会坐视不管，定会给陈瑛报仇。"

"你一定要给陈瑛报仇。我们陈家就这一根独苗，怎么会遇到这种事……"爹唇齿哆嗦着，几乎说不出话。他反应强烈，连口中的金牙都要哆嗦掉了。

陆翡颔首，再次道："放心吧，大伯。"

如果陈牧从前没有看到他和陈瑛吞噬妖怪原神，给陈瑛吃不明不白的丸药，她应当相信，陆翡是个光风霁月的君子。

可陆翡是出了名的二世祖，没有灵根，不学无术，谈何报仇？而且，他真的会在乎陈瑛的死吗？

陈瑛……

陈牧蹲下，碎银掉了一地，明晃晃的，那是陈瑛送给她的盘缠。他们最后一次见面，她还在和他吵架。他知不知道，她得到这笔银子，已经想与他和好了？

陈牧才从家里逃出，亦不想再回去。才几日，她便有了一种垂垂老矣的衰败之气。

几日后，陈瑛入殓了，陈牧躲在暗处，看着陈瑛躺在棺椁中，在爹娘的号哭声中入了土。村民们私下议论，陈家惨啊，姑娘跑了，儿子死了，兜兜转转就剩两个孤寡老人。

爹再没了当初陈瑛被选进驱妖门的神气，稀疏的枯发在风中飘动。娘的眼窝深陷，身子也佝偻了。陈牧恨他们偏心，可这一幕让她不忍心。

她报仇的心思无比强烈。

以前他总是围着她转，不止一次想去外面看看。她想，报完仇后，她要抱着他的骨灰云游四海，带他看一看这个辽阔的世界。

报仇何其艰难。

她所绝望的，是身前隔了许多山，哪一座都翻不过去。

她站在山上，极目远眺，大梦药铺后院炊烟升起。她忽然想起，玉瑶曾对她道，大梦药铺的门对她永远是敞开的。

陈牧本以为自己遇到的最大的坎就是被强嫁，可现在发现，那样的苦并不算什么。她想为陈瑛报仇，她感到六神无主。玉瑶夜行无声，常常照拂他们姐弟，这次能给她指一条明路吗？

陈牧失魂落魄，走进了大梦药铺。

— 9 —

大梦药铺里，博山香炉青烟袅袅，古朴柜台旁身着鸦青色长衫、冷口冷面的账房先生正在低头拨算盘。

白衣少女与黑衣少年小声地聊着天，在一边研磨药材。

美艳的女掌柜玉瑶用袖口扇着风，顺着自己丝滑的长发。

还有一个总是面无表情发着呆的美男子，不知道在后院干什么。

浓郁的中药味四散，玉瑶缓缓抬头，极为娇娆地挑挑唇角，嫣然一笑："稀客呀，怎么又回来了？"

玉瑶对陈家的事有所耳闻，人间的悲欢离合，总是令人唏嘘。可她对此喜闻乐见，像是早有准备。

"姐……"陈牧刚开口，眼圈就红了。

"可怜见的，怎么回事？"玉瑶顿住动作，貌似关切。

白沐见状也走过来，把手里的党参塞进陈牧的嘴巴里，轻声地安慰陈牧："你别哭，尝尝这个，甜的。"

陈牧咀嚼着党参，倍觉温暖。因着这温暖，她的心更酸涩难耐。

"玉瑶姐，陈瑛死了。他为什么不听话，在驱妖门好好地修炼？"

"怪也怪陆翡，临近年关的送什么尸体。"玉瑶好声安慰，"快，先进来坐吧。"

"别人都说你心性凉薄，可你对我是真的好。"

陈牧进了屋子，玉瑶吩咐小伤拿两个红豆饼出来。

点心上了桌，茶是现成的，陈牧喝了两口白茶，确实没有心思吃点心了。

"玉瑶姐，你最近可到过主城，那里在闹妖怪吗？"妖怪杀死了陈瑛，驱妖门若不作为，她打算自己出手。

玉瑶袅娜地坐在她对面，气定神闲地灌了一杯冷酒："妖怪？白沐、黑芒，无庸城里面有妖怪作乱吗？"

白沐摇摇头："没有。我倒是听说，有妖怪被驱妖门的二爷抓了，下场很惨哪。"

黑芒微笑着看白沐："主城宗门偌多，什么妖怪这么厉害，敢在主城抛头露面？"

小伤坐在角落里，心道，大梦药铺就是个妖怪窝，他们的消息定是可靠的。

玉瑶眼波妖媚，柔声问："陈牧，若你相信姐，可否告诉我，那妖物长什么模样？"

"白头发，长相丑陋，似人非人……见过它的都死了！"陈牧还原陆翡的话。

玉瑶蓦然笑出声："见过的都死了，又怎么知道是白头发，似人非人？他应是现编的胡话，骗没见识的村民。"

"他说谎？"陈牧失声。

"以姐的经验，百分百在骗人。陈牧，你若相信我，就该相信最近没有妖怪在无庸城作乱……你弟弟的死，必定另有隐情。"

陈牧内心过于震动，以至于没有注意到玉瑶的笑。她如何能在此刻还平和淡然？实在没有一点同理心！

陈牧霍然起身，气得发抖，失声道："是陆翡！陆翡有问题！从前他就祸害陈瑛，陈瑛的死和他脱不了干系！我要找他对峙，问个清楚。"

"别急，"玉瑶抬手，虚虚按了几下，让她不要轻举妄动，"你有多大的能耐，能和他对峙？他再不济，也是陆昶的小儿子。"

"就这么算了？"陈牧愤懑地反问。

她不会就这么算了，哪怕玉瑶一万个反对。

玉瑶这时站了起来，走到陈牧面前。她忽而盯着陈牧的脸，"啧啧啧"地赞叹。

陈牧被她盯得不自在，目光闪躲："玉瑶姐，你……"

"好妹妹，得亏天道助你，给你这副面貌。你对着镜子，不就能看到陈瑛？"

陈牧和陈瑛，宛若一对龙凤胎。

陈牧仍不能理解玉瑶的意思。

玉瑶嗤笑一声："只有做了亏心事的人，看到被自己害死的那张脸，才会惶惶不可终日。陈牧，你何不借着这张脸，靠近陆翡？"

一直闷不作声的小伤忽道："掌柜，你想把她推向火坑？"

"她要报仇，我才给她指点迷津。"玉瑶不满小伤的拆台。

陈牧从未与小伤说过话，瞥了一眼角落，才注意到这个人。

他身着褐色交领短打，黑色布鞋，如此毫不起眼的打扮，却更衬绝俗的皮骨相。

原来他不是个哑巴。

陈牧不免摇头，道："我自愿复仇，死生自负，不怪玉瑶姐。"

小伤摩挲着木凳，竟又道："死的死了干净，活人不必趟浑水。陈瑛送你银子，不是为了让你替他送死。如果他能对你说话，一定希望你好好活着。"

小伤没来由地执拗，完全破坏了玉瑶的计划。她不得不打断小伤，劈头盖脸地数落他："柴劈了吗？水挑了吗？小伤，这儿没你的事，快去干活！"

小伤不走。他偏要戳破玉瑶虚伪的面具。

陈牧却道："如果陈瑛希望我好好活着，我更要为他报仇。我从前总嫉妒、怨恨他，即便对他好，也是因为他弱小，我可以高高在上予他施舍。可这些天闭上眼，我总想起他小时候跟在我后头依赖我的样子。我是他姐姐，没有人可以替他伸张正义，我要替他报仇。"

小伤心潮澎湃，一时无声。

他确信自己方才把想法强加于人，自以为是对她好。可不是谁都像他，早就把傲骨都折断了。

玉瑶放下酒杯，被他们两相折腾，不得不道："罢了罢了，我是个生意人，既敞开门做买卖，便给你兜底。"

她掀睫，眸光妩媚如水："陈牧，你印象中，几岁认识的我？"

"七八岁。"陈牧不解地问，"玉瑶姐怎么问这个？"

玉瑶拨弄着手中的青丝，脸如雪一般莹白，红唇潋滟："这么多年了，我比当年如何？"

陈牧愈加不解。

玉瑶又道："你仔细些看。"

陈牧终于凝神，只觉得她的美摄人心魄。她第一次见玉瑶，亦觉得她是神仙妃子，美得令她失语。

"姐……一点也没变。"她讷讷地道。

"晃眼也有十年了，怎么会一点也没变？"玉瑶仍笑着，语气幽幽的，"陈牧，你可有思考过，什么人才能十几年如一日，青丝不改，容颜不老？"

陈牧悚然一顿。

这个问题，她从未发觉及深思过，如今坐在这里，听到此话，竟感到一阵寒意。

"玉瑶姐，你……是人是鬼？"她环顾四周，才惊觉这药铺诡异。每个人的脸上，都浮现莫名其妙的光。

他们或天真，或娇娆，或恭肃，组合在一起，竟形成了令人感到后怕的众生相。

玉瑶答非所问，笑容甜腻："鬼也罢，人也罢，妖也罢，不打紧。其实我照拂你，是为了从你身上得到件物什。你可知道无庸城里关于修罗的传说？

你身上，有修罗魔王的转世碎片。"

— 10 —

传说在无庸城与九原城的交界，有一片茫茫大漠。大漠的主宰为修罗族，修罗族驻地贫瘠荒芜，一直觊觎无庸城与九原城的繁华。

混沌之初，无庸城与九原城一直干戈不息，修罗族强大的战神铎罗带领族人趁机入侵，几乎将两个城池逼到绝路，最后两城的城主打破了原有不和的局面，联手对付外敌，才击败了修罗族。

只可惜，因为利益分配不均，两城最终还是走向决裂，纷争不断。

先祖将战神铎罗的魂魄封印，铎罗的元神却趁混乱逃出。随着时间的推移，修罗族在大漠秘界进入了彻底沉睡的状态，只要战神铎罗重新归来，便能调动修罗十万大军。

铎罗的魂魄化为十颗舍离珠，散落人间。

获得舍离珠神力的人，耳廓后都会有一个火焰形的胎记。

陈牧就是这天选之子，她身形细弱，却力能扛鼎，万夫莫当。这神力是她的骄傲，也为她嫉妒陈瑛埋下祸根。她自诩神勇，为何爹娘厌恶她，还让她认命相夫教子？

"这珠子有灵性，颇为认主，你需得照我的提示，从灵识中寻到它，把它交给我。失去它，你不仅会失去神力，还会短三十年阳寿，你是否愿牺牲？"

陈牧愣住，无法接受自己从一个凡人到铎罗神转世的真相。

"只要你愿意和我交易，我便助你调查陈瑛的死因。"玉瑶诱惑她，"当然，你也可以选择不报仇，带着陈瑛给你的银子远走高飞。我不会阻拦，毕竟，这是陈瑛的愿望。"

"我不相信。"

"嗯？"

陈牧才觉得玉瑶陌生，心里那根柔软的弦一下子绷断了："因为你想要舍离珠，如何能轻易放过我？"

"你不算鲁钝嘛。"玉瑶的秘密被戳破，索性图穷匕见。

她明明可以阻止事情发生，偏要做旁观者，就是在等陈牧求她。这笔交易，她一等就是十年。

陈牧不禁道："你竟也是个魔鬼，枉我和弟弟信了你这么多年。"

"怪我？难道不是你们单纯？三十年阳寿，用来换你弟弟的死因，亏吗？"

陈牧没有作答。她不会计较亏与不亏，玉瑶不过是在用话术绑架她，逼她不退却，否则会受到道德谴责。

可那是陈瑛，是临死前还怕她遇人不淑的亲弟弟。在她看来，玉瑶一点人性都没有，她何必浪费唇舌？

交易达成。

为了让陈牧更像陈瑛，玉瑶打算做点什么。

玉瑶走进客房，把小伤也叫进去。

小伤平日洒扫的时候，曾从门缝里偷窥过里面的光景。那是间很普通的卧室，卧室里放着一张床、一张桌子和一个大柜子。

玉瑶打开抽屉，里面装满了瓶瓶罐罐。

小伤疑惑："这是……？"

"别人我是指望不上了，可我一个人忙不过来，我看你悟性不错，以后就来给我打下手吧！这些都是给妖怪用的药，我一样一样教你。"

小伤大感怪异："我？"

"你虽不爱说话，但办事牢靠，要相信自己。"玉瑶拍了拍他的肩膀，以大姐大的姿态道，"不管过去经历了什么，在我这里，都暂且放下。"

小伤微微一怔。她这番言辞好似昏暗中的微光，企图照亮他。

"谢谢。"小伤道。

"原来你还是一个有感情的人，我还以为你真是一根木头。"玉瑶笑了。

从小伤嘴里听到"谢谢"两个字，远比从别人嘴里听到的珍贵。

红云又慢慢地爬上了小伤的脸颊，他问："掌柜，你是不是很讨厌人类？"

他也不知现在是否应该问，但玉瑶再三帮他，他也想帮玉瑶解开心结。

玉瑶拉下脸："你管不着。"

"一个心怀仇恨的人，不可能得到快乐。其实你想帮陈牧，为什么非要说成是场交易，什么交易能让你等十年？"

"人类没有一个好东西。"玉瑶冷冷地道。

"所以交易不是假的？"

"假的？你把我想得太善良。所有人遇到的困境都是自作孽，不可活。我巴不得他们都栽阴沟里，离我远远的。"

"你太可怜了。"小伤忍不住道。

玉瑶冷哼："你可别忘了谁是这里的掌柜，我是不是可怜用不着你告诉我。"

小伤张了张嘴，却没有再反驳。

想必大梦药铺里其他人苦玉瑶久矣，他又何必做那出头的鸟？

两个时辰后，陈牧离开了大梦药铺。

她虽不知玉瑶对自己做了什么，但吃完玉瑶送给她的药之后，身量忽然拔高许多，外表也更俊美，活脱脱陈瑛再世。

玉瑶道："你放心去，无论做什么，姐都在背后看着你，直到你达成所愿。"

陈牧晒道："掌柜，你并非凡人，我怎么好意思以你妹妹自居？"

她的声音、神态，都像极了陈瑛。

玉瑶太满意自己的作品。

"好，好，去吧，去找陆翡报仇吧。"

宴会上觥筹交错，推杯换盏。陆翡举起翡翠酒杯，目光在清酒与灯光之间变得迷离。

宴饮是他们世族子弟的乐趣之一，对于陆翡而言，只是闲趣。

"一曲新词酒一杯，去年天气旧亭台。"他吟诵着这首出处不明的词，感慨词人就和他一样，充满了闲愁。

所谓闲愁，在穷人眼里，不过是无病呻吟。他可没理由伤春悲秋，才举杯对着月亮不着痕迹地思了一下，就有人勾着他的肩膀，约他继续喝酒。

他总如此声色犬马，日子绮丽得有点无聊。

可他能做到最多的就是放纵，服务从无庸城来的贵人们，他们喜欢怎么疯，他都能让他们满意。

比如有人看上了农家的耕牛，不管那牛于那户人家多珍贵，他也会毫不犹豫抢了，在贵人们痛快的笑声中将它杀死。

比如计划夺取一块耕地，会顺便挖空对方的祖坟，骨骸也洒一路。

他擅长做这些。

他的底限是随着渐长的见识，逐渐打破的。

喝到月上中天，他觉得自己应该回家了。小厮已经将马车备好，等着他出来。

醉醺醺的他由下人搀扶着，摇摇晃晃地从酒楼走出，又被人架上马车，马车盖下的风铃被风吹得丁零作响，他想探出头来感受一下清凉的晚风，下人着急地叮嘱："二爷，您刚喝了酒，可不能再吹风，还是快进去为好。"

他在驱妖门出生，是宗主的小儿子，但没有灵根，身子骨比普通人还弱。

小厮的提醒，又让他想起一些不愉快的事。

陆翡耷拉着脑袋，以手支颐，在马车里卧着，狭长而细挑的眼眸微合。耳边隐约传来父亲失望的叹息，宗门师叔伯、师兄弟的嘲讽。

马车忽然一顿，嘲讽变成了外头胆大包天的叫喊。

陆翡豁然睁眼，心脏竟怦怦直跳。终于有人来打扰他平静的生活了，他正好有气没处撒。

那些人要绑架他，勒索陆氏。

陆翡挑起嘴角，修长的黑色指甲间蹿起一缕蓝色的火焰。但他还未出手，劫匪们便被一个路见不平拔刀相助的少女打得落花流水。

陆翡眯眸，因未能尽兴而心生恼意。

小厮跑到了少女身边，狠狠踹那些劫匪几脚，才颇为趾高气扬地对少女道："姑娘，你有福气了，我们二爷是出了名的阔绰主，你替他修理了这群人，想要什么作为回报？"

"我什么都不要。"少女的声音冷冷的。

她开口时，陆翡忍不住抬头看去。她的声音让陆翡想起了一位，于他而言，有些重要的人。

当他看清少女的脸时，着实吃了一惊。

"你……"陆翡搜索枯肠，忽然想到什么，复又阴险地笑道，"姑娘，你可是陈瑛的姐姐，陈牧？"

陈牧惊讶，他竟然记得她，而不是惊讶于她和陈瑛的相似。

陆翡指尖轻点膝盖，戏谑道："那日，姑娘私闯我府邸，姑娘可忘了？"

— 11 —

陈牧那日正欲偷《御极典》，而陆翡吃了丹药，被药效反噬，浑身酥软，无法奈何她。

陈牧不得不为那事道歉。

"都是过去的事了，姑娘今日救我，我感激还来不及。何况，令弟的事令人惋惜，他是我师兄极力举荐的，难得有双灵根的新弟子，秉性恭顺，勤勉好学，只可惜被妖怪残害，年纪轻轻便陨落了。"

陆翡又对小厮道："万万不要怠慢了陈姑娘，更不可以金钱量度陈姑娘的善举。"

小厮连忙缩头："少爷说得是，是我鲁莽了。我给姑娘赔礼道歉，希望姑娘大人不计小人过。"

若非陈牧私下里见他和陈瑛吞噬妖怪原神，当真被他彬彬有礼的表象蒙蔽。她亦没想到，陈瑛竟有双灵根，可以同时修习两种术法。

陆翡当真为陈瑛惋惜过吗？

陈牧压抑着恨意，淡淡地道："都是小事，不打紧。"

陆翡优雅一笑："姑娘不要钱这些俗物，我却不能不报答你。只是夜深露重，我适才喝了酒，不如姑娘先随我回府，待我醒醒酒，再来和姑娘叙话。"

他的主动正中陈牧下怀，她敛了眸色，道："岂敢叨扰二爷？"

陆翡笑容更盛："说什么敢不敢的，这可是陆某与姑娘的缘分。"

陆翡颇有相见恨晚之意，邀陈牧上了马车。

怀着诸多疑窦，陈牧恭顺地听从安排。陆翡酒早就醒了，手支着一侧下颌，在马车内的夜明灯的映照下，黑色的指甲格外绮丽靡艳。

普通人怎会生黑色的指甲？陆翡定有内疾。

陈牧思忖着，不动声色。她坐在陆翡对面，恍惚间觉得有道目光在自己身上逡巡。

陆翡在偷窥她，或者说，他在仔细审视自己的脸。

实在太像了，闭上眼会做噩梦的程度。陆翡忽然有些不安，指尖继续点着膝盖，频率变得快促。

马车停在一个阔气的宅邸前，正门紧紧地关闭着，角门有两个小孩正在玩耍，两个护卫犹如木桩，站在那儿一动不动。

进了院子，陈牧抬头看去，不愧是大户人家，一砖一瓦都有讲究，屋舍整体的格局已经不仅仅是为了满足居住需求，更多添了书香门第的文雅。

照壁上雕花刻叶，飞鸟鱼虫，莫不精致。一亭一台，一花一叶，都有风水的讲究。

谁能想到如此静谧别致的宅院，主人竟是不学无术的陆翡。

陆翡窥见陈牧眼底的惊诧，心中稍安。

不过是个没见识的乡野丫头，不足为惧。他正愁陈瑛死了，没个替补的。肥美的羔羊却自己扑上门，怪不得他。

下人见了陈牧，并未惊诧。想来是陆翡经常会带陌生女子归家，无须吩咐，他们已经打点好一切。

陆翡亲自领着陈牧来到厢房中，才进堂屋，身后的门忽然被人合上。

屋内转暗，陆翡的半边脸都沐浴在阴影中，谦谦君子之貌，也变得狰狞。

"陆二爷，你做什么？"陈牧假意惊慌，后退半步。

"哦，夜里风大，怕吹着姑娘。"陆翡温雅一笑，却又往前半步，"陈姑娘，我不知道你们那儿的礼节，但我这儿男女授受不亲，姑娘愿意随我回府，陆某可否认为，姑娘对陆某有意思？"

"你……"陈牧骇然，不小心撞倒了身边的高凳。刺耳的声响让陆翡脸上笑意更浓，他觉得她可怜无助的模样令人愉悦——他做坏事的时候总是格外愉悦。

"姑娘,令弟尸骨未寒,我不强迫你。只是马车外惊鸿一瞥,陆某起了意,才生出把姑娘叫回府的念头。"陆翡又状若无害,"对了,令弟曾在府上留了些物什,我这几日差人盘点一二,交还于你。"

陆翡转身,吩咐门外仆婢小厮:"你们,夜里好生伺候姑娘歇息。"

他完全不提放陈牧归家,可见没有这个想法。

黑色的指甲摁在陈牧的肩头,薄唇细挑,如吃定她一般。

陈牧脑海中闪过一个荒唐的念头,忍不住道:"陆翡,你对陈瑛……"

"哈哈,一码归一码。陆某没有特殊癖好。"他的指尖刮蹭陈牧瘦削的肩胛骨,心道,如此娇柔的女子,何妨慢慢吞噬。

陆翡主动否认陈牧的猜测,陈牧只得坐下。

她知道陆翡没有灵根,她天生神力,若真的交锋,陆翡反倒会被她打趴下,是以先前的惊慌都是做戏。何况,玉瑶在她背后兜底。

她只是好奇,陆翡到底想对她做什么。

此际酉时已过,陆翡不再与陈牧叙话,只叮嘱她好生休息,明日,管家会来叫她。

陈牧环顾四周,窗明几净,一尘不染,处处都透露着奢靡华贵之气,不由得挑唇哂笑。

若陆翡真的和陈瑛的死有关,她必会将这用人命堆起来的一切绮靡摧毁。

陈牧闭上眼,脑海中浮现陈瑛的影子。他峨冠博带,在鸡棚旁指尖轻捻,把粗糠变成粗粮粥。他常常对她笑,唤她姐姐,问她自己是否已经长大,变成可以挡在她身前的男人?

她总在想念陈瑛。

陆氏乃无庸城世族,二爷陆翡长袖善舞,利用运营宗门之便,暗中结交各地巨擘,收取保护费,年纪轻轻,便富甲一方。他近年在近郊的沉乌山上建造了一个名为万芳的园子,作为夏天游乐的场所。

此园占地上百亩,亭台楼阁,小桥流水,四时花草俱备。园中还有婢女无数，都是从各地购买来的绝色美人，可谓万芳园的一道亮丽的风景线。

第二天，管家便带陈牧来到这座万芳园。

陈牧走进万芳园的一瞬，仿佛走进了一个与世隔绝的桃花源，她从小到大，还没有见识过如此美丽的地方。不知陈瑛是否来过此处，他若来过这里，又做过什么？

"快看，新来了个姐姐。"歌姬和舞姬们躲在凉亭里，悄悄地从帘子边缘往外瞧。

陈牧身形细挑，长相周正，和普通女子不太一样，她们一时好奇。但看到陈牧脸的那一瞬，表情又被惊讶取代。

"怎么是他？"

"二爷的口味越来越刁钻了。"有人轻笑。

"二爷的私事，轮到你们多嘴？"领舞忽地斥道，"小心多话闪了舌头，被二爷知道，把你们都发卖了。"

一时间，满园的莺莺燕燕都噤了声。

管家把陈牧带到西边的客房，下人早已经将最靠南的一间洒扫干净。

"陈姑娘，这是二爷给您安排的两个婢女，春兰、秋菊。"管家招呼身后两个眉清目秀的少女，"还不见过姑娘。"

这安排，倒像是把陈牧当成园子的女主人。陈牧心下狐疑，面上却装作受宠若惊："我是个乡下人，大家自在一些就好，不必拘束。"

春兰和秋菊还是躬身回礼："是，陈姑娘。"

管家又和陈牧交代两句，把钥匙交给两位丫鬟，便转身离去。

管家走后，陈牧才问她们："这屋子是专门给客人住的吗？"

春兰比秋菊活泼，微笑着回答："自然不是，这是二爷特意挑的阳光正正好、最宽敞、最舒服的一间。"

陈牧进了这儿，才知园中任何一位舞姬、仆婢，都不是出身村野的她所能相比的。何况陆翡声色犬马，什么美人没见过，对她一见钟情的言辞更为可疑。

"怎么，姑娘不喜欢这里？"春兰心细，问。

陈牧按下心绪："哦，不是，只觉得二爷人好，对我很好。"

春兰和秋菊对视一眼，掩着眼底的嘲笑。

人还是蠢钝些好，被当成待宰的羔羊，还惦着给卖家数钱。

她们也罢，管家也罢，都是陆翡安插在陈牧身边的内线。陈牧好似不知道，表现格外顺从。

陈牧暂时在园子安顿下来，陆翡却接连几日不见踪影。

闻说无庸城来的贵人格外挑剔，非得陆翡陪着才满意。

陆翡表面是二爷，背地里却给人当奴才。

若非他心甘情愿当奴才，驱妖门也不会在短短数年飞升为无庸城五大宗门之一。修仙问道的弟子们不用过问经济事务，一心钻研术法即可。可他们的吃穿用度，与其他宗门相比上乘得出了名。

陆翡虽然没来，但他真的托管家给陈牧送了一些陈瑛的旧物。

有一副陈瑛找裁缝定做的袖筒和一瓶秘制的膏药。

袖筒为女子所用，管家笑说，原来二爷以为是陈瑛思凡，给心上人所做，现在才知，这尺寸配陈牧刚刚好。

陈瑛曾道，他姐姐勤勉，冬日浆洗衣裳冻得十指红肿，奇痒无比，是个极不知爱惜自己的人。

袖筒御寒，膏药治伤，但他没来得及送出，就故去了。

陈牧摩挲着袖筒："他原来是个细心的家伙。"

她从前怎么没发现呢？

陈牧又问管家，陈瑛在宗门里是不是调皮捣蛋，天赋极差？

陆翡夸他的，她不能信。陈瑛自小身体孱弱，冒失鲁钝，离了家肯定吃苦头了。

管家笑道，姑娘开玩笑，陈瑛瞧着细挑，但力气极大，又有双灵根，怎么可能天赋差？就算不修道，他凭蛮力对付山野妖怪都绰绰有余。

管家眼含羡慕，道："你有个好弟弟。"

陈牧问不下去了。

陈瑛到底有多少事瞒着她？为什么他在她面前，一直是长不大的孱弱少年？所以当年，他们在深山遇到的妖怪，不是因天敌遁走，是他用朴刀杀死的吗？

他身上沾满血污，她竟然一点端倪都没发现。

他在她面前隐藏得太好了。

如今回忆陈瑛当初的眼神，其中或许藏着小小的得意。弟弟的调皮，她隔着久远的时光才读懂。

夜如深海，情也如此。她疲倦地走向记忆深处，往事大梦一样近在眼前。

她一直和陈瑛争，可他哪里和她争过？

他收敛锋芒逢迎她，她却不知好歹，以狭隘和自以为是相迎。

嫉妒是多么可怕的一件事，可怕到蒙蔽了她的眼睛。以后也许不会再有人那么温柔地对待她了。她饱经世事后才有的温柔，也还不到他身上了。

望着银盘一般的月亮，她的眼泪打着转。

"陈瑛，我的弟弟，我很想你。"

— 12 —

这天傍晚，丫鬟们给陈牧布菜，陆翡从外面回来，径直走到客房。

"陈姑娘，这几日住得可算舒服？"

"二爷的安排，自然是最好的。"陈牧表情淡淡的，并没多少喜悦。但她希望陆翡过来，她需要从陆翡身上查探到什么。

陆翡浅笑："你满意，我便安心了。"

随后他又问："你来园子这些天，伯父伯母是否知道？"

陈牧摇头。

"不知道？这是说陈姑娘自己跑出来了？"陆翡的表情突然快活起来，哈哈笑道，"我以为我探查错了，你先前许配了人家，但你在成亲前夕逃跑了。"

陈牧暗自惊讶，他这几日竟然调查她，不知是否调查到大梦药铺。

陆翡道："姑娘不必担心，我是个怜香惜玉之人，很是佩服姑娘逃婚的举动。姑娘既然不想和那乡野匹夫结亲，跟了我亦是不错。我可以给姑娘时间，姑娘再好好考虑。"

陈牧不会相信他，却也不想深究，他若强留她，她跑不了。她试探着问："二爷，我弟弟为怪妖所害，不知驱妖门最近可调查出什么眉目？"

陆翡神色稍沉，给自己斟了一杯茶："调查？哦，一直没放松调查，若有眉目，就告诉姑娘了。"

陈牧便知，他果然无所作为。她假意应道："辛苦二爷，那妖怪凶残，二爷也当心。"

"有姑娘这句话，我死了也甘愿。"

他肉麻得让陈牧不适，尴尬地避开他的目光。

原来二世祖喜欢这样和人调情，难怪那么多女子都为他倾倒。

他这人皮相不差，轮廓与鼻子都绝顶，就是一双眼偏窄，薄唇偏宽，牙齿尖利，像阴险的狐狸。陈牧不喜这副长相。

她所见人中，最美者为玉瑶。再看别人，都觉得不完美。

陈牧可不愿与他调情，匆匆吃过饭，脑子竟开始发晕。昏蒙中，她隐约看到陆翡朝她伸出了纯黑的长指甲。

"姑娘，你……睡着了吗？

"陈姑娘？"

陈牧睡醒后，气色变得极差，乃至下床穿鞋，差点摔倒。

陆翡并不在客房内，陈牧对着铜镜，惊觉自己如此憔悴。

她用过饭后便昏迷了，他对自己做了什么？

春兰和秋菊守在门外，待陈牧一醒就微笑着问感觉如何，陈牧按着愤懑，假意道："我这是怎么了？头有点晕。"

"应是晚饭里有道酒酿圆子，姑娘醉了。"

"这样啊。"陈牧揉揉额角，春兰给她斟了杯茶。

活动筋骨的时候，陈牧发现脖子上有道红痕，她把头发散下来，遮住痕迹。

玉瑶曾给她一枚针，此针由天才地宝淬炼而成，能试百毒。

玉瑶还给了她一瓶丹药，服之可解百毒。

陈牧让她们给自己梳妆，有意无意地问："二爷又忙什么去了？"

"姑娘这么快就想二爷了？"春兰打趣。

"没有哪个女子得了二爷青睐，一点也不动心的。"秋菊轻笑。

她们口中的陆翡，是天上有地下无的妙人。可惜，陆翡生在修仙世家，却没有灵根，小时候经常被人嘲讽。

谁能知道，他有朝一日能在无庸城呼风唤雨。

"有没有灵根，重要吗？二爷凭自己的本事，一样让人刮目相看。"

陈牧心道，他暗中吞噬妖怪原神，她们两个是蠢还是坏，认为陆翡能令人刮目相看？陆翡应当是个极其喜欢欺骗和伪装的阴险小人。陈瑛之死，和他脱不了干系。

自那日陪陈牧用过饭后，陆翡来园子更加频繁。

他总是用温柔缱绻的目光看着她，带她到处闲逛。

陈牧比他想象中更善解人意，更温驯乖巧，虽不大言辞，也不像初始时惊诧，不忤逆他。是以她偶尔问他些问题，他没有避讳。

他斜倚着栏杆，凭栏远眺，眸中星火点点。

"驱妖门成立二十年，尚未有一人能臻至化境，得悟大道。若论实力，在无庸城属于下乘宗门。不过，我能力挽狂澜，十年内让它在无庸负有盛名。

"大哥没有这本事，他只知道关起门辟谷修仙，我一力维护宗门运行，父亲却喜欢大哥，真荒唐。

"陈姑娘，你以为我嫉妒他？不，现在我早就不嫉妒了……你理解我？难怪我和姑娘聊天，总觉得窝心，就像和自己的另一半聊天一样。"

陈牧冷呵，哪有人放下了，还把这件事挂在嘴边，和个不相干的人诉说？

难怪总有人给陆翡送所谓的仙丹灵药，他照单全收。

他就是不甘心自己没有灵根，巴不得即刻能变成仙人，呼风唤雨，让他的父亲刮目相看。

他就像从前的陈牧，以为力大无穷，能被爹娘重视，谁知道爹娘背地里怕她嫁不出去。

陆翡满身铜臭，陆昶清心寡欲，他如何能入陆昶的法眼？

三月十五，陆翡心血来潮，带陈牧到瓦肆观戏。

瓦肆内人头攒动，熙熙攘攘。陆翡的马车刚刚停在瓦肆外，立刻有人过来迎接。

兴旺镇只得这一个瓦肆，每逢初一或者十五，必定热热闹闹，就像赶集一样。大家有各自钟爱的表演的杂技艺人要看，魁风就是其中之一。

魁风擅长口技，每当表演的时候，便支起一扇锦缎屏风，他躲在屏风之后，借助各种工具和一张嘴巴，模仿各种声音，营造出一种氛围，仿佛身临其境。

陆翡是魁风的忠实观众，作为兴旺镇的纨绔，多少新巧之物于他是过眼云烟，唯有一两样喜欢琢磨回味。

陈牧刚入瓦肆，便看到上座有一个人。

那人穿着月白的衣袍，袖口露出洁白的手腕，手指纤细，大拇指上的玉扳指尤其衬他的肤色。

陆翡唤他张孝之，姿态格外恭敬。陆翡常带女眷出来交游，张孝之不以为意，只是在扫过陈牧的脸时，微微诧异。

"无庸城最近有妖怪作祟，你们宗门亦死了人，其中有一个，似乎和这姑娘……"

"张兄，有些话点明就不好玩了。"陆翡淡笑。

张孝之便把目光从陈牧身上抽回。

陈牧不太清楚张孝之的来历，只觉得此人非常年轻，皮相亦佳。陆翡另点了个雅间，和张孝之会过面，就带陈牧进了雅间。

远远地，陈牧还能听到魁风的口技。

有丫鬟把一个雕花锦盒置于圆桌中央，盒子顶部錾金，嵌了几颗宝石。

陆翡挥挥手，让人退下。他揭开锦盒盖子，拈起当中一枚红色丸药，表情魅惑："陈姑娘，你平时找不找乐子？此药名为'赛神仙'，吃了就能让人忘却烦恼。我辛苦弄来的，只想第一个献给姑娘。"

他沉沦已久，根本不知道自己在干什么，诱人堕落也心安理得。

陈牧揣测，陈瑛应该就是被他胁迫吞服这些毒药，才越来越奇怪的。陈牧道："我不想吃。"

她倒要看看，他会不会生气，露出狐狸尾巴。

陆翡摇头淡笑，捏着丸药往口中一放，表情极其享受。吃了逍遥自在的仙丹，听着钟爱的口技，陆翡当真是来此快活了。

黑色的指甲在桌上一叩一叩，如夺命的鼓点。

博山炉中点着鹅梨帐中香，熏得满室烟霭缭绕，宛若仙境。陈牧坐下来，见陆翡的脸越来越红，狭长的眸子眯起，眸光逐渐迷离。

她第一次进陆府偷《御极典》，他就是这副模样。

陈牧还在园子里窥见过他别的丑态，他把自己锁在寝屋内，服药后跪在席上抽搐不止，青紫的筋脉遍布皮肤，筋脉比平时粗了数倍。整个屋子黑雾升腾，把他笼罩其中，像妖怪出没一样。

各类丹药在体内，药性相克，有时候能要人性命，他来者不拒，岂不知会吃苦头？

陈牧回忆着，忽而觉得头晕目眩。原是熏香有毒，她所带试毒的针已全黑，她忙偷吃了一枚玉瑶的解毒药，然后假意昏迷。

半个时辰后，陆翡的药效过了，眼神恢复清明，起身熄灭博山炉的香火，走到陈牧身边。

"陈姑娘……你睡着了吗？"他摇了摇陈牧的肩膀，又试探她是否中毒。

见陈牧没有苏醒，他便撩开她后颈的发，张口咬下去。

冷不防陈牧一掌劈来，打得他倒飞，撞在身后的泥金屏风上，呕出一口黑血。

"你……"陆翡瞪大眼，惊疑不定。

陈牧快步向前，一下掐住他的喉管："你这个疯子，为何对我下毒？我弟弟是不是你害死的？"

原来她早有防备，这些日子的顺从都是假的。

"你这村妇，倒也不算鲁钝，知道防着爷。"陆翡很快便定了心神，轻狂地笑道。

"你与你弟弟都是纯阴之体，最宜用来做我炼药的容器。你吃的喝的，无不是药。每逢初一十五，药性最强，我便可吸食你的毒血练功。不过我只需要一个容器，当初相上你，你弟弟自愿替你进驱妖门，我便放过你了。谁让你又主动送上门？"

"所以，我偷《御极典》时，你就打我的主意？"陈牧恍然大悟，陈瑛为了让她高兴，一直故意在她面前掩盖锋芒，又是为了她，才参加了驱妖门的选拔。

陈瑛不止一次说过，他不喜欢修仙问道，她以为他什么都拥有了，但不珍惜。

陆翡眼神灼热："至阴之体稀世罕见，不承想我一次能找到两个……陈姑娘，你放心，只要你乖乖听话，让我修成秘术，掌控驱妖门，你死了我也会好好抚恤你的双亲……"

幽蓝的火苗从陆翡黑色指甲中蹿出，他忽然攥住陈牧的手腕，烫得陈牧一激灵，挥手挣脱，陆翡乘势起身，背后鬼火肆虐，熔金铄银。

雅间无比炙热。

他没有灵根，所修秘术定为邪术，可他沉迷其中。他要父亲看看，谁说没有灵根就不能毁天灭地？他一样能够杀人如杀蝼蚁，他也可以降妖除魔。

陆翡变得偏执狰狞，鬼火一寸寸燎近，把陈牧逼在原处。

雅间的门突然被人推开，陆翡听到了女子的叹息声。他狐疑之际，对方拂袖挥起一片白色烟尘，他一时不察，眼前发黑，晕了过去。

玉瑶将陈牧揽到身侧，嫣然而笑："妹妹，怪我来迟了。"

陈牧心还在飞快地跳动着，盯着晕倒的陆翡，恨不得捅他一刀。

玉瑶道："此地不宜久留，先随我回药铺。"

玉瑶并无高深的术法，若真的和陆翡对打，未必是他的对手。她只得先把愤懑不甘的陈牧带走了。

夜里，玉瑶给陈牧喝了一碗安神汤。她神色恬淡，坐在竹床边，摇着团扇问陈牧："你可知陈瑛的死因了？"

"陆翡杀了他，却谎称是妖怪所杀。"陈牧还没喝完药，便把碗放在一边，"我要到无庸城，给陈瑛报仇！"

"小娘子厉害起来，谁也拦不住。"团扇轻掩红唇，玉瑶笑道，"陈牧，你有没有想过一个问题，他把陈瑛当成炼药的容器，死了陈瑛一个不奇怪，为什么宗门里却死了好几个弟子？"

"无庸城中有别的妖怪？"

"笨蛋。"玉瑶用团扇轻轻敲了一下陈牧的额头，无奈地道，"我既然说过最近没有妖怪作乱，你还不信？"

陈牧终于反应过来，恍然大悟："没有妖怪，陆翡却说有妖怪，岂不是贼喊捉贼？"

玉瑶笑了笑："你倒不算笨得彻底。陈牧，杀一个人简单，但杀人而诛心，才最痛快。我可以教你一个法子，让陆翡身败名裂。"

玉瑶说着，凑到陈牧耳边，如此这般。

她哄好陈牧，从前院竹楼下来，小伤背靠着院子的廊柱，目视她。

玉瑶左右观瞧，确定他的目光并不空洞，是有意为之，不免皱眉，道："木头，你盯着我干什么？嫌我克扣你工钱？"

小伤还是那副沉默寡言的孤高模样，听了玉瑶刻薄的话也不恼。

"教人报仇，并不在交易的条款中。掌柜，你为何教她？"他想说，玉瑶违背了自己交易的初衷。

玉瑶的脸猛然蹿红，燥热难当，忙挥挥袖子，往脸上扇了扇风。

"谁说我帮她？只不过是哄好她，让她乖乖给我舍离珠。还有，你半夜不睡觉，在这里偷听，很光彩吗？"

小伤举起砍刀："我在劈柴。"

"劈柴？劈柴耳根子扯那么远，楼上楼下说什么都能进你耳朵？"玉瑶斜也他一眼，摇着团扇走远了。

玉瑶给陈牧出了个阴损的点子。

陆昶膝下育有两子，一个是陆域，一个是陆翡。陆域依借修仙问道博得陆昶欢心，陆翡嫉妒成痴，不惜练邪术与之竞争。陆翡这些年日渐有了声望，陆域当真毫无危机感？

驱妖门看似波澜不惊，实则激流暗涌。陈牧只需告诉陆域，最近在无庸城为非作歹、残害宗门弟子的妖怪，其实是练邪术走火入魔的陆翡，让他们兄弟阋墙，自相残杀，她便可坐收渔翁之利。

陈牧依言而为，躲在暗中窥伺。

是夜，陆翡因邪术入魔，又生发嗜血的欲望。他正为陈牧突然逃跑之事耿耿于怀，诈了几名宗门弟子随他到街巷捉妖。

星光黯淡，陆翡提剑走在前面，几名弟子跟在后面。虽然陆翡没有灵根，可在驱妖门仍有地位，他们不得不随他出来。

细碎的议论不时入耳："二爷花拳绣腿，待会遇到妖怪屁滚尿流，还得我们替他挡着。"

"嘘……你不知道，咱们宗门谁最好大喜功？小心被他听了，吃不了兜着走。"

陆翡额角青筋突暴，指向阴暗的窄巷："你们听，那边好像有婴儿啼哭声。"

"有吗？"

陆翡阴险地道："我也听不太真切……看，有道影子过去了！"

他率先冲进窄巷，几个弟子随即跟上。可等他们进了窄巷，用剑挑开那些堆在墙根的垃圾后，寻了半日仍不见妖怪踪影。

"二爷，哪有妖怪？"

抬头，他们却被陆翡的模样吓了一跳。

他再不是谦谦君子模样，此刻乌发披散、黑眉赤唇，周身黑气缭绕、鬼火肆虐。

"哪里有妖怪？下了地狱，你们就知道了。"

他的双足逐渐离地，张开臂弯时，广袖无风自动，指尖轻轻一钩，就把其中一人吸到面前，黑色指甲掐住对方喉管。

他欣赏着那人狰狞的表情，阴恻恻地笑："花拳绣腿，好大喜功……你说谁花拳绣腿，好大喜功哪？"

那人嗓子完全被扼住，腿无力地蹬着，就像从前被陆翡杀死的任何一个师兄弟。

他们和陈瑛不同。

陈瑛死前，只是平静地看着他，如同接受自己既定的命运一般。他讨厌陈瑛的平静，更喜欢他们挣扎。

平静是蔑视，挣扎才代表他们恐惧、臣服他。

"陆、陆翡！你别胡作非为！"性命攸关，顾不得尊卑，有人仓皇拔剑。其余几人均拔剑。

陆翡仰天狂笑，仍不松手："我最讨厌别人说我是花架子，你们这些人，吃的穿的，哪一项不经你二爷之手置办？端起碗叫爷，放下筷子骂娘，不愧是陆域的走狗！"

他越笑越阴森，声音低沉，众弟子不敢轻举妄动。

忽而一柄剑破空飞来，寒气逼人，陆翡下意识用眼前之人格挡，那剑却拐了个弯，飞向别处。陆翡分神之际，被掐着的弟子挣脱落地。

能御剑的术士，已非驱妖门普通弟子，何况这把剑……陆翡惊诧，便见陆域踏空而来，念诀结印，绕行的剑忽地化作五柄，在陆翡上空盘绕。

陆域声音冷肃，道："弟弟，还不束手就擒？"

陆域之后，更多的驱妖门弟子赶到此处，都看到了陆翡入魔之景，纷纷侧目。

陆翡身上魔气更甚，阴鸷地道："是你做的局？"

"哼，事到如今你还执迷不悟，诬陷于我？你修炼邪术，残杀同门，我今日便要替死去的弟子报仇。"陆域结印念诀，剑越转越疾。剑锋迸射金光，刺向陆翡。

陆翡并不是陆域的对手，眼见事态变得严重，身上魔性更重，大有把现场所有人都杀死的冲动。

就在他拼尽全力抵抗的时候，又有一柄金剑飞来。此剑力达千钧，霎时将他的肩胛洞穿，还带着他的躯体倒飞，钉在了身后的墙上。

陆翡呕出乌黑的血，疲态尽显，虚弱无比，魔气因此消散，鬼火也变得微弱。他艰难地掀起睫羽，看到了陆昶。

他的眸光不禁耸动："父亲……"

他拼尽全力，就是希望陆昶不要用这样失望的目光看着他。可陆昶根本不给他解释的机会。

"孽障！怪我有眼无珠，酿成大祸，今日我便替天行道，清理门户，杀了你这逆子，给死去的弟子一个交代！"

"父亲……"陆翡惊恐地张口，话到嘴边，却什么也说不出口。他的身体强烈地战栗起来，半响，主动放弃了挣扎。

为了陆家兴旺，牺牲一个不成器的儿子而已，父亲做得出来。

眼底，陆昶的身影越来越近，陆翡似乎被无边的倦意笼罩了。

解脱也好，失望也罢。已无人关心他。

万念俱灰之时，他想起了陈瑛。同样的瞬间，同样的平静接受，也怀有类似的遗憾吗？

—— 14 ——

父亲，如果我有灵根，你也会喜欢我吗？

—— 15 ——

陆翡死的时候，陈牧躲在那面墙的背后。她听到剑刺进他皮肉的声音，心底忽然有些空。

他死了，陈瑛也不能活。

她闭上眼，耳边恍惚又传来陈瑛的声音——姐姐。

陈牧想回应他，可睁开眼睛，连他的残影都看不到。

如果当初早点珍惜他，现在就不会这样遗憾了。她为什么要偷《御极典》？她不偷，就不会被陆翡盯上，陈瑛也不必替她。

她能实现的心愿已经实现，不能实现的不敢奢望。她跌跌撞撞，踉踉跄跄，几番周折，来到了大梦药铺。

玉瑶似乎在等她，命白沐早早煮了香茗，黑芒备上一些炭烤的板栗、花生，她才进来，便热络地招呼进屋。

"可算来了，怎么样，我办的事你可满意？"

她不过为了要陈牧体内的舍离珠，但不可否认她帮了陈牧的事实。陈牧淡淡地道："满意。"

她没有再和玉瑶寒暄，又直截了当道："茶我不喝了，板栗、花生也不吃了，玉掌柜，你动手吧，我信守诺言。"

她似乎失去了生命的支点，便是青春与阳寿，也不在乎了。

玉瑶不免一阵错愕，继而又欢喜地雀跃起来："我的乖妹妹，姐果然没看错你。放心，不会很疼，闭上眼睛，就像做梦一样，很快就结束了。"

玉瑶这么说的时候，发现小伤坐在暗处打量她。

她见不得光吗？她做了什么错事，他又想审判她？

玉瑶没好气地道："小伤，你别在这儿坐了。柴劈好了吗？水挑完了吗？快去忙吧！"

看着陈牧，小伤生出无限感慨。他有些羡慕这些平凡人家的姐弟情深，不像那些权贵所在之地，人情淡薄。听到玉瑶的话，小伤回过神来，点了点头："早就做完了。"

"让你熟悉的药材呢？"

"也已经谙熟于心。"

"你刚才竟然是左脚先从屋外迈进来的？"

"天地为证，右脚先迈的。"

找碴不成功，玉瑶无话可说。

她不会因为小伤的目光，终止自己夺取对方舍离珠的念头。虽然她在取舍离珠的时候，看着木然的陈牧，也曾有些于心不忍。

她动作很快，陈牧很配合。

时间并不漫长。

玉瑶捧着发光的舍离珠，将它放置于自己特制的玉色琉璃瓶中。

"好了。"

陈牧耳郭后的火红胎记消失了，及腰的乌发变成雪一样的颜色，脸上却没有细纹，像个白发魔女。想是在取珠期间，玉瑶对她施了术法，暂保了她的容颜。

"到底是女儿家，还是这样漂亮些。"玉瑶满意地捏了捏陈牧的脸颊。

陈牧翻覆手掌，除了脸，别的地方果然有衰老的痕迹。

"我没关系的。"陈牧平淡地道，"我的弟弟死了，爹娘不待见我，我以后一个人，怎么样都好。"

"一个人？"

玉瑶交臂沉思，半晌又叹了一口气："唉，你们人类真麻烦。"

天地若有盛意，山水总能相逢。她似乎想到了什么，凑到陈牧耳边，低声吩咐一番。

陈牧霍然睁眼："玉瑶姐，你说的是真的？"

"你可以试试，不亏。"玉瑶笑道。

陈牧眼底忽然迸射出光彩，起身道："好，我这就去了。"

她急不择路似的，快步跑出大梦药铺。及腰的银丝在风中飞扬，鲜艳飘逸的裙摆像极了她的明朗心情。

三十年一念而逝，比梦还短。

小伤仿佛明白了大梦的含义。

风雪无常，岁月无常，他像是被一种荒诞的悲伤感笼罩了。

唏嘘片刻，小伤又心生好奇，忍了半日，还是没有忍住，问："掌柜，你对她说了什么？"

"好奇害死猫，跟你没关系。"玉瑶捧着那颗舍离珠，已是志得意满，足尖轻盈地踮起，在堂屋中轻歌旋舞。

她高兴得如一只开屏的孔雀，是小伤从未见过的明媚模样。

陈牧跑过了一座座老宅，跑向树木繁茂的山林。

玉瑶道，陈瑛葬在这里，也会在这里重获新生。

他……

陈牧跑到陈瑛的坟茔前，忽然看到一个峨冠博带、仙风道骨的身影。陈瑛忽然在墓碑前转身，对她报以灿然的笑意。

"姐姐。"

"陈瑛！"

陈牧跑到他面前，掐了掐他的胳膊，看他讶异的目光，又咬了咬自己的胳膊，以确定这是不是梦。

不是梦。

无庸城中神、妖、魔、人共生，但能生死人、肉白骨者，不属于四类中任何一类。陈瑛隐约猜出了玉瑶的身份。

她仍是仁慈的，口中说着不中听的言语，却舍了自己一滴精血，换回他一条命。

作为回馈，他会和陈牧保守这个秘密，维护大梦药铺。

陈牧轻轻抚着陈瑛的脸，心道，三十年阳寿换得他的新生，实在没有任何遗憾了。

哪怕这是梦，她也不愿再醒。

问镜心

我有良田千顷

金银满山

我把这些都给你

你能不能让她忘了我

— 1 —

兴旺镇酷暑难耐，依然人头攒动，各地来的商贩赶着骡车、马车拥了进来。

在那些进城小贩的车辆之中，有一辆车尤其破败，坏了一个轮子，车夫便用边角料重制了一个安了上去，明显有点不搭。车内的稻草上倒是躺着一个衣着华丽的人，可车子没有搭棚，他只能用袖口遮烈日，脸上汗流如雨。

还有一个人如同死鱼一样躺在另一边，粉白的脸早已被蒸得通红。他的嘴唇干裂爆皮，一副濒死之状。

孙大夫今日刚刚开诊，虽然不是风寒的高发季，他和童子也已经忙得脚不沾地。

大梦药铺的掌柜玉瑶也来帮忙，她时常以极其低廉的价格向他兜售药材，一来二去，两人便熟识了。

玉瑶前脚刚刚进门，后脚就被人撞倒了。

"大夫，快救人！"那个衣着华丽的男人架着昏迷男人的胳膊，将他一路拖行至此，"昨儿夜里他忽然发起高烧，现下还烧得厉害。"

他们这一路赶得辛苦，不仅遇到了强盗抢钱，还差点被劫色。兜里仅剩的几个铜板，他现在也全都扔给了孙大夫。就算能救这男子的性命于万一，他明天也会吃不上饭。

但那是后话，眼下最重要的还是救人。

孙大夫闻言起身，才戴上那副老花眼镜，人便已经被对方摇得像拨浪鼓似的。

看来，衣着华丽的男人是这个高烧不止的男人的下属。

孙大夫定睛一瞧，这个高烧的男人面相华贵，气度不凡。落难的凤凰也是凤凰，虽然此人身上没什么值钱的首饰，但现在他救了此人，结个善缘，说不定日后可以凭借此人平步青云。

孙大夫是个俗人。

他早就想花钱修缮一下自家门庭，只是他谨小慎微，攒好的那笔钱迟迟不敢花，总想留着以备不时之需。

他空有发财的心，偏偏贵人迟迟不出现，只得挖空心思，决意抓住每一根救命稻草。此时，他假装心善，道："快将病人扶到里屋，我即刻为他施针用药。"

被撞倒的玉瑶可不干了，站起身，叉着腰，在那里骂骂咧咧："撞了人也不道歉，谁家的奴才这么没有教养？若是不给姑奶奶我磕头认错，我断不能饶你。"

男人这才发现，自己刚才撞了人。

眼前的女子风情万种，婀娜多姿，听她的语气，是个难缠的角色。他低头赔罪："对不起，请您原谅。"

如此干脆，玉瑶反倒不习惯了。

"好了好了，我只是随口说说，用不着如此，搞得我像仗势欺人似的。"玉瑶摆了摆手，又大度起来。

那男人跟着点了点头，起身，随孙大夫进客房。

小伤按照玉瑶的吩咐，将药材全部搬进库房。多亏他见多识广，刚才玉瑶与那男人说话时，他似乎听出了一点异样。

这点异样，别人断然是听不出来的。

他没有多嘴发表自己的看法，息事宁人一向是他的行事准则。

孙大夫给病人号了脉，便吩咐童子尽快去熬药。男人问孙大夫："我家公子可还有救？"

他皱着眉头，如临大敌，仿佛从来没有见过如此大的阵仗。

"你不必忧心，他只不过是偶感风寒，吃了老夫开的两服药便好了。你在此细心照料，千万别让他吹着风。最好是给他盖严实一些，发发汗。"孙大夫吩咐完毕，便出诊去了。

男人看着面容憔悴的主人，默念着孙大夫刚才的话，掖实了主人的被子。

月上中天，主人方才醒来。他一睁开眼，便下意识地问道："庖禄，我死了吗？"

路遇劫匪又发高烧，他娇贵的身体还未曾受过如此折磨，胡思乱想也在情理之中。

"大夫说您已经发了汗，再吃两服药，将养一阵就好了。"一直守在身旁，连盹都不敢打的庖禄说。

男人眼神迷离，盯着庖禄，想了半天方才开口："你的意思是……我们现在在医馆里？"

"不错。"庖禄点了点头。

男人忽然起身："快，给我衣服，我没有钱结账，得快点走。"

"公子，莫公子！"眼见主人就要跳窗而走，庖禄连忙拦着，将主人的半条腿从窗框处拽了下来，"大夫说免费，我们不会被赶走。"

"竟有如此好事？"莫啸十分意外，"都说无庸是个南蛮之地，这里骗子和土匪可多了，竟然还有人不要我们的银子，怕不是黑店吧？"

"公子不必忧心，看这门匾，应当是老字号。我们吃这几服药才花这点钱，都不够他吃顿饭。"

莫啸这才长出一口气，坐回床上。他觉得口渴，让庖禄给他倒水。

喝了几口水，他咂吧咂吧嘴，嫌弃道："你啊，还是得多学学当地人怎么讲话，你一开口，仿佛是外地来的乡巴佬。"

"属下知道了，属下一定用心学习。现在属下说话已经非常像本地人了，相信没有人能听得出来。"

"确实很像，但还有几个小地方暴露了。不过像这种不知名的小镇，相信也没有人听过咱们那边的话。你只需要多注意一点，也不必太过紧张。"

"是。"

莫啸的肚子忽然发出咕噜的叫声，一时有些尴尬，道："呃，我肚子竟然有点饿，我们还有多少钱？”

提到钱，本来兜中空空的庖禄眼睛一亮，道：“公子，为防不测，我在鞋底藏了十个铜子，现在我就掏出来。这儿的夜市十分热闹，我去给您买饭。不知道您现在想吃点什么？”

“十个铜子……先来两个馒头吧！”

“两个馒头？要不要买些肉？”

“十个铜子也不知道要撑多久，暂且不用了。”莫啸长叹了一声，从前他十指不沾阳春水，好酒好菜属下随时备着，如今一个铜子都要掰成两半花，真是天可怜见。

不过，为了完成任务，这点苦不算什么。

不一会儿，庖禄就把馒头买了回来。

看着两个热乎乎的白面馒头，莫啸也不客气，一手一个狼吞虎咽。

吃得差不多了，他才想起自己有个属下，他带着三分心虚，问：“庖禄，你饿不饿？”

庖禄舔了舔嘴：“属下不饿。”

“咕噜咕噜……”庖禄的肚子很不凑巧地发出了声响。

莫啸不得不把馒头分给他：“你也吃些吧，不然没有力气。”

庖禄有些犹豫，莫啸把馒头塞到庖禄手上，道：“明天我就出去找些活干。有脚有手，饿不死人，你放心。”

“公子如此尊贵之人，怎么能干活？有什么脏活累活，属下干就行了。”庖禄一边吃着馒头一边阻止。

“我怎么可能给人打工？你到时候坐着收钱就行了，越是偏僻穷困的地方越好忽悠。”莫啸自信地说。

不一会儿，两人听到了孙大夫的脚步声。莫啸连忙躺回床上，让庖禄把毛巾敷在他的额头上，闭上眼睛。同时，他还不忘轻声提醒：“千万别让他知道我快好了，这儿住宿都是免费的，我们可以多蹭几天。”

庖禄如小鸡啄米般点头。

孙大夫进了屋，将煤油灯放在一边，轻声询问：“不知这位公子可醒了？”

庖禄刚要说话，莫啸便朝他挤眉弄眼。

"啊不，他还没醒呢。"庖禄支支吾吾。

孙大夫坐下，为莫啸把脉，又看了看他的眼睛与嘴唇，道："你家公子的脉象平稳，脸色也恢复了红润，应当大好了，怎么还没有醒？"

他狐疑地捋着胡须，仿佛遇到了什么疑难杂症。

"我猜想，是因为公子一路旅途劳顿太累了。孙大夫，真不好意思，我也不是想在这里蹭住，只是公子身体尚未痊愈，行动不便，大概还要在这里耽误几天。"

孙大夫见他举止有度，想着现在亏点钱，以后定有大造化，于是咬咬牙，道："无妨。老夫行医数十年，以悬壶济世为己任。有什么耽误不耽误的，只是不知道两位如何称呼？为何来此？"

庖禄的眉头都要拧在一起了，他也不知道自己应该如何回复，才能让莫啸满意。

他们原来打算去的是无庸城，不是这儿。

莫啸忽然间嗓子有痰似的，咳了数声。

孙大夫大喜，连忙问："你家公子醒了？"

莫啸装作大梦初醒的样子，一面咳嗽着，一面压着嗓子明知故问："我这是在哪儿？"

他与孙大夫装腔作势了半天，才替庖禄回答了问题。

"我们原是从清水镇过来的，想到无庸城给舅舅祝寿。谁知道路上遇到了劫匪，将我们的财帛洗劫一空，才沦落至此。恐怕还要在这里耽搁上一阵子，才能够联系上无庸城的舅舅。我姓莫，你可以称呼我为莫公子，他是我的护卫庖禄。"

"原来是莫公子，失敬失敬。但住几日，无妨。若是有需要我的地方，我可去帮您打听一下，不知道您的舅舅姓甚名谁，家住何处？"

"啊，啊哈，不必了，想必舅舅没见到我，一定会派人寻我。我有专门联系他的方式，只是再怎样也得在小镇耽误几天。等我到了无庸城，定给孙大夫您一笔丰厚的报酬。"

"言重了，只不过是开几服药，小住几天而已，我图的可不是那些报酬，只要您能健康平安，我就心满意足了。"孙大夫多少有些言不由衷。

—2—

天蒙蒙亮，兴旺镇的长街上早有行人走动。昨夜下了一场雨，雨后的地面湿漉漉的，青苔沿着石砖一路蔓延。

不同的鞋履踏在这青石砖上，行人小心地避着积水坑。有人手撑一张幡，幡上写着"八卦五行算命相面"八个大字，还四处吆喝着："看手相，看面相，问姻缘……"

他脸上贴着一个痦子，嘴唇上挂着胡须，仿佛一个行走江湖的骗子。

并没有人理会他。

其实兴旺镇的人信这些牛鬼蛇神的东西，只是还没有一个人闻风而上，所以他们不愿意做出头的鸟。

刚买了一个白面馒头的庖禄突然间被那人拦下，对方朝他挤眉弄眼，意味深长地道："危险哪，公子最近定有血光之灾！你印堂发黑，人中偏长，乃大凶之兆。"

庖禄惊得下巴都要掉了，大声地问："我该怎么办？先生快救我！"

"这个嘛……"那人捋着自己的胡须，故作神秘却又高声回答，"须得我写一张符咒贴在你身上，方能逢凶化吉。"

庖禄一脸感激："不愧是先生，上次我听了您的话，果然找到了好姻缘。这次您可得千万帮我，钱不在话下。"

有人凑过来小声问他："这人怕不是骗子吧，可不可靠？"

"可靠着呢！他在我们清水镇可是被叫作半仙的！如今，为了普度众生，他云游四海。能遇上他，是小生的福气。若是能得他的点化，不仅能逢凶化吉，未来还有大造化。求姻缘、求发财，或是求子都非常灵验。"

听到庖禄的话，路人渐渐聚集过来。

不一会儿，那人不得不找了一张檀木桌子，专门搬了张凳子，坐下给人相面。他小心地捋着自己的胡须，结果差点儿把粘得不牢的胡须给捋掉了，连忙悄悄地粘回去。

庖禄躲在转角处，满脸冷汗。

他心生悲哀，从未想过会有这么一天，公子莫啸竟然沦落到用江湖话术来忽悠人赚两个臭钱。

他转念一想，相信公子赚够了盘缠就会离开此地，反正也无人认识公子，舍弃一点面皮倒也无妨。

玉瑶拿着菜篮，身后跟着小伤，她絮絮叨叨地吩咐："今天得多买点菜，孙大夫跟他儿子过来用饭。"

小伤环顾四周，他的心思不在玉瑶的身上。

他只是一个负责提菜的人，陪聊不是他的职责。

算起来，他来兴旺镇已经一年了。时光如梭，他的戒心还是如此之重，他还是无法释怀一些事情。

玉瑶看了他一眼，不再说话了。她试图用热情去温暖他那颗冰冷的心，可是他对周围的人总是充满了戒备。

就在他们挑选食材的时候，玉瑶被大树下的一群人所吸引。

"那边怎么那么多人？"玉瑶问一个镇民。

"来了一位神算子，可准了。看姻缘、看财运都可以。"

玉瑶挑了挑眉："有这么神奇的人，我倒要会一会。"

她拉着没有兴趣的小伤，挤到了人群前面。映入她眼帘的，是一个看起来颇为熟悉，但她确实并不认识的人。此人脸上的痦子，还有那灰白的胡须都提示玉瑶这个人上了年纪。

"姑娘要算什么？"那人压低了声音，故作淡定地问。

玉瑶颇为讨厌这些神棍，犹记得她初入人间之时，就被一些神棍骗得叫苦不迭，比如卖什么养颜膏，什么长生露，等等，都是骗子，何况这个只用嘴皮子就能诓人钱财的家伙。

玉瑶自然不想问什么财运，她对发财并不感兴趣。她更不想问什么生子，或者最近有没有血光之灾……料想这个人胸中藏着一套话术，她只要开口一问，对方必然说有事。

思来想去，她竟然只剩下一个选择。

玉瑶掩唇一笑："先生，我想问姻缘。你说我到底有过几个男人？"

玉瑶这么说的时候，不自觉地靠近了对方，她凹凸有致的身材，让莫啸无法忽视。

莫啸一下子乱了思绪。他抬眸，玉瑶吹弹可破的肌肤近在咫尺。她乌发如云，顾盼生姿，嫣然开口，呵气若兰。

莫啸咽了咽口水，完全忘记了自己正在冒充江湖术士行骗。

"我猜……"

玉瑶忽然间凑近他的耳朵，小声地道："若是你答对了，今晚可来我的屋里。"

莫啸心里咯噔一声，瞬间没了章法。他呼吸有点重，不解地问："姑娘应该从来不缺男伴吧？"

谁知道他话音刚落，玉瑶一个大巴掌便招呼了过去。她怒气冲冲："果然是江湖骗子，老娘冰清玉洁二十多年，你竟然将我看作行为不端之人！你去街上问一问，大梦药铺的掌柜何时做过苟且之事？"

玉瑶不打巴掌还罢，一巴掌过去，便把莫啸的胡须给扇了下来。

莫啸连忙把胡须粘回去，可惜他的真面目已经被众人识破，镇民们群起攻之，将他的收入洗劫一空。

莫啸四处捡钱，但架不住别人拿烂菜叶臭鸡蛋招呼他，一时间无比狼狈。

"原来是你？！"玉瑶看清了莫啸的真面目，想起自己曾在孙大夫那儿见到的病人，"长得这么俊俏，为什么要当骗子？"

莫啸的五官都快皱在一起了，他好不容易赚了这么多钱，一个月的盘缠都有了，结果遭此厄运。

"谁说我骗人了？我原本就懂占卜之术，若非你故意卖弄风情，乱了我的方寸，我怎么会失手？"莫啸愤慨地辩驳。

"骗人就是骗人，别说得那么冠冕堂皇。我看你也领了教训了，还是早点滚出兴旺镇吧，省得下次再被人扔臭鸡蛋。"玉瑶说完就要走，莫啸一把拉住了她的衣服。

"你害得我损失如此之大，想走，没那么容易！"莫啸刚抓住玉瑶，就被她一把推倒在地。

"哎哟！"这个小公子弱不禁风，挣扎了半天，愣是没站起来。

"就你这样还想跟我动手？"玉瑶哂笑。

莫啸看着自己那抓过玉瑶的手，愣住了，半响没有动静。他好像感觉到了什么，心里有一个声音响起，提醒着他——就是眼前这个人。

— 3 —

"你装什么装？"玉瑶见他不动，以为他要讹人。

谁知道，下一刻莫啸忽然抱住了她的大腿，痛哭流涕，声泪俱下："姑娘。我也是迫不得已，才做此下贱勾当。我与仆人在路上被歹人劫持，好不容易逃出生天，实在是饿得没有饭吃了，您好心收留我吧！"

他这朴实无华的演技，让玉瑶和小伤大为震惊。就连躲在暗处思考着要不要出手帮忙的庖禄，也产生了"我不想认识这个人"的念头，他单手扶额，觉得脸面全无。

莫啸在赤裸裸地耍赖，并且他的耍赖颇有一种"你不负责，我死也不会放手"的姿态。

他嗅到了玉瑶身上不同寻常的气味，他感知到了玉瑶手上不同于其他人的丝滑。

小伤木然地站在那里，其实他的心里有一丝快乐。他从来没有见过哪个人能让玉瑶"吃瘪"，如果莫啸能成为他们中的一员，生活一定会变得十分有意思。

"你想让我赔钱是不可能的，我没有这个义务。"玉瑶没有被突如其来的变故冲昏头脑，保持着冷静。

然而莫啸像长在了玉瑶的腿上，她怎么踢也踢不开。

这人也太无赖了吧，难道她还得请人把自己和他锯开吗？

莫啸继续痛哭流涕："我听你说你是大梦的掌柜，不知道你们那里是不是缺一个吃饭的伙夫？"

"吃饭的伙夫？我连劈柴的伙夫都不缺，还缺个吃饭的伙夫？"玉瑶都快气哭了。

"不管怎么样，你那里总该养得下一个闲人吧！我不要工钱，你管饭就行。我还有一个力气极好的护卫，你可以让他干杂活，我的饭分给他一半。"

玉瑶气得五官都不在原位，嘴抖了半天，竟然失声笑了起来。

怎么这个人的说辞，跟当初的小伤一模一样？

"大梦药铺成了收养流浪汉的地方了？一个个在我这里要饭？"

莫啸仍不肯罢休，发挥自己的特长，以三寸不烂之舌，将玉瑶的美貌夸得天上仅有地上绝无。

这自然不能让玉瑶动摇，她甩了甩长发，叫小伤跟着她回去了。

莫啸不依不饶，屁颠儿屁颠儿地跟着。一直悄悄地跟到了大梦药铺的门前，庖禄一把把莫啸拉到了角落，问："公子，您这葫芦里卖的什么药？"

莫啸得了空，才甩了甩头上的鸡蛋液和烂菜叶。

他难得严肃："这个女人不一般，她定与横公鱼族有关，她身上有鱼的腥气。"

横公鱼族于百年前渐渐销声匿迹，传闻此族的血液有去百病之功效，只是因为一些历史渊源，横公鱼族被无庸城的民众当成洪水猛兽、战争遗毒，人人喊打。如今族人只能隐匿于街市，抱团取暖。

莫啸此行的目的，就是找到横公鱼，并将它们带回九原城。

九原城与无庸城是宿敌，为了能够顺利抵达无庸城，莫啸做了充分的准备。

学习无庸城的语言，了解无庸城人的习性。他知道自己此行一定是深入虎穴，稍有差池，便会踏入万劫不复之地。

所以这一次，他要把握机会。

小伤被气头上的玉瑶支去劈柴，他背着竹篓，拿着柴刀，慢慢地朝后山走去。他走到看似四下无人的山里，机械地取出柴刀，对着枯木劈砍。

树林里忽然人影幢幢，小伤并未理睬，他专心忙着自己的事。

然而不想见的人终究还是来了，他们跪在他的面前，三呼主人。

小伤将柴火装进竹篓里："过去的我已经死了，你们还是放弃吧！"

那些黑衣人还是虔诚地跪着："只要主人还活着，我们决不会放弃。"

小伤有些动容。

蚍蜉难以撼大树，渺小的他们又能做些什么？

"你们有妻有子，跟着我这个废人，对得起你们的家人吗？我不是过去的我了，你们跟着我，不会有好果子吃。"

他像躲避瘟神一样躲避着那些黑衣人，四周传来了脚步声，黑衣人不得不迅速撤离。

不管小伤怎么说，他们的信念让他们无法放弃。

每个人都存有成为人上人的梦想，小伤是他们唯一的希望。

他们迅速消失，就如乌鸦过境一样。天空飞落几根鸟雀的羽毛，小伤伸手接了，还是难掩心中的酸涩。

"你在想什么？"有人忽然勾着他的肩膀，笑嘻嘻地问。

小伤吓了一跳，转过头，发现竟然是今天那死皮赖脸的神棍。

莫啸还是那副玩世不恭的模样，道："我听说你去年才进的大梦药铺，你也不要工钱，她还管饭，你到底有什么本事？能不能教一教我？"

原来他是找小伤取经来了。

小伤敏锐地觉察到莫啸一心想进药铺的强烈愿望，问："这药铺里究竟有什么，值得你如此上心？"

莫啸怎么可能说真话？他的眼珠转了转，假装掏心窝子："我实在是被那掌柜的美貌所迷惑，想得到她。你也许想不到，我其实是一个纨绔子弟，云游四海，放浪形骸。虽然我见多识广，但这么美的女人，我倒是第一次见。"

小伤的嘴角抽了抽。他应该想得到，眼前这家伙根本就是一个纨绔子弟。但他自己之所以能入大梦药铺，是因为玉瑶以为他是妖怪。

小伤诚恳地回答："追求掌柜有许多办法，不一定要进药铺。你可以想办法在药铺周围住下来，徐徐图之。不过我劝你最好放弃，以掌柜的脾气，你根本不能入她的法眼。"

"你这么劝我，难道你对她也有意思？"莫啸挑了挑眉。

小伤顿时闹了个大红脸："你胡说什么！"

"我只不过开个玩笑你就脸红了，你不告诉我办法，不是怕我抢了她？"

小伤不得不结巴地道："我、我根本不知道她为什么让我进药铺，难道是因为我生得俊俏吗？"

莫啸忍不住道："不可能！"

论容貌，他怎么能比得过自己？

不过，莫啸又仔细看了一下小伤，没想到小伤真的生得不俗。

莫啸顿时有了一种美人和美人惺惺相惜之感，勾着小伤的肩膀口吐莲花："兄弟我这次真是栽了，若是你能帮我追到美人，我保证我吃香的，你就能喝辣的。"

小伤满脸疑惑，他看起来像是喜欢吃香喝辣的类型吗？

还有，这个人为什么如此自来熟？

不过小伤并不排斥他，因为小伤觉得这个人挺有趣的，自己一个人的确太闷了。

"再说吧！"小伤还是没有立刻答应莫啸。

谁知在要分别的时候，莫啸冷不丁地来了一句："刚才那些黑衣人是谁？"

小伤心里咯噔一声。

也是，他们在找自己的时候，这个男人估计已经在暗处观察。小伤讨厌这种衣服被扒了给人看的感觉。

"你看错了。"小伤慌忙回了一句，背着柴火就往山下走。

—— 4 ——

莫啸匆匆跟上去："你别生气呀，我开玩笑呢，我什么都没听到，你就答应我吧！"

他听到没有听到，跟小伤没有关系。因为小伤绝对不会回答他任何一个问题，就算别人问，小伤也会紧闭嘴巴。

莫啸没想到，小伤竟然是如此冥顽不灵之人。

小伤回到药铺，玉瑶恰好也回来了，她身上竟然挂了彩，一瘸一拐地往屋里走。

小伤呆了，看着她不知所措。玉瑶一屁股坐在桌子上，没好气地道："愣着干什么？没看见老娘脚瘸了吗？还不拿点药给我敷上。"

窗前，一株田七刚喝饱了水。小伤走到窗前，拔下那株田七，将它捣碎了，敷在玉瑶的脚上。

玉瑶见他专注地为自己上药，又忍不住道："我都这样了，你也不好奇我经历了什么？"

"啊？"这完全超出了小伤的认知范围，他需要关心她吗？

"榆木脑袋。"玉瑶白了他一眼，一瘸一拐地往后院走去。

她几乎不指望小伤能够变成一个普通人了。

后来，小伤才从白沐、黑芒的讨论之中了解到，玉瑶那天发了疯似的追着一个人跑了半条街，但最终被那人的家丁和护卫三两下打趴下了。

"那可是兴旺镇有名的富商，姓张名孝之，神童一个，三岁能诗，五岁能文，看不上科考，十二岁励志下海经商，不到一年的时间，便让自己的身家翻了两番，成了兴旺镇商会的头头儿，如今和兴旺镇最大的世族陆家与新兴的家族张家关系匪浅，利益盘根错节。"白沐谈起八卦兴高采烈。

"陆家二公子陆翡在世时，与张孝之出则同车入则同席，好得跟穿一条裤子长大似的，让人不得不怀疑，陆翡和张孝之前在收购药材上的生意之争是假的。不过陆翡死了，张氏只手遮天，指日可待。"白沐滔滔不绝，黑芒洗耳恭听，一脸笑意。

"如此奇人，掌柜为什么要招惹？便是倾国倾城的美人，他见得还少吗？"黑芒适时抛出问题，与她一唱一和。

"谁说掌柜喜欢他？她是瞧上了人家体内的珠子，想强夺而已。"白沐撇嘴。

原来是这样。小伤方才记起，玉瑶要集齐十颗舍离珠。这张孝之之所以能够成为兴旺镇的传奇人物，想必就是借了舍离珠之力。

玉瑶夺珠心切，但哪有人会乖乖地奉上自己三十年寿命？何况张孝之是生意人，若知此珠于己有利，必会更加爱惜。

玉瑶整日在大梦药铺里长吁短叹，哭废了两张帕子，想到自己竟然如此没用，又忍不住悲从中来。

小伤良心发现，在她独自垂泪的时候，捧着一个西瓜进去，问："掌柜，这大秋天的，您吃个西瓜不？"

"你也知道是秋天，想让我着凉？"玉瑶气得甩出一棍子，把小伤的腿也打瘸了。

玉瑶跟小伤因为腿瘸痛得嗷嗷直叫的时候，对门竟然有人支起了幡，摆起了摊。

"走过路过不要错过，代写情书、家书、墓志铭，不管您家里是红事还是白事，都能给您办妥了……"莫啸油嘴滑舌，到处揽客。

玉瑶见又是这个大冤家，干脆拿了个萝卜站在门口啃，看看他如何出洋相。

"哎哟喂，这位客官，您准备写墓志铭吗？找我，包您满意！"刚来一个客人，莫啸就堆了满脸笑容。

"呸，我大好年华你却诅咒我。"客人说话时啐了他一脸口水。

莫啸拿帕子擦了擦脸，又满脸堆笑道："那您是要代写家书了？"

"我看上我隔壁家的卖豆腐的王桂花了，想让您给我代写一封情书。"

莫啸上下打量那个客人，且不说他生得五短身材，光是脸上的褶子，深得都能种菜了。

王桂花在兴旺镇也算是有点名气的豆腐西施，莫啸心想，自己不能写得太好，否则那小姑娘堕入情网，可有自己一半的罪过。于是他提笔研墨，不到半炷香的时间就完成了一封情书。

客人不识字，也不知道莫啸写了什么东西，只觉得字迹工整，十分有排面。

莫啸笑得像狐狸一样："一文铜钱一封信，童叟无欺。客官您走好，下次还来啊。"

客人扔了一个铜板在桌上，头也不回地走了。

这种偏僻的小镇，识字的人不多，他恰好有点文化，只能靠这个赚点钱，勉强在小镇安顿下来。

想到自己在九原城时过得多气派，他一时间不免唏嘘感慨。无论如何，他得快点搞定玉瑶这个神秘的女人。

"哎哟，前几天才往脸上贴瘊子装神棍，现在又把自己收拾得那么精神利落，想骗谁呢？"莫啸的客人还不少，玉瑶完全没想到。因为洋相没看成，她说话难免酸溜溜的。

莫啸得了空，在那儿悠闲地作画，边画边道："姑娘此言差矣，我如今凭本事吃饭，跟你没有区别。"

"不骗人，你为什么把摊子支到我药铺的门前？"

"佛曰：不可说。"莫啸故作神秘，又给小伤一个眼神。

小伤顿时起了一身鸡皮疙瘩。难道莫啸真的看上了玉瑶，如今支摊，醉翁之意不在酒，在乎美女也？

小伤心想，像这种富贵人家的小公子，对着一个美人，估计几天就腻了。

玉瑶掌柜虽然脾气臭，但到底是小伤的救命恩人。不是什么苍蝇蚊子往上扑，小伤都会帮忙搭把手。

玉瑶又翻了一个白眼，道："这里可不是摆摊的地方，你这叫非法占道，我要到县官那儿告你去。"

"姐，伸手不打笑脸人，我只不过混口饭吃，哪儿碍着您的眼了？你看不起我也就算了，我还有一个嗷嗷待哺的护卫，如果我不赚钱，他就要饿死了。"莫啸声情并茂地说。

他的身后，八尺之躯的庖禄直愣愣地站在那里。莫啸忍不住拍了拍庖禄健硕的手臂，补充道："看见没？多健壮，吃的饭多，我压力大啊！"

玉瑶嘴角抽了抽，小伤的嘴角也抽了抽。

天底下只有属下给主子干活的道理，哪有主子给属下打工的？如果真如莫啸所言，那庖禄这护卫可真是天底下最令人羡慕的护卫了。

明知道莫啸是装的，玉瑶还是觉得有点意思。看来莫啸甘做癞皮狗，一门心思黏着她了。只是理由远远不像他所说的那样，只是为了混口饭吃。

玉瑶非常讨厌敌人在暗她在明的感觉。不过，如果他要玩，她就陪他玩到底。

"两位在我这儿好像也住了七八天了吧，不知道什么时候……"吃过晚饭，孙大夫万分不好意思地开口。

"啊，大夫，我这腿好像又有点毛病。"莫啸忍不住捂着自己的膝盖，装出一副十分不舒服的样子。

孙大夫皱着张脸，他只不过客气客气，没想到这两人还赖上他了，难不成他这次是偷鸡不成蚀把米？

莫啸见他不信，演得更加逼真，捂着膝盖，脸色苍白，额上出汗。

庖禄在一旁帮腔："主子最近太劳累了，病还没有好，还到处奔波……"

"我没别的意思，只是担心别的病人可能会需要用这间客房，如果两位方便的话，可以在兴旺镇租一间茅舍，相信这些天你们也联系到亲戚了吧？"孙大夫的语气软绵绵的，可是赶客的意思已经十分明显了。

"已经加紧联系了，孙大夫，您再宽限几日。"莫啸佯装浑身难受，说话的时候声音还颤抖。

他如此这般，孙大夫不好勉强。

等孙大夫走了，莫啸才从匣子里倒出一捧钱币。满打满算，这几天不过赚了十几个铜板而已。想在兴旺镇租一间茅舍，一次性就得付十个铜板。就这预算，他还得千挑万选，找一间条件不是很好的。

的确耽搁太久了，莫啸打定主意，便与庖禄找茅舍。

小小的兴旺镇不至于寸土寸金，可是莫啸找了三四天，依然没有找到一个合适的去处。

今天，他照例来看房子。这是坐落在兴旺镇西北角的一间破败的茅舍。

照理说两个大男人住在哪里都行，但是莫啸是一个有轻微洁癖之人。

他在九原城可谓一人之下万人之上，且不说住处的仆佣多达千人，就论环境，他住的地方绝对高贵典雅。

这些天委屈自己待在孙大夫的客房中，他已经忍耐到极限了，等到他挑选住处的时候，便诸多挑剔。

"您看看，放眼整个兴旺镇，这价位能有我们这条件的房子，保证您找不出第二间。只要您确定租住，我这儿立马送桌子、柜子，一应俱全。这儿有吃有喝，位置绝佳。您再看这房间，坐北朝南，早上起来阳光明亮。"出租房子的人喋喋不休地夸着，莫啸看到的只是一些用次等木料制作的桌椅，还有积灰的床榻和窗户。屋子里没有任何装饰的摆件，屋外只有一棵光秃秃的枣树。

他一屁股坐在榻上，明显听到了"吱呀"一声响。想来以后他翻个身，这床是免不了要吵闹一番的。

"主子，您只有十个铜板，就别再犹豫了吧，我瞧这儿就挺好的。"庖禄已经不耐烦了，看着莫啸紧皱的眉头，忍不住插话。

"可是……"连番打击下，莫啸仅剩半身傲骨，可还是觉得难以将就。他若是住在这样的屋子里，只怕身上都要生虱子。

"主子，咱们只要完成了任务，就能尽早返回九原城，眼前的委屈，只不过是暂时的。这不是你一直说的吗？"

莫啸叹了一口气。庖禄说得不错，如今只能这样了。然而他打定了主意，一定要将这里修缮一番。他将手伸进怀里，慢吞吞地摸出十个铜板，租房的人眼疾手快，即刻握着他的手，想把钱拿过来。

莫啸依依不舍，跟对方暗暗较劲。

半晌后，莫啸还是松了手。

铜板终于到了房主的手中，莫啸颇为失落。

在这个破败的小院里，小茅屋充其量是个单间，还没有独立的厕所。庖禄计划着，要准备一个大桶当作尿桶。

莫啸听不下去了，将苦差事交给庖禄打理，自己出门望风。

远远地，莫啸看见一个衣着华贵的人正走出酒楼。那人鬓发如鸦，容貌年轻。穿着月白色攒金丝的袍子，腰坠香囊与玉佩，戴抹额束高髻，眼角眉梢难掩风情。

他上了马车，车夫一挥马鞭，车子立刻开动，行人不得不为其避让，犹如城主降临。

和他同行的，还有无庸城其他世族子弟。

他们准备前往山上的猎场，围猎野物。

有人勾着张孝之的肩膀，十分亲热道："听说前几天简老板刚买到了几只野豹，你说今天，我们谁能猎得更多一些？"

张孝之的声音凉凉的："多和少，有什么区别？"

"别那么扫兴嘛，我叫了人助阵。不管怎么样，晚上的宴席可别忘了。"

他所说的助阵，不过是请十几个女人，穿清凉些，在那儿娇滴滴地助威，顺便给他擦汗，伺候他吃东西。

张孝之素来厌恶这些纨绔子弟的习气，只是淡淡地看向别处，并未理会。

他撩起了车帘，竟真的看到那个阴魂不散的女人的影子。他不知她是什么来头，只是那天上街的时候，她看见了他，便一直对他穷追不舍。

女人美艳，身段窈窕，红唇红裙惹人注目。

平素扑向他的美女颇多，如此明目张胆地卖弄身材的，倒是第一个。

然而女人所做的事他不敢恭维，她说能实现他的任何愿望，代价是短寿三十年，痴人说梦！

他在思索时，车马已到了猎场。烈日当空，不少纨绔子弟聚集在此，他们都带着自己的家仆与女伴，坐在遮阳的棚子下，互相吹着牛。

与他们旁边莺莺燕燕环绕相比，张孝之旁边只有一个穿着淡紫色长裙的女子。她妆容素雅，低眉顺目，手撑一把十二骨遮阳伞，虽然没有说话，但把其他人身边艳俗的美人全都比了下去。

人们惊讶的不是女子出众的美貌和出尘的气质，而是一向被怀疑某方面有问题的张孝之，竟然会携美同游。

"张兄，不知这位美人如何称呼？"有人揶揄，不怀好意的眼神还在女子的身上流连。

张孝之皱眉："不过是我的贴身侍女，不劳你牵挂。"

"看看，我问个名字你就跟我翻脸，让我怎么相信她只是个普通的侍女？"那人一副不知好歹的样子，挑衅地道，"张兄，你就跟我实说了，我保证不打她的主意。"

张孝之冷笑："她的主意，你打得起吗？"

— 6 —

张氏生意如日中天，不像从前需要左右逢源。尽管如此，晏兮还是很惊讶，没有想到张孝之会因为对方的一句玩笑话，就给对方冷脸。

那人吃瘪，脸上果然笑意全无。

人们常说张孝之是一只笑面虎，至少他对所有人都和和气气的。而且他有一种神奇的本事，说什么都不得罪人。现在他竟然连掩饰都不掩饰，完全不把那人放在眼里。

张孝之不理会那人，他起身到一旁试弓。晏兮款步跟着他，风扬起她的衣袂，宛如一朵盛开的芙蕖。

在一众纨绔之中，张孝之显得出类拔萃。一则他风神俊朗，身材挺拔；二则他白手起家，能力超群。

在场的女人没有一个不嫉妒晏兮可以堂堂正正地站在张孝之身边的。

"这女人到底什么来头？以前从不见张公子近女色，她到底是从哪个石头缝里蹦出来的？"

"听说只是张家的一个贱婢，放心吧，张公子不会看上这种身份卑微的女人。"

她们的声音虽小，但晏兮听得清清楚楚。她一点也不生气，因为她们说的是事实。

她的确出身卑微，也的确是张孝之身边的奴婢。

但她们说错了一点，张孝之不仅看上了她，还对她呵护有加。

晏兮对自己的过往没有什么印象。张孝之告诉她，她本是被老太太买回府邸的婢女，某次随他外出狩猎的时候，伤到脑袋失忆了。

他命人熬汤奉药，才捡回她一条命。他常和晏兮诉说他们的过去，希望她想起什么。还说，他认识晏兮时，是晏兮主动勾引的他。

彼时张孝之二十出头，既没有成家，也没有所谓的红颜知己，一心扑在生意上，以致城中诸多世族子弟怀疑他有特殊癖好。

他不着急，但他的祖母着急，老太太变着花样给他安排年轻女子，毫无例外的是，她们全被他轰走了。后来，在老太太的努力下，总算有一个人留了下来。可他根本不近对方的身，甚至不和对方说话。

那人是他的表妹周清。

在他没有放弃科举之前，曾与周清定过娃娃亲。起初，两人的关系不错，但他始终不爱她，才未与她成婚。

老太太便把所有的希望都寄托在了其他女子身上，希望她们能与张孝之一道为张家开枝散叶。

晏兮就是借着老太太一心想给儿子送女人的机会，一跃成为府中一等丫鬟——张孝之的贴身侍婢。

她长了一张清纯娇美的脸，换上鲜艳的衣裳，连花魁娘子在她面前都要逊色三分。

老太太看到晏兮以后，笑得合不拢嘴。她当然不希望晏兮做张孝之的妻子，做个妾室，能为张家开枝散叶也是极好的。

晏兮也想往上爬，但她心机更深些。

如她一般被送到张孝之面前的美人如过江之鲫，否则老太太也不会如此轻易就安排她给张孝之当贴身侍婢。若想让张孝之青睐她，她须得与众不同。

那日，她正和一众等着飞上枝头做当家主母的女子洒扫庭院，便听到了张孝之回来的消息。

张孝之整日流连生意场，在各个地方夜宿，并不常回家。他这次回来，定然是老太太煞费苦心，好说歹说之故。

老太太想念的不是自己这个孙子，而是借想念他的理由骗他回来物色妻子。他刚刚坐下，还没来得及和父母叙话，已有十来个丫鬟变着法在他跟前晃悠。每个人心里都在想，他怎么还没把目光放在自己身上？

"祖母，家里不需要那么多仆人和奴婢，人多了，开支靡费，做事亦不利索。"

"又不是请不起，谁有钱了不想多请几个仆人？"老太太故意装作不高兴的样子，"也是，咱们家虽有钱，但不像别人家香火旺。你看你那些堂哥表哥，现在谁不是妻妾成群，儿女成双？也就咱们家，单传了你一个，既不娶妻也不生子……"

什么事情老太太都能转到结婚生子上，张孝之虽然眼含笑意，心里已极不耐烦。

"祖母，我这几天太忙，一路奔波回来已然累了。我先回屋休息，吃饭时让人把饭菜给我端进来就好。"

话还没说完他就起身出门，气得老太太差点跺脚。

张孝之的确累了，好不容易把书房的门锁上，他便取了本书，悠闲地翻看。看着看着，他上下眼皮打架，不自觉地伏案睡下。

一直到下午，他才慢慢醒转。醒时发现自己身上多了件湖水蓝披风，一个婢女还在桌前偷偷看他没看完的书。

"谁让你进来的？"张孝之冷了脸。

婢女受惊，忙跪下谢罪："回少爷的话，我进来送饭，看见您酣睡着，怕您着凉，所以自作主张给您披了件衣裳，又因看的书太有趣，一时看入了迷……"

张孝之瞥了一眼旁边的饭菜，抬眸，女子清纯动人，与从前所见大为不同。他不禁想，祖母辛苦，又给他换了个花样。

"你心里如何想的我全都知道，不用再编谎话。"张孝之哂道，"但我劝你死了这条心。"

那婢女就是晏兮了。

如果他早知自己会沦陷，起初的态度一定不会那么恶劣。

"我可不可以认为，爷在害怕？"晏兮没有如张孝之所想，反问道。

"什么意思？"

晏兮眸光露出一丝狡黠："诚如爷所言，我是老太太买入府的，但和别人不同的是，我是所有人府的丫鬟里，生得最美的那一个。"

张孝之上下打量晏兮，的确国色天香。但晏兮的自信让张孝之觉得可笑："那又怎样？我见过的美人何其多，你这样的也非绝顶。"

"少爷既然觉得我不行，为什么不许我留在你身边，"晏兮挑唇一笑，"这难道不足以说明，你在害怕？"

张孝之终于觉得面前的女人有点意思了。

虽然所有人都觉得张孝之不近女色是因为某方面癖好异于常人，但张孝之心知肚明，他比任何人都正常，只是他发迹后，太多人接近他，都居心叵测。

对他故作高冷实则欲拒还迎，表面讨好背地里却厌恶至极，她们的心思哪里是海底针，根本就是海底的牛毛，让人厌烦。

"你想用激将法激我？"张孝之玩味道。

他的戒备心比晏兮设想得更重，她不得不承认："不错，我是想激你。"停顿了一会儿，她幽幽道，"可是公子，人生漫漫，试一次又何妨呢？"

— 7 —

张孝之稍怔，似乎忽然理解了晏兮的自信，那清雅绝俗的容颜，任谁和她对视，都会忍不住心旌摇动。即便世上美人多，也不妨碍晏兮的美，各有各的可欣赏之处。

沉默了半晌，张孝之道："你这女子倒是伶牙俐齿，也罢，我就依你之言，将你留在身边。只是我劝你最好不要有非分之想……"

他惯会嘴硬，晏兮却莞尔一笑："少爷说笑了，我能有什么坏心思，只不过一心想成为你的宠妾而已。"

这点倒是让张孝之意外："哦？你不想做我的妻子？"

"我的身份，可以吗？"

老太太虽然时常往张孝之身边送美人，但晏兮心里门儿清，张孝之只会娶门当户对的女子。

张孝之沉默，既不否认也不承认。他静静看着面前的晏兮，不知道自己未来会为了她，和老太太翻脸。

张孝之自小就不习惯让人服侍，他本以为自己只是一时起了胜负心，才将晏兮留在身侧，若她过度干扰自己的生活，他没两天就会腻味。

但晏兮颇有自知之明，总是低眉顺目，从不在他不喜欢的时候出现。做事也妥帖，仿佛知道他下一步想干什么，提前帮他规划好一切。

她对张孝之第二天的日程了如指掌，提前一天就准备好了衣服鞋袜。他作文作画，她便备好笔墨纸砚，关上书房门，绝不打扰他。一日三餐，她也按时送到，所有的小菜全部合他的心意，连送饭的时间都拿捏得刚刚好。

以前张孝之不相信会有人把自己活成他肚子里的蛔虫，但现在他越看晏兮，越觉得她像一条蛔虫。

唯有一点，他觉得她日渐不识趣。

她在他身边来去如风，生怕招惹他，半点也不似初见那般大胆。

张孝之让晏兮贴身伺候一事很快传到了老太太的耳朵里，老太太喜不自胜，很快召晏兮面谈，不仅给她定制了好几套华美的衣裳，还赐了她诸多首饰和财帛。

晏兮面对如此多的赏赐，温柔地道了声谢。

她那副宠辱不惊的姿态，更得老太太欢心。

张孝之虽未要她，但不妨碍老太太在和张孝之用饭的时候，旁敲侧击地渲染晏兮的好。

"你身边叫晏兮的丫鬟真是伶俐可人，我见她事情办得体面，就给了她许多赏赐，但她并没有因此沾沾自喜。"

张孝之喝着粥，一字不漏听了进去，与老太太所想不同，他好奇的是晏兮既然求做他的妾，却不图他的荣华富贵，到底求什么？

张孝之吃完早饭，回屋的时候，晏兮照例准备好了他出行的长袍。

张家主营皮毛与山货，他亦喜欢外出狩猎。

这日约了几个合作的商贩，所以晏兮特意挑了一套用金线红丝绣成祥云仙鹤图样的护臂，将宽大的袖口收起来。

将抱腰、护额和靴子穿上，张孝之对着镜子自己做了细微的调整，不得不承认，晏兮为他选的衣裳，最衬托他的气质。

他转头，发现晏兮的目光在屋中的一套摆设上停驻。那是一只很普通的竹蜻蜓，是张孝之当初路过一户农家，顺手买的。

晏兮并非第一次留意那只竹蜻蜓了，张孝之略显疑惑。

"你喜欢它？"张孝之拿起竹蜻蜓，在晏兮面前晃了晃。

晏兮一时尴尬："爷富贵已极，怎会喜欢如此凡物？"

家中摆设多由管事采购，张孝之记不清楚，晏兮便黯然神伤起来："爷已经忘了，我原是贫苦人家出身，实际上，这蜻蜓是我编织的，那日爷怜悯我，才全买了，让我早点回家。"

"是你？"张孝之终于想起什么，那日过中秋，他回府途中，遇到了个冒雨卖竹蜻蜓的姑娘。他大发慈悲，买下了它们。

"所以，你是因为这个，才到我身边的？"张孝之承认，得知真相后，他对晏兮多了一份爱怜。

晏兮的脸上飞过两朵红云："爷是大善人，见多识广，不记得也没什么。晏兮只要能常陪着爷就好了。"

张孝之恍然大悟，老太太夸晏兮见财宝不喜于色，根源便在此处。她留在自己身边，并非贪慕荣华，而是为了报恩。

"那天夜里太黑，又下了雨，你头发都湿了，"张孝之转身，不禁托起晏兮的下巴，仔细打量，"我的确没有把你和那姑娘联系起来，晏兮，我竟不知，你藏得这样深。"

晏兮用手背贴着发烫的脸，害羞地推开他。

张孝之盯着她的眼睛，脸上忽然浮现出怪异的表情。但很快，他又笑了。他忽然发现，自己对晏兮越来越感兴趣。她是那样与众不同。

"我不是故意的，只是怕说出来，爷会以为我别有所图。"

"你不是说过，别有所图又如何？关键是我如何看待你。"花钱买竹蜻蜓对张孝之而言无足轻重，但能因此和晏兮结缘，他很高兴。

"爷说真的？"晏兮莞尔一笑，仰头又问，"那么爷……你现在如何看待我？"

她的眸光灵动狡黠，连张孝之也没有发现，在不知不觉之间，他已经陷入了晏兮温柔的旋涡里。

—8—

猎场里，张孝之正专心地试着弓弦的松紧。

这把长弓弓体用料为紫杉木，弓弦则用一条生牛皮拉成，握柄处用的是上好的犀牛角，上面雕着精美的纹饰，摸上去润滑冰凉。

和晏兮在一起，他总觉得周围的世界是安静的。

围猎开始了，前些日子有人抓了五只豹子，一直饿着，这会儿才打开笼门放归山林。

它们那华美的斑纹、健硕魁梧的体格，对这些纨绔子弟来说无疑有一种强烈的刺激。

晏兮送张孝之上马，张孝之挥鞭策马，与一众纨绔子弟入了密林。

晏兮眸中光色晦暗，避到一边。

这是一片野山林，随时都可能有野兽出没。遇到豪猪或是猛虎，抑或是驯鹿，他们今天必然能加餐。

张孝之骑在颠簸的马上，上次鹿肉的腥膻还在肚子里顽固地没有消失。他十分沉稳地握着长弓，策马寻觅豹子。那畜生灵活得很，藏匿在森林中伺机而动。

张孝之敛声屏息，忽然他前面的叶子动了一下，他忙拉弓射箭。

第一箭扑了空，有人策马来到他身边，开玩笑道："没想到号称神箭手的张兄也有失算的时候。"

张孝之把一根箭扔过去："你来！"

"来就来！"刚在张孝之面前吃了瘪，他正想靠围猎扳回一局。

忽然，前方的叶子动了一下，张孝之立马拉弓，又射了一箭。只听豹子惨叫一声，钻进了密林的深处。

张孝之提了精神，策马往密林深处去。那人不服输，也跟了上去，两人都铆足了劲，要拔得今天的头筹。

张孝之顺着血腥味一路寻找，终于发现了那只豹子。虽然受了伤，但那豹子仍然做着击的姿势，发出低吼。

"张兄，看咱们今天谁能做第一个猎豹手！"那人看见受伤的豹子两眼放光，迫不及待地拉满弓弦。

就在他们集中精神对付这只豹子的时候，背后忽然间又扑出了一只豹子。

那只豹子已经蛰伏许久，这一击颇有夺命之势。

没想到他们也被"请君入瓮"，那人来不及逃跑，手中的羽箭射了空，马儿也因为受惊高扬马蹄，将他甩下了马背。

豹子朝那人扑上去，一口就要咬断他的脖子。他大惊失色，高呼救命。

张孝之眼疾手快，射出一箭，扰乱了豹子的攻势。

那人已经吓得面无人色，完全没了之前嚣张的气焰。毕竟他们两个人根本没有办法对付两只豹子，而且他坠马受伤，很有可能下一秒就会成为这两头畜生的盘中餐。

张孝之咽了咽口水，拽着缰绳不安地徘徊。他可以全身而退，但如果他逃跑的话，同伴一定死无葬身之地。

张孝之绕着那人，与两只豹子周旋，双方都流露出要将对方置于死地的目光。

张孝之过人的箭术在此刻派上用场，与豹子缠斗几个回合后，双方各有损伤。

就在张孝之疲态渐显，同伴也越来越绝望的时候，丛林里忽然出现了火光，如同狐狸的尾巴，无风而动。隐约间，他们还能听到狐鸣。

几缕焰火在漆黑的丛林中格外醒目，四散的同伴也被吸引了，纷纷驰援二人。

火与妖物低沉的鸣叫对豹子起到了威慑作用，而越来越近的马蹄声也让它们意识到了危险。它们有序地撤退，很快又没入密林深处。

大部队蜂拥而至，只见有人狼狈卧倒在地，别提多丢脸。张孝之下马，拉了他一把，他的腿还在发软，差点又摔一次。

"张兄，到底发生了什么事？"大家纷纷下马，不解地问。

张孝之淡道："没什么，就是又突然蹿出一只豹子。"他注意到发光的狐狸尾巴和狐鸣在众人抵达后就消失了，也不再和众人啰唆，便拨开丛林进去寻找。

才走两步，他就看到藏在树林后的一抹衣角。他伸手把那人抓了出来，那人受惊，手中熄灭的火把掉了地，人也差点扑倒在他怀里。

"晏兮，怎么是你？"张孝之惊讶。

晏兮局促不安地搓了搓手心："我不放心，一路跟进来了。"

"胡闹，你不知道密林里有多危险？"张孝之低斥，可冷静下来，他又不由得叹服，如果不是晏兮，他怕是凶多吉少。

晏兮临危不惧，胆识过人，亦让他由衷喜欢。

张孝之拉着晏兮出来，众人不由得心照不宣地道："没想到张兄爱美心切，连狩猎也要带着她。"

晏兮更加尴尬，却见张孝之跨上马，在策马返回的时候，忽然勒紧马肚，侧下身将她拦腰单手抱起，一把抱到怀里。

那漂亮的身姿引得众人欢呼，在他们的戏谑声里，张孝之抱着晏兮渐行渐远。

"嗒嗒嗒……"马蹄声此起彼伏，晏兮依偎在张孝之的胸前，只觉他的心跳也如马蹄声一样，格外清晰。她还是第一次被一个男人如此抱在怀里，脑袋变得空荡荡的。

也太不真实了，她原以为不可能接触到的人，现在抱着她在林间疾驰。

她也扰乱了张孝之的思绪，他只是觉得，自己必须冷静一下。风从两人的身侧擦过，刮得张孝之的脸生疼。

跑了半刻钟，他终于停下来。

他这时才发现，无论他做什么，似乎都没有办法抹去晏兮在自己心里的影子。

他当初因为好胜心答应留晏兮在身边，可现在似乎真的让晏兮赢了。

—— 9 ——

围猎赛后，晏兮从张孝之身边的一等丫鬟，变成了他的掌中珠。

外出时，他让她贴身伺候。

回到府中，他常抱着她，教她读书画画。

他用手拢着她，对她叹息："如果你没有摔伤脑袋，应该还记得许多和我有关的过往。"

晏兮很愧疚，他说的故事她没有一点印象。她真的勾引过他？她为何会先勾引他？如果世上有大夫能治好她的失忆症，她一定感激涕零。

夜里风儿燥热，晏兮独自在院中纳凉，手把着秋千架，脚尖点地，借力轻摇。可能是傍晚吃得太饱，她迷迷糊糊地陷入了梦乡。

她做了一个怪梦。

梦里，她走到了一间药铺前，药铺的匾额上用黑漆写就"大梦"二字，在月色下不甚分明。药铺位于兴旺镇，村子附近有条小河。

再往前也没有药铺了，她犹豫着要不要进去，那门无风自动向里而开。

一名身着白纱广袖鲛绡裙的绝色女子笑容嫣然："姑娘，在找我吗？"

她叫玉瑶，是这家药铺的掌柜。

晏兮"哎"了一声，随她跨进药铺。让她没想到的是，外面看着黑漆漆的大梦药铺，里面竟然灯火通明。

铺面外置着打烊的牌子，但柜台内，一个身着青蓝长褂的男人还在噼里啪啦地拨弄算盘。

旁边，穿着黑衣服的少年和穿着白衣服的少女相对坐着捣药，更阴森的角落里，还坐着一个面容俊美的青年，呆呆地看着晏兮的方向，不知道在想什么。

晏兮在玉瑶的指引下，坐在了堂屋中，白衣少女白沐给她奉上一盏香茗，黑衣少年黑芒为她点了一炉安神香。

袅袅青烟中，玉瑶摇着团扇卧在圈椅内，跷着二郎腿，雪色的绣鞋上双鱼戏珠，红黄交织的绣线格外夺目。

晏兮好奇她的来历，她眼媚如波："你真的什么都不记得了？"

晏兮点点头。

"可怜的人儿，从前我还救过你，你怎么就忘了呢？"玉瑶盯着她清纯娇美的面容，姿态忽地亲昵起来，"那你是否记得，你的兄长山君，是天照山的山神？"

"我……还有个哥哥？"晏兮惊讶万分。

她太想了解自己的过去，不免把玉瑶当成救命稻草。

"是啊，人们常说靠山吃山，靠水吃水。天照山上妖兽灵药甚多，一直由你兄长山君庇护。山君死了，张孝之才能自由地猎取天照山上的野兽，采集山货，贩卖到各地。正是依凭这座山，他如今财源广进，生意兴隆。"

玉瑶笑眯眯地，指尖点向她："晏兮，你原来是天照山上一只无忧无虑的小狐狸哦。"

玉瑶所言过于匪夷所思。晏兮一直以为，她是贫苦人家的女孩。张孝之也是这么说的，他的故事像模像样。

晏兮正欲反驳，白色狐狸尾突然从身后冒出，耳朵和爪牙也变尖了。她惊讶地看着自己："我怎么……"

玉瑶态度悠然："奇怪吗？方才白沐请你喝的香茗，混了些甜酒。才化成人的精怪并无高深的妖术，稍喝些酒就会露馅。"

她比晏兮更像妖怪，晏兮不免纳闷地问："你又是谁？怎会知晓我的过去？"

"我？"玉瑶笑得翠钿发颤，"如你所见，我只是这家药铺的掌柜。"

堂屋中忽然起了一阵风，吹得风灯摇曳，光影忽明忽暗，氛围诡异。晏兮冷飕飕的，想从这怪梦中挣脱。她尝试了几次，都无法睁眼。

张孝之对她很好，从不因她地位卑贱而怠慢她。她不愿相信玉瑶的一面之词，何况，她们刚刚见面。

晏兮问："你说山君是我的兄长？他人在哪儿？"

"你遇到好心人了，我最喜欢救妖怪。"玉瑶轻笑，团扇摇着，拂起脸颊边的碎发，"他原来差点儿被你害死，现在还在我的客房中躺着。你要不要去看看他？"

自然要见的。

此前，晏兮对过去所有的记忆都源于张孝之，可现在，她有心拒绝玉瑶的说法，又忍不住好奇。

她随玉瑶去了客房。床上横卧着一个病态十足的憔悴男人，双眸紧闭，周围缠绕的藤木新芽暗淡，多数都已枯萎。

晏兮的头忽然如针刺一般疼，她痛苦地摁了一会儿，努力想要想起什么，但脑海中一片空白。

她无法忽视看到这个男人时心底的异样。

她一定与他是旧识。

她或许该称之为宿命感。

晏兮伸手，想碰一碰他，尖细的指甲轻触到藤蔓上翠色的嫩芽，又害怕地收回。她不太适应自己的新模样，仿佛自己只是被玉瑶施某种妖法，才产生如此巨大的变化。

"如果爷真的毁了我的家园，伤害我的兄长，为何对我这么好？"晏兮抓住漏洞，反问玉瑶，"玉掌柜，无论您说什么，爷对我的爱，我能感觉到。"

"倘若爱也是假的，你也要袒护他？"

晏兮怔住。

可玉瑶只有一张嘴，没有证据。

她讨厌玉瑶这么说。

玉瑶思忖半晌，也不强求，和她回到堂屋。玉瑶边走边道："山君如今神力微弱，随时有可能神降。晏兮，若你能救他，你愿意救吗？"

"我……我不知道。"晏兮闷闷地道。

她看到山君这样，竟也很难过。可让她接受张孝之给予她的一切都是假的，她更难过。

"你为什么说，他对我的爱也是假的？"

"若要真的追溯起来，还得从他体内的一颗珠子说起。"

玉瑶推开堂屋门，翩然坐下，招呼晏兮坐到她身边，神秘地道："好妹妹……你可知道，他为何能从岌岌无名的寒门子弟，摇身变成无庸城的巨擘？正是因为，他体内有舍离珠。"

"舍离珠？"

"不错，舍离珠为修罗族战神铎罗元神碎片所化，拥有碎片的人能获得部分神力，他的神力，便是摄人识海，听人心声。"

所谓江湖、政治、战争，都逃不过"谋算人心"四字。

张孝之能读心，又聪慧过人，做事无往不利。

"他祖父辈原来只是住在我们兴旺镇山下的普通山民，到他这一辈，各地商路被城主打通，他便有了更大的野心。有销路，自然需要更多的货源，于是他打起了神山天照的主意。天照山上的奇珍异兽、天材地宝数不胜数，可山君神力无穷，他无法大肆狩猎开采。"

说到这里，玉瑶稍作停顿："……晏兮，如今你也知道了，他张孝之已成天照山真正的主人，在上面建温泉池、避暑园、围猎场，你的伙伴与亲人，皆被他残害殆尽。"

张孝之的确喜欢狩猎，每次都要带着晏兮。

晏兮终于知道，为什么每次到山上，她总会感到难过。

但她仍旧无法信任玉瑶。

她抿了抿唇，指尖轻轻地摩挲着茶盏，打算转移注意力。她不知不觉端起茶盏，唇才碰到茶盏，才想起里面装的一半是酒。

她不爱喝酒，玉瑶故意为之，不是好人哪！

她的小动作被玉瑶尽收眼底，玉瑶忍俊不禁："罢了，我只是不忍心你被仇人蒙蔽，若你不愿信我的一面之词，或可在张府中寻一面镜子。那面镜子名为无相镜，张孝之便是凭借此物剥夺了你的记忆，将你困在方寸之地。"

"府中那么多镜子，我如何去寻？你倒说说，它是什么模样？"她有证据，晏兮便心痒了。

"嗯……大抵是一面梭子形，有黑色花朵和藤蔓浮雕的铜镜，此镜名为无相，其实有众生相。镜子里面住着一只喜欢偷吃人记忆的花妖。被偷过记忆的人可以唤醒她，从而唤醒无相镜，来窥视自己失去的记忆。"

"若爷不希望我记得过往，为何还会留下它？"晏兮问，她对自己能找到无相镜不抱希望。

"你这狐妖，可真悲观呀！他为何留下无相镜，就得问他自己了。"

晏兮一言不发。

"等你找到无相镜，相信我的话，可以随时来找我。"

宴兮仰头。

"我叫玉瑶，是兴旺镇大梦药铺的掌柜。"

玉瑶指节捻着团扇，往晏兮脸上轻轻一拂，一股香雾飘逸，晏兮只觉神清目明，睡意全无。她睁眼，发现自己仍坐在花园的秋千架上。

张孝之不知何时过来了，附身靠近她，略显紧张地呼唤道："晏兮，你怎么了？"

晏兮方才眉头紧锁，愁眉不展，怎么叫都叫不醒。

晏兮凝视张孝之，心忽然擂鼓般跳个不停。

"没什么……"她撒谎道，"我突然做了个噩梦。"

— 10 —

自那日后，晏兮再没做过和玉瑶有关的梦。

她偷偷打听一番，得知兴旺镇竟真的有间大梦药铺，女掌柜玉瑶美艳似妖，泼辣刁蛮，不近人情。

玉瑶卖的药价格尚算公道，可惜，毫无慈悲心。

这样的掌柜，和梦里慈悲可亲的形象相去甚远。她怎会怜悯自己失忆？晏兮纳闷万分。

为今之计，她只有找到玉瑶所说的无相镜，才能确定玉瑶所言是真是假。

晏兮是一等仆婢，并不需要负责洒扫事宜，她只得趁张孝之外出之际，里里外外搜了一遍他平日的书房、寝屋、阁楼。

均无所获。

晏兮神思昏昏，恰逢月信，在府中休养了一阵。

这日，她途经沁芳园，偶然看到张孝之的表妹周清。

当初周清差点与张孝之结亲，却被张孝之单方面搁置了婚事。

张孝之不近女色便罢，偏巧他身边多了个晏兮。故而，周清也常以探望老太太的名义，进府中伺机与张孝之偶遇。

她自小与张孝之青梅竹马，对表哥志在必得。

晏兮不愿触她霉头，刻意躲在暗处，等她过去。

周清在老太太面前嗑瓜子，阴阳怪气地道："外祖母，我听说表哥身边多了一个叫晏兮的丫鬟，最近颇为得宠，是不是真的？"

老太太听到"晏兮"两个字就高兴："你说晏兮那丫头啊，自然是真的，你表哥不管做什么都要把她带在身边，看来我们张家续香火有望了。"

"外祖母，她那么得宠，万一表哥真的娶了她怎么办？"

"怎么会，"老太太不以为意，"她出身低微，不配做我们张家的正室。待你过门，留她做个填房，给张家开枝散叶，也就罢了。"

周清喜上眉梢，忙问："外祖母是说，表哥还惦着娶我？"

老太太皲皱的手握住周清的手，慈爱地道："傻孩子，他不娶你能娶谁？"

周清撇撇嘴："如今宗族里的长辈都推举表哥做家主，若表哥心底另有钟情之人，外祖母能怎么办？"

"你和他是我自小看大的，不论他做不做家主，总不能把我这老婆子抛到脑后。再者，我有件东西要交给你，有了它，他不敢不娶你。"

老太太知道，张孝之对这面镜子极为珍爱。周清不需要做什么，也不需要知道镜子里有什么，仅仅装作知道一切的样子，就足够拿捏张孝之了。

周清连连点头，笑得灿烂。

她们的交谈声越来越小，晏兮逐渐听不到了。

她躲在窗棂后，只隐约看到老太太碧色的玉镯被镜面的光反射，更显翠绿动人。

老太太为何要把一面铜镜交予周清？晏兮百思不得其解。

她们神秘兮兮、讳莫如深的模样，让晏兮想起玉瑶所说的话——张孝之利用一面镜子，封印了她的过往。

又过了几日，张孝之走商归家，归府得先拜见老太太和阿娘，随后便唤了晏兮近前服侍。

张孝之在南边买了些新巧别致的玩物，拿了一串油润红亮的菩提玛瑙串，仔细地套进晏兮的皓腕，他将她抱到腿上，刻意问："我外出这些日子，你可想我了？"

他从前也会这样拢着她，将她彻底圈在怀中。

晏兮闻到他身上熟悉的皂荚香，后颈也能触碰到他温热的肌肤，却有些不自在。

"自然想的，"晏兮低头，撒谎道，"我每天都拜观音，祈祷爷早日平安回府。"

"妖精，嘴里说想爷，心怎么一点也不慌？"张孝之笑了笑，转了转她手腕上的珠子，"喜不喜欢？这玛瑙成色好，衬你的肤色。"

珠子愈红，愈衬得肌肤白净。

晏兮不能不回应，低声道："爷的眼光总是最好的。"

可她现在一看到张孝之，便会想起自己的怪梦，对他无法像从前那样敞开心扉。

玉瑶说，张孝之有读心术，但晏兮感到奇怪的是，不知为何，他好似猜不出自己的心声。

"你身子还没好吗？总提不起精神。"张孝之问。

面对张孝之的嘘寒问暖，晏兮很抱歉，她若没有做那个怪梦就好了。

"晏兮，你先好好休息，傍晚我再过来。"张孝之把她放下来，思忖了半晌，又道，"等你好些，我带你出去走走。"

"好。"晏兮应道。

他走商回府，辞别长辈后第一个想到的就是她，她却扫他兴致。晏兮轻叹一口气，无奈地揉了揉眉心，盯着自己的掌心。

其实……她有一日偷偷喝了一口酒，指甲竟变尖了。

她并非人类。

这让她无法忽略那个有关玉瑶的梦。

晏兮无心休息，打算到周清那儿探探，弄清楚老太太送周清的铜镜为何物，中间又有何秘密。

她还没有走近，忽然听到张孝之和周清的争执声。

"……你以为我发现不了？周清，我并不想娶你，从前是，以后也是。你何必惹怒我？"

"不娶我，难道娶那个贱婢？就因为她比我温柔？"

"骂别人的时候，就不知道掂量掂量自己？还是你以为，我会因为你骂晏兮便高看你？"

屋中突然传出瓷盏的碎裂声。

"晏兮晏兮！我骂她怎么了？我偏要骂，不知羞耻的狐狸精，勾引男人的坏种！"

尖利斥骂后，屋内忽然归于平静。

两人似乎僵持住了，随即，周清冷笑起来，凄楚地道："打，有本事冲我的脸打。表哥，你如此负我，就算是为了争口气，我也不允许你娶她。如果你不希望自己的秘密被我捅出去，最好不要对我发火。"

"秘密？"张孝之凝眉。

"我无意间得到了一面镜子……"周清面无表情地轻声说。

张孝之的心"咯噔"一下，他的无相镜失踪好久了。

寂静无声。

但可以想象，张孝之的脸色有多铁青。

最后，张孝之冷哼了一声，拂袖而去。

晏兮不知他出于何种原因不再对周清大发雷霆，可傍晚他回到寝屋，即刻把晏兮叫到身边，举止亦比平日粗暴。

他把晏兮锁得很紧，仿佛怕她逃跑。

晏兮心底五味杂陈，她听府中丫鬟说，这次周清长住张府，老太太有意为她指婚。傍晚用饭时，张孝之没有反驳。

他当真被周清捏住了软肋。

可张孝之说过，他会娶晏兮的。

老太太得知张孝之与周清吵架，翌日便让张孝之陪周清看戏。

晏兮给他准备了一套衣服，却不打算陪他一起出席。张孝之的目光在她身上逡巡："为何这次不跟我一起去？"

"她是爷的表妹，我去多有不便。"

她表情如此委屈，应该是听到他要娶周清的风声了。

张孝之厌恶自己被一个女人裹挟，目光阴沉。

"你与她之间，该避嫌的是她。"张孝之冷着脸道，"你不用顾忌，跟着我去就好。"

他正好趁周清外出的机会，雇几个匪徒吓她一番。

发生了这样的事，只要让老太太相信周清失去了清白，哪怕周清仍是清白的，周清也没资格再嫁给他。当周清嫁给他的愿望落空，他再想办法夺回无相镜。

晏兮不得已，还是和张孝之一起去了戏院。周清骄傲地仰视张孝之，本想笑一笑，瞥见晏兮之后，眼神陡然如刀。

"哟，我和表哥看戏，怎么不相干的人也来了？"

晏兮莞尔，盈盈一拜："回姑娘的话，爷从前外出，也常让晏兮作陪。"

"我没问你，你瞎插什么嘴？"

晏兮尴尬地低头，退到张孝之身后。

张孝之斜乜周清一眼："晏兮是我的人，她回答的便是我的意思。"

周清才和张孝之吵过架，愤懑无言。

她甩袖越过张孝之，上了雅座，不久，戏曲开始了。

听那些抹了油彩的人甩着水袖，咿咿呀呀地唱着。晏兮安安静静站在张孝之身边，周清心中越发烦闷。

"晏兮，我渴了，你给我倒一杯茶去。"

放着自家丫鬟不使唤，非使唤别人家的，周清意图明显。

张孝之尚未发作，晏兮按了按他的肩，转身端起茶壶给周清倒茶："姑娘，你的茶。"

周清捧着茶，忽然一下洒在晏兮的裙角上："这么烫，你故意的吧？"

茶水温热，不至于烫手。只是泼洒在晏兮的裙子上，打湿了她的腿和脚。

张孝之霍然起身，脸冷若冰霜："周、清！"

"我使唤一个丫鬟而已，你管得着吗？"周清也站起身，寸步不让，"表哥，别忘了你我的约定……别让我在这里说出好听的来。"

张孝之瞪她，半晌，攥紧晏兮的手走了。

周清登时气得头顶冒烟："你走，有本事别回来！"

她的话响彻戏院，张孝之并不理睬。

他本就打算找个借口先行离开，周清的发难恰好给了他一个借口。

"爷，周姑娘是您的表妹，您为晏兮和她吵，晏兮实在过意不去。"

张孝之一直不松开晏兮，也许是气到心头，口不择言："她如此羞辱你，待会儿自然有好果子吃。晏兮，你无须自责。"

张孝之想到什么，停下脚步，问："晏兮，你的脚可烫伤了？"

他不问，她几乎忘记，方才烫她的是一杯热茶。他言语间似乎透露了他在谋划什么的意图，晏兮乘势道："有点儿，爷，现在回府吗？"

"到客房，我给你看看。"

客房距听戏处不过百步，晏兮点点头。

她心里记挂着无相镜的事，待会儿正好可以借机接近周清。

—11—

客房中，晏兮本欲自己脱下鞋袜，张孝之却把她摁坐在榻前。

他单膝跪在她面前，替她脱。

晏兮不免把脚收回，难为情地道："爷……"

从前都是她服侍他，他怎能纡尊降贵？张孝之温柔地望着她，道："无妨，此事因我而起，我便服侍你一次。"

他挽起袖口，骨节分明的手捏住她的脚踝，模样认真且专注。

这样的他，怎么会害她？他对她的爱，怎么会是假的？

晏兮的好奇心越发强烈，又有些不自得。让他上完药，她便借口在客房歇息，哄他喝了迷药，然后偷偷返回听戏的雅间。

方才的戏曲已经终了，周清正要回府。她本打算再听几折，可想到自己一个人坐在这里，实在没有意趣。

坐上马车，周清神色怏怏地靠坐在马车内。

她从袖中摸出那面无相镜，除了发现它倒映出自己那张了无生气的脸，并无其他特别之处。老太太的话犹在耳边，她又不得不信这中间藏着张孝之不为人知的往事。

她知道，周家这些年生意不景气，父亲原想依靠与张家联姻，东山再起。可张孝之当初突然悔婚，而今又对一只狐妖意乱情迷。

她如何才能坐上张家正妻之位？

她需要这面镜子，让张孝之以为她握紧了他的秘密，让他只能娶她。

一想到自己要用这样的方式才能得到张孝之的人，她就悲从中来。

马车外突然喧腾起来，车夫闷哼一声，头突然歪进马车内，一脸痛苦的样子。

周清和丫鬟都吓得尖叫。

外面的匪徒嬉皮笑脸："姑娘，识相就自己乖乖下车，让爷几个尝鲜。不然，爷可就自己动手了……"

周清缓了一会儿，强自镇定地道："你们可知我是谁？敢打周家的主意，我回去就让爹收拾了你们！"

"哟，我好怕。"对方假意发抖，随即发出更轻狂的笑声。

周清的心提到嗓子眼，拔下发间的钗子，手抖得厉害。

她暗道自己走得太急，没想过半夜出门容易遇到匪徒。

张孝之不知道她会遇到危险吗？还那么气她。说一千道一万，一切为时已晚，周清唯有独自面对，紧张得手心直冒汗。

就在匪徒用刀挑起马车帘子，大赞她天姿国色的时候，暗夜里突然传来狐鸣。接着，几个男人相继惨叫，在摇曳不定的鬼火焚烧中倒下。

周清惊疑不定，瑟缩地探出头望去。夜幕下的长街被月华照亮，有单尾狐妖立于正中，绒毛遍布的耳朵直直立着，下垂的手爪尖利无比，蓬松的尾巴无风自动。

周清发现，她梭子般的眼眸泛着绿光盈盈，正盯着自己。

周清失声："晏兮？"

晏兮微合眼眸，缓慢走过来。

"周姑娘，你身上是不是有面特别的镜子？"

她还是第一次以狐身示人，亦不大习惯，语气温吞。

周清暗暗惊讶，不知道她如何知道此事，不免否认道："没有。"

一个不好的念头涌上心头，她奇怪地问："晏兮，你记起来了吗？"

不然的话，她为何会使用妖力？

晏兮更笃定她知道点什么，迫切地请求她把镜子给自己。

那是周清逼张孝之娶她的筹码，她不愿交给晏兮。

周清冷冷地道："奴护主，天经地义，你救了我，我也会给你赏赐。只要你别把今夜的事抖出去，让我脸上不好看。"

她下了马车欲走，晏兮不禁皱眉，道："你不明白？这一切都是爷的安排。"

"你说什么？"

晏兮希望她能放弃把无相镜当成威胁张孝之筹码的念头，便再度开口劝道："爷雇了几个地痞，毁你清白名声，就是不希望你嫁给他。"

"闭嘴！"周清骤然喝断晏兮的话，浑身发抖，又惊又怒，"你有什么可得意的？你以为表哥真的喜欢你？他图个新鲜罢了。你懂爱吗？懂吗？不，你根本不懂什么叫爱，你只是想要过得更好而已，所以赖上他。"

晏兮被她说糊涂了。

"爱？"

她的心口忽然怦怦直跳。

她不懂吗？但现在她看到张孝之，也会高兴啊。

周清却像被刺激了，胸口剧烈起伏，眼泪无声落下。半晌，她又癫狂地笑，忽哭忽笑的，让晏兮不知所措。

"我与表哥青梅竹马，近二十年了，我没想到他会这样对我……二十年，没有爱难道没有情？罢了，我就算嫁给了他，后半辈子也算是毁了……"周清喃喃自语，眸光突然锁定晏兮，表情变得阴鸷，"是了，你是来炫耀的吧？你别得意得太早，表哥亦是在利用你。你不是想要那面镜子吗，我不嫁了，给你！"

周清把无相镜扔给晏兮。

她的希望毁了，也不想让晏兮快乐。

晏兮好不容易接住镜子，周清已越过她，踽踽行去。

晏兮得到了梦寐以求的东西，抚摸着无相镜背后的花浮雕，又忐忑不安起来。

她有点不敢面对，但好奇心驱使她看了下去。

铜镜镜面光洁，先映入眼帘的，是她清纯娇美的面庞。很快，那面庞变成了花妖的模样，晏兮盯着花妖的脸，不自觉地沉溺其中……

晏兮终于找到了自己缺失的那部分记忆。

她是天照山山君的义妹，那日，她偷溜出山君设置的保护结界，在林间游玩，不幸被几个世族子弟发现。他们一路追踪，赞叹世上当真有通体纯白、额间却有一点红的狐狸。

晏兮跑得又急又快，可还是被射中一箭。

痛！血滴滴答答，她一蹦一蹦的，再也跑不快了，可离山君设的结界还很远。

就在这时，她看到有人越走越近。她以为自己要完蛋了，直到他把她整个抱了起来，藏在了背后。

世族子弟们追过来，问："张兄，你可曾见到一只受伤的狐狸？"

张孝之的回答淡漠："不曾。"

晏兮就在他身后瑟瑟发抖，血洇湿他的掌心。几个狩猎者跑到别的地方了，他才把晏兮放在地上，温柔地道："可怜的小东西。"

他和那些戏弄晏兮的人一点都不一样，晏兮僵硬地盯着他。他以为她吓傻了，笑了下，给她包扎伤口，然后找了个更安全的地方将她放生。

晏兮跑到结界边缘，回眸，他长身玉立站在那里，如画中动人的谪仙。

晏兮忽然不舍他，以至回到结界后，常常想起他。

后来，她修为进益化作人形，又在山林中遇见他。他正被野兽围困，她施法将他救到山林间的木屋。

她谎称自己是林间猎人的女儿，他则称他是天照山脚下的村民。

她照顾了他一夜，翌日，他辞别她下山。之后，他常常到这木屋，仿佛在等什么人。

晏兮偷瞄了一段时间，才假装偶遇。她小心翼翼地问："你在这里等谁？"

张孝之微笑着问她："姑娘不知道？我等的人，远在天边，近在眼前。"

晏兮愣住。

他给她带了许多人间的小玩意，又给她编竹蜻蜓，捉萤火虫……他比她的兄长山君还温柔，他还说，想把晏兮抱在怀里。

晏兮脸红，跑了。

再后来，晏兮得知他为她相思成病，懊悔得直掉眼泪。

她其实不是猎户女，而是狐妖。她不再对他隐瞒了。他却道："晏兮，虽然你没有心，但怎么办，我已经爱上你了。"

晏兮害羞。

他又道："晏兮，让我娶你回家。"

晏兮脸更红了。

谁说妖怪没有心，她也会脸红。她想嫁给张孝之。

张孝之继续道："我们人间的习俗，娶妻要三媒六聘，若她要做他的妻子，需要得到双方父母的认可。"

晏兮没有家人，只有义兄山君。

"我的兄长是山神，你不怕吗？"

张孝之笑了。

"我要娶你，怎么会怕？能见到神明，是我的福气，若山君答应我娶你，我还要请村里人给山君修建庙祠，供奉香火，让山君长命无极。"

晏兮很高兴，承诺带他见山君。

她带他寻到结界入口，他也给山君准备了一份丰厚的见面礼。

可山君看到凡人，眼底露出的是悲哀之色。晏兮不解地悄声问："哥哥不喜欢我和凡人在一起吗？"

"我只是害怕。"山君摇了摇头，轻声道。

山君的担忧更让晏兮不解。她在林间和张孝之依依惜别，他说，等下一次见面，他会三媒六聘来娶她。

之后老天连下了半个月的雨，张孝之迟迟未归。晏兮以为是天公阻挠了张孝之上山的路，可等她终于盼到他，欢喜地朝他跑过去，他却和驱妖门的术士在一起。

他凉薄地看着她。

"晏兮，我其实不是普通的山民，天照山上满是天材地宝、奇珍异兽。只要掌控这里，我张家就能一跃成为无庸城的大家族。"

他还是原来的面貌，可说的话让晏兮畏惧。

他想碰晏兮，却被她推开了。

"我求你看在我们曾经的情分上，不要破坏天照山，不要伤害我的兄长……"

张孝之晒笑："情分？你为什么这么天真？我是骗你的。不骗你，你怎么会告诉我结界在哪儿？我找山君很久了。"

雨很大，把他的面目冲刷得分外模糊。晏兮这才发现，原来她从来都不了解他。

他和驱妖门的二世祖陆翡联手，打伤了山君，成了这座山的实际掌控人，所得利益五五开，各自盆满钵满。

晏兮阻止不了悲剧的发生，只求和张孝之同归于尽。可他身边的术士很厉害，她根本不是对手。

晏兮无法面对天照山的伙伴，也无法面对山君，取出自己的妖丹，意欲以死谢罪。

就在她的妖力越来越弱时，她看到张孝之向她仓皇奔来。

他脸色煞白，神情悲戚。

晏兮不知道他在悲戚什么。

他欺骗利用她，还嘲笑她好骗。

她即将捏碎妖丹，他却一把将她扑倒在地，声音嘶哑地道："晏兮……如果你那么痛苦，不如将这一切遗忘。我们可以从头再来。"

从头再来……

晏兮睁开眼，怔怔地站在长街上，手中的无相镜"啪"的一声落地。

原来这就是他剥夺她的记忆，给她编故事的原因，可她宁愿不知道这一切，宁愿梦里的玉瑶在骗她。

— 12 —

张孝之在客房迷迷糊糊醒来，发现晏兮坐在他身边。她的睫羽深深垂着，在眼睑上投下鸦色的阴影。

"爷，您醒了？"

"我怎么睡着了？"

"爷累了，就睡着了。"晏兮凝视他，声音凉淡，"夜色已深，周姑娘回家了，爷，晏兮也陪您回去吧。"

她很平静，就像从前每一次一样，张孝之没有觉察到异常。

周清说过，晏兮是妖怪，没有心，所以拥有读心术的张孝之读不出她的心声。

晏兮现在得感恩自己是只妖怪。

他这样伤害她，却还愿意给她被烫伤的地方上药。

她委实不懂。

人类，真的好复杂。

得知周清平安归府，张孝之微微诧异。他更没想到的是，第二天，周清就向老太太辞了和他的亲事。

无论老太太如何挽留，她都不改心意。

惊喜来得太快，张孝之想要感激她，周清只是恨恨地剜了他一眼："表哥，你作恶多端，会遭报应的。"

"报应？表妹，你还太年轻，才相信善有善报、恶有恶报的鬼话。"

周清把他雇佣那群匪徒的银票甩到他脸上，乘马车离开了。

时光飞逝，张孝之成了张家家主，决定娶晏兮为妻，老太太无法说服他，气得搬离张府，深居简出，日日礼佛。

张孝之给了晏兮无穷无尽的、令人艳羡的聘礼，实现了他当初在天照山上对她的承诺。

晏兮总是安静且乖巧，他给她什么，她便拿着。他让她做什么，她就照做什么。

妖是这样的吗？

他发现不知从何时开始，他感觉不到她的喜怒哀乐了。

他也曾算无遗策，唯独不知道，自己会真的爱上晏兮。不过没关系，他已经得到了天照山的奇珍异兽，他又做了这辈子最英明的决定，用无相镜封印了晏兮的记忆，如此一来，他又得到了他心爱的晏兮。

妖没有心，他读不到她的心声，正常人的烦恼之处，恰恰给足了他有趣的滋味。他观她言行，猜她心意，不亦乐乎。

财产在左，美人在右，他什么遗憾都不再有了。

十里红毯铺地，张府张灯结彩，高朋满座。

晏兮独坐婚房中，指腹划过酒杯杯口，将毒药抹在上面。当她决定报仇，救活山君的时候，她去了一趟大梦药铺。

里面的景致与梦中无二，她问玉瑶："怎么样才能报复张孝之，让我的哥哥山君醒来？"

玉瑶笑着把一瓶药给了她，道："他最珍视的是张氏基业，夺走舍离珠，他不仅短寿三十年，还会失去读心的能力，依靠投机取巧获得的成就，自然不堪一击。"

"我怎样才能夺走他的舍离珠？"

"办法有二。要么，他自愿配合我，让我取走珠子。要么，你哄他喝下这毒药，把他的尸体带到我面前。人死了，珠子就会寻找新的宿主。"

张孝之奸诈谨慎，绝不会主动把珠子交给玉瑶，她唯有哄他喝了毒药，杀死他才行。

晏兮在梦里无数次模拟他死在她面前的样子，迟迟找不到机会下手，一直蹉跎到今日。

张孝之就要过来了，晏兮对着镜子坐下，又给自己补了点口脂。

下一刻，门被张孝之推开。

他穿着喜庆的红色婚服，意气风发。他抬眸远瞥，晏兮还坐在那儿，头上凤簪熠熠生辉。她比平日更美，更温顺，就像他给她编织的绮梦，将她娇养成了自己最喜爱的模样。

"晏兮。"张孝之唤她。

晏兮盈盈款步而来，行了一礼："夫君。"

"你叫我什么？"张孝之眼前一亮。

晏兮举起酒杯，笑意温柔："夫君，陪我喝一杯合卺酒吧。"

莫说喝酒，如今她让他喝刀子，他也喝得下。

可在他碰到酒杯的那一刹，忽然猛地推开晏兮。

"你在酒里下了毒？"他蹙着眉问。

她不是没有心吗？为什么他能听到她的心声？

晏兮下意识摸了把脸，脸上竟然有泪痕。

原来，方才那一刻，她会因他将要赴死心生不忍。当她开始爱上他的刹那，她便有了心。

黑色的血液从她口中涌出，她直勾勾地盯着张孝之，却笑了起来。

他现在不是能听到她的心声吗？那他一定知道，她现在多么痛恨他。她要把全世界最恶毒的诅咒，都加在这个骗子身上。

"晏兮……"张孝之的表情痛苦得扭曲起来，不愿再和她对视。

见她呕血，他才知道她在自己的口脂上也点了毒药，又忍不住上前拥住她。

"你要报复我，为何还给自己下毒？"

晏兮咯咯地笑，却避开了张孝之的目光。

她还爱他这件事，他便不必知道了。

她原想和他死则同穴，可惜为山九仞，功亏一篑。

她捧着张孝之的脸，指甲变得尖利，在他哀戚的表情中，刹那间扎破他的皮相。可她没有力气再做什么了。

玉瑶给的毒药真厉害，连妖怪也招架不住。

晏兮的手从他脸上无力垂落，血蜿蜒滴答。

"晏兮……"他哀恸地呢喃着，她的视线越来越模糊。

明明是夏日，大梦药铺也清冷得吓人。

张孝之带着晏兮到这里的时候，玉瑶正靠在柜台旁边，和几个伙计眉飞色舞地聊着什么。

他听了晏兮心声，捕捉到大梦药铺的踪迹。

晏兮不会无缘无故恢复记忆，是玉瑶唤醒了她。

玉瑶……

张孝之想起来了，这个女人口口声声要从他身上拿走颗珠子。他让家仆揍了她一顿，把她赶走了。

玉瑶转眸瞥见他时，一点也不惊讶。仿佛知道他会来，仿佛知道他将有求于她。

张孝之现在什么都不想追究，平静地恳求她："玉掌柜，你可以实现我任何愿望对不对？只要你能复活晏兮，我什么都答应你。"

他欺骗晏兮，夺了天照山，没想到最后把自己也骗了进去。

他自诩英明，如今却做起了一笔最糊涂的交易。

玉瑶摇着团扇，笑容嫣然："巧了么不是，先前这位姑娘还问我，能不能救她的兄长。她怎么死了呢？"

"是啊，"张孝之注视着晏兮宛若生时的精致面容，低声道，"她还没成为我的妻子，为什么想不开？"

"唉，应当是遇到了什么过不去的坎，"玉瑶假意叹息，放下团扇，朝张孝之伸出纤纤玉手，"张老板，如果你想救她，便该知道我要什么。"

张孝之点头。

"不过她复活以后，发现你没死，大概又要和你拼命。你也愿意？"

张孝之抬眸，问："我有良田千顷，金银满山，我把这些都给你，你能不能让她忘了我。从今以后，她还是天照山上无忧无虑的小狐狸，是山君膝下长不大的妹妹。"

"嗯？"

生命好似一个圈，兜兜转转，又回到起点。玉瑶忽然不理解，他为何愿意舍弃这些。

人类真的好奇怪。

玉瑶无奈摇头，将晏兮带回她的卧室。关上卧室的门，门外的张孝之忐忑不安，见卧室隐隐透出金光，又稍稍宽心。

玉瑶的障眼法而已，要不然张孝之怎么会认为她有通天本领？

饶是她牙尖嘴利，也藏了一颗善心。她所提供的毒药，只能让人假死，她藏在药柜碧绿小瓶中的解药能让事情有回旋的空间。

— 13 —

一个月后，兴旺镇发生了两件大事。一是兴旺镇富商张孝之一夕忽老，二是他忽然宣布退出兴旺镇商会，从此云游四海，不问世事。

门庭冷落的大梦药铺里，玉瑶刚从天照山的山君那儿讨回一篮子山货，还是调皮的狐妖晏兮偷偷送她的。

晏兮说，总觉得玉瑶眼熟，可想不起来在哪见过。

玉瑶讪讪一笑，你这狐妖自来熟，跟谁都要认亲。

不记得好，不记得就不会伤心了。

有个人什么都记得。

玉瑶曾劝张孝之用无相镜结束痛苦，他却道："玉掌柜，你可知我为何一直留着那面镜子？因为我的私心，她已经忘了和我快乐的点滴。她忘了，我还可以在镜子里看到，再裁掉让彼此痛苦的地方，用别的方式讲给她听。我在深夜后悔，在白日弥补。谎话若是讲多了，我也会忘了真相，无相镜会提醒我曾经的自私与不堪。过去的肉眼看世界，都是名和利，回过去用法眼再看，都是因与果。"

玉瑶说服不了他，便不再干涉。

她才回到药铺，发现只有小伤在，不禁敲了敲他面前的桌子。

"哎哎哎，别愣着，过来把这些山货处理下。"

见小伤不动，她便恼道："喂，怎么了？我开药铺供你吃喝，你还当自己是大爷，尾巴翘得老高！"

小伤眼神冷淡。

似乎没有事情能让玉瑶动摇夺珠之心，她的凉薄让他有些无奈。

他还好像看到了一个熟悉的身影，像极了多月不见的陈瑛，一闪而过。

她明明可以直接帮扶晏兮和天照山，非要勾起她痛苦的回忆，以算计张孝之。

人生一世，草生一春。

她毫无怜悯地算计他们的人生，比刽子手更狠更无情。

就在玉瑶发火的时候，店外传来了男人吆喝声："代写书信、情书、墓志铭……一文一篇，童叟无欺……"

玉瑶探头看去，只见莫啸和护卫庖禄竟然搬来了桌子和椅子，在店门前摆摊。他们还支起了宣传的彩旗，一副正儿八经做生意的样子。

玉瑶柳眉倒竖，挑哪儿不好，偏偏挑自己的药铺前。而且小生意做那么久了，也不见他有所动作。

"喂，你到底想干什么，不知道自己很吵吗？影响我这儿生意了。"玉瑶不满道。

莫啸写着情书，不为所动："有意见你就去报官，反正路是公共的，你赶我我也不走！"

玉瑶没辙。他对自己的态度也不怎么样，还谎称喜欢自己，难道在玩欲擒故纵的把戏？而且足足玩了几个月！

小伤亦疑惑，莫啸真是一个执着之人，为了追掌柜，无所不用其极。

日色从亮到暗，小伤按玉瑶的吩咐，先处理了山货，再到酒铺打酒。他拎着酒壶，优哉游哉地往前走。走到转角，又见到了熟悉的黑衣人。

小伤视而不见，加快脚步，有人忽然从背后拍了一下他的肩膀，小伤霍然转身，没想到竟然是莫啸。

"怎么一惊一乍的？"莫啸瞥了一眼他手中的酒壶，笑了，"喝酒呢？我有一个好地方，你要不要去？"

"我不喝，给掌柜打的。"小伤说。

"走吧，我请客。"莫啸自来熟地拉了小伤一把。小伤又往墙角看去，黑衣人已经不见了。

等到了酒楼，落了座，莫啸忽然道："他们腰上佩着无庸城禁卫军的令牌，佩剑也非比寻常。"他不怀好意地问，"你的身份不简单吧？"

小伤警惕地问："你想干什么？"

"我？"莫啸晃了晃酒杯，"我这不是关心你吗！怎么样，上次我跟你说的事你考虑好了吗？"

"你是说跟我们掌柜的事？"

"除了这件事，还能有什么？"莫啸激动地道，"已经这么久了，你就麻利给我一个答复吧！"

看来莫啸是不到黄河不死心了，小伤吃了口菜："玉掌柜虽然外表美艳，但实在不是一个好人，你不应该被她的皮囊迷惑。"

"人生在世，讲究的难道不是一个开心嘛！我就是喜欢漂亮的人，你不必劝我。"

他还是执着，但小伤不愿帮忙，便故意扯谎："我可以帮你，但是……"

"但是什么？"凡事总有一个"但是"，莫啸的心也因"但是"两个字悬了起来。

小二把酱牛肉端了上来，小伤的注意力被酱牛肉吸引了，夹了两片塞进嘴里。

"你快说啊，但是什么？"莫啸被他这慢吞吞的性子急死了。

小伤故意装出一脸为难的样子："但是我不知道怎么样帮你，我对情爱之事一窍不通。"

"嘁，我当什么事。"莫啸松了一口气，"没关系，我有的是点子，你按照我说的做就行了。"

其实别说小伤了，莫啸自己也对情爱之事一窍不通，但他为了能够说服小伤为自己做"内应"，厚着脸皮装了回内行。

小伤心道，既然连这也不能阻止他，那自己应该放一个更大的招，便故意道："话是这么说，但我帮你，什么好处都捞不着，我为什么帮？"

莫啸稍稍坐直了身子，摆出一副"我就知道"的神情，玩味问："你终于露出狐狸尾巴了，之前说的不懂情爱之事，都是幌子吧？"

小伤吃着牛肉，不置可否。

莫啸道："既然你不仁，就休怪我不义。黑衣人……"

第二梦

隐长河

长河倒映出零星灯火

天空无月

不似往常普照万千众生

他心头的光

笼罩了不远处浅眠的人

— 1 —

小伤搛吃牛肉的筷子一顿："你都知道什么？"

"不管我知道什么，但只要我跟玉掌柜提出'黑衣人'三个字，你看看她还留不留你。就算留你，你的身份也再隐藏不住了。"

"你……"

"我怎么样？"莫啸不嫌事大，还对他做鬼脸。

小伤想发作，无奈把柄在对方手里，他对着莫啸干瞪眼半天，终于还是作罢。

他冷着脸吃牛肉，沉默了一会儿道："你以为掌柜只是个普通女人吗？莫说掌柜，便是我也知道，你那属下的口音非同寻常。"

顿了顿，小伤盯着莫啸，幽幽地道："何况，你认得他们的佩剑，身份一定也不简单。"

莫啸愣了一下，接着，他尴尬地笑了笑，端起酒杯："看破不说破，来，兄弟，喝酒喝酒，我刚才都是跟你闹着玩的。"

小伤冷笑，倒真的喝了一杯。

不一会，两人酒过三巡，菜过五味，都变得晕晕乎乎的。出酒楼时，早已不复之前针锋相对的架势，反成勾肩搭背的兄弟了。

"好兄弟，这事是我的心愿，你可得帮我。"莫啸喷着酒气道。

"若说你贪图她的美貌，我一万个不信。你是不知道，玉掌柜城府甚深，刁蛮泼辣恃美行凶只是表象，她不过是一个泯灭了良知、对人没有半点同理心的恶魔，不知道你看上她哪儿了？"

莫啸对玉瑶没兴趣，完全是因为她身上有股奇怪的腥气。

他原以为是玉瑶的问题，但接近药铺后，发现整个药铺都萦绕着一股妖的腥气。

莫啸故意道："女人嘛，好看就行了。"

小伤嫌弃地白了他一眼："有病。"

小伤拎着一壶酒回到了药铺，白沐一蹦一跳地来到了他的面前，将酒壶接到手中，问："怎么这么晚才回来？"

"中途遇到个人，多聊了两句。"

"我瞧你也不像是爱聊天的性子，什么人能把你缠住？"

"一个脸皮特别厚的人。"

"那他的脸皮可真厚了。"白沐认真道。

"还在那儿说话，不知道今天是大日子？小伤，把酒满上，白沐，赶紧到厨房端菜。"玉瑶从后厨出来，一张嘴就开始使唤人。

也许是因为莫啸的关系，小伤忍不住多看了玉瑶两眼。凭良心说，他不能忽视玉瑶的美，尽管她的脾气那么奇怪。但熟悉了以后，任谁都不愿意让她做自己的妻子吧？

"看什么看，再看晚上给我到院子里劈柴。"玉瑶瞪他。

"玉瑶姐，都过中秋节了，就别那么苛刻了。"白沐拉着小伤去厨房。

难怪玉瑶说今天是个大日子，小伤这才想起来，今天是合家团圆的日子。但自那件事以后，他对中秋已有了厌恶之情。

"哦。"小伤与白沐进厨房取了一些酒碗，拿到外面摆好，一一满上。他那副垂头丧气的样子，让张罗布菜的玉瑶十分不满："大过节的，你好歹给个笑脸行不？"

小伤咧嘴，笑得比哭还难看。

玉瑶嫌弃道："算了算了，待会儿你别坐我对面，我看见你这张脸就觉得晦气。"

"哦。"小伤瞥了一眼还在柜台里对账的商略，"他不也没笑，你怎么不说？"

玉瑶冷笑："人有隐情，而且每天他都不厌其烦地为我工作，你呢，你有本事讲讲自己的故事，若是能打动我，我保证以后再不说你。"

小伤想了想道："你还是继续骂吧。"

她想在插科打诨的时候故意套自己的话，门都没有。玉瑶气得够呛："今晚我非灌醉你不可，我看你说不说。"

"你可以试试。"小伤斟完酒，用拇指和食指摸了摸下巴，"一个秘密，要用另外一个秘密做交换，你可别忘了。"

"呸。懒得理你。"玉瑶白了他一眼，钻进后厨了。

她不也倔强地隐藏着自己的秘密，凭什么让他开口。

厨房里，黑芒正专心致志地烤着鸭子，白沐在一旁为他刷烤酱。鸭子的皮已经被烤得金黄焦脆，喷香流油，黑芒撕了一片带皮的肉："你吃。"

"哇，好香。"白沐闻了闻，赞叹。

她被火光映照得微微发红的侧脸柔美可爱。

黑芒怔怔看着，痴了。

他下意识伸手，想将她耳后的一缕碎发别起来，白沐却自然地避开，尴尬地笑了笑："黑芒，你也吃。"

黑芒这才回神，也笑："嗯。"

— 2 —

他们的举动，一旁的玉瑶看得真真的。她心生感慨，道："都什么时候了，白沐，你怎么还躲着黑芒？"

"玉瑶姐，你乱说什么，我跟黑芒……我们……什么都没有！"白沐涨红了脸，争辩。

"没有？我一个局外人都快被你们酸死了。"玉瑶嫌弃道，"想调情到药铺外调，别整天让我这个孤家寡人抓个现行。你们不难受，我还难受。"

白沐和黑芒双双沉默，好一会儿，黑芒才微笑着道："都是我的错，是我僭越了。"

"好了好了，你们的事情我管不着，"玉瑶钩了钩旁边的椅子，"以后少在我面前腻歪就行。"

酒菜俱备，玉瑶招呼所有人落座。

"咱们药铺没那么多规矩，忙了那么久，今天这顿算犒劳大家，大家敞开了吃，敞开了喝。"

小伤打眼看去，烤鸭、螃蟹、蒸鸡、酱肘子……全都是让人垂涎三尺的大菜，一旁的商略数着菜，又开始计算这顿的开支，一边算，一边皱眉。

他的忧愁是有切身体会的，毕竟他吃住都在药铺，两套衣服从夏天穿到冬天，可以说是把节俭做到了极致。

黑芒笑眯眯地给白沐夹了一筷子京酱肉丝，白沐欢欢喜喜地吃着，仿佛又和好了。明明之前，白沐才躲开黑芒。

玉瑶吃了一口螃蟹肉，举起杯中的菊花酒。

"不知不觉又是一年过去了，虽然看你们看得厌烦了，但我有好生之德，就不赶你们了。你们自己也识趣一点，平时别给我添乱。多的不说了，走一个吧！"

玉瑶的话总是不中听，但小伤细细品味一番，又觉得她是刀子嘴豆腐心，关切之情都藏在令人不悦的话语里。

大家举杯，欢庆中秋。

"都别愣着，赶紧吃菜啊！"玉瑶催促，见小伤没反应，忍不住道，"你干吗呢，还等掌柜我给你夹菜吗？"

"哦。"小伤勉强吃了一口。他不知今天有盛宴，刚才和莫啸喝多了，现在还不饿。

玉瑶恨铁不成钢，道："你呀，什么时候才能改改性子多说两句话，你要是再这么沉默下去，就跟商略一副德性了。"

听说商略以前富贵至极，视钱财如粪土，但后来家道中落，一无所有，所以现在活成了一个财迷。玉瑶见他会数数，而她完全看不懂账本，便在所有人都落井下石的时候，给了他一份工作。

虽说贪财无罪，但商略现在对钱财的痴迷程度，未免有点可怜。

他们谈论着商略的时候，商略还在不停地计算着。

"一只螃蟹五文，一五得五，二五一十……"

小伤想，这人没救了。

大家吃着喝着的时候，一只烤鸭腿忽然飞到了玉瑶的碗里。玉瑶被吓了一跳，大声嚷嚷："干什么呀，你们到底是吃饭还是打架？"

白沐吐了吐舌头，背地里轻轻踩了一脚黑芒："都怪你，偏偏不给我吃。"

黑芒微笑道："你肚子已经那么圆了，不能再吃了。"

他们俨然把发脾气的玉瑶当成了空气，玉瑶气得直敲桌子："我说你们两个，整天黏得跟糨糊似的，又不是老相好，到底闹哪样？"

关于白沐、黑芒的闲话，她说了不下百次。每次都在想，这两个人真是般配，可惜脑子不好使。

白沐听到"相好"二字，立刻僵直了身体，摇摇头。

"我们不能在一起，你说是吧？"她看了一眼黑芒。

黑芒还是笑眯眯的，温柔回答："你说得不错，我们不在一起。"

黑芒从来不会反对白沐说的任何话，他似乎抹杀掉了自己所有的情绪，只剩下一张笑脸对着所有人。

小伤觉得整个店里，除了商略这个怪胎，就数黑芒最奇怪。

以前小伤从不掺和婚嫁之事，这次却破天荒开了口："为什么不能？"

既然日夜黏着，脾气相投，模样不赖，就算成婚，也是很美好的一件事吧！

白沐的头摇得如同拨浪鼓："我们真的不能在一起。"

小伤被搞糊涂了。

"小伤，这你就不知道了，"玉瑶喝了酒，话匣子渐渐打开，"白沐是鼠族的圣女，圣女一辈子都不能沾染情爱，否则就是叛族。也不知道是哪个老古董定的死规矩，意义何在。"

黑芒微笑道："鼠族卑微，千年才能孕育出一名有仙骨的圣女。若是与带着浊气的鼠妖相爱，则仙骨尽毁，日后飞升无望。白沐是鼠族的希望，而我，不过她身边一名不起眼的护卫而已。"

身负使命不得不断情绝爱，小伤可以理解，但此事闻者伤心，黑芒如何还要笑着说？

黑芒微笑着，一时之间不知道该怎么回答。白沐的情绪却很沮丧，她放下筷子，拉着黑芒离席："玉瑶姐，我们吃好了。"

小伤心想自己是不是说错了什么，等两人走了，玉瑶才凑近他悄悄地道："要不怎么说你是木头？到药铺这么久了，还挑他们的痛处戳。"

"到底怎么回事？"小伤还真不知道。

"你以为白沐真的不喜欢黑芒？黑芒甘心做她的护卫？不过是为了白沐和鼠族，黑芒选择放下自己的情感，服用了舍情丹。此丹能够让他丧失情绪，既不为求不得痛苦，也不为得到而快乐，所以他总是一副笑脸。"

小伤竟不知世上还有能让人情绪消失的药物，不由得问："是谁给了他这么阴毒的药，可还有解的办法？"

"什么阴毒，我这是防患于未然！"玉瑶脸色顿时变青，"没有那药，他们现在定会因为私下成亲，被鼠族追杀亡命天涯了！"

"原来是你……"小伤顿悟，"像是你能干出来的事。"

"你没喜欢过人，当然不知道那种痛苦。可惜我劝白沐吃，她却不同意。"玉瑶颇为惋惜，"我这药虽然能忘掉情绪，但不会抹杀他们的记忆。你看，黑芒现在对白沐依然很好，他们永远这样下去，不就皆大欢喜？"

"你觉得这是对他们的救赎？"小伤叹服她的想法，"也许，他们这样可以永远在一起，也永远不触犯族规。但就算他们如今朝夕相对，却感知不到对方情义，还有什么意义？"

"爱一个人，非要有结果吗？还是说为了爱拖累所有鼠族，乃至牺牲自己的性命，就是你所谓的意义？"玉瑶干了一碗酒，生气道，"黑芒已经做了选择，他的选择很明智。"

她的话刺伤了小伤，他一时没回过神。

为什么上天会选择给白沐套上仙骨和圣女的枷锁，她可曾想要？

这不公平，她与黑芒为什么不反抗？

他希望他们不要像他一样，就此认命。

夜色渐渐深沉，黑芒和白沐在后院洗碗。黑芒负责打井水，白沐负责洗碗，哗啦啦的水声撕扯着夜的宁静。

白沐洗着洗着，便停下了动作："我们待会儿出去玩吧？"

印象中，他们已经很久没有因为个人的事外出了。

"嗯。"黑芒点点头。

"去哪儿玩？"

"你说去哪儿就去哪儿。"

又是千篇一律的回答，白沐有点不开心。饭桌上小伤的话刺激了她，尽管她已经适应了那么久，还是受伤了。为什么她喜欢的黑芒会变成现在这样，就像一个没有情绪的怪物。

黑芒记得他们之间发生的点点滴滴，他甚至知道他喜欢自己，但他毫无占有欲。

"你就不能提意见？"白沐皱眉。

以前，也是这么回应的，黑芒一时间不知道她在生什么气。但白沐生气，一定有她的道理。

黑芒认真想了想，又回答："既然如此，我们去看杂技表演吧！"

白沐顿时喜笑颜开："好。"

白沐将洗好的碗摞起来放到了厨房，蹦蹦跳跳地，与黑芒往夜市去。

夜市熙熙攘攘，人声鼎沸。在烟火味十足的气氛之中，没有什么比得上食物的香气诱人。

白沐尤其喜欢吃一些放在高汤里煮的串，肉串、丸子串、蔬菜串，浇一勺酸辣可口的酱汁，鲜辣开胃。

黑芒兜里没几个子儿，白沐却选串选得不亦乐乎。一下子就买了许多，白沐十分满足。

等结账时，黑芒将铜板全部码在桌子上，还差一个。白沐却不舍得放下任何一根串，想了想，她故意挑衅地催促他："你快点呀，还有没有了？"

黑芒微笑着，摇了摇头。

“我就要吃，你想想办法。”白沐噘嘴。黑芒手足无措。

白沐气得跳脚，拼命地往嘴里塞串，嘟囔着：“我不管，我要吃，你给嘛！”

这无理取闹的架势，连店家都看不下去了。店家自认倒霉，赶客道：“走吧走吧，就一个子儿，不收你们的了！”

白沐闷闷不乐地哼了一声，丢下黑芒往前走，黑芒连忙跟了上去。

“你是不是嫌我不讲道理？”白沐问。

黑芒摇摇头。

“我都这样了，你不生气吗？”

黑芒还是摇头。

“我就是想让你生气，你恼我，也好过你什么情绪也没有！”黑芒没有生气，白沐反而生气了。

黑芒只能道歉：“对不起。”

“对不起就完了？对不起能解决问题吗？”白沐气鼓鼓地将串全部塞到黑芒怀里，大步流星地又向前去了。

这不是她第一次恼黑芒。

可是发完火，她又忍不住埋怨自己。她可以恼任何人，就是不应该恼黑芒。他只是因为自己，才变成一个没有情绪的怪物。

白沐忍不住转身，黑芒站在黑漆漆的街道上，孤单极了。白沐三步并作两步跑到他身边，无奈地道：“算了，我原谅你。”

黑芒笑了：“好。”

白沐见身边走过的一对情侣手牵手，下意识去拉黑芒的手，但这一次，黑芒避开了。白沐拉了个空，脸上难掩尴尬。

黑芒道：“我们不该这样，是不是？”

他记得白沐在人前总避开和他接触，说他们不能逾矩。黑芒吃了丹药，能轻易克制自己对白沐的欲望，可白沐不是总能够克制住的。她站在黑芒面前，觉得自己始终是一个人。

“是啊，你说得对。”白沐讪讪地道。

她不是第一次失败了，也许再过些年岁，她也会向玉瑶求一颗丹药，告诉玉瑶，自己不想再坚持下去。

他们走着走着，路忽然不通了。

每每有杂技艺人在舞台上表演，人们就会蜂拥而上，争相观看。

来都来了，白沐艰难地往人堆里挤。

黑芒寸步不离，跟着挤到了人前。可惜，白沐并未看到什么杂技艺人，只见一个二十四五岁的青年男子，与一位路人对坐着。

男子身边挂一张幌子，上书"招魂术士杜春"几个字。

"招魂？"白沐念着这两个字，只觉得脊背发冷。

若是此人真能招魂，人群之中怕不是有鬼怪？可是他又不像别的术士那样，跳舞唱歌地装神弄鬼。

白沐腹诽，前脚刚揭穿了神棍莫啸，后脚又来了个杜春。今天，她也要自告奋勇，为大家破除封建迷信。

白沐正思索，杜春的客人忽然睁开眼睛，满脸惊喜，大叫："看到了，我看到了！"

众人惊讶地凑上前，追问："你看到什么了？"

那人正要开口，杜春微微一笑："天机不可泄露，客官请回吧！"

众人还紧抓着那人追问，那人却不好意思，向杜春道谢，拨开众人离去了。

白沐见状便站了出来，问杜春："你幌子上写的招魂，招的什么魂呢？"

杜春上下打量她，微微一笑："招姑娘所思念之人的魂。"

"你的意思是如果那个人死了，你还能让我再见到他？"

"不错，古语有云，心诚则灵。"杜春仍是一副春风拂面的笑意，"只要姑娘心诚，我便可为姑娘搭建一座通往冥府的桥。"

"吹牛不打草稿，像你们这种神棍我见识多了。今天我白沐就要当众拆穿你的谎言。"

白沐拉了凳子坐下，杜春对她的挑衅不置可否，他让白沐闭上眼睛，燃起了三支香。

虽然他未开口，可是白沐听到他的声音入了耳朵。

他的声音仿佛来自虚无之境。

"此刻，姑娘最想见到的人是谁？"

"我的姥爷。"

"闭上眼睛，在脑海中描绘着你姥爷的形貌，等时机成熟，他自会通过冥桥与你相见。"

白沐心想，世上哪有这么邪乎之事？要知道，自姥爷与天地同寿之后，她再没有见过他。

白沐分神之际，杜春的声音又传入耳内，震耳欲聋。

"招魂之术须你潜心配合，若是心中有杂念，被招之人会失望而去。"

这话说得白沐不敢再胡思乱想，只能默默回忆着姥爷的相貌。

在香燃到一半的时候，白沐隐约看到前方出现了一个模糊的人影。

白沐不确定地起身朝那人走去，等走近了，发现他就是她姥爷。身材形貌与自己脑海中所思所想并无二致。

白沐不敢相信自己的眼睛，盯着对方看了许久。

姥爷十分慈爱地对她道："白沐。"

白沐许久没有听到姥爷的声音了，这会儿也不觉得害怕，张开双臂，拥了上去。

白沐忍不住啜泣，诉说着对姥爷的思念。

姥爷安抚着，拍了拍她的背。

白沐说什么，姥爷应什么。

直到那香燃尽了，姥爷才道："缘聚缘散都有定数，虽然我十分思念你的姥姥，但是我还是希望她能够比我多一些福气。"

姥爷说完，不顾白沐的呼唤，身影渐渐地消失在一片浓雾之中，白沐忙不迭喊了一声："姥爷！"

猝然惊醒。

等她回过神，发现自己仍处于闹市之中，众人都围观着她。

他们一个个伸长了脖子好奇地问："怎么样？你看到什么了？"

白沐的震惊写在脸上，这时杜春微微一笑："我说了天机不可泄露，姑娘且不要多言。还有不相信的，都可与我来分辩。"

白沐颤巍巍地起身，满脸难以置信，眼睛瞪得像铜铃："怎么可能，我怎么可能看见姥爷？"

也不知道这杜春用的什么法子，白沐一时间竟再说不出"神棍"二字。

杜春成了今晚夜市的传奇人物，招魂大师的名声不胫而走。

— 4 —

回到大梦药铺，白沐变身"苍蝇"，一直在玉瑶耳边叨叨。

"姐，我没骗你，那姓杜的真的有通天的本事，在他的施法下，我真的看见我姥爷了。"

玉瑶不胜其烦，喝着烧酒，一脸鄙夷："江湖术士我见多了，我看一定是那凳子或是那炷香有问题，赶明儿我就去会会他。"

说完，玉瑶环顾四周："小伤，我的酒没了，你给我去打两壶来。小伤怎么最近一天到晚跑出去？"

"哪有人能一整天憋在店里听你差遣，他好歹是个大活人。"白沐刚才被她拂了面子，现下忍不住奚落。

玉瑶皱眉，不置可否。

酒楼里，小伤与莫啸这对狐朋狗友又聚在了一起。

"怎么这些天你都不找我？"莫啸一杯酒下肚，不满地说。

小伤也喝了一杯酒，问："我找你干什么？"

"这不是帮我打探一下你们掌柜的消息吗？知己知彼，百战不殆，我现在一点头绪都没有。"

小伤也没有头绪，毕竟他连玉瑶为什么救自己都不清楚，在他的印象里，玉瑶对人没有怜悯之心。但中秋之宴后，他倒是对玉瑶有了点了解。可怜人入不了玉瑶的眼，能进药铺的，必得是一朵奇葩。他想了想，问莫啸："你是个正常人吗？"

莫啸愣了半晌，方才回道："合着我不是个正常人，是个疯子？这话怎么说？"

"你若是个疯子，这还好办。若是个正常人，那玉掌柜最讨厌正常人了。"

莫啸怪叫道："她口味这么重？那我要是没疯怎么办？"

"若你不是奇葩，也得像白沐、黑芒那样，不属于人的范畴。"

"不属于人的范畴？"

"没错，我也是最近方才得知，他们乃鼠族精怪，化身为人在药铺中做伙计。"

"鼠族精怪？"莫啸挑了挑眉，"你的意思是说，大梦药铺里住着精怪？"

"自然。"

莫啸暗喜，看来这玉瑶果非常人。只是不知道她是不是自己苦苦寻找的东西，若是，他倒要感谢曾打劫他的山匪了。

莫啸连忙给小伤斟了一杯酒："好兄弟，你知道我有多喜欢她，你不能老泼我冷水呀，事在人为。"

小伤见他如此殷勤，不忍推辞，便喝了那酒。

也是，事在人为，小伤多了三分认同，道："若是你两样都不沾，可能要下一番苦功了。你说你有对付她的办法，不如说与我听，我照办就是。"

"就等你这句话，我就想知道你们掌柜爱吃什么爱玩什么，再者，如有她用得着我的地方，尽管吩咐。"

"若要问这些，我现在就能答你。她最喜欢喝酒，天南地北的好酒她都喜欢。她更喜欢漂亮衣服、胭脂水粉。你若投其所好，必然不会出错。"小伤如数家珍。

"不愧是我的好兄弟，这杯我敬你。"莫啸举杯，一饮而尽。

没几天的工夫，莫啸果然把礼物尽心地准备好了。

"看，这是白玉膏，可让肌肤细腻软滑，熠熠生辉。它可是用各色花瓣研成粉末制成的胭脂膏子，比起那些颗粒感明显的铅粉，不知好到哪里去。还有这个，这是鸭蛋粉，鲜花熏染，味道清香，粉质细腻，保证你们掌柜用了，爱不释手。"

莫啸足足准备了一大箱，小伤眼花缭乱。

这么多东西，他都是从哪儿倒腾来的？

小伤对这些女人玩意儿一窍不通，只是"嗯嗯"地应了。

什么花钿额黄、珠钗翠翘、琉珠璎珞、珍珠耳环，捧得小伤手都酸了。他一面往药铺里搬，一面想当女人可真不容易，若是他，早上用清水洗把脸都嫌麻烦。

玉瑶正漱着口，乍见小伤捧着许多胭脂水粉，十分好奇，问："怎么，你竟也有了这样的癖好？"

小伤一时尴尬。

他不是一个嘴皮子利索之人，斟酌着应该如何告诉她，这是莫啸送给她的，到嘴边说出口的却是："这是送你的。"

"哟，难为你有心了，怎么知道今儿是我的生日？"玉瑶十分开心，上前打开箱子挑挑拣拣。

"全都是我喜欢的东西，没想到你这人深藏不露啊，是不是暗恋掌柜我，悄没声儿就给我准备好了？"

小伤越发尴尬，支支吾吾地道："这、这是……"

"别说了，今儿我带你们到天香楼去聚餐。想吃什么想喝什么，随便点。"

玉瑶捧着箱子上楼去了，小伤一个人在风中凌乱。那也不是他送的，现在再说出口，多丢人。

莫啸在门口一直盯着药铺，一个上午过去了也不见人出来，他心不在焉地帮人代笔写着书信，一直等到未时，药铺众人都出来了。

一行人穿戴齐整，春风得意，玉瑶小声地与小伤说着什么，黑芒与白沐窃窃私语，只有商略一个人默然地站在那里，一点不合群。

那便罢了，问题是玉瑶根本没看他。他纳了闷，自己花大价钱给她买了这么多胭脂水粉，她怎么对自己一点表示都没有？

总而言之，今日玉瑶心情大好，连在那里摆摊碍眼的莫啸，她也不再理会了。一行人大摇大摆地走过他的摊位，小伤不忍看他，用袖子挡住了脸。

莫啸小心翼翼地拽着他的衣摆，小伤只能以口型回应："回头我再与你细说。今日我先忙去了。"

小伤挥一挥衣袖，不带走一片云彩。

客人上门，莫啸不得已松了手。他研墨提笔，十分郁闷地开始工作。

他严重怀疑小伤给他穿了小鞋，但他没有证据。

一行人难得来一次如此昂贵的酒楼，还没有进门，便感觉到一股扑面而来的豪奢之气。

"哟，几位客官请上坐。"眼尖的小二已经搭着抹布迎了过来，给他们拉开椅子，娴熟地用抹布擦着桌子，叽里咕噜报了一通菜名，"几位客官要点什么？咱们这店里有蒸熊掌蒸鹿茸……"

"你们点吧，小二，我只说一句，店里最贵的菜给我上一道。"

"得嘞，客官。"小二朝着里间喊了一嗓子，"清蒸鹿茸一道……"

几个人坐下来，各自点了些菜，小二越听眼睛越是放光。

白沐见菜还未上，又向玉瑶吹嘘那叫杜春的招魂之术有多厉害。

不一会儿，各色菜肴上桌。白沐看着眼前色泽油亮的狮子头，食指大动，忍不住夸赞："好香啊……"

她正要动筷子，便见几个人从楼上下来，他们有说有笑，颇为惬意。

白沐一下子跳了起来："杜、杜春！是杜春！"

玉瑶慢条斯理地撕了一只鸡腿，鄙夷地挑起唇角哂笑一声："坐下坐下，一副没见过世面的样子。"

玉瑶非要将鸡皮上的汁水都吃干抹净了，才漫不经心似的转脸看向白沐指向的男人。

一看，她就坐不住了。

玉瑶腾地起身，比白沐更为激动，刺溜一下蹿向了杜春。

剩下的四个人面面相觑，不知道究竟发生了什么。

—5—

"含沙射影说我像乡巴佬没见过世面，她怎么也跑得这么快？"白沐笑得花枝乱颤。

黑芒笑眯眯地道："你没有注意到吗？那杜春的耳郭后有一个胎记。"

白沐登时不笑了，一时无比羞愧。原来杜春还是一个神棍，他只不过是借助了舍离珠之力，谎称自己能够招魂，连她也被骗了。

玉瑶追到了杜春的前面，跑得上气不接下气。杜春与他的客人停了下来，杜春看着玉瑶，微微一笑："不知姑娘有何要事？"

"你就是杜春？"玉瑶定了定神问。

"不错。"

玉瑶张了张嘴，又把想说的话咽了下去。

大庭广众之下，不能硬来。

她转了口风道："听闻你能给人招魂，不知是否属实？"

杜春神色稍微放松，肯定道："确有此事。只是找我的人颇多，姑娘若要招魂恐怕要等了。"

"等多久？"没想到杜春还摆架子。

"这就看姑娘的心有多诚。"杜春笑了，"若是心诚，一个月也可以等。"

"那若是心不诚？"

"心若不诚，就算你找我，也未必能见到所见之人。"

"我看你是不会说话啊，心诚不诚跟招魂有什么关系，你自己没本事还怪在我头上？"

杜春还未分辩，一旁的客人就替他说话了："姑娘莫急，杜大师的法术灵验得很，只要你心中念着所思之人，一般都能见到。何况大师允诺了，若是见不到，分文不收。"

"呵，挺大方。"玉瑶的口吻颇为不礼貌，旁人忍不住鄙视，看着是一个肤白貌美的小姑娘，没想到这么不尊重人。

"你就直说了吧，我什么时候能约到你？"玉瑶不耐烦地问。

"不难，一个月之后。"杜春倒是没有受她的影响。

玉瑶爽快点头："好，一个月之后我来找你，要是那时候再没我的位置，我就砸你的招牌。"

杜春笑了："好。"

等玉瑶离去，旁人忍不住道："大师真是好脾气，照我说这种人，您就不该理会。"

"她不过想挑我的刺，我行得端坐得正，让她放马过来又如何？"杜春十分大度地说。

一席话让众人纷纷夸赞。

玉瑶碰了一鼻子灰，回到席间，白沐忍不住托腮问她："姐，怎么样？"

玉瑶不紧不慢地坐下，明知故问："什么怎么样？"

"那杜春啊。"

玉瑶冷哼一声："吃你的饭吧，管那么宽。"

白沐气鼓鼓地低头扒饭。

小伤看了一眼白沐，又看了一眼玉瑶。玉瑶啊玉瑶，他想，又不是坏心肠，为什么要刀子嘴？

因为忽然间出现的杜春，玉瑶的生日宴变得格外沉闷。小伤显得心事重重，将莫啸的事情忘到了九霄云外。

他们吃到星月高悬才回到药铺，各自摇摇晃晃地回了屋。

小伤只觉得双腿一阵火辣辣地疼，一进屋就躺下了。

当初玉瑶花了七天七夜才将他治愈，但是他身上的一些反应始终无法消除。

月亮透过窗户照至床榻，照到了床榻上通体透明的他。他只觉得身后隐隐作痛，双腿不受他控制地颤抖着。

他在人和鱼的形态之间来回转变，因为痛苦脸孔也变得扭曲。

就在他忍不住发出干号的时候，玉瑶推门而入。玉瑶用帕子捂住了他的嘴，不满地道："早知你不能饮酒，便不让你喝了。怎么难受也不告诉我，难道想自己死在屋子里？"

玉瑶拿起一把匕首，不由分说地划开了自己的手腕。

横公鱼的血有疗愈万物的效果，她以为小伤只是因为受伤，所以出现了妖化的形态，只要喝了她的血就会安然无恙。

小伤喝了她的血，果然感觉好了一些。玉瑶又发出了一直盘旋在她心中的疑惑："为什么我闻不到你身上的妖气？"

小伤额头上冷汗涔涔，趴在床上大口地喘着粗气。他的脑海里闪过一些纷乱的画面，那些他努力忘却却无法忘却的事。

女人的哭号，男人得意的笑声，倾倒的酒杯，还有一脸悲戚向他哭诉的人们。

"掌柜，听说横公鱼族在化作人形的时候，会留一条尾巴。为什么你身上却没有？"小伤答非所问。

"哟，你知道我是横公鱼？那我倒要问问你，你身为我的同族，却不知道自己为什么能够没有尾巴？"

玉瑶不免要怀疑他的来历了。

小伤只能含糊地道："我也不知道，我原是有尾巴的，可是现在，我就没有尾巴了。也许我是在逃命的过程中把尾巴丢掉的。"

玉瑶沉默了。

听了小伤的故事，她感同身受。且不要问小伤究竟是被谁追杀，只要他们还活在这个世上，便为世人所不容。

"亏你福大命大，流落到这里，横公鱼族一般情况下都要留着一条尾巴，若是狠命断尾，便有命丧黄泉之危险。不过也有少数的幸存者能够活下来，只是谁会成为那个幸存者，没有人能预测，只有活下来了，才知道自己是幸存者。若说偏差的话，血统越纯，越容易活下来。"玉瑶咧了咧唇角，颇为嘚瑟，"我自然是血统纯粹高贵的天选之鱼。"

小伤被她的模样逗乐了，忍不住也笑了起来。

他笑了，玉瑶反倒不笑了，玉瑶只是怔怔看着他，良久，才说了一句："你这人哪，就是该多笑才好。"

也许是因为敞开了心扉，他忍不住将心底对玉瑶的期望说了出来："若是掌柜你能不那么刀子嘴，大家一定会更喜欢你。你本就孤独，为什么还要将人拒于千里之外？"

"什么孤独，谁说我孤独了，你没见我每天美着吗？"玉瑶逞强道。

小伤摇了摇头："掌柜，你瞒得了别人，却瞒不了我。"

"你这人倒像是经常仔细观察我，难不成真的对我有意思？"

小伤咳了咳："我发誓，我对掌柜没有非分之想。"

"为什么，我哪里配不上你？"

"我不是那个意思，我只是……"说到这里，小伤顿了一下，问，"可是掌柜……我为什么要思考这个问题？难道你希望我喜欢你吗？"

聊到这儿，两人又聊不下去了，玉瑶看了眼月色，一帕子拍在他的脸上。

"这大晚上的，聊这样的话题，怪害臊的。什么情啊爱啊的，还不如洗洗睡了，你说是不是？"

小伤舔了舔嘴唇，不知道自己怎么想的，冷不丁来了一句："就算害臊，有些事该说，还是可以说的。"

玉瑶愣住，没想到他撩起人来，还挺像那么回事。

— 6 —

"海棠，海棠！你别走啊！"

王辰撩起了裤脚，紧追着赶上去。那被他唤作海棠的小姐，对他做了个鬼脸，一脚跨上了马车。

王辰，在她眼里死皮赖脸的，她不喜欢王辰，他非要上赶着讨好她。

马车已经开动了，王辰还扒着车窗不停地对她说话。

"姑奶奶，你要怎样才能理我一理？"

这么跟了四五步，海棠有点烦了，撂下一句"你若能把天上的星星摘给我，我会考虑考虑"，便扬长而去。

王辰看着远去的马车，喜上眉梢。

"原来只要把天上的星星摘给她，我就能娶她了。"他问一旁的仆从，"你说我该怎样，才能把天上的星星摘下来？"

"哎哟少爷，这根本不可能呀。"仆从的脸皱成了个酸枣仁。

"我呸，我说摘得就摘得。"王辰踹了他一脚，骂骂咧咧，"快！给我想办法。"

吃了一脚的仆从，只能咽下这口气，连声答应。

这王辰喜欢打骂下人，仆从一瘸一拐地到大梦药铺取药。他发现自己前面有个小老头，不耐烦地道："给大爷我让开，一边儿去！"

玉瑶见状，迎上前来："不知这位大爷要什么呀？"

乍见如此美艳的老板娘，仆从两眼放光，立刻嬉皮笑脸："一点跌打药酒，跌打药酒。"

玉瑶给他拿了一瓶跌打酒，收了钱，顺便送了他二两猪头肉。

仆从不解："我只要酒，怎么还给我送肉了？"

"给你送点同宗，吃点脸皮补补。"

仆从立刻反应过来，她这是在骂人呢，他当即怒了，尖叫道："嘿，我问候你大爷，我——"

一个黑色的人影忽然箍住了他的手腕，黑芒笑眯眯地对他道："有我在，你别想在这儿撒野。"

仆从挣扎着想动手，却发现自己根本抵敌不过黑芒。他最终只能非常怯懦地认输，临出门的时候仍骂骂咧咧的："大爷我现在势单力薄，赶明儿我带人过来砸了你这店。咱们走着瞧！"

玉瑶呸了一声，将旁边的老头扶起来，柔声问："大爷您跟着我来，我看看您伤哪儿了。"

"活菩萨，都是活菩萨。"

仆从抓着药，捂着自己的手腕，心里狠狠地骂着自己流年不利。刚巧前面有一群人聚在一起吹牛，仆从登时气得踹了一脚，骂道："啰唆什么，都给我滚开！"

那群人认得这仆从是王辰的家奴，王辰可是兴旺镇的纨绔子弟，这仆从不过是狗仗人势罢了。

几个人懒得惹是生非，于是让开一条道。仆从还不解气，问他们："你们刚才说什么招魂，究竟是什么东西？"

"小爷有所不知，这招魂呢，跟一个叫杜春的大师有关。这杜春呢，能帮人将往生者的魂魄招到凡间与你相见。据传这杜春不仅有如此本事，还能够为你实现其他的愿望。现在这杜春大师的名号是无人不知，无人不晓。"

"有如此奇人，莫不是神棍？"

"别说笑了，这么多人看着呢，若是真的骗人，我们早看穿了。他呀，别说是招魂，就算是你想要天上的星星，怕也能给你摘来。"

"摘天上的星星？"仆从嘀咕着这句话，仿佛找到了一丝希望。

"好，我倒要会会这杜春，看他能不能把天上的星星给我找到。"

此刻的龙凤楼雅间内，杜春正在施法。

眼前的小姐生得肤白貌美，身材婀娜。他用发带蒙着对方的眼睛，只见她圆润的朱唇唇珠明显，白腻的肌肤和嫣红的小嘴，让他移不开视线。

"奶奶，我真的看到我奶奶了。"海棠还未苏醒，便惊叹连连。她今日也是慕杜春之名，来招她奶奶的魂。

等一炷香燃尽，杜春将她眼前的发带缓缓地摘下。

海棠眨了眨眼睛，映入眼帘的是一个翩翩佳公子。她不由得发了一会儿怔，定定地看着杜春。

杜春被她看得心里发毛，不解地问："我脸上可是有什么东西？"

海棠扑哧一声笑了："没有，你脸上什么东西都没有，我只是觉得你生得十分俊俏，不由得多看了两眼。"

话里话外直白的欣赏，让杜春惊讶。

海棠说完又觉得自己失言了，连忙捂着唇咯咯地笑个不停。她活泼得像一只振翅欲飞的小蝴蝶。将要走的时候，海棠又问了一句："大师，不知道我日后是否还能来找你？"

"招魂之术有违天道，只可用一次。不过若是姑娘对我有兴趣，为了别的目的而来，我也非常欢迎。"杜春暧昧地回道。

海棠害羞地低了头："我知道了。"

海棠戴上了自己的斗笠，白纱遮住了她精致的面容，她离开了龙凤楼。

杜春用帕子擦了擦自己额上的汗，收拾着现场。

旁人都以为他有什么招魂之术，唯有他自己最清楚，所谓招魂，不过是幻术。

　　他能够将人们心底的愿景变成虚幻的景致，这也是他出生时自带的奇怪的技能。

　　没有人知道他为什么能够施展幻术，他自己也不清楚。

　　也许这幻术还有别的用处，不过他觉得现在就不错。做着别人口中的大师，既有名望又有钱财。

　　只是他的幻术有时效性，如果超过了时间，幻术自会消失不见，于是他每次施术之时都会燃一炷香，等香燃尽的时候，幻术便消失了。

　　犹记得年少时，他过过一段穷困潦倒的生活，那时候他便希冀着自己日进斗金受人敬仰。不承想一眨眼，他一下子就来到了富丽堂皇的宅舍里。身后仆婢环绕，眼前歌女在为他载歌载舞；桌上珍馐馋人，身上华服璀璨。

　　他以为自己来到了仙界，仿佛自己已经饿死，于是抓着珍馐大吃特嚼，什么美女他都不放在眼里。

　　但一炷香的时间一过，他又变成了那个穷困潦倒的小子。

　　如此反复几次，他才发现原来一切都是做梦而已。只是别人的黄粱一梦，没有他的真切。

　　不过，如今杜春所拥有的一切，已经不是一枕黄粱。杜春缺的，是一个知心的枕边人。

　　客人那么多，入他眼的，唯海棠而已。

— 7 —

　　杜春坐在摇椅上，在枣树下悠闲地晒着太阳。他穿着厚实的鹤氅，膝盖上搭着毛毯子，像极了富贵人家的病公子。

　　这是他为自己购置的一处宅院，临近街市，院内种植着枣树、槐树与桑树，树下有一个石桌，石桌上刻着棋盘。

　　他买了几十个丫鬟、几十个男仆，在外人看来无比热闹，然而下棋的时候，他还是自己跟自己下。

童子见他在午休，不便打扰，等到未时才来禀告："先生，有人来找您。"

"我知道了，会客室见。"

童子带着客人一路来到了会客室。

来者不是别人，正是王辰的仆从。

仆从见此宅舍如此雅致，走路的声音也不自觉地放轻。又见杜春温文尔雅，仪表堂堂，自己也忍不住摆出一副大家仆从的气派。

"我就开门见山了，今日来就是想请大师为我办一件事。我们家主子想要你摘下天上的星星，你看你能不能办到。"

杜春微微一愣："摘下天上的星星？"

"不错，就是天上的星星。"仆从话里话外都透着一丝高高在上的意味，"说你是大师，你不会这点小事都办不了吧？若是你办不了，这招牌我今日可砸了呀！"

杜春也不是吃素的，气定神闲地喝了一口茶，方才微微一笑："莫说天上的星星，就是月亮，我也能给你摘来，只是没有银子怕不好办事。"

"嘿，事还没办，你跟我提银子？"

"若你只是来挑衅的，前面出门左转，好走不送。"杜春冷笑一声，跷起了二郎腿。

"我偏不走，今天这星星你摘也得摘，不摘也得摘！"

杜春眸光一冷。仆从觉得他眼睛的变化十分吓人，不由得腿肚子发抖。只是须臾之间，仆从便从春意盎然的宅舍来到了冰天雪地之间。

寒风呼啸，冰冷刺骨。

如此天气他只穿着入冬的袄子，若是没有火烤着，没有院墙挡着风，他怕不是马上要冻死在此地。

仆从膝盖一软，跪倒在地，不住地叩拜："大师我错了，我错了，求您饶我一命！"

仆从一直磕了大概五十个响头，杜春才停止施术。

仆从一下子又回到了会客室，他还维持着磕头的姿势，一抬眸就看见大马金刀坐在自己眼前的杜春。

杜春仿佛一下子高大起来，仆从吓得面无人色。

"给我备好十万两银子，你想要的我都能给你。"

闻言，仆从不敢再提异议，提着裤子跑了出去。

仆从一回到家，就向主子王辰哭诉："小的一心想给你找能摘星的神人，谁知居然碰到了一个神棍。小的原在会客室里，转眼之间就到了冰天雪地之中。你说这不是妖怪是什么？"

"胡说，朗朗乾坤之下，哪有妖怪？"王辰只觉得他没出息，"待我去会一会他，你跟着我。"

有了主子，仆从自然有了底气，看似站在王辰的角度数落杜春："可不是嘛，狮子大开口啊，谁摘个星就要十万两银子。"

王辰领着一干人等又来到了杜春的别院，发现守门的是两个小童，一脚端开一个，推门而入，喝道："杜春，杜春在哪儿？"

杜春便知那仆从定会带人来找碴儿，已经恭候多时了。他点燃一炷香，转过身来淡淡地看着王辰。

"怎么？这么快就备好了十万两银子？"

"十万？老子就是有也不给你。"王辰手一挥，吩咐手下，"给我砸，砸个稀巴烂。"

手下得令，立刻对着屋子一顿狂砸。

什么名贵的家具、收藏的古董、墙上的字画、窗边的胆瓶、苏绣的锦被，他们累死累活折腾了半个时辰。

看着满屋子的狼藉，王辰十分得意，道："现在知道大爷的厉害了吧，还敢张口要十万两银子不？"

杜春微微一笑。

须臾之间，周围的景致忽然变化了，刚才被砸个稀烂的屋子，又恢复了原状。

王辰傻了眼："怎么回事？"

只是愣了一会儿，他又吩咐："砸！给我再砸一次！"

众人刚刚大动干戈，尚显疲惫，但主子吩咐了，哪能不动，于是丁零当啷又砸了一番。但只是在顷刻间，屋子又复原了。

如此反复，王辰终于觉得，杜春是只妖怪。

杜春气定神闲地坐下，品了一口茶："我劝你还是少费工夫，十万两我为你办妥这件事，又何必闹得如此不愉快呢？你若有脑子，就不该来我这儿生事。就算请什么术士，也要花不少钱，请了也未必能治我。"

王辰仔细想了想，的确是这么个理。于是他忍不住迁怒于带他来此闹事的仆从，一巴掌朝仆从的脸挥去。

"你这个没脑子的，害我白折腾一趟。还不快给别人赔礼道歉！"

仆从十分委屈，捂着肿得老高的嘴，含混不清地道："大师，是我错了。您大人不计小人过，饶了我这一遭。"

杜春冷漠地摇了摇头："早先便道过歉了，何必又闹这一出？罢了，我喜欢清静，若是银子没备好，就不必上门了。"

"是是是，我们这就走，不碍您的眼了。"

一行人匆匆忙忙地离去。

杜春又喝了一口茶，忍不住笑出声来。

— 8 —

没过几天，王辰果然带着两箱金银珠宝过来了。

"大师，这是十万两，请您看一下。"

杜春围着那两箱金银珠宝仔细观瞧，打开箱子，里面一堆珠翠，刺得他眼睛疼。

他满意地盖起箱子，点了点头："你说要摘星，不如我带你到天上一观如何？"

"你还能上天？"王辰一脸难以置信之色。

杜春微微一笑，昂首挺胸："岂止上天，你想见哪颗星，我就让你见到哪颗星。只是世间万物自有它的规律所在，你万万不可将你所见到的星星带回家中。"

摘天上的星星本也不是王辰的意思，对他来说，并没有任何用处，这件事情他必须请示一下海棠。

"你让我好好想想，让我想想。"王辰犹豫了一会儿，又让人把两箱金银珠宝带了回去。

十万两银子，杜春自是心动，可是他明白自己并没有摘星的本事。他能做的，只不过是营造出一个宇宙星空的幻象。让他变出一颗活生生的星星，根本不可能。

故弄玄虚也罢，姿态高傲也罢，只要能达到用幻术赚钱的目的，他便心满意足了。

海棠万万没有想到，那个大傻子王辰竟然真的想办法去摘星了。

傻子在她的跟前蹦跶。

傻子在她的跟前异想天开。

"海棠，如果我不能让你摘下一颗星星，但能让你见识到星空万物。你愿意为了那一片星空放弃摘下那一颗星星吗？"

海棠本想刁难他，可是转念一想，就算是逢场作戏，她看一看星空又何不可，只要到时候找个借口推托就可以了。

"好啊，如果你骗了我，后果可想而知。"

"你的意思是如果我让你看了星空，你就答应嫁给我？"王辰几乎欣喜若狂。

海棠摇了摇头："这是答应交你这个朋友，毕竟你也没能做到把天上的星星摘下来。"

"这……"王辰左右为难。他可是花了十万两银子，十万两银子啊！他想讨多少老婆讨不到？

"你若不答应，便是连这片星空我也不要了。"海棠摆了个臭脸。

越是得不到，王辰越想要。想他堂堂一个富家子弟，竟然被海棠这位小姐弄得五迷三道的。

"好好好，不管怎么样，我带你去看吧。"王辰将她捧在心尖尖上，虽然目标是得到她，但是现在只要能够牵到她的一只手，他便心满意足了。

　　马车停在了王家的宅院角门前，家仆将海棠引到客房，让她稍作休息。随后王辰一路小跑，来到了二楼，杜春便在此等候。

　　"不知道大师是否已经准备好了，我已带客人进来观看，如果好了请大师退居幕后，千万不要露面。"

　　杜春微微一笑："已经好了。"言罢，他转身进入了幕布之后。

　　方才，他在二楼的窗前窥见会客室的人影。

　　王辰他自然认得，不承想在王辰身旁的竟是那位叫海棠的小姐。

　　杜春只是略一思索，便明白了，王辰哪有摘星的喜好，一定是为了讨海棠的欢心，才让人做出摘星这般荒唐的举动。

　　杜春想起自己还未实现的一个愿望，不免若有所思。

　　如果今日他顺利地让海棠看到漫天星辰，不知道海棠对王辰的印象又会如何？

　　纵是铁树，总有一天会被感化。如果他不横插一脚，恐怕以后他与海棠的缘分会越来越浅。念及此，他捏着手中的香，点燃了。

　　"已经半个时辰，我怎么还没有见到星空？"海棠不满地噘嘴。

　　"快了，就快了，我已经将它们全部收拢在一处，只要你随我进去就能看到整个星空。"

　　王辰隐去杜春之名，为的就是让海棠以为这一切都是他的功劳。他的如意算盘打得极响，料定海棠不知世上竟有招魂先生存在，而且这招魂先生真的有神通。

　　王辰请海棠移步上楼，为了海棠，他特意空出了一间小阁楼，二楼房间就作为观星阁。

　　打开房门，撩起门帘，海棠闻到了一股熟悉的香气。接着，她眼前景致变幻，她竟然真的来到了虚无缥缈的星空之中。

　　四周一片璀璨，她飘浮着，灿烂的星辰唾手可得，不免感叹："哇，好多星星。"

　　王辰时不时留意她的眼神，见她如此惊讶，不免得意。

"只是这是仙家的宝贝，咱们私闯禁地，千万不能露出马脚。"王辰按照先前杜春的交代，一板一眼地说谎。

海棠欣赏着银河，哪里还顾得上王辰："哇，这一颗星星真漂亮，这一颗也漂亮。也不知道这是不是神仙所养的宝珠，如果真的是，不知道这位神仙又住在何处？"

"自然是神仙所养，我花了好大的工夫，才从他的洞府偷来的这些。"王辰连忙邀功。

在星辰的映照下，海棠的容颜越发耀眼、美丽。王辰一时看痴了，呆呆地凝视着她。看着看着，他的嘴不自觉地凑了过去。

"你、你干什么！"海棠气恼地推开他。

"都是朋友了，我亲一下不行？"王辰按捺不住自己的欲望，干脆抓住了海棠的胳膊，就要用强。

海棠哭起来："你这个坏人，骗我到这里竟然是为了做此禽兽之事！"

"我也不是故意的，谁让你生得这么美！反正现在在我的地盘，等我把生米煮成了熟饭，你跟我也得跟，不跟也得跟！"

海棠又惊又怒，可是她一个娇柔女子又如何能够打得过王辰。她只是后悔自己为何要为了所谓的星空，连累自己遭此劫难。

两人争执之间，幻境一下子消散了。

海棠窥见一旁的铜镜，下意识抓起来砸向王辰。王辰愣了一下，海棠趁此机会握住一个利物，往后退去。

她用尖的一边抵着自己的脖子，雪白的脖子立刻挂上了血珠。

"别过来！"海棠此刻鬟发凌乱，脸颊也因为激动而涨得通红，"你再过来，我就自尽！"

生米煮成熟饭，王辰或可娶海棠。但是闹出人命，海棠的父母怎可善罢甘休？王辰慌了神："姑奶奶，快、快放下，我不碰你就是了！"

海棠眼角噙着泪，咬牙切齿："我才不相信，你背过身，离开这里！"

王辰举起双手，一步一步向后退。事情的发展超出了他的预料，如果放任海棠回去，后果不堪设想。

他正思索着办法，却听四周响起了掌声。

"好，好得很哪。"

鼓掌的人一步一步走了出来，竟然是杜春。

杜春啧啧赞叹了王辰的所作所为，然后眸光一凛："你敢公然做出如此禽兽之事，莫不是忘了我还在场？"

半路杀出个程咬金，王辰今天算是彻底栽了，只是不知道把海棠放回去之后，他还要遭多少人诟病。

"杜、杜春！你怎么能违背约定，说好的不露面呢？"王辰不满。

杜春冷笑："你觉得，你现在还有立场问我吗？"

杜春将目光转向海棠，她惊慌的模样令人心疼。

"把手给我。"杜春温柔地安抚这只受惊的小鹿。海棠的眼泪扑簌簌地落下，原来什么星空万物，都不是王辰所为。

她好似找到了倚靠，手中的碎片一下子坠落，身子一软。

杜春连忙扶住她。

海棠抬眸瞥了他一眼，睫毛微微颤动："原来是你……"

海棠记得他，他就是那个生得眉清目秀、气质温润的招魂先生。先前，她还同他开玩笑。

"抱歉，我来得晚了。"杜春歉然道。

一点也不晚。

对于海棠而言，他来得正是时候。如果没有他，她甚至不知道自己该如何走出这个大宅。

王辰并不敢招惹杜春，只能眼睁睁地看着他们快步离去。

将海棠送上了马车，杜春方才转身，海棠却撩起车帘，道："等一下。"

杜春停下了脚步，海棠看着他，好一会儿，才轻轻说了声："谢谢。"

杜春展颜一笑："你没事就好，我先回去了。"

海棠犹豫着道："大师，我能不能再看一次星空？"

"好，如果你想的话，随时可以来找我。"

海棠放下车帘，从心底涌出的暖意让她暂时忘记了方才的惊恐。

丫鬟见状，还以为她春心萌动，忍不住轻声打趣："小姐，你的脸怎么红了？"

"红？"海棠连忙摸了摸脸，也许是自己刚才太激动了，才会如此。

"多嘴，还不快给我找块湿帕子，让我敷一敷。"

"哦哦哦……"丫鬟欲哭无泪，早知道自己就不说了，这大街上哪儿去找一块湿漉漉的帕子？

因为在观星阁发生的闹剧，王辰的名声彻底臭了。

自家儿子闹出如此荒唐之事，王家父母的脸面也过不去，少不得按着儿子的头来到海棠家赔罪。不过海棠拒不出面，也不接受王辰的道歉。想让她原谅他，除非他把恶根断了。

王辰听闻此事，气得够呛。一回到家，他又是摔杯又是砸碗，心想，不就一个女子吗？

王辰的母亲见自家儿子受了气，心里也不舒服。她抱着撒泼的儿子，埋怨她的丈夫："指定是海棠这小贱蹄子勾引我们家儿子，又反咬我们家王辰一口，我们好心好意给她道歉，她还拒不领情，说出这么伤人脸面的话。你就这么算了？像咱们家儿子这条件，想要什么样的姑娘要不起，她海棠算什么东西？"

"行了行了，别说了，你看辰儿都给你惯成什么样了。"王辰的父亲嘴上虽然嫌弃妻儿，但心里也是暗暗记恨海棠一家。

他们不给王辰台阶下，就是打自己的脸。

就算是正儿八经地提亲，他们王家比海棠家也差不到哪儿去。

想到这里，王辰的父亲微微眯了眼。

王辰的母亲还在哭闹，王辰的父亲忍不住道："好了好了，这件事我肯定会给辰儿出气，君子报仇十年不晚，你现在叫也没有用。"

王辰极会看眼色，父亲这么说，十有八九已经预谋好了对付海棠家的办法。

他立刻乖巧地给父亲斟了一杯茶："父亲息怒，这件事是儿子不成器，儿子保证日后一定不会再做出这种让父亲蒙羞之事。"

看见自家儿子如此听话，王辰父亲的脸色稍微缓和。

只过了一个月，海棠就恢复了往日的神采。因为上次杜春救了她，海棠少不得要拿礼物来感谢。送礼是假，请杜春回礼是真。比如她带一些好吃的过来，顺便将他的一件衣服顺走，明儿又找个借口还回。一来二去的，两人的交流渐渐多了起来。

杜春有意娶妻，海棠正合他的胃口。

对于海棠如此明显的撩拨，杜春欣然接受，看破却不说破。

杜春之于海棠家，是恩人。可是杜春来历不明，海棠出身不错，她的父母仍不希望闺女与杜春多有来往。

这天夜里，海棠的母亲端了一碗莲子羹，发现海棠的屋子里仍然亮着灯，隔着雕花门敲了敲，轻声问："海棠你歇下了吗？娘给你熬了碗莲子羹，傍晚那一顿吃得油腻了些，吃碗莲子羹解解腻。"

海棠把玩着手中的玉珠串，这是杜春今日送给她的玩物。

蓝田玉温润光滑，触感冰凉。她对着烛光一遍又一遍地观瞧，想起了古人的一句千古绝唱——蓝田日暖玉生烟。

不过这玉拿到了手上，并不会冒烟。海棠却想起了关于玉和烟的典故，她揣测着杜春送这串玉，是觉得他们之间的感情可望而不可即吗？

听到母亲的敲门声，她连忙将玉串戴在手上。

"我还没有睡。"海棠打开门，母亲将莲子羹端了进来，放在桌上。

母亲眼尖，马上就看见了她手上突然间多出来的一串玉珠。

母亲料想，定是那杜春的东西，忍不住皱眉。母亲没有明说，只是故作悠闲地拉拉家常。

兜兜转转地，母亲将话题放到了海棠的婚姻大事上。

"你年纪不小，也该许配人家了，不知道你是否心有所属？"

"娘，你就这么着急把我嫁出去吗？"

"娘不是着急，只是觉得是该考虑考虑了。如果你还没有合适的人选，娘这里倒是有一位。我瞧你大表哥庆文就不错，你们自小玩在一处，也熟悉彼此的性格。前几天庆文他娘还跟我提了一嘴，说你出落得越发美貌，恰好她儿子也到了娶妻的年纪。"

果然，母亲根本没有把杜春放在眼里。

像他们这样的人家，无论海棠眼里的杜春多么厉害，他终归是个下九流的人。

海棠下意识地把手中的玉串往袖口里塞了塞，佯装困倦打了个哈欠："娘，我好像有些困了，明天再说吧。"

母亲没打算让她岔开话题，悠悠地问："这玉串……是谁给你的？"

"这玉串是我自己上街买。"海棠连忙掩饰。

"哼，我看是哪个情郎送给你的吧。听娘一句劝，那些不三不四的人，你就不要接触了。"

"他可不是什么不三不四的人，他还能带我看宇宙山川。"海棠一激动说漏了嘴，母亲顿时站起身来。

"宇宙山川？你知道他家住何方，父母姓甚名谁？来历不明的只会糊弄人，都是江湖骗子。咱们家大业大，你想要什么样的人没有，非要上赶着跟那下九流的杜春。"

"娘！您对杜春有偏见。我不跟您说了，我要睡觉了。"说着海棠把母亲赶了出去，一把关上门。

母亲拍了会儿门，她也不开。

她烦闷地捂住了耳朵，不知道自己应该怎么办。连母亲都发现自己对杜春有意思，那杜春本人呢？如果他知道自己对他的心思，为什么直到现在也没有一个表示？

— 10 —

"招魂大师啊，住的这别院可真是阔气。"玉瑶跟随童子，走进了杜春的别院。

她左等右等，终于等到能够让杜春施展招魂之术的那天。

不过玉瑶今天来并不是为了所谓的招魂，她的目的是让杜春交出舍离珠。

杜春午休刚起身，推开二楼的窗户，远远地，他看见了玉瑶窈窕的身影。

对于这个出言不逊的女子，杜春略有印象。杜春是个看人下菜的家伙，对他不敬的，他睚眦必报。

杜春喝了些茶，漱了漱口，下楼。

会客室里，玉瑶已经等候多时。

杜春刚进屋，玉瑶便冷笑着道："真是让我好等啊。"

"不好意思有点困，所以睡久了，不知道你今天要招谁的魂。"杜春故意打了个哈欠。

玉瑶挑眉，冷冷一笑："我今天来招你的魂。"

"我的？"杜春皱眉，玉瑶忽然掌下生风，向他劈来。

杜春侧身避开，微微眯眼，警惕道："我与你无冤无仇，你为什么要如此对我？"

"跑得还挺快。"玉瑶的攻势不停，嘴上也没闲着，"原因很简单，你身上有我要的东西！"

"你要的东西？"杜春依然不明，只是现实不容他多想，眼见玉瑶忽然化作一条橘色与金色相间的恶鱼，他骇然叫出声，"横公鱼？"

没想到玉瑶是一只妖。

杜春不得不动真格的，意念一动，玉瑶的鱼尾刚刚扫过杜春，他猝然消失不见。玉瑶诧异地问："去哪里了？"

她也不甚了解，杜春凭借这颗舍离珠学会了什么妖法。只是四周的家具摆设忽然消失不见，她低头一看，自己竟然在急速下坠，而坠落的终点，竟然是一片正在冒泡的熔岩。

玉瑶惊讶，眼睛也瞪大了："啊——"

她没想到杜春这厮竟有如此本事，自己的小命竟要葬送于此。

这时，她忽然听见一声呐喊："玉掌柜！"

玉瑶微微一怔，脚下的熔岩已经不知去向。她又返回至会客室，只是杜春已不知去向，反倒是小伤闯了进来。她问："你怎么来了？"

"我在门外听到你的呼喊声，立刻进来了。发生了什么事？"

眼前的玉瑶虽然受了惊吓，但完好无损。她方才施展妖法，现下身上的妖化反应还未消退。

"我刚才与杜春对战，也不知为什么忽然掉进了一个火山洞，差点死了。"玉瑶皱眉。

小伤难以置信："你不是一直待在会客室中，哪有什么火山？"

"我不知道，或许那杜春通晓奇怪的邪术，中术者就会似我方才那样。幸好你出现了，不然我就惨了。"玉瑶擦了擦大汗淋漓的额头，几缕碎发贴着脸颊，衬着粉白的脸，别有一番风情。

小伤无意识地偷看了一会儿，又觉得自己不该如此，连忙转移视线。

"你有没有看见杜春？"

"没有。"

"算了，先回去吧。"玉瑶叹了一口气。每一颗珠子都那么不易获取，她不知蹉跎到什么年纪，才能将它们集齐。

路上，玉瑶闷闷不乐的。

小伤虽笨口拙舌，但心思细腻。他知道玉瑶正为了杜春一事伤神，便安慰道："又不是朝夕之争，不如找点好吃的，慰劳一下自己。"

"吃什么？"

小伤扫了一眼沿街叫唤的小贩："我瞧那辣兔头甚是美味，要不要买两个回去尝尝？"

"兔头？"玉瑶柳眉倒竖，"兔兔那么可爱，你怎么能吃它？"

小伤头疼，他可没有莫啸的七窍玲珑心，哪知道女儿家喜欢什么。想到莫啸，他顿时出了一身冷汗。

上次胭脂水粉的事，他还没有和莫啸细说。他鲜少欠别人的情，这回是栽在莫啸身上了。

玉瑶最终只买了五斤油炸鸡小骨和三斤油炸鸡胸肉回家。

莫啸正在为人写碑帖，一边写一边瞥大梦药铺的招牌。小伤与玉瑶终于回来了，他说什么也要找小伤理论一番。

他写着写着，对小伤吹了个口哨。小伤竟然置若罔闻，还加快了进屋的脚步。他又气又急，一笔划过宣纸，楷书写成了狂草。

"呸！"客人见状，指着莫啸鼻子骂骂咧咧，"给你钱你还不好好干活，闹哪样？"

莫啸干脆撂下笔杆子："爷爷我今天不干了！庖禄，收摊，吃叫花鸡去！"

客人气得跳脚："哪有你这样做生意的！"

莫啸懒得理会。一天赚几个铜板，已经累得他胳膊发酸。只怕任务还没完成，他就把自己累垮了。

"主子，今天怎么这么硬气？"庖禄点了两只叫花鸡，不解地问。

莫啸吃着油汪汪的炒饼，声音含糊不清："我枕（怎）摸（么）还不能潇洒一次？你扪心自问，自己无所作为蹭吃蹭喝多久了？"

庖禄羞愧地低下了头，道："明天我就去码头看看有没有什么可以做的力气活，对不起，我给主子添麻烦了。"

"知道就好，有这觉悟就把你的叫花鸡分我一半。"莫啸说着，抢了刚出炉的叫花鸡，不由分说地就把庖禄那份一分为二。

"哎哟！烫！"刚刚分开，那只鸡就掉在了地上。

莫啸瞪着叫花鸡，冷哼一声，扬长而去。庖禄将叫花鸡用油纸包起，追了上去。

最近莫啸的脾气时好时坏，想必是为穷困的生活压弯了腰。他身为护卫，是时候为莫啸找回冰原令，联系埋伏在无庸城的九原城卧底了。

— 11 —

"开饭了开饭了。"玉瑶把买来的炸鸡小骨和炸鸡胸肉散摆在桌上，白沐和黑芒则将米饭、酒水还有一些素菜端上桌。

小伤心事重重，落了座。他知道莫啸心中有疑惑，他今天像做了小人。

白沐迫不及待地吃了一口酥脆的流着汁水的鸡肉，整个灵魂都似得到了满足，忍不住发出赞叹。吃着吃着，白沐问了一句："哎呀，掌柜你涂了胭脂呢？是小伤送你的？"

小伤被一口饭噎着，呛得到处找水。

玉瑶笑容甜甜的，心情似乎已经大好了，道："香吧？没想到小伤看起来木讷，还挺懂女人心。"

何况小伤今日救了她，她自是对小伤高看一眼，想着，日后也不必对他那么苛刻。

众人的兴致如此高昂，小伤羞愧得几乎要将头埋进碗里。

弦月高悬，银辉漫洒。被月光映照得眼前一片光明的小伤在床榻上辗转反侧。他今夜吃足了酒肉，本该昏昏沉沉早点入睡，却因为自己愧对莫啸一事难以入眠。

他自小诚以待人，无愧于心。可是为什么，就在这件事上翻了车？

虽然莫啸此人脸皮很厚，但是也并不让人厌恶。自己既然答应了他，理应把事情办好。

他正冥思苦想着，却听见窗户被人推开，有人跳了进来。

小伤惊疑起身，便见那人背对月光，踏着他的床沿，用下巴看着他，趾高气扬地道："哟，小伤，还认得你大爷不？"

小伤揉了揉眼睛，竟然是莫啸？

他大半夜私闯民宅，想必是兴师问罪来了。

"莫啸？"小伤心虚地看了眼一旁的柜子，"你怎么还没睡？"

"我睡得着吗？上回斥巨资给你买了一堆胭脂水粉，怎么就没音信了？你做事也不会这么不靠谱吧。今天我喊你的时候，腿脚比谁都利索。你若这样办事，人生路越走越窄。"

"我……"小伤心里咯噔一声，莫啸句句都戳中了他的心肺。

"说吧，到底怎么回事，也该给我一个交代了。"莫啸大马金刀地坐下来，一副不打算要走的架势。

小伤沉痛地叹了一口气，是英雄总得面对，虽然这事儿他办得有点像狗熊。

小伤便将那日的误会原原本本说了一遍，又补充："我一定会找机会向她澄清，你别着急。"

"我说呢，原来是你抢了我的功劳。你是不是也对她有意思？是男人就得真刀真枪地抢，在背后使阴刀子算怎么回事？"

"我发誓，一切都是误会。"小伤赌咒，"我很快就会向她澄清。放心吧，就这一箱胭脂膏子，也不能完全打动她的芳心。"

莫啸冷哼："这只是一个开始，我刚开始就被你草草结束。你若不给我一个交代，这坎我过不去了。"

"不如我再给你出一个主意。掌柜最近有件烦心事，如果你能帮她办妥了，说不定她就能对你产生好感。"

"什么事？"小伤成功转移了话题，莫啸的兴趣很快被所谓的麻烦吸引。

"你可知道最近兴旺镇来了一个叫杜春的人，这个人能够招魂。不过他之所以能够招魂，是因为……"小伤停住。

莫啸忍不住催促："因为什么？"

"嗯……在玉掌柜眼里，杜春就是一个神棍，像我们掌柜这么疾恶如仇的女子，怎么能容忍神棍在兴旺镇兴风作浪。如果你能帮玉掌柜将杜春抓到大梦药铺，玉掌柜一定会对你感恩戴德，到时候你就有机会接近她了。"

"不愧是我的好兄弟、好哥们儿。"莫啸拍了一下小伤的肩膀，将之前胭脂水粉一事全抛在脑后。

这一拍于小伤而言是那么沉重，不过胭脂水粉一事总算糊弄过去了，小伤心里的石头落了地。

这一次他打算做好人，于是他好心提醒莫啸："杜春邪气得很，你不要莽撞。"

"放心，我这人做事向来有规划。杜春此人，我也有所耳闻，最近兴旺镇的富商巨贾对他可谓推崇备至。"莫啸捏着下巴，思索道，"这么好玩的人物，我自然也应该见识一下。不知道你有没有空，陪我一起会会他？"

"需要我帮忙吗？"

"我只是随便一提，你不要当真。你这家伙，害得大爷我这么晚都没睡觉，我可不想回去了，这大老远的，我就在你这儿睡吧！"

莫啸说着就脱下了靴子，一股味儿在屋子中弥散。

"你这脚有多少天没洗了？"小伤连忙捂着鼻子。

莫啸也闻到了这股味儿，不过如今他自己的屋子里就臭得很，久而久之他也不觉得臭了。

"我自是天天洗脚，只是这靴子自来了兴旺镇之后，就再也没刷过。我跟我的护卫一起住，他一个大老爷们，我总不能让他帮我洗东西吧？"

"所以衣服也没有洗过？"小伤嫌弃地看了他一眼。

莫啸闻了闻自己的衣衫，好像挺臭的。

小伤爬起来打开柜子，从里面选了半天，终于挑出一件他觉得自己不怎么穿的衣服。

"你就穿这个吧。"

"还挺贴心。"莫啸脱下衣服，正要换，小伤拦着他："你这没洗澡，就换衣服？"

"没人伺候我，我怎么洗呀？"莫啸说得理所当然。

看来是落难公子了，生活能力匮乏。

小伤从窗户往外瞥了一眼，院子里没有人。这个时候大家都睡熟了，于是他转头对莫啸道："你随我来。"

大梦药铺只有一个浴房，便在茅厕的旁边。

莫啸按照小伤的叮嘱，取了一个装衣服的浴盆、一条毛巾往楼下走去。

小伤在水井里打了一桶水，莫啸看着那桶凉水，不解地问："去哪里烧？"

"本应该去厨房烧水，但是现在大家都睡熟了，我担心将他们吵醒，所以直接用凉水洗吧。"

"凉水？"莫啸震惊，双眼瞪圆，"不可能，我决不洗。你把水给我，我去烧。"

他和小伤争执了一会儿，终于还是夺到了那一桶水。莫啸碎碎念着，将水一直提到了厨房。

"我这手可是提笔写字的，哪里干过这些粗活？想当年，我哪次出行不是前呼后拥，数百个奴婢上赶着伺候？”

小伤望了眼四周，颇有些好笑地对莫啸道："你到底是什么来历，难不成还是一城之主吗？"

"城主？你觉得有哪个城主会像我如此落魄？"莫啸不以为然。

"像你这么落魄？"小伤看了看自己因为常年砍柴而变得粗糙的手，"也不是没有。"

"你见过？"莫啸抬眸问他。

小伤将目光投向别处："猜的。"

"喊。"莫啸哂笑。

— 12 —

莫啸将水倒入锅中，却为如何烧火犯了难。

小伤娴熟地替他生了火，摇了摇头："似你这般什么都不会，我们掌柜根本看不上。"

"我、我、我会写书！"莫啸争辩。

"识字了不起？"小伤也"喊"了一声，"我也会。"

莫啸看着灶里跃动的火光，挑了挑眉："占星呢？"

"占星？你不知道我们掌柜最讨厌神棍了？"

"别一口一个你们掌柜，她哪知道占星之术的奥妙，不过是以门外汉的眼光看待它罢了。"

小伤也挑了挑眉："所以……你喜欢玉掌柜？"

莫啸愣了下，他一时激动，差点露馅。

"哎呀，美人只要负责美就够了。她会不会占星，都没关系。"

小伤微眯眼："占星之术在无庸城并不盛行，你如此沉迷占星之术，却像是九原城来的。"他眯起眼睛的时候，眼里闪过一丝寒芒。

无庸城与九原城如今势同水火，若是九原城的奸细混入无庸城，小伤不可能坐视不理。

"胡说，就算是无庸城人，怎么就不能喜欢九原城的占星之术？你别跟我说现在九原和无庸互相仇视，我一直生活在富足的鱼米之乡，不懂什么家国大义，只知道占星是不分城界的。"

"你竟然这么想？"

"我问你，难道九原城悦耳的礼乐就不值得无庸城人欣赏了吗？退一万步讲，当年的横公鱼如果不是因为两城交战，在无庸城也颇受欢迎吧。人没有高低贵贱之分，占星之术也是如此。"

小伤怔了一下，莫啸的话让他极为震动。

也许莫啸说得是对的，是他太狭隘了，是整个无庸城的人太狭隘了。

说着说着，水已经冒出热气，小伤与莫啸抬着水往浴房走去，莫啸被小伤塞进了浴房中。

"里面的东西你随便用，既然已经到了兴旺镇，就别老想着有人伺候你。此一时彼一时，不是吗？"

"好了好了，你怎么这么啰唆。"莫啸嫌弃地关上了浴房的门。

小伤在门前望了会儿风，莫啸没一会儿就开始抱怨了："快进来，我这擦不到后背。毛巾在这儿，给我搓一搓。"

小伤万分郁闷，刚才他的叮嘱都白费了。

他进了浴房，里面热气腾腾的，他的眼睛都睁不开，只能摸着黑给莫啸搓背。

玉瑶打了个呵欠，起来小解。从茅厕出来，她忽然听浴房内传出鬼鬼祟祟的说话声。

"往上一点，对，对，就这儿。"

"你这多少天没洗了，一搓一堆灰。"

"轻点，轻点轻点，我皮肤嫩着呢。"

"要不你自己上手，要么就给我闭嘴。"

"嗯……呼……舒服……"

"这还差不多……"

玉瑶以为闹鬼了，抓紧旁边的铁锹，悄悄地往浴房靠近。

"谁在里面？"玉瑶推开了浴房的门。

眼前的景象让她惊讶，小伤和赤裸上半身的莫啸在水汽缭绕的浴房内，不知在干什么。

"你、你们……"玉瑶感觉自己的脑袋快裂开了。

小伤连忙扔了毛巾："掌柜，你听我解释！"

"不，不用了，你让我冷静一下。"玉瑶做了几次深呼吸，才稳住了情绪，严肃地道，"对不起，我不知道原来你和他……我最近还责怪你总是外出，没有好好干活。"

"掌柜你误会了，我跟莫啸……"

"什么都不必说，我都知道了。"玉瑶显然有点受伤。

前阵子她收到小伤送的胭脂水粉，还以为他对自己有心。现在想来，她实在错得离谱。

莫啸疑惑："我就借个浴房洗澡，你怎么还觉得自己错了？"

"因为我打破脑袋也不会想到……"玉瑶说到这里顿了一下，转过身去又深呼吸了两次，"好了，你们弄好自己的事，待会儿来客房找我。"

莫啸看着玉瑶远去的背影，依然不解地挠挠头："到底怎么回事？"

小伤尴尬："她以为我们有断袖之癖。不管怎么样，待会儿你仔细解释，千万别让她误会了，否则我们跳进黄河也洗不清。"

莫啸差点一口洗澡水喷出来，也亏玉瑶能想。

"当然，我一定会如实相告。"莫啸哭笑不得，"我看起来有那么像喜欢男人的男人吗？"

小伤郁闷："我怎么知道？"

莫啸连忙冲洗了一遍，匆匆换衣服。换到一半，他忽然停住了。

如果玉瑶默认他喜欢小伤，纵然她不会喜欢自己，但看在小伤的面子上，她会不会同意自己进大梦？

莫啸越想，越叹服于自己的智慧。

换好了衣服，莫啸从浴房出来。小伤见莫啸收拾体面了，又好心叮嘱道："待会儿千万要原原本本地将事实告诉玉瑶，不然的话，你就不可能抱得美人归了。"

莫啸挑眉道："当然。"

— 13 —

客房，灯影幢幢。

玉瑶靠在太师椅上，上下打量着莫啸，昏黄的灯光下，莫啸的脸被热气熏得微红。

她不由得移过视线，手腕托着香腮，一副难为情的样子。在人间游历数百年，玉瑶也算见多识广，但这种情况，她还是头一次见。

她一直以为，能够暖小伤那颗冰封之心的人是自己，没想到……

"好了，"玉瑶坐直身体，尽量让自己的语气听起来平静，"你们两个这样……多久了？"

"掌柜，你误会了，他有事求我才来我这儿借宿，顺便洗个澡。"小伤向莫啸使了个眼色，"莫啸，你说是吧？"

"是吗？"虽然小伤的话不太可信，但玉瑶心里还是有了希望。

谁知莫啸忽然道："事到如今，你还想隐瞒吗？我们的事不如大大方方公开，也比让玉掌柜一直误会我好。"

"你胡说什么？"小伤瞠目结舌。

"不要再掩饰了，这些天我们经常私会，其实我早过够了这样的日子，我一直想光明正大地和你在一起。"

"你、你别瞎说！"小伤无比惊悚，声音都发颤了。

莫啸却跪倒在地，对着玉瑶一阵哐哐磕头："玉掌柜，我说的都是事实。我就是怕被你发现我的癖好，才故意说喜欢你，其实我想接近的人，一直是小伤啊！"

他的演技简直让小伤叹服，以至于小伤一时失去了思考能力，不知道该说些什么。

和小伤有一样感觉的还有玉瑶，她嘴唇抖了又抖，半天，一个字也吐不出来。

眼见地板都快被莫啸磕出一个坑了，玉瑶才嫌弃地道："别磕了，我铺这地还要钱呢。"

莫啸沉痛道："你若不答应我和小伤一起，我就不起来。"

玉瑶飞了一眼呆滞的小伤，闷闷地道："既然是小伤的事情，我也不好说什么，但我大梦的客房都满了，你若要进来，只能和小伤住一起。"

"不行！"眼看莫啸一头又要磕下去，小伤忙一脚把莫啸踹开，他说什么也不能任莫啸抹黑自己，也跟着跪下来道，"掌柜，不管你现在说什么，我也不能让这鬼话连篇的人进来！"

"小伤！你忍心这么对我……"莫啸委屈地捂着脸，誓要把恶心小伤的路走到黑了。

小伤此刻表现得犹如负心汉，斩钉截铁地拒绝："你就别惺惺作态了，我身正不怕影子斜。"

戏演到这里，玉瑶总算看出了点端倪。

比起巧舌如簧不着边际的莫啸，她更愿意相信小伤，毕竟当初她和莫啸在大街上，前脚还大打出手，后脚莫啸就说喜欢自己。

她不由得冷笑："我不管你们什么关系，但那屋子既然分给了小伤，一切都由他说了算。我是个外人，也不好插手你们之间的事，你要想进大梦，就问问小伤同不同意。"

莫啸顿时成了苦瓜脸，转身又想对小伤撒娇，小伤一阵反胃："我一个人习惯了，你别过来！"

玉瑶暗自好笑，起身伸了个懒腰："折腾这么久，我也累了，先回去了。"

看着玉瑶就这么离开，莫啸的希望又落了空。他从地上起来，摸了一下自己磕红的额头，嫌弃地道："这婆娘怎么这么难搞，这也不行那也不行。"

小伤冷眼瞥他一眼，道："直到现在，你还说自己是因为喜欢玉瑶，才想进大梦药铺吗？"

莫啸尴尬地笑了："误会，都是误会。"

他今天这番操作，真是偷鸡不成蚀把米，现在可怎么办才好？

"我原来还因为胭脂的事情觉得对不住你，既然你玷污了我的名声，咱们恩怨相抵，扯平了。"小伤冷淡地道，"以后你也莫要找我，我也不想再帮你。"

"哎，别急啊。"莫啸拦着他道，"这件事我是有错，我也承认自己想进大梦并非爱慕玉掌柜，但我可以肯定，我对你们任何一人都无恶意，我想做的，仅仅是找件东西而已。"

"找东西？"

"正是。我那日初见玉掌柜，便觉得她必非凡人，或许能帮我的忙。但命运弄人，致使我和她交恶，我才不得已出此下策。"

"你若早坦承，怎么会有后来那么多事？"小伤的气稍微顺了点，心想他这番话应该不假，便好心地道，"我之前提过关于杜春的事，你可记得？若你真想让掌柜帮你，不如先帮掌柜。"

"此话当真？"莫啸眼睛亮了。

小伤点头："当真。"

那个女人好古怪。

这几天，杜春始终提心吊胆。他多方打听，得知那女人是大梦药铺的掌柜，名唤玉瑶。

据说玉掌柜空有一副好皮囊，对人却尖酸刻薄。他与她无冤无仇，她为什么要攻击自己？

想必还没有人知道，玉瑶是只妖。

杜春翻阅了许多古籍，依然不知道玉瑶的来历。不过看玉瑶的样子，对他却是知根知底。

杜春正喝着茶，继续翻阅古籍，童子前来禀告，有客人上门。

来人是个身长八尺，容貌俊美的男子，他的乌发用一方逍遥巾束着，着一身绣着墨竹的青色长衫，书卷气浓郁。

杜春点燃了蟠龙香炉里的犀角香，青烟袅袅升腾，不一会儿便飘散到了漏进雕花窗的阳光处，又消散不见。他看着飘散的青烟，瞥了一眼那人，语气不疾不徐："不知客官如何称呼？"

"我姓莫，你可以称呼我为莫啸。"

莫啸环顾四周，此处环境还算雅致。为了符合这份雅致，莫啸装模作样地掸了掸袖子上的灰尘，缓缓坐下。

"我听说你能招魂，不知道可否为我招一个？"

"来我这里的人，都与客官一样。没有你想招却招不到的人，只是不知道客官的要求是什么？"杜春用茶盖拂了拂茶叶，呷了一口。碧螺春的香气在舌尖弥散，他把现在当成一个再平常不过的午后。

"我嘛，想招一个人的魂，那个人是我心心念念的小美人儿。几年前，我与她在青楼相识，我们恩恩爱爱，卿卿我我，许下三生之约。谁知天不遂人愿，等我筹集到钱去赎她的时候，她因为被老鸨强迫接客，怀孕后又遭虐待，投水自尽了。"

莫啸一身干干净净人模人样，真是人不可貌相，杜春挑了挑眉，道："想不到客官还是喜欢逛青楼的人。"

"人不风流枉少年，何况我生得如此俊俏。"莫啸自恋地道。

嘴上说着恩爱，实际上只不过是逢场作戏。杜春听说了那姑娘的故事，唏嘘不已。

"客官倒是很自信，还是弱水三千，只取一瓢饮，心里更清净。容我多一句嘴，不知道那姑娘叫什么名字？"

"关关。"

"关关……"杜春不由得感慨，这女人的名字真是随便，他瞥了眼香炉里的香，还在燃烧。

"在我这里，没有客官想见见不到的人，但是你知道我生意紧俏，一次招魂，耗费的精力不小，客官可得备足了银子，先交一部分定金。"

"不知要交多少银子？"

"我瞧客官是个阔气的主儿，不知这三万两可出得起？"

莫啸一口把茶喷出来："三、三万两定金？"

这是明目张胆地抢钱啊！

"怎么，客官嫌多？"杜春挑了挑眉。

"不是不是。"莫啸的傲骨,让他无法说出自己现在很穷这件事。

"那……"

"只是我今天来得仓促,没有带那么多现银。"

"不着急,我等得起。"杜春转身,继续慢悠悠地喝茶,他的姿态明明白白地表示——好走不送。

一文钱难倒英雄汉,莫啸灰溜溜地离开了杜春的宅院。想要借机获取玉瑶的信任,还差三万两银子的敲门砖。

三万两,他把手写烂了也凑不齐。

自来到了兴旺镇,莫啸便没有一日不为钱发愁。要知道,他从前可是养尊处优的贵公子。退一万步讲,他自己受点苦也就罢了,若是如此拖拉下去,不能完成任务,他于心有愧。

— 14 —

清晨,玉瑶做完晨练,刚打开药铺门,就看到莫啸站在面前,一脸笑容。

"玉掌柜,好巧啊。"

玉瑶把门一关,他忙用腿卡住:"玉掌柜,别那么见外,好歹相识一场。"

玉瑶冷笑:"你若是低调一点,我就不嫌你了。可你非要披着人模狗样的衣服,做些丢人现眼的事,要我怎么说你?"

莫啸又不是第一次领略玉瑶的毒舌,自然不觉得有多难听,只是笑着道:"之前都是我耍小聪明,不懂事,但今天,我真有重要的事找你。你就容我说一句话,若听了你还要赶我走,我就真的走了。"

玉瑶白了他一眼:"就一句?好,你说吧。"

"杜春。"

"杜春?"玉瑶顿时皱眉,"你和杜春有什么关系,你对他了解多少?"

"我这一句话可说完了,但如果你愿意让我进屋,我可以再说几句。"莫啸见她眼神有异,知道自己已经捉住了她的七寸,不由得气定神闲。

玉瑶正为杜春的事情发愁,虽然很想把莫啸踹出去,但她最终还是把门打开了："进来吧。"

桌上还摆着些许早点，白沐正收拾着，看见莫啸，惊讶地问："你怎么来了？"

"玉掌柜请我进来的。"莫啸自来熟地找了张凳子坐下，笑着问玉瑶，"是吧，玉掌柜？"

"玉瑶姐，你不是讨厌他吗？怎么还让他来？"

玉瑶烦闷道："莫啸，你有话快说，我的耐心有限。"

莫啸虽然提到了杜春，但他对杜春仍然一无所知。他只是不希望自己在卖力帮玉瑶的时候，玉瑶一无所知。

"火气太大的女人容易老，玉掌柜别动怒，"莫啸给自己倒了杯水，呷了一口，"关于杜春的事情我虽然不能告诉你，但我可以帮你对付他。我来找你，其实就想跟你做个交易。"

"交易？"玉瑶皱眉，"你想玩什么花招？"

"我如今可没有工夫陪你玩花招，"莫啸认真道，"我接近你，就是想进大梦药铺找东西。如果我真帮你这个忙，你能不能也答应我，让我仔细找一番？"

"找东西？"玉瑶疑惑，"你要找什么？"

莫啸可不能告诉她。但莫啸的直觉不会错，这药铺里有很浓的妖腥味，说不定他可以在这里找到心心念念的横公鱼妖。

"一件对我来说很重要的东西，"莫啸卖关子，"放心，我只需要一天的时间，就知道我要找的东西在不在这里了。"

玉瑶细想，大梦药铺里除了舍离珠，根本没宝贝。但珠子她随身携带，只要莫啸找的时候她带走就可以了，这赌约对她而言并无害处。

"好吧，如果你能帮我对付杜春，我可以答应你。"

"那就说定了。咱们现在是一条船的人，我在这里吃顿饭，不过分吧？"莫啸抓起盘里的一个肉包往嘴里塞。

看他那副像饿了千年的样子，玉瑶扬了下眉："你吃吧，都是大家吃剩的，再放一天就该坏了。"

莫啸早已经把两颊塞得鼓鼓囊囊："没关系，我不挑食。"

吃罢饭，莫啸又死皮赖脸地去后院借茅房。如厕完毕，他又借故在天井下晒太阳，就是不肯走。

他话虽然撂下了，但怎么让杜春为他招魂还是个问题——三万两的定金不是小数目。他不由得感慨，天杀的劫匪为什么劫到他头上，不然他如今要风得风，要雨得雨。

他正托腮在屋檐下沉思，有人忽然间从屋顶倒吊垂下，唤了声："主子。"

莫啸吓了一跳："谁？"

"是我，庖禄啊。"

庖禄的脚钩着屋檐，倒立挂着，就像一只黑色的蝙蝠。他一个翻身从屋檐上跳下，跪在莫啸面前。

"主子，我找到了。"

莫啸差点被他吓死："找到什么了？"

"我们的冰原令。还多亏了属下多方打探，才从劫匪手里抢回来了。"

冰原令是九原城城主持有的可以发号施令的令牌，整个九原城仅此一枚，见令牌者如见城主。

城主之所以将令牌交给莫啸，是为了让莫啸能号令潜伏在无庸城的暗卫，有了这些暗卫，莫啸在无庸城行事会方便许多。

然而天有不测风云，他们在半途中遭遇劫匪，冰原令也被劫匪夺走，以至于两人流落至此。

有了冰原令，他们能在无庸城横行无忌。

看着庖禄手上那枚金光闪闪的冰原令，莫啸老泪纵横。

终于，终于啊，他这寄人篱下的日子就要过去了。莫啸刚想接过冰原令，小伤幽幽的声音在身后响起。

"你手里拿的什么？"

莫啸一个激灵，忙把冰原令收起来。

"没什么，就是一块我之前被劫匪劫走的价值连城的玉佩，有了这玉佩，我就不用再辛苦地摆摊写字了。"

小伤皱眉，莫啸的话他是半个字也不信。

"什么玉佩是金色的？"小伤伸手欲抢，莫啸连忙后撤一步，"谁说玉佩没有金色，这世道连妖怪都能变成人，你没见过的话就不要在这里卖弄见识了。"

他还真是巧舌如簧，小伤本来只是好奇，现在反而想刨根究底。

吃罢饭，刚刚苏醒的玉瑶摇着团扇悠悠地往后院走，她哼着歌正要上楼，发现莫啸与小伤竟然纠缠在一处，忍不住皱眉。

"不是说清清白白的吗，怎么又缠在一起？"

难道小伤真的不是她所想的那般性情冷淡，遇到对的人也会干柴烈火？可她明明记得，当初救下小伤的时候，他对自己的接触明显有抵触感。一个顾忌男女之别的人，癖好应该也不特殊吧？

说不清为什么，小伤眼里化不开的忧郁总是让她感到伤心，她本不愿意多管闲事，又怜惜小伤一个人自苦。

但她旁敲侧击也罢，诚心诚意也罢，小伤总是把自己封闭起来。这让她不免思考一个问题——是否有必要把莫啸招进大梦药铺，做小伤的开心果。

玉瑶胡思乱想着，忽然发现不对劲。

那两人哪是在缠绵，都快互殴起来了。

— 15 —

"哎哎，别激动。"玉瑶摇着团扇，心急火燎地赶过去。两人见她来了，这才住手。

莫啸嫌弃似的整了整自己的衣冠，顺了顺自己乱糟糟的长发，对玉瑶露出一个虚伪的笑容："掌柜怎么来了？"

"你们闹成这样，我能不过来看看？"玉瑶忧愁地揉了揉眉心，"说吧，又发生什么事了？"

小伤冷笑："莫啸说他兜里有一块金色的玉佩，世上哪有金色的玉，我想看看，他却不给我。"

"金色的玉佩？"玉瑶心道，这都是什么破事，他们俩难不成是三岁小孩？可她转念一想，小伤不至于为这点破事和莫啸过不去。

"我也没见过金色的玉佩，"玉瑶挑唇一笑，"莫啸，你就让我们开开眼吧。"

莫啸哪有什么金色的玉佩，现在连玉瑶都和他过不去，以至于他的假面笑脸都快挂不住了。

"金色的玉佩在我这儿呢。"庖禄忽然从兜里摸出一块玉坠，"你们看。"

玉瑶才发现莫啸身后多了一个陌生男子，玉瑶见过他几回，莫啸的小跟班，庖禄。

玉瑶伸手接住玉佩，看了眼，蓦然失笑："这不是金镶玉吗？什么金色的玉佩，真是没见过世面。"

"原来是金镶玉啊。"莫啸佯装恍然大悟的样子，"我还以为是金色的玉佩。"

"玉有羊脂玉、翠玉、血玉，唯独没有纯金的玉。好了好了，既然误会都解开了，就散了吧。"玉瑶摆摆手。

她当然知道，小伤想刨根究底的不是这块金镶玉，而是别的东西。但莫啸既然有心隐瞒，就不会让他们发现。

小伤也没想到庖禄还备有一块金镶玉，睨了莫啸一眼，闷闷走了。

玉瑶转身，再次准备上楼，脑子里却闪过一个想法，忍不住朝莫啸勾了勾手指："你过来，我有话问你。"

莫啸不解："怎么了，玉掌柜？"

玉瑶嫣然一笑："怕什么，我就是有事想问你罢了。这些天你和小伤厮混，他有没有跟你说什么？"

"掌柜指的是……？"

"他的一切。"玉瑶幽幽地道，"包括他的名字。"

"他不叫小伤？"莫啸讶然。

"笑话，你去大街上问问，有谁会给自己取那么奇怪的名字。"

莫啸笑了："我还以为掌柜对小伤知根知底呢，可惜我也不知道。但有一句话，我想送给掌柜。以他对掌柜的用心，他的秘密，你迟早都会知道。"

"是吗？那托你吉言了。"玉瑶一笑，有些无聊地扇了扇风，姿态袅娜地上楼去了。

莫啸看着玉瑶的背影，心想，每个人都对小伤感兴趣呢，连自己也不能例外。

"主子，现在怎么办？"庖禄问。

莫啸微眯着眼，收起了嬉皮笑脸的样子，变得深沉："立刻用冰原令联系他们，让他们将三万两银子速速给我送来。"

总而言之，从今天之后他就是原来的莫啸了。有了令牌，在兴旺镇就能横着走。区区三万两银子，不在话下。

无庸城和九原城互斗那么多年，彼此都在对方的城池里安插了许多暗卫。他们有的伪装成富商，有的伪装成将士，还有的可能是城中一个不起眼的贩夫走卒。

若是莫啸没有遇到劫匪，他或许会在无庸城伪装成一个富商公子，但现在，既来之则安之。

很快，三万两银票就交到了莫啸的手上。

手握三万两银票，莫啸出门都敢雇马车。

"杜宅。"莫啸抬头看了眼那镏金的匾额，不屑地冷笑，"我倒要看看，这宅院里究竟藏着什么秘密。"

对于这位二次登门的顾客，杜春并不在意。有些他不喜欢的，便用高价格吓唬他们。不过难免有些人财大气粗，经吓。他只需要应付一下，草草了事就罢了。

杜春点燃了犀角香，莫啸刚好进门，这股熟悉的香气让他皱了皱眉头。为什么每次进来，都会闻到这样的香气？

他并非不喜香，但犀角香于他而言，还是过于劣质了。

"客官又来了，不知道三万两准备好了吗？"杜春盛气凌人地问。

莫啸笑了笑："敢来这里，自然是都准备妥当了，我今天只想见到关关，不然你就坏了名声。"

杜春起身，拢了拢衣袖，挑起唇角笑了："我说过心诚则灵，只要你想，就能见到她。"

杜春让莫啸坐下，莫啸拍了拍凳子上不存在的尘土，感叹："可惜呀，红颜薄命。"

"客官不必过于烦恼，人有悲欢离合，月有阴晴圆缺，此事古难全。想开一点，心里会好受一些。你将思念传于他人，想必她在那边也能感受到。"

杜春走到屏风之后，对莫啸施展幻术，莫啸闭上眼睛，听凭他的吩咐。

等他睁开眼，眼前是一片漆黑和虚无。黑暗中有个朦胧的人影，正在缓缓向他走来，那人背后烟气袅袅云山雾罩。

莫啸心中并无所谓关关的记忆，那人的面相也不甚清晰。

等那人慢慢地走近了，他才发现对方竟然是小伤。

"怎么是你？"莫啸非常惊讶。

"不是你将我召唤来此？"小伤是小伤的模样，但他说话的语气诡异。

"我召唤的是关关，而不是你。"莫啸匆忙闭上眼，他可不希望小伤来此，破了他的计策。再睁眼，远处朦胧的人影又进入了烟尘之中。

莫啸心想，小伤怎么会来此，难不成他看穿了自己想接近玉瑶的目的？

既然如此，何不直接召唤玉瑶，同她邀一次功。

莫啸这么想着，不一会儿，迷雾之中，玉瑶的身影也慢慢浮现。但让莫啸奇怪的是，玉瑶的眼神也如之前的小伤一样，呆滞无神。

"玉掌柜，你好不好奇我为什么要叫你出来？"莫啸笑嘻嘻地问她。

面前的玉瑶掩唇一笑："我怎么知道，可不是你让我出来的？"

她的样子越发让莫啸奇怪，莫啸试探着问："你不是很想知道杜春的秘密吗？"

"杜春？啊，对，杜春。"玉瑶点点头说，"杜春怎么了？"

"在我告诉你之前，你能不能告诉我，你为什么要对付杜春？"

他的问题似乎触碰到了玉瑶的盲点，她努力地思考着，却始终没法回答。

就在莫啸想要追问的时候，大雾忽然消散，莫啸眼前的景象都消失了。

房间里，杜春坐在太师椅上，呷了一口茶，气定神闲地问他："怎么样，公子可看到你所念的关关了？"

莫啸环顾四周，香炉里的香已经燃尽，只剩下一缕袅袅的青烟。

他好像忽然明白了什么，对杜春微微一笑："当然，我看到了。"

其实根本没什么招魂之术，杜春招的，只是每个人心里所想的东西。他所见的，也只是虚无的幻象。

河边，小伤刚打了两桶水，准备回药铺。一群黑衣人出现，领头的一下把他手里的水桶踹开，揪住他的衣领："主人，都一年多了，你还要这样继续下去吗？"

领头的黑衣人僭越了，但他顾不上了。

这一年里，他们明里暗里劝了不知多少次，但主人铁了心蜗居兴旺镇。他们本以为时间久了，主人迟早会厌倦这种贫苦的生活，没想到主人越发甘之如饴。

小伤从地上爬起来，也不恼，只是取了桶，打算继续打水。

那人又一脚，将桶踹飞，怒喝："主人，就算是淡水河里的鲤鱼，也想过跃龙门，何况您本就是龙，为什么要甘于平淡？"

小伤终于有点动容，却也只是扯着嘴角冷笑，过了一会儿，道："你错了，我不是龙，我只不过是在污泥里扑腾的濒死之鱼罢了。"

"别人打断你的牙齿，你就不吃东西了吗？"

"是！没了牙齿还可以吞咽，但我要再妄想什么？莫说牙齿，就是你们的命，我也未必保得住！"小伤气愤地推开他们，扑进河里抓桶。

玉瑶因莫啸突然造访，打算叫小伤过来商议。远远地，她看见小伤从河里扑腾起来，又一次次被黑衣人推倒。

她急忙飞奔而来。

在留意到玉瑶后，他们立马作鸟兽散。

小伤从河里爬起来，忽然见面前落下一片阴影。

玉瑶屈膝，伸手拉他。玉瑶还没有露出过如此温柔明丽的笑容，话虽然难听，却多了一丝人情味。

"怎么，让你打两桶水，就把自己折腾成了落水狗？"

小伤的心蓦然酸涩难耐，为什么，她总是看见自己如此狼狈的样子？

— 16 —

回到药铺，莫啸乍见浑身湿透的小伤，惊讶不已："哇哦，你是去打水还是洗澡啊？"

"脚滑摔进河里怎么了？"玉瑶冷笑，"你说你带着杜春的秘密来了，到底是什么秘密？"

"这个嘛……"

"行了，答应你的，我决不食言。"玉瑶嫌弃道。

莫啸笑了："这才是我认识的玉掌柜。"他把自己的遭遇一五一十告诉了玉瑶，笑着道，"原来招魂只是一门幻术，可惜啊。"

"原来如此。"玉瑶仔细一想，恍然大悟，原来杜春还是神棍，她那日中的只是他的幻术。

"既然已经找到了破他幻术的法门，我现在就动身，将他拿下。"

"等等，"莫啸笑着道，"掌柜想对付杜春，必然是对他有所求，但有些人傲得很，就算你将他打得头破血流威胁他，他也未必肯就范。"

"那你说怎么办？"玉瑶皱眉。

"打蛇还要打七寸，何况是人。除非我们手中握着能让他妥协的牌，否则想跟他谈条件，怕是难于登天。"

"若我知道他的软肋就好办了，不行的话我只能霸王硬上弓。"

"心急吃不了热豆腐，掌柜若想成事便听我一句。"莫啸阴险道，"只要他有情感就有软肋，我们不妨隔岸观火。"

"这又得等到猴年马月吧？"

莫啸掐指一算，高深莫测地笑了。

"不出我所料的话，只用半年的时间。半年之内，他必遇坎坷。不过我们也不能对他置之不理，必要的时候还需推波助澜才行。"

玉瑶不由得对莫啸刮目相看，他果然是一只狡猾的狐狸，为达目的不择手段。如果小伤有他这个会转弯的脑筋，痛苦是不是会少很多？

"什么？那批货出了问题？"海棠家中，海棠的母亲一下子站起身来，"这可不是开玩笑的事情，这么大一批货，纵然是赔也能让我们掉一块肉，何况要货的人我们得罪不起。"

海棠家经营布匹生意，今年无庸城城主司空辉胞妹司空月点名要他们出一批浮光锦，供城主府上下裁衣。然而，不知道为什么，这批浮光锦突然被一批来历不明的虫子咬坏了。

"若是交不出货，我们全家都得人头落地。我知道前段时间王家囤积了大量的浮光锦，如今我们只能求王家卖给我们一些，才能交差了。"海棠的母亲望向丈夫。

海棠的母亲忽然察觉到了不对劲的地方："可这件事实在蹊跷，他们王家怎么就囤了这些平时的滞销货？除非那些虫子是他们放的。"

海棠的父亲叹了一口气，道："就算如此，我们也没有证据。定是上次王辰那事，他们存了心要报复。这次想从他们那儿得到浮光锦，怕是不容易。"

海棠的父亲和母亲没有将此事告诉海棠。他们打算备上一份厚礼，向王家道歉。

三月以来莺飞草长，海棠仍沉浸在春光之中，心情明媚。

没有了王辰这个跟屁虫，她的生活顺风顺水。近来她去杜宅去得殷勤，杜春也不赶客，像一位年长的哥哥，尤其照顾她。

这天杜春在屋中练字，海棠在旁边为他研墨。杜春写到"一片春心付海棠"时，海棠突发奇想："杜大师，你这字真漂亮，不知道可否教教我？"

杜春放下笔，微微一笑："你的字娟秀工整，怎么还要在我这里学？"

"我只不过是厌倦了我那工整的字迹，想学你潇洒肆意的字体罢了。"海棠噘嘴。

"好吧，我只教你写自己的名字，别到头来学了我的，被你爹娘发现了，又该数落你。"

"你是不是怕他们？发现又怎么样？我偏要光明正大地说，我在杜大师这里学的。"

杜春摇摇头，道："你如此只会让他们看你看得更紧，若是关系闹僵了就不好了，我看你以后还是少来我这儿吧！"

杜春对自己不入流的身份心知肚明，但他从不妄自菲薄，这么说，只是想试探一下海棠。

海棠果然激动起来："杜大师，你怎么还不明白，我为什么推掉了那么多的聚会，偏偏来你这儿。"

杜春挑了挑眉："哦，为什么？"

"你、你——我以为你知道！"海棠气得脸都红了，背过身去，手指来回纠缠着，跺着脚。

她的模样甚为可爱，杜春只觉心弦颤动。

"说出来。"杜春的口吻不容置疑。

海棠被这份不容置疑所打动，她十分害臊，仿佛要将自己袒露于杜春面前。

杜春不再勉强，笑了笑："难道你喜欢我？"

终于捅破这层窗户纸了，海棠羞得把脸埋得更低。她还是不说话，期待杜春能够主动做点什么。

杜春看着她的背影，想了想道："你过来。"

"嗯？"海棠仍然害羞，转了身，杜春拿着笔，招手让她过来。

"不是让我教你练字吗？你在那儿我怎么教？"

海棠咬咬嘴唇，没想到他的答复竟然是这个，她有些气愤，走到他的身边。杜春竟然一把环抱住她，让她握着笔，而杜春握着她的手。

温热的肌肤相触，杜春手心的茧子摩挲着海棠的手背。

酥酥麻麻的感觉让海棠浑身一震，杜春的气息在她脖子上流连，海棠痒痒的，心也怦怦地跳。

"既然喜欢，为什么不再大胆一些？就像这样握着你的手,你觉得如何？"

海棠被他的声音融化了，脸红得像胭脂一样。她低下头，小声地回答他：

"很好。"

被杜春抱着一起练字，时间仿佛也变得漫长起来，海棠真希望时光在此停住，练着练着，她叹了一口气。

"怎么了？"杜春问。

"我心里虽喜欢你，但我的爹和娘对你有成见。我实在是不知道如何让他们接受你。"海棠苦恼道。

杜春也沉默了，但他还是有那么一丝傲气在，忍不住笑了一声："他们不同意，你怎么办？"

海棠捉摸不透，不知道杜春怎么想的，只觉得自己的话侮辱了他，连忙道歉："我……我真没有看不起你的意思，你不要误会，我若看不起你，早就不来了。"

"别担心，我不会因为这点小事而迁怒于你，我只是想说他们不同意，由他们不同意去，最重要的是你怎么想？"杜春是个决定了便会一往无前的人。只要海棠点头，他愿意赴汤蹈火。

海棠有些犹豫。

她自小娇生惯养，如果因为这件事和父母闹了别扭，甚至可能被赶出家门，她不知道自己能否赌一把。

杜春紧紧握住她的手，安慰道："别担心，总会有办法。如果你真的不愿意和他们撕破脸，我愿意上门提亲，一直到他们接受我为止。"

"你要娶我？"海棠瞪大了眼。

杜春点头，认真地道："不错，只要我决定开始就要走到最后，不管遇到什么困难。"

他坚定的眼神、不容置疑的语气，让海棠倍感温暖。是啊，明明是自己招惹了他，自己又怎么能犹豫呢？

他的爱不再克制，他驯服了她。仿佛又有一扇门被打开了，她变得异常平静。

"我愿意陪你一起到天涯海角。"海棠温柔地道。

厚礼已经备好，被仆人抬上了马车。海棠的父母坐在另一辆马车上，发现妻子心事重重，海棠的父亲握住了海棠母亲的手。

"咱们什么大风大浪没经过，这不是第一次，一定会妥善解决。"

海棠的父亲的手温暖而有力，但海棠的母亲还是忍不住恐慌。她叹了一口气，道："若是天灾也就罢了，最怕这是人祸。王家之所以囤货，一定是为了出那口恶气。若只是折辱我的面子，就算是跪下我也甘愿。就怕他们并不是折辱我们而已，如果他们想赶尽杀绝，又该如何是好？"

"只要做过亏心之事，一定会留下蛛丝马迹，我跟衙门那边素有交情，已经差人去查。这次去并不一定能解决问题，主要是看一下他们家的态度。"海棠的父亲严肃道，"如果他们让你下跪，我第一个不同意。"

马车缓缓前行，半个时辰后，他们抵达了王家。

王辰的父母仿佛等候多时了，很快就将他们迎进了门。

只是喝了半盏茶，海棠的父亲便开门见山："我听说你们囤了一批浮光锦，现下我愿出高价购买，不知你们可否出货？"

王辰的父亲放下茶盏，他等这一天已经等了许久，如今他并不着急，只是虚与委蛇："都知道这浮光锦千金难求，我也是花了很大的力气方才买下了这些。保存也好，运输也罢，其间花了不少费用……"

"你说个数，若是能行，我付给你便是。"

"这个嘛……"王辰的父亲捋着长须阴险地笑，"谈钱伤和气，这样吧，若是你能将令媛许配于我的儿子，这浮光锦我就送给你了。咱们亲上加亲，以后在兴旺镇恐怕难逢敌手了。"

王辰是什么德行，海棠的父亲心知肚明。没想到的是，到如今王辰的父亲仍打这个主意，海棠若是因此嫁到王家，以后的命运可想而知。

他就海棠这一个女孩，如何舍得她在王家受苦受难。

海棠的父亲顿时拉下脸，冷冷道："之前你儿子轻薄于我的女儿，现下还想让我们亲上加亲，是不是如意算盘打得太响了？"

"这么说你是瞧不起我儿了，既然如此还有什么生意好谈，你另寻高明吧。"王辰的父亲甩袖，一副送客的模样。

海棠的父亲和母亲愤然离席。返程的路上，海棠的父亲一直在哀叹自己的天真，明知道对方是只豺狼，还非要希望对方能变善良。

又过了几日，官差回报，一时无法查出放虫子的贼人，不知道能否再缓几日。而城主家催得急，海棠的父亲在屋中徘徊，长吁短叹。

海棠的母亲坐着，掩帕而泣。

"不然就把海棠嫁出去吧，她还有个弟弟，也算是我们一家人的盼头了。若是我们被满门抄斩，这可如何是好啊？"

"我就是气，明知道这件事是他们故意陷害，我却一点办法都没有。"

"怪也怪海棠得罪了那小人，如果海棠知道了，也会深明大义的。"

海棠也是她的心头肉，尽管重男轻女，可想来想去还是觉得对不起女儿，海棠的母亲哭得帕子都湿了。

海棠刚从杜春那儿学会了不同风格的书法，她跳动的小鹿般的春心，让她的身体也不自觉地变得轻快灵活。此时，她恰好路过父母的寝屋，听到了他们的交谈声。她停下脚步，渐渐地，她呼吸也放慢了。

"把海棠送到王辰那小子的手上，就是把她往火坑里推！"

"可是我们还有什么办法，家里的情况你又不是不知道。"

海棠听不下去了，推门而入："爹、娘，你们在说什么？"

两位老人俱是一惊，抬眸看她。她的父亲正想隐瞒，她的母亲先一步开口了："海棠，现在只有你能救我们了。"

海棠震惊道："是不是王辰威胁你们，他到底说什么了？我去找他。"

"女儿，别去了！"她的父亲拦着她，长长叹了一口气，"咱家有一批货被虫子咬破交不出去，上头的人若是问罪下来，大家都吃不了兜着走。现在只有王家还囤有一批货，可是他们开出的条件，就是让你嫁给王辰。"

"他们怎么会囤货？难道那些都是他们搞的鬼？"海棠气愤道，"我现在就去找王辰！"

"你找他干什么？"她的母亲激动地拦着她，"你再得罪他，他们更不可能把货卖给我们了！"

"这也不行那也不行，难道你们真的想把我嫁出去吗？"海棠又气又急，"爹……娘……求求你们，女儿不想嫁……"说着说着，海棠哭了起来。晶莹的泪珠顺着脸颊滑落，看得两位老人无比揪心。三人都泪光闪烁，抱作一团。

下半夜，海棠才平复心情，回到自己的寝屋中。她的眼睛哭得又红又肿，丫鬟心疼地看着她，也怜惜道："小姐，奴婢给您找了些冰块，敷一敷吧。"

海棠哪有心思整理妆面，她后半生的幸福都快完了。

丫鬟见她不动，心疼极了。如果海棠真的嫁去了王家，她作为陪嫁丫鬟，定然也会过得水深火热。

想到这里，丫鬟也忍不住哭了起来。

海棠问她："你怎么也哭了？"

"奴、奴婢就是觉得小姐太可怜了……小姐好不容易有了喜欢的人，现在却遭此横祸……"

"喜欢的人……"海棠一个激灵，对了，杜春。她还有杜春，杜春一定不会坐视不理。

"给我备轿。"海棠揽镜自照，慌忙整理着自己纷乱的发型。

"这么晚了，小姐去哪儿？"

"找杜春。"

听童子说海棠深夜到访，杜春暗自奇怪。海棠虽然活泼，但家教森严，从不做逾矩之事。

杜春披衣起身，海棠竟然已经闯进来了。她一见到杜春就扑了上去，梨花带雨般哭了起来。

"杜哥哥，救我……"

"怎么了？"

灯火下，海棠的眼睛哭得红肿，就像两颗粉白的核桃。她原本用铅粉盖住了，但一哭，妆又花了。

杜春温柔地拍着她的背，好生安慰道："有什么事慢慢说，我在。"

一句"我在"，让海棠格外有安全感。她抽抽噎噎的，好一会儿才止住了哭声。

她将自家被王家算计一事和盘托出，杜春皱眉，世上竟有如此卑鄙小人，看来，他给王辰的教训太浅了。

杜春让童子给海棠泡了一杯玫瑰茶，让她暖暖身。等海棠的情绪平复了一些，他才取了她袖中的帕子，轻轻擦拭她的脸颊。

"你看，哭成花猫脸了。"杜春逗她，"有我在，你不会嫁的。"

"真的吗？"

"真的。"杜春握住她的手，看着她的眼睛道，"你是我的人，我决不会让你落入虎口。"

海棠抽了抽鼻子，又一次扑入他的怀抱。他的肩膀真宽厚啊，埋在其间，什么烦恼都忘却了。

杜春让童子备马，护着海棠一路回家，临别时，他低头，在她额上印了一个吻。

海棠一怔，脸红得厉害。

"这是我对你的承诺，去吧。"杜春说。

海棠跟丫鬟进了角门，回头看，杜春仍然站在那里。一直等到门彻底关上，杜春才离开。

杜春攥紧了拳头，一拳打在墙上。

是可忍孰不可忍，既然王辰欺负到他的头上，就别怪他不客气。

杜春回到寝屋，喝了杯茶。昏黄的光线里，他的脸色阴晴不定。就在他准备吹灯就寝时，一个人影从眼前掠过。

杜春低喝："谁？"

他拔出床头搁置的长剑，一剑刺向来人。

"别激动嘛。"玉瑶手捏着剑尖，轻轻将它移开。

杜春想了想，皱眉："是你？"

"你还记得我？"玉瑶挑了个凳子坐下，"不胜荣幸。"

杜春哂笑，来夺他性命的人，他怎么会忘记。

"你为什么私闯民宅，我与你有何仇怨？"

"你可能根本不认识我，自我介绍一下，我姓玉，单名一个瑶字。我在兴旺镇开了一家药铺名为大梦，离你这儿不远。你应该很好奇，我为什么会来找你。"

杜春挑了挑眉："嗯？"

"就像你不知道自己为什么拥有幻术一样。"

杜春心中一惊："你究竟对我了解多少？"

— 18 —

"我比你更了解你自己，因为你体内藏着一块修罗战神铎罗的碎片，所以你拥有了铎罗的某种本事。我来，就是想夺走你的碎片，让它物归原主。"玉瑶目光幽幽地盯着杜春的眼睛，"用本不属于你的东西获得了财富、权势，一直到现在，你还不羞耻吗？"

"羞耻"二字像一记耳光，打得杜春措手不及。对于自己为何会幻术，杜春也曾十分迷惘，但后来他终于想通了，既然上天赐了他这份礼物，他就要运用到极致。

杜春冷笑："你觉得错的是我吗？错的应该是那个把碎片放在我身体里的人。他放在我体内的时候，没有跟我打过一声招呼，现在想夺走就夺走，是不是太轻巧了些？"

杜春一步一步走到玉瑶面前，冷冷地质问："还有你，究竟受谁的指使来夺走我的碎片，你又有什么资格？"

玉瑶顿时语塞，是了，她又以什么样的身份来夺走属于杜春的能力？

话不投机半句多，玉瑶不再绕来绕去，直奔主题："我来找你，并不是要跟你讲道理。想必你也知道海棠小姐的家事，你是不是想帮她？"

杜春皱眉："你怎么知道？"

"我怎么知道并不打紧，重要的是，我要跟你谈一个条件。"

玉瑶阴险地道："你的办法无非是用你的能力吓唬王辰，让他不敢对海棠一家做什么。如果我将你的秘密抖搂出去，王辰一定会知道。你只不过一只纸老虎，只要他意志足够坚定，就不会被你所迷惑，到时候你根本没有办法帮助海棠，只能眼睁睁看着她落入魔爪。"

"你——"杜春瞪大了眼，他的眼底有万丈怒火，"你、你怎么可以如此卑鄙？"

纵然海棠和玉瑶非亲非故，可是玉瑶也不能如此对待海棠。

"卑鄙？"玉瑶冷笑，论卑鄙，她如何比得上人？

"你有什么资格跟我谈卑鄙？你们人类狡猾、贪婪、自私、懦弱、虚伪……我只是以其人之道还治其人之身罢了。"

杜春不解地看着玉瑶："你到底是谁？"

"我是谁不重要，我只问你答不答应我。"玉瑶指着门口，"我只数到十，若是你不答应我就从这里走出去，我会走到王辰的面前，将你的一切告诉他，让你看着海棠被他娶回家。"

杜春攥紧了拳头，浑身发颤。

他气，太气了，但是不知道自己有什么办法。

玉瑶说得不错，所谓幻术，只是虚假的幻想，并不是真实存在的。

只要王辰看穿了这点，闭上眼睛心无杂念，他的幻术对王辰构不成任何威胁。

"一、二、三……"玉瑶不紧不慢地数着数，时间在滴漏里一滴一滴地流过。

许多纷乱的念头在杜春脑海里闪过，很快又消失于虚无。

他出身不好，即便如今，他也只是干着一个下九流的行当，可是从前，他甚至连下九流都不如。

舍弃了自己的能力，这世上就没有杜春了。不会幻术，海棠还会喜欢自己吗？自己以后还能干什么？

不论玉瑶如何卑鄙，至少有一点戳中了杜春的心。

他只是一只纸老虎。

眼前的华丽就像金粉堆砌的阁楼，风一吹就散了，那么不牢固。他时常觉得自己就是一个跳梁小丑，一旦被人识破，他就会失去最后一块遮羞布。

"九……"玉瑶心想，他还真沉得住气，已经到这个数了还在思索。也是，她不能高估杜春对海棠的感情，毕竟杜春是一个多么虚伪的人。

"我愿意。"杜春截断了她的报数。

玉瑶反而吃了一惊，道："没想到你对海棠用情至深，这一局竟是我赌对了。"

杜春坐下，喝了一口茶，冷冷一笑，道："你不必揣测我对海棠的感情，更不必揣测我为什么会答应你。说说看吧，夺走我的能力之后，我会变成什么样？"

"你倒清醒。"玉瑶笑了，"的确，事情没有你想的那么简单，夺走了你的能力，意味着你不仅不能够施展幻术，而且还会短寿三十年。"

"短寿三十年？"显然，事情的严重程度超乎杜春的想象。

"不错，你会折寿三十年，这意味着，你现在的容貌也会发生变化。"玉瑶漫不经心地坐在长凳上，掸了掸桌子上并不存在的灰尘，"我还给你一次选择的机会，假如你不愿意救海棠，我们只能两败俱伤了，你不要指望我会怜悯你。"

杜春的讶异只是一闪而过，很快他又坚定地道："既然我已经说出口了，你拿去就是，但是这件事要发生在我救了海棠以后，而且以后海棠遇到麻烦，你也必须帮我。"

杜春气定神闲地喝了一杯茶："诚如你所言，你也需要我身体内的东西，假如你不愿意与我合作，那么我们只能两败俱伤，我宁可面对王辰的报复，也不会让你的计谋得逞。"

杜春竟然反过来跟玉瑶提条件，玉瑶倒是佩服他的胆色。

她哈哈一笑："好，没问题。"

"我给你七天的时间，七天之内你把你的事情解决了，我就来找你。"

"不必了，我去找你。"杜春挥了挥手，"你可以不在这儿碍我的眼了。"

"嘿，你这人。"玉瑶气得恨不能跟他理论两句，但看杜春无所谓的模样，玉瑶的气撒在了一团棉花上。

走就走，反正事情已经谈成。

看着玉瑶离去的婀娜背影，杜春深深地皱起了眉头。

记得上次和玉瑶对打的时候，她现出了半个真身，就像是一条在水中游的鱼，通体发着金光，鳞片又闪耀着橘光。

杜春没有告诉玉瑶，他之所以答应还有一个原因，他希望玉瑶知道，人也并不是无情之物。

这座金粉堆砌的阁楼，终归不是他的。有人想要拿走，他绮丽的梦也该醒了。

只是他觉得有些可惜，因为他还有最后一个愿望没有实现。

他想娶一个美丽活泼的女子，做偌大宅院的主人。从今以后，与她相扶相守，生儿育女，白头到老。

他的确可以不管海棠的事情，但于情于理他都不能坐视不理。玉瑶或许误会了他，他不是心性凉薄之人。

相反，他还有些疾恶如仇。

似王辰这样的纨绔，就该给他一记重击，让他以后再不敢造次，不然以后还会再犯，自己却再也不能照拂海棠了，她该怎么办？

杜春又给自己泡了一杯茶，喝了一口便放下。他让童子给他传一封信到海棠府上，说是自己想邀海棠游湖。

另外，还有一封信是给王辰的，什么都不写。

只要盖上"杜春"二字的红印，就足够了。

— 19 —

暮春，本不是适合游湖的季节。此际丝丝冷意还未消散，泛着粼粼波光的大河上，一叶扁舟随水逐流。杜春站在船头，看着浩浩汤汤的水。他一路没有说话，海棠的话却似连珠炮。

"杜春哥，你想到办法了吗？"

杜春听了一路，觉得她十分聒噪，转过身蹲在她面前。

"你啊，"杜春看着她的眼睛，伸手抚摸她的脸，"离开我你该怎么办？

那么大了还这么天真。"

海棠愣愣地看着他，他的手温暖，只是上面的茧子摩挲着她的肌肤，让她觉得有点刺疼。

"杜春哥……"海棠张嘴，杜春却捧着她的脸，吻了一口。

杜春的吻温软绵长，就像湖水一样，包裹着海棠的嘴。随后他的吻又落到了她的脖子上，密如雨点一样，让她浑身酥麻。

杜春如此沉浸，就像在做一个告别仪式。

他的喘息声让海棠也不自觉沉沦，心弦颤动，浑身燥热。

如果时光能停留在此刻就好了，杜春想。但是他也只能点到即止，因为这个姑娘未来还要出嫁，会有别的男人牵着她的手，给她安稳的一生。那些都是自己这个跳梁小丑做不到的，他给她砌的金阁楼终究会破碎。

"今天我们安安静静地游湖吧，我不想破坏了这暮春的景致。"他说得如此平淡，甚至让海棠听不出来他内心的恐惧和对这份美好的眷恋。

临到要分别的时候，杜春才对海棠道："王辰一事我已有了对策，你不必担心。今天和你游湖非常愉快，希望下次等到天气更热一些，我们还能来这里赏花看水。"

"一定会的，那时候十里平湖接天连叶，大团大团的粉色荷花铺满整个湖面，那样的景致一定美极了。"

听到王辰一事有了对策，海棠难掩自己的欣喜之情。

杜春捏了捏她粉嫩的脸，微微一笑："嗯。"

因为今天突然的亲吻，海棠决定接下来的几天都不要洗脸。她想保留杜春的味道，更恨不能现在自己已身披喜服，和杜春拜了天地。

这么想她又有些害羞，自己是不是太着急了？捧着自己光滑的脸颊，海棠指尖都被脸烫热了。

"怎么是他？"王辰接到信的时候，一屁股坐在了椅子上。

信上鲜红的印刺得他连忙移开眼睛，满脑子都是杜春的名字。

杜春，杜春，杜春。

倘若他装聋作哑，躲得了一时，还躲得了一世吗？

王辰回想起杜春此人，只觉得妖邪至极。他终于拿着信慌慌张张地去找父亲，一进门便声泪俱下。

"父亲，那人又来威胁我了。我就知道咱们万万不能招惹海棠，否则一定会招来祸患的。"

"什么乱七八糟的？那个人是谁？"

他的父亲正在练字，见他因为紧张，话也说不清楚的样子，不免嫌弃。

"就是兴旺镇红极一时的招魂先生杜春，我轻薄海棠的时候他也在场，我本来以为他只是路见不平拔刀相助，没想到他与海棠在那之后竟然相熟起来，现在知道我们对付海棠一家，他便给儿子寄来了这封信。"

"信？"王辰的父亲接过信，只是一张白纸上盖着一个红泥印，印上是杜春之名。

"如此嚣张之人，竟然一句话也没有说。你慌什么，他不过是一个神棍而已。找两个术士打发了他，让他再不能在兴旺镇胡作非为。"

王辰的父亲不曾见过杜春，哪里知道现在王辰的胆儿都要吓破了。

当初王辰拜托杜春做事时，可是见识过杜春的本事的。只是须臾之间，自己便置身于冰天雪地之中，动动手指，整个星空都是他的。

"他不一样，父亲万不可小觑。"

王辰的父亲扔了信，不以为然地道："今天我就跟衙门那边说一声，让他们带人查封了杜春的宅院。管他是天王老子，犯了法入了狱，在里头悄无声息地死去，又有谁会记得。"

"妙呀，还是父亲有高见。他纵然敢对付我们，面对衙门中人，他总不能对抗吧。"

王辰的父亲仍在书写"人"字的一撇，仿佛这件事根本不值得他挂怀。

"江湖术士我见多了，这种神棍不算什么，我不找他的麻烦已经算仁慈，他既然找上了门，我还用得着客气？"

"是是是，父亲累了吧，儿子给您倒杯茶。"

"你不必在这里献殷勤了，先生布置的功课做了吗？似这般整日玩闹，何日才能有出息？"

王辰一家世代经商，为商者不能从政。即便如此，王辰的父亲对王辰仍然寄予厚望，就算是做生意，也不能让他做个大字不识的莽夫。

王辰早就将功课之事抛诸脑后，现在不由得谄媚地笑了："我现在就去，刚才不是收到了一封信被吓着了吗。"

"哼，说得好听，只怕我不提醒你，你就想糊弄过去吧，还不快点，别在这里磨磨蹭蹭。"

王辰一溜烟去了。

王辰的父亲马上差人去衙门报案。他与衙门的官爷素有交情，凡是惹着他的普通人，给他们安一个莫须有的罪名，太轻巧了。就算是海棠父亲这样势均力敌的对手，他不也扳倒了吗？

晚饭过后，王辰去花楼逛了一圈，喝得醉醺醺回家时，已经是酉时了。王家小院格外僻静，他迷迷糊糊地在院子里乱转。

他父亲母亲屋中的灯已经熄了，他们素来早睡，王辰哼着小曲，并不在意。走着走着，他闻到了一股浓郁的香味，一片蒙眬之中，似有美人在花海之间发出银铃般的笑声。

他们家何时有如此大的花园？这里盛开着各色花朵，有海棠、牡丹、芍药……即便是夜晚，在月光的映照下，这些花朵的颜色也艳丽得刺目。

那美人就站在花海的中间，香肩半露身姿绰约。薄纱蒙着她的脸孔，她的脸、发、手腕、身上穿的衣裳都缀满了鲜花，宛如花之精灵。

王辰醉醺醺的，口中不断呼出酒气，一脸色相，喃喃自语："难怪如此香气扑鼻，原是花神下凡落到了我的院子中。"

美人发出银铃般的笑声，身影却犹如鬼魅。他连忙下跪，态度虔诚："小的参见花神。"

美人的指尖轻拂过王辰的鼻尖，声音缥缈难寻："你这个呆子，还跪在那里干什么，不来追我？"

浓郁的香气撩动着王辰的心弦，他连忙起身："神仙姐姐，我这就来。"

他们在花海之中你追我赶，王辰只觉得自己入了太虚幻境，精神得到了极大满足。不知追了多久，他终于抱住了花神。

因为醉酒，他看着花神的眼睛，恍恍惚惚想摘下对方的面纱，这时困意袭来，他的眼皮上下打架。

只是须臾的工夫，他便扑倒在花神的怀中。

— 20 —

第二天，一件奇事在兴旺镇的街头巷尾流传。

王家的纨绔公子王辰竟然掉进自家的粪坑淹死了。死的时候面带笑容，一脸满足。

他一双靴子将粪坑里的腌臜物踩得到处都是，身上也沾了不少。他死得十分诡异，以至于大家都觉得他中了邪。

王辰的身上没有致命伤，仿佛只是一脚踏空导致。仵作验来验去，得出的结论依然是王辰喝醉了酒，迷迷糊糊自己摔进了粪坑。

王辰的父母哪能接受儿子死于意外的结果，更离奇的是，他们发现自家丢了一批浮光锦。

王辰的父母立刻到海棠家理论。

海棠的父母也十分好奇，自家的库房怎么会多了一批新的浮光锦。但是这批货来得正是时候，如果他们不收，不仅交不了差，而且坐实了他们可能与王辰之死有关。

海棠的父亲不紧不慢地呷了一口茶，就像上次王辰的父亲赶客那样，居高临下地开口："你说这批浮光锦是我偷的，可有证据？这几天我费尽心思找人修复原来的货物，只不过是修复好了罢了，至于你家是谁所偷，我怎么知晓？"

哑巴吃黄连，有苦说不出，王辰的父亲气得喷出一口老血，下人抬着他离开了。

海棠的父亲并不愿意以牙还牙，以眼还眼，看着那个被下人抬出去的人，心里竟有一丝怜悯。

海棠听闻王辰的父亲母亲过来发难，都来不及化妆，匆匆赶来。发现一切安好，她松了一口气。

海棠的父亲刚刚将那批浮光锦上交，应付了官差，在屋子里和自己的妻子絮絮叨叨地说着今天早上发生的奇事。

"王辰死了？"海棠也颇为惊讶。别人不知她还不知吗？这件事一定和杜春有关系。

她忐忑地揪着自己的帕子，陷入了深深的不安之中。

用过午饭，海棠便备轿前往杜春的宅院。她还没有来到杜宅门前，远远地便见王辰的父母落了轿，可是宅院前没有了守门童子，他们在门前敲了半天也不见有人应。

"一定是这杜春搞的鬼，如此神神道道的怪事只有他做得出来，而且他还曾给辰儿寄了封信，辰儿看到那封信，胆子都要吓破了。"

王辰的母亲哭哭啼啼，帕子又湿了。问题是现在他们进不去。

这时他们看见一个过路人，忙拦下来询问："这宅院的主人去了哪儿？"

"我哪知道，我又不认识他。只是前几天看他遣散了家仆，似乎要搬家。听说他是个有名的招魂先生，这宅院阴气重，平时我们都不敢靠近。"

"搬家了？"王辰的父亲微微皱眉。

他话音刚落，王辰的母亲立刻号啕大哭起来："不做亏心事半夜不怕鬼敲门，一定是他干的！不然怎么会心虚地搬走！我可怜的儿啊……"

许是担心她有损形象，王辰的父亲连忙招呼下人将她带走。

躲在暗处的海棠偷偷看了半日，心中暗惊。为什么杜春搬走了也不跟自己打个招呼？细细想来杜春那日约她游湖，行为颇为古怪。

海棠越发觉得不安，等王辰的父母离开了，她才悄悄溜到了院墙边。

她差人将自己送到院墙上望进去，院子里确乎没有一个人。杜春仿佛人间蒸发，不留一丝痕迹。

无声的告别让海棠更为难受，她不免揣测他的离去与自家这次的危机解除有关。

王辰的父母沉浸在失去儿子的悲痛之中，请了不少术士在杜春的宅院前作法。然而术士没有找到邪祟，他们的儿子也没有办法再回来了。

海棠郁郁寡欢了一阵，终于打听到，杜春离开后，去了一家药铺。

那家药铺名为大梦——一个十分让人摸不着头脑的名字，铺名与药好像并没什么关系。

铺子的掌柜是个艳色无双的女子，据说脾气不太好，虽然不会算账，也不计较客人贪便宜，但若有什么忙需要她帮，她都会袖手旁观。说得直白点，就是一个性情凉薄之人。

药铺里有一个只会算账的先生，负责打架的穿着黑衣的少年和穿着白衣的少女，还有一个长相俊美但不爱说话的木讷男子。

铺里都是奇奇怪怪的人，可以想象，药铺也不是什么正经药铺。

海棠不想探究这药铺背后的事，她只想找到杜春。于是她来到了这间药铺，映入眼帘的是一条雪白的大腿。

掌柜玉瑶身穿薄薄的纱裙，下摆开衩，走路的时候春光若隐若现，分外撩人。她摇着扇子，眼角堆着笑意，嫣红的唇一开一合："哟，稀客呀，小姐想要什么药？"

海棠通身的打扮精致贵气，一看就是有钱人家的小姐。

她的眼神十分忧郁："我来这里只想打听一个人的下落。"

"哦？"玉瑶饶有兴趣地望着她。

"他叫杜春，曾是镇上有名的招魂师。我听说他走的时候路过了这家药铺，不知道你们可知他的下落？"

"小姐说笑了，每天经过我这里的客人没有十个也有八个，我哪记得清楚。"玉瑶笑着说。

"真的不记得了吗？"海棠不甘心地问。

这是她最后的线索了。

玉瑶摇了摇头："真不记得，如果是负心汉的话，我劝你还是别找了。他既然能舍弃你，你为什么不能舍弃他？我瞧小姐你还年轻，千万不要在一棵歪脖树上吊死了。"

海棠微微一怔。

她是被愚弄了吗？杜春是那种喜欢愚弄她的人吗？可惜，再没有人能给她答案了。

海棠失望地离开。

玉瑶看着她的背影，哂笑："真不明白这些人，明明做了好事，偏偏要背一个骂名。也是，短短的时间从一个翩翩少年变成一个鹤发鸡皮的老头，想必没有哪家姑娘愿意接受吧。"

一切都是杜春所为。

只是那温文尔雅的杜春，在杀死王辰后，怀抱着一株海棠花，望着兴旺镇的长河倒映出的零星灯火。天空无月，不似往常普照万千众生，他心头的光，笼罩了不远处浅眠的人。

杜春一头扎进水中。

水纹摇曳。

不多时，河面的褶皱被凉风吹平。

杜春沉眠长河。

第四梦

敬苍生

那些伤痛都已经过去了

现在的他没有必要畏惧

因为他过上了自己喜欢的生活

— 1 —

临冬的季节，寒风呼啸。

小伤被玉瑶支使到堂屋门前挂御寒的厚帘子。

他不知道玉瑶也会怕冷，不仅早早在屋中支起几个火炉取暖，还裁了不少新冬衣。

她素日吝啬，这次竟然大发慈悲，给药铺众人都置办了一套新行头。连寒酸的商略都分了一套，终于换个扮相。

他还在比对水平，确定帘子最终悬挂的高度，忽然听到门口有敲门声，三下。

"咚咚咚——"

屋内的玉瑶仿佛触了电，马上将胭脂盒扔在一旁。

三下敲门声，意味着有妖怪来了。

小伤也听到了，跟着玉瑶往后门走去。

玉瑶开了门，看到的是一个风尘仆仆的年轻人。那青年二十五六岁，穿一身麻布长衫，模样普通了些，气质倒是不俗。

玉瑶皱眉，上下打量他。

他身上并无什么外伤，也不像是有内伤的样子。毕竟他脸色红润，乌发如瀑，身姿挺拔，双目炯炯有神。

"你是谁？"玉瑶拦在门口，问。

那人微微一笑："我是谁不重要，但我带来了你想要的东西。"

玉瑶暗自吃惊，喃喃自语："我想要的东西？"

"你想要的无非是舍离珠，我这里不仅有，而且有两颗。"那人的眼中流转着狡黠的光，让人联想到狐狸。

玉瑶不得不开门了，她感觉自己遇到了对手。

知道她的开门暗号，知道她在兴旺镇的目的，如此一来，倒有了敌暗我明的意味。

莫啸在阁楼上看见了那青年，也顺着楼梯"噔噔噔"下了楼，将小伤拽到一边，低声询问："发生什么事了？"

小伤摇了摇头："我也不知道，也许来者不善。"

天上怎么可能掉馅饼，而且一次掉两张。青年浑身上下都透露着一股神秘的气息，让玉瑶捉摸不透。

因为青年声称自己手中有两颗舍离珠，玉瑶自然将他当成贵宾。她让黑芒和白沐端茶倒水，自己整理妆容，坐在青年的对面。

没有人知道青年的来历，瞧他身上也没有什么昂贵的配饰，除了不俗的气质，便只剩下让人难生讨厌之心的微笑眼了。

青年开门见山道："你想要的东西，我现在就可以拿出来。"说着，他从口中吐出了两颗珠子，用手捧着。

玉瑶一眼就看出来了，那的确是两颗舍离珠。

普通人得一颗，已是幸运至极。两颗，称得上铎罗的天选之子了吧？

整个幽暗的屋子也被映亮，光芒照在青年的下半张脸上，竟让他看起来有几分阴森。他笑起来的时候，也似乎多了些鬼魅之色。

"舍离珠！"玉瑶眼馋道。

青年仅仅展示了一下，便将舍离珠吞回口中，他用手指叩了叩紫檀木桌，道："货你已经看过了，我可以标个价钱吗？"

看到舍离珠，玉瑶便不慌了。此人不像神棍，她静观其变，总能探清对方的底细。

"说吧，你的价钱是多少？"

对于玉瑶的爽快，青年颇为惊讶。他笑着道："我还以为掌柜一定会追究我的来历，认为我是个骗子。"

玉瑶嫣然一笑："你若肯告诉我，就不会故弄玄虚。虽然我很好奇，你是怎么知道我在找它们的，可是现在，我知道更重要的事情是，我要得到这两颗珠子。"

"掌柜是个爽快人，我就不卖关子了。一个偶然的机会，我得知掌柜正在找舍离珠，思量许久之后，才决定找上门来。"青年起身，在屋中来来回回踱步。

"如今九原城与无庸城暗潮汹涌，似兴旺镇这样能够偏安一隅的地方并不多见。我不是本地人，辗转许久才找到此处。"青年叹息了一声，"若是没有战火，或许大家的人生会各有不同。"

最后一句话，玉瑶深有同感。

"数年前，无庸城的成峰将军攻下了九原城的石门镇，为了威慑四方，他采取了屠镇的手段。现在战事已经平息，可石门镇不复往日辉煌。富商沈梦接下了重建石门镇的任务，决定为石门镇打造一道巍峨的城墙。他本来打算在原有的基础上加高，没想到的是，原来的城墙竟然坍塌了，还没入一片湖中。"青年眼中露出一丝怅然。

— 2 —

巨富者，必然身不由己。

富商沈梦也不希望吐出自己大半生的积蓄去建什么城墙，可是石门镇的镇长拿刀架在他的脖子上，又拘禁他一家老小，他不得不照做。

遇到了这么奇怪的事情，沈梦急得团团转。不知道是谁给他出了一个馊主意，说只要找到一个叫作"湖平"的人，将他沉入湖中，这突然出现的怪事就能消失。

青年说到这里，无奈地笑了一声："真不巧，我就叫胡平。"

玉瑶稀奇："这种事竟能让你碰上？"

"我也不知道这些鬼神之说是否可信，但沈梦的确找到了我。他说要封我为神，到时候一定让我走得体面。"

玉瑶想说，自然不可信，但当下的人信，她除了腹诽，也没有别的办法。她望向胡平，问："你不想死，所以逃出来了？"

胡平摇了摇头："不是，正因为我准备赴死，所以我必须把这两颗舍离珠交给你，让它们找到自己的归宿。"

"砰！"

玉瑶猛然拍了一下桌子，愤然起身，道："做什么湖神填什么湖，这都是扯淡！"

胡平见她如此激动，反倒笑了："你怎么比我还要义愤填膺？"

"我生平最见不得这种神棍骗人的事情，何况现在要白白搭上你一条性命。我说你也是，那沈梦和你非亲非故，你为什么要舍身帮他？"玉瑶叉着腰问他。

莫啸听到玉瑶的话，念及过往，如芒在背，忍不住后退了两步。

"玉掌柜有所不知，沈梦虽与我非亲非故，但他的女儿沈知年是我的心上人。"

胡平再次取出两颗舍离珠，指着其中一颗散发着皎白光芒的珠子："这颗珠子能够预言一些幸事，让我不错过幸运的时机。"

他又指着另一颗乌黑的珠子道："这颗珠子能够给我托梦，发生在梦里的都是不好的事情，我相信它也是一颗有预言能力的珠子。每当我梦到什么，我都会避免让梦境里发生的事情在现实中发生。

"有一天我在茶馆喝茶，巧遇了沈梦沈大善人的女儿沈知年，这颗黑色的珠子便给我托梦，告诉我沈知年第二天会在去结诗社的路上不小心掉进河里淹死。

"此事涉及人命，我不能坐视不理。虽然我与沈梦身份悬殊，可我还是费尽千辛万苦联系到了他。

"沈梦不同于别的富商，他敛财也散财，经常大手一挥，不求回报地接济附近的穷苦人家。他有时候会举办家宴，流水席整整一天，打开大门欢迎整个镇子的人进院品尝。无论是路边的乞丐还是落难的同行，都得到过他的帮助。

"沈大善人名声在外，见他没有我想象中那么困难。我跟他诉说了我做的怪梦，旁人都不相信，唯有他将我视为能预言的大师，禁止沈知年第二天出门。

"第二天自然什么也没有发生，这也无从证实我的预言，沈知年因此记恨于我。她还是个爱玩爱闹的少女，认为结社这么重要的日子，正是我胡编乱造的怪梦导致她错过这样的活动，这件事错全在我，所以她想尽办法找我的错处，并在沈大善人面前诋毁我。

"我们就这样误打误撞地认识了。"

胡平与沈知年的初见并不愉快。

彼时沈知年仗着家财万贯，常常做出一些招人恨的举动。

对于胡平这种性子的人，沈知年发现威慑不管用，便私下找到他，将一箱银子搬到他面前，财大气粗道："这些银子我准备送给你，但有一个条件，你要在爹爹面前承认自己是骗子，并且对我三跪九叩，磕头认错。"

胡平看着满箱的银子，一时觉得好笑。他是个普通的渔夫没错，可他有一颗预言好事的珠子，要发财并不难。他之所以无视那些发财的机遇，只不过是因为想留在家里照顾爷爷。爷爷习惯了这样的生活，他希望就这样陪爷爷到最后。

金钱对他而言没有任何吸引力，沈知年的行为不啻侮辱他。

他冷笑着道："抱歉，这么多银子我受之有愧，还请小姐拿回去。另外，我替小姐免于血光之灾，小姐更应该谢谢我。如果能在令尊面前承认，那再好不过了。"

"你……"沈知年没想到，银子也有失灵的时候。

胡平一副好走不送的欠揍模样让她尤为生气，她没办法，对方不要钱，她总不能硬塞。留着这些银子，她还可以买点好玩的东西。

沈知年为了泄愤，收买了几个二流子，打算给胡平一顿教训。没想到胡平早就预言到了沈知年打算对自己不利，巧妙地避开了那些二流子。

一连两次都没有教训到胡平，沈知年还被沈梦叫到了屋中，如实交代了自己收买二流子报复胡平的计划。

沈梦大发雷霆，让她跪在祠堂反省。

沈知年跪得膝盖格外难受，她无力地躺在床上，咬牙切齿地谩骂胡平。

她决定，与胡平势不两立。

—3—

沈梦年事已高，财富惊人，对他来说成就斐然，人生圆满，他现在惧怕的，仅仅是老去和死去。

沈梦潜心向道，认为人得积德行善，只要积极修行，总有一天能悟大道，极乐登仙。

对于有预言能力、气质不俗的胡平，沈梦颇为好奇，时常与他论道。沈梦开口闭口谈的是练气，是金丹，是长生不死之术。

胡平不是没有做过关于沈梦的梦，但那时候沈梦鸿运当头，他在沈梦身边为沈梦发现了无数的商机。

于是胡平大言不惭地说，沈梦福长寿高。

而这些话落到沈知年耳里时，她认定了胡平就是一个神棍，只会讲一些好听的话哄爹爹开心。

沈知年趴在沈梦膝盖上，道："父亲，胡平如此厉害，能为人消灾解惑，不如让他待在女儿身边，保女儿平安怎么样？"

"我倒没什么意见，但是你得问问他。"沈梦捋着长须，红光满面，眼含笑意。

"父亲，难道您不想看到女儿身体康健、顺遂无忧吗？女儿没有您的好口才，料想他也看不上我这俗人，还得父亲出面帮我游说。"

沈梦老来得女，比起那几个儿子，他格外宠爱沈知年。

"好，父亲会为你办妥此事，以后胡平就作为你的福星，保你健康无忧，让你开心快乐。"

"父亲最好了。"沈知年勾着沈梦的脖子撒娇。

胡平本无意为沈知年预测吉凶，只是爷爷忽然害病，钱不入急门，他囊中羞涩，愁苦不已。

沈梦早打听清楚，帮他请了大夫又付了药费，他欠了沈梦一个天大的人情，只好答应帮忙。

时间一长，胡平发现沈知年早夭是一件不可逆的事。他强行逆天改命，影响的不仅仅是沈知年一个人的命运。

沈知年活着，就会影响别人，只要她活得越久，影响的人就会越多。

换言之，沈知年的危机一直存在。

譬如她今天可能被人下毒，明天可能被马车撞死，甚至是出席新店开业仪式也会发生屋宇倒塌的意外……

胡平想方设法为她规避了一场又一场的意外，而她浑然不知。胡平看着这个活泼漂亮的女孩子，一再感慨人活着有多么不容易。

朝夕相处后，沈知年对神棍胡平的厌恶之感有增无减，她铆足了劲，想让胡平露出狐狸尾巴。

这天，胡平又来找她，告诫她明日不能外出踏青，否则会遇到匪徒。

沈知年正与父亲对弈，闻言，即刻装出一副受惊吓的模样："那贼子一定是贪慕父亲的钱财，才打算勒索我。父亲不必忧心，我明日一定在家中潜心研究女红，让那些贼人没有可乘之机。"

沈梦点点头，轻叹一口气："树大招风，苦了我的女儿。"

"我顺遂无忧，对父亲而言便是一大喜事。不给父亲添麻烦，是我做女儿的本分。若不是咱们家来了胡平大师，不知道我还要招多少灾难。"

沈知年今天表现得无比乖巧。

胡平心中疑惑顿生，沈知年素来与他不和，为什么还要招他入府？这还不算，她现在对他的态度可谓恭敬虔诚，完全不似初见时那般胡闹。

沈知年支走了胡平，脸上的笑容越发明朗。

第二天，沈知年起了一个大早，她让贴身丫鬟扮成自己的模样，而自己则打扮成丫鬟的模样，优哉游哉地出了门。

她偏不信自己会遇到匪徒，她今天此举，就是为了揭穿胡平的谎言。

沈知年出门没多久，就换上了小姐的衣衫。昨天，她还特意命令一批暗卫保护自己，一旦她有什么意外发生，即刻来援。

沈知年乘着自家的马车，小厮备了点心和酒水，跟着她缓慢驶向城郊。

到了城郊，半天过去了，仍没有任何异常情况发生，沈知年在亭子里吃吃喝喝，歇息赏景，好不快乐。

"我说他是一个神棍，他就是一个神棍，今天我要是平安无事地回家，我非要向父亲揭发此人不可。"沈知年一边吃着葡萄一边道。

就在她以为今天能够顺利返程时，四周忽然跳出一帮黑衣人，向她围拢过来。

沈知年大惊失色："你们是谁？"

那些黑衣人互相对了个眼色，领头的突然吩咐"小姐捉活的"，一把刀横劈而来，一个小厮倒在沈知年面前，睁着眼睛咽了气。

沈知年素日里对下人颇为袒护，乍见小厮死在自己面前，她瞪着眼睛愣了半刻。

暗卫围杀而来，黑衣人始料不及，很快乱了阵脚，一番厮杀后，捉拿了不少黑衣人。

领头的黑衣人是混迹于石门镇的二流子，最近想娶媳妇，缺一笔钱，所以起了勒索沈知年的念头。

返程时，丫鬟给沈知年披了一条毛毯，然而她还是惊惧不已，瑟瑟发抖。

竟然是真的，她只有这一次不听话，就差点命丧当场。她只不过一时淘气，还连累了周围的人丢了性命。

她懊悔极了。

傍晚，在准备用饭的时候，沈梦得知了白天的事，急匆匆地赶了回来。沈知年立刻扑到了沈梦的怀中，哭得不能自己。

沈梦一边命令下人去衙门报案，严惩那帮歹徒，一边安慰她："昨天胡平不是说得好好的，今天千万不要出门踏青，你怎么如此不听话？"

沈梦还不忘记数落她。

沈知年哭得上气不接下气："女儿一直以为他是一个神棍，没想到他的预言竟然是真的。"

"胡闹！宁可信其有，不可信其无，你知道你这一胡闹害了多少人？以后万万不可再任性妄为。"

沈知年这次全然没了脾气，哭着向沈梦认错："女儿再也不敢了。"

沈梦又安慰了她一番。

没事就好，若是出了事，他又如何能够睡个安稳觉？念及此，他又将胡平叫来，赏了胡平许多珍奇珠宝。

"如果不是这次小女有防备，带了一群暗卫，恐怕已经被贼人掳去，有性命之忧。小女能够逢凶化吉，全仰仗大师。"

胡平听闻前因后果，恍然大悟。之前沈知年向自己献殷勤，原来是另有安排，他不由得哑然失笑："人命关天之事，岂可当儿戏？"

沈知年擦了擦眼角的泪水，向胡平行了一礼："是我礼数不周，对先生诸多猜测，才酿成今日之祸。请受我一拜，先生有大量，千万不要与我计较。"

— 4 —

胡平自然不会计较，他有些悲悯地看着沈知年。

窥见了此女凶险万分的命数后，虽然她还在胡平的面前欢笑，但在胡平眼里，她如同一具随时会失去脂粉颜色的尸体。

得到原谅，沈知年如蒙大赦，又开心地笑了起来。

沈梦捋着胡须，看着自己的女儿，眼神中充满了慈爱。他欣慰道："只要知年能够平安，我沈某人就心满意足了。"

胡平看着他们欢笑的模样，眼底的悲伤无法隐藏。他有慈悲心肠，不忍这份欢乐破碎。更何况沈梦是个善人，喜欢散财布施，无异于做了达则兼济天下，这样的善人若是老来失女，心情该何等悲闷？

沈梦于他有恩，于情于理都应该帮助沈知年。

过了一个月，沈知年随父亲回老家，奶奶住的别院年久失修，沈知年自告奋勇，为奶奶修缮宅子。

一连几天，她都要到现场监工。第一天和第二天平安无事，胡平隐隐有预感，这次监工不会如此顺利。

夜里他辗转反侧，迷迷糊糊中，看到了一座阁楼。沈知年摇着扇子，袅袅娜娜地上楼。突然，那阁楼的一根横木断了，她一脚踏空，从楼上摔了下去，横死当场。

胡平从梦中惊醒，此时天光大亮。他匆匆披衣起身，推门而出，逢人便着急地问："沈小姐去哪儿了？"

"小姐监工去了。"丫鬟恭恭敬敬地回答。

胡平匆匆往旧宅院跑去，疯了似的到处找人。

虽是旧宅，但也是五步一楼十步一阁，绿树成荫乱花迷眼。胡平回想着自己梦中骇人的情形，只觉得心脏怦怦直跳。

"喂，你们干什么？"沈知年摇着折扇，忽然发现前面的工人正在拆一座阁楼的木桩。

工人看见小姐来了，停下手中动作，毕恭毕敬行礼，回答道："这阁楼已经几十年了，小的们想将它推平重建。"

"奶奶最喜欢的就是这座小楼，夏天炎热的时候，奶奶常常带我来这里纳凉。冬天还能看见最美的雪景，阁楼可以重建，可是终究无法复原。我看它结实得很，你们别以为重建能够多拨一笔费用，就擅自动手。"

"不是，小姐……"一个工人正想说话，旁边有人给他使了个眼色。

"多一事不如少一事。"那人低声道。

沈知年任性而为，只凭自己的喜好做事，并没有多少真才实学，这些工人平日里没少挨骂，所以尽管知道这阁楼年久失修，也没有多说。

他们默不作声，遭殃的可是沈知年。于他们而言，那不过是意外而已，也怪不到他们头上。

沈知年见他们不说话，还以为他们不服气。她摇着折扇，生气地道："不要给本小姐摆这副脸色，本小姐现在就证实一下，看看你们到底有没有说谎。"说着，她摇着折扇，一步一步往阁楼上走去。

就在沈知年走到半路的时候，脚底的一根横木突然断了，她大惊失色，尖叫一声，往下倒去。

就在她以为自己将脑袋垂地，凄惨死去时，有人张开双臂，承受了她坠落的压力。接着，那人闷哼一声，抱着她一道向后倒去。

沈知年匆忙爬了起来，发现身下是胡平，顿时慌了神，大声叫道："胡平！胡平！"

他方才是恰好赶到，根本来不及思考，凭本能这么做的。

发现周围的人都没有动，沈知年怒火中烧："都愣着干什么，还不给本小姐找大夫救人！"

胡平受了重伤，换来沈知年平平安安，他苏醒之后，沈知年立刻来看他，关切地问："胡平，你怎么样？"

她带来了不少慰问品，有金银珠宝，还有许多珍贵的药材。

胡平坐起身："我还好，不知道小姐这几天怎么样？"

"要不是有你，我兴许就摔死了。我已经狠狠惩罚了那些工人，你不要担心，好好在此养病。"说着说着，沈知年无奈地笑了笑，"也不知我今年怎么的，灾祸如此多。"

她平时想问题很浅，尽管已经三番五次遭劫，她也仅仅觉得是因为自己倒霉。

胡平心中不是滋味，安慰她："吉人自有天相，沈老爷广结善缘，庇荫子孙，相信小姐也能够逢凶化吉、长命百岁。"

"瞧你说的，年纪不大，却那么笃信天命……也是，我听说你刚起床就满院子找我，想必是你预见了我会遭难，所以着急吧？"

沈知年对胡平眨了眨眼睛。

她的瞳仁清亮，像无辜的孩童。胡平一时走神，好一会儿才反应过来。

"是。"他回道。

沈知年抱歉地道："这件事情怪我，我万不该招惹那群工人，对他们恶言相向，他们一定巴不得我摔死。爹爹说得不错，若是不结善缘，纵然有万贯家财也无济于事。我素日里骄纵顽劣，老天想让我收敛一点，才设下那么多圈套，让我往里钻。"

她虽然贪玩，但本性不坏。

胡平的心不免揪起，有什么办法能够阻止厄运，让她安然度过平凡的人生呢？

也许阎王殿的司命簿上已经打了沈知年的钩，他设法留着她，某种秩序便乱了。胡平怀着这样的想法，愈加不安。

即便胡平在养病，沈知年的厄运也未曾停止。夜里，胡平的噩梦不断。

他总是梦见沈知年凄惨而死的模样，被异物砸死，中毒而死，被人毒打致死……他惊出一身冷汗，坐了起来。

风从窗户里灌进来，他睁眼，看着黑漆漆的四周，擦了擦额头的汗，又起身关上窗户。

夜里可以听到蝉鸣，四野越是安静，蝉鸣越是响亮。

胡平倒不觉得蝉鸣烦人，他只是怔怔地坐着，茫然四顾。

这么坐着坐着，竟然坐到了天亮。天色大亮，胡平洗了把脸，满心惆怅。最近他的预言术似乎失效了，他梦到了太多太多关于沈知年的事情，以至于真真假假分不清楚。

胡平决定回家看看爷爷，顺便为他钓两条鱼补补身体。

胡平动身的时候，沈知年追了上来，问："胡大师，你去哪儿？"

"回小姐的话，我回家看看。爷爷年纪大了，一个人在家，我担心他。"

"我正好也想去村里避暑，不然我们一起走吧。爹爹在你们村的山上建了一座避暑山庄，你可以把爷爷接到山庄里面，我请人照顾他。"

"这……"

胡平最近总是梦到沈知年，他下意识想逃避，可是看着沈知年天真烂漫的模样，他又说不出拒绝的话。

何况对方是一片好心。

"好吧。"他道。

5

石门镇有个石门村，村子的附近有一个天然的湖泊，以前胡平经常在此垂钓，与他有着相同爱好的都是一些上了年纪的老人。

胡平一回到家，便见爷爷歪倒在地上。沈知年见状，紧张地问："他怎么样？"

胡平探了一下爷爷的鼻息，发现还有活气，他将爷爷扶起来，掐爷爷的人中，好一会儿，爷爷悠悠转醒。

锅里的药已经熬干了，对于爷爷经常晕倒这件事，胡平司空见惯。

爷爷身子一日不如一日，再将爷爷独自留在家中，未免不妥，于是按照沈知年的吩咐，胡平将爷爷接到了避暑山庄之中，由专人照看。

第二天，胡平便打算去湖中垂钓，钓点鱼给爷爷补补身体。

鲫鱼加豆腐炖汤，滋味最是美妙。

沈知年还未体会过这样的野趣，于是跟着胡平一起去了。

胡平想，她跟着自己，总比在别处遇到危险强。两人一路有说有笑，来到了湖边，不少老人已经围坐在那儿，钓了半天了。

胡平和他们打过招呼，搬出一张椅子坐下，在钩子上挂了鱼饵，抛入湖中。

沈知年眼睛一眨不眨，盯着浮标。

胡平不由得好笑，道："你不用一直盯着，有鱼上钩了，它一定会动的。"

"我这不是没事干嘛！"沈知年无聊地甩了甩手。

胡平瞥了她一眼："不然你来握着竿吧。"

"我？"沈知年有些拘谨地问，"我可以吗？"

胡平招手，让她走到自己的身边，然后将鱼竿递到她的面前。

沈知年犹豫着不敢接，许久，她终于慢腾腾地伸出手。胡平轻轻地抓住她的手，再把她的手放在鱼竿上。

沈知年颤了一下。胡平这才察觉到自己的行为不妥，感到抱歉。

"不好意思，我冒失了。"胡平说。

"没、没关系。"沈知年羞红了脸，不自然地说。

"我还以为像你这样的富家女，什么都玩过了。没想到你第一次钓鱼。"胡平起身，让沈知年坐下。

"毕竟是女儿身，比不得我的哥哥们，可以到处玩到处闹。父亲希望我未来能够嫁一个好夫婿，所以平日里总是让我学插花、书画、琴艺和女红，教导我大家闺秀的礼仪。你别看我顽皮，骨子里却传统得很。"

"是吗？"胡平笑了，"看来你也憋坏了。"

他本以为沈知年会讨厌乡野的粗俗生活，没想到她对一切都充满好奇。即便是面对垂钓这样的小事，她也一丝不苟，小心谨慎。

半个时辰后，浮标动了动，沈知年既激动又紧张，她所做的不是立马将鱼拽上来，而是回头问胡平："怎么办？怎么办？我感觉有鱼上钩了！"

钓线传递过来重重的力量，沈知年万分紧张。

"用力，把鱼拉上来。"胡平不敢高声说话，生怕沈知年一个不小心，就把上钩的鱼弄跑了。虽说此时鱼脱钩的概率很小，但也不是没有可能。

沈知年全神贯注，用尽力气将鱼竿往上拉。

她没想到一条鱼竟然会如此沉重，尤其是它在鱼钩处蹦跳着挣扎时，她几乎抓不住鱼竿了。

她的身体不自觉地后仰，就在她将要把鱼拉上来的时候，脚步来回晃动了几下，踩进了一片淤泥之中。

她大惊失色，整个人不受控制地向湖里滑去。湖里数条大鱼游动时，掀起阵阵涟漪。沈知年不敢向下看，她不会游泳，若是真的摔进湖里，只怕九死一生。

千钧一发之际，胡平一只手拽住湖边的石头，另一只手抓住了她的手。他额头青筋暴起，大声道："抓紧我！"

周围全是半截身子入土的老人，胡平不指望他们能帮上忙。

努力了半天，沈知年才想起把鱼竿扔掉，胡平终于将她拉回岸上。

沈知年已经吓傻了，脱险时失态地抱住了胡平的腰，哭得梨花带雨。她的恐惧和慌乱如雨点一点一点砸在胡平的心上。

"别怕，没事了。"胡平安慰她。

沈知年这次不似从前那样能很快恢复情绪。她只是哭，贴身丫鬟也哭。

他们好不容易回到了山庄，沈知年仿佛得了癔症，呆呆地流着泪，一动不动。

她蜷缩着身体，缩在床角水米不进。胡平没了给爷爷补身体的心思，将钓到的鱼交给小厨房，自己也跟着众人一起劝沈知年。

半个时辰过去了，沈知年的表情才有所松动。她无力道："都走吧，让我一个人静静。"

丫鬟担心她想不开，又架不住她发脾气，只好出去了。

胡平也要走，被她叫住了："胡平，我有话想跟你说。"

她叫他胡平，而不是胡大师。

胡平坐在她身边，她看着胡平，斟酌良久才开口："有个疑惑盘旋在我心里很久了。我以前一直以为是巧合，但现在看来，又好像不是。"顿了顿，她小心翼翼地问，"是不是只要我不死，就总会遇到这么危险的事情？"

她觉察到了，胡平强行逆天改命，才让她有惊无险。

胡平看着她那双暗淡的大眼睛，里面蓄满了可怜，根本没有办法让她接受现实。

胡平当即否定："是你多心了。"

"不是吗？"沈知年仿佛抓到了什么救命稻草，眼里也有了光。

"不是。世间巧合万千，你只是恰好在这段时间比较倒霉。俗语有云，否极泰来，小姐的好运很快就要来临。"

沈知年长长出了一口气，道："不管你是不是在安慰我，我的确踏实了不少。"

"这么久了没吃饭，饿了吧？可惜今天只钓到了一条鱼……"胡平皱眉，"不知道小姐想吃点什么？"

"什么都可以。"沈知年心情大好，摸摸已经饿得叽里咕噜乱叫的肚子，想了想，又道，"我想和你一起吃。"

"为什么？"胡平有些意外。

沈知年盯着他，笑眯眯地道："也许是因为有你在，我才会安心。"说着，她握住胡平的手。

胡平下意识抽开，她的手柔如藤蔓，很快又缠了上来。

胡平惊讶："这……"

沈知年将他的手放到自己的膝盖上，指腹温柔地抚摸着他的伤口。

破了皮的地方还残留着污泥和沙子，鲜红的血口子形成一条长长的疤痕。

"你只顾着我，自己却伤成这样。"沈知年心疼地说。

胡平舔了舔唇，他不解沈知年的意图，只是觉得她触碰自己的时候，心有如万千蚂蚁爬过，酥痒难耐。

—6—

沈知年为胡平细细擦拭了伤口，又替他上了药。

从未得到过女子照顾的胡平，忽然发现女子是那么的温软。

胡平梦里，沈知年的身影更多了。但不同于以前，现在他梦到的沈知年眼睛明亮，明媚活泼。

胡平从梦中惊醒。他知道，这根本不是什么预言，他只是在一遍又一遍地做着关于沈知年的梦而已。

胡平特别想见沈知年，一天看不到，就觉得心里空落落的。他不知道自己怎么了。

沈知年伤好以后，似乎变了一个人。她变得比从前爱玩爱闹，只是脾气没有以前那么恶劣了。

她浑身上下都透着一股用力的感觉，灿烂得如同划过天际的流星，仿佛下一刻，就会燃烧殆尽。

沈知年依然厄运不断，因为有胡平在，她总是能化险为夷。虽然胡平没有明说，但是她已经发现了自己的秘密。

后来沈梦重建石门镇，沈知年和她的母亲都被官府扣押了起来，作为要挟沈梦的筹码。

胡平买通了衙役，前往沈宅看望沈知年。虽然她们还住在自己家宅院，但是外面有重兵看守。

沈知年如同金丝雀，被关在院中，没有自由可言。

"胡平，你怎么来了？这里到处是衙门的人，如果他们发现我和你亲近，你也要遭殃。"

"你不必担心，我自有保身的办法。如今沈大善人肩负重任，我想代他来看望一下你们。"

"我和娘亲一切都好，你告诉爹爹，不要担心。"顿了顿，沈知年又道，"谢谢你来看我们。"

"见外的话便不要再说了，沈大善人沦落至此，也非我想看到的。树大招风，我实在不愿意看到沈大善人不得善终。"

"这些天我一直在想……是不是我错了。"沈知年的手缠着帕子，咬咬牙，还是将自己的疑虑说了出来，"我就是一个该死的人，可我借你的本事贪恋人世浮华，以至于沈家遭此劫数。如果我死了，也许一切都不会发生。"

胡平大惊："千万不要这么想！"

他的声音大得吓了沈知年一跳。

胡平紧张道："大家族由盛而衰，本就常见。你不要胡思乱想。"

"父亲半生思虑，才让我们沈家从小富之家变成一方首富。俗话说，百足之虫死而不僵，就算是有人眼馋我们的财富，一时之间也不可能将我们杀死。何况我族中子弟个个勤勉能干，只要内部没有腐朽，又怎么会轻易颠覆？一定是我的存在乱了沈家的气数。"

沈知年的想法让胡平惶恐。

如果沈知年想不开，年纪轻轻便会选择走上不归路。

胡平想说些安慰的话，可衙役忽然催促胡平快些离去。胡平心一横，突然握住了沈知年的手："沈知年，你听好了，我喜欢你！"

胡平突然的举动让在场所有人一愣，他不管不顾，如同失了智一般，高声喊着："沈知年，我喜欢你！"

他争分夺秒："我这么好的人喜欢你，你也该惜命吧？你不会让我在费尽心机为沈家奔走时，眼睁睁看着你变成一具尸体吧？"

泪水一下子从沈知年的眼眶滚落。一时间，她无法分辨胡平究竟是因为喜欢她，还是因为想挽救她的性命，才故意这么说。无论是出于什么原因，她都心怀感激。

"好，我答应你，我一定会等你。"

在衙役的催促下，胡平与沈知年分开了。

不久后，沈梦突然找到胡平。

一把年纪的沈梦，第一次跪在胡平的面前，老泪纵横："我才画好城建图，天公突然连日阴雨，淹了石门镇旧址低洼处，那儿即成了片湖。湖看似浅，可我用沙石怎么填都填不平。湖不平，重修石门镇无从谈起，责任也会落在我沈家的头上，城主一定会认为是我沈家招惹了邪祟，如此一来，家族便不能久存于世，我沈家的气数也到此为止了。求大师念在我对你有恩的分上，救救我们沈家。"

胡平连忙将沈梦扶起，急切道："大善人跪我，我受之有愧。爷爷承蒙沈家照拂，能够颐养天年，这份恩情，比山还重，比海还深。无论如何我都会帮您。我虽不及古代死士吞炭漆身以报主恩，却也愿意以一己之力为您平定此湖。"

他曾遍阅古籍，倒是知道如何解决。他思忖了半晌，回道："此湖之所以怎么都填不平，是因为湖神未曾得到祭祀震怒所致，只要找到一个名叫胡平的人，将之填入湖中，奇湖可平。"

自古以来，人牲献祭之事屡见不鲜，不论是从地基里，还是梁柱内，都可以找到人牲的踪迹。只是胡平没有想到，当祭品的事竟然会落到自己的身上。他欣然提出这样的建议，不过是顺水推舟而已。他早就知晓有人如此提议，也知道沈梦深以为然。

胡平的故事到这里就告一段落了。

他把玩手中的两颗珠子，有些苍凉地笑了笑。

"我一直在寻找能够让沈知年改命的办法，直到出现了城墙塌陷一事，我忽然间明白了，让她不死只有一个办法，就是让我这个开了天眼的人，代替她接受惩罚。"

"什么屁话，我从来不相信天道和命数。"玉瑶忍不住呵斥他，"既然你不要了，就给我好了。"

她作势要抢，小伤却抵住她。

玉瑶得到了舍离珠，一定会放任他离去，可小伤不能。

他从前不喜欢管玉瑶的闲事，但见多了人间的悲剧，又知道玉瑶的悲苦，便没有办法像从前那样置身事外。

玉瑶恼道："小伤，你想干什么？"

小伤不答，只道："胡平，你以为做填湖的湖神可以造福沈家，造福大众？但就算这次湖真的填平了，下次再遇到这样的怪事，一定还会需要另外一个胡平，胡太平、胡很平……你开了一个不好的头，祸害的可不仅是你一个人。如果你真的愿意负责，就不应该这么想。诚然你失去了沈知年会伤心，但你可曾想过，她失去了你也会肝肠寸断。"

— 7 —

"我改变了她的命数，上天有意惩罚我，我又有什么办法？"胡平怅然。

"你只不过为自己的妥协找了一个借口。我相信只要愿意去争，天命也可以改变。"

一席话，说得胡平哑口无言。

胡平重新坐了下来，虔诚地问："如果是你，你会怎么做呢？"

"你若是有心，就好好勘察一下当地的地形，思考这湖是怎么形成的，为何普通沙石无法填平，而不是依照前人的经验行事。找到办法，告诉沈梦怎么做，才能让这湖消失，而不是盲目献祭。"小伤认真道，"从头到尾，你都在自说自话。沈知年是否命里有劫数，她原来是不清楚的，可是当你出现之后，你的表现让她觉得自己命里有此一劫。你为什么不为此负责？你一直小心翼翼地保护着她的心，为什么不继续保护下去？难道遇到这样的问题你就退缩了吗？"

胡平皱眉沉思，半晌，他眼前一亮。

"听君一席话，胜读十年书，的确，我在劝沈知年惜命的同时，自己也应该惜命。不论这次回去结果如何，我都会按照你说的做。"

小伤倍觉欣慰："希望你说到做到，明年的今天我还能在这里再见到你。"

胡平作揖："好。"

胡平欲走，玉瑶却无法接受："小伤，你捣什么乱？人都来了，难道我还会放走？"

她就要锁门，小伤却拉着她的衣袖："这世间伤心事那么多，我只是不想再多添一桩。"

"你平时像根木头，连我都没看出来，你是侠义心肠！"

玉瑶推搡他，小伤不松手。

小伤对胡平道："若你遇到了别的困难，再来大梦药铺寻我们。快走。"

再晚几步，他就没法对付蛮不讲理的玉瑶了。

胡平失语，瞥了一眼玉瑶，为自己的出尔反尔不好意思。可他不能辜负小伤的帮忙，没再说什么，快步离开。

玉瑶又想喊黑芒、白沐帮忙，被小伤捂住嘴。

她气得踩小伤。

"你今天晚上不挑完整整一水缸的水，别想睡觉！"

"我还以为掌柜会气得把我赶走。"

"你再多说两句，我或许会考虑。"玉瑶拨掉他的手，呼吸急促。

煮熟的鸭子竟然被他三言两语，轻飘飘地放飞了。她是气得想赶走他，可她气呼呼地瞪着他，想到初见他时，他那副落魄模样，又什么都说不出口了。半晌，她才没好气地道："小伤，你是不是恨我当初救了你，让你不能如愿死掉，才这样对我？"

小伤微怔。

原来她一直都知道，他觉得她多管闲事。可如今，他还是道："不是。我感激掌柜给了我一个生的机会。"

"胡说，你并没有走出过去的伤痛。一个人最不应该的就是让自己总是沉湎于过去的悲伤，这是对自己的人生不负责任。"

"掌柜呢？等到哪天掌柜放弃这些舍离珠，再来同我说吧。"小伤如此回她。

玉瑶更气了。

"嘿，谁教你的，对我这个掌柜没大没小。"

小伤不理她。他望着胡平离去的方向，神色复杂。

"他不是要标价格吗？怎么就走了？难不成这种事还能忘？"庖禄突然从房梁上倒挂下来，连珠炮一般问。

小伤惊讶："你什么时候来的？"

"早就在了，我听了整个故事呢！"庖禄翻个白眼，"没头没尾。"

"提什么价格，我看他一开始其实就是想送珠子。"莫啸才下楼，走过来，插嘴。

"啊？"庖禄翻个跟头，落到地上，摸摸头，一脸懵懂，"那……那他卖什么关子！"

"他若提条件，也一定和沈知年有关。"莫啸掐指算了下，不禁皱眉，"我看他还得来……石门镇出现奇湖这件事，没有那么简单。"

小伤忍不住问："怎么？"

"那地下藏着一只凶兽，不是他区区一个凡人可以对付的。"莫啸摇了摇头，"哎，他八成还得回来找掌柜。"

庖禄一头雾水，欲言又止。

几日后，小伤果然又在大梦药铺里见到胡平。

他发现，莫啸有张乌鸦嘴。

胡平回去后，依照小伤所言，和沈梦到现场勘探了石门镇的奇湖。

旧址里原来都是废弃的建筑物，因为连年雨水丰沛，地质松软，容易塌陷，许多房舍都倒塌了。可那低洼处形成的湖并没有淹没这些倒塌的房舍，可见并不深。

沈梦除了用沙石填埋外，还试过人力抽水的方式，但雇了几十个工人日夜轮流挑水，湖水水位纹丝不动。

胡平才断定，此湖内有邪祟。前人遇到如此怪事，只会把人丢进湖里给邪祟打牙祭，把邪祟哄高兴了，湖水自然平了。

只是邪祟贪婪，不知道吃过一次人后，又会到哪里讨食。

胡平更感激小伤，让他生发了对付邪祟的勇气。可他显然没有这样的能力，只得寻求玉瑶的帮助。

小伤问："可查出是什么邪祟？"

"一条腾蛇。"胡平无奈地道，"附近的术士都不是它的对手。不知玉掌柜可有通天本事，帮我一次？"

小伤还未回答，玉瑶纤白的五指便从他耳侧擦过，在胡平面前展开："帮忙可以，但你知道我的条件，两颗舍离珠，一颗不能少。"

别人不知，小伤却知，玉瑶连杜春都对付不了，哪里打得过腾蛇妖？

她根本是在敲诈。

胡平不疑有诈，恭顺地道："若是掌柜能帮我的忙，我自然双手奉上舍离珠。"

小伤想，他还是不够爱惜自己。

玉瑶不等小伤开口，抢先道："现在就给我吧，不然你又像上次一样爽约，我还怎么相信你？"

小伤终于逮到开口的机会："一颗舍离珠三十年阳寿，两颗六十年，一个人能活几个六十年？胡平，你在用命换吗？"

"这也是没办法的事。"胡平惭愧地道。

"如果我告诉你，玉掌柜根本帮不了你，你还要给珠子？"

"小伤！"玉瑶这次气得当真要赶走他。

小伤与玉瑶对视，分毫不让。他可以保证，玉瑶若继续大言不惭，他便把她斗不过杜春之事捅出去。

玉瑶不免气愤地道："我不行，驱妖门行。你别忘了，陈瑛的命是我所救，他有双灵根，如今的修为不可同日而语。我若有驱遣之处，他自然会帮。"

小伤大感意外，反问她："掌柜，这难道不是你助人为乐的福报？"

"谁说我喜欢助人为乐？我不过想利用他。"玉瑶的脸忽地一红，出言反驳。

小伤点点头，大感好笑。

从前有些事，他可以纵容她。但现在有些事，他无法纵容了。

"两颗珠子便能夺命，掌柜不要一错再错。若你们非要做这场交易，我希望他过段时间再兑现承诺……胡平，你若不能预言，沈知年再遇到危险怎么办？"

他总是一语中的，让胡平动摇。

玉瑶担心煮熟的鸭子到嘴边又飞了，不得不退让几分，道："罢了罢了，我且保你一命。胡平，你把手伸过来。"

小伤欲言，玉瑶便睨他一眼："怎么，你是掌柜还是我？你若再以下犯上，我就不理你了。"

小伤竟真的不说话了。

玉瑶食指虚挑了一下，凭空挑出一缕流光熠熠的丝线，系在胡平的手腕上。须臾间，丝线便又化作虚无，消散不见。

见他惊异，玉瑶优雅地收回指尖，浅笑道："此弦名为同心，如今系在你我之间，以后无论你去哪里，我都能第一时间知晓。这样，我就不必担心你逃跑爽约。"

言外之意，她现在不会要那两颗珠子。

她还是向小伤妥协了。

但她还是感觉有些气闷，忍不住道："好了，现在交易达成，螣蛇妖的事，我会替你摆平的。"

胡平欲言又止，最后作揖道："如此，胡平多谢掌柜。也谢谢这位郎君。"

小伤不做表示，玉瑶却懒懒地道："买卖而已，谢什么。"

"掌柜是刀子嘴，豆腐心了。"胡平笑道，"倘若两城没有战火，沈善人也不必重修石门镇，邪祟也不会滋生。无论如何，我感激你们。"

玉瑶最听不得煽情的话，紧了紧自己的外袍。她摆摆手，不愿再送客。

路过小伤，她又忍不住瞪他一眼："快去外面买些炭吧！天太冷了，别总在我跟前杵着，惹我不痛快。"

小伤想，胡平说得一点没错，她就是刀子嘴，豆腐心。从来都用最臭的态度，行助人之事。

以陈瑛现在的本领，对付一条脍蛇妖绰绰有余。胡平回去，应该可以睡个安稳觉了。

临近腊月，玉瑶早早起来。才开门，她就看到一群衣衫褴褛的乞丐仓皇地朝远处奔跑。他们刮起了一阵带着馊味的风，玉瑶忍不住皱起眉头，嫌弃地道："啧啧，大白天的灾民遍地，这世道……"

"掌柜，不然我们去布施吧！"白沐建议。

"这药铺一天才赚多少钱，你就敢去布施？光是买那些穷人挖到的名贵药材，就花了不少银子。"

"掌柜……"对于掌柜的冷淡，白沐也无能为力。

小伤与莫啸突然双双准备出门，白沐不解地问："你们去哪儿？"

莫啸拍了拍兜里的银子，挺直了身板："我们去买米煮粥，准备接济一下那些流民。"

"哟，还藏私房钱呢，怎么没给我交出来？"玉瑶对他不满。

小伤一句话将她噎了回去："都是靠我们代人写信赚来的，跟药铺没关系，掌柜你没有资格要我们的钱。"

"你说没关系就没关系？谁知道你们的钱是不是从我的柜子里偷的？"

"就算是从你柜子里偷的，你也奈何不得，毕竟我们是男人。"小伤这些日子的态度可谓嚣张。

"去吧，去吧，可怜他们去吧，我看你们到时候能得到什么。"玉瑶翻了个白眼，回屋了。

玉瑶对人类的痛恨根深蒂固，小伤理解。但他不希望玉瑶一辈子都生活在仇恨之中，这世间充满了仇恨，可也充满了美好。

"你突然提议要去布施，倒是吓了我一跳，你怎么知道我一定会答应你，而且还会把私房钱拿出来？"路上，莫啸不解地问。

"这些天，你总是从窗户往外望，一副心事重重的样子。我猜测，你的心事应该与这群流民有关系。"

"你倒是善于观察。"

"过奖了，我平日里话不多，总是用眼睛看东西。"

"不过让我更好奇的是，你既然知道我是九原城的人，为什么不揭发我？"

"我倒是想，只是如今我的身份也难以启齿。除非你真的做了对无庸城不利的事情，否则，我是不会动你的。"说着，小伤在米铺门前停了下来。

莫啸瞥了他一眼："我倒是很好奇，你究竟犯了什么事？就算你不说，其实我也能打听到。"

"等你打听到的时候再跟我说吧，希望那时候我们不要反目成仇。"小伤认真地说。

莫啸冷笑一声："道不同不相为谋，或许迟早会有这么一天。就算是玉瑶掌柜，我隐隐有预感，她与我也不是一路人。"

"也许你的预感是对的。"小伤皱眉，如果玉瑶集齐了十颗舍离珠，这天下一定会乱套。有什么办法能够兵不血刃地化解这一场危机？

"你们两个不用那么神秘嘛，我现在也是大梦药铺的人了，到底你对她有多少了解，为什么就不能说与我听？"莫啸蹭了蹭小伤的肩膀，嬉皮笑脸地问。

小伤沽了米，表情越发冷淡："你接近我，不就是为了套她的底细吗？告诉你对我没什么好处，除非你帮忙把这米扛回家。"

莫啸目瞪口呆地看着那些粮食，嘴巴张成了一个圆。

"这么多，我一个人？"

"嗯，不然呢？"小伤挑了挑眉。

—— 8 ——

莫啸看着面前的米，不由得对小伤竖起大拇指。这么多米，小伤这几年的积蓄都搭进去了吧。

"好，"莫啸点点头，"你可不能食言，我把粮食运回药铺，你就把掌柜的秘密告诉我。"

小伤道："嗯。"

莫啸和小伤拉钩，吩咐庖禄雇一辆牛车，大张旗鼓地将这些米运到了大梦药铺。

玉瑶摇着扇子，袅袅娜娜地出了店门："谁让你们买这么多东西，还用牛车送来的？现在是灾年，没听人说财不外露吗？囤这么多米，不怕那些灾民把咱们这里抢了？"

莫啸从车上跳下，笑嘻嘻地道："不急，用不着一天，咱们就把这些米处理了。"

玉瑶挑眉："怎么处理？"

恰好镇民都聚拢过来，小伤便当着众人的面道："明日早上，我们会在小镇门口布施，每个人都能吃一碗粥。"

"那群流民就像蝗虫一样，这点米不够吧？"有人问。

"小伤只是想尽一份心意，人家又不是大财主，肯自掏腰包赈灾已经仁至义尽了。"

"没有那份财力，就不必打肿脸充胖子，到时候他们闹事，万一连累了玉掌柜，可就得不偿失了。"

众人七嘴八舌，说个没完，小伤懒得辩解，只让莫啸吩咐人把米抬到后院。

玉瑶一路跟上来，强调道："我有言在先，这米放在我这里的时间不能超过一天，不然招来了飞贼强盗，我可管不了。"

小伤道："你放心，我不会让那种事发生。"

玉瑶冷笑："每年都有很多因为天灾流离失所的人，咱们兴旺镇又不是什么阔绰的地方，万万不能接纳那群流民，你本可以袖手旁观，为什么要多此一举？"

小伤看着玉瑶的眼睛，良久，才开口问："你看到他们，是不是觉得与你无关？"

玉瑶的脸拉得好长，嫌弃地道："你们人类不是常说，各人自扫门前雪，莫管他人瓦上霜，何况我跟他们非亲非故，你为什么有此一问？"

"不是每个人的心都冷如冰石，你没有见过，也不能以偏概全。"

"你在教训我？"玉瑶皱眉。

小伤盯着她的眼睛："我只是觉得，你的偏见，蠢得可怜。"

"你——"玉瑶瞪大了眼，气得头发都要竖起来了。

这时，邻居家的两个总角孩童从后门探进两颗脑袋："玉瑶姐姐，我们可以进来玩吗？"

两颗小脑袋上辫子冲天，又透着傻乎乎的劲儿，让人实在难以拒绝。

玉瑶正在气头上，瞥了一眼便气冲冲地回道："不可以。"

两个小孩无比委屈，撇撇嘴，又离开了。

小伤摇了摇头，失望地离开了。

也许玉瑶固执得没有救了，他又在奢望什么？

莫啸已经等了许久，他一见到小伤，立刻将他拉到自己身边，问："现在能告诉我了吧？"

"什么？"小伤明知故问。

莫啸急眼了，几乎吼了出来："你别想赖账，我们拉过钩，你若是不把玉掌柜的秘密告诉我，我就……"

小伤冷冷地看着他："你就怎么样？"

莫啸语塞，那模样，甚至让小伤觉得可怜。

小伤想了想，便找了个石墩坐下来："如果我没有猜错的话，你想找的是横公鱼，你想得到横公鱼血，对不对？"

莫啸惊讶极了："你怎么……"

"我怎么知道？"小伤淡淡地笑了，"我没有洞察人心的本事，只是根据你的言行举止揣测。你是来自九原城的人，而且非富即贵。无庸城内，九原城暗探颇多，本不足为奇，而你显然和普通的探子不一样。这些年来，九原城屡屡传出城主重伤的流言，我想你来此就是为了找到消失的横公鱼，用横公鱼的血救你们的城主。"

"世间知晓横公鱼血能够疗愈百病者没有几个，除非你认识横公鱼。"莫啸皱眉。

忽然，小伤的表情扭曲起来，肌肤上的鳞片若隐若现，一条腿也似乎要化作鱼形。

"水……水……"小伤痛苦地呼唤。

"你……"莫啸不知道他怎么了，还以为小伤在装蒜，但呼喊了半天，发现小伤并非装模作样，才连忙舀了一勺井水递过来。

小伤咕咚咕咚喝了水，异状消失了。

莫啸突然拔刀，横在小伤的脖前："难道你就是横公鱼？"

小伤看着眼前的刀，嘴角扯出一抹无奈的笑，缓缓摇头，道："想不到掌柜误会我，你也误会我。其实我不是鱼，我只是一个被人施了咒，会变成鱼的人。"

他的舌头捋直了，莫啸却似听了绕口令，半天也理不出头绪。

这个秘密藏在小伤心里已经很久了，他说出来，反而松了一口气。

"告诉你也无妨。你需要横公鱼血，不会害我性命，想必你也不至于大嘴巴，到处跟人揭我的底。"

莫啸疑惑地问："我听说横公鱼可以化人，但从未听说人可以化鱼，究竟怎么回事？"

"在无庸城曾流传这样一个传说，喝了用横公鱼骨头熬制的鱼汤，再吞下横公鱼的尾骨，人便会化作横公鱼。我从前一直以为这只是一个传说，没想到这份'幸运'会降临到我的身上。"小伤挽起袖子，露出蓝色血管若隐若现的手臂，"不久后，我会彻底化作横公鱼。到时候你取我的血，救你们的城主，便可以离开药铺了。"

小伤的坦荡让莫啸捉摸不透，他不敢相信，皱着眉，问："你对无庸城的情感，不比我对九原城深，为什么会让我救城主？你不担心城主苏醒，战事又起？"

"你们城主也是人。"小伤意味深长地道，"都是人，为什么分敌我？"

莫啸嘴角抽了抽，无法理解小伤到底在想什么。眼下有一件事，他不得不纠正一下："你很聪明，竟然能猜出个大概。但是九原城城主身康体健，没有大碍。我要这血，另有用途。"

"哦？"这倒让小伤大感意外。

莫啸吹了吹自己额前的碎发："你别以为猜出我的底细，我就输了，你的秘密很快也会被我挖掘出来。"

小伤不置可否："熬粥吧。明天还有很多事情要做。"

说到这里，莫啸忽然想到一件事，仿佛自己吃亏了似的，忍不住瞪大了眼睛："我问你掌柜的秘密，你说你自己的，我怎么觉得我亏了？"

"只是你以为你亏了而已。"小伤挑了挑眉，"掌柜只是一个卖药的大夫，虽然比普通女子更爱美。"

"我不信。"

"爱信不信。"小伤拿起锄头，往后山走去。他还要搭棚子和灶台，没工夫说废话。

—9—

今年水灾肆虐，四处屋毁人亡，来兴旺镇逃难的人挤满了大街小巷。

天还没有亮，玉瑶已经醒了。她看见小伤将一袋袋米往车上搬，昼夜温差较大，小伤还穿着单薄的衣裳，手指冻得通红。

玉瑶没想到，人不都是自私的吗？还有人为了救别人而让自己受累？而且这个呆子就在自己面前。

她今天左右不是滋味，细细想来，她呵斥走的两个小孩并无过错。相反，平日里她们总是表现得天真可爱活泼讨喜，她们越是让人喜欢，玉瑶越是不敢接近。

玉瑶不敢承认，她对人类也颇有好感。

她并不是一开始就如此仇恨人类，当初她跟着父亲一起抵达无庸城的时候，受到了无庸城城主的热情招待。

人们对他们是友善的。

那时玉瑶初到人间，对一切事物充满了好奇。

横公鱼生得漂亮，性情又温顺，养育横公鱼的家族往往能够兴盛不衰，所以，他们认为横公鱼是能够给人带来幸运的灵兽。

作为两城友好的象征，横公鱼族在无庸城度过了一段美好的时光。

玉瑶被人养在池中，好吃好喝伺候着，每天只思考如何打扮，如何玩乐。等她化作人形，在月色下梳理自己的长发，长长的尾巴在水中轻柔地摆动时，人们见了无不惊呼，把她当成世间的精灵。

这样亲近的时光过后，便是无休止的伤害。

她不了解为什么人们一夕之间变了脸，也不清楚自己的族人和父亲究竟犯了什么错，她真真切切地感受到了人类的恶意，无论她如何呼救，人们都选择忽略。

人类用横公鱼族的血来泄愤。

每当玉瑶闭上眼睛，总是能够想起族人鲜血淋漓的惨状。她只能睁开眼睛，强迫自己不要去想。

为了避免自己长久沉浸在悲伤与愤怒之中，她甚至不敢睡觉。这样的状况持续了很长一段时间，直到她认识了白沐、黑芒，认识了商略，开了药铺，方有所好转。

人类的忘性极大，数十年过去之后，他们已经将曾经珍视的横公鱼抛之脑后，他们更不记得自己对横公鱼族的伤害。

忘却就能抹杀曾经的罪恶吗？

那满地浸在鲜血里的鳞片、断裂的尾骨……无不提醒着玉瑶横公鱼族所受到的伤害。她实在不知道，人类怎么就能够如此轻易地忘记。

后来，她发现人类的忘性不仅仅针对横公鱼。

石门镇被屠一事，她也有所耳闻。

彼时，无庸军的铁蹄踏入石门镇，第一天，无庸军为了抢夺财物，挨家挨户勒索，一度让人们以为交出财物就可以保住性命。

他们第一天抢得差不多了，回去后各自清点了数目，抢得少的军士心里不平衡，他们认为是狡猾的镇民欺骗了他们，所以接下来的几天，为了抢夺更多的财物，他们无所不用其极。

镇民渐渐发现，他们一次性把财物交出去之后，第二天没有财物了就会被杀。所以他们会想尽办法只交出一部分，以确保后面的军士来抢时还有东西可交。就算是这样费尽心机，也不能保住他们的性命。

后来，无庸军为了抢钱杀红了眼睛，镇民无法忍受，纷纷想办法逃跑。逃不掉的被捉，被杀，哀鸿遍野的景象犹如人间炼狱。

这样的人类，玉瑶怎么能喜欢？

小伤的出现，却让她开始重新思考。这世上始终有善良的人存在吧，被屠戮的那些人又何其无辜。

她集齐舍离珠是为了引修罗大军入境，到时候尸骨遍野血流成河的场景一定会再现，她也会成为令人不齿的刽子手。她忍不住问自己，她的报复是对的吗？那些无辜的人真的该死吗？小伤既然了解她的意图，为什么现在又不加以阻止？

太多的疑问盘旋在她的脑海里，她最近思虑太深了。

卯时三刻，小伤已经将米和锅装完车了。

玉瑶梳洗完毕，袅袅娜娜地下楼，看着小伤等人准备出门，忍不住酸溜溜地道："我好心劝你们，就算你们对他们再好，他们也不懂得感恩，何况升米恩斗米仇，事情若是办得不妥帖了，他们反而还会恨你们。人都是一样的，愚昧无知，自私自利。"

小伤没有说话，只是默默地上了车。

莫啸抱臂，反唇相讥："掌柜的，话不能说太满，你怎么知道我们此举不会得到流芳百世的美名呢？"

白沐也点头道："玉瑶姐，别的事情我都可以不理，唯独这种积德行善的好事我可不会错过。何况那些人多可怜，因为发大水不得不背井离乡，路上肯定也遭遇了不少灾祸，我光看看就觉得心疼。"

莫啸也接话："那些灾民里还有不少小孩，大人或许可以不理，但是孩子年纪幼小，让他们就这么饿死，你于心何忍？"

"呵，大家都有理了，都想做大善人了，我不拦你们，你们去吧，只是遇到了麻烦别找我。"

小伤头也不回："走了。"

一行人抵达镇门口时，灾民已经早早等候着了。

小伤昨天在这里搭了一个临时的棚子和灶台，白沐、黑芒把锅放在灶台上，生火煮粥。莫啸好声安抚着灾民，让他们耐心等一等。

小伤准备碗筷，忙碌间，他抬头看见了不远处几个脏兮兮的孩子。

他们靠坐在墙边，身上全是污泥，手指不安地纠缠着。他们时不时咽一下口水，眼里写满了对吃的渴望。

显而易见，他们几个孩子已经没了大人的保护，在抱团取暖。不需要多长时间，他们很快会沦为兴旺镇的乞儿。那样的世界多么黑暗，小伤虽不曾经历，但可以想象。

一场天灾便造就了那么多的伤痛，何况人祸？

莫啸不知何时站在了小伤身边，语气颇为感慨："你是什么时候开始关注这些流民的？"

— 10 —

"现在。"小伤脸不红心不跳地说。

"现在？"莫啸惊讶极了，"你逗我玩呢？"

小伤点了点头。

莫啸想揍他。

小伤熟练地将装米的锅放在灶台上，熬煮着。白沐刚刚把"免费领粥"的牌子放好，面前的队伍已经排成了长龙。

黑芒和庖禄不得不帮忙维持秩序。

莫啸忙着在小伤周围添乱："你肯定不是偶然为之，你这么做是有目的的吧？"

小伤白了他一眼，没好气地道："你若是真的有空就帮我打下手，不要在这儿碍手碍脚。"

"你别忘了昨天那些米是谁帮忙弄回来的，就算评兴旺镇的慈善家，我也应该榜上有名。"

小伤冷笑一声，并不说话。粥好了，他们正分发着粥，那几个孩子忽然间从队伍里蹿出来。

小孩子完全不顾秩序，抢了几碗粥就跑了。

莫啸赶忙追上去："喂！喂喂！"

他好不容易抓住一个人，结果被人用砖头从背后砸了一下。

他吃痛，摔倒在地，接着又被人狠狠踩了一脚，两头顾不上的他眼睁睁看着那小孩跟同伴一溜烟不见了。

莫啸忍着痛，一跳一跳的，跳到了小伤面前，嘴里嘟嘟囔囔："我说你，明明看见他们闹事，怎么无动于衷？"

小伤没有说话。他对此一直持消极的态度，不管、不问、不说。

维持秩序，本就是一件非常难的事情，他有些沮丧："一个人是无能为力的。"

莫啸义愤填膺："你不能如此悲观，你知不知道，这对其他的人来说并不公平。"

小伤任他口水乱飘，兀自不为所动："个人的力量终归是渺小的，我们能做的有限不是吗？"

莫啸不能认同他的观点，莫啸是一个喜欢抗争的人。

因为几个小孩扰乱了秩序，人群开始骚动。有人发现，如果他们按部就班排队的话只能领一碗粥，如果他们抢的话，可能会得到很多吃的，甚至能抢到一些米。

几个人合计了一下，等到他们领粥的时候，为首的使了个眼色，大家一哄而上。

先前的秩序不复存在，胆子大的趁乱抢米，弄得一片狼藉。

玉瑶说得不错，他们只要自己能多吃一点东西，根本不会在乎别人的死活，更别提感恩之心了。

小伤还是无动于衷，眼前的情景让他想起了自己的遭遇。人不能妄想着与多数人对抗，更不能想当然地觉得自己能够肩负一切，否则下场一定很凄惨，不仅害了自己，也会害死亲近之人。

小伤下意识地向后退，不自觉地抓紧了撑着草棚的木桩。他表现得如同一只缩头乌龟，让莫啸颇为意外。

莫啸指挥庖禄抓人，不管是谁，先抓到再说。

庖禄手脚麻利，不到半刻钟就将几个捣乱的打倒在地。

莫啸将被抢走的米和粥夺回，厉声呵斥："这种故意捣乱的，别说是粥，就是水我们也不发！别瞪我，瞪我今天这碗粥你也吃不到！"

莫啸训人颇有两把刷子，散乱的队伍很快恢复了秩序。

莫啸把倾倒了粥的碗砸在灶台边，揪着小伤的衣领，将他拽到一旁，怒气冲冲地道："不作为队伍就会恢复秩序吗？你什么时候变得这么懦弱了？"

小伤还是怔怔的，不说话。

莫啸气得打了小伤两拳，小伤忍不住笑了："没想到你这人还挺有血性。"

"怎么，你觉得我们九原的人都是匪徒？"

"我不了解。"

"那你今天算见识到了！别看我弱不禁风，比起你这孬货，我绰绰有余。"

小伤点点头："你又何必同我比？"

"我说你、骂你，你也不还嘴，难不成真是孬货？"莫啸嗤笑。

小伤不否认。

一个上午，这点米就发完了。莫啸从前没有布施过，感觉此番行为颇有意义。

返程时，小伤请众人吃烧鸡。黑芒和白沐去选烧鸡，小伤一个人坐在牛车上，对着远处发呆。

莫啸挪着挪着，挪到了小伤的身边，问："你在想什么？"

小伤看着淡青的天色，缓缓开口："我只是在想，那些住朱门绮户、吃美酒佳肴的人知不知道这些流民的存在？有的人一辈子被困在城里，看不到外面的景象，可是他却身居高位，大家都听他的号令。"

"你是在说你自己吗？"莫啸意味深长地道，"我记得他们提过，你刚来的时候打扮不俗，想必你从前就是锦衣玉食长大的贵门公子吧。"

小伤没有否认。

他从小到大，的确过着众星捧月、衣食无忧的生活。每个人都说着违心的诌媚话语，以此来证明自己很喜欢他。

小伤怀着心事，将话题转移到莫啸身上："那么你呢？你是不是也过着锦衣玉食的生活？"

莫啸打开了烧酒瓶，闻着酒香吸了一口。

"这还用问吗？我在九原的日子，锦衣玉食都不足以形容万一。"莫啸喝了几口酒，红晕飞上了脸颊，他悄悄地凑近小伤，小声地道，"实话告诉你，其实我并不是九原城的城主。"

小伤哂笑："我也没说你是城主。"

"那你还整天把城主挂在嘴边？"莫啸吧咂嘴，笑了笑，"我啊，是九原的占星官。好像你们无庸城并没有这一官职，可在我们九原，我可谓一人之下万人之上。想做占星官可没那么容易，得亏我天赋异禀，五岁时就跟随师父一起学习占星术。我从没想过自己有一天，会长途跋涉来到无庸城。

"但是我对无庸城神往已久，犹记得十年前我随王驾出征，无庸城的大将军便是当时最有望继承城主之位的司空曙，也就是现任城主司空辉的胞弟。前几年司空曙忽然失踪了，大家才拥戴司空辉做了城主。"

莫啸一面喝着烧酒，一面啧啧赞叹："真的，不是我跟你吹牛，虽然只是远远一面，但那司空曙的气度，就算是我一个大男人也为之倾倒。他当时就这样立于马背上，披着猩红披风，手握三叉戟，威风凛凛……"

小伤听着听着，忍不住发出不合时宜的咳嗽声。

"你咳什么？"莫啸打了个酒嗝。

小伤似乎也醉了，脸红得厉害。

"只是远远一面，你就确定司空曙有你说的那么好？"

"我看人一向不会错，只可惜我身份尊贵，不能舞刀弄枪，不然我倒是想和他一较高下。"莫啸说着说着，醉意越发明显，"你们也是奇怪，放着司空曙那么好的继承人不要，非推举那草包司空辉。你们那城墙，简直不堪一击，等我们九原城恢复了元气……"

小伤挑了挑眉："你不是说九原城城主……"

"城主虽然痊愈了，但年事已高，行动不便。要命的是我们少城主在围猎时坠马受了重伤，至今昏迷不醒……"

莫啸话未说完，一头栽倒在小伤的怀里。

— 11 —

第一次布施结束了，傍晚吃饭，玉瑶讥讽他们做了无用功。

"攒了这些年的银子，多不容易，现下全搭进去了，你们竟然不肉痛。小伤一个人犯蠢也就罢了，你们怎么也跟着胡闹？"

"玉瑶姐，你既然没有参与，就不要在那里数落人了。你知不知道你这样很招人厌。"白沐顶嘴，"有的人嘴上说着不在乎，其实心里比谁都在意这件事。"

"谁在乎谁在乎，反正花的又不是我的钱，你说是吧，商略？"玉瑶脸上挂不住了，把烫手的山芋丢给商略。

商略只顾着吃饭，完全不理她。

玉瑶自讨没趣，低头扒饭。

玉瑶也知道，自己对这件事反应过激了。

吃完了饭，她百无聊赖地出门散步。邻居两个相熟的小孩正在路边玩着石子，看见她了，都直勾勾地盯着。

玉瑶柳眉倒竖："看什么看？"

小孩们心照不宣地收起了石子，一溜烟地跑回了家。玉瑶冷笑，又往前走了几步，却见一个老婆婆挎着菜篮子走来。

"小玉瑶，吃了吗？"老婆婆慈祥地问。

玉瑶认得她，她是经常来自己这里买跌打药的王婆婆。

"我前几天看见你手底下的伙计给灾民送粥，小玉瑶，你们真是好人啊。我这里新挖了几个红薯，特意带给你尝尝。"

玉瑶最喜欢吃这种粉粉的东西了，看着那硕大饱满的红薯，不由得馋得流口水。只是这夸赞，她受之有愧。

"婆婆，这……"

"愣着干什么，拿着呀……"王婆婆把红薯塞进她手里，"乡里乡亲的，别客气。老婆子我没什么本事，好赖有几亩地可以种点粮食吃。可惜现在年纪大了腿脚不便，孙子又进城做生意……"

玉瑶得了红薯，好声安慰道："婆婆别担心，如果有需要随时找我。"

王婆婆笑眯眯的："多亏了你，老婆子我的腿现在还能走动。"

与王婆婆道了别，玉瑶看着篮子里的红薯，心里五味杂陈。

她不愿意承认，自己有时候也会因为质朴的感情感动。如果战争来临，他们的下场会怎么样？

玉瑶提着红薯回了药铺。

"白沐，把红薯洗了，放在炉子里烤一烤，晚上分了吃。"

白沐看了眼红薯，欣喜极了："好大的红薯，玉瑶姐破费了。"

玉瑶想说什么，又开不了口。

说了好像就承认王婆婆是个好人，哪怕她就是个好人。

楼上，小伤喝着茶，若有所思。

他以为他是铁石心肠，原来世上有人比他更甚。但即便是这样，她难道一点都不会为了老奶奶的红薯感动？如果有一天，她会被这些人情牵绊，能改变复仇的心愿吗？

"主人。"

小伤刚进屋，又看到那群黑衣人。他们跪在小伤的面前，姿态虔诚。

小伤已经记不清是第几次了，他们规劝自己联络旧部，夺回本该属于自己的东西。

"你们走吧，我对权势没有兴趣，也不想报仇。"

"主人，属下想说的不是这件事。这几天你在兴旺镇布施，已经引起了司空辉的注意。若他深挖一番，不用多久时间，恐怕不是你想拿他怎么办，而是他要赶尽杀绝了。"

"来得真快。"小伤冷笑一声，转身坐下，气定神闲地喝着杯里的茶，只是简单的一个举动，便让人觉得他身上有一种睥睨天下的威严感。

"属下想请示您，要不要护送您离开药铺？"

小伤想了一会儿，放下茶盏，伸手做了一个制止的动作。

"不必了。他们现在还不能确定我的身份，没必要自乱阵脚。最近有一件事要你们去办，这件事比盯着司空辉的人更有意义。"

"可是……"

"好了，我困了，你们退下吧。"小伤淡道。

真是难为他们了，为自己这个失了势的嫡子奔走。

"是。"

等人走干净了，小伤才感觉到一阵莫名的孤寂，夹杂着对未知的恐惧和忧虑。

如果不是这群黑衣人的存在，他几乎忘了自己的本名——司空曙。

曾经光耀无庸城的存在，现在只是药铺里一名不起眼的小工。

突然间，他听到了拍手的声音，他疑惑地朝外看去，只见莫啸一面啧啧赞叹，一面走进来。

"我早该想到，意外失踪，看起来像贵公子，又格外关心无庸城百姓，不敢将自己的身份公之于众的人，"莫啸挑了挑眉，"是被胞兄陷害的，曾经最有望成为无庸城城主的大将军，司空曙。"

小伤感觉头皮发麻，直勾勾地盯着莫啸，问："谁告诉你的？"

"昨天我喝醉了酒，夸赞司空曙的时候，你的表情不自然，那时候我就心生疑虑。刚才我害羞地……对，无比害羞地躲起来听墙根，他们言谈之间无不透漏着一个消息——司空辉忌惮你。答案再明显不过了，我觉得我这次再怎么样也不可能猜错。"

"所以呢，"小伤冷冷地看了他一眼，从床上下来，拔出了床头的长刀，"你想怎么样？"

"别别别，君子动口不动手，我可没有揭发你的癖好。咱们现在不是半斤八两嘛。"

"谁跟你半斤八两？"小伤冷哼一声。

"你替我保守秘密，我自然也替你保守秘密。"

小伤收了刀，将刀扔回架子上。

"我不说，并不是我害怕司空辉。相反，我一度希望他找到我，把我杀了。可是后来我放弃了这样的想法，因为玉掌柜救了我，我不想让她失望。"

— 12 —

小伤从未跟任何人说过，他对玉瑶的心思。

也许所有人都不能理解，因为在他们看来，玉瑶是一个多么冷酷、自私、嚣张跋扈的女人。

可小伤如此珍惜玉瑶的存在，他始终无法忘记，初见玉瑶时，玉瑶对他的呵护和关心。她将他当成了自己的族人照顾，七天七夜，无微不至。

她努力让他活着，他便舍不得死了。

黑暗中，他拼命向前抓着，抓住的是玉瑶的手。

不仅如此，玉瑶还收留了他，不追问他的过去，让他能够在这穷乡僻壤安安静静地生活。

他对玉瑶是有歉意的，战争摧毁了她的信念，她的族人被两城抛弃，她痛恨两城的平民，更痛恨发号施令的城主，何况当时他是城主的儿子，他绝不能让她知道自己的身份。

"你别用那种眼神看着我，我真的不会说。真的。我的目的就是取横公鱼血，惹了你有什么好处。"莫啸连连表态，"只要你按照约定把血给我，我肯定拍马走人。"

小伤这才重新坐下。

莫啸围着他左右转了两圈，嘴里还是发出啧啧的声音。

"我至今都还记得，第一次见到你的时候，你意气风发，无人能敌，哪像现在，一副乡野村夫的样子。怎么如今那么懦弱，连几个闹事的灾民都不敢管了？"

"人都是会变的，不是吗？你来这里这么久了，难道就没有一丝变化吗？"

小伤反问。

莫啸摇了摇头："我不否认，人是会变，但不会像你这样，变得那么彻底。当时我们九原盛传，如果你当上城主，九原城破只是时间早晚的事。谁知道司空辉成了城主，真是天助我也。"

"不错，他就是一个好大喜功却没有本事的草包。"小伤冷笑一声，又摇摇头，否定了自己刚才的说法，"他何止是草包，根本没有人性。"

"那我更加好奇了，你是怎么被他赶下去的，难道就因为你准备要变成一条鱼了？"

"可笑吗？横公鱼本是九原城的贺礼，是和平的象征。如果战乱再起，他们的地位自然会很尴尬。父亲为了赶尽杀绝，便将横公鱼描述成一种带有邪性的凶兽，所以无庸城的子民都怕它。何况，一只妖，如何做人主？"小伤盯着自己鳞光若隐若现的手，仿佛真的回到了那天。

在那之前，他还是英姿勃发、壮志凌云的少年。

在那之后，他便被打入谷底了。

"喂，想什么呢。"莫啸的手在他眼前晃了晃。

小伤回了神，莫啸的面容变得清晰起来。

他看着莫啸的眼睛，忍不住笑。

那些伤痛都已经过去了，现在的他没有必要畏惧，因为他过上了自己喜欢的生活。

"没什么。"他语气平和地说。

"小伤。"身后有人叫他。

小伤回头，原来是玉瑶。

玉瑶将一把斧子丢了过来："劈柴去吧，顺便挖点野菜回来，好几天没吃野菜汤了。准备入冬了，风大，千万不要冻死啊！"说着，她裹紧了自己单薄的衣裳。她一用力裹，身材更加明显。

小镇的冬天并不好过，除了要在入冬之前储备足够的粮食，还要储备足够的柴火或煤炭。如果遇到灾年，粮食不够了，柴火没有了，饿死的冻死的人不在少数。

大梦药铺的日子还算过得去，毕竟收入比普通人家好一点，而且屋里住的大都是妖怪。

小伤抛了抛手里的斧头，起身，准备出发去劈柴。他刚出门，莫啸就背了一个竹篓追上来，连连喊着："等等，等等我……"

"怎么？"小伤不解地问。

"反正我也没什么事，跟你一起去捡柴火。"

"我一个人就够了。"

莫啸固执地摇摇头："不够。"

小伤有些无语。

两人深一脚浅一脚地朝山上走去，每隔半里就能碰到一个人。冬天快要来了，镇上的人都在拼命地囤粮。

"我以前不知道，原来生活是这样的。"莫啸一面走，一面感慨。

"嗯？"

"你不懂，我以前过得多么滋润。"莫啸又开始回忆从前了。

以前在九原城，他做占星官的时候，每天都在研究玄而又玄的事情，食不知五谷，穿不解绫罗，逍遥极了。

"我刚到兴旺镇的时候，呵，你根本不懂。"

"我又不是你。"小伤娴熟地捡起枯木，往莫啸的背篓里扔。

"你不懂没事，我现在不是在跟你说嘛。"莫啸又滔滔不绝地讲起来。小伤也不记得自己听了多少遍，总而言之，莫啸话多得离谱。

就在小伤捡完了近处的柴火，思考着要不要往山的更深处走的时候，莫啸的声音忽然高了一截："你有没有觉得，我们两个挺合拍的？"

小伤忽然想起之前莫啸为了接近玉瑶时撒的谎，他警惕地问："你究竟想说什么？"

"我是说，我们身处不同的阵营，仍然能够平心静气地一起捡柴。你说有没有可能，你回去执掌无庸城，我回去游说少主，让我们两城之间再恢复太平岁月？"

小伤没想到，莫啸竟然还怀有合作的意思。莫啸这人嘴巴不带闩，也不知道心里想的和嘴上说的究竟一样不一样。

"我看合作就免了，我不想再回无庸城。"小伤斩钉截铁地拒绝。

"我是认真的！"莫啸追上来。

小伤不理他，加快了脚步。他想，身为九原城的细作，莫啸竟然会选择和自己这个落魄的前城主之子合作。

"你好歹回一句话，别不理我啊。"莫啸郁闷得直跳脚。

"好，我问你，为什么呢？"小伤停住脚步，"你我立场不同，你为什么还要与我合作？我又怎么信任你？"

"这……"莫啸一时间答不上来了，"反正……反正……"

他支支吾吾，讲不出一个子丑寅卯来。

最后，他狠狠一跺脚："所以啊！没有理由的信任，才是最难能可贵的！你不觉得这样更单纯吗？"

这也行？

小伤真是服了莫啸。

— 13 —

小伤冷笑一声，道："现在天色不早了，你若是再耽搁下去，到了晚上我们肯定出不了山，那可就危险了。"

两人又继续赶路。莫啸想了半天，再度开口："其实我这么做，也是因为欣赏你。我这一路漂泊，碰到了很多以前没有碰到的事情，当时我就在想，如果不是因为两城交战，也不会有这么多贫苦的老百姓流离失所，他们更不会因为吃不饱饭而进山当匪徒，我也不至于被打劫。小伤，难道你就不想改变这样的局面吗？我看你殷勤地布施，还以为你心怀天下呢。"

小伤这次没有打断聒噪的莫啸，他甚至在心底认同莫啸的说法。是的，两城交战后的影响太大了，人们无法休养生息，甚至因为战乱而疲于生计，生离死别每天都在上演。

他厌恶战争，可是他真的要相信莫啸，重返无庸城吗？

小伤取出斧头，砍着眼前的枯木。

"喂，"莫啸又碰了碰小伤的肩膀，"你不会告诉我，当年大名鼎鼎的司空家二公子，现在被自家胞兄打傻了，不敢与之争夺了吧？还是，你觉得自己争不过司空辉？"

"不是！"小伤愤愤不平。

"既然不是，为什么不做给我看？"莫啸眼睛亮了，"我可以帮你。"

小伤冷淡地拒绝："不必了，我若想夺权，只在一息之间。"

"没想到你还挺有志气，可为什么现在还窝在这小小的药铺，做缩头乌龟？"莫啸不解地问。

小伤瞥了他一眼，不做解释。他不需要对莫啸做出任何的解释，他只需要说服自己，做，还是不做？

天色愈加昏暗，小伤抬头看去，眼前一片密林不见一丝光亮，两人不知不觉间走到了山的深处，他不由得皱眉："还是回去吧，柴火已经够了。"

莫啸也看了一眼天色，忽然倒吸一口凉气，惊讶出声："完了，我们回去还得一个多时辰，可马上就要下一场初雪了。"

小伤有些疑惑，虽然天色昏暗，但不像会马上落雪的样子。

莫啸还是那副疑虑重重的样子："快走吧，要不是你太倔，我们也不至于走到这里。"

两人返程，莫啸背着重重的柴火，走得分外吃力。小伤摇头，到底是娇养大的，不像他皮糙肉厚。

"来，给我。"小伤将背篓拿过来，莫啸如释重负。

"累死我了，早知道我应该叫上庖禄，这种力气活就得交给你们。"

"你之前不是背得起劲？"小伤问。

"光顾着跟你说话，没注意啊。"莫啸松了松筋骨，紧赶慢赶跟上小伤的步伐，"要知道你装了那么多，我就不自告奋勇了。"

两人说着话，忽然一阵狂风大作，接着，小伤的脸上感觉到了冰凉。他伸手一摸，竟然是雪。

"真让你说准了。"小伤加快脚程。

莫啸得意地道："我这么多年可不是吃干饭的，你别小看占星官，不管是卜问吉凶、举办祭祀，还是兴旺农业、出海贸易，都离不开我们。"

"我现在发现你的用处了。"

"现在还不晚。"

两人说着，风雪陡然大了起来。他们渐渐被风雪阻隔了道路，迷失了原来的方向。

四周昏暗，他们隐约可以听见狼嚎的声音。

莫啸冷得瑟瑟发抖，裹紧了自己的衣衫："若不快点走出去，不是被冻死就是被野兽吃了。"

小伤挑了挑眉："你知道就好，别废话，快点找路。"

莫啸一脸严肃，现在没有日和月的指引，风雪又遮挡了远处的树木，他只能从怀里取出法宝——司南罗盘了。

风雪呼号，司南罗盘的指针被吹得乱转，小伤小心地护着自己，按照莫啸的指示，努力跋涉。

终于找到了路！然而不等他们欣喜，一只雪狼忽然跳了出来。

它虎视眈眈，像是饿了许久。

莫啸骇然，手一哆嗦，司南罗盘滚落地上。他六神无主，舌头打结："这怎……怎么办？"

万幸，小伤手中还有一把斧头。

小伤打起十二分精神，小心翼翼地握紧斧头，挡在莫啸身前，低声叮嘱莫啸："不到万不得已的时刻，不要轻举妄动。一旦你表现出害怕它的样子，你就有可能成为它首先攻击的对象。"

以小伤的判断，现在这只狼应该是来放哨的，只要不招惹它，他们还有机会全身而退。

果然，狼与小伤对峙了一段时间后，慢慢地离开了。趁此机会，莫啸加速向前跑去。

跑着跑着，他才发现小伤没有跟上来。

莫啸转身，找了一阵子，在转身经过一块巨岩时，一条鱼尾差点将他打倒在地。

鱼尾一扫，一大片雪飞向莫啸。他拍了一会儿雪，才发现原来那条鱼尾是从小伤身上幻化出来的。

一波未平一波又起，莫啸一个头两个大。

"你怎么突然变成这样了？"

小伤颇为绝望地盯着自己的尾巴，这条尾巴的存在让他不得不接受自己已经变成妖物的事实。

现在天寒地冻，他因为妖化的反应动弹不得，又羞于让莫啸窥见自己的改变，一时间不知道该如何是好。

莫啸解下了束腰的带子，准备帮助小伤。

莫啸的动作过于自然，以至于小伤不得不乱想。小伤大惊失色："你要干什么？"

莫啸靠近他的时候，他下意识地向后躲。

"干什么呀？我不用绳子绑着你，我根本背不动你。"莫啸显出别样的义气，又露出嫌弃的表情，"我可真命苦，怎么老是遇到这种事情。"

"还不是你自己要跟着。"小伤嘴硬地反驳。

"是是是，是我自己多管闲事。"莫啸将小伤绑在自己的背上，让小伤抓着装了柴火的背篓，"早知道会这样我就不跟你出来了，我这养尊处优的身板，根本……哎哟……你怎么这么沉……"

莫啸还没走几步，就累得气喘吁吁。

— 14 —

雪天路滑，莫啸又是一个纤瘦的主儿，身上背着小伤和柴火，小伤手上提着斧头，他自己还要拿司南罗盘定位，路走得磕磕绊绊。

带子捆得紧，小伤只能跟着他东倒西歪晃个不停。

小伤悲哀地想，两个人能不能在被冻死之前回到大梦药铺，已经成了未知数。救人一命胜造七级浮屠，自己还是发发慈悲吧。

"你别背我了，把我扔在这里，这样你还能赶回去。"

"少废话，我莫啸堂堂正正，不像你，让你送个礼物还把功劳揽在自己身上。"

"陈谷子烂芝麻的事情，你怎么还记得？婆婆妈妈的。我还没有追究你造谣我俩关系的事……"

"我辛辛苦苦攒的钱，买了那么多的礼物，我记着呢！"莫啸拖着他，咬牙切齿地说。

莫啸面目狰狞，额上青筋毕露，一副快坚持不住的样子。小伤只得换种方式："其实我现在变成这样，就算丢在雪地里应该也不会死。你可不一样，你娇贵，又怕冷。"

"这只是你的揣测，横公鱼身为瑞兽，对外界的条件要求比普通人高，何况你现在还没有变成鱼，你这半人半鱼的，很可能会因为缺水而死。"不愧是九原城的贵族，莫啸对横公鱼族了若指掌。

小伤说不过他，无奈地叹了一口气。

莫啸又走了半炷香的时间，冻得都快失去知觉了，意识也有些混乱："怎么忽然间全身都热起来了，难道是我已经适应了这种天气？"

小伤闻言却皱起眉头，听闻一个人若是要冻死了，死前一定会觉得浑身发热，甚至热到要把外衫脱掉。

热，应该只是莫啸的幻觉，莫啸的情况不妙。

"喂。"小伤拍拍莫啸的肩膀，"我说如果你想合作的话，我也不是不可以争取一下，但前提是，你别在这里倒下了。"

"哟，这么快就转变心意了？"莫啸热得想脱了外衫，小伤摁着他的手。

"你这样不着调的人，嘴上经常说些不三不四的话，但我想，你应该是有悲天悯人之心的。"

莫啸正要回答，膝盖一软，连带着小伤也扑倒在地。

"喂，莫啸。"小伤拍了拍他的脸。

莫啸被雪粒覆盖着，眼睛都快睁不开了。他还是看着小伤，露出一个微笑的表情。

他用口型无声说道——如果能活着回去的话。

"喂，喂。"小伤着急地喊着莫啸，可是莫啸闭上了眼睛。

"喂，喂！"朦胧之中，小伤听到有人呼喊他的名字，一下子惊醒了，脱口而出，"莫啸！"

映入眼帘的是玉瑶略带异样的脸。

玉瑶嫌弃地道："你对他还真是……"

"掌柜，莫啸怎么样了？"玉瑶如此表情，小伤的心也纠结起来。

"莫啸他……"玉瑶还没说完，一滴泪就掉了下来。

小伤着急万分，爬起来道："不会的，不可能，我不相信！"

莫啸这个喜欢插科打诨的，喜欢吹牛的，虽然有点招人烦但还是很仗义的占星师，怎么可能因为……

小伤满脑子塞着胡乱的想法，却见有人啃着鸡腿走了进来。

"掌柜，我说你也不厚道，我这重伤未愈，你怎么才给我烤一只鸡？"莫啸满嘴流油，看见小伤惊了一下，"你醒了，怎么用这种眼神看着我？"

小伤气得想踹他一脚。

"你可算醒了，那什么，之前答应我的话，别耍赖。"莫啸啃着鸡腿，有点吊儿郎当，十分欠揍。

小伤瞪了他一眼，抓过鸡腿也咬了一口。

"哎！你这人！"莫啸颇为无奈，看了一眼玉瑶。

玉瑶翻了一个白眼："我看小伤对你不像是虚情假意，刚才那热乎劲，说假的我都不信。"

"呸。"小伤吐出一根鸡骨头，"我与莫啸清清白白。"

莫啸摊手："你开心就好。"

玉瑶没心情看他们拌嘴，当得知小伤失踪时，她整颗心都悬了起来。找人的时候，她无数次懊悔、自责，怪自己不应该在将要下雪的时候打发小伤到山上捡柴火。

可谁知道找了半天，发现小伤和莫啸交叠倒地，埋于雪中，她瞬间就不想理小伤了，恨不得小伤葬身深山之中。

"感情，最重要的是有边界感。"玉瑶轻飘飘地说了一句，转过身，翩然离去。

小伤莫名其妙，莫啸却挑了挑眉："看见没，你惹掌柜的生气了。"

"我什么都没做，她生什么气？"小伤不解地问。

"你真是榆木脑袋，她气你跟我不清不楚的，她这个看热闹的看得眼热，想给我们撮头撮合。"

小伤咳嗽起来："喀喀……以我和掌柜的情分，我总觉得她不希望我有什么龙阳之癖。"

"女人的心思谁说得准？"

小伤一脸诡异地看着莫啸，莫啸看了看四周，又摸自己的脸："你看我干什么，我脸上有花？"

"你呢？你什么癖好？"小伤严肃地问。

莫啸登时起了一身鸡皮疙瘩："我也喜欢美女。"

小伤松了一口气。

莫啸紧接着提醒小伤："你别打我的主意，我对你的兴趣，只在于你的血，还有我们的合作。对了，我看你变出了鱼尾，好奇你到底是不是变成鱼了，就取了一点你的血。"

小伤又咳了几声："喀喀……你没经过我的同意就给我放血？"

"做人嘛，不要那么小气，你是要成大事的。"莫啸拍了拍小伤的肩膀，"你若变成鱼了，我的任务也就完成了。等我离开此地，你可别忘了我们之间的约定，如果你做不到，我九原城的铁蹄一定会踏平你们无庸城，到时候血流成河、尸骨遍野，都是你的罪过啊！"

小伤嘴角抽了抽，狠狠啃了一口鸡肉："呸。"

吃完了鸡腿，他的情绪才平复了些许。

他拉开袖口一看，果然，手腕上有一道新疤痕，长长的口子，看来莫啸取血的时候没有手软。

小伤看着那道口子，有些愣怔。血液有些发黄，难道他……

小伤将袖口放下，回床上刚躺下，玉瑶又出现了。

"小伤，刚才有外人在，我不便说，现在才回来找你。"玉瑶袅袅娜娜地走进来，语气平淡得仿佛在说一件稀松平常的事情，"我救你的时候发现你化人失败了。你的血液恢复了金色，鱼尾也露了出来。如果这种状态持续下去，恐怕你无法继续在兴旺镇生活了。"

小伤愣愣的："所以掌柜，如果我断尾求变，是不是可以……"

"小伤，一条横公鱼一生只有一次变成人的机会。"玉瑶表情严肃。

"可如果我是人化鱼呢？"小伤看着她，幽幽地道。

"怎么可能？"玉瑶笑得勉强，仿佛在用笑意掩饰——她其实对小伤这句话认真了。

之前，她其实没有对小伤过多猜测。方才小伤脱口而出的话，反而让她觉得，这才是小伤总是让她感到神秘的原因。

他总是轻轻松松一句话就把水搅浑了。

小伤没有笑，他的表情甚至可以说沮丧。

"你别拉着张脸，好像成了妖离开我会出事一样。"玉瑶打趣。

小伤皱眉："我离了你，的确会出事。"

"嘴贫。"玉瑶咯咯直笑，"我看你跟莫啸打得火热，跟我倒是总急眼。"

"我对掌柜你发脾气，只是因为，我在意你。"小伤不知怎么就说出了这通话。

玉瑶愣了一下。

她想，自己若是再笑下去，不知道小伤会不会抱住自己，让她相信他其实对自己很在意。

"算了，我们认识也有几年了，这几年里，我对你的过去一无所知，可到底心里还是关心你的。我也不忍心看你出事，我现在还有最后一个方子，能让你从鱼变成人。我们横公鱼族变成人，并不会失去自己的妖力，若不是我族人数量稀少，无庸城和九原城算什么。"说到这里，玉瑶眼底又流露出恨意，只要集齐所有舍离珠，她的大业就要成了。当她唤醒了修罗族的战神铎罗，让风云色变指日可待。

"我还能变成人？"小伤眼睛一亮。

玉瑶点点头："只是此事颇为凶险，可能只有三成成功机会，不知道你愿不愿意一试？"

"莫说三成，一成我也愿意。"小伤着急地说。

"你看看你，那么着急干什么？"玉瑶笑了，"你先养养身体，到时候我自会告诉你。"

说着说着，玉瑶又叹了一口气："我倒是希望你能够像现在这样，毕竟我的霸业要成了，我们横公鱼族很快就可以重见天日。你也不必去承受那样的危险。"

"这件事是我自愿。你不是说，舍离珠可遇而不可求吗？"

"是。到现在我也不知道余下的珠子在什么地方。"玉瑶皱眉。

羡青山

你身上有太多的谜团

我所了解的都是别人告诉我的

只是现在

我想要先生亲口告诉我

— 1 —

寒风眨眼而过，暮春，草长莺飞。

不知不觉，小伤又在这里过了一年。

他翻了翻黄历，发现清明将至。

小伤想，这样的节日跟大梦药铺应该没什么关系吧，毕竟里面住的都是无家可归之人。

今年似乎不太一样，玉瑶竟然主动提议扫墓。小伤不想打击她，可他还是多嘴问道："掌柜，你有墓可以扫吗？"

就算要扫墓，也不该是今年清明节才去扫，他记得去年她就没扫墓。

"这你就不知道了，每隔一年，咱们都要去扫墓。"白沐低声解释，"只是咱们扫的并非玉瑶姐家的墓，而是商略家的。"

"商略？"小伤颇为诧异。

商略竟然有墓要扫？小伤对他的印象一直都是只会算账的木偶。

"是的，扫我商家的墓是一个大工程，要扫一天。"顿了一下，商略又道，"死的人比较多。"

小伤诧然回头，才发现商略不知何时到了自己身侧。

商略手里没拿算盘，他今天换了一套白色的衣服，从微微泛黄的颜色可以看出，这件衣服他穿了很久。他说"死的人比较多"时的口吻云淡风轻，仿佛在说一件与己无关的小事。

"好了好了，都别闲着，趁早上天气晴朗，赶紧去河边乘船吧！"玉瑶连连催促。

兴旺镇有一个叫作南坡岭的地方，是著名的乱葬岗。

换句话说，埋在那里的人，都是孤魂野鬼，没有家族可依傍，也没有自己能够安身的墓穴。

商略一家就睡在那儿。

小伤听到商略说"比较多"时，好奇的种子便在心头埋下了，他忍不住向白沐打听："他家是五口之家还是八口之家？为什么没有进祖坟？"

白沐小声地回答："当然想进祖坟，不过他们家的祖坟都被挖到南坡岭了，算到他这一代，也有上千人吧……"

小伤吓得不敢说话，这哪里是比较多，实在是太多了。

到底是什么样的深仇大恨，才会让他们全族的墓地都被迫迁到此处？

难怪商略现在疯疯癫癫的，遇到灭族之灾，没疯就不太正常了。商略本就不像是心肠太硬的人。

一路上，商略安静得出奇。来到河边等船夫的空当，有那么一瞬，他失神地看着远处，不知道在想什么。

天青色，似要下雨。他们一行人等了好一会儿，终于来了两艘船。船极小，一次只能载两三人。商略、白沐、黑芒上了一艘。其他人正要上另一艘，船夫抱歉地道："姑娘，我船上已经有一位女客了，是否介意同行？"

那女客站在船头，一身白衣，衣袂翩翩。她戴着帷帽，放下的白纱遮住了容颜，玉瑶看不清她的模样，瞧那气质，倒是超尘脱俗。

对方安静得不像是爱生事的女客，恰好还剩下小伤和玉瑶两人，玉瑶便无所谓地点点头："行，这就出发吧，待会儿到了湖中心，若是赶上下雨就不好了。"

船夫也有这样的担心，道了一声"好嘞"，船开始行进。

湖面宽广，水波粼粼，湿漉漉的水汽扑面而来，让人心旷神怡。玉瑶觉得船头的风光好，便朝女客负手而立的地方走去。

船头吃水更深一些，玉瑶也没有和女客聊天的想法，只是饶有兴味地看着四周的风景。

湖水穿过山峦，被山染成深深的绿色，站在水面上，似有望不到头的观感。

"你终于来了。我等你很久了。"

玉瑶听见有人说话，环顾四周，才发现是女客。

"你在等我？"玉瑶吃惊地问。

女客转过身，将帷帽摘下，一头乌发顺着纤细的脖子滑下，她抬眸，对玉瑶莞尔一笑："不错，我姓花，单名尘。"

那张脸肤白如雪，黑眉红唇，那双眼中的盈盈流光宛如水波。玉瑶素来自诩美貌，在花尘面前莫名有了被比下去的感觉。

"我、我不认识你。"也许是花尘的美震撼了玉瑶，玉瑶说话都磕巴了。

"我知道，在见到你之前，我也不认识你。"花尘和颜悦色地道，"但此刻过后，我们就认识了。"

"哦？看来你找我是有事相商，我一向不爱绕弯子，你说吧。"玉瑶隐约觉得花尘身上有一种吸引她的气质，又说不出个所以然来。

花尘知道玉瑶现在很迷茫，她抬手，撩起耳边的碎发，别到耳后，那里的火红胎记若隐若现。

玉瑶瞪大眼睛："舍离珠？"

"不错，我一直在想，这胎记为何独独在月中显现？这么多年了，我始终在努力寻找和我一样奇怪的人。没想到的是，你和我做着同样的事。"

事情倒是一样，可说起目的，玉瑶不敢苟同。她找他们，是为了从他们身上夺走舍离珠。

"你不必担心，就算你不开口，我也希望你能帮我把舍离珠带走。我对你没有恶意。"花尘明显有所隐瞒，她只是没有敌意而已。

玉瑶松了一口气，不由得好奇地问："之前几个人躲我还来不及，你怎么会主动送上门？你知不知道如果没有舍离珠，你会是什么境况？"

"短寿三十年，异能消失。"花尘的口吻轻松，毫不在意。

玉瑶更好奇了，如此绝世美人，怎么会不爱惜自己的皮囊？就算是个孩子，一瞬间失去三十年的寿命，那损失也不小。

花尘将目光转向波光粼粼的湖水，声音平静："你看，已经下雨了。"

小舟只有一个船舱，三个人挤进去未免有些难受，船夫也不想在雨中行船，只得加快了速度。他行舟多年，深知如果雨势变大，会有不少潜在风险，说不定会招致灾祸。

下雨了，花尘眼中多了几分哀伤，她的口吻倒是始终淡淡的："不到半炷香时间，我们就会抵达湖对岸，莫如在这时间里，我给你讲个故事。我不喜欢人多的地方，上了岸，我们就得分道扬镳了。"

"你还真赶时间。"玉瑶勉为其难地道，"好吧。"

—2—

体内藏着舍离珠的人，都有异于常人的能力。陈瑛力大无穷，张孝之能读人心，杜春能使用幻术。花尘也不例外，她身带奇毒，可让万物枯萎。

花家乃大富之家，父亲重男轻女，可惜花尘是个女孩。她一出生，就毒死了娘亲和接生婆。起初花父只觉得是意外，然而她一出生就有人因她而死，花父难免觉得她不祥，便一次也未曾抱过她。

后来，照顾花尘的仆人相继死亡，花父才意识到花尘有问题。

花尘接近的地方，花朵会枯萎，树叶会凋零，动物也会倒地不起。

花父更厌恶她了，将她锁在屋子里，不许人接近她，只是每天按时供应饭菜。

屋子的朝向不好，仅有早上到中午那段时间才有阳光，剩下的时间总是阴冷异常。如果是普通孩子，或许早就夭折了，花尘则不同，她身体尤为健康，并没有因为失于调养而生病。

没有人对花尘好，因为大家都知道，花尘是个异类。她就像牡丹花蕊里藏匿的一根毒针，看着鲜艳诱人，碰到难免会置人于死地。

花尘起初不知大家为何疏远她，随着年岁渐长，她也感觉自己是个不祥之人，会给人带去不幸、灾难。后来，花家家道中落，花父因病亡故，花尘成了没有人管的孤儿，她才获得自由。

她背起行囊，行走四方。

当她浪迹天涯时，遇到了一个叫陈德伟的进士，他温柔体贴，给了她从未有过的人生体验。情窦初开来得虽晚，但确实来了。她想，孤苦了小半生，终于可以有一个温暖的家了。

当陈德伟靠近的时候，花尘总是保持距离。他起初以为她是害羞，后来知道她在刻意疏远。他质问缘由，她忐忑地讲她与别人的不一样。他不信，她便让屋前的草木枯萎了。

"即便你身带奇毒，我也不会嫌弃你的。"陈德伟眼含深情。

然而暗地里，他找人伏妖。白日里，他是翩翩公子，午夜时，又时时惊醒，夜不能寐。

花尘看着他表里不一，悲从中来。

即使如此，她也未曾怪过他半分，只觉得这世界荒唐可笑。

她是异类，无缘于人间之爱，只得在阴暗之中行走。她有喜怒哀乐，这一点与普通人没什么两样，偏偏又受这残忍的折磨。

回想他往日温情，念及终究会幻灭的明天，到此为止已是上天对她最大的偏爱。她想，怎么可以让心爱之人因她夜夜惊惧？

花尘在子时离开，陈德伟猛然惊醒。月光下，他望见了花尘背着包袱的背影，想喊住她，又犹豫了。他的手伸在半空，朝向花尘，又虚弱地放下。他的腿很沉，沉得下不了床，于是咬了咬牙，再度躺下，仰面望天，身体纹丝不动。

一个包袱便是花尘的所有，她带着她的包袱出发了。

花尘彻底断了和尘世产生联系的想法，也更加确定，她的存在，只会给人带来痛苦。她那余生有家的信仰，也随之坍塌了。

走在街上，人来人往，只有她，形单影只。她明明已经走进了长巷的烟火气中，与人摩肩接踵，可还是少了某种重要的关联。本来人声鼎沸，她又觉得周遭静寂。一个声音在她心中响起——几时可如愿，做个凡人？

抱着这样的期望，花尘度过了一百年无趣的时光。等到她身边的人都老了、死了，她还是那副样子，美貌惊人。

花尘这才知道，上苍赋予她可悲的体质时，又赐予了她不老不死的身躯。

没有亲朋伴侣，却长命百岁，花尘好几次都想过离开这花花尘世。

她试了无数种方式，总不能如愿。

一直到花尘一百三十岁生日之时，她终于放过了自己，走出家门，试图为自己找点乐子。

她做不了见光的事，只好去做盗墓贼、去土匪窝里杀强盗……这些年，但凡能够做的事，她都尝试了一遍，现在，她在李家做琴师。

—— 3 ——

玉瑶这一路听花尘的故事听得昏昏欲睡，现在终于来了点精神。她好奇地问："你不是碰什么都不行吗？怎能做琴师？"

"古琴只是死物，我每每奏曲，宾客都坐在台下，即便教琴，也不会触碰我的学生，因此一路过来有惊无险。"

花尘所在的李家乃望族，长辈颇为重视族中子女的教育。

花尘用了二十年的时间，让自己琴师的名声享誉无庸城，李家家主特聘她入府教学。

花尘的学生一共有五个，其中最小，也最顽劣的学生叫李为开。

李为开年方十六，最不喜欢上课，不论是跟着夫子念之乎者也，还是跟着花尘练习无聊的琴技，他总是坐立不安。

窗外的鸟叫、草丛里的蟋蟀鸣、路过丫鬟飘摇的裙摆……都能动摇他学习的心。

不专心便罢了，更要命的是，李为开不学无术，整天吊儿郎当，坏事做尽。譬如，他和同伴赛马，当街踩伤了人，砸坏了别人的摊子，他甩甩衣袖便扬长而去，声称自己乃无庸李家子弟，那人在他赛马的时候不知避让，活该被踩。

李为开特别不喜欢一位夫子，心生歹念，半夜纵火。

在无庸城，纵火之罪仅次于杀人，李为开那次烧了大半个私塾，差点把李老爷子气死。

他如此行为不端，也未去坐牢，只是被罚了禁闭。有李家在前打点疏通，辅以银钱开路，府衙找了个替罪羊顶罪，此事便算了了。

所有的赔偿在李家看来不过九牛一毛，李为开的生活质量也没有因此受到一点影响。

李为开不仅嚣张跋扈，还沉迷女色。美人当前，他全无方分寸。府中但凡有姿色的侍女，他都揩过油。富贵人家最不屑勾栏教坊，他却无所谓，曾为花魁一掷千金，甚至和别人大打出手。但把对方赎出来之后，他又弃如敝屣，让对方郁郁而终。

年纪轻轻，他便臭名昭著，所有人视他如魔鬼，唯恐避之不及。

见所有人都怕他，李为开得意极了。所以当琴师换成花尘的时候，李为开在台下旁若无人地聊天，瓜子皮吐得满地都是。

"我听说花先生十年前便以一曲《都城故梦》享誉无庸城，现在又是十年过去，起码也有三十多岁了吧？你们不妨猜一猜，这帷帽下面是不是藏着一个老太婆？"

他的推测不无道理，就算花尘天赋异禀，也应该年龄不小。更何况很多出名的琴师早已白发苍苍，所以他怀疑，花尘也不例外。

花尘从来不许别人靠近，整日戴着帷帽，更让这个纨绔心痒难耐。

他想一探究竟，旁人忍不住提醒："花先生说，谁都不能见她的脸。就算城主也不能。"

"城主也不能？那城主见过了吗？"李为开特别好奇。

"这……我就不知道了。我觉得应该见过，或许还被吓着了。"

按照李为开他们的设想，如果花尘是个美人，又怎会不以真面目示人？城主又怎会不动心将她纳入城主府？

既然遮遮掩掩，必定是因为——花尘是个又老又丑的老太婆。

花尘笑而不语，她想，他们真是天真可爱。

她活得久了，见谁都觉得可爱。

无庸城城主的确见过她，只是结局和他们设想的不一样。城主司空辉乖张暴戾、喜怒无常，他一门心思都用在维持司空家的荣光上，对男女之事并无特殊癖好，花尘三言两语便打发了他的好奇心。

"先生，我这儿有一个指法不太顺手，你帮我看看怎么回事，如何？"李为开吊儿郎当地说。他和同伴合计好了，等花尘下来，他就趁势把花尘拉进怀里，掀开她的帷帽。

花尘自然看穿了他的小心思："你的指法没有问题，只是疏于练习而已。"

李为开一计不成，又生一计。中午花尘休息的时候，他恭恭敬敬地捧着一杯茶上前，道："先生，您今天的课真是让学生醍醐灌顶，茅塞顿开。这是学生家中珍藏的碧螺春，您尝尝。"

花尘哪里相信他会好心敬茶，他方才什么学习态度她又不是看不见，她淡淡地道："你把茶放在边上就好。我有空再喝。"

这话彻底惹恼了李为开，他装孙子而已，又不是真孙子，直接把茶杯砸在地上，冷斥道："我给脸不要脸，那就别怪我不客气！"

给李为开当先生是技术活，花尘生怕他自己想不开撞上来，葬送大好年华，所以早有防备。她手握剑柄，稍作格挡，人也迅速后退。

李为开吃痛，跌坐在地，气急败坏地大叫："你、你竟然敢推我！"

那种唯我独尊的调子像一个长不大的孩子，花尘失笑。

大家都当看热闹，也不敢和李为开多话，个个作壁上观。花尘还是一副波澜不惊的模样："我是你父亲花了大价钱聘入府的，你没资格碰我，也伤不到我。"

"你、你既然拿我们家的薪饷，就是我们家的狗，我让你吠，你就得吠！"李为开没受过这种气，什么幼稚的话都往外蹦。

花尘丧失了对这孩子的耐心，背着琴转身走了。

李为开大为震惊，忙追上去："谁让你走了？"

腿长在花尘身上，花尘想走就走。

事后，李父臭骂了李为开一顿，还逼李为开跟花尘道歉。花尘就坐在李父身边，气定神闲地喝着茶。

李为开怎么会有心道歉？更何况，花尘也不喜欢这种形式上的道歉。如果李为开不高兴了，只会一直找她麻烦。她波澜不惊道："不必了，下次注意就好。"

李父也只是让李为开做做表面文章，维持他李家一个有家教的好名声而已。李为开是什么样的人，他怎么会不清楚？

"先生大人大量，李为开，还不谢过老师！"

李为开好容易才说服自己道歉，现在又要说谢谢，只觉得无比别扭。他慢吞吞地走到花尘面前，就在大家以为他要说话之时，他忽然变戏法似的抽出一把折扇，狠狠地扇花尘的帷帽。

花尘大惊起身："你……"

李为开嚣张地继续扇着："丑八怪、老太婆，我今天就让你现原形！"

花尘忙压低帽檐，跑了。

李父气得脸都变成了猪肝色，喝道："你个逆子，还不给我跪下！"

李为开对他做了个鬼脸，跟着跑了出去。

李父气得再也说不出话来，一屁股跌坐在太师椅上，心脏突突地跳。

— 4 —

花尘有时候觉得自己就像埋在地里的金子，地上插着一块木牌，牌上写着"此地无银三百两"。她吸引着别人的视线，让人想去探究。可如果她自己把土刨开，难免会惹来更多的麻烦。毕竟，哪一个贪钱的人会想到，那金子的表面淬毒了？

花尘有意和李父辞去琴师一职，李父却仿佛是自己犯了错，十分沉痛地忏悔："先生，都是我教子无方，你若走了，我这脸就没地方搁了。"

"我并非良师，即便留下来也没有什么益处。"

李父可不这么想，能和李为开在第一次交锋的时候毫发无损，已经说明花尘有出彩之处了。

花尘去意已决，李父是说不动她的。她没想到的是，刚一出门，她就被李为开绊住了。

要不怎么说大丈夫能屈能伸？李为开不知道中了什么邪，赤着上身，背着荆条就来了，效仿的是负荆请罪那一套，一来就是三跪九叩，痛哭流涕，忏悔自己的罪行。

"是我不该在先生的课堂上捣乱,更不应该故意戏弄先生,求先生原谅我,继续授我琴技!"

他大彻大悟的样子,真让花尘怀疑有人给他灌了迷魂汤。

花尘并不是被他打动了,只是他家一老一小都如此,让她为难。她以后若还想抛头露面做琴师,此刻就必须给李家一个面子。

"好吧,下不为例。"花尘也没有扶他,只是淡淡地说。

李为开此人虽然顽劣不堪,但模样和身材都很好,他穿着普通衣服的时候看不出来,打赤膊的时候花尘才发现,他有一身肌肉,想必是练家子。

原来李为开特别喜欢骑射,也喜欢武术,他平时执着于驯马和射箭,所以不喜欢之乎者也,觉得太无聊了。

文可安邦武能定国,事实上,富家子弟的长辈多数不愿让孩子习武,他们受父辈的庇荫,根本不需要冲锋陷阵九死一生,若是让孩子走从武一途,无异于把孩子往火坑里送。没人知道李为开在马场驰骋的时候心里想着什么,只知道他在每次赛马时都努力拔得头筹。

李为开可不是一个大度的人,他负荆请罪不过是作秀,他真正的目的还是把花尘留下,再行羞辱。

从来没有一人敢推他,就算是他父亲,见了他这个混世魔王也不敢惹,顶多呵斥几句。这女人竟然敢以剑格挡,是想要他李少爷的命吗!

李为开一回到屋里,就把荆条全部卸下,换上了圆领长袍。他吃着茶,越想越生气,单手就把荆条摁断了。

"哼,不就是一个老太婆,也敢自称先生?看我怎么收拾你!"

花尘独居于李家附近的一处小宅院里。这些年她做了很多事情,用自己所赚的钱买地与酒庄,所以在各处都有可以栖身的地方。

李为开对花尘一无所知,下课后,他悄悄跟踪了过来。旁边的同伴忍不住问:"李哥,你打算怎么办?"

方才见李为开在课堂上规规矩矩,加上他负荆请罪的传闻,他还以为李为开改邪归正了。后来他才知道,除非太阳打西边出来,否则李为开就不会成为一个正常人。

"老太婆太神秘，总是不和人来往，不过……既然惹了我，就算她什么都不做，我也不会让她好过。"李为开小声地道，"回头找梯子过来，我要溜进去。"

同伴打趣："旁边不是有个狗洞吗？现在就可以钻过去。"

"再废话我抽你！"李为开瞪大眼。

同伴急忙跑去拿梯子了。

李为开到附近的药铺买了点让人发痒的药粉装在兜里，等到晚上，他招呼几个狐朋狗友架起梯子爬上了花尘宅院的围墙。

花尘的防范意识远超常人，院墙也比别家修得高，李为开和朋友们爬到墙头，看了看地面，那高度让他们心里直发怵。

"李哥，要不咱们还是敲门进去吧？这么高，要是摔下去的话，恐怕会断胳膊折腿。"有人建议。

李为开推搡了一下身边的人，生气地道："这点高度你们就怕了？你，先跳下去试试！"

"我不敢！"那人慌忙摇头，"我怕自己会大叫。"

"没用的东西！"李为开恼怒地呵斥一声。

几个人在墙头踌躇了半天，李为开一度想自己跳了，但还是没有。他也知道，这么高的墙头，掉下去不死也得半残，只好悻悻地沿着梯子又爬了下去。

"死老太婆，住的哪是屋子，根本就是牢笼！"李为开更生气了，可是，他对此一点办法也没有。

先把别人推下去，肯定会打草惊蛇，在上面逗留久了，又容易暴露目标。

就在李为开思考起钻狗洞的可能性时，有人提议："不然咱们再找一根竹竿吧，一个人先爬上墙头，在那儿固定竹竿，其余的人顺着下来，然后大家再像叠罗汉一样，接上面的人下来。"

"你也是有脑子的嘛！"

说干就干，李为开一行人又风风火火到河边砍了一根竹竿，又一次顺着梯子爬了上去。李为开自认力气最大，也不想被人踩在脚下，所以他做了撑杆人。好不容易全部翻进院子，他一转头，发现花尘站在他们身后。

老实说，花尘已经看他们表演一阵子了，看破不说破而已。

李为开等人都很尴尬。

沉默半晌，花尘先开口了："几位是来找先生我的吗？为什么不走正门？"

李为开嘴角抽了抽，早知道会被发现，费半天工夫干什么？

今天的计划以李为开一行人弄得满肩膀脚印告终，李为开后来才发现，他买的痒痒粉在行动的时候爆开了，全部洒到了裤裆里。

他痛不欲生，在床上哭爹喊娘地难受了十几天。

— 5 —

花尘今天上课，看见了久违的李为开。

他低着头，在课桌下写写画画，花尘讲的，他一点都没听进去。花尘忍不住问："李为开，你在干什么？"

"他在写先生的名字！"有人将他的纸抓了出来。果然，宣纸上密密麻麻都是花尘的名字，只是全都写在画的乌龟壳里。

"谁让你乱动我东西！"李为开大怒。他因为想害花尘导致自己受难，恨得狂躁，所以一直在背后诅咒花尘。

花尘语气很淡："看来当初的负荆请罪是假象，你对我的恨意非常深啊！"

李为开也不掩饰："我还没见过像你这样令人讨厌的死老太婆！"说完，他把笔扔了，甩手走出了屋子。

其实他更痛恨的是自己，明明是不可一世的混世魔王，怎么屡屡在同一个人身上栽跟头？

李为开拔剑，拼命地挥砍花丛，花尘追了出去，见他把花园里弄得一地残花，忍不住摇头，叹息："你怨恨我，何必拿花出气？我早早便说不当先生，你偏要我留下。我留下了，你又如此不痛快。"

李为开也想着，也许让花尘走了，自己就好受了。可他又觉得不甘心，他白白受了两次难，怎么能轻易让她走？

李为开心里憋着一口气，什么也没说。

好几天，李为开泡在马场里，酣畅淋漓地驯马。下个月有马术表演，虽然李父不希望他参与，但每年的马术表演他都没有错过。

李父早已经习惯儿子丢他的脸了。

李为开今年的志向变了，并不强求在表演中拔得头筹，他听说父亲盛情邀请花尘在开幕的时候弹奏曲子，随后花尘会和大家一起观看表演。

花尘起先多番推辞，直到李父答应她，单独给她一个不受人打扰的棚子，她才勉强答应。

城主都没她这么大排场。李为开心道，摆谱！花尘这点倒是和自己不相上下。可她凭什么！自己可是世家公子，她只是个小小的琴师，却在自己面前摆谱！

李为开发誓，这次在马术表演时再不能让她吃亏，自己就重新做人。

李为开算是发了毒誓了，因为他的自信不允许他失败。他若败了，就意味着他这么多年来的理念都是错的，他没资格豪横。

终于等到了马术表演那一天，花尘衣袂翩翩，坐在一个高台上，抚琴奏曲。

台子高是为了避免有人闯过来，不论是出于什么原因，花尘都不愿意看到这种事情发生。

李为开和其他的马术师一起，在后场打量着台上的花尘。

花尘一改往日的素雅穿着，身穿绣碎花的粉色罗裙，就像初春的花骨朵，青春芬芳。

李为开不由得嘀咕起来："这老太婆还挺爱美，一把年纪了，穿少女的衣服，不过戴着帽子，谁也不知道她其实是老太婆。"

"你说她是老太婆？我看未必。"有人分析道，"她若真是老太婆，那抚琴的手指怎么会如此纤细光滑？"

"不会吧，这么远你也能看出她手指光滑纤细？"李为开惊讶极了。

这大哥说得不无道理，以前他一心和花尘作对，觉得她是个老太婆，但仔细想想，花尘抚琴的时候，露在外面的手的确非常漂亮，丹红的指甲，葱白的肌肤，怎么看都不像是老太婆的手。

"有没有可能，她除了一双手，全身都皱巴巴的？"李为开想到那模样，只觉得浑身一激灵。

花尘不可能是年方二十的姑娘！她十年前便声名在外，李为开的父亲说起她津津乐道，说是小时候有幸聆听妙音，宛如天籁绕梁三日。

一个能让父亲如此敬重的人，怎么会是个小姑娘？

一曲完毕，花尘从高台移步到旁边特设的棚子里，周围有士兵守卫，没有人能够进去。李为开第一个策马而出，为大家表演马术。

大家纷纷看着李父："令公子真是博学多才，连骑术也这么好。"

李父只觉得丢人，笑得脸又僵又酸。

大家都把李为开当猴子看，偏偏李为开乐在其中。他策马在场内跑了一圈，在马上表演倒立、双腿夹住马身卧倒……他表演了一些高难度的杂技后，又策马跨过火圈，然后便可在欢呼声中退场了。

李为开本计划着退场时策马冲进花尘的棚子里，把她踩踏一番。可计划不如变化快，方才马尾染了火星，竟一下子燃烧起来。马吃痛，在场内胡乱扑腾，李为开抓着缰绳，不管他怎么喊，马都不停。

眼看李为开就要重重摔倒在地，救场的马术师还没出来，花尘先一步跨进场内，一掌拍下去。马儿没有任何挣扎，当场死亡。

李为开滚落在地，受了轻伤，他顾不得疼痛，怔怔看着面前的花尘。

刚才风吹起了花尘的帷帽，虽然只是一瞬间，他也看见了。

帷帽后面的容颜，惊世骇俗。

李为开生性好色，自认为看遍无庸城的美色，也曾以为世上再没有能让他心动的女人，直到方才那一刻，他被自己叫了那么久的老太婆惊艳了。

大家都忙着察看李为开的伤势，来不及想为什么花尘一个娇柔的琴师竟然能够一掌拍死烈马。

花尘想，她之所以出手，只是因为悲悯。

李为开戏马时的飒爽身姿，也曾让她生出一瞬的羡慕。可现在的她，无论如何都雀跃不起来，心境不如当年。

6

"我要见先生!"大夫正在给李为开看病,李为开不管不顾地喊着,"谁也别拦着我,我现在就要见她!"

李为开觉得自己被骗了,被帷帽骗了,被花尘的伪装骗了。更让他不能原谅的是,他明明很恨她,她还是选择救他。在她出手的瞬间,一个高贵,一个卑劣,形成了鲜明的对比,他非要找她讨个说法。

李父怕他伤筋动骨,连忙道:"都别愣着,把花先生带过来!"

"老爷,花先生说她有事已经走了。"

"走了?"李为开彻底坐不住了,推开所有人跑了出去。

花尘只能不辞而别。她单手打死烈马已经够震撼了,要是让人发现那马死于奇毒,她定然要被盘问一番。

她不想杀生,然而事出突然,由不得她犹豫。

每每避无可避,事情总是以悲剧收场,所以她必须早早离开。

没想到,李为开还是堵住了她的去路。

花尘后来想,或许这就是孽缘的开始。

李为开这个半大不大的孩子,用不可一世的口吻大声地道:"先生!我不许你走!"

"凭什么?"

"因为你救了我,我不能欠你的!"

花尘担心有人发现马因何而死,只想尽快摆脱他:"就算是路边野狗死了我也会动容,我救你也没什么奇怪的。"

"你我素来不合,你怎么会把我当成可怜的野狗?"李为开想来想去,只能得出一个结论,"先生,其实在你眼里,我也很特殊吧?"

"喀喀……"人不自恋枉少年,花尘算是理解了这句话的意思。

但是……李为开用"也"字,他什么时候把自己当成特殊存在了?

在李为开之后,李父也来了。他躬身表达谢意:"先生救犬子一命,我还没来得及答谢,怎么着急走?"

"就是，我现在不许你走。"李为开又强调。

花尘见那么多人挽留她，心生犹豫。若是她此刻真的走了，只怕会被围追堵截，不如先应承下来，再徐徐图之。念及于此，她叹了一口气："好吧，我不走了。"

李父和李为开邀花尘回家，为她摆宴席。她一再婉拒，才打消了他们的念头。

花尘不知道的是，李为开之所以对她刮目相看，并不仅仅因为她救了他，也不仅仅因为她的真容被他窥见，更因为，她一掌拍死马的壮举让崇拜武力的他惊为天人。

会弹琴并不稀奇，但能徒手打死一匹马，不免让人怀疑，她其实是深藏不露的高手。

果不其然，课堂上，混世魔王李为开根本无心学琴，问的都是和琴技风马牛不相及的内容。

"先生，你到底是怎么单手把马拍死的？"李为开眼中闪着耀眼的光芒。

"我听说那马中了奇毒，但我不相信你能在这么短时间内给马下毒，还是说那天你备好毒药，原来是想搞刺杀？"

花尘咳了咳，若是再不阻止他，恐怕等她听到流言的时候，会完全忘记真相究竟是什么。她佯怒："李为开，课堂上不要大声喧哗。"

李为开立刻闭嘴了。

大家面面相觑，李为开怎么会如此听话？

课后，有人推搡李为开，揶揄道："李哥，你怎么转性了，以前不是最讨厌花老太婆？"

"老太婆？"李为开鄙夷地一笑，"你们真是无知小儿，能让大名鼎鼎的花先生教琴，是何等荣耀！你们若是把她当成死老太婆，只能说无福消受这天籁。"

"我看不是我们无福消受，是李哥你变了。怎么着，被她救过你感动了？"

"谁感动了！你们别没事找不痛快，小爷的拳头不是吃素的！"

"说你两句你还急眼了。玩不起呢！"

大家笑话几句，又一哄而散。李为开也不知道自己究竟怎么了。为什么别人一提到花尘，他的反应会那么大？

虽然他承认花尘的真容惊艳了他，也承认花尘一掌拍死马让他非常震惊，但是这也仅仅说明，花尘能入他的眼。

李为开越是想不明白，越是会翻来覆去地想，见到花尘的时候，越会不着痕迹地打量她。

李为开炽热的目光让花尘有所觉察，在她眼里，李为开只是个不谙世事的少年，她从来没有想过，少年会对自己产生奇怪的感情。

花尘容颜看着年轻，可她论起辈分，都可以做李为开的曾曾曾祖母了。

和李为开一样喜欢马术的世家公子不在少数，因为每年纨绔子弟们都会举办一场骑射比赛，和马术表演不一样，骑射比赛被父辈们重视，凡是能在骑射比赛中胜出的公子哥，都是骁勇、强健的存在。

李为开每年都无法获得冠军，因为他有一个死对头，城主司空辉的堂弟司空翎。

李为开再不可一世，在司空家族面前，终归低人一等，但李为开每次绝不会像其他人一样，刻意忍让司空翎。他失败，只是因为技不如人。

司空翎的马术师父乃无庸城百年一遇的天才，若是能得到同样的教导，李为开觉得自己一定能够成为第一，可惜他既没有司空翎的身份与地位，也没有能让师父青眼相看的实力。

如此一来，司空翎更神气了，这让李为开想打人。

有一日，司空翎竟堵住了花尘回家的路。司空翎骑在马上，青色长袍顺着马背垂下，眼眸深深地凝睇花尘。

他从头发丝到脚趾都散发着高傲和尊贵之气，模样也远比同龄人成熟，散发着致命的吸引力。

"司空翎，有事吗？"花尘对他并无印象。

"花先生，我有幸在马术表演上听过您的妙音，不知道能不能邀请您到我府上奏一曲？"

花尘不相信这个高傲又略显油腻的少年邀请自己出于诚心，婉拒道："我虽有心，但今天身体抱恙，恐怕难以前往。"

"花先生身体不舒服？"司空翎关切地道，"要不要给您请大夫？"

"不必，我回去躺两天就好。"

花尘想走，两个护卫拦在她身前，她皱眉："司空翎，这……"

司空翎挥手示意护卫散开："都是我管教无方，但我真的喜欢花先生的音乐，相信我的诚心一定会感动花先生。"

花尘不置可否。

她本来还以为李为开不会对她动手动脚，或许她可以在此久住，没想到现在又生变故，这次她再也不能留下来了。

训练场上，李为开和司空翎一起比赛。平时，两人训练的场地是分开的，但李为开今天骑着马就进来了，趁司空翎跑的途中弯道超速，一直跑到终点。

司空翎皱眉："李为开，你知道惊扰我练习的后果吗？"

李为开听说他刁难花尘，早就气得火冒三丈，哪还管礼仪尊卑："司空翎，你生平最讨厌的就是琴，为什么要请花先生入府？"

"你凭什么认为，我要回答你？"司空翎面带微笑，可他的笑容让人特别不舒服，其间的轻蔑意味一览无余。

李为开这种频频挑衅他地位的人，就像夏天的苍蝇，可无论怎么样，也没有办法让它彻底消失。

李为开语塞，他很生气，气自己竟然没有办法逼问司空翎。

他太憋屈了！

"我告诉你，你别打花先生的主意，她和你接触过的所有女人都不一样。"

"是吗？我倒觉得，现在想要对花先生做什么的不是我，是你。"司空翎冷笑，"你想同我争，恐怕争不过。"

"谁说我想和你争？"李为开气急败坏地问。

"连自己的心意都搞不清楚，就来砸我的场子？还是省省力气吧。"司空翎冷冷地道，"你今天扫了我练习的兴致，但我大人有大量，就不追究了。"

他掉转马头，扬长而去。

7

李为开这样的纨绔子弟很少受打击，尤其是在对方践踏自己尊严时。

有很多次，他都想不顾一切地冲上去揍对方，可转念一想，对方也有无数次想过揍自己，心里就平衡了。

和李为开一样不清楚司空翎为什么缠上花尘的，还有花尘本人。她想了很久，只能认为司空翎在好奇自己怎么单掌拍死了马。

三十六计，走为上计。花尘收拾好东西，锁了宅子，打算离开无庸城，继续她漫长而无趣的旅程。

每当她认为自己能够轻易走开的时候，李为开总是忽然出现。这一次，他没有用梯子走侧门，而是刚好抵达她家正门口。

是司空翎提醒了他，其实他已经爱上了花尘。所以他必须在司空翎先下手之前，向花尘表明心意。

李为开冒冒失失上前，差点抓住花尘的手臂。花尘下意识地避开，李为开只抓到了她半片袖口。

"你想干什么？"花尘皱眉，稍稍用力，就把自己的半片袖口给拽了出来。

她这次出门既没有背琴也没有带行囊，李为开还以为她只是出门走走。

"花先生！"李为开虽然演练过几次，但一见到花尘，没想到自己会变得磕巴起来，"花……先生，我……我喜欢你。"

他还是语不惊人死不休，花尘无言以对。

花尘的感情史简单，自从她离开陈德伟以后，便心如止水了。一听到李为开说喜欢她，她除了惊讶，并没有多余的想法。

"花先生！请你相信我！"也许是开了一个头的缘故，此时李为开的胆子更大了，"我真的喜欢！"

"你还是个孩子。你不知道什么是喜欢。"

"不，我知道，自我被先生所救后，每天都在想先生！"李为开激动地说。

花尘有些尴尬："李为开……可能那只是你一时的错觉，现在我已经很老了，我只是个丑老太婆，你要是看见我的样子——"

李为开打断她："花先生，我看到了。"

他早就看到了，那面纱下面的面容，那惊鸿一瞥。

花尘大惊失色，这一幕与往日是多么相似，当年的陈德伟也是……

李为开上前一步，强调道："如果你想骗我，门都没有。花先生，你是不是因为我经常骂你老婆婆，经常做让你讨厌的事情，所以你不喜欢我？"

李为开还是太年轻，他根本不懂两情相悦。

当然，在他过往的情史里，他也不需要两情相悦。只要他喜欢就可以了。

花尘也没有办法解释，两情相悦并不是等价交换。她只能回答："不是。"

"那就好了，我喜欢你，你做我的人，不要理司空翎。以后不论他对你说什么，你都不要理他。"

"你喜欢我和我没有关系。"花尘还是第一次见到这样霸道的表白，不得已只能找理由继续拒绝，"我不喜欢你，也不会听你的话。你真的没有一点值得我喜欢的地方，你顽皮，喜欢欺负人，不爱听课。我听说你曾放火烧夫子的居所，当街策马踩坏百姓的摊位……"

李为开终于不傻了，他听出了花尘深深的嫌弃。

他以前不觉得自己做错了，现在才意识到，自己所做的事情多么令人厌恶。

"我可以改，我改了你就喜欢我吧？"李为开坚持道。

反正自己要走了，应承他也无所谓。她想。像李为开这种纨绔子弟，只是喜欢美女而已，等到他发现改正陋习比被喜欢难，就会放弃了。

"嗯。"花尘轻轻地说出这个字。

然而花尘不知道的是，之后李为开竟然断了一切社交，每天都在马场勤奋练习，以此打发时间，以及不再无所事事，或者为祸一方。

花尘本想神不知鬼不觉地离开无庸城，但人还没有走出无庸，就被一直盯着自己的司空翎拦住了。

"花先生，你怎么不等我诚心打动，就急着走？是不是因为李为开那小子？"司空翎显然很生气，花尘当众拒绝让他没面子也就罢了，竟然机会都不给自己留。

花尘想到李为开之前的举动，一个猜测隐隐在脑海浮现。

其实吸引司空翎的不是自己精湛的琴技，而是在马术表演那一天，他是在李为开之后第二个看到自己真容的人。

不同于李为开的尊重，他的占有欲更加强烈。

想要占有，必然会产生触碰，花尘带毒的秘密也会被抖出来。如果司空翎惧怕她，也许还会和陈德伟一样，找猎妖师针对她。

司空翎的挑衅就像一个火苗，把花尘积压已久的哀怨都逼了出来。

"我走不走和李为开没有关系，和你也没有关系。"花尘冷笑，"你最好别拦着我，不然我会让你死得很难看。"

司空翎笑了："你可知道我是谁，敢这么跟我说话？"

"当年城主见到我也要礼让三分，你算哪根葱？"

"既然你执意如此，我就不客气了！"司空翎用手势示意，他的护卫立马上前捉拿花尘。

— 8 —

花尘左手右手各抓一个，须臾之间，司空翎的护卫就当场暴毙。

花尘向前一步，司空翎的爱马就后撤一步，即便没有正面交锋，它也闻到了危险的气息。

"你到底是什么怪物？"司空翎声音有些发抖了。

能跟在他身边的都是一等一的高手，但刚才花尘杀得毫不费力。

"你管我是什么。"花尘冷冷地道，"你惹了我，就要死在这里。"

司空翎顿时慌了神，花尘的实力，他是领教过的。他当即滚下马鞍，痛哭流涕："花先生，是我年少不懂事，你饶我一命，求求你了……"

他那副孬样子瞬间让花尘失去了杀他的欲望，她瞥了一眼，淡淡地道："既如此，从现在起，你就滚出我的视线，越远越好。以后若是再做惹我生气的事情，我决不会放过你。"

"我知道，我再也不敢了。"司空翎连连点头。

司空翎在城郊大肆阻拦花尘的事情被李为开得知，李为开气急败坏，不顾一切地上门找司空翎对峙："司空翎，你到底对花尘做了什么？"

司空翎害了惊悸病，夏天裹着被子在屋里瑟瑟发抖。

李为开没想到意气风发的司空翎会变成这样，还以为他是故意的，揪着他衣领又恶狠狠质问了一遍。

司空翎总算回过神来："你问错人了，我怎么可能是她的对手。你别以为她只是个普通人，若是惹急了她，不会有好果子吃！"

司空翎说得颠三倒四，但李为开还是听清楚了。

他猛然意识到，那天他的马儿受惊，花尘单掌就打死了它。

李为开策马来到花尘的私宅，里面早已空无一人。他更意外地发现，花尘竟然一人独自住在那么大的宅子里，甚至没有雇一个仆人。

满院子都开着花，但都是假的，风吹不掉，雨淋不坏，又假又鲜艳。

宅子里面还藏着很多李为开不曾见过的东西，一把金柄铁制长刀，刀鞘生锈了，不知道有多少年没用过。

一张青铜面具，图案特别诡异，世所罕见。

几身夜行衣。

名画、瓷器、孤本……

琴在花尘的人生中，甚至不及百分之一。为什么十年前就凭借琴技出名的人，生活里几乎没有琴的影子？

他自然不知道，花尘有那么多的身份，一个身份暴露后，就变换另外一个身份，不甘心地和自己的命运对抗。

然而花尘还是低估了纨绔李为开，他一旦喜欢上什么，便不会轻易罢手。

五岁时他想要学马术，十八岁了还在坚持；十岁时他想要在赛马场战胜司空翎，二十岁了仍在努力。

李为开在花尘离开后，做了很多事。

他想努力变成花尘喜欢的样子，也想了解花尘不为人知的一面。

他差人打听花尘私宅内青铜面具、金柄长刀的来历，分析花尘留在院里的每一件器物。

他去茶楼里听说书人讲故事，他想从说书人的口中了解古往今来的奇女子们匪夷所思的经历，好联系那些器物填补他对花尘过往岁月的想象。

他在花尘的院子里一坐就是一天，以梦中身，叹隙中驹。

花尘在游历了五年后，再度回到了无庸城。

花尘在各个地方都有宅院，但私藏最多的，还是无庸城的宅院。她在每个宅院里都放着差不多的东西，所以每每离开，都可以不带行李。

现在她想变卖无庸城的宅院，彻底告别这个世界。

这么多年的光阴，终于让她看清楚一件事，上天并非怜惜她才给予她不死之身，而是厌恶她，让她不老不灭，始终不能接近任何人。

她入不了世，出不了世，只能把自己锁起来，不接触外人。

她太孤寂了，决意散尽家财，把自己塞进棺材里，用迷药迷晕自己，醒了再迷晕，靠着这样无聊的重复，陷入无尽的沉睡之中。

花尘推开宅院的门，忽然听到了鸟儿喁啾的声音。然后，她看到了满院子的繁花。她闻到了花香，沁人心脾，很明显，那些花不是假的，它们鲜艳，且明媚。

花园里，一个衣着华丽的青年正在精心地侍弄花草。

眼前的画面美而不真实，花尘甚至不敢继续前行，生怕只是大梦一场。

"花先生，我等你很久了。"青年边说边转身。

他的模样，花尘依稀可辨。他的名字，花尘还记得。李为开，那个不可一世的纨绔子弟。

"你怎么会在这里？"一时间，花尘不知道该说什么，许久，才道："这里是我的家。"

李为开笑了："没想到，五年过去了，花先生对我还是那么生疏。不，应该比从前更加生疏了。也是，花先生一生游历了那么多地方，做过刺客、江洋大盗、隐士、文人……我只是你千百种身份下的过客，只是其中的一个学生而已。"

听得出来，他这些年调查出了不少东西，花尘倒是冷静了下来，问："你都知道多少？"

"你身上有太多的谜团，我所了解的，都是别人告诉我的，真的假的，难以辨别。现在，我想要先生亲口告诉我。"李为开一直在看护这个院子，在这里等花尘归来。

十多岁喜欢的人，他二十多岁还在坚持。

花尘不敢轻举妄动，她猜不透李为开的想法。

"先生的不少身份都十恶不赦，为世间不容，诛九族也不为过。可没人能抓住先生，先生果敢决绝，在东窗事发之前就先从这个世界蒸发了。"

花尘静静地看着他。

"从有先生的传说开始，到现在过去了足足一百年，而你还是那么年轻貌美。时光只饶过了你，你看，连我都褪去了青涩，先生看着竟然比我小了。"李为开轻轻地笑了笑，"先生独自在江湖上行走，却从来没有玩伴，你不雇仆人，你养的花是假的，你不养鱼、不养鸟、不养猫，你的世界里没有活的东西，只有你一个人。"

李为开仰头望天，口吻中生出怜悯之意："先生，这样的你让我觉得很孤单。"

花尘还以为他会把自己定义成妖，的确，她这么奇怪，和妖也没有分别。令她意外的是，李为开说她孤独。

"是因为你容颜不老，所以害怕与人深交吗？"李为开追问。

花尘没有说话。

她刚刚决定和这个世界斩断所有联系，为什么李为开非要在这个时候靠近她？

她已经被伤害过一次了，不想再受伤了。

李为开走向她，又道："如果你喜欢，只要你喜欢，我可以替你养花、替你种草，替你养鱼，替你养猫……"

李为开太了解这种无趣了，从出生起就衣食无忧，完全找不到前进的方向。正因为如此，他可以花一辈子的时间去宠爱一个人。

花尘摇了摇头，轻声道："你什么都不懂。"

花尘转身要逃，李为开怎么可能放过她。

"先生！"李为开追来，速度快得惊人。

花尘不得不承认，少年长成青年，身手越发矫健。她下意识喝止："不要碰我！"

花尘像愤怒的野兽竖起了全身的刺。

李为开在意她的想法，在抓住她的前一刻，堪堪停住动作。

— 9 —

花尘缓了片刻，才冷静下来。她抬头，看着李为开。良久，她开口了："你不是问我为什么永远都孤身一人？我现在告诉你答案。"

她走向百花，百花凋残。

她走向鸟儿，鸟儿坠落。

"这就是我，一只怪物。我小心翼翼地不接触任何人，就是希望能够像普通人一样生活。"花尘已经习惯了，她说出一切，并做好被伤害的准备。

这是最后一次了，她无所谓。哪怕有人要把她抓起来，她也不怕。

出乎意料的是，李为开只是发了会儿呆，又捧起鸟儿，拾起花朵。他崇尚武力，花尘的怪毒不仅没让他害怕，反而让他对花尘的崇拜又多了两分。

"先生，没想到你竟有如此魔力，不如我们一起上战场，把敌军打得片甲不留！"李为开说着，咧开了嘴。

花尘变卖家产封闭自我的计划完全被李为开打乱。她走到哪里，他就跟到哪里。

"先生，你看，这是我买下来的街市，以最低价租给菜农，让他们在城里有生意可做。要是家里贫苦的，我甚至不收他们的钱。

"先生，你看你看，我已经看懂了四书五经，这里还有我给夫子修建的新学堂。

"先生，这是我为你填词作曲的作品，如今我的琴技在无庸城小有名气……"

没想到李为开竟然真的改掉了一身的纨绔气，每经过一处，他就迫不及待地炫耀。

花尘怎么可能因为他成了一个好人就喜欢他？她缓缓向前，走到棺材铺，着人取了早先定制的棺材，让他们放到荒郊，自己躺了进去。

李为开的脸猝然在眼前放大，花尘吓了一跳："你干什么？"

"你为什么买棺材？"李为开盯着她。

花尘闭上眼："你让我清净一会儿。"

"你想死？"李为开恼了，"你说过等我变好了你就喜欢我，为什么我等了这么多年，做了这么多事，你却食言？"

"我和你道歉。我不是君子，我是小人。"花尘道，"你还太小，我不想耽误你。"

"我二十五岁了！"他的同龄人早已三妻四妾，只有他为花尘未曾娶妻。

花尘无可奈何，二十五岁又如何？她度过了多少个二十五年，她自己都算不清了。

"所以不论怎么样，你都不会喜欢我？"

不知道为什么，花尘原以为"不会"两个字能够轻而易举地说出口，此时却忽然间语塞了。

停顿了一会儿，她才开口："不会。"说完，她不自然地将视线落到别处，不敢再看李为开的眼睛。

意气风发的李为开在那一刻变得暗淡，他久久无言，转身走了。

花尘终于能够如愿以偿地昏睡，她应该为自己找到了最理想的结束自我的方式而高兴，可不知道为什么，她高兴不起来。

迷药的作用太短了，她睡了一天一夜就醒了，起身的时候发现肚子很饿，只得吃点东西。吃了药，她继续睡下，醒了又吃点东西。

有一天，花尘破天荒地照了一下镜子，发现自己竟然还是如此美丽。

她气得砸碎了镜子。

怎么可能有人如她一样浑浑噩噩这么久，竟然还如此美丽？

很久之后，花尘才从浑噩的状态之中苏醒。她觉得很困惑，自己怎么做都没有办法与自己和解，也无法获得快乐。

她忽然想起李为开，被自己一连拒绝了两次，傻子也不会再理她了吧？

但现在除了李为开，再没有人理解她了。

花尘回到无庸城，打听李为开的消息。

前段时间，他和司空翎赛马，几乎拼了半条命，还是输了，而且他摔断了一条腿，可能下半生都不良于行。他只休养了半个月，就着急下床。尽管腿伤没有好，但他还是请求到边关历练。他这九头牛也拉不回的性子，连他父母也奈何不了。

现在他应该在边境了，也不知道是生是死。

花尘回了一趟私宅，发现枯萎的花已经被拔了，新生的花又开了，屋檐下的鸟儿也换了一对。

原来，李为开对认定的东西，就算撞得头破血流，也不会更改。

花尘在宅院门口站了很久，才启程前往边关。

她跋山涉水走了很久，终于抵达军营附近，远远看见李为开策马归来，意气风发。

花尘在附近搭了草棚，住了下来。

她每天爬上山，在山顶偷看士兵们操练，一直等到天黑才下山。有女人在军事重地附近徘徊，如何能不引起李为开的注意？

他没想到花尘会出现，一个人策马到了花尘的棚子前。

什么都不必说，李为开知道，她为自己而来。

— 10 —

"船到了。"玉瑶的声音打断了花尘的回忆，她抬头看了一眼天，的确，风停了，雨歇了。

花尘正要按约定离开，玉瑶却叫住她："等等，我们要去扫墓，人也不多，你好歹把故事说完哪。你们就……在一起了？"

花尘莞尔一笑："当然没有，他当初一气之下在城主面前立誓终身不娶，我可看不上这么一个呆子，就是觉得太孤单了，想找他陪我。但前一阵子边境起了冲突，他率军过去平定，结果被敌军刺伤。大夫说他的情况不好，让我做好心理准备。"

玉瑶沉默了片刻，问："就不行了？他……不是还很年轻吗？"

"是，还那么年轻啊！"花尘眼神随之暗淡了下来。

她原以为自己可以接受一切意外，此时发现，并不能。

"如今他时日不多，我总该让他觉得，他有一件事做成了。"花尘央求道，"你若能拿去我身上的东西，让我帮你做什么都行。"

"那倒不用，你能送给我，倒省去了我很多麻烦。"玉瑶心想，竟然还有比自己还嘴硬的女人，明明喜欢李为开，非说不喜欢。

若是李为开真的出事，她定然不会独活。不过既然她送了自己一颗舍离珠，自己也要还她一份礼物。

玉瑶咬破手指，让血流入左手戴的珍珠手串内，然后把手串交给花尘，道："我一会儿取了你的舍离珠，你便快些回去，把这珍珠磨成粉让他服用。可别偷懒，更别耽误时间，否则就算是大罗金仙去了，也帮不了你们。"

即便玉瑶没说那是什么东西，花尘也知道，它无异于救命仙丹。她心头一暖，感激道："谢谢。"

小伤还从未见过玉瑶和谁聊得那么投机，下了船，还要和那女人往窄巷子走。

大家对玉瑶的私事漠不关心，小伤想撺掇人跟着，又不好意思开口。

万一玉瑶有危险呢？

"小伤，你怎么掉队了？"白沐问。

小伤的步子定住，想了半天，道："我好像有东西忘在船上了，你们先去，我待会儿就到。"

"还没见过你这么冒失，有心事？"白沐热心肠。

小伤摇了摇头："就是困了，走神。"

小伤凭借记忆跟踪玉瑶和那女人，他躲在小巷子入口处，探头看去，只见玉瑶手中金光闪闪，摁在女人的天灵盖上，不一会儿，一颗晶莹剔透的珠子从女人的头上缓缓浮出。

女人娇花照水的面容以极快的速度变老，霎时间，她变成了一个满脸细纹的妇人。

奇怪的是，妇人睁开眼，却对玉瑶笑了。

玉瑶将珠子收起来，叹了一口气，道："你有这么好的皮相，却留恋俗世的情爱，可就不要怪我了。"

"是我求你，怎么会怪你？"妇人莞尔一笑。

"你这么说，我倒觉得自己终于做了一件好事。"玉瑶笑着道。

妇人将玉瑶交给自己的珍珠手串戴上，其中有一颗染了玉瑶指尖血的珠子犹如朱砂，鲜艳欲滴。

"我看得出来，你本性不坏，只是把自己藏得太深了。我倒要劝你一番，即使被伤害过，也不要一竿子打死所有人。"妇人顿了顿，又道，"我心甘情愿和你做这份交易，他们却不愿意。以后的日子，你要小心了。"

"他们？他们是谁？"玉瑶追问，妇人却戴上帽子，匆匆离去。

小伤急忙躲了起来。他同样困惑，难道有人已经注意到了玉瑶的存在，要联合起来对付她？

玉瑶失神地将珠子收起，理了理秀发，若无其事地离开了。

通往南坡岭的小路崎岖坎坷，小伤认真问路的行为在本地人眼里显得特别奇怪。

"朝南走，走到尽头就是了。"路过的樵夫不愿意和小伤多言。

小伤在向南走的过程中，假装和赶路的玉瑶偶遇。他嘴一咧，露一口大白牙："掌柜，真巧。"

"你怎么还在这儿？你不是跟白沐他们一起的吗？"

"我有东西落在船上了，回去取。"小伤难得撒谎撒得如此从容。

"那快点吧，一族人的坟头，也不知道要祭拜到什么时候。"玉瑶眉头拧起，"我怎么就招了这么个伙计，还要让老板请人帮他扫墓？"

小伤也是头一回帮人扫墓，沉默着不说话。他根本不敢追问玉瑶关于那个陌生女人的事情，只是暗自留意了女人说过的话——玉瑶以后或许会有危险，他不能坐视不理。

两人紧赶慢赶，才赶上白沐他们。

下午，大梦药铺一行人才抵达南坡岭。南坡岭树木茂盛，走在路上顿觉天色昏暗，越往前走，越让人脊背发冷。为了驱赶这凉意，大家应景地聊起了扫墓相关的清明节话题。

"我们那儿没有清明节，所以我得知有这个节日的时候还觉得很新鲜。"白沐说。

"我也是长大了才知道人间的许多习俗，虽然人很无趣，但他们很努力地让自己的日子不那么无聊。"玉瑶说。

"小伤，你过过清明节吗？"白沐不想一直和玉瑶聊天，便将话题转移到小伤身上。

说到底，她是不愿意和商略这个嘴巴像用铁板封死的哑巴说话。

小伤总是对自己的过去讳莫如深，这次也不愿意多谈。他道："过过。但以后不会过了。"

"为什么？"

小伤没回话。他与商略不同，他如今连祭拜的资格都没有。他更没有办法做到像商略那样以平静的口吻诉说这一切。

商略如今像个只会赚钱的疯魔，或许平静只是表象，有些事，他还未曾放下吧。

"一个两个都说不得，跟你们说话累死了。"白沐有些生气，先向前跑了，黑芒在后面紧紧追着。

玉瑶忍不住抱怨："就那点破事，有什么好隐瞒的，我们什么大风大浪没见过？"

小伤嘴角抽了抽，这药铺里的人怎么回事？别人的伤疤不论大小，竟然都成了"那点破事"？

小伤和商略无奈地走在后面，似乎是快到目的地了，商略有了"近乡情怯"的感觉。

"清明节年年都有，为什么你要两年祭拜一次？是嫌弃扫墓太累了吗？"小伤忽然问。

这话问得，让人无语凝噎。小伤果然深受大梦药铺的熏陶。

商略难得有一天不打算盘，话也比平时多了两句，他缓缓开口："不是。我和那人约定了，轮流祭拜。"

"那人是谁？"

商略想了想，才道："前妻。"

小伤恍然大悟，原来商略结过婚。也是，他乃富家子弟，结过婚并不新鲜。奇怪的是，为什么整个族就他和妻子两个人活了下来？既然活下来了，也算共患难过，不应该相濡以沫吗？

小伤还是没忍住，又问："你们为什么分开？"

是啊，为什么？商略被问到痛处了，心口仿佛被一把利刃扎中，连呼吸都觉得困难。他怎么能告诉别人，族人之所以丧命，都是拜前妻所赐。

"待会儿最前面的几十个墓碑，就交给你了。"商略嫌弃他话多，撂下这话就匆匆离开了。

小伤猪八戒照镜子，里外不是人了。

几十个墓碑，商略在惩罚他吧？小伤看着那密密麻麻的木牌，还没动手，就觉得很累了。

这里杂草、藤蔓丛生，要清理掉并不容易。玉瑶分给大家一些铁锹和镢头，小伤没办法，只好蹲下来清理。

他好不容易把一个坟头的草清理干净了，也勉强看清楚了墓碑上的字，好像是商家爷爷辈的人。

小伤对这个名字有些印象，一时间又想不起来。

大概过了半个时辰，他清理了一段时间后，忽然又记起来了。

商家……难道是当初被满门抄斩的都城商家？

原来，商略竟是都城商家的少爷。

商家乃皇商，族人在朝在野，关系盘根错节，连小伤都听说过他们商家人，没想到商家下场如此凄惨，连祖坟都被迫迁到了乱葬岗。

（本册完）

大梦药铺（下）

谭以牧——

著

时代出版传媒股份有限公司
安徽文艺出版社

瑞鹤仙

把自以为是的爱给了对方，

有没有想过，

这份爱会成为别人的枷锁？

— 1 —

百足之虫，死而不僵。一个大家族即使被抄家，族人四散流徙，也不至于只有商略一个漏网之鱼。或者说，小伤还是低估了抄家的震慑力。不过，最让小伤无法理解的是，商略怎么还能和仇人约定轮流祭拜族人？

折腾了一个上午，总算将坟上的杂草清理干净，大梦药铺一行人给商略的先人们烧了纸钱，供奉了香火与瓜果。

商略从路边采了两朵黄色的野花，走到其中一块墓碑前。

小伤抬眼看去，只见上面写着"爱妻楚锦仙之墓"，是商略的字迹。小伤想问什么，但一眼看去，所有人都没说话，他也不好意思开口。

商略前妻不是他仇人吗？怎么死了？

商略的表情似有悲戚，却也只是短短一瞬，就恢复了平静。

小伤只能寄希望于喜欢挖人老底的白沐，趁着返程的工夫，他小声地问出自己心中的疑惑。白沐却是一问三不知，只得道："商略是个怪人，就算我好奇，他也没告诉过我。"

玉瑶听了，略显不满："我才是开药铺的人，你怎么不问问我？"

小伤一时尴尬："掌柜你知道？"

"我当然知道。"只是玉瑶对小伤不先问自己耿耿于怀，故意卖关子，让小伤求她。

小伤素来不会撒娇，"求"字也说不出口，最后玉瑶自己先憋不住了："商略结过两次婚，第二次就是这楚锦仙，第一次的人才是他仇家。"

秦山颇为自负地道："酒香不怕巷子深，您吃了就知道了。"

下人小声地对商略道："少爷，老爷一向不许您吃路边摊，何况他是秦家人……"

"怕什么。"

商略偏就生了一身反骨，直接蹭旁边两个短工的桌子坐下，给自己舀了一碗甜豆浆。他吃包子，喝豆浆，周围人瞠目结舌。

商略是主城的小红人，他做什么都能够成为大家茶余饭后的谈资，就连秦山都忍不住多看了他几眼。

不出意外，商略回家后被老爷子狠狠训斥了一顿，甚至被罚在祠堂跪了一晚上。商略的母亲挂念儿子，怕他受苦，让婢女送了一个蒲团过去，谁知他根本没受训，早就翻墙出去溜达了。

商略才不管自己会把老人家气成什么样，对于老一辈陈芝麻烂谷子的恩怨，他不屑于理睬。他认为，商家这艘旧船是时候整顿翻新了，不翻新就会被新的巨浪打翻。

秦山竟然在商宅附近徘徊，一看到商略，他快步上前，拦住了商略的去路。

"你怎么来了？"商略正想去找他。

秦山从怀里摸出一瓶金创药，眼睛很亮："我还以为商家小少爷不会记得我，我担心你，所以给你拿了药过来。"

"哦？"

"我猜测，今日你吃了我们秦家的包子，可能会被商老爷责罚，所以给你买了瓶药。"

"你倒是聪明。"商略心想，自己果然没有看错人，秦家和商家的恩怨，不应该延续到他们这一代。生意场上，哪有永远的仇人？

"过奖了。"秦山没有想走的样子，商略也没有赶客的意思。

两个人在桃花树下站了一会儿，商略道："不如这样吧，你给了我金创药，我也送你一份谢礼。"

"是吗？你准备送我什么？"

商略笑了："我加入你的包子铺，我们一起，把它做大做强。"

秦山愣了一下，他今天来也有求援的意思，因为他生意再好，也需要扩大规模的银两。以秦山现在的能力，他等不了，只能想办法借力。

"商兄弟难道就不怕商老爷像今天这样打你？你知道的，商家和秦家素来不睦。"

"受到这样训诫的恐怕不止我一个，你不也一样？这金创药其实不是为我买的，你身上也有伤吧？"商略道。

秦山看着商略，良久，两人相视而笑。

什么废话都不用说了，他们两个年轻人怀抱的理想是一样的，就在这棵桃花树下，他们决定和父辈的恩怨做一次了断。

一开始，他们也不敢明目张胆地同行，商略只是给秦山资金支持，偶尔出谋划策，秦山的包子生意也有条不紊地发展着。

商略自己经营的店面也在壮大，越是壮大，老爷子便愿意让他接手越多的商铺。

商略对做生意有野心，在他的生意经中，更重视人与人之间的情义。

有一年，他在外面跑货，秦山恰好也在外地，两人便经常相约下馆子，聊天喝酒，快意人生。

"尝尝，这是宁州的特产，凉拌猪肚丝儿。"秦山给商略倒酒，商略吃了一口，猪肚爽脆，酱汁开胃，回味无穷，与秦山碰了一杯，不一会儿耳朵也热了起来。

他们合资开的包子铺生意红火，在都城开了不少分店，秦山也从当初的没落少爷变成了杰出商人，这一趟出行，主要是为了药材生意。

秦家以前就是药商，秦山一心想把秦老爷子的心血重新发扬光大。

商略现在手里的余钱比以前多了，秦山的新生意，他当然要分一杯羹。

酒喝到了一半，秦山笑着对商略道："商兄弟，我有一个人要介绍给你，你待会儿可要给面子。"

商略以为又是生意场上的事情，也没有放在心上。他不在意地道："你的面子我肯定给。"

从帘幕后面出来的，是一个少女。

她有一头及腰的乌黑柔顺的秀发，发髻上垂下步摇的璎珞坠子，耳下晃着两颗浑圆的玉珠，一袭粉色罗裙，娇俏可人。

"这……"商略一时手足无措。

"她是我养妹晗露，晗露，还不见过商兄？"

乔晗露走到商略面前，有些娇羞地行了礼："晗露见过商哥哥。"

商略连忙还礼。他血气方刚，平日里专心于事业，对情爱之事一窍不通。初见乔晗露，只觉得她美得惊人，他的心也因此剧烈地跳动着。

"晗露一直仰慕商兄的风采，吵着要见你，我没办法。"秦山无奈地摇摇头。

商略大为好奇："我以前可从来没有听你说过养妹一事。"

"你有所不知，当年我秦家没落，我又体弱，娘担心我夭折，给我找了个命硬的丫头做童养媳。不知有无关联，后来我的身体竟越来越好。可我对晗露一直都是兄妹之情，我看着她长大，怎么能让她做我的妻子？所以我为了晗露和家里人闹翻了。"

秦山的确对乔晗露有救命和照顾之恩。

一来，是秦山让娘亲买了差点被卖去窑子里的乔晗露；二来，秦山和家里人闹了一场，乔晗露才免于和不爱的人成亲；三来，秦山这些年一直出钱出力照顾乔晗露，尽到了长兄为父的责任。

乔晗露也从心底认定秦山就是她的哥哥，是她最亲近的亲人。

商略不由得心生感慨："我一直以为你只是个精明强干的商人，没想到还有如此温情细腻的一面。"

"商人重利是不错，但我和晗露自小相识，这样一个小女孩，我怎么忍心伤害？"秦山笑了笑。

乔晗露也露出羞赧之色。她的确被秦山养得很好，知书达礼，温婉可人。这些年，秦山一直在给她物色好人家，而她，看上了商略。

那天商略路过包子铺，乔晗露也在铺子里帮忙。他头戴镶金玉冠，身着华丽衣袍，丰神俊朗身姿挺拔，却毫不避讳地和普通百姓一起吃早点，很容易就吸引了乔晗露的目光。

商略和秦山走得越近，乔晗露越是有机会暗中观察。她越是观察，越是发现，商略无论从外表、才干、品行、家世等哪一方面看，都是自己中意的对象。只是这些心思，她一直没有正面告诉秦山。

有一日，秦山坐在椅子上，意味深长地盯着乔晗露。乔晗露被盯得心里发毛，心虚地问："哥哥，怎么了？"

秦山续了一杯酒，笑着道："傻妹子，我要审你。"

"我有什么可审的……"乔晗露不自觉地把头扭了过去。

秦山悠悠地道："方才是谁在吃饭的时候，眼睛都没有从商略身上离开？"

乔晗露顿时红了脸："哥哥，你取笑我……"

秦山见她这样，心里的猜测得到了印证，忍不住叹了一口气。

乔晗露不禁担心地问："怎么了？"

"你虽然有心嫁他，他未必能娶。秦家和商家素来有仇怨，就算我和他打破了上一辈的成见，只要商老爷子在一天，你们就一天没有办法在一起。"

"若是如此，我可以等。"

"你现在正是娇花照水的年纪，这一蹉跎，不知道要等多少年，值得吗？"

"我……我不知道。但若让我回答你，我想我还是选择等。"

秦山这才发现，乔晗露对商略用情已深，可商略完全不知道。

商老爷子是一块绊脚石，商略喜不喜欢乔晗露，也要两说。秦山一心想让自己珍视的乔晗露觅得良人，风光出嫁，可他更不忍违背乔晗露的意愿，只是爱怜地揉了揉她的头发。

"表哥。"

商略在宁州的第二个月，遇到了表妹楚锦仙。以前他们经常在一处玩耍，在商略的印象里，楚锦仙只是一个爱哭包。

几年不见，她忽然变得窈窕动人。

商略受姨妈的嘱托，带楚锦仙在宁州游玩。楚锦仙与乔晗露年纪相仿，也到了谈婚论嫁的年纪，商略不知道的是，姨妈之所以让楚锦仙和他一起玩，是为了撮合他们。

首饰店内，楚锦仙在一支翡翠簪和一支樱桃步摇间犹豫不决，便借故与商略搭话："表哥，你说它们哪一个适合我？"

"你今天穿的是牙白色长裙，若是选翡翠簪，整体都过于素雅。还是选这支樱桃步摇，更称你胭脂的颜色。"

掌柜忍不住附和："少爷果然有眼光，这樱桃可是深海红珊瑚所雕成的，整个宁州也就这么一支。"

"是吗？"楚锦仙浅浅一笑，"那就替我包起来吧。其实我也喜欢这支步摇。"

商略做过首饰生意，所以对女人的喜好了如指掌。他认真的态度让楚锦仙误以为他特别在意自己。

几天下来，楚锦仙的心已经投在商略身上了，他浑然不觉。

楚锦仙本想让娘亲旁敲侧击，问问商略对自己的心意，却意外发现商略还和别的女人亲昵。

楚锦仙悄悄跟着到了酒楼，才发现商略在跟一男一女吃饭，都是她不认识的人。女人在说笑的时候，与她四目相对，她赶忙藏了起来。

乔晗露也有一瞬的失神，秦山说得不错，家族的恩怨不是横在她与商略之间唯一的大山。

三个月后，秦山的秦和堂药铺终于开张，他与商略研制的一款"保仁丸"一问世就在都城畅销，商略也拿到了不少分红。

就在他们以为合作会如此顺风顺水下去的时候，不知道是谁把秦山和商略合作的消息透露给了商略的父亲，商略刚回到家，就受到了严厉的训斥。

让商略的父亲生气的，不仅仅是商略背着他与仇人的子孙做生意，更是因为秦山的生意已经红火到了能威胁商家的地步。

对父亲的阻挠，商略自然愤愤不平："爹，秦山有经商的天赋，你为什么非要揪着老一辈的恩怨和他过不去？"

"你怎么这么糊涂！秦家人怎么可能真心对我们商家？他现在示好，只是为了博取你的信任，当你有一天发现自己没办法对付他的时候，后悔都来不及了！"

"秦山不是这种人！"

"你！"

两人谁也说不过谁，商略的父亲气得心脏疼，话没说完就倒下了。

— 4 —

老爷子卧病在床，商略也闷闷不乐的，把下人送的饭全部扫落在地。下一刻，又有人把东西端进来，商略大怒："我说了不吃饭，都给我滚！"

"连娘你都要赶吗？"商略母亲的声音冷冷传来，商略这才抬眸。

在下人打扫干净之后，母亲的贴身婢女把食盒打开，将盒里的饭菜一一取出。

"略儿，你坐下。"母亲的声音威严，好像真的生气了，商略只好坐下。

"你可真是娘的好儿子，现在翅膀硬了，想飞了？"他的母亲自然不是来和他吃饭的，而是来说教的。

商略愤愤地道："若娘是为了阻止我和秦山合作，还是免开金口。我决定的事情，九头牛都拉不回来。"

"娘哪有这本事，这些年铺子的钱是你挣的，就算你爹不给，你自己手里也有余钱。"商略的母亲说着，也叹了一口气，"但娘还是希望你明白，知人知面不知心，商家经营多年，才有了今天的成就，你深受商家庇荫，长大成人，做什么事都应该以商家的利益为先。"

"我怎么不以商家利益为先了？"商略不满。

商略的母亲冷淡地道："若你果真如此，就不会为秦山出钱出力。当初你爷爷和秦老爷子也是穿一条裤子拜把子的好兄弟，但在巨大的利益面前，根本没有兄弟一说。你们现在还能谈笑风生，只是因为你们手里的钱还不够多！普通人尚且会有反目成仇的一天，何况本就与我们商家交恶的秦家！"

商略沉默。

沉默是最有力的反抗。

商略母亲的所有的拳头都打在了棉花上，便换了话题："你爹这两年身体不大好，你若是有孝心，就少气他。"

商略的母亲和商略的这顿饭到底没有吃成，半夜，商略被饿醒了，远远地听到了父亲咳嗽的声音。

父亲素有肺疾，近年来心口也时常闷堵。

商略披衣起身，途经父亲的卧房，母亲正给父亲顺气。晃动的烛光暗影里，父亲的咳嗽尤为刺耳。

商略心里有愧，转身回屋了，但一直到天破晓，他都没有睡着。他起身到小厨房亲自做了一碗小吊梨汤，给父亲送了过去。

他的母亲正伺候他的父亲用饭，拉着扭怩的儿子笑吟吟地道："亲父子哪有隔夜的仇？略儿既然有心，你们就和好吧！"

商略的父亲冷哼一声，没用正眼瞧商略。

饭后，商略的父亲在书房喝了小吊梨汤。他一边骂着逆子，一边又有滋有味地品尝梨肉。

商略搬了一张椅子在院子里晒太阳，回想着这些年的所作所为。

商家虽然生意蒸蒸日上，但和秦家相比，就是乌龟和兔子。

秦家在这场合作里成了最大的赢家，即便以前商略没心眼，现在也不得不思考一个问题——秦山真的对商家没有一点恶意？

假如秦山效仿商略的爷爷，将商略踢出局也不是没可能，如此一来，秦山会成为商家前进路上最大的阻碍。

商略还没有想好测试秦山的办法，商老爷已经沉不住气对秦山下手了。

先是有客人现身说法，说在秦家包子铺里吃出了老鼠尾巴，又有工人跳出来抱怨秦和堂的报酬低，压榨工人。

一时间，秦山成了人人喊打的过街老鼠，官府也上门查封了秦和堂和包子铺的多家分店。

秦山和商略掏空了口袋都填不上亏空，还背了一身外债。

门外，追债的人如同勾魂的厉鬼，门敲得砰砰作响。

"秦山，你给我滚出来！"

屋里只有秦山、商略和乔晗露三人。秦山知道那帮人是什么德行，他们若是出去，男人也就罢了，乔晗露免不了被羞辱。

秦山很少求人，为了乔晗露不得已求商略："商兄，你家资丰厚，若是能够向你父亲借一笔钱周转，你让我为你干什么我都愿意！我给你跪下了！"

"你我兄弟一场，何必说这种见外的话。"商略也有心帮忙，只是又感到为难，毕竟，这就是父亲做的局。

商家势力盘根错节，在朝在野都有渗透，想要打击根基不稳的秦山，不是难事。他不能奢望父亲网开一面。

秦山这些天磕了不少头，求人宽限还钱的时间，又求人借钱周转，磕头磕得人都麻木了，但是没有人愿意救一只被商家痛打的落水狗。

商略只能尽力一试。

商略的父亲终于能高高在上地和商略对话了。

商略很清楚，父亲等的就是这一刻。

"你是我的儿子，我当然会护你。但我不可能帮秦山，我帮他就是姑息养奸，如此虎狼之才，他日若成气候，一定会把商家连根拔起。我已经走到了这一步，就不可能回头！"

"父亲！"商略再骄傲，也为秦山弯了膝盖，但商略的父亲视而不见。

"也许你现在觉得为父狠心，但以后你自然会明白！"

宽大的袖口擦过商略的脸，力道不大，他感觉被打得很疼。他很后悔，如果当初他不从祠堂里跑出去，秦山是不是就不会有这一天？

秦山气焰不长，就不会被父亲盯上，也就不会被整得这么惨。

商略绝食以抗，商略的父亲无动于衷。

商略的母亲每天都哭天抢地，父子两人的脾气一个比一个倔。

商略晕倒了，喝了大夫的药一直躺在床上。一个小丫鬟进来送饭，商略生气地抄起旁边的花瓶砸到地上："滚！"

小丫鬟吓了一跳，她哭着道："商哥哥，是我啊，晗露！"

商略忙起身："晗露，你怎么来了？他们没有把你怎么样吧？"

乔晗露的眼睛红红的："我没怎么，但他们剁了秦哥哥一根手指，说是他再不还钱，就再剁一根。我很害怕，我不能失去秦哥哥！"

"我已经绝食两天了，父亲依然没有回心转意，只怕是舍了我这条命，父亲也不会放过秦兄！"商略一拳砸到墙面，真恨自己无能。

乔晗露不知道商略已经为他们兄妹做到如此地步，此时细看一遍，才发现商略脸色苍白，一脸病容。

乔晗露当然不只是为了见商略一面，她还有一个更大胆的想法。

"商哥哥，倘若我有办法让你父亲同意，只是要你做出一点牺牲，你愿意吗？"

"什么办法？"莫说只是牺牲一点，就是半条命，商略也会答应。

"让我怀上你的孩子。"乔晗露说着，脸腾地红了。

"这……"商略没想到她的想法如此大胆，"这事关乎你的清白，太胡闹了。"

"我是认真的，"乔晗露此刻又害羞又紧张，"我倾慕商哥哥很久了，若是你不嫌弃我，就让我跟着你吧……还是说，你对我一点想法都没有？"

商略错愕，她何时对自己动心，自己竟然一点都不知道？

与其说商略不喜欢乔晗露，莫若说他从来没有想过乔晗露会喜欢自己。如今知道了，他的心情复杂难明。

"我不知道。"商略迟疑地道。

乔晗露从他眼底看到了一丝希望，忙又道："商哥哥，不如我们先试试，若是你真的不喜欢，我们再想想别的办法？"

"试试？"

"嗯。"

— 5 —

什么男人能拒绝送上门的绝色美人呢？乔晗露在商略的屋子里一直藏到晚上，商略在下人的安排下就寝。他如坠云雾之中，乔晗露沿着他的腿一直往上爬。屋子里只剩下月光，他看不清她的脸，只看到一双如水露的眼珠，乌溜溜的。

乔晗露小心翼翼地问："商哥哥，你喜欢我吗？"

她的声音又软又轻，身上有一股脂粉香气，薄汗让那股香气变成了她自己的味道，他们的身体在接触中变得滚烫。

商略咽了咽口水，只觉得自己如同喝了几斤白酒，脑袋晕乎乎的。

"喜欢。"他感觉自己被什么冲昏了头。

乔晗露的眼睛更亮了，仿佛商略是一座已经被自己攻下的城池，商略的手也不安分地在乔晗露身上游走。

在他的怀里，她像一只跃动的兔子，软软的，还会扑腾。她越挣扎，他越想牢牢地锁住她，仿佛中蛊一样无法自拔。

半夜，商略忽然惊醒，身边人已经不知去向。他如从重重的山顶跌落，坐在棉花堆里，身体轻飘飘的，很不真实。

那一刻，他才意识到自己做了多么荒唐的事，但为时已晚。

他所坚持的道与义，让他不得不珍惜乔晗露，为她负责。

乔晗露突然失踪，这可急坏了秦山。他担心乔晗露被讨债的人抓去，冒险到处寻找，却见乔晗露脸颊红红地回来了。

乔晗露身上荡漾的朝气让秦山格外纳闷，他按捺着失而复得的喜悦，奇怪地问："你去哪儿了？"

"我……我找商略了。"乔晗露说，"我相信我们一定能渡过这次难关。"

"为什么？"

乔晗露掩着面，将她和商略发生的种种和盘托出。秦山却毫不开心，脸上阴云密布。他无力地闭上双眼："荒唐啊，你为什么要自作主张？"

"怎么了？"秦山鲜少数落她，乔晗露未免不服，"我这么做也是为了哥哥，为了我们秦家。当然，我也有私心，我想嫁给商哥哥。"

秦山连连摇头。

乔晗露还太年轻，无法控制自己的欲望。感情之事，最忌急于求成，她看似得到了商略，可不经意间，等同于永远失去了对方的喜爱。

对已经发生的事情，秦山无能为力。

秦山在断了两指以后，终于争取到了一次转机。他密会了与商家素有嫌隙的都城林家老爷子，用三寸不烂之舌和满地的尊严赢得了林老爷子吝啬的帮助。

不知道为什么，在看到满箱的金银珠宝后，他忽然觉得从前一腔热血的自己很可笑。他怎么会相信，年少气盛的商略能够斗得过那些身子半截入土的老顽固？

是商家人负他，不是他挑衅商家人。就连商略，他也是恨的。乔晗露不懂事也就罢了，为什么商略也要这样，为什么要糟践他珍视的花？

乔晗露的肚子没有动静，但她与商略木已成舟。

商略听闻秦山还了欠款，忙带着歉意上门拜访。

秦山似乎还是秦山，脸上还是那样让人找不出错的笑意。他只是断了两根手指，眉眼间多了两分戾气。

"秦兄，对不起，是我来晚了。"商略抱歉地道。

"你不必自责。"秦山为他斟了一杯酒，"你也尽力了，但商老爷子的脾气，你我都是知道的。"

商略依然自责，他甚至觉得秦山应该恨他，那样的话，或许他心里能够好受一点。

商略看了一眼乔晗露，斟酌半晌又开口："其实我和晗露——"

"我也知道了。这是晗露的自由，我无权干涉。但商略，"秦山打断了他，抬头，看着他的眼睛，"你可要对晗露负责，若你辜负了她，我不会放过你。"

"不用你说，我也会负责。"商略赌咒发誓，"就算我吃糠咽菜，也绝不会让晗露饿肚子。"

秦山喝了一口酒，沉默了一会儿，才道："你的为人，我最放心了。"

商老爷子的手段让他们都成长了许多，秦山不再单打独斗，而是依附林老爷子，开辟海外市场，一年到头，只回家两三次。

每次九死一生，他都能获得非常丰厚的回报。海上的生意商家没有涉及，所以商老爷子也制约不了他。

商略则比从前沉稳了很多，他要从父辈的手里获得更多的权力，结交更多的人。等到有一天，他们信任他，远超过他们对父亲的信任，他就不会再害怕了。

商略的父亲以为他已经改过自新，心中甚是宽慰。

年后，他的父亲痛风发作，卧床不起。商略尽心竭力地服侍，可惜沉疴已久，他的父亲没能好转。

喝完了药，商略的父亲让商略扶着他靠坐在床上，缓缓地道："就我这身子骨，怕是不能再用了，我和你娘一直有一个心愿，就是看到你成家。"

商略皱眉，其实这件事，母亲也曾旁敲侧击过。姨妈家的女儿楚锦仙和他年纪相仿，知书达礼，气质娴雅，母亲有意和姨妈亲上加亲，只差他点头，这桩婚事就成了。

商略对楚锦仙的印象停留在她十五六岁的年纪，一个性情温顺、窈窕秀丽的表妹。

商略一直瞒着他们，与乔晗露度过了两年聚少离多的时光。他要为乔晗露负责，所以不能接受别的女子。

"爹，男儿先立业再成家，这件事以后再说吧。"商略推辞道。

他的父亲急了："你如今已经到了可以独当一面的时候，只要你迎娶锦仙，我就把商家的大权交到你手中。"

"若是孩儿已经心有所属呢？"商略也急了。

"谁？"他的父亲惊讶地问。

商略不说话。

事情忽然麻烦起来。

—6—

每个月，商略都会见乔晗露一面。对他来说，这是百忙之中难得的坚持，但对乔晗露来说，如此可怜的次数，常常让她心怀怨念。

这个月，因为父母催婚，商略破天荒地多见了乔晗露一次。他拿不定主意，生怕贸然暴露乔晗露，让她成为众矢之的。

他一直想等待一个机会，让自己在坚持娶乔晗露的时候，能够毫无顾忌地镇压所有反对的声音。有时候，他甚至闷闷地想过，若是父亲的身子撑不下去，他的人生或许会轻松很多。

乔晗露不知道他要来，忙让丫鬟备酒菜。席间，商略一直绷着张脸，心事重重。乔晗露把酒杯掷下，气恼地道："你若是不想见我，那就别来，来了又不给我好脸色，这是何意？又不是我求你来的！"

商略吓了一跳，连忙解释："我只是在想别的事情，不小心冷落了你，对不起。"

听到这话，乔晗露心里的气稍稍顺了点，语气依旧哀怨："我如今与你这样算什么？偷偷摸摸，做贼似的。是我秦家的门第配不上你们商家，还是你根本不想娶我？"

不知从什么时候开始，乔晗露总是阴阳怪气。

乔晗露当初也是抱着哪怕死了，也要轰轰烈烈爱一场的想法，才会跟商略捅破窗户纸，然而她和商略都没有想到，秦家根本不需要他们成亲，便渡劫成功了。

少了两家暗流涌动的气氛，商略总觉得是自己轻薄了乔晗露，一直对她心怀歉意。

他可以敬她，关心她，保护她，眼神里唯独缺了对她的渴望。

商略被她这些话压得心里发堵，不由得举手起誓："我既然承诺过要娶你，就绝不会食言。"

"真的吗？"乔晗露终于露出了久违的笑意，脑袋枕在商略的胸膛上，声音温柔地说，"商哥哥，你真好。"

两人正心猿意马，屋外传来了男人的咳嗽声。商略整个人蓦然僵住，乔晗露抬头，好奇地问："怎么了？"

商略的父亲从门后走了出来，他的身体还未痊愈，但听到下人说商略和乔晗露私会，气得药也没喝，便让商略的母亲搀扶着过来了。

"略儿，若非我让人盯着你，你还要瞒我多久？"

商略沉默。果然，他做什么事都逃不过父亲的法眼，现在的他，像被网兜住了，插翅难飞。

商略的父亲见他一副怨愤的样子，心里火更大了，斥责道："怎么，你还不服？"

"是，我和谁成亲，是我的自由。"商略忽然硬气地道。

"婚姻自古都是父母之命媒妁之言，哪里轮得到你做主？"他的父亲怒了，"我告诉你，除非我死了，否则你别想娶秦家的女人进门！"

乔晗露还是第一次直面商父，她本就对一直和商略偷偷摸摸相处颇有怨言，此刻更是恼火。她站了出来，道："伯父，你们商家人是人，我们秦家人也是人。我敬您是长辈，若您能接纳我，我可以每天晨昏定省孝敬您。但现在看来，您好像不太需要。"

"你算什么东西，也敢来插嘴！"商略的父亲还没说话，商略的母亲先扬起了巴掌。

可她的巴掌被商略接住了。

商略紧紧箍着她的手腕，一言不发。

"略儿！"他的母亲惊讶地看着他。

商略眼眶微红，没有人知道，他那一刻想的不是为乔晗露出头，他只是厌恶被父母左右的感觉。

"娘，爹，你们从小教导我，要对自己的所作所为负责，我与晗露已有夫妻之实，我若是舍弃她，就是舍弃自己的良心。就算这样，你们也要我和她一刀两断吗？"

商略的母亲脸上露出了难以言说的震惊，她久久说不出话。商略的父亲感觉胸腔发闷，猛地呕出一口鲜血。他指着商略："逆子！逆子啊……"

乔晗露被商略父亲过激的反应惊吓到了，她第一次意识到，原来他们秦家被商家如此厌恶着。

商略的心是疼的，但他对此无能为力。

木已成舟了。

商略的父亲没有再说什么，拂袖而去。

那是商略最后一次见到父亲，等商略回到家，他的母亲将父亲留下的商家商号之印交给了商略。

商略的父亲不愿认儿媳，也无法原谅商略，再加上身体的缘故，便在南山寺带发修行。他说，此生都不再见商略，商家家产也留给商略挥霍了。此后商家是福是劫，皆与他无关了。

商略的父亲到底疼儿子，但他不想横在商略与乔晗露之间受气，所以选择了离开。商略的母亲也闭门不出，不愿意接受商略的问安。

等到第二年开春，秦山从海外回来，收到了商略婚礼的请帖。

商略兑现承诺，为乔晗露准备了一场盛大的婚礼，聘礼从商家东门一直绵延到长街尽头。

乔晗露坐着八人抬的大轿，一身华服，满头珠翠，从闹市经过的时候，引了许多人驻足围观。商略骑在马上，和和气气地接受众人的贺喜。面前的人太多了，他也看不清，也不知道在万人之中，有一双眼一直凝望着他。

楚锦仙觉得自己应该死心了。

年少时的相识不过是大梦一场，商略不喜欢自己，哪怕他们青梅竹马，哪怕她家世门第要比乔晗露更适合做商略的妻子。

楚锦仙也在受邀之列，楚家还被安排了一个显眼的席位。本来楚锦仙觉得自己应该待在家里，父亲母亲也怕她伤心，就称她病了，可她还是来了。

商略一桌一桌地敬酒，敬到了楚锦仙身边。

楚锦仙腾地站了起来："表哥，恭喜你。"

商略微微一怔，他好些日子没有见到楚锦仙了，这个仿佛只存在父辈口中的表妹，又活生生站在他面前。

"谢谢。"商略笑了笑，喝了一杯酒。

楚锦仙今天穿着一身菊黄色罗裙，白皙的脸上染着微醺的酡红，比从前多了些许妩媚。商略歉疚地想，如果她不在自己身上蹉跎，或许现在也嫁人了吧。这么想着，他又补充了一句："表妹，也祝你早日觅得如意郎君。"

楚锦仙听了这句话，心里有根弦仿佛绷断了一样。她问："表哥，你知道我今天为什么执意来吗？"

没等他回答，她又开口："因为我想见表哥，我已经很久没有见表哥了。今天表哥穿得这样鲜亮好看，我从街上一直追到了这里，我觉得很满足。"

她声音不大，商略也听得清清楚楚。他不知道暗恋一个人的滋味，但在那一刻，他仿佛感同身受，心里酸涩难耐。

"表妹，你醉了。姨妈，快扶她回家吧。"商略慌乱地道。

他的姨妈尴尬地笑了："是啊，这孩子，没有酒量非要喝酒，我这就带她回去。"

楚家人的离席引起了乔晗露的注意，她也曾听说商略的父母满意的儿媳是楚锦仙，远远地瞥了一眼，果然是个美人坯子，外表虽然怯弱，但身形玲珑有致，肌肤细腻有光，人人见了都忍不住惊叹。

"商哥哥。"乔晗露的呼唤拉回了商略的思绪，她明知故问，"那是谁啊，现在就走了？"

商略含糊地道："是我姨妈家的女儿，身体不舒服，就先回去休息了。"

乔晗露心里像是有颗石子，登时和商略翻脸："你的楚表妹刚才明明好好的，你为什么瞒着我呢？"

"大庭广众之下，你究竟想知道什么秘密？"商略忽然问她。

他难得有如此逼人的气势，乔晗露哑火了。

自几年前那一晚之后，商略一如当初的承诺，对乔晗露很好，好到乔晗露连生气都找不到理由。女儿家想要的貌，商略有；想要的才，商略有。更难得的是，商略还敬她，得君如此，还有何求？

秦山今天也推掉了一切繁忙的事务，来见证妹妹成婚的幸福时刻。与一派喜气洋洋的景象相比，秦山显得格格不入。他一直没什么表情，只是和商略的母亲一样坐在太师椅上，望着流水席。

商略和乔晗露行了对拜礼后，给秦山和商略的母亲敬茶。秦山接过商略的茶时，幽幽地道："商略，晗露是我的宝贝，你可不能辜负她。"

商略也没客气："同样的话，你已经说了很多次了。"

"说再多次，也无妨。"

"哥哥。"乔晗露都替他尴尬，"你放心吧，他对我很好。"

秦山这才喝了一口茶。

商略的母亲比秦山的态度更加冷淡，喝了茶后一言不发，转身回小屋礼佛了。她这样的妇道人家，既求得儿子的孝顺，也想求丈夫的恩宠，但因为商略执意娶乔晗露，她同时失去了所求。

她无法祝福这对新人。

商略安慰乔晗露："娘最近有些操劳，你别见怪。"

"我都知道。"乔晗露话里有话。

这场婚宴让商略分外疲惫，他被人送进婚房后，关上了门，把冠带脱下，将外套挂在了架子上。想了想，他又觉得不妥，还是挑起了乔晗露的盖头。

那张脸虽然艳，但商略没有什么想法。他还是会尽做丈夫的责任，手从乔晗露的肘部滑到了腕部，将她推倒。

剪断了灯芯，吹灭了灯火，盖上了被子，商略闻到了乔晗露身上熟悉旖旎的香气。他的心脏却不再剧烈跳动了，他沉默了很久，才故意装作醉酒的样子，倒在了乔晗露的肩窝上。

乔晗露怅然若失，呼唤商略的名字，却没有得到回应。

她把灯点燃，伺候商略脱衣。

她真的以为商略睡着了，可在帮他脱袜子的时候，发现他会自己挪上床。尽管他之后再没有出过错，她也知道发生了什么。

她有些错愕，好像忽然理解了秦山为何总是那么忧愁。商略愿意承担责任，做一个完美的丈夫，但他做不到欺骗自己，去爱她。

他本可以爱她的，是她太着急，让他在得到她的同时，背负了沉重的枷锁。

他不明白，自己娶她是因为喜欢，还是要为她负责？为她违抗父母，是因为喜欢，还是要为她负责？他有所顾虑，如果对她不好，曾经的对抗会不会显得很可笑？他如果不娶她，秦山会怎么看待他，她又何去何从？

太多的想法在他脑海里徘徊，以至于他年少时对乔晗露微薄的欣赏都被埋藏，连他自己也找不到了。

找不到了。

婚后，商略将更多的心思花在商家的生意上。

秦山一直在林老爷子手下办差，管理海运一事。商略有心开辟海外市场，便将货物交给秦山，让他帮忙将海货运回。

也许是帮林老爷子办事的缘故，秦山这些年经常和商家作对。商略念在都是一家人的分上，处处忍让。

商略退，秦山便进。

秦山就像一把刀，专门捅商家这层纸。

商略想，秦山既然已经把妹妹交给自己了，不至于对商家赶尽杀绝，才没有发作。

这次合作，也是想探探秦山的想法。

商略准备了十几箱茶叶、瓷器、香料、绸缎，秦山已经装好货了。商略见四个工人颇为吃力地抬着箱子上船，不经意地问："一箱茶叶怎会这么重？"

之前，两个人抬一只箱子轻轻松松。

秦山笑了："怕箱子摇晃，所以往里面加了点东西。你放心，绝对不会影响你的茶砖。"

商略不是傻子，他终于知道为什么秦山能在短短两年腰缠万贯了。

秦山违法走私。

商略忙让工人停下，把所有的箱子撤回去。

秦山皱眉，问："你这是干什么？"

"你还问我？你知不知道出海一旦被查，你我二人都得玩完！"

"你懂什么，哪一艘船里没私货？只要钱到位，稽查才不管你带了什么东西。何况遇到海盗的时候，你不出点血根本过不去。"秦山冷笑一声，"商兄，这么多年过去了，你就别天真了。商人以利字走天下，我秦山为什么现在能和你平起平坐，靠的就是这份胆量！"

林老爷子答应给秦山还款的条件，就是让秦山帮自己走私私盐和从各处搜罗来的国宝。

商略不敢苟同，决绝地道："无论你说什么，我都不会越雷池一步。这批货，我不出了，你自己想办法。"

"已经答应合作，现在想一走了之？你可知道你要是不出货，这一趟损失有多少？"秦山揪着他的衣领，怒道，"你不知道也就罢了，既然已经知道，就必须和我同坐一条船。这次出海，你去也得去，不去也得去！"

— 8 —

走私在无庸城为死罪，私盐一旦超过一定重量，当事人便会被处以极刑，所以秦山决不允许商略泄密。

商略不能让商家因他堕入深渊，故意大声地道："晗露，别过来！"

在秦山面前，乔晗露的名字永远是最有用的。秦山失神的一瞬间，商略跑了。众目睽睽之下，秦山想再抓住商略已经不可能。

商略失魂落魄回到家，乔晗露忙把一截酸黄瓜塞进嘴里，喝了一大口水才吞下去。她佯装无事发生，笑着问："商哥哥，你怎么这么快就回来了？不是送我哥出海吗？"

商略瞥了她一眼，一时说不出话。他心里的惶恐远比当初秦山倾家荡产时更甚。他既然知道了这么大的秘密，林老爷子和秦山肯定不会善罢甘休，他应该怎么办？大义灭亲？装聋作哑？

婚后，两人的交流并不多，乔晗露只当他不想理睬自己，也没有在意。

她最近只忙着一件事，为商家开枝散叶。她曾经迫切地想依靠孩子要挟商老爷子出资帮助秦家，没想到现在两人结婚了，她的肚子还是一点动静也没有。为了能够顺利怀上商略的孩子，重新获取商略的关注，稳住商夫人的地位，她用尽了办法。多难吃的东西，多苦的药，她都会尝试。

除了吃药，她自然也希望商略能多在家里住。

"商哥哥，既然回来了，我让小厨房准备点酒菜，在咱们自己屋里吃点怎么样？"

商略想到秦山一事，对妻子生了怜惜之情，便点点头："好。"

乔晗露喜不自禁，趁着备菜的工夫沐浴更衣，换了一套分外撩人的纱裙，又在脖子、耳后、手腕搽了香膏。

为了以防万一，她特意吩咐婢女在送酒的时候，把药放进酒里。

"商哥哥，来，你多吃点菜。"乔晗露比任何时候都热情。

从她换衣服进来那一刻，商略已经清楚她的意图了。曾经俏丽的少女竟然也要使出浑身解数，博自己一笑，是他有错。

可商略今天才得知秦山的事情，他不知道如何面对乔晗露。

他兴致缺缺，乔晗露便给他倒酒："商哥哥，我跟你干一杯。"

商略本能地觉得酒有问题，却架不住乔晗露温言软语，只喝了一口脸就烧了起来。他迷迷糊糊的，一夜便过去了。

正午时分，商略猝然苏醒，他揉了揉晕眩的脑袋，刚穿好衣裳就得知秦山登门拜访。

花厅里，乔晗露和秦山说笑的声音远远传了过来。

商略犹豫了一会儿才装作姗姗来迟的样子："我昨天喝了点酒，不知道秦兄来了，有失远迎，抱歉抱歉。"

他对上秦山的目光，秦山心照不宣地喝了口茶，对乔晗露道："妹妹，你先下去吧，我有点事和商略说。"

秦山带来了林老爷子的"一片心意"——一万两银子。他又和商略打起了感情牌："商略，晗露是我唯一的妹妹，就算你不想放过我，也不能眼睁睁看着晗露失去哥哥，是吗？"

"你也知道晗露是你唯一的妹妹，"商略冷淡地道，"那为何当初还要踏足泥潭？"

"事到如今，追究过往还有什么意义？我真是逼不得已，你不知道那些人有多疯狂，已经割了我两根手指头，若我再还不上钱，他们就要我的脑袋了！"秦山隐忍着怒意，没有把商略的无能摆到台面上痛骂。

商略想了又想，终于妥协了："若是你能发誓，从今以后再也不干这种事，我就答应你不说。"

"好好，你说什么都行。"秦山顿时喜笑颜开，"你我兄弟一场，没理由把事情做绝不是？来，喝酒。"

他的笑容浮着一层虚伪，商略忍不住皱眉。

到底从什么时候开始，秦山变成了这样？

秦山回去以后，商略让下人安排几个细作盯着秦山，一旦他那边有风吹草动，立刻来报。

如此重利，商略认为林老爷子和秦山不可能舍得放弃。他大义灭亲尚且有切肤之痛，乔晗露与秦山关系如此亲厚，恐怕难以承受。

秦山向林老爷子说了商略的要求，林老爷子喝着茶，也没动怒，只是笑了笑："几年没见，商略还是那么天真。"

秦山阴笑着附和："老爷子放心，我会做得滴水不漏的。"

林老爷子不置可否，把茶盏放在桌上，幽幽地道："你现在是他的眼中钉，海运的事情你就暂时不要掺和了。"

秦山嘴角抽搐，但最后还是赔了张笑脸，点头道："是是是。"

秦山心里堵着一口气不顺，才到家，看见屋里摆着生日时商略送来的一盆珊瑚树，只觉得像沾了脏东西一样，大袖一挥，把树甩飞了。

"把这玩意儿给我扔了！以后商家的东西，最好别让我看见！"

下人吓得大气不敢出，小心翼翼地收拾碎片。

秦山不解气，抬脚狠狠踩烂了珊瑚所有的枝丫，方才甘休。

如果不是因为商略，他怎么会被商老爷子害得倾家荡产？如果不是商略，他怎么会丢掉这个肥差？如果不是商略，他的妹妹怎么会强颜欢笑？

秦山气得筋都快爆了，偏偏他无可奈何！他最亲的妹妹是商略的妻子，除了给商略使绊子，他别的事也不好乱做。

— 9 —

时年五月，正值小暑，商略从外地收账回家，忽然得知乔晗露偶然晕倒，急忙唤大夫诊治。

大夫把过脉后，连忙弯腰拱手："恭喜商少爷，少夫人有喜了！"

乔晗露算了算日子，想着应该是那次给商略灌酒后怀上的，也难掩心中欢喜："商哥哥，我们有孩子了！"

商略勉强笑了笑："嗯。"

商略让大夫下去领赏，然后坐到了乔晗露身边。他觉得自己应该开心，可他无论如何也没有办法像乔晗露那样开心。他很快就将自己的情绪隐藏起来了，乔晗露怀的终究是他的孩子，于情于理，他都要珍视。

他甚至打心底里感到一丝解脱，终于不必再喝乔晗露下过药的酒了。

乔晗露尤其珍爱来之不易的孩子，甚至在屋里设置了佛龛，每天潜心礼佛，为未出世的孩子祈福。

得知乔晗露怀孕，秦山送来了诸多补品。同时，秦山也是来和商略洽谈生意的。

这是秦山第三次与商略谈合作了，他得知商略正打算包下南方万顷良田种植茶叶，也想分一杯羹。

无庸城有三大暴利行业，茶叶、盐与铁。以秦山目前的实力，仍然没办法和别的商家争茶叶这块肥肉，只能舰着脸求商略。

他担心商略因为海运的事情心存芥蒂，先找了妹妹乔晗露。好些日子不见，乔晗露被养得圆润许多，白白软软的一团，瞧着特别有福气。

"其实我早就想让人备桂圆糕，回家看看你。只是这肚子一天比一天大，我走动不方便。"乔晗露抱歉地道。

秦山笑了："你呀，都快要做娘的人了，还像个长不大的孩子，每次都要找哥哥。"

"谁让你对我好呢，我想，这天底下再没有比你对我更好的人了。"

秦山的眼睫轻轻垂下，喝了口茶。半晌，他才幽幽地问："哥哥对你那么好，为什么你还要嫁给别人做妻子？"

乔晗露微微一怔，她忽然无法理解秦山的意思。

秦山又笑了："我是说，假如咱们一家人一辈子都在一起就好了。"

这句话触动了乔晗露，她往嘴里塞了半块绿豆糕，语气也伤感起来："我们只是分开住，我们还是一家人。"

"你已经嫁入了商家，以后哥哥只能算外人了。"秦山自嘲一笑。

"哥！"乔晗露认真了，"我没有把你当外人，商略也不会把你当外人！"

秦山摇了摇头："少年时的兄弟情义，能够不经世事转变的有多少呢？这些年你一直久居深闺，不知道商场风云变幻，如今就算我希望商略肥水不流外人田，只怕他也不会同意。"

"哥哥莫不是有心事？"

"不错，我想请你帮个忙。"秦山不再兜圈子，"商略打算做茶叶生意，这生意要是做起来了，商家便可一跃成为无庸城顶尖的家族。我只想和商略分二成利，希望你能出面帮哥哥说情。"

"以我们两家的关系，商哥哥会不分给你吗？莫说二成，就是五成他也分得。你可是孩子的舅舅。"

"个中曲折，哥哥无法和你细说，但这次的确需要你帮忙。"秦山眼睛里有光，"若是此事成了，我们秦家飞黄腾达指日可待。"

他高兴，乔晗露也高兴。乔晗露欠身一拜："既然哥哥嘱托了我，我当然会为哥哥办妥此事。"

秦山猜得不错，如果自己出面，商略难免会拒绝，但乔晗露三言两语，就能让商略妥协。

商略对乔晗露始终心怀歉疚，既然不能给她爱情，便强迫自己对她千依百顺。

茶叶销售一事，商略交给秦山负责。

乔晗露肚子渐渐大了，商略推了许多事务，专门陪她待产。

十二月寒冬，乔晗露肚子大得已经很难一个人行动，商略为她安排了五个丫鬟贴身伺候，就算是洗脸洗手，也绝不让她动手。

出于对乔晗露的保护，商略让下人为自己在书房安排了卧榻，不知道为什么，他在书房睡觉反而安稳。

晚上，他忽然收到了线人加急送来的消息。秦山负责运送的十五箱茶叶涉嫌逃税，已经被扣下来了。

"要不咱们备份厚礼，先把他弄出来再说。"下人道。

"不必了。马上备车，我现在就出发。"

商略半夜出门一事惊动了乔晗露，但她问下人发生了什么，下人含糊其词，一问三不知。商略自然不可能把此事告知乔晗露，免得她动了胎气。

商略来到衙门大牢，秦山一见到他就跪下哀求："商兄，你救救我吧，咱们现在同坐一条船，晗露又要生产，这惩罚咱们承受不了！"

十几箱的茶叶税可不是小数目，报上去就是死罪。上面压着不报，就是想看看商略的表示。

商略只是失望地看着他："我来，不是为了救你。"

"什么意思？"秦山的心凉了，"这十几箱茶叶就算不治我死罪，也会让我脱层皮。"

商略何尝不清楚，但秦山是自作孽！

"我自然不会让你死，但商家的损失，你必须得承担。只有你认了罪，商家才能保住。"

"你胡说！随便找个人替我进来不就可以了吗？我可是晗露的哥哥，是你孩子的舅舅，是跟你拜过把子的兄弟，你这样对我？"秦山咆哮起来。

他那扭曲的样子反倒让商略获得了平静，说得不错，正因为他们曾经是那么好的兄弟，所以商略不能轻易救他。

他那样想发财，所以一倍利就可以让他变得面目全非。只有让他再也没办法扑腾，他才能够清醒。

商略决绝地走了。

秦山抓着铁栅栏，好像生生要把栅栏掰弯。他咆哮，嘶吼："商略，我做鬼也不会放过你！"

天空落了雨，商略坐在马车上，听着淅淅沥沥的声音，只觉得无比疲惫。

他一生最害怕的，是让本可以不发生的事情发生。回顾往昔，他好像从祠堂跑出来那一刻就错了，想以一己之力改变商家和秦家，结果反而害了秦山。

正是最冷的时节，一封加急家书从南方送到了商家，避开了商略的耳目，直接送到了乔晗露手里。

她穿着厚厚的貂皮棉袄，坐在暖和的炕上，抱着热热的汤婆子，还在给肚子里的孩子唱歌。

放下信，乔晗露的脸失去了血色，穿上鞋子，连披风都没披上，直奔小书房。

"你怎么来了？来人，快给夫人找斗篷。"商略把书放下，急切地吩咐下人。他从乔晗露的表情中隐约猜到了什么，他还是一副若无其事的样子，在柜台上找扫雪的小扫把。

乔晗露一把推开披斗篷的侍女，瞪着商略："如果不是哥哥给我送信，你还想瞒我到什么时候？"

"这件事很复杂，三言两语解释不清楚。"

"你想怎么解释？我只看到你对哥哥见死不救！不是你说要破除秦家和商家对彼此的成见吗？为什么现在哥哥有难了，你不帮他？"乔晗露眼眶泛红，声音都变了，"还是你和老爷子一样，见不得哥哥生意做大……"

— 10 —

"我绝无此心！"商略积压多年的愤懑也在这一刻爆发了，"不是我针对他，是他处处针对我！他利用我的心软，抢夺商家的资源。他为了能够尽快从那次打击中恢复元气，走私私盐，他甚至要在我的货物里做手脚，把我拉上贼船。他何尝不想害死我？他只是碍于你的面子，没有对我下手，就被官府逮着罢了！"

"我不知道……"乔晗露摇了摇头，"我什么都不知道，我以为你们还像之前那样，是无话不谈的好兄弟。"

"人都是会变的，我也不希望看到今天这样的局面。"

一串泪珠从乔晗露眼中滚出，她还是无法接受："纵然哥哥有错，你再原谅他一次，我保证，我保证不会有下次了……"

商略沉默。

他已经因为乔晗露原谅了秦山一次，但秦山根本没有吸取教训。

以前他认为秦山就算重利，心里也永远为乔晗露留了一席之地。可他明明知道乔晗露有孕在身，还是奢望利用乔晗露游说自己。

秦山真的变了。

商略的沉默让乔晗露非常害怕，秦山信里说，若商略真的不出手，他可能会成为林老爷子的弃子。

他帮林老爷子办了太多事，一旦下了大狱，林老爷子一定会想方设法封他的口。到时候，商略的不出手等同于助纣为虐。

乔晗露环顾四周，只见书房的古琴旁边放了一把剑，她转身，把剑拔出，横在自己脖子上。她哭着道："商略，如果没有哥哥，我乔晗露什么都不是……你若还念着我们的夫妻情分，念着我肚子里有你的孩子，就帮帮他吧……"

她哭成了泪人，商略的心也揪了起来。她不仅仅是秦山的妹妹，也是自己的妻子、孩子的娘亲。

"我答应，只要你放下剑，我什么都答应你。"

"你不骗我？"

"我承诺你的，哪一件负了你？"

乔晗露总算放下了剑，可在放下剑的那一瞬间，她晕了过去。她因惊悸和紧张，身上见了红。

商略吓坏了，忙将她抱到榻上："来人，请大夫！"

乔晗露这一胎本就保得艰难，尽管商略不喜欢她，但还是希望她能快乐。

乔晗露小产了，生出一个死胎，自己也元气大伤，在鬼门关闯了三天三夜，才捡回一条命。

商略扶着门，看着院子里萧索的枝丫，忽然看见了雪花。

他觉得也许这一切都是惩罚。因为他的爱太凉薄，所以他不配成为一个父亲。可乔晗露又有什么错呢？

乔晗露醒了以后一直没有说话，她很清楚发生了什么，只是不想面对。商略想安慰她，又无从说起。

"我已经差人给衙门送礼了，就等他们放人。只要他们不往上报，秦山就能出来。"

乔晗露没什么表情，像个木偶人。

秦山一出狱，乔晗露便让人收拾细软回了秦家。商略派人请她，被秦山斥了回去。

乔晗露不是恼他，只是自欺欺人，想着回到秦家，就像不认识商略一样，他们是不是就可以重新开始了？

"略儿，明天你姨妈一家从宁州过来，你先到凤来居定桌酒席，我想请他们吃顿饭。"商略的母亲向来不问家事，但她和楚家关系甚是亲厚，所以难得出来走动。论礼数，但凡有亲戚来，都得请客吃饭。

上次和楚家人打交道，还是他大婚之日。

最近商略因乔晗露和秦山两人的事，心力交瘁，他母亲吩咐小厨房煮了鸽子汤，给他送了过来。

"略儿，喝点汤暖身子。"

商略的母亲亲自给商略盛汤，他受宠若惊："谢谢娘。"

她叹了一口气："自你和晗露成亲以来，便一直愁眉不展。我们当初不想你娶她，也是怕看到今天的局面。你莫恨你爹当初对秦家下手，他也是怕你被秦山陷害。"

商略黯然，他恨的不是老爷子，而是自己。

他恨自己的无能、冲动甚至是软耳根。

商略岔开话题："都是陈年旧事，不必再提了。不知道这两年表妹是否也嫁了，也不给我发张请帖。"

他的母亲幽幽地道："锦仙……她还没嫁。"

"没嫁？"商略微微一怔。

大婚当日，楚锦仙的话犹在耳畔回荡。她坚持出席，只是为了远远看他一眼。

"是啊，没嫁。推了多少媒人，自己学染布开染坊，现在已经能独当一面了。"提到楚锦仙，商略的母亲脸上总算有了点笑意，"她这孩子，看着柔弱，内心倔着呢！"

"是吗？我竟不知她有如此宏图大志。"

"你啊，不知道的事情还多着呢！年少时只想和我们对着干，如今不过是自讨苦吃。"商略的母亲摇了摇头。

她若不是见商略这些日子愁眉不展，也不会组织这场宴席。

"略儿啊，"商略的母亲心疼他，"你若是觉得不幸福，和离再娶，又有何不可？"

"我既然决定不负她，便不能休了她。"商略拒绝了。

商略每天都会差人去秦宅请乔晗露回家，若是她不肯，就传商略的话问安。每逢初一十五，定然要送补品过去。一开始秦山不收，但送的次数多了，秦山只能将东西堆起来。

乔晗露并不恨商略，只是难过而已。她担心回到商宅，总是自己孤零零一个人。还不如躲在秦家，商略因为歉疚，总要过来关心她。

大夫说，她再难生育了。她很难过，想靠孩子拴住商略心的想法也就此坍塌。她若在那里继续待下去，只怕会老无所依。

有时候乔晗露也恍惚，商略对她那么好，为什么她就是不快乐？

后来有一天，她在街上看到一对老夫妻拌嘴，才恍然大悟。自从商略觉得毁她清白以后，他对她便只剩下歉疚了。为了弥补亏欠，他什么都可以承受，但他对她的好是压抑的，是丧失自我的。

"哥哥，我后悔了……"乔晗露伏在秦山怀里，泣不成声，"我宁可从来不认识他……"

秦山的胸口湿漉漉的，心情悲伤。

乔晗露如此，他何尝不是？

他如此，商略又何尝不是？

—11—

商略在凤来居和楚家人谈笑风生，对上楚锦仙那双含情的眸子，仿佛被烫了一样。他很想告诉她，自己已经被那份歉疚锁死了，他没有资格被喜欢。

在凤来居吃完酒席后，楚锦仙邀商略参观了她开的染坊。五颜六色的染布飘扬，迷了商略的眼睛。

楚锦仙乌发红裙，在彩布之间穿梭。

那么多色彩涌入眼底，商略只注意到楚锦仙一个人。他呆呆地站在原地，再不记得楚锦仙对自己说了什么，只记得她笑起来的时候，那双眼很妩媚。

因为开了染坊，楚锦仙在城里住下了。礼尚往来，她与商略的接触越来越多。

这天，商略差人送了五六盆丁香给楚锦仙，免她夏天遭蚊虫困扰。其中有一盆粉丁香世所罕见，商略亲自为她捧进了宅子里。

"这种事交给下人干就好了，何必劳烦表哥亲自动手？"楚锦仙不好意思地道。

"此花娇贵，若是被怠慢了就长得不好了。"商略进了屋，正思索着应该摆在哪里，忽然听外面传来男人的笑声。

楚锦仙瞥了他一眼，态度甚是不悦："胡老板，你怎么来了？"

胡老板年纪三十上下，是楚记染坊对家胡记的老板，名叫胡为俊。胡为俊身长八尺，面阔口方，眉目端正，素有女人缘。

但他来找楚锦仙，不是因为儿女情长，而是真的在楚锦仙身上栽了跟头。

楚锦仙在主城算是后起之秀，然而其实力雄厚，加上为人聪明伶俐，很快就抢了胡记染坊的生意。

尤其是楚锦仙新推出的一款名为"鲛绡泪"的布，夏天穿着轻薄无汗，柔软飘逸，日照时闪着细碎的光，一面市就被疯抢，供不应求。

胡为俊心里痒痒，只恨自己没办法窃取楚锦仙的染料配方。他笑嘻嘻地道："听闻楚姑娘搬了新居，所以特意给楚姑娘送来些许镇宅之物，望楚姑娘笑纳。"

这"些许"可不是一点点心意，血玉雕成的锦鲤、舶来的鼻烟壶、紫檀木做的航船模型、一箱珠宝首饰、一箱胭脂、一箱绸缎。

楚锦仙不动声色地听管家报完，才淡淡地问："只是恭贺乔迁之喜，怎么送了这么多名贵的东西？"

她这副宠辱不惊的模样，让胡为俊暗自惊叹。小小女子，竟有如此见识，只怕日后成大器了更难对付。

"楚姑娘说笑了，这只是我的一点心意。咱们都是做染布生意的，以后抬头不见低头见，多个朋友多条路嘛。"

楚锦仙喝了一口茶，粉色的脸被熏出些许红晕，妩媚可人："胡老板既然有心，礼物我就收下了。"

胡为俊呆呆地看着她，没想到楚记的女老板这么漂亮。一个想法在他脑海里盘旋，他不由得阴阴一笑，和楚锦仙寒暄了两句，便起身告辞。

胡为俊前脚走，商略后脚出来，笑了笑："胡老板还真是舍得下本钱，看来你这些年生意做得不错，都有人上赶着巴结了。"

"表哥谬赞，他巴结我是假，想套我的染料配方是真。像他这样的货色，我没见过十个也见过八个。"楚锦仙淡淡地道，"那些贵重东西，我可不会动。"

商略不由得好奇起来："你既然知道他不怀好意，为什么不拒绝收礼？"

有些人得了一寸就念着一尺，还不如快刀斩乱麻。

楚锦仙浅浅一笑："那些泼皮对楚记构不成威胁，可胡记不一样。他既然出招，我何不将计就计？等他觉得我上当了，给他一个假配方，让他痛下血本大肆染布。"

"没想到他还没真正出招，便已经掉入你挖的坑里了。"

"兵不厌诈，不是吗？"提及生意的事，楚锦仙的口吻总是很轻松。只是她每每看见商略，就会心生伤感。

他已经成家了，他们越是聊得投机，她越是显得可怜。

商略似乎也意识到了这一点，送完花后没再逗留。可是他离开楚家的时候，却像是忘记什么东西似的，心里老惦记着。

商略方才回家，下人便来汇报："少爷，少夫人今天回来过，老夫人说您不在，她又回去了。"

"回去了？她有没有说回来干什么？"

"大约……大约是回来住的。"

"好了，你不用说了。"商略大约猜到发生什么事了，直接出了门。

等商略赶到秦家的时候，乔晗露已经摔碎了一地的古董。

秦山更是怒气冲冲："你怎么还有脸来？"

"一切都是误会，我和表妹什么事情都没发生。她搬家了，我给她送丁香花去。"

"你和她什么关系，一定要亲自上门送花？"乔晗露红着眼。

多日不见，她的身形比从前轻减，仿佛一片秋后的枯叶摇摇欲坠。

"你以为我不知道成亲那天她跟你说了什么吗？你若说你对她无心，我一头撞死在这里。"

商略没办法做到问心无愧。

他的沉默让乔晗露歇斯底里起来："你说过不会辜负我的！可我跟了你这么多年，你又待我如何！"

一个瓷器在商略脚边碎裂，发出巨大的声响。

是啊，商略也想问她，他待她如何？

如果他是她哥哥，她一定是全天下最幸福的妹妹，但他偏偏是她夫君。

商略也不知道自己还能说什么，只好捡起碎片，放在她身边："如果你愿意的话，你回了商家依然是最尊贵的少夫人。只要我们没和离，我就不会染指别的女人。"

"心里没有我，守身如玉就不算背叛吗？"乔晗露讥讽地问。

商略动了动唇。

乔晗露盯着他，期待他能够说点什么，但他最后什么都没有说。

她似乎也闹累了，转过脸，擦了擦眼角，声音比任何时候都淡漠："既然如此，你走吧。出了这道门，我们就两清了。"

商略犹豫一番，还是出了门。

身后又传来了瓷器碎裂的声音，乔晗露不停地发着疯，秦山连痛骂商略的时间都没有，只是陪着乔晗露发泄。

"该死的商略，竟然伤你至此，哥哥一定不会放过他。"秦山把乔晗露的头抱在胸口，咬牙切齿地道。

乔晗露止不住地摇头，让她最伤心的，不是被背叛。

"我又何尝没有错？我把一切都弄糟了。我没等他喜欢我，就急着将自己送了出去……"

— 12 —

商略闷闷不乐，把自己扔到了生意场上。不久后，他等到了乔晗露送来的和离书。

商略坐在书房里，盯着那页薄薄的纸，一言不发。

听说他已经呆地坐了一个上午，他的母亲在屋外敲门，语气颇为忧虑："略儿，娘给你熬了碗莲子汤。你让娘进去。"

也不知过了多久，商略才把门打开。他已经在和离书上签了字，神色颇为淡漠。他料想母亲一定会来看他笑话，谁让他用惊天地泣鬼神的架势和他们闹，最后又输得如此难堪。

他的母亲果然没有让他失望，在他喝莲子汤的时候，用满腹怨怼的口吻道："早知如此，何必当初呢？"

商略笑了："娘不喜欢看到这种局面吗？"

"你在说什么，我听不明白。"

"不明白？我一直很好奇，娘当真参禅了悟了吗？我手底下的人一向守口如瓶，她才回来，怎么知道我去表妹家了？"

他的母亲一怔："略儿，你怎么能够怨我？我在帮你。"

"你和父亲干的好事，一个让我失去兄弟，一个让我失去妻子。娘啊，我听你的话，我娶表妹如何？"商略要给她跪下，"我求求你放过我吧。"

他的母亲实在无法理解他的伤感，秦家女人有什么好，值得儿子如此挖苦自己？不错，她的确在背后做了恶人。譬如秦山下狱一事，譬如安排商略和楚锦仙碰面一事，再譬如告诉乔晗露商略和楚锦仙见面一事……

只要是她想让乔晗露听到的消息，不论通过什么办法，她最终都会让乔晗露知道。

乔晗露入商家两年，她做了恶婆婆能做的一切。

和离书、嫁妆和赔礼一并送到了秦家，秦山把商略的赔礼扔到了街上，引路人驻足围观。

商略正在返家途中，只见街上人哄抢他赔的珠宝首饰。就连他与乔晗露这些年互通的书信，都被不懂事的小孩子四处传诵。

他下了车，但什么也没说，只是跟着路人捡起东西来。

接下来两三个月的时间，商略会在不同场合、不同地点被不同的老板们取笑，更有甚者觉得他后院起火，并不是可靠的合作伙伴，纷纷向秦山倒戈。

秦山的生意蒸蒸日上，隐隐有压过商家的势头。

商略很是佩服，连他与乔晗露和离这件事都能被秦山拿来做文章，他难堪也就罢了，乔晗露又何尝不难堪？

也许乔晗露难堪，秦山也无所谓了。只要能够成为主城巨贾，把商略踩在脚下，什么都是值得的。

商略这些年在商海浮沉，早已经心生倦怠。他只当一切都没有发生过，对秦山的挑衅视而不见。

唯一让他觉得有意思的，是胡记染坊胡为俊因染布滞销倾家荡产一事。

他买了新鲜的小鱼送给楚锦仙，恭贺她铲除了有力的竞争对手。

看着在鱼缸里快活游动的小鱼，楚锦仙浅浅一笑："难得表哥有心，又是送丁香又是送小鱼，我却一直没有给表哥回过礼。"

"你我之间，何必如此客气。"商略坐在椅子上，楚锦仙正想转头和他说话，但只瞥了一眼，便害羞地别过了脸。

她发现商略在注视着她，他还是第一次用男人看女人的目光来看她。

也不知道他究竟在想什么，只听他笑了笑："如果你真的想回礼，不如请我吃顿饭。"

"啊，吃饭吗？"楚锦仙在生意场上运筹帷幄的气势在这一刻荡然无存，她仿佛又变成了多年前的少女，第一次见到她的表哥。

惊为天人。

即便时隔多年，这份心动依然无法消减。

那是商略不能体会的感情，但商略忽然觉得，他可以尝试喜欢她。于他而言，她是一块蒙尘的璞玉，在经过风霜多年雕琢后，开始熠熠生辉。

楚锦仙给商略的回礼是一顿酒席。两个人的宴席从下午一直吃到了晚上，他们都有些醉了，商略将她请上车。

马车在寂静的街道上行驶，颠簸让原本分开的他们越坐越近，前方忽然遇到一个大坑，楚锦仙扑到了商略的怀里，她的心霎时漏跳一拍："对不起，我不是故意的。"

"如果我……是故意的呢？"她刚要起身，商略拉住了她的手，他看着她的眼睛，小心翼翼地问，"你是否介意，嫁给一个结过婚的男人？"

楚锦仙睁大了眼睛，她的眼睛水汪汪的，像是随时都会有泪落下一样。

"我、我当然愿意。"她的声音发颤。

商略轻轻地将她拥入怀中。这是真的啊，傻姑娘，他歉疚地想，自己让她等了太多年。

商略忙着筹备二婚婚礼的时候，秦山在城里已是数一数二的巨商。

不久，商略得到了林老爷子暴毙的消息。那时，商略正在和楚锦仙定做婚服，他似乎有点意外，但很快又释然了。

秦山有野心，铲除林老爷子，只不过是让一个有嘴巴的人再也没法开口。

有消息说，林老爷子曾为秦山抢林家生意一事大发雷霆，声称要把秦山弄死。

秦山没有给林老爷子机会。

为林老爷子筹谋多年，他是最熟悉林老爷子的人。

主城商会因林老爷子的死震荡了很久，也许是觉得自己的脖子也有点凉，一群老古董自发聚集起来，商讨对付秦山的办法。

商略作为商会史上最年轻的会长，却让他们按兵不动。

早前，秦山为了获得开发山地种植茶叶的机会，曾许给地方官员二成利，这样的交易一直持续了五年之久。

司空辉继任城主，自然要清扫不听话的蝼蚁，于是一巴掌扇到了秦山的靠山身上。

机会来了，都城商会的几个老古董无须商略指示，也知道此时来告秦山一状。

秦山又一次获罪，这次的死罪是司空辉审定的，当日，秦山就被抄家，入了大狱。

秦山何等愤懑，只差一步，他就能够把商家扫出商会。

他像愤怒的豹子，逮谁咬谁。

商略大婚当日，也是秦山的砍头之日。

他骂了商略无数遍，一心做新郎官的商略根本没有去牢里看他。

二婚的排场比一婚更甚，商略一天中迎来送往，从未笑得如此灿烂。他迎着迎着，迎到了旧相识。

"商少爷，我也来随礼，如何？"乔晗露一袭白衣，肃然立于大门之外。她的衣袂翻飞，目光凛冽至极。

—— 13 ——

商略笑了笑："你的礼，我怎么能不收？"

乔晗露虽名为秦山养妹，但实际上她与秦山没有任何血缘关系。

这让她成了秦家唯一能够幸免于难的人。

秦山闻到了官差来的风声，早早把她送到了附近的尼姑庵。临走的时候，他一直说着对不起。

他说，他也知道自己这一路走来树敌太多，路越走越窄，也走不长远，更知道有可能连累乔晗露，他为了报复商略，又选择一意孤行。但他永远都会为乔晗露留一条后路，只要她以后带着他留的钱财远走高飞，永远离开此地，就不会有人追究她的责任。

养妹到底是养妹，不是亲妹妹。

秦山不娶她，也是为了避免这一天到来的时候，她会与他一起罹难。

尽管他曾经有机会，让妹妹平安喜乐一生一世。

乔晗露看着眼前的新郎官，他还能露出春风和煦的笑容，当真是一点也不在乎秦山了。

"这是用来装哥哥骨灰的空坛子，"乔晗露怀抱着最后一丝希望，"你我二人也曾夫妻一场，若是你能让这坛子成为摆设，我兄妹二人这辈子再不会骚扰你。"

商略没让她等太久："抱歉……城主下的命令，无人可以更改。"

"怎么不能？我们这些商人的生死，只在他一念之间。既然是主观的判断，就有办法左右。"

商略还是道："抱歉。"

乔晗露轻轻地合上眼，虽然在夏日，仍然感觉寒冷刺骨。她问："好，我再问你最后一个问题，是不是你搜集了哥哥勾结贪官的证据，报给司空城主的？"

商略沉默了。

良久，他才答非所问："我放过他，两次。可他从未觉得庆幸，反而越发恨我。生意场上总是这样，不是你死，就是我亡。"

"好，很好，你做得太好了！"乔晗露盯着他，咬牙切齿，"应该是我们秦家的错，我们就不该沾上你们商家。你们家就是一个茅坑，就算爬出来了，洗净了衣服，还是洗不净那股恶臭！"

乔晗露打开坛子，把坛子抛向酒席上空，骨灰洋洋洒洒，落在饭菜里，吓得大家尖叫而起。

晨露微凉之时，秦山便已死去。新城主之令，谁也不敢怠慢。秦家人也都死了，只剩乔晗露一个人去收尸，一一殓了他们。

方才只是试探，她想要一个商略不让她报仇的理由，但商略的回答，还是那么令她失望。

失望的次数多了，本该觉得受伤的时候反倒哭不出来。乔晗露只是在想，哥哥秦山对商略的恨意应该更早一点，只可惜她从来没有为秦山设身处地地想过。

现在重定酒席也来不及了，商家发生了什么，大家心知肚明，纷纷起身告辞。

"商家秦家，狗咬狗，一嘴毛。"

人们的声音在商略耳边回荡，商略转头，楚锦仙已经掀起了盖头，商略一脸歉意，道："对不起。"

"没关系，能嫁给表哥，我已经很幸福了。"楚锦仙笑着道。

商略露出很难过的表情："我根本没有看上去那么开心，我的大婚之日，是我兄弟的忌日。"

商略婚后第二年，乔晗露凭借美色在主城商圈成了交际花。她没有经营的本事，但谁给她报仇的机会，她就会依附谁。不管别人如何取笑她，她都不介意。

犹记得那一个冬天，商会的大老爷们济济一堂，商略坐在会长的位子上，看见乔晗露依偎在一个年过半百的老商贾怀里，笑容灿烂、甜腻。

老商贾让乔晗露给商略表演一支舞蹈，她穿得单薄，双脚都冻红了，可她仍灿烂地笑着，笑靥如七月艳阳，让人感觉不出丝丝寒意。

商略喝她停下，她置若罔闻。

她如今卖弄风情，丢的是商略的脸吗？

她和商略又有什么关系，他哪里还有资格说三道四？

乔晗露从来不和商略正面作对，她只是不断地养一些和她一样出身低贱的女人，让她们在那些有利用价值的男人枕边吹风。

商略本以为她不足为惧，没想到商家一族中一个不太起眼的子弟在她的蛊惑下竟然闹出了人命官司。

商略很快摆平此事，但刚堵了东方的窟窿，西方就开始漏水。

乔晗露就像难缠的蛇，无孔不入，终于，她的枕边风吹到了商略表弟的床上。

商略的表弟在乔晗露的教唆下滥赌成性，不得不向在司空城主府内的姐姐求助。姐弟两人如无头苍蝇，酿下了滔天大祸，祸及商家上下数十人，商略救无可救。

商家一下子在商圈失去了地位，商略也从会长的位子上摔了下来。他一口闷气堵在胸口，无处发泄。

半夜，乔晗露让叫花子给商略送来了两串鞭炮，他礼佛的母亲吓得不轻。

"反了，反了，这毒妇，难道要害死我们商家不成！"她现在非常后悔。当初乔晗露进门的时候，她怎么没赐乔晗露一壶毒酒？

两串鞭炮只是开始，乔晗露对商家的恨意远比商略想到的更深。

少主司空曙暴毙的消息传遍无庸城时，满城上下的质疑声颇多。司空辉为了镇压这些声音大开杀戒，商略明知道自己不应该和这群人打交道，可作为司空曙的拥趸，他无法对那些死士视而不见。他冒险收留了其中一个，一直照顾到对方伤愈。

商略想过，如果这件事被告发是什么后果，然而他心存一丝侥幸。

开春，楚锦仙怀孕，商略也如曾经一样，推掉了诸多应酬，留在家里，细心照顾她。

商略的母亲更是喜不自禁，认为这个孩子是商家否极泰来的象征。

一天，楚锦仙正要出门，商略的母亲忙将她拦下："锦仙，你去哪里？"

"染坊那边有点事情，我去看看。"

"你肚子都这么大了还管染坊的事，我早让你把生意交给商略打理，你怎么不听？"

"不是什么大事，就是有客人说来买布，一会儿就回来。"楚锦仙笑着道，"表哥比我还忙，我给他减轻几分负担。"

"一个客人，不急这一时半会儿。"商略的母亲还是不许她去。

楚锦仙好折腾，说是要回屋休息，转身又悄悄溜了出去。

— 14 —

如果买布的是熟客，楚锦仙倒不必来见。此次的生客要的布料很多，所以她决定亲自见一见。

隔着珠帘，一个风姿绰约的女人转过身，楚锦仙瞪大了眼睛："乔晗露，怎么是你？"

乔晗露笑靥如花，这些年的遭遇仿佛没有在她脸上留下任何痕迹，她眼波流转的时候倒是多了些许风情。

"怎么，我不能来吗？"乔晗露的声音淡淡，视线落在楚锦仙微微隆起的小腹上，嘴角微微挑起，"你也怀了孩子呢。我还记得，我的孩子，比这个小家伙大那么一点，我的肚子，也比你的大那么一点。"

"你不是来找我叙旧的吧？"印象中，这是她们第一次交谈。

她们曾在凤来居短暂地见过彼此一眼，十多年后的今天，才有了第一次面对面的交锋。

乔晗露笑了："我好歹是你的客人，怎么，你们商家的待客之道，就是让客人一直站着？"

"来人，给姑娘看座。"楚锦仙淡淡地道。

乔晗露刚一坐下，茶便已奉到。乔晗露喝了一口，淡淡的香与涩在舌尖蔓延。

"我才听说夫人怀孕，借着做生意的机会，想送夫人一份礼物。"

"有话不妨直说。"楚锦仙看着她，语气冷淡，"我和乔姑娘之间，应该素无交情吧？"

"夫人太着急了。"乔晗露让下人呈上一个锦盒，"这份礼物，只有夫人能看。"

"你们退下吧。"楚锦仙挥挥手，下人应声而退，带上了门。

乔晗露将锦盒推到楚锦仙面前，妩媚一笑："我知道女人最是爱惜自己的容貌，所以特意给夫人准备了这份礼物，希望夫人能够永葆青春，不失丈夫的欢心。"

锦盒里隐隐有腥气溢出，楚锦仙打开一看，差点吐了。

竟然是紫河车。

她一把扔了那东西，怒问："乔晗露，你为什么送我这东西！这到底是从谁身上摘下来的？"

"当然是我身上。"乔晗露朗声笑了笑，"当年，我的孩子那么大一点，就要生了，老夫人却告诉我，我的哥哥因罪入狱，我受惊过度，丢了孩子，也丢了做母亲的权利。我想把它还给你，你怎么不领情？"

"你这个疯子，我这里不欢迎你，滚！"

乔晗露脸色陡然一变："你若是不收，我便把你们商家窝藏反贼的事情报给司空城主，到时候莫说你，就连你最喜欢的商略，怕也是性命难保！"

"你都知道什么？"

"该知道的，不该知道的，我都知道。"乔晗露起身，捡起那被扔在地上的紫河车，阴恻恻地笑了，"现在你只有一个选择，吃了它，否则，我把证据交给城主。"

那充满腥气的东西，看一眼都浑身不适，何况吃下去。

楚锦仙犹豫着。

"或者你还有另外一个选择，我这儿有一碗药，喝了它，我保你的商略平平安安——"乔晗露玩味地道，顿了顿，她咬牙切齿地补充，"绝子绝孙。"

乔晗露已然疯癫，她的理智在秦山被砍头那一天已经彻底丧失了。她如今的心，刀砍不疼，剑刺不痛。

楚锦仙颤抖着手，抓住了紫河车，那充满腥气的东西，楚锦仙不忍直视，哪里还敢放入嘴中。

"怎么，不敢吗？"乔晗露笑着问。

楚锦仙浑身颤抖。乔晗露忽然抓过那碗堕胎药，卡住她的嘴，生生灌了下去。

"不如我给你做个选择！"乔晗露笑得阴森。

楚锦仙拼命挣扎，却始终逃不出乔晗露的钳制。等外面的仆人与商略赶到的时候，楚锦仙腹痛难忍，躺在地上不住地哀号。

"大夫，快叫大夫！"商略惊慌失措，一把抱起楚锦仙。

乔晗露冷眼看着，一动不动。

故人依旧似往年。他也曾这样担忧过她，在她以死相逼惊悸不已的时候。前尘如梦，茫茫此生，至此无风无月也无缘消受眼前之人。

看着生无可恋的楚锦仙，乔晗露脸上不动声色，心中愧疚汹涌。

她恨的是眼前的男人，为难的却是与他同路的女人。预想中的快乐并没有来到，她的心倒是先沉了下去。

在失去孩子的悲怆面前，楚锦仙失去了活着的动力。这世上竟有如她这样的人，以放弃一切的姿态，无声自戕的方式，缓缓断了呼吸。

她告别了这个世界，追随自己腹中那逝去的小生命而去。

商略握着楚锦仙的手，奢望她再和自己说一句话，但是她什么都没说，就这么走了。

说不清是泪还是汗，打湿了商略的脸，他的眼睛赤红。

他有些悲愤地看向那个一直站在角落里，像影子一样阴魂不散的女人。

乔晗露原以为他要骂她，可商略最终只是问：“所以，你终于满意了吗？”

“满意？”乔晗露蓦然笑了，“我为什么会满意？我又不是没失去过孩子，可我是一个人熬过来的。”

“你要我怎么做呢？”商略一步步走向她，倏地跪了下来，给乔晗露磕头，“我给你三跪九叩，你把锦仙还给我吧！”

乔晗露一怔，继而狂笑起来。

楚锦仙有人惦记有人疼，她却活成了一个笑话。就算楚锦仙不争不抢，也能得到商略全部的爱。枉费自己半生追求，却和商略渐行渐远。

“你不要做梦了！”乔晗露气愤地道，“只要我活着，就不会放过你，更不会放过你们商家！”

天色转阴，影子盖过了商略半边脸。他沉默着，没有再说话。

楚锦仙死后，他整个人如同被抽了魂一样。

乔晗露的报复还未停止，虽然她没有告发商略窝藏反贼，但她不停地戳商家的漏洞。

不到一年的光景，商家就垮了。族人死的死散的散，商略的母亲也在流徙之中病故，只剩下商略抱着两坛骨灰，站在南下的小舟上。

他想问母亲，这是不是她喜欢的结局。他娶了一个她心目中的好儿媳，然后拉着全家陪葬。

又一年过去了，依附于权贵的乔晗露仍旧没有停止对商家族人的打压，逼得商略无路可走。

乔晗露给商略寄去一堆牌位，从商家的先贤到商略这一代。她还握着商略一家曾经窝藏乱党的证据，只是一直没有上报。

好无趣啊，无论她怎么做，商略都不还手。如此一来，她仿佛隔靴搔痒，怎么挠都不尽兴。

那年清明，她看见商略去祭拜了秦家人，还把妻子楚锦仙的骨灰坛埋在秦山的坟边。

乔晗露和他面对面站着，都不复当初模样。她看见了商略眼底的哀伤，一地的墓碑代表的是他们这些年互相撕咬的殉葬品。

商略不是不能还击，可楚锦仙的死让他失去了动力。

他想起多年前在祠堂外，他和秦山打招呼的情形。

乔晗露失去秦山的痛苦，也许和他一样。

他、秦山、乔晗露，没有一个是无辜的。

环环相扣地撕咬，最终两败俱伤，直至伤无可伤。

"我们到此为止吧。"商略好似超脱了，声音十分平静，"我们也不要再见了。"

— 15 —

商略说完最后一个字的时候，发现小伤已经喝醉了，整个人趴在地上，也不知道睡着没有。

商略脑仁的筋突突地跳，这厮究竟有没有听？

他伸手，摇醒了小伤。

"你讲完了？"小伤抹了一把口水，急忙问道。

他生平最听不了这种又臭又长的故事，但他绝对不会承认，只是略带抱歉地道："酒太烈，我起得太早了，才喝了两口，竟然昏昏欲睡。"

商略磨了磨后槽牙，也懒得追究。这会儿他的心情好了一点，他觉得自己可以回屋算账了。

小伤拦住了他，道："别那么着急，我们再喝两盅。"

"既然你不想听故事，何必为难我？"商略嘲讽道。

"你诬赖我了。"小伤喝了一口酒，润润喉咙道，"我想听，一百万个想听。"

"你这厚脸皮跟谁学的？"

小伤想起了某个被玉瑶活活气走的男人："也许……是从别人身上学的。"

"我没工夫和你瞎聊，我回去了。"商略当真要走，小伤拽住了他的腰带，"你放着商家的产业不顾，藏在小小的药铺里，是大丈夫所为吗？"

"冤冤相报何时了？"商略冷笑一声。

"秦家只是末流家族，可你们商家不一样。你们根基很深，就算你想崛起，也不是不可能。何况对方只是一个女人，你不至于被她的三寸不烂之舌打败。"

"你别一副很了解我的样子。"商略愠怒地甩了甩手。

"我没有恶意。"

"行，所以你别多管闲事。"商略转身走了。

小伤继续喝着酒。他说得一点都不错，乔晗露就算只手遮天，也没办法和商略抗衡。

自从商略心爱的女人死后，他便心灰意冷了。他之所以不报复，只是不忍心，他已经深深伤害了乔晗露一次，十多年来，他眼睁睁看着乔晗露从一个明媚的少女，变成如今辗转于各个老男人之间的流莺。

商略蜗居于此，不过是在自责。

乔晗露的憎恶之心太深，如入魔道，他无能为力。

她自暴自弃，算来也是在变相惩罚商略。但凡商略不是个君子，就不会受到良心的谴责。她吃定了商略。

小伤本可以置身事外，然而他心底有一个声音在不断叫嚣：为什么要沉默？为什么不尝试突破眼前的困局？

他看见商略这样，就像看到了过往的自己。

这么多年了，尽管商略与乔晗露之间的恨已然淡了许多，但两人之间毕竟嫌隙颇多。商略想赠乔晗露一份礼，却不知道合不合适。

犹记得两人和离之时，他送了乔晗露非常多的礼物作为赔偿，可乔晗露看都没有看，就让秦山把东西扔到了大街上。

他走南闯北之时，曾淘到一块上好的玉，让师傅雕了一张少女的脸，嵌进长命锁里。他本想等自己和乔晗露的孩子出世了，就送给她做礼物。

计划不如变化快。这世上从来不缺收礼的人，但总有来不及送出的礼物。

商略什么都丢了，单单留着这块锁。

他经常在午夜想象自己那个孩子的模样，只是想想，也只能想想。他渴望能把长命锁戴在孩子的颈项上，那样的渴望。

那也是乔晗露的奢望。

吃着晚饭，小伤见他若有所思，故意问玉瑶："你们这边结婚的习俗是什么？"

"大白天的问这个做什么？你家里谁要结婚？"

"没有，我只是好奇。商略前妻不是要结婚了吗？咱们要不要送礼？"

"你傻了？送什么礼，不咒她下地狱就不错了。"玉瑶冷笑。

白沐也附和道："一对爱侣分开，哪有不记恨对方的？"

"那她成亲，是不是故意气商略的？"

"你这么说，也有道理。"玉瑶想了想，"一定是！她一定在炫耀自己找到了如意郎君，而商略还是个单身汉。商略，要不掌柜我给你再找一个媳妇？比她美，比她温柔，比她体贴——"

商略一口饭没吞下，把碗往桌上一放："我吃好了。"

就算商略回到柜台后算账，也没能阻止玉瑶的声音。

"他前妻害了他全家，怎么没坐牢？还有脸结婚？我看应该报官，让那女人把牢底坐穿了。"

"不然咱们去闹她的婚礼吧，看她这婚还怎么结！"白沐提议。

玉瑶转头问商略："商略，我们去闹婚礼，你去不去？"

商略差点把一颗算珠抠下来。

这些人的嘴巴真碎啊，他已经在努力转移注意力了，他们七嘴八舌，口无遮拦，自己完全没办法当耳旁风。

一定是小伤搞的鬼，他不想让自己消停。

"你们最好不要多管闲事。"商略闷闷地道。

"我看你这几天偷偷打磨盒子，是不是想给她送礼？"小伤又问。

玉瑶来了兴趣："可以啊，往盒子里装两串鞭炮、一坨牛粪，等到婚礼那天炸她个满堂精彩。"

"姐，你这也太损了吧……"白沐吐了吐舌头，"我觉得送几只老鼠就好了，我们鼠族最知道怎么搞破坏。"

商略："……"

小伤吃完饭就被商略拉到后院揍了一顿，小伤抱头鼠窜，商略还是不解气，又打算抄凳子。

小伤躲在树后喘息。商略居然会生气，生气的时候下手还这么狠，挺令人意外的。

商略还在找家伙，此刻他一身蛮力，竟扛着桌子过来了。小伤忙躲到客房里，将门反锁，张嘴狡辩："你得讲道理，我可什么都没干！"

"你为什么要让大家都跟你讨论乔晗露的亲事？"商略气呼呼地问。

"如果不能面对她，你永远都那么消沉。"

"关你什么事！你以为你说你是司空曙我就信了？"商略已经气得失去了理智，不停地踹门。小伤有理由相信，如果自己不将他说服，他一定会提着刀杀进来。

小伤服软了："你闹这么大动静，会被掌柜听到的。"

商略："……"

小伤又真诚地道："我想帮你，也帮我自己。只要你能借我几分力，我十倍还你。"

"恢复昔日荣光又如何？比从前荣耀又如何？我一个孤家寡人，有什么可享受的？不需要！"商略冷漠地道，"你也不用伪装，我认识的司空曙，不会龟缩在小小的药铺当长工。"

"你可知道这是什么地方？这里住的都是什么人？"小伤扬头，松开撑门的手，目光炯然，"莫说让乔晗露获得做娘亲的资格，就算生死人肉白骨，也并非无稽之谈。"

小伤终于抓住了商略的七寸。

无数个午夜梦回的时候，商略也曾想过，抛下过去重新开始。

可是，从来没有人推他一把。

"你出来吧。"商略放下锄头。

小伤这才开门。

商略靠着墙，想了想，道："其实，我还有一个孩子。我和锦仙的孩子，只是锦仙早产，孩子已经死了。我花重金请人把她和孩子的尸体保存起来，但锦仙很快就腐败了，只剩下我们的孩子……"

"假如把这个孩子复活，你能振作起来吗？"小伤问。

"假如他活着，我便不是独自一人，我不能做一个让孩子看不起的父亲。"

"既然如此，我们做个约定吧。"小伤道，"我帮你复活孩子，你也要答应帮我一个忙。"

"什么忙？"

"现在还不能告诉你，即便告诉你，现在的你也太弱了。"小伤淡淡地道，"当务之急，是找掌柜谈谈。"

"找她干什么？"

"我可没有生死人肉白骨的本事。不过，求人办事，我还拉得下脸。"

"她什么脾气，你何尝不知？她绝不会因为你可怜而大发慈悲。"商略轻蔑地道。

小伤立马反驳："若真是你想的这样，她就不会收留你了。"

"那是因为她想开药铺，恰好缺一个免费的账房先生。"

小伤竟也无言以对。

"这大白天的，怎么这么冷！"玉瑶正打算睡晌觉，总觉得阴风阵阵。

她走到窗前关窗，却见两个男人的脑袋从窗外探了进来。

"你们想吓死我？"玉瑶柳眉倒竖，瞪着小伤和商略。

"掌柜，我有事请你帮忙。"小伤开门见山，"你能不能帮我复活一个人？"

玉瑶"砰"的一下关了窗。

小伤的一只手差点被夹断，他咬牙强忍，还是非常坚定地把窗户又推开了一丝缝隙。

"帮忙？我开药铺收留你们，供你们吃供你们穿，你们还好意思让我帮忙？"玉瑶没好气地道，"想都不用想，这忙我帮不上。"

"给你免费打三年工？"

"我呸！说是免费我还得出饭钱，你自己怎么不倒贴？"玉瑶冷笑一声，"若是这条件，免谈。"

小伤还是把手横在窗扇和窗框之间，玉瑶狠狠关了两次窗都关不上，不由得生气："你到底想干什么？"

"求你。"

玉瑶力道更大了，小伤疼得龇牙咧嘴，连连跺脚。

玉瑶关着关着，渐渐小了力气，直至松手。她觉察到了小伤的痛苦，也鲜少看见小伤流露出这样的神情，表现出这样坚定的态度。

犹记得初遇之时，自己也曾被他的眼神吸引，那时，自己好奇的只是小伤的眼神为何如此寂灭。

那时的他就是一个活着的死人，只是因为有人催促，他才机械地吃饭睡觉。玉瑶毫不怀疑，哪怕他出门被人追杀，他都不打算还手。

小伤现在有所求了，这是一个好的兆头。

这个让人操心的男人，终于决定向前迈出一步。

哪怕只是前进一小步，她对他的收留就没有白费。

沉默了一会儿，玉瑶松口了："你们进来吧。"

玉瑶跷着二郎腿，在他们面前坐下，皱眉道："有什么事就直说，少绕弯子。难得我今天心情好，过了这个村可就没有这个店了。"

"商略……商略想复活一个人。"小伤瞥了一眼商略，道。

他弓着腰，把手往怀里缩了缩。为了商略，他的手被夹成了猪蹄，又红又肿，钻心地痛。

商略没想到玉瑶竟然有铁树开花的时候，犹豫了一会儿，才承认："是的，我有一个孩子。"

"咳咳。"玉瑶差点被自己的口水呛了，"你什么时候出去乱搞的？还搞出一个孩子出来了？"

商略嘴角微微地抽搐："是我和明媒正娶的妻子所生。"

"哦哦。"玉瑶倒是丝毫不为自己污蔑人尴尬。她稍稍坐正了，虽然商略没说，但她也能猜出一个大概。

让一个已死的婴儿复活……

横公鱼一族虽然有能治百病的血液，但复活一个人，她还没有试过。

疗伤本就是一个耗费气血的过程，玉瑶不轻易帮人。一则她不想让人知道自己有这样的能力，以免被有心人盯上；二则每次疗伤她都需要少则一个月多则三五月的时间恢复，所以她喜欢以此为筹码和人谈条件。

她想破了脑袋，也想不出这两个男人还能给她什么。

她可不想做赔本生意，便对两人勾了勾手指，道："想让我大出血，可是要付出代价的……我一直在找月圆之夜耳朵后面会现出火焰形胎记的人，这些人往往会身带异能，若是你们能够帮我一起找，我就同意救救这个可怜的孩子……"

小伤当即坐直了身子。

玉瑶见状，狡黠一笑："我只说试一试，不能保证成功。要是失败了，你们可别怪我。但不管怎样，前提是，你们先答应我的要求。"

她倒是会精打细算，不管能不能救，先骗两个免费的跑腿。

"既然掌柜不想帮忙，就算了吧。"商略的姿态依然高傲。

小伤瞪他一眼，道："只要掌柜帮忙，我可以鞍前马后，供你驱使。"

"有没有搞错？那是他的孩子！"玉瑶皱眉反问。

连商略都不愿低头，他为什么比商略还执着？没道理啊！

商略道："存放孩子的容器一旦开启，尸体就会开始腐化。若是失败了，我连再见他都成奢望。我不能冒险。"

"所以你就甘心吗？这是哪儿？连城都谈不上，就是穷乡僻壤而已！"

小伤不知哪里来的火，忽然就爆发了，"明明是鲲鹏，却逼自己住在笼里，你甘心？你怡然自得了？"

他说到最后，仿佛说的已经不是商略，而是自己。

他也厌恶自己无能为力的样子，也像商略这样害怕一试。

"我甘心？"商略也很暴躁，"我巴不得让我商家的人全部从土里爬出来，让一切都回到最初！可我有什么办法？留着孩子的尸首，我还能有个念想，如果没了，我就什么都没了！"

两个男人剑拔弩张，大有一触即发之势。

玉瑶嫌弃地道："都吵什么，整天看尸体不瘆得慌？你也真够窝囊的，要是我，绝对会想尽办法让他重见天日。"

她好像在说安慰话，但小伤又隐约觉得，她的确是这么做的。

不管她想做的事情多么令人唾弃，她也要一意孤行。

玉瑶转身，翻了好些古籍，终于在其中一本古籍中找到了些许关于用横公鱼血复活人类的记载。

"自己看吧，书上说以亲人之魂可以养亲人之魂。若是你想让他活着，你就得活着。"

商略抓过书，原来上面说要复活死人就必须找到死者的亲人，以亲人的魂魄养死者的魂魄。亲人借对方十年阳寿，则自己短十年阳寿，对方得十年阳寿。而且，二者一荣俱荣，一损俱损。

商略想也不想便道："既然如此，我可以给他五十年、六十年，甚至八十年，只要我给得起！"

"你可给不起。"玉瑶冷笑，"你这样的我见得多了，把自以为是的爱给了对方，有没有想过，这份爱会成为别人的枷锁？"

—— 17 ——

玉瑶的毒嘴谁也没饶过，商略被噎得说不出话。

翌日，商略将玉瑶和小伤带到了他珍藏孩子尸体的地方。

那是一户寻常的人家，男人是个药师，穿灰蓝色的粗布衣服，吊儿郎当地抽着水烟。见与商略同行的有生面孔，不等商略开口，他先介绍自己："你们叫我老幺就行。"

老幺带着三人进了地下暗室，明明灭灭的火光里，整整齐齐地码放着不少水晶棺。

里面的婴儿身着华丽的衣袍，浸泡在药液之中，紧闭双眼，像在沉睡，精致如一件艺术品。

玉瑶自诩走南闯北见多识广，也还是第一次见到如此奇景。

这一口水晶棺造价高达千金，每个月单换药水的费用就够普通百姓一年用度。

玉瑶忍不住瞥向正等待取儿子的商略："没看出来，你竟然那么阔气。"

小伤也很惊讶："你到底背后阴了掌柜多少银子，才养得起你儿子？"

商略倒不否认："打工人而已，大梦药铺的薪水哪够塞牙缝，但赚钱的方法有很多，我借药铺一个算盘，白天黑夜算的，都不是药铺的账目。"

在老板面前大方承认捞外快，得亏事出有因，否则玉瑶得跳脚。

没见到水晶棺之前，任谁都觉得商略是个疯子，然而现在，连玉瑶这种和人类的感情不能相通的妖怪，都有点可怜这位掉进钱眼里的父亲。

老幺从数百口水晶棺里找了一会儿，终于找到了商略的儿子，上面的金色吊牌清清楚楚地刻着"商知碌"三个楷体字。

商知碌还不足月，身体比普通的婴儿小了两圈，像小小的人偶。他的五官轮廓还算清晰，被织金的红色丝绸包裹着，躺在碧绿澄澈的药水里，漂亮得极不真实。

小伤有时候觉得，太闷的人大多被残忍的过往伤过，商略百分百印证了他的想法。

"这孩子还真俊，就是名字难听了点。"玉瑶毫不避讳地道。

商略的嘴角抽了抽。

"这孩子我们要接走了，老幺，发财，发财。"玉瑶捧着小小的水晶棺，就像捧着大集上的菜肴一样随意。

老幺吧嗒吧嗒地抽了两口烟，扬手示意他们快走："走走走，老幺我要午休了。干这活太累人，每天给那么多棺材换药水，麻烦。"

玉瑶当真三步并作两步，跑得非常快。

商略追出去，非常担心地道："掌柜，你小心些！"

"怕什么，要真颠掉了也是这孩子命中有此一劫。"玉瑶头也不回地道。

她可不会因此停下脚步。

她用帕子盖住了水晶棺，大家还以为她捧的是什么珍宝古玩，她就这样堂而皇之地回了大梦药铺。

玉瑶把水晶棺放在客房的桌上，白沐好奇，想掀开看看，被后脚进屋的商略制止了。

"不要！"商略先拍开了她伸出的手，然后母鸡护小鸡似的，护住了水晶棺，"不要乱碰！"

白沐好奇地问："这到底是什么？"

"他儿子。"玉瑶和小伤异口同声地回答。

白沐一惊，踉踉跄跄后退一步，黑芒堪堪扶住了她。

古籍就摆在玉瑶眼前，上面说想要让人死而复生，须得用横公鱼王族的血半杯、兜末香半钱、大神木木屑半钱，三者混合熬煮半个时辰，出一碗神药，灌入死者口中。

横公鱼族将此药方当成神灵遗落人间的药方，并对此深信不疑。

其他两味古怪的药材，玉瑶正好有，只是这半杯血让她心痛。她取了一把刀走进客房，坐在桌前，看着刀沉默半响。之后她心一横，一咬牙，一边放血一边嘀咕："得亏老娘出身高贵，不然你儿子也没得救。"

白沐征得商略的同意，掀起了帕子，一瞬间瞪大了眼睛。

她还是第一次看见如此小的孩子，只比成年男人的手掌略大一点。

"他叫商知碌？为什么睡在棺材里，不说话也不会动？"

商略淡淡地道："他睡着了。谁打扰他，他都不会苏醒。"

"这样啊，我试试？"

白沐伸手想开棺材盖，商略死死摁住："不，谁都不可以打扰他。"

"让开让开，你挡着老娘的道了。"商略还没有松手，玉瑶就端着"神药"进来了。

兜末与神木的香气掩盖了血液的腥气，整个屋子也因此变得馨香无比。

玉瑶的手腕上多了一个翡翠色的手镯，手镯下垫着的一方赤红手帕，仿佛美丽的装饰品。

小伤盯着手帕看了一会儿，又收回目光。

玉瑶放下药碗，被驱赶的商略还是不舍得走。他害怕水晶棺打开后，孩子会变成一缕烟尘。这患得患失的心，让他又多看了好几眼，等到玉瑶不耐烦，踩了他一脚，他才知道要后退。

玉瑶屏住呼吸，小心翼翼地打开了水晶棺。一股刺鼻的药味从里面溢出，一遇到空气，原本澄澈的药水便以肉眼可见的速度发绿，变浑浊。

"呵。"玉瑶也没想到会有这样的异变，现实不允许她有过多的思考，她忙用银筷子撬开商知碌的嘴，把药一股脑儿灌了下去。

黑色的药液顺着商知碌的嘴没入两边绿色的药水里，药水渐渐恢复了清明，商知碌的肌肤似乎变得吹弹可破。

商略扑过来，视线一刻也不敢离开。

玉瑶忙把筷子伸到商知碌的脖后，让他的脸浮出药水。

"快快快，给他找一个干净暖和的地方，这么小的孩子整天泡在水里，一点也不会好受的。"

商略不敢耽搁，撩起衣袍下摆道："放到我怀里吧。"

"这药沾身上你不嫌恶心？"玉瑶皱眉，"你那破衣裳又能有多暖和？黑芒、小伤，你们赶紧找棉花来。"

玉瑶也不知道商知碌究竟是什么情况，但只要他没有继续腐坏，她就心满意足了。她小心翼翼地把他捧出，用温水洗了洗他的身体，将他裹在黑芒找到的棉花中。

"好孩子，你要是命硬就哭一声。"玉瑶耐心地哄了哄，可商知碌不哭也不闹。

玉瑶的脸都黑了，赌气似的把孩子交给商略："你看着吧，老娘已经尽力了。黑芒、白沐，都别愣着了，把这些药碗、水晶棺都处理一下，我闻着头晕。"

也不管大家什么表情，她先去后院洗手了。她一边洗，一边嘀咕："这么脏的药我怎么敢伸手了，终究还是老了，眼花了……"

— 18 —

玉瑶洗完手才回屋，就听见了小伤的敲门声。她转身，躺在老爷椅上，往嘴里塞了一颗红枣，问："你怎么来了？不跟大家看看那孩子？"

"我给你送药来。"小伤把药粉放在桌上，"你手腕受伤了吧？"

玉瑶动作一顿，她明明用红色帕子盖住了伤口，他眼睛怎么这么尖？

"有心了，药放这里，你出去吧。"玉瑶继续吃红枣。

小伤动了动唇，还想说什么，终究没有开口。

玉瑶等他走了，才褪下镯子，解开手帕。血浸湿了帕子，她的确得上药止血。她向来不和人示弱，连小伤也不例外。在颠了颠那小瓶药粉后，她又忍不住露出了一丝笑容。

小伤竟也不呆。

她才换完药，就听到前院传来婴儿的啼哭声，那声音嘹亮异常，可见是一个再健康不过的孩子。

商略是第一个听到孩子哭的人，激动得呆住了，还是白沐拍了他一下，他才如梦方醒。

白沐挠了挠头："哭得那么厉害，是不是要喝奶呀？"

商略忙抱起儿子："我去找奶娘！"

他整个人忽然有了生气，变得和往常很不一样。

玉瑶从后院进来，倚着门，露出深藏功与名的笑容："这下药铺里终于少了一个疯子。"

奶娘姗姗来迟。

她还没有见过这么小的孩子，小得像奶猫，但一抱起他来，他就知道自己找奶吃。她一边喂着一边担忧地道："马上就要入秋了，天儿冷，孩子可怎么办？"

"放心吧大娘，我们这里没人会委屈了他。"玉瑶喝着红糖姜水，笑着道。

奶娘还是不放心，多给孩子喂了点奶。

白沐正在玩积木，风一吹，积木全倒了。她生气地道："不玩了，它们不让我玩。玉瑶姐，不然我们去买鞭炮吧，我想闹婚礼。"

"婚礼？"

"是啊，你忘了上次咱们说的闹婚礼的事？"

旁边的商略微微一怔。

玉瑶点点头："说得也是，商略，你这平白无故多了个孩子，就没有什么想说的？"

"没有。"商略的生活已经有了重心，过去的事情，他也打算放下了。

玉瑶摇头："这怎么行，孩子只有爹没有娘，也太可怜了。"

"是呀是呀。"白沐跃跃欲试，"反正你们做过两年的夫妻，再结一次婚，让她做小知碌的娘亲吧！我的主意真是棒极了！"

"不行！"商略腾地站起来，"我和她是一辈子的仇人，孩子我一个人养！"

也不给众人还嘴的余地，他一个人抱着孩子回了屋。

第二天，商略迷迷糊糊地醒来，发现身下一颠一颠的。

原来昨晚他睡着以后，玉瑶雇了一辆马车，把他和商知碌都塞了进去。经过一天一夜的疾驰，马车现在不知道走出去多远了。玉瑶手握拨浪鼓，温柔地对商知碌笑着，商知碌兴奋地扑腾四肢，想玩这新奇的玩具。

商略一把将拨浪鼓扔了出去："你们到底想干什么？"

玉瑶生气地道："孩子玩得多开心，你为何要扔？"

商略环顾四周，大声地问："我问你们到底要干什么？"

白沐堵着耳朵皱眉道："当然是帮你呀。我早说了，孩子不能没娘。"

"谁让你们这么干的！"商略愤愤不平地道，"孩子他娘是锦仙，跟那女人没关系！"

"你唬鬼呢！"玉瑶神色一凛，略带几分嫌弃，"锦仙才怀孕几个月孩子就成形了？他根本就是你和乔晗露的孩子，你也曾想过留下你和乔晗露的孩子吧，只是乔晗露没给你机会。"

就算商略一直在这件事上撒谎，大家也心知肚明，他们更见不得商略自私地将孩子占为己有。

乔晗露是伤害了他，他又何尝没有伤害乔晗露？而且，他保留两人孩子的举动，至少说明他努力过。他曾努力去呵护自己兄弟的妹妹，也曾许过让她幸福的承诺。

商略不说话了。

他确信自己的秘密已经被小伤公之于众了，说什么也没有用了。

"这才对嘛。"玉瑶微微一笑，"等到了都城，都给我机灵点。抢亲这种事，不成功便成仁。"

"放心吧！"白沐兴奋地道。她握紧了小拳头，朝着玉瑶比画了几下，还调皮地晃晃头。

黑芒望着她，有些失神，后来又偷偷地笑了。

小伤一直在假寐，嘴角也不自觉地弯了起来。他一直有心让商略直面过去，只是复活商略的儿子，还远远不够。

商略需要的，是释怀。

他们赶了两三天的路，才抵达都城。

乔晗露这次嫁的也是一个六十多岁的老头，就看中了乔晗露的姿色。

这件事算是丑闻，只要玉瑶稍加一问，就会有无数个整天闲话家常的人跳出来对玉瑶添油加醋戏说一番。

有人说乔晗露年轻时是商家的媳妇，因太浪荡被商家老夫人扫地出门。

有人说乔晗露贪慕虚荣，在圈子里臭名昭著，老头也不嫌她这只总偷腥的猫腥味重。

也有人说老头不是什么好东西，这两个就是王八对绿豆，毕竟谁会跟钱过不去呢……

这些人越说越难听，为了照顾商略的情绪，玉瑶每人一个铜板打发了他们。

"老头姓曹，年轻时在都城做买卖赚了点钱，但也不是什么太阔的人家。"

玉瑶一行人在曹宅外面打量，发现也就是个二进的院落，连仆人都没几个。

— 19 —

来参加婚礼的宾客也没几个，大概觉得曹老头丢人——明知道新媳妇贪钱，还非要往家里娶。

连曹老头的女儿也不能理解，早就当着大伙儿的面把乔晗露祖宗十八代骂了个遍，但乔晗露站如松，仿佛没听到那些话。

"大家吃好喝好，我就不一一敬了。"因为曹老头腿脚不便，就算是婚礼这种场合都没有办法站起来，只能由娇妻乔晗露给大家敬酒。

乔晗露穿着喜庆的红衣裳，头戴一朵红花，脸抹得像猴屁股，像极了戏剧里的丑角。她正要喝酒，就见大门被人推开了。四五桌酒席上稀稀拉拉的客人转头看去，见来的是一个长相阴柔的青年，他戴着金丝边眼镜，身穿蓝色长衫，单手捧着一个用棉布裹得紧实的小小婴孩。

大家提起了看热闹的兴致。

"我还以为你不来了。"乔晗露放下酒，"怎么，什么时候有的孩子？"

商略冷着脸。他本不想进来，但被玉瑶推搡了一下，他一个站立不稳，想扶门结果把门推开了。他憋了半天，才道："我祝你们百年好合。"

乔晗露微微一怔，末了才哂笑："谢了。"

她看到商略的脸时，心竟然还会有悸动，但她到底在期待什么？

她转身要忙别的事，又听见有人道："他祝个屁的百年好合，他是来抢亲的。"

玉瑶之后，大梦药铺的人都来了。

乔晗露见客人一下子变多，不由得皱眉："姐，今天是老曹和我的大喜日子，我们一没偷二没抢三没妨碍任何人，你们还是走吧！"

玉瑶的嘴可不像商略那么笨，挑唇一笑："这么绝情，连自己的孩子都不要，就想和老头成亲？"

"孩子？你胡说什么，我哪来的孩子！"乔晗露皱眉，她这才注意到商略怀里的小小婴儿，"难道他……"

曹老头见了孩子，差点气得心脏骤停。他大声斥责："晗露，这到底怎么回事？你背着我在外面和这男人生了孩子？"

玉瑶不等乔晗露辩解，便嫣然一笑："老头好聪明啊，她这样水性杨花的女人，怎么可能心甘情愿伺候你终老？

乔晗露脸色大变："你胡说什么！"

曹老头急得想打人，一不小心摔倒在地，爬都爬不起来。他有气无力，只能不停地咒骂。

"别这么瞪我，我们可是给乔姑娘贺喜的，恭贺你喜得贵子！"玉瑶拍了拍手掌，准备已久的白沐忙在门口点燃了鞭炮。

黑芒将锦盒里的牛粪扔到了鞭炮堆里，一阵噼里啪啦，满院宾客的脸上都很精彩。

曹老头没撑住，晕了过去。

乔晗露只能让人先去找大夫，转头又骂玉瑶："你们到底想干什么，为何处心积虑破坏我的婚事？我怎么可能有孩子？"

"你若想知道为什么，就跟我们来客栈。"玉瑶微微一笑，把发愣的商略也拽走了。

白沐又向院里放了几只老鼠，黑的、白的老鼠在院里乱窜，吓得客人四下奔走。场面一时乱作一团，乔晗露也不管了，跟玉瑶几人出去了。

一路上，白沐心情大好："终于闹了一次婚礼，太开心了。"

乔晗露在半路拦住他们："等一下，有话能不能说清楚？"

玉瑶笑了："还不够清楚吗？你和商略的孩子，就是襁褓里的这个小家伙。"

商知碌的四肢不安分地蹬来蹬去，面对突然探头过来的乔晗露，他一脸无辜。

他还太小了，乔晗露不能确定玉瑶有没有说谎，可她仍心存希望，疑惑地问："你说他是我的孩子他就是？我的孩子早就死了，就算商略欺骗我，孩子到现在也得六七岁，怎么可能才巴掌大小？"

"你相信，人死能复生吗？"玉瑶幽幽地道，"这小家伙，是被上天挑选的幸运儿。"

"你到底是什么人？"乔晗露从未听说过那么诡异的事情。

"玉瑶姐从来不撒谎，小知碌就是你和商略的孩子。"白沐立马插话。

乔晗露又看向襁褓里的商知碌，他好小，脸儿圆圆，手儿细细，一双眼睛就像黑葡萄，又大又亮。

乔晗露再也忍不住了，质问商略："她说的可是真的？"

商略动了动唇，又别过脸。

乔晗露揪住他的领子："你说话啊！"

商略没办法了，只能承认道："是，他叫商知碌。"

许多年前，得知自己有孕在身的乔晗露一脸甜蜜，她坐在商略身边，轻声地道："我们的孩子，就叫商知碌吧，不论是男是女。"

原来他一直记得。乔晗露的鼻子有一点酸，但她强行让自己保持冷静。她瞪大了眼，转头又看着商知碌。商知碌挥舞着小手，想抓她的头发。她探过头，商知碌又来摸她的手。她伸手，碰到了商知碌的手指。

"商略，你到底想干什么？你以为孩子活着，我就能原谅你了吗？你害死了我哥哥，害死了我们秦家人……"

无法释怀的何止乔晗露一人，商略亦然。

他最爱的锦仙，死在乔晗露手里。

"过去的都过去了，人要向前看。"玉瑶又冒了出来，大大咧咧地把他们的头摁在一起，"既然你们一个缺兄长，一个缺娘子，不如就结拜成兄妹，再互拜个天地吧，这样就齐活了。"

"呃……"乔晗露嘴角抽了抽。

商略嘴角也抽了抽，这样也行？

"是啊，乔姑娘头上还戴着红花呢，择日不如撞日，今天就可以给你们办婚事。"白沐兴奋地道。

"不可以。"乔晗露和商略异口同声地反对。他们又嫌弃地别过脸，不愿看对方一眼。

玉瑶才不理会他们，当即拍板："就这么定了，我去沽一壶酒，你们各自喝一杯就算拜了天地。"

"喂——"乔晗露拦都拦不住，玉瑶像一阵风刮走了。

乔晗露生气地道："我没工夫和你们瞎闹，走了。"

商知碌忽然哇哇大哭，乔晗露停住步子。

白沐心疼地道："你看看你，又把小知碌吓哭了。"

乔晗露总会梦到死去的孩子，如今她又能当娘了，她和商略仿佛突然间都多了一份羁绊。她想等商略说点什么，商略却什么也没说。

横亘在他们之间的鸿沟何其大，岂是三言两语能抹去的？

商略的沉默，已经是他能对她表示的，最大的善意。

也许时间会冲淡一切，在此之前，玉瑶他们想做的，只是让他们保持联系。

— 20 —

玉瑶本想沽酒给商略和乔晗露，但一到酒家就挪不动脚，等想起给两人沽酒已经到了晚上。

被搞砸婚礼的曹老头醒了，他第一时间找到众人所住的客栈。单单为赔偿多少钱这件事，曹老头就拽着几人说了好几天。

最后还是乔晗露出了一笔不小的赔偿金，才把这件事摆平。

玉瑶为了弥补乔晗露，决定在大梦药铺给两人补办一场婚礼。当然，她可不是商量的口吻，而是命令。

中秋节，团圆夜，恰好是玉瑶挑选的黄道吉日。按商略和乔晗露的要求，他们谁都没有邀请，只是药铺里几个人摆开宴席，为商略、乔晗露庆祝。

商略和乔晗露被强行穿上了喜庆的红色衣裳，抱着他们才满月但依然很小的儿子商知碌，坐在平时玉瑶才能坐的主位上。玉瑶、小伤、黑芒、白沐分坐两排。

一晃三年过去了，每到中秋夜，玉瑶的话总是格外多。今天又是商略与乔晗露的再婚之日，玉瑶酒鬼本性暴露，仿佛自己才是新郎官，一喝喝了三坛陈酿。

商略好几次想起来，又被玉瑶摁头坐了回去。乔晗露吃到一半就起身离席，进屋哄孩子了。玉瑶忍不住摇头："十年修得同船渡，百年修得共枕眠嘛，都是一家人，为什么要臭着张脸……"

商略也还是没忍住，撂下筷子："我吃饱了。"

他进了院子，发现小伤一个人坐在屋顶上，对着圆月发呆。不一会儿，商略坐在了小伤身边："桃罐头，晚上吃多了肉，解解腻。"

小伤颠了颠罐头："谢谢。"

小伤和商略分吃一罐桃罐头，远远地，小伤看见玉瑶佝偻着身子往后院去了。她的步子摇摇晃晃，好像看不清路的样子。商略和小伤沉默着对视一眼——看来玉瑶又喝多了。

"谢谢。"商略终于挤出两个字。

小伤口吻淡淡的："谢什么谢。你不是很不高兴？"

商略喝了一大口罐头汁，看向远方："也许，原谅非一朝一夕之事。事到如今，商家和秦家只剩下我们两个人了，或许我们走到一起，也是宿命。知碍……不是我一个人的孩子。"

"你能这么想就好了。"小伤的心情稍稍轻松了些。

商略笑了笑，问："你一直说帮了我也是帮了自己，到底为什么？"

小伤默然，也喝了一口罐头汁。冰凉的感觉让他的胃有些难受，明明不是酒，他还是有点晕乎乎的。他神情哀伤："我想借你的力量。"

"借我的力量？"

"嗯，"小伤淡淡地道，"以你的才干，一定可以恢复都城商家昔日的荣光。也许有一天，我用得上你。"

商略实在想不通，小伤要用商家什么地方。紧接着，他似乎想到什么，惊讶地问："你真的是司空曙？"

小伤不置可否："谁知道呢……"

商略的吃惊不无道理。

在司空家族面前，商家不值一提。在司空曙面前，司空家族不值一提。

司空曙身为老城主的嫡子，在家里排行老二。无庸城素有立长不立嫡的传统，但司空曙的出现，让老城主彻底改变了想法。

不是其他子弟不优秀，只是司空曙太优秀了。任何事情，只要交给司空曙办，就没有办不成的。司空曙不仅能成事，而且能把事情办得特别漂亮。

无庸城流传着许多关于司空曙的传说。

譬如他惊为天人的外貌，譬如他万夫莫敌的骁勇，譬如他辉煌的战绩，抑或是他在治理无庸城方面难以磨灭的贡献。

在这个半人半神半妖混居的城池，人们不会造神。然而司空曙在百姓的心目中，与神同位。

商略没有办法将一个蜗居在小小药铺里当三年长工的普通男人和司空曙对应起来，即便现在，也没有办法做到。

他的思绪飘到了奇怪的地方。

第一次见小伤，他在河水上漂着，浑身带伤，生死不明，身份不明……

现在想想，谁也不知道他的身份。

等商略回过神的时候，小伤已经不见了。

第七梦

逐星月

小伤从前和她一样，

对人间疾苦作壁上观，

可现在，

他不想这样下去了。

—1—

"哕……哕……"院后门的水沟附近，玉瑶跪倒在地上，又吐了一回。长长的头发从肩膀一侧落下，一张脸被酒烧得发红。

脚步声慢慢靠近，她抬头，瞥了一眼，隐约可以看见小伤的轮廓。她忍不住好奇地问："你来干什么？"

"喝口水吧，还是温的。"小伤把杯子递了过去。

"呵，又是送药又是送水的，你小子以前可没这么关心人。"玉瑶冷笑，用水漱了漱口，又爬起来往院子里走。

小伤道："谢谢你。"

"怎么，突然念着我的好了？"玉瑶回眸，嫣然一笑。

小伤只是看着她。以她的脾气，绝不会因为可怜谁而出手帮忙，可这一次，她为自己破了例。

救商知碌也罢，撮合商略与乔晗露也罢，一切都是因为玉瑶觉得，这是小伤对她的请求。

"你可不要自作多情，你在我眼里，和药铺里其他伙计一样。虽然不得不承认，你是药铺里所有男人中最好看的那个。"玉瑶笑着道。

"夜里风高，你穿得那么少，还是先回去吧。我怕你看不清路，掉进沟里。"小伤声音轻柔，满是关心。

玉瑶的身子摇摇晃晃："知道了知道了。"

她也犯着困，早就想上床休息。

听到小伤提及夜风，她的确感觉到了一点秋的凉意。四野的衰草在午夜沙沙作响，她裹紧了单薄的衣衫，进了院子。

小伤也跟了过来。

在大门口，玉瑶把门关到只剩下一颗头那么宽的缝，她笑嘻嘻地道："小伤，一晃眼已经三年了，我养了你也三年了，你有没有想过离开药铺？黑芒、白沐可以回鼠族，商略也成家了，就剩你一个。要是哪天我想关了药铺，你打算去哪儿？"

"你不想做掌柜了？"

"谁知道呢……"玉瑶像是自言自语，把门打开了一点，"先进来吧。"

小伤点点头，身后忽然闪过一阵耀目的剑光。小伤猝然睁大眼，环抱着玉瑶滚向一侧。

几道黑影蹿进了院子，将小伤和玉瑶堵在角落里。

一个人慢腾腾地走了进来。

他看着像二十来岁，穿一袭锈了金丝的黑袍，领口、袖口绲着朱红色的边，头上簪着白玉簪子，身后，血月高悬。

玉瑶的酒意还没有醒，连他的模样都看不清楚，只知道是一个有点狂狷邪魅的小子。

那人一挥手，几个黑衣人便开始攻击小伤和玉瑶。

前院响起了婴儿的啼哭声，一群人冲了进来，不顾黑芒、白沐阻挠，疯狂地破坏着大梦药铺里的东西。

事出突然，大梦药铺里的所有人都毫无防备。

小伤被打倒在地，眼见就要被剑刺中。醉醺醺的玉瑶霎时醒了，双腿化作长长的鱼尾，把几个黑衣人全部抽倒。

血月下的青年倏地来到玉瑶面前，用手掐住了她的咽喉。

月光明亮，玉瑶分明看见了，他耳廓后的火焰胎记十分醒目。

"你是谁……"她挣扎着问。

男人冷冷一笑："等你下了地狱，去地狱里问吧。"说着，他加重了手中的力道。

玉瑶眼前一黑，人事不省。

"掌柜！"被人控制而动弹不得的小伤暴喝一声，身上金光乍现。所有人始料不及之时，他也幻化出一条超长的鱼尾，尾巴一扫，带起一阵飓风。

男人被掀翻在地，眨眼的工夫，小伤便卷着玉瑶退到一边。

小伤的妖怪形态并没有维持多久，很快又幻化成人。他将玉瑶护在身后，一双眸子赤红，怒瞪男人。

"有点意思。"男人定了定神，微眯着眼，盯着小伤。刚才他只是一时疏忽被伤，并无大碍。不过他的怒火被挑了起来，不由得弯唇微微一笑，以打量玩物的眼光打量着小伤。

就这？仅凭这样的本事就能让他妥协？

太天真了。

"游戏就到此结束吧！"他轻飘飘地吐出这句话，正想扬手做点什么，一黑一白两只老鼠忽然从背后跳了出来，撕咬他的臀和手臂。

"什么东西，竟敢来招惹我！"男人揪住咬臀的白鼠，狠狠一捏，往墙上砸去。

黑鼠忽然冲出，在半道截住白鼠，双双落地后不知道钻到了什么地方。

男人颇为嫌弃地脱了外衣，扬手，时间忽然静止。小伤想动，可根本动不了，他只能看着男人一步步走向玉瑶。

男人把腰间的软剑抽了出来，月光下，那纯金嵌玉的剑柄熠熠生辉，男人的瞳孔也亮得刺眼。

"不、不要……"小伤慌了神，那么多年过去后，他又一次体会到了这样的感觉。他眼睁睁看着别人伤害自己亲近的人，自己像一个局外人无能为力。

"受死吧！"男人的剑锋指向玉瑶。

那一瞬，他耳朵里传来了奇怪的声音，大约是七百米开外的小孩的啼哭声。他的剑锋偏了一寸，他不管不顾往前刺的时候，一道黑影自眼前闪过。

金色的血顺着剑锋汩汩而下，薄汗从小伤的额上渗了出来。小伤痛苦地握住插进身体的长剑，一双眼也被雾气蒙住了。他内心是愉悦的，这一次，他终于不是一个局外人。

男人被眼前的场面吓住了。为什么有人能破开他定格时空的秘技？为什么此人还能为玉瑶挡这一剑？他想不明白。当他再想刺下去的时候，剑抽不出来了。

现在，七百米开外的小孩哭声、八百米外的鸟鸣、街上贩夫的吆喝声、隔壁夫妻吵架的声音……全都涌入他的脑海。他青筋暴突，烦躁无比。

剑抽不出来，声音挥之不去，最终，他只能狼狈收兵。

"算你们今天走运！"男人撂下这句话，手一挥，召集所有的手下，如风般离开了大梦药铺。

夜阑人静，小伤手中还握着软剑，警惕地环顾四周，直到危机解除，他才脱力倒在了地上。

他醒转时，已经是次日正午，大梦药铺关门歇业。黑芒、白沐、商略、玉瑶都在小伤屋里，空气中弥漫着浓郁的药味。

桌上平铺着一件黑色掐金丝的长袍、一把做工精美的软剑，都是男人留下的证物。白沐发动整个兴旺村乃至无庸城的鼠族调查袍子和软剑的主人，今天恰好有了消息。

小伤醒是醒了，但身体还很虚弱，便继续假寐，听他们讨论。

玉瑶的脖子被掐出了一道青紫的印记，她系了条丝巾遮挡一二。此刻，她跷着二郎腿，坐在太师椅上，眼神中透着平日难见的狠戾。

"金代同？那不是凉川城主府的小公子？"

"是啊，难怪他手底下那么多人，原来是凉川城主府的小公子。"在这次突袭中，白沐也受了伤，现在还走不了路。

凉川城是附属于主城无庸的小城，这样的城池，整个无庸城只有九座，所以金代同的地位可见一斑。

金代同今年二十五岁，已经成婚，膝下无子。有家族的庇荫，他终日游手好闲，平时不是吃喝玩乐就是待在家里，脾气很大，常人不敢得罪。他的妻子是大户人家的庶女，两人门不当户不对，但相敬如宾。

那天晚上，他分明是冲着玉瑶来的。因此，他耳廓后的火焰胎记，是他与玉瑶唯一的联系。

玉瑶坐在太师椅上，陷入沉思。

她忽然想起之前遇到的那个叫作花尘的女人，她话里有话地暗示过自己，并不是所有人都心甘情愿地交出舍离珠。

如陈瑛、花尘这样的人，都是对玉瑶有所求，杜春是被逼无奈，可像金代同这样出身高贵之人……

玉瑶在寻找藏珠人，焉知藏珠人不在找她？

"玉瑶姐，其实我一直有个疑问，你为什么要找这些珠子？"白沐好奇地问。

大梦药铺里的人都知晓玉瑶在找寻什么，只是没有人知道原因。她对这些舍离珠的渴求迫切而决绝，没有任何商量的余地。毋庸置疑的是，许多祸事也因这些舍离珠而来。

即便现在事情很棘手，玉瑶也没有任何想给大家解密的意思。

"这些就用不着你操心了，若是觉得我这药铺危险，大可不必待在这里。我不养闲人。"

她话音刚落，商略就抱着孩子来到她面前，一脸愧疚道："既然掌柜说了，我恭敬不如从命。我只是一个凡人，还肩负着养育嗷嗷待哺的孩子和复兴家族的重任，便先告辞了。以后山高水长，再见不易，谢过掌柜这些年的恩德。"

玉瑶："……"

玉瑶别过脸，嫌弃地用手扫了扫空气："何必说这些客套话，要走就走。"

商略果然如风般消失。

白沐替玉瑶感到尴尬："玉瑶姐，若是你再不改改脾气，总有一天我也会走的。"

"干脆今天都走好了！"玉瑶腾地站了起来，生气地转身上楼。

她一点也没把这些年和大梦药铺里众人经历的种种放在心上，哪怕因为找舍离珠惹出了祸事，哪怕自己也差点因此丧命，她都一往无前。

白沐气得直跺脚："好你个玉瑶，我现在浑身都疼，我帮你还帮错了，怪我多管闲事！"

不单是白沐，小伤对玉瑶找舍离珠的执念也颇为不解——有什么事比人与人之间的情谊，比性命更重要？

玉瑶的房间在二层阁楼上，半大不小，放着两个柜子。

带抽屉的梳妆台、桌子和床下都有不少储物的设计。特别是床底，藏着一个不到膝盖高的木箱，木箱的三层小盒里整齐地放着四颗珠子。

一旦打开最里面的盒子，即便四周一片漆黑，珠子也会发出刺眼的光。

玉瑶静静地看着它们，似乎陷入了对往事的追索之中。

— 2 —

小伤苏醒之后，玉瑶倒是亲自端了一碗乳鸽汤，给他补补身子。

玉瑶一副把小伤当成自己人伺候的样子，和对白沐他们的态度截然不同。

"来，多喝点。还好那剑偏了几分，不是什么致命伤。若是真的刺破了你的心脏……"玉瑶本想说小伤福大命大，可转念一想，就算是死人她都能救活，便也没那么伤感了。

小伤也隐约想起了那天的事，他因为激动化出了横公鱼的形态……

小伤尽力不去想，但自己人身鱼尾的样子，还是在脑海中挥之不去。

"怎么，你好像不太高兴？"玉瑶皱眉，"我好心好意给你熬鸽子汤，你不会像白沐那样不领情吧？"

"不会。"小伤淡淡地笑了笑，"你能为我做鸽子汤，我已经很满足了。"

"你小子，捡便宜了。若是以前……"玉瑶说到这里，又说不下去了。大梦药铺的人似乎最忌讳谈以前，所以他们总是对自己的过去讳莫如深。

玉瑶可是横公鱼王族，就算小伤是她的同族，也该匍匐在她脚下称一声公主。只是自种族没落的那日起，王族便要肩负起保护族人的使命，所以她开了一间药铺，专门收治流散四地的横公鱼。

半夜三声敲门，就是族人互通有无的信号。

玉瑶以为，这些对小伤而言不是什么秘密，毕竟他们是同族人。

可是小伤竟然什么也不知道，在他面前铺开的是一道迷障。

金代同随时可能卷土重来，所以玉瑶、黑芒、白沐第二天就动身前往凉川，大梦药铺里只剩下小伤一个人。

这些天，小伤经常溜进后院，试图寻找舍离珠和横公鱼族之间的蛛丝马迹。

大梦药铺就像一个藏着无数秘密的宝藏，小伤需要在他们回来之前，重新认识一下玉瑶掌柜。

凉川城在无庸城西侧，占地只有无庸城的十分之一，人口并不稠密，算是九大附属城里看起来稍显荒凉的一座城市。然而它富得流油，这里有很大的天然矿山，无数的珍宝都是从这里挖掘出来的。

身为这里的贵公子，金代同自然傲气且铺张。他极爱佩戴各种各样名贵的首饰，恨不能戴满全身。

从兴旺镇回来以后，他为了弥补自己这一路的颠簸劳苦，刚洗完澡，便立刻把两枚冰种玉扳指戴在了左右手的拇指上，在腰间坠了最上乘的和田美玉、冰飘玛瑙树叶雕和水晶紫葡萄。

一路上丁零当啷，悦耳动听。

他路过庭院的时候，发现妻子林栀正在和侍女们洒扫庭院。她穿了一身素色的长衫，不施粉黛，还不如旁边的侍女艳丽。

金代同顿时血气上涌，语气不善："林栀，你过来。"

林栀还在扫地，一时没察觉。

金代同的声音更高了："林栀，你过来！"

林栀这才放下笤帚，她脚有些跛，一瘸一拐的，走过去颇费力气。

等她好不容易走到金代同身边，金代同见她嘴角两边因为干渴都起了白皮，一副憔悴不堪的样子，更生气了："这是下人干的活，你操心这些做什么？你看看你现在的样子，一点也不像我金代同的妻子！"

"我只是闲来无事。"林栀语气淡淡的。

"无事？你若无事可做，就让人给你梳妆打扮一番。若有客人到来，见你这副模样，还以为我们金家虐待你！"金代同用的不是商量的口吻，他在命令林栀。

林栀点点头，没和金代同多说什么。

这些年来，他们夫妻总是如此，尤其是自己跛脚的问题，金代同越来越嫌弃，也不愿意带她出席宴会。

以前林栀一身素衣，和侍女们一起劳作的时候，他会夸她清水出芙蓉，天然去雕饰，贤良淑德不骄不躁，而现在只会嫌弃她不体面。

金代同今天有个很重要的聚会。逸晴轩里，有人早早等着他了。

一个身高九尺、膀大腰圆的壮汉，一个把自己打扮成大侠模样、面相英气的女人，还有一个浑身珠光宝气的少年。

壮汉在吃东西，女人在闭目养神，少年在和自己对弈。

金代同出现的时候，他们不约而同地看了过来。

金代同坐了下来，道："我办砸了。"他的语气颇为沮丧，为自己没有一击必中反而打草惊蛇遗憾。

在座的都是和他一样身怀舍离珠的人。俗语有云，匹夫无罪，怀璧其罪，所以在金代同遇到了云游四方的花尘后，他便开始派人秘密寻找和自己一样的人。

事到如今，他只找到了三个人，但在寻找这些人的过程中，他发现了与他目的相近的玉瑶。

他在无庸城布下无数眼线，很快就找到了玉瑶的下落。为免得打草惊蛇，他又派人悄悄盯了许久的梢。当他发现这个女人正处心积虑夺舍离珠的时候，就知道留她不得。

喝茶的少年名叫沈彬，年纪十八岁上下，祖辈经营矿石生意，家产颇丰。他笑了笑，道："你呀你，何必多此一举？若是我们什么都不做，她未必能找到我们。现在你这么做了，她很快就会顺藤摸瓜找来。"

"根本不是什么大事。"吃饭的男人生得特别魁梧，他叫董维卓，市井走卒，胸无大志，只喜欢吃饭，自称"饭桶"。他一边吃一边道："她再想夺珠，也只是单枪匹马，力量有限。咱们这么多人，还怕斗不过她？"

养神的女人也睁开眼，冷笑道："一颗珠子算什么？大丈夫不敢舍弃一颗小小的珠子，一辈子苟活一隅，还不如死了。如果不是你们，我早就把珠子扔掉了，也好过被人当成异类，过那种东躲西藏的日子。"

女人仰慕游侠，除了行侠仗义，其他的事情在她眼里都不算什么。

金代同郁闷地喝了一口茶，不知道自己怎么会找来这几个奇葩。一个痴迷棋道，一个饭桶，一个神经好像不正常。

全天下似乎只有他喜欢这颗舍离珠，尽管他也饱受舍离珠的折磨。

"都不要说了，我只劝你们一句，若是在凉川城发现了那女人和她同党的踪迹，立刻告诉我。如果你们中有想交珠子了事的，趁早像花尘一样把珠子给她，不然等我杀了她，你们后悔也来不及了。"

—3—

金代同总是这样，别人一句话不顺他意就能把他气得青筋突起。相处久了，大家便学会了尽量不招惹他。

气氛骤冷，金代同忽然把茶泼向窗外。楼下一只汪汪叫的小狗被泼了一身，叫得越发厉害了。金代同怒不可遏："好厉害的野狗，敢跟本公子叫板！现在我就让人屠了你下酒！"

"少主请慢！"游侠女横剑拦住他，"上天有好生之德，你何必和一条落魄的野狗过不去？何况我们大家都没有听到，就你听到了，必然不是狗的问题。"

"田灵，你救人就罢了，难道连狗也救？"金代同眼神一凛。

"好了好了，大家聚在一起就是缘分，为什么整天喊打喊杀？"沈彬落下一颗棋子，微微一笑，道，"何况大家的能力不相伯仲，互打起来谁也奈何不了谁。"

饭桶董维卓也道："就是，为一只狗争来争去有什么意思？"

个个都在那里和稀泥，金代同略想了一下，也就作罢了。他们身怀异能，真打起来指不定会闹出什么乱子。

要怪，只能怪金代同自己。他看得太清楚，百米之外柳叶上一点泥，也能影响他的好心情。他听得太清楚，只要他有心，千米外骡子喝水的声音也如在耳畔。

尤其是在他使用时空定格异能的时候，万事万物都能在眼前无限放大，所以，他受不了一点细节上的瑕疵。

他小时候，大家聚在一起为他庆祝生辰。他的注意力落在某张桌子上几乎看不见的一个小小的黑点上，负责打扫的婢女因此被他骂得差点跳井。众人感觉匪夷所思，纳闷地看着他，他才终于意识到自己和别人不一样。可他是凉川城城主的小儿子，要风得风，要雨得雨，他不认为吹毛求疵是自己的问题。

这场聚会以不欢而散告终。

金代同的生活多姿多彩，有风花雪月，也有珍玩古董。在他对妻子林栀的嫌弃溢于言表之时，他就开始物色替代品。

喜新厌旧，对他这样的人而言，稀松平常。

"哟，金少主，稀客啊！"唇边留着两撮胡须的男人刚迎出来，金代同就厌恶地捂着鼻子。

"你吃大蒜了？嘴里这么大味道？离我远点。"

胡须男一时尴尬，平时他和人打了不少交道，从来没人说他有口气问题。不过他还是自觉地后退了几步，他知道这位少主的脾气，也不想得罪金主。

"按照您的喜好，专门为您定制的。您看这女人的肌肤、眉眼，可有一丝不完美？"

金代同抬眸看去，一个白玉美人映入眼帘。

她五官秀丽，肤若凝脂，似怒而含笑，宜嗔宜喜……一个从发丝到脚趾无一不精致的女人，隐约有林栀从前的影子。金代同捧着她的脸，仿佛终于找到了自己的温柔乡。

"这玉美人我要了。"金代同豪气地道，"多少钱，我都买。"

"不愧是金少主，快人快语。您是我们博雅的老客户了，我也不欺骗您，这白玉美人雕售价三万金，整个无庸城只此一尊。这般高，玉色又那么纯净油润的，您去哪儿都找不到第二件了。"

"三万金……"金代同皱了皱眉。

这价格，的确超出他的预料，但转头看这美人，当真是极品。

凡物已经入不了金代同的眼，唯有这稀缺的、完美无瑕的白玉美人，才能让他动心。

咬咬牙，金代同还是道："好，给我打包送到老地方。"

掌柜即刻喜笑颜开，正要将美人打包，金代同忽地问："原石里的东西没丢吧？"

"哎哟，您放心，再怎么换壳，心也不会换的。那块骨玉所制的心脏，还在它里头跳着呢！您听，声音多真。"

金代同贴近白玉美人，里面果真隐约传出咚咚的响动。

他这才满意地挑唇。

他也是偶然砸碎了一尊白玉美人，才发现里面藏着一颗血色骨玉所制的心脏。每当把有心的白玉美人放在身侧时，他便能入个好梦。梦里总有女子银铃般的笑声，悦耳动听。

虽不知此玉来历，但有了心的美人，便如有了灵性一般，能平复他的暴躁。往后他每次换美人的壳子，都留着这颗心。

金代同购了处别院，专门存放他心爱的珍玩古董。

凉川城这样的产宝圣地，当地人对奇珍异宝自然颇有研究。金代同一面挥金如土，一面也在经营文玩、珠宝生意。

收藏和交易古董，金代同有一本生意经。

金代同把白玉美人抱回别院，一时间爱不释手。

他看着美人，越看越喜爱。

梦中，他摸了摸她的手，和她攀谈交心，耳畔又传来女子的笑声，一如和活人交谈。

当他想看清女子的面目，她的身影却影影绰绰，在他的识海沉浮，衣袂飘摆。

睁眼，他只能看到一尊完美无瑕的玉雕，眉目都是死的。

傍晚，林栀差人来传话，金代同叔父的孙子满月，摆满月酒，请他务必回家更衣准备，以免耽误吃酒的时间。

若是普通的宴会，金代同能推则推，但叔父看着他自小长大，他的确应该出席，而且，要和林栀一起出席。

马车缓缓往酒楼驶去，金代同和盛装的林栀并排坐着。林栀似乎有点疲惫，单手撑着下颌，一副要睡不睡的样子。

他们刚开始相恋之时，林栀在车上犯困，金代同一定会让她靠在自己的肩膀上。不过才五年时间，他就变了。此刻，他语气不满，问："宴会还没开始你就醉了？"

林栀淡淡道："母亲六十大寿，很多事情都得操心。我只是小憩一下，等到了叔父那边就好了。"

"那你睡吧。"金代同本想说自己会叫醒她，但想了想，还是没有开口。他担心自己会忘了，林栀的事情，他如今总不放在心上。

这是一场索然无味的宴会，唯一让金代同印象深刻的是，他们给叔父敬酒的时候，叔父笑着祝他们早生贵子。

金代同没来由地反感，他早就没有了和林栀养育孩子的打算。

回去的路上，林栀眉眼间的倦意更深了。金代同只瞥了一眼，就能清楚地看到她眼角的细纹。

人都是会老的，曾经他觉得清秀美丽的女人如今也疲态尽显。

她的脸本来只是微微显肉，如今看来竟有点下垂，眼袋浮肿，细腻的肌肤粗糙了许多，浮起了一层白腻的粉，嘴巴上的胭脂吃东西时脱了颜色，斑驳难看。

金代同以前绝不会想到，她现在竟会这样难看。和他私藏的白玉美人比起来，尽管面貌相似，又似有天壤之别。他更难以想象的是，生了孩子之后的林栀，会衰老成什么样。

再者，等他们有了孩子，他便要为孩子的未来考虑，不能随心所欲。他纵然有再心动的女人，也不能多看两眼。

金代同从心底排斥像别人一样带着不三不四的女人的胭脂味回家，他如今又对回家这件事有着深深的厌倦。

马车在半路停下，林栀微微一愣，问："怎么了？"

"我今晚有点事，要处理一下。"金代同披上披风，下了车。

林栀没有多问，只是道："明天早点回来，我给你熬了桂花粥。"

"嗯。"

对她的关心，他觉得理所当然。

他不该为这些平凡的关心感动吗？

他没有，他甚至讨厌这样的羁绊。

金代同没有明说，林栀也知道他去干什么。只是林栀不知道她该以什么样的面目面对白玉美人，它就是一尊死物，自己还能将它砸碎了出气吗？

—— 4 ——

博雅斋的掌柜迎来了一位不速之客。

传闻中，金代同的正妻林栀是一个尖酸刻薄、头发长见识短的黄脸婆，但出乎意料的是，进来的是一个神情寡淡、端庄秀雅的女子。

她穿了绣着荷叶与浮萍的月白色缎子长袄和一条浅蓝色的下裙，头发用羊脂玉簪轻轻绾着，露出秀气洁白的脖子。

"我是金家少夫人。"

只是个自我介绍，掌柜便大致猜到了她的来意，他弯着腰，冷汗直流。

林栀的目的很简单，要么掌柜以各种理由让金代同买不到玉美人，要么她会让掌柜的店子倒闭。就算店子不倒闭，让他夹在金代同和林栀之间也很难做人。

掌柜看着林栀带来的两箱珠宝，接也不是，不接也不是。

林栀不怒而威，可不由得他多想。他一咬牙，决意先服个软，将珠宝接下，并应承林栀那边他会看着办。

一转头，他就向金代同告了密，并下跪表决心："少主，少夫人给的钱我一文没有动。只是这白玉美人，您看……"

金代同腻得快，时常会更换白玉美人，掌柜是最懂得他喜好的卖家。

他们彼此需要。

"让我想想。"金代同并未发火，相反，他于心有愧。他知道，迟早有一天，林栀会因为白玉美人的事情向他发难。说是他喜欢文玩古董，但正常人都看得出来，他的癖好极其特殊。

哪有人会对着一个死物幻想？他分明有恋物癖。而他，宁可恋物也不愿多看结发妻子一眼，林栀如何能忍受？

她还是他的妻子，在尽心尽力地操持这个家。哪怕他移情别恋了，她还是想挽回这段婚姻。

沉默了一会儿，金代同坐了下来，冷冷一笑："只不过是重修一个别院的事情。你帮我把原来的美人卖了，我还要订新的。记得，留着那颗骨玉心脏。"

"哎，好好好。"掌柜喜不自禁。

金代同口味常变，喜欢的永远是下一个更精致的美人。他有的是办法，即便林栀断了他一条入货渠道，他也会有别的途径。

入秋了，林栀染了风寒，一个人在屋子里养病。闲极无聊，她在窗边为花剪枝。

装花的翡翠玉瓶是她的陪嫁之物，当初为了让她嫁得体面一点，金代同在彩礼之外又悄悄资助了林家不少钱，让林家风光了好一阵子。

婚后不久，林栀知晓此事，甚是感动，一个人躲了起来，偷偷抹着眼泪。金代同打着灯笼寻了她半夜，才在祠堂的角落里看到她。

金代同把她拥入怀里，一向傲气凌人的他声音发抖："你为什么要躲起来，我差点以为你不要我了。"

林栀将头埋在他胸口，一切恍如梦境，她喃喃自语："少主，真的不是梦吗？我竟然能嫁给您……还得到了您的爱。哪怕只有一点点，我就很幸福了。可您，给我的爱，如此多。"

"当然不是。我给你的，怎么会是梦？"金代同认真地道，"我的爱很吝啬，只分给了你，别人不会有。"

剪刀不小心剪到了手指，林栀吃痛，如梦初醒。

她怎么能天真地认为不是梦？那根本就是镜花水月。

当他们终于走过那些轰轰烈烈的时光，当日子趋于平淡的时候，梦就不复存在了。

她入城主府后，时时刻刻提醒自己要记得少主夫人的身份，尽好本分，一刻也不敢懈怠。可摊上今时今日之境遇，她猜，也许是她太端庄自持，所以他感到索然无味。

他们只知道结发为夫妻，又有谁知道如何才能恩爱两不疑？

晚上，金代同从外面回来，林栀给他准备了丰盛的晚膳。金代同在席上吃，林栀在旁边伺候。

昏黄的灯下，林栀唇色惨淡，弱不禁风。金代同只吃了两口就放下筷子，不耐烦地问：“你病了怎么不跟我说一声？”

金代同回家时便听到小厨房里传来林栀轻微的咳嗽声，现在她在自己面前，连咳嗽都忍着，生怕惊扰他吃饭的兴致。

林栀有些意外，末了也只是道：“不碍事，只是小毛病，吃两剂药就好。”

“吃饭没？”金代同还是有点生气，“没吃就坐在我对面，今天一起吃。”

他总是一副气呼呼的样子，也不知道是真气还是假气。

“我待会儿吃你剩的就行，我染了风寒，不能把病气过给你。”说着，林栀这才转过身轻轻地咳嗽。

金代同越想越气，随意扒拉两口就撂下筷子：“我吃好了，你自己吃吧。”

他穿鞋子起身，换了衣服正要走，林栀忙上前给他整理衣裳。

“少主……”林栀想了想还是道，“夫人最近总和我说，想抱个孙子。”

“她又跟你说了？”金代同也不等她回答，脱口而出，“让她想着吧，要实在太想，就让她自己生一个。”

临到出门的时候，他转头又看见林栀。她站在珠帘旁边，眼神有些暗淡。他想说些什么，最后还是住了口。

他已经够仁慈了，甚至没有质问她白玉美人的事。

但他见到她，便总是想起她的刻薄小性、古板沉闷，忍不住和她争执。

她原来是小户人家的庶女，与他门不当户不对。当初他为什么娶她？

光阴匆匆，许多细节他已记不清楚。但如果可以回到过去，他定要探究清楚，自己当初是如何想的。

他们刚刚成婚的时候，金代同也曾求过林栀，若要生孩子，须得生两个，一男一女，凑成一个"好"字。名字他都想好了，男孩叫金代霖，女孩叫金念栀。

但林栀的身体一直不好，他一等再等，等到万念俱灰。时过境迁，即便如今林栀三番五次暗示，他也没有兴趣。

傍晚，林栀又被夫人叫过去。

林栀虽然晨昏定省不忘敬茶，家事也处理得井井有条，但是金夫人一直对林栀庶出的身份耿耿于怀，并不喜欢她。尤其是她五年没有孩子这件事，就像一根刺，扎在金夫人心里。金夫人原本以为，他们婚后第二年自己就可以抱孙子的。

林栀才进屋，金夫人便低喝一声："跪下。"

林栀腿一软，跪了下来。

金夫人缓缓坐下，冷笑："怎么，你不服吗？"

"林栀不知何错之有。"

"身为代同的妻子，却无法为金家绵延子嗣，难道不是罪过？自你过门以后，代同便整日在外面鬼混。若非你不够贤淑，代同断然不会做出此等荒唐事。"金夫人一字一句，杀人诛心。

林栀的头埋得很低很低，半响，终于道："林栀有错，甘愿受罚。"

"你去祠堂跪一晚上，好好想想吧。"顿了顿，夫人又道，"为人妇者，不可偏狭自私，若是自己无能，也该懂得退位让贤。"

以前金代同为娶她，做许多荒唐事，金夫人不敢不答应。现在金代同厌弃她了，金夫人终于能把当初受过的委屈一一讨回。

等林栀离开，绛丝锦屏后出来个衣袂如云的美人，模样极妙，口吻却阴恻恻的："跪祠堂哪里够？早点滚出去才好。"

金夫人波澜不惊，抿了口茶："急什么，到底是庶女，不该是她的，再怎么努力，到头来也是白费心机。"

—5—

祠堂的地很冷，若是这样跪下去，林栀一定会生病，甚至落下病根，然而她还是跪了。

她不想和金夫人争辩，只想争一口气。

这些年她努力尽好妻子的本分，她没有辜负任何人。

林栀拖着跛脚一步一瘸地往祠堂走，丫鬟叮铃拦着她，道："少夫人，您还是跟少主说一下吧。有的事，一个巴掌拍不响，夫人着急也没用啊。若是你身体坏了，以后想要孩子可就难了。"

林栀的语气颇为冷淡："不必。我活一世，不是只能为金家添丁。如今我还是主母，就要演好主母的角色。"

林栀隐隐有了放弃的想法，被人休掉，她这一辈子都会成为别人的笑柄，可即便孤寡一生，也好过现在。她至少可以抬头挺胸，坦坦荡荡地生活。

林栀在祠堂跪了一个时辰，快要晕倒的时候，金代同来了。

丫鬟叮铃看不得林栀被欺负，擅自找了金代同。金代同知道夜深露寒，所以不惜违逆母亲之令，执意让林栀起来。

林栀的腿脚已经麻了，他就一把将她拉起，背在背上。他有些生气："你被罚为什么不告诉我？"

最近他因为林栀生过多少次气，他记不清了，每次气呼呼地说林栀，林栀都冷得像一块冰。

"我还以为……你不会在乎。"林栀的口吻听不出喜怒哀乐。

有时候感情就是如此牵绊人心，每当她想放弃的时候，金代同总会忽然拉她一把，她就觉得自己可以再坚持一下。

现在他背她是真的，他关心她也是真的。

金代同也说不清为什么，但让妻子跪祠堂，他于心不忍。

"叮铃，去给少夫人暖两个汤婆子放进被子里，倒一盆热水。"金代同把林栀放在床上，转头吩咐道。

林栀的手脚都很冷，嘴唇都冻紫了，他的眉头忍不住皱了起来。

方才，他本想去添置新的白玉美人，现在没了心情。

叮铃给林栀打了一盆洗脚水，热流顺着林栀的脚心往上蔓延，她终于感觉到了些许暖意。

林栀又开始想，自己以前是怎么和金代同走到一起的？

要知道，以金代同如此显赫的出身，他娶妻，根本轮不到她一个庶出之女。

不知多少名门望族会踏破金家的门槛，明里暗里地把自己的嫡女往城主府送。相较之下，她连被选的资格都没有。

金代同深知其中利害，基于此，她出嫁的时候特别风光，林家的女孩都羡慕她，连她娘亲都觉得她嫁对了人，过去就能享福。

她现在才知道，一旦进了金家这个牢笼，她所有的幸福都是从金代同身上来的。如果金代同不再宠她，她的好日子就到头了。

金代同对她的关心让她又燃起了一丝希望："少主，不如我们生一个孩子吧？"

金代同顿时像被人用术法定住，他知道自己应该给林栀一个孩子，稳固她在金家的地位。但若孩子是他对林栀的馈赠，他担心自己将来被孩子拴住，会更加不喜欢回家。

他不知他与林栀为何会变成这样，他更不知道为什么林栀婚后像变了一个人，总是规行矩步，连说话都不敢高声。

"你先好好养病，我还有应酬，这几天大概都不会回家了。你放心，我已经和娘说了，她不会再为难你。"撂下这些话，金代同决绝地走了。

林栀看着他的背影，默然无语。

她幡然醒悟，她喜欢的是一个孩子气的男人，怎么能奢望他处处顾她周全？他只会关心自己的玩具怎么不好玩了，在哪里可以买到新的玩具。

金代同在青楼里喝闷酒，点了不少陪酒的歌姬舞姬，向她们数落林栀的不是。

起初她挺好的，可后来总跟他过不去。

有一次，他不过在外面和朋友喝多了酒，忘记了她的生日，回到家就怎么也找不到她了。他找了很久，一无所获。后来她自己出现了，眼睛哭得又红又肿，让人心疼。他想关心她，她又冷若冰霜。

他想去外地淘古董，她总不愿他出门太久，想方设法阻挠。打雷下雨，见到夜猫，或是有人在她身后偷偷拍她一下，她都一惊一乍。

第二年，她怀了一个孩子，临近生产时，他因为生意的事在外耽误了两个月没有回家，回来便得知一个噩耗——林栀落胎了，生命垂危。

纵使后来把人救回，她也性情大变，总是以泪洗面，怨他没有在侧守候，才酿成此祸。

他心中的烦闷无处发泄。那也是他的孩子，他是故意的吗？

为何家事如此麻烦？早知道这样，他就不成亲了。

林栀以前特别爱唠叨，又爱哭闹，现在不唠叨了，可整个人死气沉沉的，好似金代同欠了她一笔巨款。

金代同说，他根本不了解女人，也不想了解。还不如来这里，玩过了就走，什么责任都不用承担。

话还没说完，他就醉倒在桌子上。

翌日，林栀亲自把他从青楼里带回了家。

金代同颜面尽失，彻底爆发，怒道："你又想怨我什么？城中纨绔哪一个没去过秦楼楚馆？"

"你是城主府的少主，怎么能跟纨绔相提并论？此事要是传扬出去，城主大人和夫人一定会责罚你的！"

"罚就罚了！"金代同自小就天不怕地不怕，他又没做坏事，就算去青楼也只是喝喝酒，并未做越界之事，他们有什么可指摘的？

倒是林栀，像个管家婆子般唠唠叨叨，他躲到哪里都躲不掉。

林栀的眼眶又红了，眼泪啪嗒啪嗒往下掉，金代同只是冷冷地看着她。这一次，他没有任何安慰的话。

林栀也想不明白，为什么他流连青楼？是自己没有尽到妻子的本分，让他想纳妾了吗？还是因为……他们夫妻做到今天，缘分已经尽了？

金代同看到林栀掉眼泪，越发烦躁。

这一地鸡毛的生活，他受够了。若是他们还有一个孩子，怕是仅听到孩子的哭声，他就不知要气成什么模样。

"少主，不如我们和离吧。"哭了一会儿，林栀吸了吸鼻子，"我什么都不要，反正我们也没有孩子，我走就走了。"

金代同暴跳如雷："林栀你疯了吧？你以为用和离威胁我，我就会考虑要孩子了？这些日子你还是在家里收收心，作作画、赏赏花，再别乱想那些有的没的。你要别的，我给你。你要和离，没门！"

林栀哑然失笑。

也不知道金代同是装作不知道，还是真不知道，她说那些话并不是想拴着他，而是放过自己。

金代同今天的心情更差了，他第一次从林栀的嘴里听到"和离"两个字，就像从母亲嘴里听到自己不是她亲儿子一样荒唐。

成亲的时候，金代同曾当着所有人的面，宣称娶林栀是自己这辈子最幸运、最幸福的事，若是两人和离，无异于搬起石头砸自己的脚。

金代同感觉没脸见人。

—— 6 ——

逸晴轩里，金代同对董维卓三人抱怨不停。

"女人到底在想什么？好好的为什么跟我提和离？"

"我对女人一点也不了解。"四个人中唯一的女人田灵道。

"你当然不了解，你就是个披着女人皮的爷们。"金代同抓了抓头发，"还是爷们之间好相处，不像女人，脑瓜里装的东西让人费解。"

金代同陷入了沉思，他反思自己和林栀为何走到了这一步。

可他想不出个所以然。

他懒于见林栀，一见到她便要吵。但内心总有根线牵着他，让他无法将她放飞。

秦楼楚馆并没有他觉得的那般好，之前不过是和林栀闹脾气，回过神便觉得索然无味。他想起自己的白玉美人，到了外宅，博雅斋掌柜已经给他弄来了新货。

又是新的眉眼，却是旧的心跳。

金代同指腹抚上美人面，盯着美人浑无色彩的眸子，又觉得今日的美人格外不同。

"如果你能说话，可否解答我的困惑？"

他的酒意反映在溢出水雾的眸间，身影摇摇，不知是开玩笑还是真的想得到答案。可就在他一屁股坐在圈椅上时，那美人的指尖竟微微一颤。

金代同晃眼看去，以为自己瞧错了，旋了下手中的金樽。他还要再抿一口，澄澈的酒凑到唇边，酒气拂来，脑子变得混沌不清。

"当啷"一声，酒水倾倒，酒樽掉地，他的胳膊也软在扶手边。

他醉了。

闭上眼，金代同识海中的美人影子倒逐渐清晰起来，雪色的衣袂飘摆，四周仿若有凛凛朔风，也吹起他的衣袍。他环顾一圈，发现自己不知何时站在一片旷野之上。

耳边响起女子甜腻而清晰的声音。

"金代同，你好奇自己为什么不愿放林栀走吗？"

"我何曾不愿？"金代同心情烦闷，"你是谁？为何不出来与我说话，却神神道道地藏在暗处？"

女子悠然地笑了下。

"我是谁不重要。重要的是，我知道你的秘密。"

"秘密？"

"不要再自欺欺人，你其实不希望林栀离开。你百爪挠心地探寻自己不希望她离开的原因，可你找不到。"

"胡说！"金代同斥她。

四周忽然旋起一阵狂风，女子的声音随狂风由远及近，像是无限贴近他的躯体。

"可怜人，爱的情绪都快被貘妖吃光了，还用金银供奉它……如果继续和我犟嘴，失去林栀，你会后悔的。"

他只觉得眉心处一痛，是有人用尖利的指甲戳了一下。

一阵凉意顺着天灵盖直通识海，他忍不住跌扑在地。

他仰头，想追索什么，才伸出手抓那阵飓风，回忆忽地排山倒海，汹涌而来。

和林栀的许多过往，他都记得。

只是如今厌恶她的地方，他记得格外深刻。喜欢她的地方，他脑子里总模糊不清。

那女子似乎给他施了妖法，他忽然便想起了那些他觉得模糊的地方。

想起了，他对林栀的感情。

金代同十六岁的时候，城主夫人便开始为他物色城中的名门闺秀。

林栀躲在姐姐身后，悄悄透过屏风打量。

金代同早就心猿意马，那屏风是丝织的，隐约能透出人影，只是林栀不知道。坐在金代同对面的姐姐，对躲在屏风后的妹妹也一无所知。

像林栀姐姐这样规行矩步的少女，年轻气盛的金代同无甚好感，俏皮活泼的林栀倒是让他产生了兴趣。

也只是一面之缘而已。

金代同很快把林栀抛到了脑后。

后来，金代同的姨娘过生日，城主府举办生日宴，城中有头有脸大户人家的闺阁女子都来了。

林栀是姐姐的陪衬，也跟着来了。

城主请了戏班子来唱戏，金代同坐在观众席上，意图攀附搭讪的女子没有一百也有五十，他倍觉烦躁，离开现场找了一个稍微清静点的地方。

在举办宴会的花园的东北角有一个藏书阁，那里是金代同能找到的最安静的地方。

微风吹来梨花的香气，金代同推门而入，只见一名少女侧面对着太阳，正踮脚找书。

"你是谁，敢擅闯城主府藏书阁？"

少女大惊失色，手中的书掉了下来，她的手碰到了书架，顿时传来一阵哗啦啦的声响。

她在惊慌失措的时候，一只大手将她拽走了。书架一下倒了下来，砸在了地上，扬起的灰尘在金代同眼前散开。

金代同和怀里的人灰头土脸，四目相对。

金代同第一次近距离看清了林栀，她不施粉黛，一张脸如瓷器一样白。她的眼极美，像有水波流动。

林栀担心他告发自己，咬了一口他的胳膊，趁他分神之际，跑了。

从小到大，没有人敢欺负金代同这样的混世魔王，这一咬，他不能接受。

他心软了，又起了玩心，那一天，他什么也没做，一直追踪林栀的脚步，终于在后厨附近把林栀拦住。

林栀瞪大了眼睛，露出难以置信的表情。

方才她灵活地跑来跑去，不断地改变方向，结果还是被追上了。

"你到底是谁，竟敢咬我？"金代同的怒意是装的，他只想知道她是谁。

林栀惊慌失措的样子他尽收眼底，她就像被他捏在手心里的飞蛾。

金代同罚林栀顶着十本书在藏书阁下站着，胸前挂一块"我是偷书贼"的牌子，没有他的命令不许离开。

林栀一边站一边哭，哭得梨花带雨。她越是哭，金代同越是开心。

他在欺负林栀的时候找到了无穷的乐趣。

林栀的姨娘和一行人逛花园的时候看到了林栀。得知林栀是凉川林家的庶女，金代同忙让林栀把书放下。

林栀如释重负，可话还没来得及说一句就晕倒了——她中了暑。

就算是城主的公子，也不能在那么多人面前欺负别人家的女儿，姨娘委婉地和夫人说了两句，金夫人便对金代同喋喋不休。

这事还是带来了不好的影响，许多人不敢把女儿再往金家送了。像那些还固执地往金家送女儿的，到底安的什么心，谁知道呢？

林栀回家也被骂了一顿，只因她不跟着姐姐，非要一个人到藏书阁。要是被金代同以外的人发现，将她认定为刺客，怕是会小命不保。现在她只是小受责罚，外加中暑，已经算福大命大。

林栀气鼓鼓的，对于金代同的恶行，她意见颇大，那日在屏风后对他难得的好印象就这么破灭了。

金代同现在想想，人和人之间的缘分或许就是如此，他一开始就欺负林栀，现在也还在欺负她。

金夫人为了扭转城中贵女对金代同的印象，决定请嬷嬷给未及笄的贵女们上课。金代同便在距离她们不远处的亭子中，时不时表现一二。

当然，金夫人的设想是好的，偏偏金代同不听。

金代同发现，林栀也在人群当中。她应是被她的姨娘设法塞进来见见世面的。金代同干脆蹭表妹林青梧的座位，也在嬷嬷后头跟着学插花。

这就稀奇了，正主自己跑到贵女中间，她们反倒不知所措。

金夫人着急忙慌地派人把金代同拉走，金代同却大刺刺地道："都是要入金家门的人，我提前走近了相看怎么了？"

金夫人拗不过他，只得由他胡闹。

林青梧与金代同虽是青梅竹马，但私底下金代同只把她当妹妹。比起得到金代同的青睐，她似乎更热衷于得到教习嬷嬷的肯定。

教习嬷嬷原来伺候的可是无庸城城主的夫人，如果得到她的肯定，贵女的名声传到无庸城去，林家脸上岂不有光？说不定，还能嫁到司空家族。

她千算万算，唯独没算到，小小的庶女林栀，处处压她一头。

金代同不禁想，林栀太老实，不知道藏拙，一味认真且规矩地完成教习嬷嬷布置的任务，难怪会成为贵女们的眼中钉。

人的恶意无穷。太优秀，往往会被针对。

有一次，林栀生病，让丫鬟叮铃到班里跟教习嬷嬷请假。叮铃走到半路，被林青梧拦了下来。

林青梧差人把叮铃拉到角落里，逼她不许和教习嬷嬷说。

林栀无故旷课，被教习嬷嬷厌恶。

林青梧如是再三地找碴儿，逼林栀离开。

林栀不敢反抗，只因她是庶女，不管什么时候，都得罪不起林青梧。一旦得罪，就容易遭遇更厉害的报复。

金代同来接林青梧下课之时，得知林栀退了学，不由得问："教习嬷嬷不是最喜欢她吗？"

林青梧喜滋滋地道："我把她赶走了。"

原来，教习嬷嬷手上戴着一个金镯子，是她成亲时丈夫送给她的。教习嬷嬷视之如珍宝，可有天早上偏偏不见了。

在林青梧的指示下，嬷嬷在林栀的桌底下找到了金镯子。

林青梧煽风点火："林栀，就算你出身低微，平时戴不起金与玉，也不能起偷东西的念头。"

林栀百口莫辩，只得离去。

金代同听完，脸臭得出奇："你何必用这么下作的手段？"

林青梧一脸不悦，瓜子皮吐得到处都是："你跟我喊什么喊？用手段怎么了？我就是看她不顺眼。不过一个庶女而已，我怕她喊冤不成？再说了，表哥，你不也讨厌她吗？不是先前还逼她罚站？"

金代同心里堵得慌，他忘了，明明他才是最先欺负林栀的人。

可他没有告诉任何人，这些天他躲在后面，总是忍不住打量林栀。

打量她思索插花的模样，或是插花时认真专注的样子。

她一走，他便没什么机会偷看在课桌上研究插花的她了。红的白的黄的蓝的，高低错落的花朵，映着少女娴静的侧脸，以后都看不到了。

金代同破天荒地教训林青梧："技不如人就使用下三滥的手段，表哥我都看不起你，何况司空家族？"

林青梧气得脸涨红，嘴唇哆嗦，瞪着他，半晌骂不出一个字。

金代同后来再没和林青梧坐一块儿，也不再管她们谁表现得更出色。

他只听说，挤走林栀，林青梧也神思倦怠，不多久就告假不学了。

金代同躲在林栀家门后，试图看看她的近况。

林栀和娘亲出门上香，走得累了，便在半山的凉亭休息。金代同假装刚刚上山，站在她们对面。

有男子走近，林栀自然选择回避。她一转身，就被金代同拽着肩膀旋了过来。金代同趾高气扬："见了本公子也不行礼，你该当何罪？"

金家没一个好东西，林栀更是把金代同当成瘟神，讷讷道："林栀见过金少主。"

金代同非常受用，便站到了林栀身边，假意眺望远方的景色。

林栀一行人竟是要下山，金代同连忙叫住她："你去哪儿？"

"我要下山了。"林栀道。

金代同问："下山？现在就下山了吗？"

"我和娘已经上完香了。"

"哦，那就走吧。"金代同说完，又觉得自己表现得过于刻意。林栀走不走和他有什么关系？

林栀走了不到十步，金代同又叫住她："我听说你被教习嬷嬷赶出去了。"

林栀嘴角微微抽动，哪壶不开提哪壶。

金代同道："这些天来，我总是听嬷嬷夸你。我家的丫鬟都不会插花，你能帮我教教她们吗？"

林栀怀疑金代同不安好心，可拒绝的话还没说，娘亲过来了。

一见到金代同，娘亲如见一尊大佛。

那些嫡女不喜欢金代同顽劣，但她不在乎。

林栀的娘亲也是庶出，只能在林府里做妾。尽管林栀不情不愿，娘亲还是希望她能够和金代同多接触。

"栀儿，这是你飞上枝头变凤凰的唯一机会。"

拗不过娘亲，林栀还是和金代同进了府。她担心自己插花经验不足，所以做了很多功课。听金代同介绍说林栀会插花，大家都很好奇地打量她。

林栀和她们年纪不相上下，能教好她们吗？

金府规矩甚多，稍有不慎就会犯错，林栀也在想，自己能做好吗？

事实证明，她做得很好，后来她打算离开时，许多丫鬟都舍不得她。

可她怎么知道，金代同起了让她入府的念头后，就再没想过放她走。

—— 7 ——

金代同恍恍惚惚的，还想继续往前追索自己和林栀的往事，四周突然又起了一阵疾风，他一恍神，睁开眼，才发现自己仍坐在别院的圈椅上，脚下是一尊倾倒的酒杯。

不同的是，眼前多了个女人。

他认得，他想杀她，但没有杀成。

玉瑶，穿着鲛绡所制的流光纱裙，窝在他身侧的圈椅内，两条腿柔软如鱼尾，鞋尖足弓微弯，悠然把玩着白玉美人壳子内那颗骨玉心脏。

玲珑剔透的红在她指尖上跃动，光彩一闪一闪的。

"还我的东西！"金代同额头青筋暴突，一掌拍过来。

玉瑶轻轻旋腿，换了个方向便躲过了烂醉的他，指尖依然顶着那颗心脏。

"你要干什么？"金代同声音粗重。

"啧啧，"现在玉瑶一点也不怕他，反倒不紧不慢地打量着他，懒洋洋地笑了下，道，"金代同，你不该感激我吗？我遏制了这貘妖的妖术，才帮你找回一些丢失的情感。"

她指的是，她指尖上这颗心脏。

里面藏着一只吞噬人情感的貘妖。

它最喜欢吃人间美好的情感，夫妻之爱、父母亲情……通常只有遇到了悲切之事，有求于它，才会被它蛊惑，成为它的奴隶。

她和黑芒、白沐几人锁了大梦药铺后，便私下打听金代同的消息。让她意外的是，才步入凉川城，她便觉察到了金代同的神识。

千里之遥，他能一眼锁定目标，能力超出玉瑶想象。

与其坐以待毙，不如主动出击。她索性尾随他到了别院。没想到真的有所发现。

不知出于什么原因，金代同被这貘妖迷惑，丢失了自己对发妻的爱意。但他的潜意识在抗拒抛弃发妻。

人活于世，总有七情六欲，有情欲，就有软肋。

若是力量上无法和他对抗，玉瑶最擅长的，就是利用他的软肋。

她少不得深究金代同与林栀的故事。

才被玉瑶唤醒一丝情爱的金代同，比她更迫切地追索自己和林栀的过往。

"什么貘妖？"他暴跳如雷，"妖女，把我的东西还回来！"

玉瑶还没弄清楚个中因由，不禁逗他："有本事，从姑奶奶手里抢！"

她嬉闹着，化身一尾鱼，游出了内宅。

金代同不假思索地追出去，追到了街上。

他的酒意未醒，混混沌沌的，忘记使用术法。四周人突然变多，他停下了脚步，才见玉瑶身边冒出两只老鼠精。

黑芒、白沐一左一右护着玉瑶，严阵以待。

金代同稍稍敛神，不禁冷笑："左右护法都请出来了，又能奈我何？妖女，我不找你，你却来给金爷惹是生非，别怪金爷对你不客气。"

玉瑶攥紧那颗骨玉心脏，丝毫不慌："工具在会用的人手上，才能发挥最大的价值，金小城主，貘妖可不是你能碰的。如果你想失去发妻，尽管对我动手。"

"到底是什么貘妖？"金代同又听到她提及此妖，额前神经一阵刺痛。

"白玉美人壳内的骨玉心，就是貘妖。这些年，你迷恋的不是人，你不知吗？"玉瑶浅笑，嘲讽道。

金代同的神经越发疼了。

他隐约想起，有段日子他格外消沉，表妹林青梧来府上探望他，送了他一尊白玉美人。

从那以后，他便沉迷此物，不能自拔。

原来，她送了一只妖怪给他？

她安的什么心？

金代同向前一步，沉声问："妖女，你还知道什么，趁早都告诉我，兴许我还能饶你一命。"

"天底下有这么好的买卖？"玉瑶媚眼一转，把骨玉心脏收进袖口，"我可信不过男人的话，除非你把舍离珠交给我。"

"放肆！"从来只有他要挟别人的份，他不喜欢的人想和他谈条件？门都没有！

金代同被刺激了一下，酒意顿醒，他既有千里眼顺风耳，又能定格时间，她怎么敢要挟他？

他正要施展术法，玉瑶忽地道："等等，金代同，这里可是大街，你想闹得尽人皆知吗？"

白沐不禁附和："对呀，坏人，若大家知道你是怪物，你爹也会把你关起来。"

金代同环顾四周，才想起自己被玉瑶骗到了街上。

"哼，你们倒是提醒了我，在这大街上玩多没意思，不如我请你们移步到我的别院，咱们好好聊聊？"

他可没那么好骗，便打算借助别院府卫之力。

玉瑶忙不迭道："我和你才没什么好聊的！"

如果被他抓回去，那玉瑶便是刀下的鱼肉，任人宰割了。

但金代同丝毫没有怜香惜玉之意，一声高喝，别院府卫即刻赶来，将玉瑶、黑芒、白沐团团围住。

玉瑶这才慌了神，心一横，拔下头上的珠钗，将领口滑到肩膀处，咬着嘴唇挤出两滴楚楚可怜的泪水："非礼啊！凉川城少主强抢民女了！"

她本就姿色过人，又扮作披头散发、衣冠不整的样子，仿佛金代同真的有不法之举。

行人纷纷看过来，只见金代同和一帮人将玉瑶团团围住，当真以为金代同唆使人非礼玉瑶，纷纷指指点点。

金代同百口莫辩，气得直跳脚，这女人怎么这么不要脸，他杀了她还来不及，怎么有心非礼她？

"看什么看，都给本少主让开！"他像发怒的豹子，呼喝那些好事的群众。

玉瑶假意抽泣道："奴家早闻少主已有发妻，奴家纵然有姿色，也比不得夫人仪态万方，您还是放过奴家吧，不然您回府后怎么跟夫人解释？"

白沐随即道："就是，你平时关上门来怎么都行，可半路强抢民女，大伙的眼睛雪亮着呢，一人一口唾沫，淹死你。"

她们一唱一和，白的也描成黑的，议论声越发沸腾。

金代同嘴角抽了抽："妖女，算你走运，别让我在凉川城再看到你！"

威胁之于脸皮厚又胆子肥的玉瑶毫无作用，她已经找到他的软肋，只等他来求她。

林栀才与金代同闹和离，金代同在大街上强抢民女的事情就传到了城主府中。林栀闭上眼，一时间不知道该如何面对。

金家看重脸面，出了这样的丑闻，就算是金代同，也会被教训一番。

"逆子！"城主听到这样乌烟瘴气的事，怒不可遏，一进屋，就命人拿藤条过来，要狠狠责罚金代同。

"老爷使不得！代同他自幼没受过苦，如何顶得住你的几鞭子！"金夫人抹着泪道。

"你给我让开！要不是你惯着他，他怎么会变成今天这样！"城主气呼呼的，还是要打。

金夫人慌了神，对金代同道："代同，你还不快过来？跪下给你爹认个错！"

"我没有错，为什么要道歉？都是那女人栽赃陷害我。"

"反了你了！"城主说什么也不能再饶他，大喊道，"来人，给我拿藤条，拿长凳！你个逆子，给我趴在上面！"

金夫人见拦不住，连忙让丫鬟去找金代同的奶奶。

金代同不依不饶，就算下人搬来了长凳，也拒不上去。城主气极，令三五壮汉把他拽了上去。

金夫人心都凉了，那一鞭子下去，疼的哪是金代同的屁股，简直是要了她的命。

"等一下。"林栀闯了进来。

她身着一袭红裙，像飞进屋子里的凤凰鸟，从金代同面前拂过。她跪在城主面前，掷地有声道："爹，我方才差人打听了，这件事不是夫君的错。只是那女人的一面之词，她的目的，是趁乱溜走。"

城主道："林栀，你也不用帮这逆子说话，自你入了金家，受了这逆子多少气，为父都看在眼里。"

"儿媳没有说谎。"林栀据理力争，"据我所知，那女人根本不是凉川城人，而且很快就消失不见了。假如真如她所说，是夫君轻薄了她，那也不是夫君一个人的错，为人妻子的我也有责任，要打，就连我一起打！"

金代同遽然睁大眼："这怎么行，你才病了一场，再受这藤条抽打，还活不活了？"

城主虽然不喜欢林栀的出身，也因她身体的残疾颇有微词，但她此番作为让他心生敬佩。他声音轻柔："代同的错，和你有什么关系？但你的分析不无道理，那女人现在也没抓到，是吗？"

金代同挣扎道："她怎么可能让人抓到，她坏我名声就是想跑。"

"那你又为什么要堵截她？"城主冷冷地问。

金代同动了动唇，火速撒谎："她窃人财物，被我撞见，我便堵截她。她见势不妙，泼我脏水，诬陷我非礼她。"

金夫人松了一口气，连忙和稀泥："本是正义之举，却反被诬陷，好人难当。可怜我们的代同差点挨鞭子，幸好有栀儿，才还代同公道。那女人太可恶了，马上发榜通缉，不抓到她，誓不罢休！"

金代同甩开抓住他的护卫，爬起来道："我知道她长什么样，等我画一幅画，你们照着她的模样抓，肯定错不了。"

"都给我闭嘴！"城主哪会轻易相信金代同，要是把人抓回来，说不定只是如了金代同的意，他摆摆手，"这事就这么算了，都散了吧。不要再让我听到第二次。"

不一会儿，金代同的奶奶也过来了，哭得一把鼻涕一把泪，非让城主给她的亲亲孙子赔礼道歉。

几人又哭又闹，足足半个时辰才消停。

林栀出门的时候，金代同匆匆追了出去。

"林栀，你站住！"金代同上前拽住她的手，"你跑那么快干什么？"

"我没跑。"林栀生气地甩开他，"你自己做了龌龊事，还好意思问我？"

金代同这才知道，林栀根本不认为他是无辜的。即便如此，她还是过来帮忙了。

"我要是喜欢她，她还能跑得了？我什么性格你又不是不知道。"

"你什么性格我管不了。"林栀的态度还是那么冷，"你若是腻了我，就趁早在和离书上签字，我也好回娘家。"

"和离和离！又是和离！你少拿和离威胁我！"金代同最不喜欢听到这两个字，"你以为只是让我丢面子吗？你回娘家就不丢面子了？"

林栀猛然剜了他一眼："原来你觉得和离让你丢面子？"

金代同哑然。

林栀转身走了。

她从来没有哪一刻比现在更失望。她想，假如金代同不能干脆利落地让她解脱，不如她自己寻找解脱之道。

回屋，她便开始起草和离书。她先前对他说和离，他只觉得烦躁，不想和离。可被玉瑶勾着忆及往昔，她再提和离，金代同只觉得心间骤痛。

他原来是这样留恋她，对她万般不舍。

— 8 —

傍晚，金代同途经一家布料铺，停了下来。

他忽然想起自己很久没有给林栀送礼物了，似乎林栀变成了他的妻子之后，他就忘了她除了身份的改变，仍旧是那个她，需要像以前一样被呵护。

其实送礼一事还有个插曲。那时他的表妹林青梧过十八岁生日，他给林青梧送了一件成衣。他为此找了最好的绣娘，还找了手艺最巧的女红，可林青梧嫌衣服太素，扔还给他。

金代同觉得可惜，便将衣服转送给林栀。那时他们新婚不久，林栀很开心，晚上吃饭时就把衣服换上了。不巧的是林青梧同天来访，恰好见她穿那件衣服，便讽刺她只配穿别人剩下的。

金代同一开始不知道这件事，后来才从下人口中听说，林栀躲起来哭了很久，后来再也没穿那衣服。

金代同想过让林青梧赔礼道歉，但一边是表妹，一边是妻子，他觉得为人妻应该大度一点，毕竟林青梧从小就是那脾气。

许是她心生龃龉，无法释怀，后来他们又因为衣服的事情吵过一次。

林栀素日里并不喜欢华丽的东西,某日路过布铺,反常地选了最好的料子。

金代同多嘴问了一句:"你不是不穿那么贵气的衣裳吗?还说要给府里上下带头,杜绝奢靡之风。"

"怎么,我想穿一两件贵的衣裳也不行?"

"我不是那个意思。"

"我知道了,那便不买了吧。"林栀眼眶又红了,她似乎是想到自己不能言行不一,自己可是城主府未来的当家主母。

但更让她伤心的是,她在娘家仰人鼻息,到了夫家依然如此。

林栀既然说不买,金代同便和她离开。但是路上,林栀一直不说话,傻子也看出来林栀生气了,金代同不禁道:"你怎么生气了,是因为我不给你买布?"

"不买就不买,我可没逼你。"林栀否认。

"那你为什么生气?"

"谁说我生气了,我好着呢。"

"还说没生气,你看你的脸,绷成什么样了?"

林栀硬是把头转了过去,不看金代同。就在金代同以为她消停了的时候,林栀开始喋喋不休。

"我若是在娘家,好赖还能穿两件漂亮衣服,现在到你们金家,我连买两块漂亮的布都成了奢望?你不想买就不买,别取笑我爱美。"

"你别血口喷人,我现在就带你去买布。"金代同喊,"车夫,调转车头!"

林栀却固执道:"回去吧,别听他的!"

"林栀,你到底想干什么?"

"我现在不想买了!求来的我不稀罕。"林栀闷闷地看向车外。

两人一度闹得极不愉快。

回府不久后,金代同方知,她突然想买布是因为她怀孕了,打算给小孩提前做衣裳。因为拌嘴,喜事也成了添堵的气事。

金代同摸不准她的性子,往后逢年过节,不再亲自送礼。及至他日渐厌弃她,更不送了。

一晃眼，几年光景过去了，从未有过的歉疚竟涌上心头。

他原来见到她委屈，也会歉疚的。为何之前，心情毫无起伏？

玉瑶说，白玉美人内的貘妖偷吃了他对林栀的爱。白玉美人是林青梧所赠，她又因一件衣裳嘲讽林栀，离间他们夫妻关系，到底安的什么心？

金代同思忖了半晌，下车一口气买了五十匹布，林栀刚拟好了和离书，就见下人捧着一匹匹的布进了屋子。

"你们这是……"林栀一时间不明所以。

下人恭恭敬敬地回话："少主说，天气转凉了，要给少夫人买些料子添置新衣裳。这是少主送给少夫人的，少夫人只管穿，别人指摘不了。"

林栀很无语，有时候她觉得金代同就是个幼稚鬼，自己气得火冒三丈的时候，他总会做出一些让她觉得匪夷所思的事情。

"行了，把布放这里吧。"林栀神情懒淡，沉默了一会儿，又问，"少主现在何处？"

"回少夫人的话，少主现在去吃酒了。"

林栀忍不住扶额，好一会儿，才道："行了，我知道了，都退下吧。"

金代同可没有去喝酒，他只是去找林青梧。

他要讨个说法。

才到林家堂屋，金代同就当着林青梧的面摔碎了一尊白玉美人。瓷白的壳子碎了一地，碎片甚至擦到了林青梧的藕臂和脖子。

她轻微皱眉，用帕子掩着伤处，不悦地问："表哥，你吃错了药，来我这儿发疯？"

"我疯？"金代同冷笑道，"你送我貘妖时，可曾想过我会疯？"

林青梧睫羽轻扇，一时心虚："我不知道你在说什么。"

"我倒希望你不知。"金代同没时间与她虚与委蛇，径直走到她身前，"你最好老实交代，不然等我查出眉目，你林家的日子就没那么好过了。"

他声音很低，沙哑中带着一丝吊诡，比大声呵斥更令人毛骨悚然。

林青梧不禁瑟瑟发抖，没了之前的傲气。可她仍旧不服："林栀不过一介庶女，你为什么眼里只有她没有我？"

当初学插花，他堂而皇之地坐在她身边，别人都以为他心仪她，只有她知道，金代同在看林栀。

她也是凉川城拔尖的贵女，模样身段、家世门第，哪一点比不上林栀？

她当初费尽心思在教习嬷嬷面前表现，到如今仍待字闺中，他不知道她在等谁？

金代同的目光逐渐阴鸷："所以，一切都是你刻意为之？"

"是！"她癫狂地笑了下，直勾勾地盯着金代同，"她死了，我最有资格嫁给你。"

"痴人说梦！"金代同更为气恼。

就算他被貘妖吃掉了对林栀的爱意，也一点都不爱她。他从前把她当妹妹，现在当仇人，任何感情都能有，唯独没有爱。

林青梧狠狠地瞪他。

金代同高高在上地睥睨她，声音中不无嘲讽："以后别拿自己和林栀比，你的阴毒，她远远不及。"

他庆幸自己发现得早，至少玉瑶的出现，让他找回了一部分情感。

他的话深深刺痛了林青梧。

看着他决然而去，林青梧变得歇斯底里："我才不比，她不配！金代同，你这样对我，会后悔一辈子的！"

他太天真，发现是她做的又怎么样？

他已经和貘妖做了交易，开弓没有回头箭。

林青梧咯咯地笑，她现在不在乎自己能否得到了。她得不到的东西，林栀也得不到。

—9—

金代同踅回别院，昏昏睡了一觉。梦里，他又隐约看到一个白玉美人，悲戚地凝视他，被他摔碎的裂痕向外渗着血。

"你不要我了吗？"女人的声音丝丝缕缕，如烟如雾，轻飘飘的。

他张了张口，还未及说什么，那只洁白无瑕的手臂霎时缠绕过来……

醒时，金代同拍了拍额头，突然忘了自己为何会在这里睡觉，之前又去过哪里。他只记得，自己给林栀送了五十匹布，但时至现在，她一直没什么表示。

金代同想知道她是不是不再闹了，却又不好意思问。

晚上，他回家，想看看林栀这些天在干什么。他探头探脑，正要进别院，却和一个穿着水袖青衣的女人撞了个满怀。

他差点骂出声，才发现那人是林栀。

"你穿成这样干什么？"在凉川城，唱戏是下九流的行当，林栀可是少夫人，穿青衣，唱大戏，传扬出去，岂不让人笑话？

林栀受了惊，连忙解释："我给夫人请了一个戏班子，觉得有趣，所以在院里偷偷学了一出戏。"

"净学这些没用的，"金代同顿时火冒三丈，"我让你帮我看顾古董文玩的生意，你不管不顾，反而跟那些下九流的人混在一起！"

"是吗？"金代同的话又一次刺激了林栀，她本就对做生意不感兴趣，何况府里大事小事那么多，她为了做好一个媳妇，大门不出二门不迈，在金代同眼里，反而不讨喜。

她只是觉得有趣，又不是真的要去唱大戏。

金代同又催促道："我给你买了那么多布，裁成衣裳没有？赶紧把这套衣服换下来，不然给人看见了报给娘听，她又会责怪我。"

林栀冷冷地道："我穿什么衣服，以后不劳你费心。和离书我已经写好，就放在柜子里。你要是看不惯我，早签字，早解脱。"

"你还跟我闹情绪？我这都是为了你好。你整天这样，让林青梧那些女人听到了又在背后笑话你。"

"笑？她们笑我又怎么样？丢你的脸了？"

记不清这是他们第几次不欢而散，林栀甩袖，回了屋，狠狠关门。

金代同站在门外，越发不悦："我只希望你在她们面前体面些，你跟我发什么脾气？"

她是他的妻子，总归要和妯娌、贵女们应酬，若是不识礼数，既伤他的脸面，又伤她的体面。他不过为她好，她为何不领情。

"我哪敢发脾气，是你看我不顺眼罢了。如今我做什么，你都看不顺眼。金代同，你也不必再跟我狡辩了，我累了。"她说完，熄了屋子里的灯。

林栀的话不无道理。

他们经常为鸡毛蒜皮的事情吵架，吵完之后，除了疲惫，什么也没剩下。追根究底，还不是因为她是一个庶女，后来又腿脚不便吗？她的存在本身就让金代同跌份了。

金代同也吵得乏累，懊恼极了，质疑自己为何回家。

但他总觉得，和她吵不是他的本意。

他一定忘了什么，偏偏捶了几次脑袋，什么都想不起来。

博雅斋的掌柜也没给他送白玉美人，他手里仅有的那尊，也不知为何全碎了。

等掌柜回消息的时候，他一直在酒楼喝闷酒。一杯接着一杯，喝得烂醉如泥。他愤懑地想，倘若她和他在一起那么不高兴，他何妨把和离书签了，还她一个自由？他为什么不签？他忘了什么？

就在金代同胡思乱想的时候，家丁忽然着急忙慌地跑进来："少主，府里出事了。"

"滚！不管什么事都等我喝完酒再说！"金代同不耐烦地摆摆手。

"是少夫人的事。"家丁道。

金代同腾地起身："她又怎么了？"

"少夫人失足跌入湖里，被救起来后昏迷不醒了。"

金代同眼前一黑，差点没站稳。林栀怎么可能落水？她腿脚不便，到湖边干什么？金代同一边骂骂咧咧，一边风一样跑了出去。

家丁在后面追着道："少主，坐马车更快一点！"

金代同这才折返坐上马车。

路上，家丁继续向他汇报这次事故："夫人寿辰在即，少夫人为了祝寿，想在红莲水榭搭建一个戏台子。她本来腿脚就不方便，不小心从水榭上摔了下去。”

金代同从来没有这样慌张过。以前夫妻两人怄气，他可以在外面逍遥自在够了再回去。可这次不一样，他好像快要失去她了。

“请大夫过来看了没有？”

“请了，大夫在路上呢。夫人让我来找你，怕是少夫人不行了。”

“闭嘴，不许说不吉利的话！”

金代同匆匆往家赶，在他之前，大夫已经给林栀诊断过了。林栀长时间郁郁寡欢，这次落水非同小可，体虚加旧疾，导致现在昏迷不醒，何时康复，犹未可知。

她就算康复，也会落下病根，身体大不如前。

金代同瞥了一眼脸色苍白的林栀，忽然发现，那张硕大的双人床上的她何其瘦小，她舒展身子，也未能占据床的四分之一。

回想往昔，本该睡两个人的床上，她总是一个人熬过漫漫长夜。

金代同的头骤然刺疼不止，疼得他几乎跪倒在地。

模糊的片段闪现，他忽然想起梦中泣血的白玉美人，还有林青梧阴毒的诅咒，玉瑶提及的貘妖……

他果然又忘了，他是爱林栀的。是貘妖吸食了他的情感，让他漠视林栀的情绪。他被那妖物寄生了，无论如何都摆脱不得，眼睁睁地看着自己把林栀推远。

眼看金代同脸上青筋暴突，近乎崩溃，一把团扇在他面前轻轻地扇了下，他蓦然入定。

“可怜人……”玉瑶声如银铃，从虚幻中走出，指尖点在他的肩胛骨上，悠然地摇着团扇，嫣然一笑，“早与我做交易，何至于酿成今日之祸？”

玉瑶本以为拿走了骨玉心脏，貘妖便算被她制住了，没想到它早已把自己的一缕妖魄寄生在金代同身体内。玉瑶好不容易帮他寻回的东西，又被貘妖蚕食得干干净净。

玉瑶一时好奇起来——他为什么会被貘妖控制？他曾经和貘妖做过什么交易，才会与它结成契约，让自己成为貘妖的宿主？

趁着金代同愣怔之际，玉瑶五指沿着他的肩胛骨向上，摁住他的头顶，探查他的识海。

霎时间，玉瑶微微睁大眼睛。随即，她又大笑起来，笑得花枝乱颤。

"难怪，难怪，没想到你金代同也是个痴儿……"

那年，金代同忙于生意，等回到府邸时，林栀难产血崩，危在旦夕。他百般无助之际，得到林青梧所赠的貘妖。

貘妖说，它可以救林栀，却要以他的情感为食，以他为宿主。

因为爱，他选择和貘妖结契，可结契后，他被蚕食得忘却了自己对林栀的感情，一再伤害她。

那是林青梧为他精心准备的礼物，她满以为他会在厌弃林栀后主动休妻。可惜他遇到了玉瑶。

玉瑶猫着腰，饶有兴味地盯着形同木偶的金代同。

这一次，她不会再给貘妖吞噬他感情的机会了。

她要帮他找回所有的情感，让他真切地痛苦起来。唯有痛苦，才会有所求。有所求，她才能从他身上得到舍离珠。

玉瑶的目光不禁热切起来，五指再度摁在他的天灵盖上，将那些他被蚕食的情感，一点一点还给他……

她从来不同情人类的悲欢，这一次，也不会例外。

呆滞的时候，金代同总能听到耳畔传来玉瑶的声音。

当他真正感到痛苦时，她能够拯救他。只要他乖乖交出舍离珠。

金代同忍不住骂："你金大爷这辈子都不会跟个妖女做交易，何况，还要老子短寿三十年……"

可等他恢复神志，看到躺在他面前的林栀，他感到无比恐慌。他什么都找回来了，还没有来得及呵护她，她却躺在这里。

林栀仍在昏迷。这几天，金代同一直衣不解带地照顾她。

金夫人寿辰在即，没有了林栀，府里上下大大小小的事情都得找金代同。

金代同看着人来人往的府邸，只觉得千头万绪，一片茫然。他一直都是甩手掌柜，家里任何事情都是林栀在操持。他应付了一天，已经累到虚脱，巨大的疲惫感笼罩着他，他像是被生生抽走了灵魂。

他所经历的这一天，是林栀每一天的生活。

上天赠他一位贤妻，他却没能抓住。

自从嫁到了金家，林栀晨昏定省，从未缺席，孝顺公婆，和睦妯娌。

金代同每每回家，饭菜总是热的；喜欢吃的点心，总是摆在最显眼的位置上。大大小小的红白喜事，总是林栀一个人在张罗操持。她尤其善于管账，院子里的家眷没有谁因为钱的问题吵过架。

金代同在林栀曾经不停忙碌的城主府走动，这个他生长的地方，此前他已经腻味了，现在又感觉有些陌生。

据丫鬟说，院子里的一花一草都是林栀栽种的。大家劝她不必那么辛苦，她便笑说，若是金代同回来看见花园不好看，一定会很生气。

就算她生着病，也要亲自洒扫院子。

家里的插花、古董的摆放，都要经过她的眼和手。

从屋子出来，经过回廊到院子里，要五百多步。这条路她走了五年，每天如此。

从院子到她每天都去的后厨，大概要三千步。这条路，她同样走了五年。

她腿脚不好，别人轻松走完的路程，她需要双倍的时间，甚至更多，但她从来都没有抱怨过。

— 10 —

我真不知好歹啊！金代同给了自己一个耳光。

他是这个城池里最耳聪目明的人，他又是这个城主府里最耳聋眼瞎的人。

他现在清楚了，为什么玉瑶敢威胁他。

比起那些看不见摸不着的东西，他只想让林栀像从前一样，在他面前活蹦乱跳的。他要把这些年对她全部的亏欠，一一补回来。

可他的林栀变成了一个木头人，不会说话，也不会动。大夫说，能保住性命已是万幸，她这辈子就这样了，还望金少主看开点。

城主和金夫人也把金代同叫到了屋中谈话。

城主对林栀的遭遇颇为惋惜："林栀变成这样，大家都始料不及，但我们需要面对现实。而且，金家未来的主母不能是个木头人。"

金夫人的态度更为决绝："我原来就不让你娶林栀，她出身不好，还是个跛子，浑身上下没有一点福相。如今成了这样，可见真的是一个没福分消受的人。"

金代同冷冷地看着他们。

他们想的根本不是林栀的安危，而是金家的荣光。难怪林栀嫁给他后总是谨小慎微。

他不说话，金夫人还以为他想通了，顺势道："左右这些年你对林栀也不满意，不如续娶你的表妹吧。至于林栀，就让她移居别院静养，这样也不算亏待……"

"林栀现在还躺在床上，你们就让我休了她？"金代同打断金夫人。

"这孩子，说话怎么这么难听？"金夫人皱眉，"我这还不是为你考虑？她那样的身份门第，本就高攀了，何况现在还是这副样子，还有什么能力替你操持家业？"

金代同攥紧拳头，拂袖而去。

他现在才发现，自己太弱小了。如果不是因为他弱小，林栀也不需要仰人鼻息。

人人都嫌弃林栀跛脚，后来，连金代同也嫌弃林栀跛脚。可多年以前，明明是他因为顽劣遭人报复，林栀出面替他挡了一遭，才变成个跛脚。

他将她留在城主府，让她教丫鬟们插花，她其实不喜欢他，是他先撩拨她。

直到后来，她发现了他身怀舍离珠，能目极千里、耳闻千音的秘密。

金代同的脾气大得出奇，在他睡觉的时候，别人若是不小心发出一点响动，他就会大发雷霆。可他又和林青梧不同，会为她被人算计而鸣不平。

他的善良和暴戾杂糅在一起，显得十分矛盾。

这样割裂的他，让林栀好奇，也让她上了心。她心里知道，金代同不是一个十恶不赦的纨绔，相反，他只是听得过分清楚，看得过于清晰，常人不听不看的能力，反倒成了他的奢望。

很多时候，并不是金代同在保护林栀，而是林栀在为他遮风挡雨。

他曾经很珍惜她，但命运作弄她，令她难产血崩，他不得已借貘妖的力量，短暂挽留了她的性命，却把他们的感情，作践得面目全非。

金代同跑到别院，郁闷地砸玉器、砸瓷器。

他从来没有像现在这样痛恨无能的自己，他砸碎了天价的琉璃浮雕，砸碎了数以百计的翡翠玉石，砸碎了不知多少珍贵瓷器……

他狠狠地发泄着，为自己与林栀渐行渐远的一切愤懑着。

不知过去多久，金代同砸累了，停下来，转眼，又看到旁边"硕果仅存"的南红玛瑙松鼠抱树雕。

他盯着它，想，等他发泄完了，就该找玉瑶了。

他真恨，玉瑶明明可以阻止事情的发生，却作壁上观，等痛苦一点点吞噬他，再美其名曰和他做交易。

偏偏他如今无法抗拒。

他需要林栀好好地活下去，就像曾经和貘妖做交易那样，他向玉瑶妥协。

他抓起南红玛瑙雕，最后一次砸出去。玛瑙碎片迸溅，落在一双黑靴子旁边。

靴子的主人捡起了玛瑙碎片。

"怎么是你？"金代同皱起眉头。

那天晚上，他曾和此人有过一面之缘。

他生了一副极好的皮囊，五官好似被匠人一刀一刀精心雕琢过，尤其是他的一双眼睛，沉静如清水盘里的黑曜石，仿佛蕴藏了深不可测的秘密。

这个男人，曾和玉瑶一样，幻化成了横公鱼的形态，化解了自己对玉瑶的致命一击。

小伤。

小伤把碎片放在桌上，看着满地的狼藉，摇了摇头道："真是可惜了，这么多珍贵的古董。生个气而已，为什么要迁怒于它们？"

"我没工夫听你胡说八道，你闯入我的别院意欲何为？"金代同问。

"其实我暗中观察你很多天了。"小伤道。

金代同自负道："你若是暗中监视我，绝对逃不过我的眼睛。"

"我说我在监视，可并未说监视你的人一定是我。你只是没有发现，究竟是谁在我的授意下监视你。也许，是一个在街上吆喝的贩夫，也许，是在酒楼里为你唱曲的姑娘……"

"你只不过是小小药铺里的一个短工，怎么会有这么多人替你卖命？"金代同忽然觉得，事情有意思了。

小伤也没有藏着掖着，大方承认："如果不是因为一场意外，现在你应该尊称我一声司空城主。"

"司空城主……"金代同骤然瞪大眼，"你是……司空曙？"

司空曙，现任城主司空辉的弟弟，前任司空城主的嫡子。

小伤自称司空城主，却又不是司空辉。

那便是司空曙了。

司空辉声称司空曙因病去世了，那现在站在自己面前的这个男人，是人是鬼？

小伤并不愿过多提及自己的身份，拂去旁边椅子上的瓷器碎片，坦然坐下来。

"很多人都猜测，我到底是不是还活着。直到现在，我都没有站出来回应他们。以前我不敢，现在我不能。"顿了顿，小伤又道，"你也很苦恼吧，为什么你偏偏是凉川城的二少，而不是未来的城主。你的父亲和母亲之所以娇纵你，也正是这个原因。你是陪他们安享晚年的好孩子，而不是一个能够掌控生杀大权的人。"

"那又如何？我对权势并无兴趣，不然我也不会经营古玩生意。"

"是啊，你没有兴趣。可你没有兴趣的后果是什么？你只能被动地接受他们为你安排的婚事，做兄长手下赔笑的傀儡。你应该庆幸，你自小喜欢风流快活，没有给你的兄长带来什么困扰。不然，你怎么可能像现在一样高枕无忧？"

小伤的话彻底刺痛了金代同。他现在正面临着被父母逼婚的局面，他们要他抛弃一直陪伴着他的发妻，转而娶一个和他门当户对的女子。

而那女子，是破坏他婚姻的元凶。

她为了离间他们夫妻，送了他一只妖怪。

何况，林栀的脚是为他跛的，林栀的快乐是被他葬送的，他若真的续娶，与禽兽何异，又于心何忍？

金代同气道："你若是来落井下石的就算了，爷现在没工夫搭理你！"

小伤语气仍旧淡然："你知道，玉掌柜想和你做什么交易？"

"怎么，你替她来游说我？"金代同斜眼看他。

"不，我来截和这场交易。"小伤幽幽回视他，"现在摆在你面前的有两条路，一条是代价惨烈的坦途，一条是荆棘密布的道路。"

— 11 —

"代价惨烈的坦途是什么？"

"总有人能够做到你无法做到的事情，而你所需要付出的惨烈代价，是失去定格时间、耳聪目明的能力，以及你三十年的阳寿。"小伤挑唇一笑，"你知道玉瑶她有一个多么神奇的能力吗？她能让死人复活。"

"生死人肉白骨？"金代同讶异。难怪，玉瑶如此肯定他会求她。

她的真身是横公鱼，传闻中，横公鱼的血能疗愈百疾，竟是真的。

小伤何尝不了解玉瑶，她是个为了夺取珠子无所不用其极的存在。她的血能生死人肉白骨，可她的血是冷的，心是黑的。

小伤从前和她一样，对人间疾苦作壁上观，可现在，他不想这样下去了。

金代同犹豫了会儿，又问："如果损失三十年阳寿算是坦途，什么才算是荆棘之路？"

"夺城主之位。"小伤眸如鹰隼，盯着他，"你若夺城主之位，玉瑶能给你的，我也能给你。"

金代同因他的眼神不寒而栗——他竟然让自己做乱臣贼子？

"为什么？我的兄长有何过错，我要与他争夺？"

"如果说他做错了什么，便是他当初联合司空辉将我扫地出门，如今还对司空辉俯首称臣。"小伤睥睨他，"唯有一人之下，万人之上时，你才知道什么叫权势。到那时候，莫说你的妻子是个木头人，就算她是一块石头，别人也不敢质疑你。"

小伤的话似乎让金代同有一丝触动。

他听出了小伤另一层意思。

那个真正想回到万人之上的位置的人，不是他，而是小伤。他的兄长如今是司空辉的爪牙，而小伤让他夺权，是为了让他未来变成小伤刺进司空辉心脏的利刃。

"为何玉瑶这妖女能给我的东西，你也可以给我？"金代同还有最后一丝顾虑。

小伤淡淡笑了下。电光石火间，他的周身鳞片浮现，掌心上幻化出蓝色的水球。他道："因为，我如今也是一条横公鱼。"

"你……"再多的语言，也无法形容金代同此刻的震撼。

他忽然明了，为何司空曙没死，却一直不和司空辉争。

无庸城的百姓怎么会让一只妖物做城主？

但小伤现在要争，他要冒天下之大不韪。所以，摆在金代同面前的，是一条荆棘之路。

以金代同的本事，难的并非和自己的兄长争，而是帮小伤夺权。

金代同思忖了良久，做了个决定。

"若你是司空曙，我跟你。"

"我的名字，比我开出的条件更值得你信任？"小伤茫然失措。

"不然呢？"金代同终于又傲慢起来，刻意道，"你让我免于损失三十年阳寿，倒是为我做了一件好事。只是我很奇怪，你当初舍命救你的掌柜，为什么现在又和她唱反调？"

小伤不置可否。他哪是帮金代同，他帮的是玉瑶。她若是集齐了所有的珠子，便会酿成滔天大祸。

舍离珠里藏着一个秘密。

这也是小伤最近才发现的，一个关于玉瑶的秘密。

自古至今，人们平息战事，通常采用两种办法。一种是以战止战，打到敌方臣服；另一种则是和亲，以结两姓亲好。人们总是夸大美人的作用，让她们为了家国利益，做他国的王后。人们更一厢情愿地认为，被送去和亲的美人，会到他国过锦衣玉食的生活。

九原城的子民，对瑞兽横公鱼，同样抱着这样的想法。

横公鱼产自九原城，外形轶丽，是集天地精华于一身的灵秀之物。三百年前，九原城的使者第一次将横公鱼运到无庸城，作为吉祥物，送给皇室与贵族。自那以后，饲养横公鱼成了无庸城贵族的一大喜好，后来又渐渐在富商巨擘的圈子流传开来。

横公鱼成年以后，会幻化成人身鱼尾的妖物，除了鱼尾，上身和长相与人类无异，甚至比普通人更为精致，因此被视为瑞兽。一时间一鱼难求，即使有人不惜倾家荡产求一条横公鱼，依然求不到。

为了用横公鱼获利，黑心商人开始圈养横公鱼，逼迫它们不断繁殖后代。他们在地下交易所非法交易横公鱼，其状无比惨烈。

这件事很久才传到两城城主耳朵里，于是，无庸城城主和九原城城主联合发布城主令，明令禁止猎杀横公鱼。谁知数年后两城战事再起，横公鱼作为九原城的贡品，在无庸城遭到了大规模屠杀。九原城也不愿意冒风险把瑞兽接回去，以至于横公鱼族尸横遍野，流血漂橹。

横公鱼成了两城战争的牺牲品，九原城对其弃如敝屣，无庸城对其大肆屠杀。在这数百年间，横公鱼在无庸城成了恶魔的化身，如过街老鼠人人喊打，渐渐地，横公鱼在两城销声匿迹，似乎已经灭绝。

到了小伤这一代，关于横公鱼的传说已经变得十分扭曲，在小伤看来，横公鱼代表了邪恶。

玉瑶乃横公鱼族的公主，不知道用什么办法，竟然隐匿在市井小巷，与人类混居一处。

但族人的遭遇，让她极度仇视人类。不管她看到多么可怜的人，都不会心生悲悯。人类在她眼里，始终是利欲熏心、虚伪狡诈、无恶不作的代名词。

她愿意施以援手的，全都是妖怪。

但凡她帮什么人，必然要从对方身上获得她想要的东西。譬如，舍离珠。

关于舍离珠，在无庸城和九原城中一直流传着这样一个传说。在两城交界的大漠内，有一个不为人知的修罗族。

修罗族生性喜杀戮，喜侵略。

在两城建城初期，曾经饱受修罗族的侵害。后来两城联手，将修罗族的战神铎罗封印在了大漠墨渊深处。可是铎罗的元神趁乱逃出，化作了十个碎片，进入了十个凡人的体内。这些碎片就是舍离珠，只要集齐了所有碎片，就能够号令铎罗和他的修罗军。

横公鱼族已经凋零，可是族人的血海深仇不能不报。

玉瑶想做的，就是号令铎罗大军，踏平无庸和九原，让两城子民血债血偿！

"没想到啊，这个花瓶一样的无脑女人，竟藏着如此野心。"金代同闻得此事，不免激动，"既然如此，我得马上告诉父亲，把她抓起来！"

"你不可以去。"小伤制止他。

"为什么？"

小伤微眯着眼，又重复道："没有原因，你不可以去。"

"你——"金代同愣了片刻，终于反应过来，气定神闲地坐下，"怎么，你护着她？"

小伤不否认。

"我倒是很好奇，你也是横公鱼，为什么不支持她，反而支持我们无庸城？"

"怎么，到现在你还不相信我是司空曙？"小伤颇为无奈，一个也就罢了，两个也这样。看来他和以前相比，变化太大了。

"不，我愿意和你做交易，自然相信。只是如今你与她同为一族，缘何不帮横公鱼复仇，反倒帮人类？"

"复仇能解决什么问题？"小伤反问。

玉瑶还不能理解的事，小伤却已经想明白了。

就算把仇人都杀了，也只能得一时的痛快。但最后，自己也会沦为仇恨的牺牲品。

他如今夺权，亦非为了复仇，不过想阻止她。

阻止她，便要比她更强大。

"金代同，多的你不必再问，我可以予你一滴横公鱼的精血，只要有朝一日，你们凉川城的军队为我所用。"

"你果然要起兵造反。"

— 12 —

"别说得那么难听，我和司空辉是亲兄弟，小的时候，他担心拔牙疼，还是我用绳子的一端绑在他的牙齿上，另一端绑在门上，为他下决心拔的牙齿。"小伤想起了邈远的往事，嘴角不觉上扬，眼神也变得更加温柔，"只是有的时候兄弟长大了，脑子里的想法就变了。我若知道他嫉妒我，也不会给他这个机会伤害我。"

老城主司空凛只有两个能当大用的儿子，长子司空辉和嫡子司空曙，明眼人都看得出来，司空曙的能力远远胜过司空辉。所以当年司空曙暴毙，不能不让人怀疑，一切都是司空辉的奸计。

司空辉只手遮天，将真相埋没于城主府深处。

让小伤难以释怀的，并不是自己没成为城主，而是自己被最亲的兄弟算计。无数次，他都在问自己，司空辉在叫他弟弟的时候，为什么他没看出司空辉眼底的嫉妒与厌恶？

他的诡言，金代同懒怠细听。

只要他信守承诺，金代同愿对他俯首称臣。

他拟了一份契约，与小伤击掌发誓。金代同若是当上城主，便借小伤十万精兵，届时，小伤会让林栀恢复如初。

办妥一切，看着满地珍贵古董的碎片，金代同忽然心肝儿肉颤，懊悔自己方才出手太狠了。

在凉川城等了数日，玉瑶也没等到金代同求她。

她还听闻，金代同拒绝了城主和城主夫人让他再娶的要求，一直精心照顾林栀。她再也坐不住了，风风火火地找到金代同。

"怎么，眼睁睁看着你发妻躺在这里，也不愿舍掉你的舍离珠？金代同，你曾经可是甘愿为她和貘妖做交易的人，别让我看不起你。"

金代同耐心地给林栀喂药，不为所动。

"君子成人之美，你若有心帮我，就不会趁人之危。收起你阴暗的想法，你金爷不屑于和你交易。"

"嘿！你怎么能把自己的无情说得大义凛然？"

"我无情，还是你这妖女无情？"金代同冷笑，下逐客令，"你最好不要再在我面前晃荡，不然，我怕我忍不住杀了你。"

玉瑶还没被人如此反驳过，顿时火冒三丈，还没发作，两个护卫一左一右拦在撸袖子的玉瑶面前，不管她如何骂骂咧咧，她都无法向前一步。

金代同手一挥，玉瑶就双腿悬空地被拉了出去。

玉瑶不免叫嚣："你等着，我还会回来的！"

金代同挠了挠耳朵，只当没有听到。

难为小伤苦心孤诣，为这样的妖女奔走。

他是痴人，小伤何尝不是？

但他们的故事和他并不相干，他要做的，不过是像林栀从前照顾他那样，日复一日、年复一年地，期盼林栀苏醒。

凉川城客栈内，白沐惊讶出声。

"玉瑶姐，你要把大梦药铺搬到凉川城？"

玉瑶道："你一惊一乍干什么？我好不容易找到金代同，怎么可能轻易放弃？我最近发现，他身边还有三个怀有舍离珠的人。哼，拿下他，不就是一箭四雕？就算耗到底，拿到这四颗舍离珠，也值得了。"

乍然听到要换地方生活，白沐无法接受。

"你若是想留在兴旺镇，就回去吧。我本来就是孤寡一人，你们没有必要因为我，离开自己的故土。"玉瑶淡淡地道。

白沐左右为难："玉瑶姐，你说得虽然潇洒，但是据我多年的经验来看，没有我们，你一个人莫说开药铺，就是生活也难以自理。"

"胡说八道！"玉瑶当即否认，"当年没有你们，我也照样开了药铺！"

"那你试试。"白沐也来了脾气，从来只有她求玉瑶，玉瑶却从来没有求过她，"我和黑芒先回去了，小伤还在药铺里等着呢。你要是自己撑不下去，可以回村子找我们。"

偌大的凉川城，总人口才一百万，地广人稀。玉瑶来了此地才发现，假如不和当地人打好关系，随时会成为别人的眼中钉。

可玉瑶不稀罕和人打交道，她只想待在自己的一亩三分地里。

凉川城盛产珠宝，所以这里的珠宝首饰不值钱，玉瑶带来的药材，倒是售价不菲。

玉瑶靠卖药的钱租下了一间铺子，也取名为大梦药铺。她打算开辟一条从凉川城到无庸城的商路，将无庸城兴旺镇的药材运到凉川城，在凉川城售卖。她只要能在此地定居，就能监视金代同。

这天，玉瑶正开门做生意，忽然发现远处有几个彪形大汉在追一个扎着双髻的少女。少女约摸十二三岁，穿了一身破烂的衣裳，生得瘦瘦小小的，就像一根豆芽菜。

玉瑶深知此地水深，不想多管闲事，转身又把药铺门关上。她在门后等了一会儿，忽然听到急促的敲门声。

"开门，姐姐，求求你开开门！"少女不停地拍着门，带着哭腔。

身后，几个大汉已经追了上来，少女拍门的声音更响亮了。

"姐姐，求求你开门！"

玉瑶打算视而不见，这也是她一贯的作风。

少女仍在拼命求救，那绝望的声音，让她想起了多年前的自己。

那是一个阴雨天，她还没有成年，和族人们一起，在饲养横公鱼的池子里待着。据说，九原城的一个将领坑杀了无庸城三万将士，消息传来，她和族人们被愤怒的无庸城人拖到了集市。

他们不分青红皂白，誓要毁掉九原城的一切，比如，拿九原城的横公鱼祭天。横公鱼族被大肆屠杀，不管玉瑶如何哭喊、求饶，他们都没有放下镰刀。

杀、杀、杀……

他们杀红了眼，玉瑶目光所过之处，到处都是鱼鳞，都是混合污水的鲜血和族人的尸体……

"姐姐！姐姐救我！"少女的声音拉回了玉瑶的思绪。

玉瑶猛然惊醒，打开门，喝道："光天化日之下强抢民女，还有没有王法了！"

几个大汉见说话的是一个美艳的女人，忍不住哄笑。

"你知道我们在干什么吗，就敢打抱不平？"一个大汉道，"她被父母卖到了窑子里，劝你别插手为好。"

这种事情，每天都在这里上演。

玉瑶看着瘦弱的少女，少女也看着她。少女的眼睛很大，眼神空洞，眼泪汩汩地流着，和昔年自己的身影重叠。

玉瑶别过脸，怎么这年头还有人和自己长得像的？

玉瑶烦恼道："她不是货物！"

"我们家掌柜可是花钱买了人的，你要是想救，可以，交钱！"大汉嘲讽道，"若是你出不起这钱，也有办法，你来替她。怎么样，考虑一下？"

那嬉皮笑脸的油腻样子，玉瑶瞧着反胃。她一心要救人，便顾不得许多了，抄起旁边的棍子，朝大汉挥去。

几个大汉见状，只留一个人锁着少女，另外几个人围了上来，合力对付玉瑶。

玉瑶哪里是他们的对手，很快便被抓住。

她这才意识到，平时她作威作福，也没有人敢欺负她，是因为药铺里人多，黑芒、白沐等都不会坐视不理。可是现在，只剩下她一个人了。

"放开我！"玉瑶恼道。

"胆很大啊，一个女流之辈，敢在这里开店，就不怕被周围的豺狼虎豹吃了？"汉子们放浪形骸地大笑。

"你们想干什么？"

"干什么？你以为这里是哪儿？就算我们把你怎么样了，也不会有人替你申冤，还不是我们想怎么样就怎么样？"

少女趁他们戒备稍松，张嘴咬了锁住她的汉子一口。对方吃痛，少女抄起地上的棍子，猛打了一下桎梏玉瑶的汉子，拉着玉瑶的手，急切道："姐姐快跑！"

少女异想天开了，两个女子哪里是这几个大汉的对手，她们的反抗只会激怒对方。

大汉一伸脚，慌乱的少女就被绊倒了，连带玉瑶，一起摔在地上。

几个大汉围拢过来，一如饿狼盯上羔羊。

少女忍不住抓住了玉瑶的手，瑟瑟发抖。

玉瑶想，假如自己不多管闲事，也不会落到这种下场。她该怎么办？幻化成妖怪的形态，吓退这帮人？可若她暴露身份，就无法继续在凉川蛰伏。

少女还在做最后的挣扎，抓起了旁边的细沙，撒向大汉。大汉们看好戏似的，任由她做无谓的反抗。

他们身上散发着玉瑶熟悉的猎杀感，她曾一度无法从这样的噩梦中苏醒。

— 13 —

忽然传来嗖嗖的破空声，数道箭矢飞来，几个大汉应声而倒，没有倒的人慌里慌张环顾四周，想知道到底是谁在放冷箭。

敌在暗我在明，他们尤其惶恐，连忙转身逃跑，但为时已晚，很快，他们也中箭了。

玉瑶连忙起身跑回药铺，少女也跟了上去，玉瑶在关门之前瞥了她一眼，还是把她放了进来。

玉瑶刚缓过神，便听少女道："姐姐，你身后有个人。"

玉瑶悚然转身，却见背着箭矢的小伤正无辜地看着她。

"怎么是你？"

"白沐回到大梦药铺以后，我就来找你了。"小伤道。

玉瑶擦了把脸上的冷汗，勉力让自己看起来不这么狼狈："是吗？你不声不响的，我还以为是那群匪徒。"

小伤道："就算这里再偏僻，一下子死这么多人，里正迟早也会赶过来。他们的掌柜在这附近应该颇有势力，不如我们先逃吧。"

小伤说得不无道理，玉瑶出铺子的时候，就看到有人去报信了。她只是格外心痛，还没等她说服金代同，就不得不离开凉川城。

马车行驶在林间小路上，因为害怕被人追踪，玉瑶和小伤放弃了官道。直到出了城门，玉瑶才松了一口气，她终于有机会认真打量自己从凉川城带回来的拖油瓶。

少女说她叫连枝，十二岁，是凉川本地人，因为父亲酗酒嗜赌，所以先后把娘亲和她卖到了梨香苑。她不想成为青楼女子，便趁机跑了出来，结果被那几个大汉追个不停。

"当时那么多人，你怎么偏偏敲我的门？"玉瑶事后郁闷，要是自己不蹚这趟浑水，她的夺珠计划还可以继续进行下去。

连枝羞赧一笑，道："这么多人之中，只有姐姐一个女子。而且，姐姐生得面善。"

"我可不像你说的那么好，我心肠歹毒得很。"玉瑶龇牙。

"是吗？"连枝还是笑，"但在我眼里，姐姐是最善良的人。"

玉瑶不说话了。

一旁的小伤微微挑起唇角。不知道黑芒、白沐、商略和自己，是不是也被玉瑶嫌弃过无数次。

其实玉瑶也知道，她一个人根本不可能在凉川城生活下去。

边陲地区太乱了。

她又是个甩手掌柜，尤其不喜欢端茶倒水、擦桌子扫地、洗衣做饭。只怕不到一个月，她的大梦药铺就会堆起无数的空酒瓶。

她觉得自己应该和小伤说一句谢谢，连白沐都抛弃她了，他却千里迢迢赶来。

这地方如此偏僻，他应该找了很久吧？

可是她习惯了刀子嘴，最不喜欢说谢谢。

回到兴旺镇，玉瑶打算先带连枝挑选几身干净的衣裳。连枝又瘦又黑，多窄的衣裳穿在她身上都不太合身，宽大得漏风。玉瑶让她试了好几套，都不太满意。

"这孩子，怎么饿成这样了？"玉瑶一脸难以掩饰的心疼，全落在小伤眼里。

小伤挑了一条八九岁女孩穿的裙子，对连枝道："试试它吧。"

连枝抬眸，瞥了小伤一眼，咬了咬唇："嗯。"

"她好像挺在意你。"玉瑶忽然道。

她的口吻酸酸的，小伤忍不住笑了："怎么，你吃醋？"

"我吃哪门子醋？她现在年纪这么小，你不要打她的主意。"

"你倒是能想。"小伤哭笑不得。

玉瑶脸也有点红。其实她想说的，是希望连枝不要对小伤有非分之想，但她说不出口。假如说了，小伤就该追问为什么。

连枝现在还没有长开，等她及笄，肯定是个美人。

不一会儿，连枝换了裙子出来，没想到正好合身。玉瑶忍不住道："小伤，你比我会挑。"

"只是碰巧而已。"小伤淡淡道，顿了顿，他又问玉瑶，"一路上我都想听你对我说一声谢谢，为什么不说？"

"谢谢？谢什么？"

"谢我救了你们。"

"呵，"玉瑶冷笑，"这样的事也值得你邀功吗？我当初也救了你一命。"

"好吧。"小伤不想追究了。

他只是打趣，并不是真的想让玉瑶开口道谢。

玉瑶忽然像发现了什么新鲜事，眼波流转，盯着他："小伤，你还是我认识的小伤吗？"

"怎么？"

"你以前就是一块木头，现在你话挺多啊……"

小伤笑了："人总是会变的，总有一天，你也会变。"

"变？"玉瑶轻叱，"恐怕你等不到那一天了。我这个人，固执得很。"

小伤看了一眼连枝，眼含深意："不，当你改变的时候，你还未曾觉察。"

玉瑶回到兴旺镇大梦药铺后，白沐的态度也没有好转。

玉瑶不是个喜欢低头的人，也不理她。

两人僵持不下。

白沐每次见玉瑶，就像见一抹浮云，眼神特别冷。

白沐的眼神让玉瑶不舒服，好似吃饭的时候将一小片鸡骨头卡进了牙齿缝里，弄不出来，咬合的时候还疼。

她一直以为自己再怎么撒气，白沐也不会跟她怄气。

而她自己，在凉川开铺子失败后，才发现自己并不像表面上这般不在乎药铺众人，相反，她对他们颇为依赖。

"白沐，玉瑶姐姐让你把这些药磨成粉。"

连枝和小伤学会算账后，便顶替了原来商略的位子。大梦药铺又不温不火地开了起来。

连枝吃得好了，脸色渐渐白皙，不再担惊受怕，也长了些肉，整个人看起来格外干净漂亮。

白沐很喜欢她，和她总是有说不完的悄悄话。可别人一提到玉瑶，白沐立刻拉下脸："她厉害着呢，不需要我帮忙。你把药还给她，让她自己弄。"

连枝无奈："不然你们自己说，我夹在中间，里外不是人。"

白沐没说话。

玉瑶腾地从椅子上起来，抓过药盆，道："不帮就不帮，就当我养了一条白眼狼，现在狼长大了，会跟主人对着干了。"

"我要是靠你养，早就饿死了。"白沐龇牙道，"你就是个黑心的雇主，妄想用那么一点微薄的酬劳，打发我们这些苦力。"

"不想待着你就走，我可不留你！"玉瑶怒道。

白沐真的回屋收拾东西。

连枝急道："玉瑶姐姐，你为什么就不能说一句好听的话，你看，你又把白沐气着了。"

玉瑶动了动唇，又还是硬气地道："走吧走吧，我才懒得管她。当初也不知道是谁要死要活地跟我哭，说自己在鼠族过得没意思，不如在外面自在。"

白沐背着包袱下来，连枝拦着她："白沐姐姐，你忍心就这么走了吗？你和玉瑶姐姐那么多年的情分……"

"这哪是情分，这是孽缘。我若是不认识她，至少还能多活两年。现在快被气死了。"

连枝不依道："白沐姐姐，玉瑶姐姐其实不想让你走的，她只是脸皮太薄，开不了口挽留。昨天我看见她在厨房转悠，好像想给你做烤串。"

昨天玉瑶根本没有到厨房转过，但她动了动眼珠子，没有拆穿连枝的谎言。

"还有烤串没吃，我先不走了。"白沐的气总算顺了一点，顿了顿，"吃完烤串再走。"

白沐给了玉瑶一个台阶下，玉瑶咕哝了两句，就坡下驴。

玉瑶多少有些感激，没想到自己无意间救的女孩，竟然成了她与白沐之间的和事佬。

大家用过晚饭之后，小伤发现玉瑶出现在厨房。他好奇地瞥了一眼。只见灶上的锅被端走了，支了一个铁架，铁架上放了一些肉串，此时玉瑶正手忙脚乱地往灶里添火，黑烟熏得她一直咳嗽。

看这模样，她是在给白沐烤肉。

玉瑶正手忙脚乱地烤肉时，听到了小伤的脚步声。她惊呼一声，差点把一根烧着的木头扔到木头堆里："你进来怎么也不敲一下门？"

"忘了。"小伤言简意赅。

玉瑶才不相信他的鬼话："你要是不想帮忙，就不要在这里碍手碍脚。"

"我帮你。"小伤走到灶下，堆满了木头的灶不停向外冒着烟，却不见火苗。小伤心想，若是这样，便不叫烤肉了，应该叫烟熏肉。

他拿着一根稍粗的木头，挑起冒烟的木头，让空气钻进去。火很快燃了起来，烟瞬间变小了。

玉瑶仿佛看到了什么了不得的事："你怎么一弄火就旺了？老娘拼命吹都没用。"

"生火难道不是常识？"小伤玩味地问，"这么多年，你是怎么过来的？"

"这话我应该问你，同为横公鱼，你为什么就知道怎么生火？"

小伤咳了咳，脸不红心不跳地撒谎："我看别人做，自然而然就会了。若是有的人愚蠢，怎么教都教不会。"

"看看就会？"玉瑶反应过来，激动道，"你说我蠢呢？"

"若是你不否认，就当我说的是你。"小伤难掩笑意。

"呸！"玉瑶扬手想打人。

小伤把她的手掌接住："掌柜，君子动口不动手。"

"我不是君子，我是女子！"玉瑶不依不饶，但小伤让她的手无法动弹。

两人正僵持着，玉瑶忽然发现铁架上一片肉发黑了，一直冒着烟。她连忙推开小伤："我的肉！"

这肉算是毁了。

玉瑶气急败坏，苦着脸："都怪你，如果不是你，我的肉不会烤煳！"

"不是我，你连火都生不了。"小伤倒也不恼，迅速把烤肉翻了个面，刷上酱汁。

他行云流水般的动作让玉瑶看呆了，她忽然想起来，方才小伤笑了。

就像冰雪终于消融一样，玉瑶没想到，自己也能等到这一天。

"喂，"玉瑶问小伤，"我说，你这烤肉的技术，也是从人类那儿学的？"

"嗯。"小伤从善如流道。

玉瑶不免嘀咕："一条横公鱼，学人类烤肉干什么？"

横公鱼和人类是天敌，玉瑶一生最讨厌的就是人类。尤其是无庸城和九原城的贵族。

连枝是玉瑶第一个救的人，即便如此，玉瑶还是认为人类没一个好东西。

肉终于烤好了。

小伤抓起一根肉串，鸡肉烤得焦黄流油，孜然的香气四溢。

玉瑶流了口水，先吃了一根。她一边吃，一边想，若是以后能找一个会做饭的夫君，自己这辈子就有福了。

度旧颜

他拿走了胭脂膏，

就着夜色踽踽而行。

能这样堂堂正正地不戴兜帽行走，

好像过去很多年了，

又好像只是昨天。

1

没能夺走金代同身上的舍离珠，始终是玉瑶的一块心病。听闻金代同要代表凉川城到无庸城上贡，玉瑶喜不自禁。

只要金代同到了无庸城的地界，她定会想办法把金代同抓起来。她想了很久，觉得应该做一个大大的铁笼子，先把金代同锁在里面再说。

就算金代同能让时间定格，她也可以设法接近他。等她挪到金代同面前，就可以趁势夺取珠子了。

玉瑶想得挺美，再一细想，她发现自己根本找不到机会对金代同下手。金代同可是凉川城的少主，护卫肯定会里三层外三层地将他保护起来。

这几天，玉瑶急得抓耳挠腮，茶饭不思。早上起来的时候，小伤发现玉瑶嘴唇右侧起了一个火泡。因为这个火泡，玉瑶难得没有擦胭脂。

"玉瑶姐姐，你不要那么焦虑，虽然我不知道你为什么要接近金少主，但我相信你肯定有自己的理由，即便现在时机不好，以后也会有机会的。人们常说，车到山前必有路，船到桥头自然直。"连枝安慰她。

玉瑶捏了捏连枝的脸："小丫头嘴还挺甜，我没白救你。"

连枝笑了："能让玉瑶姐姐开心，我心里也高兴。"

玉瑶还是暗自叹了一口气，现在她只有四颗珠子，金代同不肯舍珠，他在逸晴轩里的那些伙伴也不可能背叛他。不知道猴年马月，自己才能集齐宝珠。

"对了，玉瑶姐姐，今天药铺里来了一个怪人，说要见你。"连枝道。

"什么人？"

"我说不好。他在客房，你吃完了饭再过去吧。"

"行吧。"玉瑶奇怪，这年头还有谁会专门拜访她？

吃完了晚饭，玉瑶来到客房。出乎她预料的是，来客是一个年轻男人，二十三四岁，肤色白皙，又瘦又高，像极了文弱的书生。但他的眼神平静冷淡，仿佛蕴藏着深渊暗流，只是轻轻一抬眸，就让人心生寒意。

这个人不会心术不正吧？

玉瑶想着，嘴角扯开一个笑容："不知道阁下怎么称呼，找我有什么事？"

"我姓孟，你可以称我孟乐希。"青年淡淡地道。

他的嗓音有一种脆弱的美感，还怪招人稀罕。

玉瑶稍稍坐正了身体，等待他的下文。

孟乐希又道："我听说玉掌柜在找藏珠人，我知道那个人在哪儿。请玉掌柜将他身上的珠子取走。"

"哦？"玉瑶顿时来了兴致，连枝真是她的福星，东方不亮西方亮了，"那人现在在哪里？"

"他叫顾廷冉，住在无庸城孟庄村东边的一户农舍里，我可以带玉掌柜去找他。"孟乐希顿了顿，忽然又强调，"玉掌柜找到他之后，麻烦趁他没有睡醒的时候就把珠子取走。他是个很厉害的人，他能和所有的鸟儿交流，只要陌生人靠近他，他就会知晓。"

"自己听不见看不见，还挺会找帮手。"玉瑶想了想又问，"你怎么找到的我？为什么愿意告诉我这种好事？"

"我告诉玉掌柜，是因为我想借玉掌柜的力量，"孟乐希目光一凛，"让他变成一个普通人。"

他的样子让玉瑶颇为怀疑，但他对自己要做的事三缄其口，玉瑶也问不出个所以然。

玉瑶和孟乐希约定，第二天上午出发前往孟庄村。

冥冥之中，玉瑶觉得，孟乐希就是来自孟庄村的。

"玉瑶姐姐，那人跟你说了什么？"连枝将洗好的葡萄摆在桌上，给玉瑶捏了一颗。

玉瑶不作他想，便道："又是一个主动送上门的人，他说他知道藏珠人的下落。"

"他叫什么名字？什么身份呀？"

"我也不清楚。他说他叫孟乐希，天大地大，谁知道孟乐希是谁？"

"他让你跟他单独去找藏珠人吗？"

"嗯。"连枝这一串问题问完后，玉瑶不由得皱眉。这孟乐希来路不明，会不会坑自己？

连枝似乎看出了她的疑虑，也担忧地道："玉瑶姐姐，不然这样吧，我们陪你去。"

"咳咳，我可没有能耐请他们，都是大忙人。"

"玉瑶姐姐，你有时候态度不要那么生硬呀，你和大家商量一下，白沐他们都很好说话的。"

"我是他们的掌柜，哪有掌柜和伙计商量的道理？这件事我一个人去办，用不着他们。"玉瑶还是那副高高在上的样子。

连枝抿了抿唇，没说话。

玉瑶说完，心里一阵发堵。她觉得明明自己没错，本来就应该和异族保持距离，但大家好像都认为她错了。算了，人与人之间的感情最不可靠，她也无心经营。

孟乐希给玉瑶备了一辆马车。走了三天的路，他们到了孟庄村。孟乐希在村口买吃的，玉瑶好奇地打量这个村庄。这里比兴旺镇小多了，她悄悄跟人打听了一下，村子里好像并没有一个叫顾廷冉的人。相反，村里的人对孟乐希倒是很熟悉，他回来的时候，不少人过来寒暄。

孟庄村，孟姓应该是大姓。既然只有孟乐希，为什么孟乐希还要玉瑶来找顾廷冉？怀着这样的疑问，玉瑶和孟乐希来到了一个宅院门附近。

村里能修建这种小宅院的人家，已经算得上阔绰了。梨树的枝丫从院子里伸出来，一朵花飘到了玉瑶的肩上。

孟乐希四处打量，没有看见鸟儿的踪影，才小声地对玉瑶道："他就在这宅院里面，等到了晚上，玉掌柜趁其不备将他的珠子取走就行。他这人谨慎得很，家里定然还驯养了猛禽，玉掌柜请小心行事。"

玉瑶听他的口吻，好像自己被当枪使了。

还没等玉瑶说话，孟乐希又道："我不能在这里久留，他和他的鸟都认识我。如果发现是我带玉掌柜来的，他该有疑心了。"说着，孟乐希匆匆离去。

他行事古怪，越发让玉瑶不解，她想多问一句，可他已经走了。

玉瑶看了一眼天色，现在还不到傍晚，还得等几个时辰。

一个外来人如果老是守在宅院门前，也会引人注意的吧。玉瑶想了想，便回到村头和人聊天去了。

"顾廷冉，真没有这个人。你说孟乐希，孟家老大，我还是认得的。"抽旱烟的单身汉道。

玉瑶盯着他那一口黄牙，半晌，又移开了视线，问："孟乐希是孟庄村的人？"

"当然，姑娘，我看你细皮嫩肉，像是从城里来的，打听那穷小子干什么？你喜欢村里人？"

"就是好奇，问一嘴。"

"一个穷小子有什么好问的？"

"他很穷吗？"玉瑶奇怪地问。她很纳闷，一个很穷的人，怎么能穿得这么体面，还雇马车？

"家里人就一个小妹妹、一个老婆子和他，能不穷吗？不对，也不能叫他穷小子了，叫顺嘴了，一时没改过来。这几年挺奇怪的，没见他有什么营生，可是他阔起来了，找人建了院子，也不知道把老婆子和妹妹接到了哪里，反正建好了院子以后也没见他开过门。早上你们是一起回来的，你还不清楚？"

玉瑶摇了摇头，听了单身汉的话，她反而越来越迷糊。

如果单身汉没有撒谎，那么，孟乐希带她看的宅子就是孟乐希自己的家。难道，孟乐希想让玉瑶取了那人的珠子，是因为那人占了他的家？

玉瑶越想越觉得蹊跷，不管怎么样，她还是决定等夜幕降临，闯入孟宅试一试。

没有什么比珠子更能诱惑她。

一转眼天就黑了，玉瑶身为妖类，识物的能力没有受到影响。她才走到院墙外面，就发现门外的树上飞来了一只猫头鹰。

　　玉瑶顿时不淡定了，他们做鱼的最怕鸟，鸟喜欢以他们为食。

　　玉瑶担心猫头鹰给里面的人报信，便打消了私闯的念头。她气定神闲地走到宅院门口，敲了敲门："孟老大在吗？"

　　按照单身汉的说法，村里人都不知道里面住的人叫顾廷冉，玉瑶也假装村民的口吻，敲门问。可她敲了很久，里面都没有人回答。她还以为没人理睬她，忍不住探头从缝隙往里看去。忽然，一双眼在缝隙后出现，冷冰冰的。

　　玉瑶吓了一跳："人在里面，为什么不开门？"

　　那人没想到自己被发现了，只好淡淡地道："你是谁？来干什么？"

　　他很警惕，玉瑶不得不打消了以串门为借口溜进去的念头。

　　玉瑶笑了笑："有人让我夺取你身上的一件东西，可我觉得他人品不好。你好不好奇，到底是谁让我来的？"

　　那人犹豫了一会儿，道："我知道了。你为什么要告诉我？"

　　"因为我忽然不想帮他了。我有一个计划，想跟你说。"

　　"你说。"

　　玉瑶故意摸了摸脚脖子："我走了一天的路，连口水都没喝。你打算让我一直站在门外吗？"

　　玉瑶说完，里面没了声音。就在玉瑶以为他不会开门的时候，那人忽然又开了门。

　　那人用毛巾裹着脸，好像脸上长了烂疮，不能被人看见。

　　玉瑶没有看他脸的想法，只是在他出来的一瞬间闪进宅院，伸出手，要先制住他。她已经很久没有夺到一颗珠子了，不管这人是不是藏珠人，她都要试一试！

　　那人见状，忙后退一步，吹了声口哨。栖息的猫头鹰猛然蹿出，狠狠攻击玉瑶的脑袋。玉瑶躲闪之际，那人已经关上门。接着，无数的鸟儿飞入院子，把玉瑶团团围住了。

2

那么多鸟儿，玉瑶只觉得头皮发麻。她不能死在这里，她若是死了，横公鱼族的希望就没了！玉瑶化作妖的形态，用鱼尾拍打扑杀过来的鸟。

它们的喙无比尖利，玉瑶被啄得遍体鳞伤。而吸食了玉瑶血液的鸟儿又能瞬间恢复，然后前赴后继地扑来。这样下去，玉瑶会被车轮战消耗致死。

又一声哨响，鸟儿停止了扑杀的动作。

男人冷冷盯着玉瑶："你到底是谁？"

"我说了，孟乐希让我来取你的珠子。"玉瑶现在浑身都疼，声音有气无力，"为什么明明这里是孟乐希的家，你顾廷冉却住在这里？"

顾廷冉微微一怔，他很久没听到别人这么称呼他了。

"我不可能把珠子给你，趁我还没改变主意，你走吧。"他冷淡地道。

顾廷冉背过身，玉瑶幻化成人形，晃晃悠悠地站起来。想必她是没有办法得知他们两个人的秘密了，但是……她刚刚走到顾廷冉身后，忽然又转过身，想趁其不备，再次制住他，夺取他身上的珠子。

只要有一丝机会，玉瑶便不想放弃！玉瑶的手还没有抓到顾廷冉的肩膀，自己的肩膀先传来一阵剧痛。

鸟又开始攻击玉瑶。玉瑶这才发现，原来只要顾廷冉心念一动，鸟儿就会听他的号令。玉瑶心想，这次完了，太不走运了，碰上这么个狠角色。

顾廷冉转身，这次，他没有打算轻饶玉瑶。他给过玉瑶机会，但玉瑶的第二次出手让他觉得，玉瑶想置他于死地。

就在玉瑶被啄咬得无力招架时，孟家的门被人踢开。有人舞着火把跑进来，吓得鸟儿四下飞散。来不及逃的，被烧死好多。

顾廷冉忙吹口哨，让鸟儿全部飞走。

"玉瑶姐姐！"连枝扑了过来。

小伤也举着火把走过来，白沐、黑芒也来了。

玉瑶忽然见到那么多人，有点不适应："你们……"

"我把你的事情跟小伤哥哥说了，他说你有危险，所以我们就跟着过来了。"连枝解释道。

玉瑶忍不住瞥了一眼小伤，他举着火把，深邃的眸子里跳跃着火光，嘴角却噙着笑容。这样好看的脸，玉瑶也曾被迷过一瞬。

不知道从什么时候开始，他总是能在自己最需要的时候出现。

人多势众，顾廷冉忍不住皱眉："你们又是谁？也来抢我的东西吗？"

小伤摇了摇头："我来，只是想把掌柜接走。"

小伤的话，不算过分。顾廷冉冷冷地道："你们请自便。"

受了伤的玉瑶就这样被连枝扶着回了客栈。连枝一边给玉瑶上药，一边道："玉瑶姐姐，这次你应该知道大家的重要性了吧？"

玉瑶闷闷的，没法否认。如果不是小伤带人来了，她这次死定了。

"那你是不是应该和大家说声谢谢？"

"不可能！"玉瑶条件反射般嘴硬。

白沐忍不住冷笑起来："连枝，你就不要劝她了。她肯定又要说，我们吃她的喝她的，救她也是理所当然。"

白沐抢了玉瑶的话，玉瑶一时间无话可说。是，她本来就是这么想的。她又感觉到了大家对她的排斥，就像是她做错了什么似的。

人类不是都很自私吗？他们为什么会帮自己？

连枝固执地道："白沐姐姐，你不能这样数落玉瑶姐姐，她当初也曾给了大家一个栖身的地方。哪怕现在大家想法不一样，也应该允许这样的想法存在。人与人之间相处，需要爱，需要互相包容。"

玉瑶听了只觉得肉麻。这些话，也只有年纪尚小的连枝才敢说出来。她什么都不怕，什么都能说。

玉瑶忽然很羡慕她。

"连枝，你曾经过着那样的日子，不恨你的父母吗？你不觉得人都是坏的吗？"玉瑶问。

连枝摇了摇头，道："我若是还在他们身边，定然要恨的。但我现在过得很好，所以我也不用去恨了。玉瑶姐姐，其实我觉得你说的一点都不对，人不全是坏的。"

"人就没一个好东西！"玉瑶立马摇头，顿了顿，她又冷冷地看着连枝，"你对我说好话，也是因为在我这里，你有吃有喝。你若是不巴结我，日子可就不好过了。"

连枝动了动唇，一时间不知道说什么。

旁边的白沐阴阳怪气地道："连枝，你省省劝玉瑶姐的心吧。心气儿顺了还能健康长寿，又何必劝她给自己添堵？"

连枝看了一眼小伤，还是咬牙道："玉瑶姐姐，总有一天，你会发现人类也有好人。"

"那我倒要等着了。等一个别无所求的人。"玉瑶伸了个懒腰，让大家都散了。

想了想，她又道："小伤，你留一下。"

当着别人的面，玉瑶不好意思说，但没人了，玉瑶才敢开口。

"我们身为同族，你本应该尊称我一声公主殿下，但你一而再，再而三地救了我，我应该对你说一声谢谢。"

她竟然对他说谢谢，是太阳从西边出来了？

小伤表情玩味："哦？"

"你这是什么反应？"玉瑶难得和人说谢谢，小伤不三跪九叩感恩戴德也就罢了，还发出一个"哦"？

玉瑶皱眉，又清了清嗓子："我不知道你出生于哪一年，若是你和我差不多大，就该知道我们的族人当年经历了什么。"

小伤翻遍了典籍，玉瑶说的他自然知晓。他口吻淡漠："横公鱼成了两城交战的牺牲品。"

"不错！我开大梦药铺，一来是想在现实里弄到一个可以伪装的身份，二来也是为了帮助幸存的横公鱼。我们族人不多了，救一个是一个。"玉瑶幽幽地道，"若是你还能振作起来，就该和我有一样的抱负，我们一起集齐舍离珠。"

"那只是你的抱负，"小伤表情仍然镇静，"我不会答应。"

"为什么？"

"两城交战，最苦的是谁？"

"当然是我们横公鱼族！"

"不，最苦的是百姓。横公鱼也好，百姓也好，都不希望城主发动战争。我也希望你明白，你的仇恨不该对准所有无庸城和九原城的人，那些百姓和我们一样，也颠沛流离、居无定所。"

"你要是胳膊肘往外拐，最好不要告诉我。"玉瑶顿时气急败坏，沉默了一会儿，她又补充一句，"我也不想听。"

"玉瑶。"小伤忍不住轻轻唤了一声。

玉瑶不吭声。

谁都劝不了她，族人覆灭的痛苦，没有人能够和她一样感同身受。

小伤有些气馁，他想，自己的确没有经历过玉瑶的伤痛。未经他人苦，又如何劝他人善？

长夜，烛火幽幽。有人在夜里疾驰，马儿在夜里发出长嘶，前面的一个衣袂翩飞的身影拦住了他的去路。那人摘下斗笠，只见大路上站着一个俊美无俦的年轻人，像个夜行使者，一双狭长妖媚的眼微微敛着，盯着马背上的他。

顾廷冉忙握紧了缰绳，马蹄在地上不安地踢踏。他问："怎么是你？你来干什么？"

小伤淡淡地道："我来帮你。"

他在回到巅峰之前，绝不能让玉瑶夺走所有的珠子。假若他拼尽全力也无法让她扭转心意，他愿意让她看看，她如果复仇，会付出什么代价。

小伤请顾廷冉移步附近的客栈。

一张小桌，两人面对面。

"有话直说。"顾廷冉冷冷地道，"现在你只有一个人，不是我的对手。"

"我找你，不是为了和你动手。我听说你能够通鸟语？"

顾廷冉没想到他调查过自己，虽没回答，但从他得意的表情可以看出，此事为实。

"倒是一个很有意思的异能。"小伤笑了笑，"我见你时常蒙着面纱，怎么，面纱下的脸不能见人？"

顾廷冉没说话。

小伤也不追问，只是放下茶盏，淡淡地道："你肯定很好奇，玉瑶为什么想夺走你的珠子，又为什么要不惜一切代价夺走你的珠子。"

顾廷冉的确很好奇，因为玉瑶，他无法继续住在孟乐希家里了，只能迅速转移。谁能想到，自己还没有找到一个可以落脚的地方，就被小伤半道截住。

"我跟你说一个故事吧。或者，你就当故事听，我也没有目的。听完之后，你再考虑要不要信任我。"

顾廷冉犹豫了一会儿："你说。"

小伤啜饮一杯茶，缓缓打开话匣子。

"玉瑶其实是一只横公鱼妖。在数百年前，他们一族作为缔结九原城和无庸城和平的纽带，被赠给了无庸城的城主，随后，饲养他们横公鱼在无庸城的贵族之间风靡。大约在两百年前，九原城和无庸城又开始交战，他们被九原城抛弃，又成了无庸城子民泄愤的工具。她自小在杀戮中长大，见惯了人类丑恶的一面，夺珠，只是报复两城人民的一种手段……"

小伤又与顾廷冉说了修罗战神铎罗的传说，顾廷冉一时吃惊不已。他竟然不知道，原来自己的身体里蕴藏着这样的秘密。

"那我更不能将珠子交给她，若是她得到了，便会唤醒铎罗，使得两城生灵涂炭！"

"不错。"

顾廷冉看了一眼眼前的杯子，又自嘲一笑："就算你不告诉我，我也不会把珠子交给她。虽然我守着这颗珠子没什么意思，但有了它，我还能和鸟儿说话，一个人的生活不至于那么孤寂。"

"为什么要把自己封闭起来？"小伤不解地问。

"我如今面目全非，寻常人见了都要躲避三分，又怎么会愿意和我亲近？"

"把面巾取下，让我看看你的脸。"小伤道。

他的口吻不容置疑，与其说是请求，莫如说是命令。

顾廷冉不愿意，小伤却偷袭他的小腹，他挥手格挡，小伤却转而攻击他的下巴，他招架不住，一转眼的工夫，面巾已经被小伤摘了下来。

面巾之下，那张脸让人不忍直视，像是生了疮，烂了半边。

顾廷冉连忙转身遮住。

"怎么会这样？"小伤奇怪地问。

"这就是能和鸟儿交流的代价。"顾廷冉忙又将面巾戴了回去。

"你因为舍不得鸟儿，所以宁可自毁容颜，也要留着珠子？"

"不。如果我不把鸟儿和我说的话告诉人类，便没有影响。但我总有忍不住的时候，一来二去，就变成这副鬼样子了。"

"所以，这也是你躲在孟乐希家里不出来的原因？"

"是……也不是。"顿了顿，顾廷冉说，"我很羡慕他。他的脸是好的。"

"他想害你。"小伤道。

"不，他想救我。他和我，一模一样。"顾廷冉道。

"一模一样？"

— 3 —

顾廷冉出身豪门，在崇尚诗书礼教的无庸城，一表人才的他是远近闻名的美男子。拥有这天赐的容貌，也让顾廷冉自负。他格外注重仪表，也在意他人的目光。这一点，在他很小的时候，便初现端倪。

家人给顾廷冉摆满月酒时，亲戚朋友济济一堂。他像个玉娃娃，人们欣赏时赞不绝口。他的长命锁坠在颈项下面，金子镶嵌羊脂玉，明晃晃的，很耀眼。

他很满意酒席当日的装扮，很奇怪，他这么小已经有了和成人一样的思维方式。而且，那天的事他至今还记得。

很多年后，当他意识到这一点的时候，他并不觉得稀奇。

早慧，外加天赋异禀，是他内心引以为傲的地方。

周围的人没有发觉他带审视的目光。他们觥筹交错，聊得不亦乐乎。

做酿酒生意的平家抱着自家的小孩子也过来了，他们把小女孩平诗云也放在了抓阄的桌子上。

原来两个孩子在同一天满月。

"她这大眼睛，多水灵。以后长大了，肯定是个大美人。"

"廷冉也不赖，你看，他们两个坐在一起，也不吵闹，以后在一起肯定和和睦睦的。"

平诗云的父亲开玩笑道："不如现在咱们就做主，等我家云儿长大了，和你们家廷冉成亲，顾兄意下如何？"

顾廷冉的父亲捋了捋胡须，寻思良久，点点头："我看这主意不错。"

"那以后我就不叫你顾兄，改叫你亲家公了。"说着，大人们笑成一团。

顾廷冉好奇地打量旁边的小女孩，果然是一个美人坯子，和自己如金童玉女，特别登对。而且，她的身体香香白白的，特别好闻。

平诗云的颈项上也有一块金镶玉的如意锁，她圆溜溜的眼睛盯着自己，笑容灿烂。

对美的欣赏让顾廷冉被那一笑晃了神。

等到他们再大一点，平家和顾家的生意往来更加密切了，两人也经常在一起玩。

宅子里的女人们总是眼含笑意地看着他们，间或低声交流两句，说着说着，又笑起来。

顾廷冉识了字，才知道他与平诗云便是人们所说的青梅竹马。

院子里的孩子很多，但和平诗云一样漂亮的不多，像她一样娴静文雅的更不多。

平诗云随她的娘亲，自小喜欢研读诗书，很小的时候就抱着"四书五经"看了。

顾廷冉也受到了她的影响，手不释卷。

父亲偶尔和母亲开玩笑，得亏平家娶了一个出自书香门第的女人，不然顾廷冉肯定和他们一样，大字不识一个。

顾廷冉和平诗云一点也没有辜负大人们的期望，他们一个博学多才、聪慧能干，一个温柔娴静、知书达礼。

他们两情相悦。

顾廷冉人生的转折点，发生在他与平诗云即将订婚那一年。

那一年，顾廷冉中了秀才，等了他几年的平诗云，终于可以准备做新娘了。

这天，平诗云和顾廷冉的母亲前往首饰店选首饰。

顾廷冉把自己关在书房里，沉醉于山水画中。

他喜爱一切美的事物，他自己、他的未婚妻，抑或是天地大美。

傍晚母亲回来后，忽然数落了他一顿，让他快到平家和平诗云道歉。因为平诗云看见他在集市出现，还跟其他的女子交流。

顾廷冉莫名其妙，自己一整天都待在书房，平诗云为什么说他去了集市？

他又想了想，平诗云根本没有必要撒谎给自己找气受，除非平诗云不想和他成亲，故意找借口向他发难。

顾廷冉和大多数读书人一样，性情含蓄，喜欢胡思乱想。他如此，平诗云比他更甚。

顾廷冉带着礼物上门的时候，平诗云已经打算把聘礼扔出去了。若此时他再不说两句，婚事铁定泡汤。

顾廷冉连忙解释："诗云，我一整天都在家里作画，哪有时间和别的女人交谈？再说了，我素日的为人你不清楚吗？"

"知人知面不知心，我以前没有看透你，现在却看透了。"隔着一道屏风，里面隐约传出了平诗云的哭声。

顾廷冉哪能承受不白之冤？他必该是完美无瑕的，于是也激动起来："你若再怀疑我，我便剃了头发做和尚去，以证明我清清白白！"

"你若做了和尚，我就做姑子！"平诗云更生气了。

"好端端的，说什么做和尚做姑子？"平诗云的姨妈进来劝架。她看着两人长大，也不知道这件事为什么这么蹊跷。但她显然比平诗云更加理性，在她的一番调停下，平诗云总算能听得进顾廷冉说的话了。

顾廷冉郁闷极了，他平白无故背了一口黑锅，也不知道谁在搞恶作剧。

不过，他自有办法。

顾廷冉让城中的鸟儿帮他留意，看那天到底是谁冒充他在集市和别的女人说话。没多久就有一只麻雀飞来，告诉顾廷冉，有个人和他长得一模一样。

"天下竟有如此神奇的事？他在哪儿？"顾廷冉只听说过双生的兄弟长得一模一样，他不知道原来异姓人也有长得一模一样的。

在麻雀的带领下，顾廷冉来到了一座破茅屋前面。

顾廷冉为了能够找到这里，脚都磨出了血泡，苦不堪言。

他站在茅屋前，屋里传出了牙牙学语的声音，好像有人在教小孩认字。他深吸一口气，敲了敲门："有人在家吗？"

"谁啊？"门打开了，顾廷冉和对方相视一愣。

他们好像在照镜子，惊讶地看了对方好久。

他们不需要过多的语言，孟乐希便已明白顾廷冉为什么会找自己。

孟乐希和顾廷冉年纪相仿，也酷爱读书，身上透着文弱的书卷气。他比顾廷冉略瘦一些，眉眼间更显哀愁，穿的是粗布衣裳，身上没有任何珍宝。

孟乐希身后，是一个半大不小的妹妹，走路还歪歪扭扭。

顾廷冉进了屋，将前几天因为孟乐希闹出乌龙的事情和孟乐希说了。孟乐希哭笑不得，连连道歉："我那日上集市是想找点活儿干，顺便给妹妹买点吃的。我身体不好，干不了农活，只好来城里看看有什么可以做的营生。"

顾廷冉见桌上还放了两本书，随口问了句："你喜欢读书？"

孟乐希的脸微微泛红："我只是有空了看看，和你们这些正经读书人不能比。"

"你现在读的是什么书？"

"说来惭愧，还在读孔孟。"

"我家里有一些我觉得还不错的藏书，你若需要，我可以送给你。"

"这怎么可以？书乃金贵之物，你白白送我了，我却没有能还你的礼。"

"不打紧。那些不是孤本，我也不常看。若是你问我要一些孤本，我无论如何也不会送。你和我长得那么相似，性情爱好也相投，或许，这是老天赐给我们的缘分。"

"如此，我在这里谢过顾兄了。"孟乐希作揖道。

顾廷冉想了想又问："不知道你最近在找什么活儿？"

"现下还没有找到。我原来想做木匠活，但是天气一热就头晕眼花，也干不了。辗转几次，我就放弃了这个念头。这几日正为生计发愁，又挂念家中母亲，若是再无进展，就先回村，再看看有什么买卖可以做。就算力气不大，也得下地干活，不然地就荒废了。"

"你这样好的苗子，应该读书明理、济世救国，若是去做一些不适合自己的事，岂不是浪费人才？"

孟乐希苦笑："书又岂是人人都有资格读的？莫说上学的钱，我连买书的钱也没有，平时为了吃两口饭，已经忙得脚不沾地了。"

顾廷冉屋子里的珍宝古玩价值不菲，素日里的零花钱多得花不完，只要他想，要圆孟乐希的读书梦轻而易举。

在他见到了孟乐希后，他才知道原来世上竟然有这么穷的人家！

顾廷冉起身徘徊了一阵，才道："如果你要照顾母亲，就得回村里住。从村里到这里，每天来回得花费两个时辰。你说没有钱请不起先生，这笔费用，我倒是可以帮你先垫上，但是没有时间这件事，我没法帮你。"

"若是你能替我支付学费和书费，莫说两个时辰，就是三个时辰四个时辰我也愿意！"孟乐希腾地一下站了起来。

"相识就是缘分，何必那么客气？"顾廷冉见孟乐希的妹妹总是抓自己腰间的穗，忍不住问，"你妹妹今年多大了？如何还不会走路？"

"三岁了……"孟乐希神情黯然，"她……她天生有缺陷，娘让我扔了，我舍不得。"

顾廷冉的心莫名梗了一下，三岁还不会说话走路，多可怜。他忙从荷包里摸出一块碎银子："这银子你先拿着。我若是没见到便罢了，见到了，也不忍看你们饿着肚子。"

"我和顾兄非亲非故，顾兄竟然能如此待我，我……"

"你我既然长相一样，就是异姓的亲兄弟了，何必如此客气？"

— 4 —

顾廷冉离开以后，孟乐希看着空荡荡的房间，忽然觉得像是做了一场大梦。

他还是不敢相信，这是真的。

两天后，他收到了顾廷冉送来的藏书。因为先生要九月下旬才开新课，所以顾廷冉没有着急帮他联系，只是让他先看书。

孟乐希喜不自禁，推着两箱藏书，和痴傻的妹妹乐喜回了孟庄村。

为了照顾病弱的母亲和智力有问题的妹妹，孟乐希只能忙里偷闲，悄悄读书。他在干活的间隙读书，在树下读书，晚上又借隔壁人家的光读书。

他时常写信告知顾廷冉，自己又读到了什么精妙的语句。他和顾廷冉探讨先贤们思考过的问题，也骂酸腐文章的无趣。

顾廷冉的书总是源源不断，他也一再鼓励孟乐希，要继续读下去。

家中的青鸟来了又去，和孟乐希互通书信，成了顾廷冉的乐趣。

顾廷冉十八载的人生，顺遂无虞。他高举着酒杯，澄澈的绿酒在玻璃樽里折射着美艳的光。他还没有喝，已经被这样的人生灌得烂醉。

大婚前夕，他与平诗云按礼不能见面。

顾廷冉和三五好友在酒楼吃酒。他们小时候也时常玩在一处，但年长以后，因为各种原因，天南海北地散了。

要不是收到顾廷冉的喜帖，他们难得相聚。因此，准新郎顾廷冉成了大家调侃的对象。

"再过两天，顾兄就要成为有家室的人了。恭喜，恭喜啊！"

顾廷冉喝了一杯酒，害羞地道："嘻，以后拖家带口，和大家喝酒恐怕就不像现在这样痛快了。"

"大丈夫生来逍遥，想喝就喝，怕什么？"有人给顾廷冉倒了一杯酒。

"既然有了家室，当以妻子和孩子为重，若是总喝得醉醺醺回家，算怎么回事？"顾廷冉摇了摇头。

"没看出来，顾兄竟然是如此顾家的男人。"

"他娶的可是平诗云！要是我能有顾兄这样的福气，莫说少喝酒，就算让我戒了酒，天天待在家里，我也甘愿。"

平诗云是当地儿郎少年时倾慕的对象。

大家细想了一下，觉得顾廷冉的改变极为合理，同时又很羡慕他。

"别说了别说了，也只有顾兄这样标致的人物，才能让平姑娘青眼相加。两人往那儿一站，谁不夸一句'郎才女貌，璧人成双'？哈哈哈。"

这句话夸到了顾廷冉心坎里。

是，美人配佳人，才子配才女，门当户对，两小无猜，他们实在太般配了。

顾廷冉喝得醉醺醺的，走路也有点发飘。在旁人的搀扶下，他晃晃悠悠地上了马车。

车很颠簸，顾廷冉的头晕得更厉害了。

不知道马车行到了哪一个路口，忽然飞来了一只雀儿。

"顾廷冉！顾廷冉！"它喳喳的声音惊扰了车夫，车夫"吁"一声攥紧了缰绳，顾廷冉的身体猛然前倾，酒差点从胃里呕出来。

"少爷，不知怎么回事，一只麻雀挡着咱们的路了，待我把它赶走！"

"不必。"顾廷冉连忙阻止，"先把车停在路边吧。"

"好。"

顾廷冉奇怪地问："小麻雀，你知不知道在这里拦路很危险？"

"我太着急了，我一得知消息就赶了过来。"

"哦？你得知什么消息？"

"明天有人要抢你的亲。你切不可将我的话讲与别人听，否则会起祸端。"

"抢亲？"顾廷冉眉头紧皱，"谁？"

"康鑫。"

康鑫和顾廷冉在一起长大，但康鑫和顾廷冉的性格天差地别。康鑫就是一个混世魔王，从小就好惹是生非，最不喜欢读书，只喜欢舞刀弄棍。他长大以后，没有参加科考，而是和他父亲一样下海经商。

如今康鑫财大气粗，在商圈里风光无限。他唯一的心结，便是平诗云。

康鑫喜欢平诗云，他将平诗云视为得不到的珍宝，越是得不到，越是惦记着。他不知道如何讨女孩的欢心，小时候，他买了几条蛇，作为特殊的礼物送给平诗云，平诗云吓得大惊失色，躲在屋里哭了很久。从此，平诗云见到康鑫就躲。

康鑫也曾试过给平诗云写情书，但平诗云将信原封不动地送了回来。康鑫不死心，一封又一封地送，平诗云终于回信了：

"我不喜欢你，请别再缠着我。"

康鑫撕烂了回信，实在不明白，自己和顾廷冉相比，究竟差在哪儿。

不管时间再怎么流逝，平诗云始终是他的执念。

听闻平诗云要和顾廷冉成婚，康鑫哪肯善罢甘休？他雇了一伙人，计划明天抢亲。

"顾廷冉，你可不能让康鑫的计划得逞，不然这场婚事就黄了。"

"我知道。"顾廷冉的酒醒了大半。

他既不想破坏完美的婚礼流程，又不想让康鑫得逞。他思索了一会儿，想连夜找平诗云。论礼数，新郎、新娘结婚前夜不能见面，平诗云尤其顾忌这一点，所以他只能放弃。

顾廷冉想，明天接新娘的人是他，他可以选择在接到平诗云之后，改一条康鑫不可能埋伏的路。

规划好路线以后，顾廷冉又开始辗转反侧。他觉得还不够，想着天一亮他就得差小厮去雇几个打手，为接亲保驾护航。

这一夜他睡得极不踏实，三更天不到就醒了。

按照习俗，新郎五更天就要起床，准备出发接新娘子。顾廷冉忌惮康鑫，怕误事，三更天起来后，再没有睡。

天蒙蒙亮，他先嘱咐小厮找打手保驾护航，然后才开始梳洗打扮。

宾客陆陆续续到了。顾廷冉再三照了照镜子，镜中的他，风采卓然，是绝对的主角，然后他按计划出发接新娘。

娇俏美丽的平诗云盛装出现，她拿着红色团扇，被顾廷冉抱上了花轿。

顾廷冉跨上枣红马，心情变得复杂。

路上的人一边看热闹，一边讨论。

"谁家新郎官，一点也不像结婚的样子，倒像是在办丧事。"

"顾家少爷顾廷冉啊，听说他娶的还是平家的才女平诗云，这可是八辈子才能修来的福气。"

顾廷冉哑巴吃黄连，连忙调整心情，露出笑容。

他是完美的新郎，不能让人看笑话。

等到了岔路口，顾廷冉急忙吩咐下人转道。谁知道他的举动惊动了平诗云，平诗云让丫鬟来到顾廷冉身边，勒令他停下。

"小姐问，为何要换道？"

莫说平诗云，迎亲的队伍也人人一头雾水。顾廷冉不知道怎么解释才好，只是道："你去回姑娘，此事容我稍后解释，现在请务必按我说的做。"

不一会儿，平诗云自己下了轿子。她显然很生气，质问顾廷冉："廷冉，今天可是我们大喜的日子，难道你想在今天让我不痛快吗？"

顾廷冉急了："怎么会？我从来没有想过破坏我们的婚事。"

平诗云的声音很冷："顾廷冉，我认识你那么多年，从来不认为你是一个不可靠的人，我也一直以为，你会很重视我们的婚事。你今天却执意改道，到底为什么？"

"只是换一条路走，不妨事。"顾廷冉不能说，这是鸟儿告诉他的。如果他说了，会有很可怕的后果。

平诗云本不是喜欢使小性子的人，这次不知为何，竟然哭了。

"顾廷冉，你是不是有事瞒着我？你我即将成为夫妻，今时今日，为何你我之间还有不可说之事？"

她泪如泉涌，顾廷冉顿时缴械投降。

"诗云，无论是过去、现在还是未来，你都是我生命中最重要的人。"顾廷冉跨下马，把平诗云拉到一边，也不打算隐瞒了，"我不想骗你，但事情说出来，你可能不相信。"

"你话都未讲，怎知我不信？"

"若是按照原路走，康鑫会在半道抢亲，我不希望看到任何不愉快的事，也不希望我们的婚事遭遇这样的坎坷。其实昨天晚上我想告诉你，又顾忌规矩，便想着不如今天改道。"

"抢亲？"平诗云皱眉，"廷冉，你怎么知道康鑫会抢亲？你又编瞎话？"

"冤枉啊，我说的都是真的！我能听懂鸟儿的话。是一只雀儿昨夜告诉我的。"

"为什么以前从来没有听你说过？廷冉，你不会为了骗我，故意编出这样的理由吧？"

"我们是夫妻，为什么要互相欺骗？我可以发誓，若是我欺骗你，我就肠穿肚烂而死。"

"好了好了，我相信你就是。"平诗云连忙捂住他的唇，"好端端的发什么毒誓，快说'呸'。"

"呸。"

平诗云这才破涕为笑。

平诗云欢欢喜喜地上了轿子，心里扑通扑通地跳。她还从未听说，有人能够听得懂鸟儿的话。而这个人竟然是她的夫君，她就像在做梦一样。

顾廷冉松了一口气，让迎亲队伍重新出发。路上，他总觉得脸很痒，却顾不上去抓。

康鑫早就在路上埋伏着了，听闻顾廷冉中途改道，还纳闷了半天："难道他知道我会在这里埋伏？"

康鑫不服，但等他赶到婚礼现场的时候，顾廷冉和平诗云已经行过夫妻之礼。顾廷冉在门口迎宾，看到康鑫，忍不住笑着道："康老板，您也来参加我和诗云的婚礼吗？不知道随了什么礼？"

顾廷冉没请他，他当然也没随礼。

气氛有些尴尬，康鑫在门口悻悻徘徊，思忖良久，又转身走了。他也就是一时冲动，现在冷静下来，感觉很不值当。

一个女子而已，幸好自己没有抢亲，否则以后连生意也做不了了。他只想拥有平诗云，但远没到能为她失去一切的地步。

酒席结束，顾廷冉送走了宾客。他喝了太多酒，有些飘飘然，还没到闹洞房的时候，他就醉得不省人事了，嘴巴中的酒汩汩地向外流，脚软得都不是自己的了。

好不容易进了洞房，顾廷冉差点栽倒在圆桌旁边。平诗云只得自己撩开了盖头，给他斟了一杯茶，语气中带着嗔怪之意："怎么喝这么多酒？你酒量不好，就不要逞能啦！"

"诗云，你怎么把盖头掀起来了？"顾廷冉笑着道，"快坐回去，让我重新掀。你这样做不吉利。"

"再别说不吉利的话。"平诗云扶着他到床上，温柔地道，"现在屋里只有我们两个人，管那些繁文缛节做什么？"

"你啊你，现在我倒是不懂了，我只是改条路而已，你竟然那么在意，现在又教我不要被繁文缛节所限制。"

"我当时不明白你的心意，但我现在知道了。"

顾廷冉执意要她把盖头盖回去，他要再掀一遍，他不允许他的婚礼有一丝一毫的不完美。

平诗云无奈地笑了，笑话他孩子气。

她为他宽衣解带，又脱了靴子，扶他上了床。

盛装的她蛾眉淡扫，唇红齿白，一头的珠翠耀眼夺目，和平日美得不一样。

顾廷冉本就有些醉了，现下越看，越觉得平诗云秀色可餐。他忍不住用手撩了撩平诗云的头发，平诗云一时害羞，转过脸。

"你干什么？"

"诗云，你真好看。"顾廷冉的眼睛亮晶晶的。

平诗云的脸更红了，为他挂衣服的时候，心怦怦直跳。

她甚至不敢看顾廷冉的眼睛。

她转过身，顾廷冉竟然就在她身后。顾廷冉拉着她的手，在手心摩挲着。

她的手如此细腻光滑，纤细小巧。

他又将她的头发撩到了耳后，摸了摸她的耳垂。然后，他吹熄了灯。

古人说人生有四大喜事，排在第一的便是洞房花烛夜，顾廷冉终于理解其中的意思了。

半夜，顾廷冉怎么都睡不着。他的脸痒得出奇，就像有虫子在不停地叮咬。

那虫子游走在他的肌肤之下，将他的脸咬得面目全非。

顾廷冉痒得实在受不了，三更时悄悄起来了一次。他倒了点热水，用毛巾敷了敷脸，然后睡了下来。五更天，他又一次醒了。

天蒙蒙亮，他对着镜子看了看，发现脸上长了一些小红疹。

先前，顾廷冉身上偶尔也会长疹子，但从没长在脸上，也没这么痒过。他想，也许是昨晚喝了酒又吃了海鲜，激发了体内的热毒。

平诗云也醒了，见他脸上长了疹子，忧心忡忡地道："新婚第二天脸上就长疹子，总觉得不吉利。"

"诗云，你就别多心了。前一阵子操劳，大婚之日又胡吃海喝，应该也不是什么大问题，搽药膏就好了。"顾廷冉安慰。

平诗云忙让丫鬟取了药膏，给顾廷冉悉心涂上。

顾廷冉嘴上虽不在意，但心里也像压了一块石子。他完美的外表声名在外，如今有了瑕疵，他决定在康复前谢绝宾客，不出门为宜。

吃过早饭，他正朝书房走去，一只雀儿忽然飞了过来，落在他的肩膀上。

"顾廷冉！你是不是把我告诉你的话跟别人说了？"雀儿问。

"是有这么一回事……"顾廷冉抱歉地道，"我只跟一个人说了，应该不要紧吧？"

— 5 —

"顾廷冉，你惹大麻烦了。"雀儿激动起来，叽叽喳喳的，"我当初不是提醒你了吗？不能随便把我们的话告诉人类，不然你要遭报应的。你的脸，就是最好的证明。"

顾廷冉这才意识到，自己的脸不是因为胡吃海喝所致。他慌了神，问："现在怎么办？我的脸不会好了吗？"

"我不知道，但你以后再不能说了，假如你还是不听，你的脸就会越来越丑，见不得人。"麻雀严肃地道。

闻言，顾廷冉只觉得头晕目眩，两眼一黑，不得不颓然地靠住旁边的墙。

他的心凉透了。

他沉默了一会儿，仓皇无措地摸摸自己的脸："真的不会好了吗？"

雀儿见状，生怕他想不开，忙安慰道："兴许过段时间就好了。你别急。"

"真的？"

"鸟儿的直觉最灵了。"

顾廷冉这才松了一口气，擦了擦脸上的冷汗，他赌咒发誓："以后我再不说了，再说，就把我舌头铰断。"

婚礼已经过去了两天，顾廷冉的脸越发严重起来，甚至到了不能见人的地步。

顾廷冉急得一遍遍向雀儿确认，但不管雀儿说什么，他都听不进去。整个人茶不思饭不想起来，人瘦了一大圈。

平诗云忧心忡忡，不知他怎么了，请了大夫来，大夫也看不出所以然。

顾廷冉有苦说不出，只得让她别白费力气，自己安静养两天。

他脸颊都凹进去了，说话有气无力。平诗云想安慰他，才走过来，他又慌张地把脸转到阴暗的地方。

"别看我，诗云。"他觉得平诗云现在一定很厌恶他，她怎么接受得了一个如此丑陋的丈夫。

他既压抑，又彷徨。目前他还可以把自己关在家里，但过两天，顾廷冉和平诗云要参加回门宴，他还要去见平家的亲戚。

若被亲戚们看到他这副样子，他无法接受他们可能出现的异样目光。

顾廷冉愁眉不展，向鸟儿们寻求帮助。

"你只是说了一次，会好的。"雀儿见他日益憔悴，有些可怜他。

鹦鹉也开口了："我觉得会好的。老天对你只是小惩大诫。"

顾廷冉的心情这才好点。一想到还要参加回门宴，可能会让平诗云丢脸，他的心又沉了下去。

也不知道是谁起的头，鸟儿们忽然开始议论孟乐希的事。

"那孟乐希不是和你长得一模一样吗？不如你让他假扮你，当一天的新郎官？"

"我觉得可以，大家都不认识孟乐希，只是一天而已，无所谓。"

"上次平诗云不是还因为孟乐希和你吵架了吗？不如让他帮你一次，你对他也不错的。"

它们七嘴八舌叽叽喳喳说个不停，顾廷冉的头越发疼得厉害。

"让我再想想。"

事情听起来很荒唐，可似乎是个可行的办法。自己的脸一时半会儿也好不了，若是孟乐希能替自己解这燃眉之急，也是极好的。顾廷冉心想。

正值秋收之际，孟乐希担着玉米进城售卖。做了一阵子农活后，他原本白皙的肌肤都红润了起来。他正好看完了藏书，进城之前又收到了顾廷冉的信，约了今天到禅音寺碰个面。

在顾家的北边有一座禅音寺，大约一个时辰脚程，孟乐希只卖了半天玉米就出发了。他还托旁边卖菜的小贩帮忙看着自己的玉米，说是等到晚上回来就取走。

孟乐希一路紧赶慢赶，抵达禅音寺的时候，腿差点断了。他坐在禅音寺的大门附近，脱下草鞋，抖掉里面的沙石。远远地，他看见一个和自己身高差不多，但是用斗笠遮着脸的青年在原地徘徊。他直接把草鞋套上，走了过去。

顾廷冉自然认得出来是孟乐希，他发现孟乐希比从前黑了一点，人也精瘦了。

"顾兄找我所为何事？"

顾廷冉见他有所变化，脸色不由得凝重起来。

他不知道孟乐希以现在的样子扮作他会不会被人看出来。

"孟兄，我们借一步说话。"顾廷冉在寺庙附近挑了一个偏僻的角落，"我的脸意外长了东西，不能见人，也不知道什么时候才能康复。过两天的回门宴，对我来说很重要，我不能因为这张脸失了体面。"

"顾兄的意思是……"孟乐希已经猜出了大概，他还是不确定地问了一句。

"我想让你代替我，参加回门宴。"

孟乐希吃惊了："如此冒险……万一被人拆穿怎么办？就算你的脸长了东西，只要坦诚相告，大家一定会谅解的。"

顾廷冉无法解释脸出问题的缘由，可新婚不久就遭此变故，肯定会有人说闲话。何况，他不想以如此丑陋的面目见人。

他为难地道："这场婚事关乎诗云的面子，我不想让她难堪。只要行事小心一点，我们便可万无一失。"

这很冒险，孟乐希犹豫了。他怕万一搞砸了，不知如何收场。

"我知道孟兄缺钱，一天一两银钱的价格，不知孟兄是否满意？"

"顾兄……"孟乐希欲言又止，又怕顾廷冉误会，便硬着头皮解释，"乐希是个粗人，怕上不得大雅之堂。"

"可孟兄也饱读诗书不是？"顾廷冉言辞恳切，"若真有什么意外，廷冉绝不会责怪孟兄，也不会因此断了对孟兄的资助。这样可好？"

孟乐希再没了拒绝的理由。退一步讲，一天一两银钱的收入，他没法不动心。

为了保险起见，顾廷冉给了孟乐希一锭银子作为定金，又定好了时间让孟乐希先假扮自己和平诗云吃一顿午饭。

孟乐希心情忐忑地回到集市，正打算取玉米回家，忽然发现大家早就收工了，而声称帮自己看玉米的小贩也不知去向。至于他卖不出去的一麻袋玉米也不翼而飞了。

他不知道是自己天真错信了小贩，还是自己自私揣度错了人心。

他又忽然觉得，选择相信与帮助顾廷冉是对的。没有人比顾廷冉更大方了，也没有人会像顾廷冉一样，能够改变他目前困厄的处境。

用这笔钱，他给母亲和妹妹请了城里的大夫，也给家里添置了不少柴米油盐，甚至能给妹妹买新衣裳了。

安顿好她们，孟乐希将自己晒得发红的脸用清水泡了泡，尽可能洗去上面的黑灰，又特意在干活的时候戴上斗笠遮蔽阳光。再在禅音寺见到顾廷冉时，他的肤色白皙了一些。

顾廷冉十分满意："现在比之前像了一点，很好。你还是要多吃饭，你比我瘦了些。"

"两三天或许是吃不胖了。"孟乐希苦笑，"我习惯了挨饿，就算有山珍海味摆在面前，也吃不下去。"

顾廷冉拍拍他的肩膀，轻声安慰道："那都是过去。会好的，一切都会好起来的。"

身形的问题，还能用宽大的衣服遮掩，但孟乐希还是比顾廷冉黑了点。顾廷冉想了想，从胭脂铺里买了细腻的珍珠粉，敷在孟乐希的脸上，用手轻轻抹开。

阳光细碎地穿过雕花窗，落在两人身上。孟乐希悄然抬眸，看到顾廷冉漆黑的瞳仁里，有自己的影子。

顾廷冉真是一个名副其实的贵公子，年轻、俊俏，谈吐有涵养。他面如中秋月，色如春晓花，而自己，不过是披着他皮囊的蝼蚁罢了。

孟乐希既自卑，又觉得梦幻。

"不瞒孟兄，以前我就很好奇这些胭脂膏子怎么用，没想到现在无师自通。这珍珠粉上香气太浓，也不知道诗云会不会闻出来。"顾廷冉一边给孟乐希化妆，一边碎碎念。

孟乐希不假思索地道："你只说，是你用来遮盖脸上疹子的膏药，她应该不会怀疑。"

"好主意！"顾廷冉喜笑颜开，"没想到你这么聪明，我没找错人！"

孟乐希也笑了笑。他的生命好像因为顾廷冉有了亮色，眉眼间的忧郁也如雨滴落在了炎热的石头上，瞬间便化作了水汽消散殆尽。

— 6 —

午饭前，孟乐希换了一身顾廷冉的衣裳，他在镜子前打量一番，一时间竟然认不出自己了。

一个贫寒子弟，换了一身打扮，竟然也如同贵公子一样。孟乐希正欣赏着，顾廷冉忽然取了一支画笔，点了一滴墨，对孟乐希道："你转过来，还有一个地方。"

顾廷冉在孟乐希眼角下方点了一颗痣。

那一瞬，孟乐希仿佛灌注了新的灵魂，完全成了顾廷冉。

"像，太像了，现在我也认不出你了。"顾廷冉啧啧称赞。

孟乐希起身，来回走动了一下，顾廷冉摇头："走路又不像。"

孟乐希开口说话，顾廷冉又摇头："说话习惯也不像。"

为了能让孟乐希更像自己，顾廷冉全情投入，临时教了孟乐希一些话术，又教他走路、坐姿，还告诉他许多关于平诗云的喜好。

他们一直聊到深夜，聊着聊着，顾廷冉困了，不知不觉睡了过去。

已是亥时，孟乐希也困了。

顾廷冉为了保险起见，只借了一间禅房。以防有人知道，他和孟乐希长得一模一样。平时去庙里吃饭，总是一个人去，再把另一个人的饭菜打回来吃。

一间房，一张床，顾廷冉现在就躺在床的正中央。

孟乐希尝试把顾廷冉往旁边推，但是顾廷冉一动不动。他担心太用力了，会把顾廷冉吵醒，便只能在角落里躺下。

两床被子，给顾廷冉盖了一床，自己盖一床。

半夜，顾廷冉忽然转身，将孟乐希拥入怀中。他忘了自己身处何处，还做着在家搂着妻子睡觉的美梦。孟乐希无比尴尬，又不敢乱动，呼吸急促，脸都因此发烫了，身体也僵硬得厉害。

顾廷冉早上醒来的时候，才发现自己一直抱着孟乐希，他的手顿时僵住了，孟乐希此时好像还在睡梦中。

顾廷冉无比尴尬，连忙抽出了手。他一动，孟乐希也醒了。

他们对视了一眼，彼此沉默着，气氛变得微妙起来。

"准备准备，时间差不多了。"顾廷冉忙道。

孟乐希点点头。按照原计划，他打扮成了顾廷冉的模样，乘着顾廷冉的轿子，从禅音寺返回顾家。顾廷冉则假装贩夫，和他一起下山，等到了家里，顾廷冉会在附近的客栈等他。

平诗云在厨房为顾廷冉准备了小菜，她知道，丈夫今天中午从禅音寺回来，她要和他共进午餐。

她也想和顾廷冉到寺庙祈福，祈求神明为顾廷冉消灾解难，可顾廷冉拒绝了，说是并无大碍，他一人前去即可。

顾廷冉的病来得蹊跷，只要一天不好，她就一天不安心。

孟乐希本以为自己已经做好了万全的准备，然而当他一进顾宅，竟有些怯场。他和顾廷冉聊得太投机，还是百密一疏。顾廷冉忘记告诉他顾家庭院的布局了，以至于孟乐希像一只无头的苍蝇，在府里四处打转。

孟乐希晕头转向地转了半天，也找不到平诗云和顾廷冉所住的房子在哪儿。正好管家路过，主动跟他打了招呼。他顺势问："嗯……少夫人何在？"

"少夫人在小厨房。"

孟乐希实在不知道说些什么，难道再问他小厨房在哪里？

"少爷，您是想找少夫人吗？"管家似乎看出了他的难处。

孟乐希点了点头。

"奴帮您通传一声就行，不劳烦您走动。"管家说着，便去小厨房了。孟乐希尴尬地站在原地，不知所措。

孟乐希又在附近转了转，终于，他看见一个美丽的女人和管家朝自己的方向走来。他的心猛然悬起，一时间僵在了原地。

"廷冉，你怎么在这儿？"平诗云一眼就看到他了，但孟乐希一动不动，像根木头一样，甚是稀奇古怪。

孟乐希松了一口气，平诗云和管家都没发现他不是顾廷冉。看来，两个人的相似程度达到了九成以上，足以以假乱真。

孟乐希道："我在等你。"

顾廷冉饱读诗书，思想多保守迂腐，鲜少就如此直接地表达自己的想法。平诗云的脸色微微一红，低头道："你有事找我？"

"没什么，就是想你了。我们回屋吧，饭菜让下人送过来就好。"

平诗云向前走了两步，低声对孟乐希道："廷冉，你今天……好像有点奇怪。"

孟乐希紧张地问："哪里奇怪？"

"说不上来。"平诗云的脸还是红的，顾廷冉当着管家的面说想她了，她有点意外，也有些害羞。

两人回了屋,平诗云又道:"廷冉,你的脸好了吗? 我好像看不出有疹子了,好得真快,到底用的是什么办法? "

"我问禅音寺大师要了点草药,没想到有奇效。"孟乐希撒了个谎。

"我就说禅音寺的大师会治病,你去了,果然好。"沉默了一会儿,平诗云又问, "廷冉,你身上怎么有一股胭脂香味? "

"我的脸还没全好,担心影响明天的回门宴,所以用胭脂膏子遮了一下。"孟乐希问, "诗云,你不会嫌弃我吧? "

平诗云松了一口气,只要他不是私会了女人就行。

她连忙摇头:"我怎么会嫌弃你呢。我早说了,只是长一点疹子,不碍事的,你不必太在意。"

孟乐希点点头。他也如此认为,顾廷冉却特别在意,那苛求完美的心,他不是很能理解。

饭菜都上来了,平诗云站在旁边伺候他用饭,孟乐希忍不住道: "你也和我一起吃吧,现在没有外人,不用讲那么多规矩。"

他随口说的话总是让平诗云难免生疑。顾家规矩甚多,妇人得先伺候夫君用饭,即便老夫人,也是如此。

兴许,听了两天禅音后,顾廷冉心境有所改变吧。平诗云想。

平诗云依言坐到了孟乐希对面,孟乐希看着一桌子的好菜,心里想的却是——若能带回家给母亲和妹妹吃就好了。

"怎么了,你不吃,是不合胃口吗? "平诗云做的,都是孟乐希最喜欢吃的小菜。

孟乐希摇了摇头: "不,很好吃,你也多吃点。"

平诗云吃得很少,孟乐希的饭量却有点深不见底的架势。他或许真的饿坏了,嘴上说吃不下山珍海味,筷子却根本停不下来,还恨不能用腮帮子当兜,把这些东西都带回家。

"饿着了吗? "平诗云忍不住想笑。

孟乐希点点头。平诗云放下筷子,手腕支撑着下巴,呆呆地看着他。孟乐希不由得紧张起来,问: "怎么了? "

"不知道，总觉得你今天很奇怪。声音好像和之前不太一样……说话方式也有一点……连你的脸，似乎也和之前不太一样。"

孟乐希暗自一惊，不敢放肆吃了，但他还是维持自如吃饭的姿势："这两天上山住，冻得鼻子不通。"

难怪他有所改变，平诗云点点头，温柔地道："那我再给你熬一碗姜汤。"

"不用了，我现在差不多好了。只是晚上不能和你一起睡，不然你也会和我一样。"

"不要紧的。"平诗云道。

孟乐希不敢表现得太明显，不再回应。今天这顿饭让他坐立难安，但是为了得到一两银钱，他还是硬着头皮吃完了。

剩的菜，平诗云让下人拿去分食，自然也轮不到孟乐希打包。

吃过午饭，平诗云又道："我那日戴的耳环总觉得和那身衣裳不搭，吃了饭我们去首饰铺子看看吧？"

孟乐希想，不光是顾廷冉重视这次回门宴，平诗云也很在乎，不然就不会在意一对耳环了。他"咳咳"两声："要去首饰铺？"

他暗叫不妙，还没来得及以有事为由出门，就被平诗云叫住了。最让他叫苦不迭的是，他口袋里没有钱。

买首饰他不掏钱会显得很奇怪，如果不去平诗云难免会怀疑。思前想后，他还是道："好吧。"

平诗云让人备了轿子，两人就出了门。

顾廷冉有些疑惑，为什么孟乐希没有按照原计划吃完饭就走。他好奇地跟了上去，才发现孟乐希和平诗云进了首饰铺。

顾廷冉略想一想就明白了，平诗云正在挑选首饰。

外面传来了鸟叫声，正在挑选首饰的平诗云忍不住笑了："你能听得懂鸟儿的叫声，是不是？"

"是的。"孟乐希道。

他知道，一定是顾廷冉在唤他，他对平诗云道："有鸟儿叫我，我先出去一趟。你慢慢挑，我很快就回来。"

孟乐希来到转角处，发现顾廷冉在那儿等他。孟乐希着急地道："她吃了饭，又让我陪她选首饰。我怕我没钱付。"

"我这里有一些，你先拿着。"顾廷冉把碎银给了孟乐希。

孟乐希松了一口气，转身回首饰铺。

"廷冉，你说这金花耳环好，还是这金贝壳耳环好？"

"金花雍容，戴了显得端庄大气。买金花吧。"孟乐希道。

"是吗？我还以为，你会觉得花很俗气。"平诗云道，"掌柜，我就要这金花耳环吧。"

孟乐希用顾廷冉给的钱付了账。

回到家以后，孟乐希以有事为由，离开了顾家。他和顾廷冉都为这次冒险捏了一把汗，庆幸的是，虽然平诗云心中有诸多疑点，但没有想过她面前的丈夫换了一个人。

孟乐希替代顾廷冉参加回门宴那天，感到无比头疼。那么热闹的场面，他认不出几个宾客。

若顾廷冉和平诗云是说媒成婚的也就罢了，偏偏他们是青梅竹马，两家交情笃深，说顾廷冉是平家看着长大的孩子，一点也不为过。

除了平家的远亲，大部分人，顾廷冉都认识，孟乐希便做不到了。

顾廷冉也曾给他画过平家一众亲戚的画像，可笔法太写意，孟乐希到了宴会现场，才发现根本不是那回事。

平家的回门宴排场并不大，但来的客人非富即贵，孟乐希借口嗓子不舒服，靠着平诗云的应酬，勉强过了认亲戚这一关。

孟乐希本以为接下来会轻松许多，结果平诗云又领着他和几个长辈攀谈。

平诗云最为得意的，是顾廷冉的学识。夫妻二人经常读书，在研究学问方面，顾廷冉是她的知己。

出身寒微的孟乐希，学识远远比不上顾廷冉。

也不知道是哪个叔叔开了一个头，笑问孟乐希："我这儿有一个对子，上联已经有了，却苦于没有下联。不知道廷冉能不能帮我？"

"叔叔请讲。"孟乐希只得硬着头皮应答。

叔叔笑呵呵地道："你且听好了——我辈到此唯饮酒。"

孟乐希故作深沉地思考问题，脑袋却一片空白。

平诗云似乎看出了他孟乐希的窘态，悄悄在他手心比画，孟乐希顿时豁然开朗："有了，先生面前莫吟诗。"

大家哄堂大笑。

"好，好厉害的一张嘴。"叔叔喝了一杯酒，孟乐希这一关是过了。但是叔叔之后，又有人想考孟乐希，孟乐希便故作头晕状，"不行了，前阵子喝多了酒，现在沾一点酒便觉得头昏脑涨，失礼了，恐怕不能再陪大家了。"

"既然身体不适，请快进屋休息。"

"嗯。"孟乐希如蒙大赦。

都说平家是书香门第，现在看来，整个平氏族人，甚至是守院门的小厮，恐怕都读书识字。自己在他们面前，到底是真才实学还是胸无点墨，多讲那么三两句话就会被测出来。

平诗云扶着孟乐希进屋，紧张地问："好端端的，怎么又不舒服了？"

"也许是前两天伤到了胃，现在还没有缓过来。我再不能喝了。"孟乐希装模作样。

"你的脸才好，是不能再喝了。"平诗云给孟乐希端了一杯茶，孟乐希喝了口茶，顺了口气。

"以后你也再不能喝酒了。方才叔叔出题考你，看你急得筋都突出来了。以前你不是最喜欢和人对对子嘛，如今却怯场似的，一副难以招架的样子，连我都怕他们再问下去。"

"今日身体状态不好，思维不够敏捷了。"孟乐希撒谎。

以前孟乐希觉得卖粮食辛苦，现在看来，伪装别人也很辛苦。他只盼着自己别把差事办砸了。得罪了顾廷冉，对自己没有任何好处。

— 7 —

孟乐希艰难地熬过了回门宴，顾廷冉如约给了他一笔"巨款"。

在那之后，顾廷冉的脸幸运地康复了，一切如常。

顾廷冉本该如约给孟乐希找先生，但经此一事后，顾廷冉忽然有些迟疑。

他向来思虑多，冥冥中，总觉得自己还有劫数。

平诗云给顾廷冉收拾东西，随口说道："我想你回门宴太紧张了，怎么连对子都对不出来？"

顾廷冉有些尴尬，搪塞道："第一次以这样的身份上门，思虑过多，容易紧张。"

"平时你可不这样，遇到对对子这种事，你总是最积极的。"

"是吗？"顾廷冉的笑容稍显尴尬。

顾廷冉给的"巨款"让孟乐希在附近的禄新镇租了一间屋子，在这里，他还找到了一份在早点店帮忙的活。

孟乐希三更时起床，只需忙到晌午，给母亲和妹妹做了饭，他便将所有时间都用在阅读上。

这天，孟乐希做完活一回到家，就看到了顾廷冉。他身边还跟着一个人，鬓角微霜，身形清瘦，但神色平谈，气质卓然。

"乐希，这位是何夫子，他答应我可以破例为你教学，以后夫子到你家连上五天课，再休息两天，如此往复，不知你意下如何？"

有先生上门教学，孟乐希自然求之不得。

他奇怪的是，先前说好他上门求学的，现在顾廷冉居然把夫子叫过来了。

顾廷冉没有多解释，只让孟乐希好好读书，孟乐希连连点头。

就算顾廷冉不提醒，孟乐希也会好好读书。

他此生只有那么一次跃龙门的机会，他不能不抓住。

顾廷冉不敢对孟乐希声张自己略显阴暗的小心思。万一，万一有一天，他的脸又回不去了怎么办？

他极力避免这件事发生，又感到了焦虑与恐惧。他必须是完美的，他接受不了一张坏脸，他也接受不了顾家的名声被他一张坏脸毁了。

上次的抢亲事件让平诗云对顾廷冉能说鸟语感到好奇。她总是撺掇顾廷冉，问他哪一只鸟说的什么话，他也总是有些尴尬地搪塞着。

他越发注重保养，家里瓶瓶罐罐中都是他的保养品，比平诗云的还多。

婚后，顾廷冉开始行商，经常出远门，以期能在事业上有所建树。他不止一次地想，平诗云作为他的妻子，理应得到最好的。他必须做得更好，才能匹配她的这份爱。

孟乐希志在车尘马足，高官厚禄。

无庸城的科举需要经过三考，乡试、省试和选试，所谓的选试就是在省试结束之后，排名前十的人要到无庸城见城主，由城主选出三甲。

乡试的考试时间在秋季，孟乐希距离参加乡试的时间，还算充裕。

晚上，顾廷冉和平诗云回家吃饭，问候许久未见的父母。

顾廷冉的父亲大大咧咧，自称老顾，总是乐呵呵的，在外辛勤做生意，难得回来一次。听说儿子要来，当即让人做了一大桌子菜。

"廷冉，诗云，这鱼羹是你娘亲手做的，尝尝。"老顾眉开眼笑。

顾母补充道："还有这乳鸽汤。"

顾廷冉被噎了一下。他与群鸟为友，一向不喜吃禽类的肉。

"娘，你忘了，廷冉不吃乳鸽。"平诗云笑着道。

"来人，把这乳鸽汤端下去。"老顾连忙嫌弃地挥挥手。

老顾对顾廷冉宠爱有加，对顾廷冉的爱不比任何人少。他不是严父，与顾廷冉更像是一对兄弟。

没有了乳鸽汤，这顿饭顺利吃了下去。酒过三巡，菜过五味，老顾和顾廷冉聊起了生意经。

"前些日子我得到消息，今年的茶叶会涨价。我已经和你叔叔商量好了，把南边的茶叶都盘下来，等涨价的时候再脱手。"

他本以为会得到顾廷冉的夸赞，但顾廷冉听了，忽然忧心忡忡起来，皱着眉问："父亲已经买了？"

"不曾。若是想买就能买下，事情就简单了。这不，还在打点。"老顾道。

顾廷冉的嘴唇抖了抖。他想说的是，有鸟儿告诉他，今年南方会有异常天气，阴雨恐怕会连绵数月，甚至会有罕见的冰雹。这茶叶若是买了，留不住也运不出。

这样的话，说出去又有谁信？

"怎么耷拉着一张脸，不给老爹我面子？"老顾不满地问。他喝多了酒，红着脸，也不知道是真生气还是假生气。

顾廷冉憋了半天，还是道："不如……不做这桩生意。"

"那怎么行。天上掉馅儿饼了，白捡钱，钱多了又不像虱子痒身。"老顾笑嘻嘻地道，"廷冉，你可别读书读傻了，老老实实跟爹做生意。"

"你若是信我，就不要买茶叶。"顾廷冉坚持。

老顾这才意识到顾廷冉不是开玩笑，闷了一口酒，不解地问："为什么不买？你得给爹一个信得过的理由。"

"我——"顾廷冉顿时语塞。

他没有任何理由，只得执拗地道："反正你听我的就是了。"

"这孩子。"老顾哭笑不得，和他娘道，"莫名其妙了。"

老顾说着说着，人也醉倒在桌子上。

顾母可没有醉，不由得关切地问："廷冉，我看你也不像是开玩笑，但这件事可不是儿戏，你若有什么想法，可以跟我们说说。"

"我不能说，但你们得相信我。"顾廷冉皱眉。

这时，平诗云插话，道："一定又是那些鸟儿告诉你的吧。"

"什么鸟儿？"顾母奇怪地问。

顾廷冉心中顿感烦躁："没什么。诗云，若是吃好了，就先回房吧。"说着，他自己先撂下筷子，转身进了屋。

"这孩子。"顾母无奈地摇了摇头。

平诗云自知失言，匆匆向顾母告退，一回屋，她就向顾廷冉道歉："对不起，我不该乱说。"

"我倒不是怪你，只是人多嘴杂，若是被人知道我有这本事，不知道会招来什么祸患。诗云，你是我妻子，此事天知地知你知我知，再不能跟第三个人说了。"

顾廷冉脸色凝重，平诗云忙赌咒发誓："我再也不说了。我要再乱嚼舌根，就该被人剪了舌头。"

"好端端的，发什么毒誓。"顾廷冉是又气又怜，一把将她拥入怀里。

老顾酒醒后，又找了顾廷冉一次。他昨晚迷迷糊糊，早晨酒醒了，便想和顾廷冉好好聊聊。

顾廷冉什么也不能多说，老顾也问不出个所以然来。

老顾非常挫败，如此一块肥肉说不吃就不吃，他能相信顾廷冉这个还在学习怎么做生意的孩子吗？

老顾思前想后，还是决定接受顾廷冉的建议。

"难啃的骨头就让别人去啃，我先不管了。或许，你有你的道理。"

顾廷冉松了一口气。

他哪里知道，老顾表面上放下了，心里却时时牵挂着这批茶叶。

— 8 —

六月初，平诗云回娘家探亲。顾廷冉忙里偷闲，总猫在书房里写写画画。

屋外，雨淅淅沥沥，他正翻阅名画的临摹帖，忽然见到管家匆匆走来："少爷，外面有人找您。"

"谁啊？"顾廷冉不在意地问。

管家欲言又止："他说他叫孟乐希……是少爷的旧相识。"

顾廷冉腾地从椅子上弹起来了："他现在在哪里？"

"他说他不便入宅，现在还在角门外。"

顾廷冉快步走出去，管家忙在后面追上去："少爷，您的伞。"

顾廷冉来到了角门外，只见一袭布衣的孟乐希撑着油纸伞，抱着半麻袋的东西。

顾廷冉让管家把伞留下，和孟乐希走到附近一个可以避雨的凉亭。顾廷冉问："乐希，你怎么大老远来了？"

"我快要参加乡试了，借宿在这边的亲戚家。现下得了空，就想过来找你。这是我去年种的花生。"

孟乐希把麻袋交给顾廷冉。顾廷冉的胃不好，家里也常备着用蜂蜜泡过的花生。他不免开心："谢谢。"

"我还以为你会嫌我送的礼物寒酸。"孟乐希笑了笑。

"顾家吃的东西，有一部分也是农户送来的。你带来的是新鲜花生，我很喜欢，我为什么会嫌弃？"

"那就好。"孟乐希反而有点不好意思。

孟乐希送出了礼，开始滔滔不绝地和顾廷冉说起科举的事。

他眼里有光，仿佛功名近在眼前。看得出来，他有鸿鹄之志，这与只喜欢经商获利的顾廷冉不同。

顾廷冉默默听着，心中竟生出几分忌惮，便没有请孟乐希进家门一叙，只是道："既然乐希你胸有成竹，我便先在这里预祝你高中了。"

"顾兄说笑，我只是有信心，但结果还未可知。"孟乐希谦虚地道。

但对这场乡试，他的确信心满满，因为他已经做了充分的准备。

雨渐渐停歇，顾廷冉看了一眼天色，道："乐希，天晴了，你路途遥远，不如我让管家送你一程。"

"不用不用，不劳烦顾兄。"孟乐希不做他想，道了别便走了。

晚上，顾廷冉回家和父母一道用饭，老顾照例让人准备了好酒好菜。晚饭丰盛得不太寻常，顾廷冉猜测老顾有话和他说。

"父亲，发生什么事了？"

"能有什么事？"老顾微微一怔，然后笑着道，"吃菜吃菜。这是你最喜欢吃的红烧鱼。"

顾廷冉狐疑地吃了口老顾夹的鱼。味道是不错，酱汁酸甜可口。

老顾又给他斟酒："难得一起吃次饭，喝两盅。"

"我胃不好，不喝了。"顾廷冉劝说，"你也少喝一点。"

老顾还是给顾廷冉斟酒，笑嘻嘻地道："这天气不喝点酒，怎么吃得下饭？没事儿，你少喝一点。"

顾廷冉皱眉："你是想灌醉我，好跟我说什么？"

老顾顿时心虚。

顾廷冉知道他心虚时视线会闪躲，忍不住追问："父亲，你老实说，究竟是什么事？"

"这……我听说那茶叶的价格会比去年翻三倍，三倍利，我觉得还是要买。"老顾越说，声音越小。

一倍利就能让商人争得头破血流，何况三倍利。三倍利不争，就不是老顾了。老顾可是个地地道道的商人。

顾廷冉知道，这三倍利对老顾来说诱惑极大，哪怕是天上下刀子，他都要出门争一把。

老顾见顾廷冉皱眉，忍不住道："廷冉，我不是不想听你的建议，但你还年轻，很多事情可能你只是道听途说，我的消息来源绝对可靠，这是咱们顾家狠赚一笔的好机会。"

顾家的家业已经很大了，但老顾还是不满足。倘若他满足，顾家就不会是现在的顾家了。

可顾廷冉知道，对老顾来说三倍利的好事，其实是一个巨大的坑。老顾投入越多，赔得越惨。

"父亲，不管是三倍利还是六倍利，这茶叶真不能收购。"顾廷冉激动起来，声音也高了三分。

老顾喝了两盅酒，假装听不到顾廷冉的话。

"父亲！"

顾廷冉越是喊，老顾越是不想回应。

当真是儿子翅膀硬了，开始管老子的事了。

"你若是不能给出一个让人信服的理由，这事咱们免谈。"那三倍利，不是开玩笑的。老顾哪怕拼到头破血流，也要一试。

顾廷冉气极了，也顾不得许多了，就这样把秘密吐了出来："下半年南方会出现罕见的暴雨天，也可能会出现冰雹，那些茶叶根本存不住。等不到朝廷来收，路上先坏了！"说完，他的心咯噔一下，无比懊悔。

尽管现在什么也没发生，他还是觉得脸发痒。

老顾愣了一下。

顾廷冉一本正经地跟他说这些的时候，他莫名有些想笑。

"廷冉，你听谁说的？这才几月份，你就知道那时候天生异象？该不是道听途说吧？"

顾廷冉没办法，只能把自己能通鸟语一事和盘托出。

老顾听了，忽然哈哈大笑。

顾廷冉忍不住生气："父亲，我很认真地在和你说话。"

"你懂什么不好，竟然懂鸟语……"老顾还是乐不可支。但顾廷冉说的这个理由，他似乎信了一点。

老顾把顾廷冉的叮嘱当成玩笑，顾廷冉只觉得胸口无比憋闷。他惶恐不安地睡了一夜，第二天早上，他起床照镜子，差点吓得把镜子打碎了。

脸坏得比上次更为严重，严重到让他难以相信，一个晚上竟然能有这么大的变化。

顾廷冉把镜子放倒，长久地沉默着。

他心如乱麻，满脑子想的都是——他完了，彻底完了。

"少爷。"丫鬟在外敲门，顾廷冉如梦方醒，惶恐地跑回床上。

"把水端进来吧，我自己洗。"顾廷冉道。

顾廷冉今天有点反常，但丫鬟不敢多问。

等丫鬟要走的时候，顾廷冉又道："我今天不舒服，把早饭送到我这里就好了。我中午出去一趟，让管家给我备好马车。"

"是。"丫鬟退了出去。

等门被带上了，顾廷冉才坐了起来。一只雀儿停在窗边，叽叽喳喳叫个不停。顾廷冉觉得心烦，吼了一声"滚"，便把窗户关上了。

平诗云回娘家探亲，还有几天才回来。骄傲如他，不能让平诗云发现自己这副样子，也不能让任何人看见自己这副样子。

天色阴沉沉的，顾廷冉披了一件斗篷出门。管家见状，不由得好奇地问："少爷，这还没到秋冬，怎么穿起了斗篷？"

"昨夜偶感风寒，有点冷。"说着，顾廷冉握拳，凑到嘴边，"咳咳咳。"

管家恭敬地道："既如此，我给少爷准备一些驱寒的药。少爷回来之后好喝。"

"去吧。"顾廷冉上了马车。

顾廷冉的马车停在了孟庄村。面对顾廷冉突然造访，孟乐希显得手足无措，他问："顾兄，你怎么来了？"

桌上放着一盆稀稀玉米糊，还有两个沾着玉米糊的空碗、一个剩了半碗玉米糊的碗和一碟吃到一半的咸菜。

孟乐希的娘和傻兮兮的妹妹将目光投在顾廷冉身上。尤其是妹妹，眼神极其警惕，只看了一会儿，便躲到了孟乐希身后。

孟乐希无奈地道："她记不住人脸，就算你我长得一样，她也分辨不出来。你别见怪。"

"无妨。"顾廷冉把斗篷的兜帽放下，露出烂了的半张脸。

孟乐希猝然瞪大了眼："顾兄，你……"

顾廷冉眼眸幽深："我把鸟语的事告诉了爹，我的脸如今完全毁了。"

早上，那趴在窗户上的雀儿告诉他，他一而再再而三地触碰禁忌，想要康复怕是不能了。

"当真治不好吗？或可请名医试试？"孟乐希建议。

顾廷冉摇了摇头："或许，这就是天谴。诗云还有两天就回家了，若是让她看到我这副样子，一定会厌弃我。"

"或许是你想太多了，既然是夫妻，不管你变成什么样，她都不会抛弃你的。"孟乐希道。

"也许吧。"顾廷冉叹了一口气，"但我的心已经死了，我只要看到自己就反感，我无法接受这副面貌。若让我这样苟活下去，我会喘不过气。"

"顾兄！区区皮囊而已，你别自寻短见！"孟乐希一时紧张起来。

"一副皮囊而已！一副皮囊而已！"顾廷冉也激动起来，"这副皮囊给你，你要不要？"

"我要！"孟乐希的声音比他还高。

他说完后，两个人又沉默了。

孟乐希知道，他要也没有办法，没有这样的医术，可以让他和顾廷冉的脸对调。

半晌，孟乐希问："所以，顾兄打算怎么办？"

顾廷冉缓过劲，深吸一口气："其实，当初你替代我参加回门宴后，我就想过，倘若以后再出了这样的事，我想让你替代我，过好顾廷冉的人生。"

孟乐希愣住了。

他忽然在那一刻想通了一个问题，为什么顾廷冉愿意让夫子上门教学，因为，也许有一天，属于孟乐希的人生会被藏起来。

可今时与往日不同。

孟乐希忍不住道："我家以前连稀米糊都吃不起，但现在我每顿都能熬米糊，甚至喝稀饭，炒点自己种的菜。我的身体也比以前略强了一点，有精神读更多的书。我已经准备参加乡试了，倘若过了，我就能继续参加省试……"

孟乐希现在有能力改变家境了，他也有更高的抱负，不想做一个唯利是图的商人。

士族，他的梦想是做士族。他想衣锦荣归，他想做一代贤臣。

顾廷冉让他代替顾廷冉生活，他不愿意。

顾廷冉腾地站起来，走到孟乐希跟前。就在孟乐希以为他要做什么的时候，他跪了下来。

"我没有办法，乐希。"顾廷冉泪流满面，"我没有办法让我顾廷冉变成大家眼里那么糟糕的存在。你就当我肤浅，看在我曾帮助你的分上，帮帮我。好不好？"

顾廷冉骄傲如斯，他相信没有一个人会接受烂脸的怪物。可他还爱自己的妻子，也还想继续过顾廷冉的人生。

让顾廷冉纡尊降贵跪求孟乐希，孟乐希从没想到。

但现在即便顾廷冉这样做了，孟乐希仍然觉得意难平。

去年还是前年，孟乐希与顾廷冉在寺庙中小住。那时候孟乐希便在心里默默地说，顾廷冉是他的大恩人，未来，也一定是他最好的兄弟。

他小心翼翼地想接近顾廷冉的生活，行走在那条路上，如今，顾廷冉又要毁了他一生。

"顾兄，你先起来。"孟乐希道。

顾廷冉不起。

孟乐希扶着他，拽了两次，顾廷冉执拗得如同磐石。

孟乐希也快哭了，他为什么要这样对自己？孟乐希拽不起他，终于也跪下来，给他磕头："我答应你，我答应你！"

"乐希，你何必这样。"换成顾廷冉扶他了。

"我能有今天的一切，都是顾兄送我的。既然你要拿回去，我自然不应该有怨言。但我只希望顾兄答应我一件事，你若成为我，务必要帮我照顾好妹妹和娘。"

"我答应你。"顾廷冉道。

"如此，我就放心了。"孟乐希道。

那一天，他们都做了一个沉痛的决定。在顾廷冉离开后，孟乐希大闹了一场，推翻了家中所有的圣贤书，将它们付之一炬。

顾廷冉固然信得过孟乐希的为人，但为了处理生意场上的事，他必须和孟乐希保持联络。所以他将孟乐希的娘亲和妹妹接到了城里，让她们暂时住在别院。

一开始，两人还没有办法接受身份上的转变，但渐渐地，他们就配合无间了。甚至不需要顾廷冉指示，孟乐希也知道怎么以顾廷冉的方式处理问题。

如此相安无事过了数年。

最近几个月，孟乐希的表现忽然变得异常。他好像越发不愿意做顾廷冉，想逼顾廷冉做回自己。他甚至动用手段，找到了玉瑶。

他请求玉瑶将顾廷冉体内的珠子抢走，让顾廷冉成为一个普通人。

在顾廷冉看来，孟乐希只是在逼他恢复身份，但他的脸烂成这样，宁可蜗居一隅，也不愿意重新做顾家少爷。

小伤见过好美之人，但爱惜形象到如此程度，宁可让他人做自己的，他还是第一次见。

顾廷冉或许以为，让玉瑶拿走体内的珠子，他就会失去与孟乐希抗衡的能力，便无法再操纵孟乐希。到时候他顶着一张烂脸，岂不是要面对最不愿面对的一切？

但有一点小伤想不通："难道你从来不担心，他或有异心，贪图你的权势地位、俏妻美妾，所以想夺走你的珠子，好顺理成章地成为顾廷冉？"

顾廷冉未免也太信任孟乐希了。

"我是一个商人，向来只做双赢的买卖。你说的我自然考虑过，所以我给自己留了后手。但凡他有异心，我就能让他做回孟乐希。"顾廷冉云淡风轻地道。

小伤皱眉："什么后手？"

"顾家有两个我颇为信任的人，一个是顾宅的管家，一个是我的贴身侍婢。每个月我都会和他们通信，汇报我的近况。也是有了他们的配合，孟乐希才能不露破绽。"

"原来如此。但我想，你也是时候恢复顾廷冉的身份了。"小伤幽幽地道。

"你也来劝我？你可知道皮相之于人的重要性？让我以这副面貌示人，不如让我去死。"

"你之所以变成现在这副模样，并不是因为天谴，而是因为你体内这颗珠子。倘若把珠子夺走，你便会变成一个普通人，脸自然好了。"

"真的？"顾廷冉惊讶极了。

小伤点点头。

可顾廷冉很快又警惕起来："我凭什么相信你？"

小伤与玉瑶可是一丘之貉，顾廷冉不得不怀疑小伤的动机。

小伤却不生气："倘若你知道为什么这几个月孟乐希性情大变，或许你会选择相信我。"

"你知道原因？"顾廷冉皱眉。他能相信小伤吗？这个来路不明，又对自己的一切讳莫如深的男人。

小伤道："仅仅是我的猜测。但一切得你变回顾廷冉，才能得到印证。"

"你的猜测是什么？"

"孟乐希身上的胭脂味。如你所言，他生命中最重要的两个女人，一个是娘亲，一个是傻妹妹。他既然许诺了你成为顾廷冉，便没有办法做自己，遑论娶妻生子。他妹妹是个傻子，怎么会涂脂抹粉？而且他身上的胭脂味可不是青楼女子所搽的劣质脂粉味，而是李馥春的上乘胭脂水粉香。"

孟乐希有心上人了。

顾廷冉挠了挠头，心中烦躁不安。

倘若小伤说的是真的，自己的确很自私。他能给孟乐希的，如今已微不足道。相反，孟乐希一直在牺牲自己成全他。

顾廷冉徘徊了一阵，才下定决心："按照你说的，我应该如何？"

"把珠子交给我。不过我没有玉瑶取珠的本事，所以需要你配合我演一场戏。"

— 10 —

天色阴沉沉的，像浓墨将要倾倒。玉瑶将窗合上，叹了一口气。

她流年不利，一连两次夺珠都失败了。

但转头看见黑芒、白沐和连枝都在，她的神色又稍稍平静下来。自己为了夺珠不顾一切地挑衅顾廷冉，差点让他的鸟把自己这条鱼吞了。如果不是他们，她连夺珠的机会也没了。

这或许是不幸中的万幸。

"连枝，你跟我来。"玉瑶拿起一个菜篮子。

连枝跟了出去，走了一段路，也不见玉瑶说话，不由得好奇地问："玉瑶姐，你叫我出来干什么？"

"帮我提菜。"玉瑶道。

"玉瑶姐怎么想起来买菜了？"

"那么多人吃饭，总不能不买菜吧。再说了……我想吃肉。"

"是玉瑶姐你想吃肉，还是为了我们买肉？"连枝开玩笑问。

"少贫嘴。"玉瑶被戳中心事，快步向前。她身为掌柜，虽然不抠门，但是平时也没有善待这些伙计。除了逢年过节，她鲜少这么大方。

连枝什么也不用问，也知道玉瑶要干什么了。她自然不会戳破，只是扬起了唇角，跟在玉瑶身后。

"这猪排一斤竟然要八个铜板，也太贵了吧。便宜点，八个铜板两斤。"

"姑娘，您去外面打听一下，谁家的排骨能卖这个价？"

"那就六个，不能再多了。"

"这真的不行……"

"那我走了。"玉瑶转身，店家连忙叫住她，"得了得了，六文一斤。你别要两斤你要三斤吧。"

玉瑶却没转身。

她看见人群里闪过两个人影，是小伤和一个戴着兜帽的男人。

小伤昨天去哪儿了？

"姑娘，你买不买？我这已经很便宜了。"猪肉老板道。

玉瑶想追上去，可人实在太多了，小伤和那人很快就消失在人群中，她只得回头应付猪肉老板："买。给我来三斤。"

玉瑶和连枝提着满满一篮子菜，回到大梦药铺的时候，小伤也回来了。玉瑶把菜放下，皱着眉问："你方才去哪儿了？"

"方才？"

"我……算了，把菜拿到厨房里洗洗，晚上吃烤肉。"

"好。"小伤把菜接过来，正要进院子，就听玉瑶发出了一声惊呼，"是你？怎么是你？"

黑芒、白沐、连枝都挡在了玉瑶面前，警惕地看着顾廷冉这个不速之客。

顾廷冉把兜帽放下，露出了那张破烂的脸，冷淡地道："我不是来杀你的。我来，是想把舍离珠给你。"

"给我？"玉瑶喜不自胜，但她又警惕地问，"我凭什么相信，短短两三天时间，你就变卦了？"

"我找了乐希。"顾廷冉道，"我们的误会解开了。"

"你们的误会？"

"不错。我原以为他想夺走我的珠子，彻底成为我，现在才知道，他只是想帮我治好我的脸。没有了这颗珠子，我的脸就会康复，对不对？"

玉瑶先前未曾见过顾廷冉真容，现下的确被他的容颜惊到了。她很快又释然了，就算脸烂了又如何？死人她都能救活！

"不错。"玉瑶想，为了这舍离珠，让他减寿，又赠他一副皮囊，也不算赔本买卖。她太久没有得到舍离珠了。

顾廷冉那双冰霜般的眼眸终于有了一丝暖意，他道："我把珠子给你。"

"那你跟我来。"玉瑶高兴坏了，如果个个都像顾廷冉这样自觉，她也不必为这舍离珠发愁了。

顾廷冉和玉瑶来到了客房，玉瑶让他坐下。玉瑶一向喜欢先救人再取珠，所以她咬破了自己的手指，点在他的额头上。

可是顾廷冉的脸并没有康复，玉瑶不免皱眉。很快，她又反应过来："想必是你过度运用珠子的能力，被珠子反噬了，肌肤才会逐渐腐坏。待我给你取珠。"

她施法逼出了顾廷冉体内的舍离珠，在那一瞬间，顾廷冉脸上的坏肉开始愈合。与此同时，他的容颜也开始衰老。

玉瑶再次将指尖的血点在顾廷冉的额头上，那张衰老的脸孔又慢慢地恢复了年轻的模样。

这张脸是玉瑶对顾廷冉的馈赠，但这份青春不是永久的。顾廷冉会比别人短寿三十年，这滴血可以维持他一段时间容颜不老。也许是三年，也许是五年。

顾廷冉大抵不知道取珠所要付出的代价，玉瑶也不忍他愿望落空。

谁知玉瑶刚要把舍离珠抓到手里，顾廷冉霍然睁眼，当着玉瑶的面把舍离珠夺走了。

"对不住了，玉姑娘！"顾廷冉放了一把迷烟，越窗而逃。

"啊！"玉瑶捂着眼睛，声嘶力竭地吼出来，"有没有人！抓住那个王八蛋！"

黑芒、白沐和连枝闻声过来，玉瑶却叫道："不要管我，抓住顾廷冉！"

黑芒扫了一眼地上的脚印，追了出去。

小伤姗姗来迟："玉掌柜，发生什么事了？"

小伤身上有一股浓郁的孜然烤料味，玉瑶本就被迷烟熏得睁不开眼，这股味道让她更加烦闷。

"给我打盆水，我洗洗眼睛。"玉瑶气坏了。

一定有人告诉顾廷冉了，顾廷冉才利用她取舍离珠。但让她不理解的是，如果顾廷冉不想衰老，大可不必取珠。如果他惧怕，为什么要夺舍离珠？

— 11 —

玉瑶把脸洗干净了，黑芒也把人跟丢了。

"算了，不用找了。他能逃到哪里去，一猜便知，不是孟庄村，就是顾家。只是我贸然去找人，只怕会被当成疯子赶出去。"理智告诉玉瑶，一切都是徒劳的。她气得发疯，天气严寒，可她热得鼻孔喷火。

"玉瑶姐，别伤心，晚上不是要吃烤肉吗？任何不开心的事情，吃一顿肉就好了。"连枝安慰道。

"你们吃吧。"玉瑶擦了把脸，上楼了。

她手上只有四颗舍离珠，金代同那儿也有四颗舍离珠，如今顾廷冉把舍离珠夺走了，会交给谁？

金代同？又是金代同！玉瑶恨恨地咬牙。金代同偏偏是凉川城的少主，自己单枪匹马，如何与他斗？

"玉掌柜。"小伤敲了敲门，"吃烤羊排吗？"

"不饿。"玉瑶气急败坏，"不是说别打扰我嘛，你来干什么？"

"我觉得烤牛肉粒也很好吃。加了孜然、花椒粉、盐和辣椒，很香。"

"不吃。"玉瑶还在气头上，语气却有些软了，"泪水"不争气地从嘴角流下来。

"那这蜜汁猪排我也拿下去了。对了，还有这烤鸡皮，还是热的，流油，焦脆，白沫说她能吃十串。"

玉瑶："……"

她怀疑小伤是故意的。

在小伤不厌其烦地说了一会儿后，玉瑶顶不住烤肉的攻势开了门。

有一说一，小伤烤肉的技术非常不错。

这天晚上，玉瑶比任何一个人吃得都多。

距离大梦药铺十里地有一个亭子，月光满地的时候，小伤出了药铺门。

他来到十里亭，顾廷冉在那儿等他。

顾廷冉的脸已经完全康复了，年轻、清秀。

其实舍离珠已经在小伤身上了，当时顾廷冉夺走了舍离珠，第一时间交给了厨房里的小伤。然后，小伤把他藏在了厨房里，黑芒追出去的时候，他才趁机溜走。

"你之前说，孟乐希不是因为想帮我而让玉瑶夺走我的珠子，而是因为一个女人，那个女人到底是谁？"

"我说过，只要你恢复顾廷冉的身份，就会知晓。这是李馥春的胭脂膏子，你闻闻。"

"我不关心那女人是谁，"顾廷冉冷淡地道，"我只想知道，这些年，他有没有越俎代庖？"

顾廷冉自脸变了以后，性情也阴郁了。他若是不弄清楚孟乐希变化的动机，寝食难安。

小伤望着他，道："你要的答案我给不了你，靠你自己去发现。只是我要提醒你的是，你是孟乐希的恩人，你不要忘了，当初为什么帮他，又为什么信他。"

"顾家家业如此，我不得不小心。一个人有了钱有了势，本性容易改变。"

顾廷冉拿走了胭脂膏，就着夜色踽踽而行。能这样堂堂正正地不戴兜帽行走，好像过去很多年了，又好像只是昨天。

顾廷冉中午让人给管家寄了一封信，等他回到别院的时候，管家和孟乐希已经到了。

看到顾廷冉的变化，孟乐希一脸震惊："顾兄，你的脸……"

"我让人拿走了我体内的珠子。"顾廷冉道。

"太好了。"孟乐希开心地道。

"既然这样，以后我们的身份就换回来吧。"顾廷冉瞥向孟乐希，孟乐希的喜悦似乎不是假装的。

如小伤所说的一样，孟乐希身上有一股淡淡的胭脂味，和小伤交给顾廷冉的胭脂膏的味道一模一样。

"哥哥！"孟乐希一出现，他的傻妹妹就扑了出来。

傻妹妹从来不把顾廷冉当哥哥，只把他当成怪叔叔。而今，傻妹妹也有孟乐希的胸膛那么高了，时光荏苒，岁月如梭。

顾廷冉和管家乘马车回府，夫人平诗云为他掌着一盏灯。

顾廷冉站在门口等了一会儿，心念一动。纵然是夫妻，近在眼前，也如远在天边。但以后就不一样了，他回来了。

顾廷冉轻轻地推开门，本不想打扰平诗云，没想到她根本没有睡。

"廷冉，你回来了？"平诗云嫣然一笑，放下还没纳完的鞋底。

顾廷冉没有说话，只是上前，紧紧抱住了她。

"今天怎么了？忽然……"平诗云说到这里，又说不下去了。

顾廷冉很快放开了她。

他闻到了平诗云身上淡淡的胭脂味，那一瞬间，他忽然知道孟乐希在逃避什么。

"我吹了风，头有点晕。"顾廷冉说着，脱了外衫坐下。

平诗云愣了一下，才把他的外套披在架子上。

顾廷冉忽然无比烦躁，一把把平诗云拽到怀里，不甘心地吻她。平诗云不免抗拒，顾廷冉的力气大得惊人，她挣不开。

就在她以为顾廷冉要对她再做什么的时候，顾廷冉却挫败地抱住她的头。他喃喃地道："诗云，你什么都知道了，是不是？"

平诗云一怔。

她不必再多说什么了，顾廷冉也知道，那盏灯不是为自己而留。

都是朝夕相对的夫妻，平诗云或许在某一个时间发现了孟乐希的身份，但她没有戳破。

“对不起。”平诗云道，“他是一个很好很好的人。”

“所以你现在厌恶我了吗？”

平诗云摇了摇头：“不，我只是愧疚。”

顾廷冉叹了一口气：“你走吧。我可以当一切都没有发生过。是我先把他带过来的，我有错在先。”

平诗云愕然，很快，她就默不作声地打开柜子，收拾细软。她一边收拾，一边偷偷掉泪。

她不喜欢解释，习惯黯然神伤。

看着她的举动，顾廷冉现在完全理解了小伤的话。孟乐希之所以性情大变，便是为了拒绝平诗云。

他不该忘了，他之所以愿意帮助孟乐希，是因为他勤勉聪慧，正直善良。

纵然顾家有泼天富贵，也抵不上他衣锦还乡、济世救民的志愿。

孟乐希是一个值得信赖的朋友，自己却自私且丑陋。顾廷冉想。

他甚至无法怨恨平诗云，是他自己把孟乐希推到平诗云面前的。

平诗云收拾了一会儿，又道：“为了印证我的猜测，我曾经跟踪过他，结果发现了你。我看到你的样子，就知道到底发生了什么事。我却不知道为什么，你要因此抛弃我。”

“我如今恢复如初，你不也不喜欢了吗？倘若我那副面目全非的样子见你，你岂不更加厌弃我？”顾廷冉问。

“厌弃？你是我相公，我只想与你风雨同舟，是你先欺骗和背叛我。”平诗云说着说着，又哭了起来，“没想到我只是给他上疥疮膏，你就不能容下我了。”

“疥疮……膏？”顾廷冉呛了一下，“你不是和他……他身上有你的胭脂味。”

“整日在一起，磕磕碰碰，染上味道，奇怪吗？”

顾廷冉登时闹了个大红脸。

越山海

她曾喜欢过一个少年，

即便那少年如今面目全非，

她也希望毂则异室，

死则同穴。

—1—

一年一度的乡试最近出了一件稀罕事——考官在考场上看见了顾家公子顾廷冉。

考官大惊，以为是自己业务不熟。他差人查了查朝廷律法，看是否已经允许商人参加科举考试，后来才知闹了个大乌龙，面前这人，叫孟乐希。

考官和顾家人提起此事，顾廷冉说，他认识孟乐希。

后来这孟乐希当真过了乡试，将娘亲和妹妹交给顾廷冉夫妇照料，自己到无庸城参加省试了。

"我不听，我不听。"大梦药铺里，掌柜玉瑶捂着耳朵，表示不想听顾廷冉的事。那个背信弃义的小人，不配脏她的耳朵。

让玉瑶更郁闷的是，来无庸城献礼的金代同也大摇大摆回凉川了，自己一次下手的机会也没有。

她好歹是横公鱼族的公主！不能接受这一次次的挫败。

玉瑶越想越郁闷，吃什么都不香了。

"玉瑶姐姐，小伤哥哥给我们烤肉呢，你吃吗？"连枝猫着腰，手在玉瑶面前晃了晃。

玉瑶吓了一跳。

她一惊一乍的表现，也让连枝叫了一声。

玉瑶翻白眼："我还没叫，你叫什么？"

"你突然颤了一下，我还以为怎么了。"连枝道。

"找我什么事？"玉瑶烦躁着呢。

连枝道："小伤哥哥在烤肉，你吃吗？"

玉瑶身上起了一阵鸡皮疙瘩："小伤就小伤，以后别加哥哥两个字。"

"哥哥和姐姐，不是很配吗？"连枝眨了眨眼。

玉瑶的心猛然疾速跳动了一下，那不寻常的跳动让她脸色臊红："再乱说话，我让你吃一天馒头。"说着，玉瑶起身下楼。

她现在是化悲愤为食欲，最近腰粗了一圈，小肚子也出来了。但她又克制不住自己，管不住嘴。

"玉瑶姐姐，你觉不觉得，小伤哥哥最近活泼了很多？"

对于纠正连枝对小伤的称呼这件事，玉瑶已经绝望了。

"活泼？你说那闷木头？"玉瑶正想说怎么可能，转眼就看到小伤在给众人分发烤肉。偶尔，他脸上还会浮现笑容。

"是有点。"玉瑶撇撇嘴，"倒是比不笑的时候顺眼多了。"

顿了顿，玉瑶又皱眉："我可不包他饭钱，他拿什么来买的烤肉？"

"听说，是白沐给的。"

"你知道叫她白沐，为什么叫我姐姐？"玉瑶火了。

玉瑶又想起来，以前连枝也叫白沐姐姐的，最近突然就改了口。

连枝吐了吐舌头，快步跑到了小伤身边，小伤问："玉掌柜下来吃东西没有？"

连枝努了努嘴。

小伤回眸，刚才还在楼梯上的玉瑶这会儿已经坐下来开吃了。

"味道不错。"玉瑶道。

月上中天，酒足饭饱的玉瑶正在睡觉，忽然听到屋外响起了熟悉的敲门声。

"咚、咚、咚"三下。

复又"咚、咚、咚"三下。

玉瑶忙爬起来，披上衣服下楼。她发现白沐和小伤正在院子里赏月，小伤已经去开门了，玉瑶匆匆走过去，进来的是一个浴血的年轻人。

"救……命……"他话音刚落，人便昏了过去。

玉瑶和小伤托住他两条胳膊，将他搀扶到了客房。

小伤赫然看见，那人的两条腿化作了鱼尾，鳞片剥落，血迹斑斑。玉瑶神色严肃："你们先出去吧。"

小伤在大梦药铺这么久，自然晓得这名伤患是玉瑶的同族。大梦药铺开了这些年，每每有玉瑶的族人来，都是来求救的。

尽管横公鱼族濒临灭绝，依然有人想赶尽杀绝。

"小伤，在门口看什么呢？都是见血的事，还是快点回去吧！"白沐道。

来者走水路，一路躲避抓捕逃到这里，身上早就千疮百孔。小伤也知救人要颇费一番工夫，便听白沐的话走了。

"玉瑶姐也是命苦，原本该被捧在天上，现在却肩负起了复兴横公鱼族的重任。"白沐叹了一口气。

玉瑶出生没多久，横公鱼族就沦为两城交战的牺牲品，她童年多是在贩鱼场度过的。那里充斥着肮脏的交易、血腥的场面，也难怪如今的她如此不近人情。

小伤想，他曾经也被人捧在天上，知道那是什么滋味。何况，那时候玉瑶还是个孩子。她无处可哭，又因承载着族人的愤怒和希望，也不能哭。

"一切都会过去的。"小伤柔声道。

第二天，玉瑶进客房的时候，男人已经起来了。男人熟悉玉瑶的规矩，为了不给大梦药铺招惹是非，喝了两口药便道："等我能走动了就走。"

"急什么，你伤那么重，现在出去就是自投罗网。"玉瑶撇撇嘴，"只要不像某人一样，赖在我这儿白吃白喝就行。"

"某人？"

"掌柜，这是他的饭。"小伤端着饭案进来了。

玉瑶瞥了小伤一眼："说曹操，曹操到。"

"他……"男人迟疑。

"他是我们的人。"玉瑶道。

男人这才上下打量小伤，他隐约觉得小伤有所不同，但没有说出口。男人喝了药，没顾上吃饭便道："掌柜，求求你救救我妹妹。"

"你妹妹？她怎么没跟你在一起？"

"我妹妹被人带走了。"男人道，"那人叫李飞度，是昌黎城的大将军。"

昌黎城和凉川城一样，是无庸城的一个附属城池，下辖百县，地处无庸城东南方，正好和凉川城处于对角线的位置。

听到"李飞度"三个字，小伤眼睛微微一亮。

"他为什么带走你妹妹？"玉瑶奇怪地问。

"当时大夫石斛追杀我和妹妹，我们走散了。我躲开石斛的追捕后第一时间回到昌黎城找妹妹，我顺着妹妹留下的踪迹，找到李府附近，谁知道石斛那混蛋又找到了我。"

"石斛，他竟然还活着？"提到这个人的名字，玉瑶恨意翻涌。

就是这个人，上书提议揪出横公鱼族的孽根，在城中躲避追捕的横公鱼族的境地才急转直下，变得异常凄惨。而这个石斛因为剿杀横公鱼有功，一路迁升，现在已是下辖十县的大夫。

"好人不长命，祸害遗千年。"男人也愤愤不平地道。

这些年，尽管横公鱼几乎在无庸城销声匿迹，但石斛从来没有放过一丝机会。只要听说有横公鱼出没，他就会插上一脚。

男人说着，又跪下磕头："掌柜，我知道我不该求你涉险，但我只有这么一个妹妹，思前想后，还是希望能得到你的帮助。请你帮帮我。"

"你先起来。"玉瑶皱眉，"族人的事就是我的事，就算你不说，我也想会会石斛。"

男人喜不自胜："谢谢掌柜，谢谢掌柜。"

"快躺下，你的膝盖骨都坏了，这一跪我可承受不起。"玉瑶云淡风轻，"说了这么久，还不知道怎么称呼你。"

"我叫秦峦，我妹妹叫秦姣。"

"秦姣？"玉瑶记下了，也没再多问，只让秦峦好好休息。

他们横公鱼族可以凭借味道找到同族，所以玉瑶根本不需要知道秦姣长什么模样。了解秦姣在李府，便已经足够。

兴旺镇距离昌黎城约三天的脚程，不近不远。秦峦本想和玉瑶一起去，然而玉瑶坚持让他留在大梦药铺养病。

玉瑶雇了马车，让黑芒、白沐留下看铺面，自己和小伤驱车前往昌黎城。

三天的行程，玉瑶做了三天噩梦。终于踏在了昌黎城的地砖上，玉瑶豪气冲天地对客栈小二道："小二，给我来两坛酒、两斤熟牛肉。"

"酒是有，但这熟牛肉……"小二为难道，"客人从北边来的吧，我们这下酒的有花生米和猪头肉，就是没有卤的熟牛肉。"

玉瑶怔了片刻，才道："那就来两斤猪头肉、一碗花生米。"

"行嘞，我给您切去。"

玉瑶一屁股坐在凳子上，黑眼圈都快和眼珠一样颜色了。

"你脸色这么差，为什么不先回房休息？"小伤问。

"我这筋突突直跳，不喝酒根本睡不着。"玉瑶道。

不一会儿，小二把猪头肉、花生米端了过来，玉瑶边吃边继续道："你觉得我是个酒鬼，我自己也知道。但有时候心里装的事多了，想睡着就没那么容易。我借着酒意入眠，时间长了就上瘾了。有时候我觉得我不是睡着了，而是昏倒了。"

她还要再倒酒，小伤拦着道："明知道对身体不好，就不要伤害自己了。"

"不，现在喝酒是救命。"玉瑶弹了一下小伤的手，"给我起开。"

昌黎城承载着玉瑶许多的噩梦，一直到现在，她也无法释怀。太多的族人在此消亡，玉瑶宁可这只是大梦一场。

她的眼睛渐渐睁不开了，嘴角上扬："小伤，你怎么忽然变成了两个，现在又变成三个了……"

"你醉了。"小伤说着，走过来搀起她。

"放开，放开，我还能喝。"玉瑶挣扎道。

玉瑶通常不会耍酒疯，除非她想醉却半醉半醒。她又不是一个喜欢诉说痛苦的人，她所有的痛都化作了言语上的刺，刺着周围所有人。

"去睡吧，今晚会有个好梦。"小伤搀她上楼。

玉瑶咕哝："我不想做梦，让我一觉到天亮就好了。不，我想看见第二天正午的太阳。傍晚的也可以。"

"你忘了我们是来救人的？"

玉瑶不咕哝了。

小伤好不容易把玉瑶扶到了床边，她忽然抓住他的领口："已经认识这么久了，还要跟我分房间睡吗？"

玉瑶都开始说胡话了，这回是真断片了。

小伤想让她松开，可她拽得死死的。

"你这人特别讨人厌你知不知道，虽然每天近在咫尺，但让人看不懂。上次顾廷冉是跟你一起回来的吧？为什么之后他就抢珠子跑了，是不是你干的？"玉瑶边说边瞪小伤。

小伤动了动唇，还没有回答，玉瑶便一头栽倒在床上，领子大大地敞开着，脖颈一片雪白。

小伤摊开被子，给她盖住，并掖实被子。

没想到自己被玉瑶看见了，她现在应该还处于怀疑的阶段，没有什么证据。小伤想，他是为她好啊。

总有一天玉瑶会明白，杀死仇人并不能消除她的痛苦，只能给她带来短暂的快乐。真正能让她快乐的，是解决最根本的问题，让她重新看到希望。

玉瑶曾给了他希望，这份希望，他会还给玉瑶。

小伤仍有些饿，照顾玉瑶睡下以后，下了楼，打算吃点东西。有人走进客栈，张口道："掌柜，给我来两斤猪头肉、一碟花生米、一坛酒。"

小伤停住脚步，只觉得此人的声音格外熟悉。他抬头看了一眼，四目相对，电光石火间，似有火花迸射。

小伤噎了一下，莫啸也噎了一下。

"你怎么在这儿？"两人异口同声。

当初，莫啸离开大梦药铺之后，兜兜转转，现在竟然来到了昌黎城。

小伤正好饿了，叫了一碗豌豆米线，和莫啸边吃边聊。

"我原来去了无庸城，待了两个月甚是空虚，又听说昌黎城海边有鲛人，就赶过来了。"

"鲛人？那不是鱼妖吗？"小伤问。

"可不是，来了之后才知道被当地的渔民骗了，时常在海边出没的半人半鱼根本不是什么鲛人，而是横公鱼妖。"莫啸越说还越兴奋，"不管怎么样，也是半人半鱼了，我现在还没见过横公鱼妖，所以特别好奇。"

小伤心想，其实正在和你吃饭的这个就是。

小伤低头吃着米线："无庸城和九原城地大物博，有妖也不奇怪。只是你怎么突然对这种怪力乱神的事产生兴趣了？"

"我可不是突然感兴趣，一直都很有兴趣。你想我一个富家公子千里迢迢北上是为了什么？当然是为了看看有什么新鲜玩意儿。"

莫啸嘴里就没一句真话，小伤才不信他。

以前小伤不知道他在找什么，现在可以猜测出来了，他在找横公鱼。

莫啸的护卫庖禄操着一口九原城的口音，他现在又在找横公鱼，到底是为什么？

横公鱼本是九原城的稀有东西，一直到后来，横公鱼被献给无庸城，才渐渐在无庸城繁衍开来。但当时两城战火纷飞，九原城城主亲自下令拒绝接横公鱼回城，这才导致横公鱼族在异乡惨遭屠戮。

莫啸这个来路不明的九原人，忽然到处打听横公鱼的消息，难道是因为九原城有所异动？

可对于横公鱼来说，被九原城放弃的伤害不啻被无庸城屠戮。这节骨眼上莫啸还要找横公鱼，莫不是代表九原城要跟横公鱼族谢罪？

"所以，你来昌黎城多久了，也暂住客栈吗？"小伤吸着米线问。

"客栈是不可能住的。虽然我来了不到一个月，但我现在是大夫石斛的幕僚，住在他府上。"

"幕僚？"小伤顿了一下，"你能为他做什么？"

"你怕不是小看了我？我会占星和占卜，如何不能做事？"莫啸哂笑。

他一生都在研究星象和占卜，对自己的职业有着崇高的信仰，所以尽管小伤觉得他是一个神棍，他仍觉分外光荣。

"石斛大夫需要你帮忙占卜？"

"倒不是让我占卜，只是他常年被梦魇所困，便请我帮他解梦。"

"梦魇？"说到梦魇，小伤想到玉瑶要靠喝酒才能睡一场好觉。

一个捉鱼的，一个被捉的，都被梦魇困住了，有点意思。

小伤喝完最后一口汤，放下碗，问："你都解什么梦了？"

"他的梦千奇百怪，什么都有。自然是梦什么解什么。"

小伤点点头："那你现在可找到他做梦的原因了？"

莫啸抬眸，瞥了小伤一眼："你觉得一个喜欢杀鱼的，能没有梦魇？手上沾的血腥多了，自然心虚了。"

"是吗？"原来伤害别人的人，也会夜不成眠。小伤笑了笑，不知道远在无庸城的司空辉，会不会在午夜梦回时，想起自己这个弟弟。

"别光问我，你到底为什么来昌黎城？"莫啸喝了一口酒。

"来玩。"小伤脸不红心不跳。

莫啸深感小伤把自己当傻子，白了他一眼："我差点信了。"

— 3 —

吃饱喝足，莫啸便打道回府。

还没等睡下，下人匆匆赶来："莫大师，石大人请您过去一趟。"

莫啸挑挑眉，现在都快子时了，石斛还真是会挑时候。

莫啸到达石斛寝屋时，石斛正在泡脚。他原本苍白的脸在热气的熏蒸下有些发红，手上擦汗的帕子也湿了。

"大人。"莫啸对石斛行礼。

谁知石斛眯着眼瞥了他好一阵子，才缓缓问道："阁下是？"

莫啸流下一滴冷汗，尴尬透顶："回大人，我是给您解梦的莫啸。"

然后，管家在石斛身边耳语一阵，石斛如醍醐灌顶，露出一副恍然大悟的神色。

"原来是莫大师，来来来，快上座。"石斛想了想，道，"我方才觉得很困倦，正要躺下，但很快又被梦魇绊住了。我总觉得这个梦和我之前做的梦有所关联，所以想请大师为我开解一二。"

石斛总是梦到血，梦到利齿，梦到一双恐怖的眼。而这次，他梦到了一条鱼尾。

莫啸心想，日有所思，夜有所梦，石斛这是杀鱼杀多了，孽障难消，又怕被报复，于是夜夜惊梦。

莫啸曾经旁敲侧击提醒，石斛就是不肯断了杀生的念头。

莫啸笑了笑道："大人梦到这些，想必是府上有妖邪作祟，我给您写两道辟邪的符咒，你贴在门口，今晚便能安然入梦。"

"妖邪？"石斛皱眉，"看来是时候做一场法事了。"

莫啸将符咒写好，呈给石斛。

石斛满意地点点头，命人把符咒贴在门口两侧。

莫啸告退，回屋休息。

来昌黎城已有一段时间了，莫啸还未能接近石斛府的地牢。据说那里面关押着几条横公鱼。今夜石斛梦魇，他写了安神的符咒，可以趁机下地牢查探一番，若真的有横公鱼，他便可以趁机采血。

横公鱼的血能疗愈百病，这也是莫啸千里迢迢来无庸城的原因。只要横公鱼血在手，他便完成了城主的嘱托，就可以安心回九原城了。

莫啸越想越兴奋。他吩咐道："庖禄，给我也准备一套夜行衣。"

"幸亏我早有准备，穿了两套。"像蝙蝠一样倒挂在屋檐下的庖禄当即掉了下来，然后又神奇地双脚着地。

莫啸犹豫了半天，庖禄穿在外层的夜行衣有点脏，内层的夜行衣有点味道，选哪套都是个艰难的决定。犹豫再三，他才套上夜行衣，和庖禄溜到了守卫森严的地牢外面。

他们来的时候，正是两班交接前夕。莫啸从假山后面看了一眼，两名执勤护卫正往这边走。他小声地吩咐："把那两个护卫打晕，然后带到这里。"

不一会儿，两个人像被煮熟的鸡，被庖禄扔了过来。

莫啸和庖禄勉强换上了他们的衣服，然后学着他们的样子走到地牢前面。

"怎么来这么晚？磨磨蹭蹭的！"等着下班的护卫露出一脸嫌弃的表情。

"刚拉了个肚子，紧赶慢赶才过来。"莫啸捂着肚子道。

"懒驴上磨屎尿多。"那人损了一句，便和同伴离开了。莫啸和庖禄有样学样地站在门口，等那两人走远，才转身打开地牢的门。

地牢里有六个巡逻的带刀护卫，看见莫啸时，狐疑地问："你下来干什么？"

"大人让我下来提个人。他要审。"

"都这个时候了还审？大人的批文在哪里？"那护卫警惕得很，一时间把莫啸问住了。

原来没有石斛的批文，是不允许提审犯人的。但如果现在他不说点什么，一定会被这六个人当成贼。

"哦，批文啊。"莫啸摸了摸，一边摸一边往后退，"怎么找不到了？刚才明明带在身上的……"

两个护卫对视一眼，忽然拔刀上前。莫啸眼疾手快，立马跑了，一出门就把门锁上："庖禄，快走！"

庖禄早就有了跑路的心，一听到莫啸的话，便跟着他一路狂奔。

这次行动以失败告终，还闹得整个石府鸡犬不宁，本来靠符咒差点入睡的石斛也被惊醒了。他火冒三丈："给我找，挖地三尺也要把那两个贼给我找到！"

莫啸和庖禄在假山后面把衣服换回，庖禄一个闪身，不见了踪影，莫啸只能自己东躲西藏，磨磨蹭蹭地回到了屋中。

他刚刚换好寝衣，护卫就敲开了门。

莫啸平时基本上不和这群护卫打交道，这会儿怕被认出声音，还捏着嗓子说话。

听说莫啸是给石斛解梦的大师，护卫瞥了一眼就毕恭毕敬地退了出去。

莫啸撤退得很快，更没留下什么线索。更幸运的是，夜里下了一场大雨，把莫啸和庖禄的脚印都冲掉了，以至于护卫们毫无头绪，根本找不到人。

第二天，石斛就把莫啸叫到书房。

莫啸抢先一步开口："这府上好不热闹，特别是昨夜，听说遭了贼。"

"叨扰大师了。我正想问大师有没有休息好。也不知道这地牢里装的什么要犯，让人惦记上了。"

"想来是什么重要人物吧。"莫啸面不改色道。

"大师有所不知，我虽管着十个县，但并不是多么了不得的官，手底下的犯人也不过是些乡野之地的穷凶极恶之徒，只等着秋后问斩罢了。"

莫啸很想问，里面是不是有妖怪？但又怕这是石斛的试探，最终没开口问。

— 4 —

"府上最近来了许多修缮老屋的泥瓦匠，人多，事情就复杂了。"莫啸喝了一口茶道。

"大师说得是。"石斛笑了笑。

莫啸虽觉得对不起泥瓦匠，但目前也没有更好的转移目标的办法。

"大人，来客人了。"

听到属下的通传，还想让莫啸帮忙解梦的石斛一脸尴尬："这……"

莫啸道："既然大人有公务，我先回去了。"

"先生雅量。"

莫啸在回廊的方向看到一个五官端正、身形健硕的男人正朝书房的方向走去。管家当即介绍道："哦，这是昌黎城的大将军李飞度李将军，和我们大人曾是同窗好友。"

莫啸点点头。

李飞度掌管昌黎十万精兵，来头不小。没想到石斛一个大夫，竟然和李飞度相熟。而且，是李飞度来找石斛，而不是石斛拜访李飞度。

"李将军不应该是在军营重地吗？怎么有空来石府？"莫啸好奇地问。

"大师有所不知，李将军这次回城探亲，是得了城主允许的。一年就这么一次机会，再过半个月又该回营了。"

"难得的探亲机会，还要分出一天的时间给石大人，石大人可真有面子。"

"我们昌黎重文轻武，大人的官职虽然不算大，却深得城主喜欢。何况李将军在城主府没有靠山，我们大人肯接纳他，反倒是他的福分。"

莫啸点点头："原来如此。"

但莫啸来了这么多天，从来没有听石斛提起这位老友。他们的关系也不像旁人所说的是故交吧？

石斛早听说李飞度回昌黎城了，只是一直没有前去探望。

李飞度才进书房，石斛就攒出一张歉疚脸："不知道李兄最近回来，我还以为你仍在边境受苦，正想差人给李兄寄点吃的，聊表心意。"

李飞度喝了一口茶，幽幽地道："石大人说笑了，我回昌黎城的消息，守门的护卫都知道。"

"哎呀，这是什么话，难道你还觉得我会故意不去找你不成？"石斛让下人马上备菜，款待李飞度。

李飞度道："不必了，我就是来看看大人，家中已有人备了小菜，我回去吃就行。"

"李兄已经成亲了？"石斛惊讶地问。

李飞度摇了摇头："母亲大人为我做的。"

石斛点点头，复又笑了："李兄见外了，在这里不必一口一个大人称呼我，你我相识多年，早就是无话不谈的好兄弟了。"

李飞度不置可否。

他转念又想，既然是专程回来访友的，自是不宜显得太生分。他笑了笑，道："既如此，石兄，我有件事和你相商。"

"李兄请讲。"

"我听说你又开始寻找横公鱼的踪迹了，怎么，当年还没杀过瘾？"

石斛脸上的笑容顿时消失了。

"如果李兄不是找我叙旧，而是想对我的公务指指点点，还是请回吧！"

"已经过去那么多年了，难道你还不能放下？"李飞度问。

石斛神色一凛："李兄什么都好，就是说话没意思，也不喜欢和人转弯抹角。

我杀鱼和你有什么关系？你只管掌好你的兵，其余的事情，用不着你操心。"

"既然谈不拢，我先告辞了。"李飞度一杯茶还没喝完人就走了。

下人来收茶杯，石斛瞥了一眼，嫌恶道："还洗什么，打碎了扔掉。"

石斛家有两块牌位，供着他的生身父母。他出身于书香门第，与李飞度曾是同窗好友。那时的他也不像现在这样暴戾无度，相反，他性情温和，为人怯懦，时常躲在李飞度身后，被人戏称小软蛋。

偏偏，偏偏……

那时候举国上下的横公鱼已经被捕杀得七七八八了，石斛的父母也收到了捕杀令，可他们破例收养了一条怀孕的横公鱼。后来事发，他的父母便把母鱼带走了。谁知道逃亡到半路的时候，官兵追来，母鱼为了自己的两个孩子故意暴露了他父母的行踪，以至于他父母被杀，那母鱼自此一去无影踪。

如此背信弃义、不顾恩义的妖孽，石斛欲杀之而后快。谁跟他提不杀横公鱼，谁就是跟他过不去。

"玉掌柜，你可睡了一个好觉？"

日头正烈，玉瑶迷迷糊糊睁开眼，才发现此时已是晌午。

果然，两坛酒的威力不是盖的。她现在胃里烧得厉害，头也晕得厉害。

还没等小伤说话，玉瑶又吐了两次。吐完之后，她的嘴角染了血迹。

小伤皱眉："你是不是不舒服？"

"胃有点疼罢了。"玉瑶摆摆手，"每次喝多了就这样，没关系。过两天就好了。"

玉瑶正想下床，小伤却把她摁在床上。小伤似乎生气了，脸色阴沉："你知不知道你在干什么？你都喝到吐血了。"

"我自己的身体你操什么心？"玉瑶不满地反问。

"我为什么操心？当初你看见我的时候为什么救我？因为我是你的同族，你有义务是吗？那我告诉你，因为你是我的同族，所以我也应该关心你。"

玉瑶被他唬住，一时间不敢说话。

这霸道的关心。

小伤下楼，问小二："店里有没有牛乳卖？"

"客官说笑了，我们这儿只有家常小炒，怎么会有牛乳这种东西。"

"你知道哪里有吗？"

"这……说不好，十里铺那边可能有人家养牛，你可以去问问。"

小伤出了门，去马棚借了匹马，直奔十里铺。

十里铺没有，他又辗转去了好几个地方，买到了牛乳便抱着一路疾驰回来。

"小二，帮我把它煮开，再来一盘生花生。"

"欸，好咧。"

玉瑶一个人在床上百无聊赖地躺了一会儿，还是觉得胃疼，这样躺着，又坐着，反反复复好几次。

终于看到小伤推开门，玉瑶忽然觉得心酸。她凭什么听小伤的，乖乖坐在这里等着？她早应该起来，去调查李飞度的府邸。

"你去哪儿了？"

"我给你买了点东西。"小伤把牛乳和花生米放在桌上，"吃点东西吧。"

"不吃了，我没胃口。"

"吃。"小伤不再用请求的口吻。他发现玉瑶就是一只纸老虎，硬碰硬的时候就现原形了。

玉瑶被强行喂了几颗花生，嘴里鼓鼓囊囊的，还是抗议道："几颗花生米有什么用……"

"吞了。"小伤道。

玉瑶猛地往下咽，差点被呛。小伤吹了吹牛乳，等温了喂玉瑶。花生和牛乳下肚，玉瑶本还灼热难受的胃舒服多了，不那么疼了。

她越发乖巧，喝完了牛乳，忽然笑起来。她问："你这头上怎么还顶着一撮草？到底去哪儿了？"

小伤摸了摸头发，怎么弄也弄不下来。玉瑶伸手，帮他撩了一下，他的呼吸微微停顿。

"你看。"玉瑶展开手掌，是一截枯草。

"不小心蹭了。"小伤把碗放回托盘上，"好了，时间不早了，去李飞度的府上看看到底是什么情况吧！"

玉瑶点点头。

小伤端着托盘下楼，正好遇到了给他热牛乳的小二。小二看了一眼小伤和玉瑶，会心一笑："哟，我当客人为什么要跑几条街找人买牛乳，原来是为了……"

"咳咳。"小伤打断他，"这是空碗，你拿去吧。"

小伤匆匆下楼。玉瑶愣了一会儿，也跟着下了楼。原来是这样，难怪小伤头上沾了草。

"掌柜，你打算坐马车还是徒步过去？"小伤只觉得所有的话都有些烫嘴，不知道从何说起。

"呃，走吧。"玉瑶和他一样，不知该说什么。

小伤点点头。

小伤对她一直不错，她不该那么惊讶。可是她又觉得，小伤对她的好不是没有缘由的。也许是……小伤对她有一丝丝的好感。

玉瑶向来自诩美貌，别人喜欢她，她并不奇怪。但小伤喜欢她，她就觉得奇怪了。

小伤就是一块木头，怎么会喜欢她？

"掌柜，你在发什么愣？"小伤回头瞥了她一眼。玉瑶顿感尴尬，匆匆跟了上去。

— 5 —

秦峦说，他的妹妹秦姣被李飞度带走了，可这些日子以来，大家也没听说石斛抓到了横公鱼。相反，横公鱼倒是忽然销声匿迹了，而石斛抓捕秦姣的告示还在各个县、镇挂着。

告示上，秦姣长着一双吊梢眼，凶神恶煞地张大嘴，獠牙密布。她的鱼尾在浪花中扫摆，像是刚从水里出来的恶魔。

"好吓人的妖怪，怎么还敢出来兴风作浪？"人们议论纷纷。

玉瑶混在人堆里，忍不住道："横公鱼妖应该和人长得差不多，怎么会长成这副样子？"

　　"姑娘见过？"一位老者问。

　　玉瑶摇了摇头。

　　"没见过还乱说？我可是见过，这横公鱼长得像鲤鱼一样，浑身赤红，到了晚上就会化成人的样子在城里游荡，专门吃人。而鲛人的上半身是人，下半身是鱼，一直待在海里，会袭击过往的渔船，反正不管是横公鱼，还是鲛人，都不是什么好东西。"

　　玉瑶如看无知小儿一样看着他，最后，她还是什么都没说。

　　"你真的见过横公鱼吃人？"小伤忽然问。

　　老者笑了："就算没见过，妖怪能是什么好东西？既然叫妖怪，肯定为祸人间，这你得信。你没看到这告示上的横公鱼吗？丑得出奇。"

　　"没见过也敢以此嘲笑别人，蠢得可怜。"小伤冷冷一笑。

　　"你这年轻人怎么一点教养都没有？"

　　老者不免觉得晦气，下午兴致勃勃来看告示，结果遇到一个神经不正常的。

　　离开了人群，玉瑶有些好奇，问："你平时不爱理人，怎么这次竟然讽刺人了？"

　　"有的人站着说话不腰疼。"小伤反问，"我倒是奇怪，向来脾气暴躁的你，怎么没有骂人？"

　　玉瑶团扇轻摇："骂人？这样的话我听了无数次，已经无所谓了。无庸城城主为了找到一个合适的理由猎杀横公鱼，便对世人描绘我们多么丑陋，久而久之，大家有此认知也不足为奇。"

　　"对不起。"小伤忽然道。

　　"对不起？你有什么对不起我的地方？"

　　小伤不知如何开口，她还不知道他是原城主司空凛的儿子，若是知道了，恐怕要将他生吞活剥。到那时候，他们还能像现在这样，在太阳下谈笑风生吗？

　　小伤淡淡地道："没什么，就是觉得我以前误会你了，还以为你就是一个脾气暴躁的肤浅之人。"

"脾气暴躁？肤浅？"玉瑶扬眉。

小伤见她脸色不善，道："熟悉以后，便不这么认为了。反倒觉得，是我太肤浅。"

"这还差不多。"玉瑶心里舒服了一些。

一连几天，他们都在李飞度府邸附近观察，但是李飞度深居简出，出门的通常只有府里采买的丫鬟，他们根本摸不到府里的情况。玉瑶能感觉到，府里的确藏着一个同类，庆幸的是，同类的心跳还很健康，并不像是被俘虏虐待的样子。

玉瑶颇为奇怪，据说这李飞度曾经去过石斛的府上，难道不是去打报告的？还是说，李飞度并没有杀秦姣的打算，只是暂时将她圈养在府里？

"可恶，一直在外面看，根本看不出什么名堂。非得入府看看，才知道发生了什么。"

"我有一个办法。"小伤道。

"什么办法？"

"李飞度正在招修缮自家祠堂的工人，我们可以充当泥瓦匠，进去查探一下。"

"泥瓦匠？你觉得掌柜我像是一个泥瓦匠？"

"你一个女人如果做泥瓦匠，当然不合适，但我可以去。你若想进来，只能冒充我的家人。"

"家人？"玉瑶微微一愣，"你少在这里占我便宜，我决不会伪装成你的妻子。"

"你就这么想当我的妻子？"小伤忽然笑了，"不想做妹妹？"

玉瑶的脸色顿红，是啊，她想到哪里去了。她心一横，开始狡辩："妹妹也还行。但我，更适合做你的姐姐。"

"姐姐给我送午饭，可信度实在太低了。"小伤摇了摇头。

"那妹妹送午饭，可信度也不高啊……"玉瑶皱眉。

"所以……"小伤欲言又止。

"那还是演妻子。"玉瑶咬咬牙道。

小伤点点头："掌柜，这次不是我逼你的，是权衡利弊之后，你也认可的选择。"

玉瑶的脸腾地又红了。她感觉，自己一连被小伤戏要了两次。

若说不合适，小伤的外形倒也像做泥瓦匠的。为免引起怀疑，小伤往脸上抹了一些泥，手上也涂了一些灰，改变走路的姿势和说话的口音，这才没在盘问中露馅，有惊无险地蒙混过关。

午饭时分，伪装成小伤妻子的玉瑶提着食盒来了。她难得穿那么严实，头上还用花丝巾从头顶绕到下巴包起来，低着头走到角门。

府兵横着长枪拦住她，玉瑶小心翼翼道："我来给我男人送饭。"

将军府，闲杂人等不得入内，所以府兵一句话也没有说。

玉瑶咬了咬唇，委屈道："我男人早上赶工太急了，还没吃上饭，我这才给他送来。"

府兵置若罔闻，如同木头。

"两位大哥，行行好嘛……"玉瑶用娇媚的声音哀求，还往他们身上靠了靠。

那两个府兵不管玉瑶如何乞怜，只当她是空气。玉瑶气得七窍生烟，世上竟然还有比小伤更像木头的男人？

就在她急得团团转的时候，看到了李飞度回来的车。李飞度今年三十多岁，身形挺拔，目光炯炯，尤其显年轻。

"来者何人？"李飞度问。

玉瑶如蒙大赦，擦了擦眼角硬挤出来的泪水："我来给我男人送饭。我男人最近在府里帮忙做水泥工，今天早上来得急，没吃早饭，我这才急忙给他做了饭，不想让他饿着肚子干活。"

"你男人叫什么名字？我让他们给你送过去。"

"呃……"玉瑶突然被问住了。时至今日，她连小伤叫什么都不知道。

"他、他叫乔伤。"

"乔伤？"李飞度把食盒交给下属，"把这食盒送到乔伤手上。"

将军府的防卫如此严密，玉瑶没有办法，只好把食盒交给府兵。

小伤拿到食盒的时候，在里面发现了玉瑶留的字条——二院西厢房。

小伤直接将它吞了进去，旁若无人地继续吃饭。他一边吃一边嫌弃，玉瑶太小气了，给他买的饭里，一点荤腥都没有。

饭吃到一半，小伤便捂着肚子，佯装犯病，朝着西厢房的方向去了。

二院寂静得不闻鸟叫声，李飞度回家没多久，就进了二院，直奔西厢房。府里每一个院门前都有府兵把守，尤其是二院，小伤想假装迷路进去，却被府兵拦下，只能在前院徘徊。

今日这一行，小伤和玉瑶一无所获。玉瑶闷闷地抓起酒壶，正要喝，被小伤拦住："吃花生。"

玉瑶气得瞪着他，半晌，还是乖乖地抓着旁边的碗倒了一碗水灌进喉咙。

"不就是一个将军府？我就不信还进不去了！"

"将军府的守卫本就森严，没有露出破绽已是万幸。"小伤道。

"但不进去，就不知道里面的状况，你让我怎么放心？"玉瑶又喝了一碗水。

"李飞度对二院的保护如此严密，想来是对秦姣的一种保护。她暂时不会有危险。"

"不管她有没有危险，我都得把我抵达昌黎城的消息告诉她，让她主动联系我。"玉瑶叹了一口气，"多待在这里一日，就多一分危险。"

"你能感应到她，她未必不能感应到你。今天你在李府门前徘徊，想必她也觉察到了。既然如此，不如我们先按兵不动，等她的消息。"

"这办法可行吗？"玉瑶不确定地问。

"试试不就知道了？"小伤笑笑。

莫啸似乎与小伤一样失意，晚上又来找小伤饮酒。随后，玉瑶也加入了他们的队伍。她想偷偷摸摸地喝一口酒，被小伤制止了，他只让她喝牛乳。

莫啸奇怪问："玉掌柜，你们为何也来昌黎城了？"

"来散散心罢了，小伤没跟你说？"玉瑶假意道。

"既然是来散心的，怎么还愁眉不展？你说说，今天都到哪儿散心了？

我也去。"

"没去什么好地方，走得累得慌。"

莫啸点点头。

"也是，到处逛真的很累……怎么就你们两个来了？药铺其他人呢？还是说……"莫啸揶揄地看着小伤和玉瑶，"我错过了你们两个人的婚事？"

玉瑶一口牛乳喷在了莫啸脸上。

莫啸闭眼，擦了把脸，不知道自己说错了什么。

玉瑶格外激动："我和小伤，怎么可能？！你要是长脑子就该想得到，根本没那回事。"

小伤冷不丁来了句："为什么？"

莫啸也奇怪地问："对啊，为什么？"

"因、因为……"玉瑶说不出一个所以然。

莫啸又奇怪地问小伤："小伤，难道是你把玉掌柜骗出来，想趁两人相处的机会对她做点什么？"

这回轮到小伤喷他一脸酒了。

"离谱。"小伤和玉瑶异口同声。

莫啸更郁闷了，低头喝酒。

依小伤的脾气，竟然会陪女人出来游山玩水？

依玉瑶的脾气，竟然单独带一个男人出来游山玩水？

他只是合理怀疑。

他还想质疑一下，最后想想还是算了。他两只袖子湿漉漉的，再被喷一脸酒，想擦把脸都很困难。

"你怎么一直苦着一张脸，解梦的活儿不好做？"小伤岔开话题。

"呃……"莫啸有些心虚，"昨天晚上，石府遇到了盗贼，折腾了一晚上，石斛没睡好，早上李将军李飞度又过来找他，我闲着没事，这不就来找你了。"

"李飞度？"小伤不动声色地抿了一口茶，"这李飞度李将军和石斛很熟吗？"

"据说两人曾是同窗，但李飞度离开的时候，石斛发了好大一通火，连李飞度用过的茶杯都让人摔碎了扔掉。"

"如此恶劣的关系，真是让人好奇。"

"可不是？说到这李飞度，也是憨货一个。他手中掌握十万精兵，竟然还敢回昌黎城，就不怕城主以他劳苦功高为由，将他困在城中，然后想办法卸了他的兵权。"

"李飞度不是深受将士爱戴吗？为何城主要卸了他的兵权？"

"要不怎么说他是憨货。他是个好将军，却不是一个好臣子，所以城主忌惮他。"莫啸一脸神秘的表情，"城主重文轻武，李飞度在城主府中没有靠山，又不擅长虚与委蛇，当然更喜欢待在军中。他在军中待的时间越久，就越被忌惮。"

小伤又抿了一口茶："如此良将，如果不善于运用，不仅施展不了才能，还会成为祸患。我听说当年他带兵收回了昌黎城的土地，所以被特封为大将军。那时候城中还有许多流散的横公鱼，不知道是不是也被他杀了。"

— 6 —

"他若真出过手，横公鱼该销声匿迹了。"莫啸喝多了酒，说话越发肆无忌惮，"我知道一件秘事，今天李飞度因为横公鱼的事，和石斛发生了口角。"

"口角？"小伤放下茶盏，微微蹙眉。

莫啸所说的和小伤他们的推测相差无几。秦姣虽然在李飞度那儿，但是李飞度并没有把秦姣交给石斛的打算。

酒过三巡，菜过五味，莫啸又醉了过去。小伤和玉瑶不得不给他也订了一间客房，把他抬了上去。

看着他猪一样的睡相，玉瑶哂笑："当初他装神弄鬼接近药铺，被我设法蒙骗过去，我还以为他自此心灰意懒，没想到现在又见面了。真是冤家路窄。"

"你怀疑，他是为了横公鱼接近你？"小伤问。

"错不了。以前我只是猜测，但现在我觉得这猜测八九不离十。大梦药铺里潜伏着两条横公鱼，而昌黎城也出现了横公鱼的传闻。哪儿有横公鱼哪儿就有他，他不是为了横公鱼，又为了什么？"

"他现在正在石斛府里做幕僚，原来也是为了借石斛打听横公鱼的下落。只是不知道他如此费尽心机地打听横公鱼，究竟是敌是友。"小伤皱眉，顿了顿，补充道，"莫啸是九原人。"

"九原？！"玉瑶怒从心头起，"既然如此，我也留不得他了。我看见九原人就生气，恨不得扒他们的皮抽他们的筋！"

小伤忙拦着玉瑶："别着急。弄清楚他的目的再杀不迟。"

"有什么好等的？"玉瑶摩拳擦掌。

当初要不是九原城放弃了横公鱼族，横公鱼族也不会被困在无庸城，面临灭族的命运。对九原城，玉瑶如何不心寒？

"九原城为了自保，宁可舍弃横公鱼族，他们一定知道横公鱼族对他们的仇恨，但就算这样，还是派了一个憨货过来寻找横公鱼，你不觉得事有蹊跷？"

"就算九原城城主现在想接我族回家，我也不会同意。我族已经不信九原城了。"玉瑶终于慢慢收回了手。

"不论如何，我都会和你一起，把事情查个水落石出。"小伤道。

玉瑶盯着莫啸，好一会儿，终于还是没有忍住，抬脚踹了一下莫啸的屁股。莫啸一个翻身摔到了地上，但还是没有醒。

玉瑶冷哼一声，大步流星走了。

小伤哭笑不得，把被子从床上拽了下来，给地上的莫啸盖上。这也未能阻止莫啸感染风寒，第二天他甚至因为头疼无法起床，在地上生生躺到了中午，而他微弱的喊声终于得到了小伤的回应。

小伤沉痛道："我带你去看大夫。"

"玉掌柜呢？怎么我明明听到她的声音，她却听不到我的求救声？"

小伤想，你就知足吧，要不是她还心存一丝怜悯，你现在就不是感染风寒这么简单了。

鉴于莫啸已经快"病入膏肓"，小伤最终放弃了带莫啸看大夫的想法，径直把大夫请到了客栈。

莫啸一边烧得脸颊发红，一边不忘记感谢小伤："关键时刻还得靠兄弟，像玉掌柜这样的女人也是靠不住的，护卫同理。"

也不知道庖禄现在跑到哪里去了，竟然能放任主子因受凉发烧瘫在地上一个上午。

小伤道："不用客气，看大夫和住客栈的钱你出就行。"

莫啸忍不住道："有时候我觉得兄弟也不太能靠得住。"

小伤点点头："我和你的看法一致。"

莫啸想骂人。

小伤让小二帮莫啸煎了药，便和玉瑶出门了。莫啸这人虽然憨，但他让小伤忽然想通了一个问题——倘若李飞度并不支持石斛，他们何不大大方方地说出此行的目的？

玉瑶也认同这点，因为那日她佯装小伤娘子，给小伤送饭的时候，李飞度对她一个陌生人，没有起任何疑心。

如此看来，李飞度并不可怕。

在角门外等了一会儿，终于有个能说上话的丫鬟愿意帮他们传话，很快，管家就带着他们进了将军府。

李飞度从书房出来，仔细打量了一会儿玉瑶，笑了："我就知道你不是一个村妇。虽然你故意用土灰抹了脸，但你的牙齿整齐、白皙，不像乡野村妇。"

"将军看人真仔细。"玉瑶既然见到了本尊，便打开天窗说亮话了，"我来，是为了秦姣秦姑娘，不知道秦姑娘是否在将军府上？"

"秦姣？"李飞度皱眉，他不动声色地喝了一口茶，微微一笑，"我是一个粗人，哪里知道什么姑娘不姑娘的。如果是为了找人，二位还是请回吧。"

"胡说，秦姣明明在你府上。"玉瑶性子急，直接戳穿他，"你软禁秦姣那么多天，到底意欲何为？"

李飞度动作一顿，听玉瑶的口吻，似乎认为他在软禁秦姣。如此说来……

"你是秦姑娘的朋友？"

"你真的认识秦姣？"玉瑶得到了想要的答案，心绪稍定。

李飞度知道自己上当了，拍案而起："你若是为了套话大可不必，这里是将军府，是我李飞度的地盘。你要是想从我这里把人带走，先把命留下！"

"李将军少安毋躁。"小伤担心自己再不说话，两人要打起来，"我们并不想和你抢人，只是有件事不得不告诉李将军，现在石斛石大夫贴出告示要抓人，你若是出于保护秦姣的目的，将她困于府上，恐怕会给你自己和她招致灾祸。"

"哼，我又凭什么相信，你们能护着她？"李飞度冷笑。

小伤心想，李飞度警惕他们，应是出于保护秦姣的目的。自己不妨把底牌亮出来。

小伤道："我们和她是同族。"说着，小伤幻化成横公鱼的形态。

连玉瑶也被小伤的果决吓了一跳。

要知道，在无庸城自暴是横公鱼，不亚于让别人把刀悬在自己的脖子上，随时都有成为众矢之的的风险。

李飞度果真骇然，半晌说不出话。

倘若他们是秦姣同族，便绝不可能欺骗他了。

李飞度也曾想过她的同族会找上门，只是没想到，他们会这么快。

"你们跟我来。"李飞度道，他带着他们走到二院的西厢房，"我妹妹未出阁时曾住在这里，如今她嫁了人，我就把房间空出来，给秦姣住。"

玉瑶好奇地问："你既是石斛的同窗，为什么会帮我族人？"

"看见猫狗被人欺负，尚且想要救，何况是人？"李飞度自嘲一笑，"我虽掌兵多年，驰骋沙场，但不喜欢滥杀无辜。我的刀只向着敌人。"

"如此，我要替秦姣谢谢你了。"

李飞度小麦色的脸上瞬间现出两朵红云，他有一个原因羞于说出口，但玉瑶能猜到。

他，喜欢秦姣。

难道这就是秦姣一直藏在李府的原因？

推开门，玉瑶看见了屋内的少女。她披散着海藻般的墨绿色长发，身着一条绣着青鸟飞鱼的白色齐胸衫裙，好像在等玉瑶。

因为此刻，她已经站在门口了。

玉瑶反而后退两步："秦姣？"

秦姣莞尔一笑："是我。"

秦姣早就听闻横公鱼族的公主在兴旺镇开了一家名为大梦的药铺，族人但凡遇险，都会去那儿求助。

横公鱼可以为人疗伤，但自己受了伤，总是久治不愈。玉瑶研究了很久，才研究出一些药，能够加快横公鱼伤口的愈合速度。若是遇到个别重伤的，她会用王族的血来滋养他们。遗憾的是，只有出身王族的她拥有这样的能力。

玉瑶的气息与其他族人不同，秦姣略一想就猜出了玉瑶的身份。玉瑶的出现对她来说是一件好事，她能确定兄长秦峦已经得到了玉瑶的救助。

玉瑶没想到秦姣如此聪慧，忍不住抱怨："你既然感应到了我的存在，为什么还要躲在李府？"

"并不是我想躲，只是我如今身受重伤，不能远行。"秦姣叹了一口气，"多亏了李将军救我，不然我现在还不知道应该怎么办。"

李飞度道："秦姑娘不必言谢，救你是我应该做的。"

秦姣小声道："将军救了我两次呢。"

"两次？"李飞度自己也不记得了。

"你还记得，当初你带兵收复失地的时候，曾救过一个横公鱼族人吗？我躲在一户人家的院子里，但被石斛发现了。如果不是你拦着，石斛肯定会杀了我。"

李飞度后知后觉："我想起来了。原来你就是那条横公鱼。"

"不错，我一直记得你的脸，所以当我再次被石斛追杀的时候，便找到了你。我知道你一定不会见死不救。"

"咳咳，现在不是叙旧的时候。"玉瑶岔开话题，"你伤到哪里了？让我看看。我看看能不能帮你治好，治好了我就带你回去。"

秦姣又摇了摇头："伤好了我也不能走。"

"为什么？"

"因为我想见石斛。"

玉瑶能想到千百个理由，唯独这一个，让她意外。

"他是上大夫，封地千里，你单枪匹马，杀不了他。"

"我不是为了杀他，只是好奇。我想了解他。"

"呵，"玉瑶被她的荒谬言论气笑了，"了解他？了解一个刽子手？秦姣，你不会被他的外表迷住，犯傻了吧？他是我们横公鱼族的敌人。"

秦姣淡然笑笑，道："我也觉得自己很傻。也许我和他之间的瓜葛，只有我记得，他应该早忘了。"

— 7 —

秦姣记得，在横公鱼灭族之灾前夕，九原城和无庸城两城仍在交战，民不聊生。

这场战争持续了很久，打到边境居民苦不堪言，横公鱼族成了灾民和无庸军的出气筒。

横公鱼族族长带领部分族人折返九原城求援，他们有的在半途被杀，有的因为条件艰苦患病去世。几经艰难，横公鱼族的幸存者终于越过山海，回到九原城，却得不到九原城城主的援助。

绝望之下，横公鱼族族长自毁元神，借着最后的力量护着余下的族人们跨越山海，艰难返回无庸城。族长崩逝，横公鱼族彻底寒了心，只能在无庸城辗转逃亡。

秦姣的娘亲也在奔逃的行列之中。那时她身怀六甲，快要生产，幸好有一户姓石的人家见她可怜，收留了她。

石家夫妇只有一个儿子名叫石斛，时年三岁半。石斛早慧，小小年纪就知道和父母一起照顾秦姣的娘亲，一直到秦娘平安生下龙凤胎。

石斛和秦姣兄妹自小就在一处玩耍，就像大哥一样照看他们。但石斛性格内向，和秦峦的脾气不对付，所以很多时候，石斛喜欢独自待着。

秦姣经常见他坐在河边沉思，好像有什么困扰，便时常想办法逗他开心。

秦姣喜欢游水，他在河边思考的时候，秦姣就在河里游泳。

"石斛哥哥，你每天都坐在这里，究竟在想什么？"

石斛一开始并不回答，后来被问多了，才勉强开口："我在想去年三月十六日晚上未时左右，我打弹弓的时候，不小心把一只雀儿打了下来。它就这样死在我面前，如果不是因为我，它就不会死。"

"去年的事，你怎么今年还在烦恼？"秦姣满脑子疑惑，"况且，今年也要过去了。"

"可是我记得清清楚楚。有时候做梦，还会梦到它死不瞑目的样子。我该怎么办？"石斛真真切切为此苦恼。

秦姣道："我们横公鱼族如果有族人死亡的话，大家都会念咒为它超度。你知道超度的意思吗？我听说鱼死后，得到超度就会入轮回道，这样它就可以以一个新的身份重新回到人世间。"

"果真有这样的咒语？你教我吧？"石斛欣喜道。

秦姣便一本正经地教他念咒语。

石斛念了之后，果然安心很多。第二天，他高兴地告诉秦姣，他昨晚上睡了个好觉。秦姣也替他开心。本以为这件事就这样过去了，谁知道过了两天，他又开始坐在河边沉思。秦姣百思不得其解，问："石斛，你又怎么了？"

"我遇到了难题。"石斛道，"六个月前的戌时三刻，隔壁家的王小胖因为不理解夫子教的东西，过来和我讨论，我当时也给不出答案。但我昨天翻书的时候忽然找到了答案，这两天王小胖不在家，我很想告诉他。"

"六个月前？"秦姣忍不住道，"倘若是六个月前的事，王小胖一定不记得了，你根本不必为此烦恼。"

"不记得了？不应该呀，当时他愁眉苦脸的，一定为那个问题烦恼了很久。不行，我得赶紧告诉他。"

石斛匆匆走了，秦姣看着他的背影，忽然觉得石斛这个人很奇怪。

石斛等到王小胖的时候，王小胖果然对六个月前的事情印象全无。石斛非常疑惑："当时你不是快被那个问题烦死了，为什么不记得了？"

"当时也许很烦，可毕竟过去了六个月……"更疑惑的是王小胖，"哪怕过去了三个月，或者两三天，甚至是一天，我就不再记得了。我要是天天记着这些，不得烦死呀！"

石斛微微一怔。他失魂落魄地回了家，就像之前一样，他在河边又枯坐了几天。秦姣想，也许是因为，他忽然意识到了世界的参差吧。

石斛以前从来没有告诉任何人，他什么事情都记得清清楚楚。从他出生那一刻起，事无大小，件件他都记得清清楚楚。

过目不忘，对他来说只是基本功。

这样的本事现在对他来说成了一个枷锁，他渴望忘记，然而总是记得。

秦姣见他小小年纪眉宇之间便写满了忧愁，也跟着他一起发愁。回家后，她问娘亲："娘，倘若一个人因为记得太清楚而不快乐，到底应该怎么办？"

她娘亲笑着道："如果记得太清楚，就记开心的事。"

秦姣觉得这回答特别有学问，便原封不动地转告石斛。石斛犹如醍醐灌顶，高兴道："秦姣，你真是我的救星。"

石斛的夸奖好像与别人的夸奖格外不一样，秦姣心里甜得像喝了蜂蜜。

无庸城和九原城的大战似乎没有波及秦姣兄妹，他们在石家过了一阵无忧无虑的日子。天真的秦姣甚至觉得，她是娘亲一个人生出来的。不过，她偶尔也会多想，为什么石斛有父亲，而她只有娘亲。

等她再年长几岁，便觉得石家院子里的湖水游得不够尽兴了。

"石斛，我们去外面玩吧？外面的水是不是比这里多多了？"午饭后，秦姣雀跃地问。

石斛摇头否认："不，外面一点也不好玩。"

"我没有去过，我不相信！"秦姣固执道，"你就带我去吧，我每天待在家里，快要闷死了。"

秦姣半是撒娇半是生气，闹得石斛没办法，犹豫良久，他还是决定同秦姣外出。他为她换上了一条长裙遮住鱼尾，带着她从后门悄悄溜出了院子。

外面的景象让秦姣大吃一惊。街上几乎没有石斛平日里和她说的商贩，只有三两个低着头缩着脖子快步向前的行人，还有很多兵，每个人的脸上似乎都写满了"不想出门，忧愁苦闷"八个字。

石斛见她发愣，忙小声地道："我知道在这附近有一条河，我们去河流的上游看看。"

秦姣稀里糊涂地跟着石斛，就这样走了很久。秦姣觉得自己的尾巴快被地面磨坏了，忍不住问："还有多久？"

"快了。"石斛道。

石斛走在前面，秦姣走在后面。转角的时候，石斛忽然停了下来，秦姣没有一点防备，撞到了他身上。

秦姣往后摔倒，石斛眼疾手快地托住了她的腰身："没事吧？"

秦姣被撞得脑袋发晕，稀里糊涂了好一会儿，才弱弱道："没事。"

她正想往前走，石斛忽然道："前面的路封了，不如我们今天先回去，改天再出来。"

"还有别的路吗？我瞧这地方很开阔，就算不走大路也有小路吧？"好不容易走到了这里，秦姣不想放弃。

"没有了，就一条路。过了这条街，前面还要上山，上山的路已经封了。"石斛斩钉截铁道，"回去吧。"

"我不想回去。要不我们在这里多待一会儿吧，也许能找到别的路。"

"没有路了！"石斛的态度突然发生了转变，秦姣很奇怪，平时石斛绝不会用如此生硬的口吻和她说话。

"你是不是在骗我？石斛，你为什么要骗我？"秦姣不解地问。

"我……"石斛话没说完，身后传来了奇怪的声音，像是凄厉嘶哑的求救声，在寂寂无人的树林边格外瘆人。

"有人喊救命，你听到了吗？"秦姣刚冲出去，就被所见的情景震慑了，呆滞了片刻。

石斛一把将她拉了回来，捂着她的嘴："别出声，别听，别看。"

太迟了。秦姣什么都看见了。她看见一把刀生生从中间斩断了自己同族人的尾巴，猩红的液体流了一地，那些刽子手仍旧没有停手的意思。

秦姣的脑袋一片空白，就这样和石斛躲在小树林里，一直等到族人的呼救和惨叫声渐渐消失。

那群刽子手拖着战利品走了。

秦姣忍不住，跑到路边的沟渠边呕吐不止。太可怜了，她不能想象，倘若那些刽子手把刀横在自己的脖子上，她要用什么方式去面对。

回去的路上，秦姣反复念叨："他们为什么要杀横公鱼？为什么没有人阻止他们？"

石斛无法回答她。

秦姣学着石斛的样子，在湖边枯坐。她从那一天开始，也感受到了世界的参差。

在秦姣的央求下，石斛不得不告诉她事情的原委。横公鱼族来自九原城，如今两城交战，九原城城主不想为横公鱼开城门，族人因此滞留在无庸城，被无庸城士兵当成了泄愤的对象。

"你的父亲，也在这次战乱里不幸被杀了。"石斛动了动唇，不知道是不是应该再安慰秦姣两句。

秦姣何其聪慧，早就从石斛的这句话联想到了她看到的士兵所做的事。她不能再想下去，她不想做父亲被腰斩拖走的噩梦，还总是忍不住哭起来。

石斛轻声地安慰她："你别哭，我给你糖吃。"

秦姣还是哭，石斛又道："你放心，你在石家很安全，永远都不会有事。我向你保证，我保护你。"

"真的？"秦姣总算得到了一丝安慰。

石斛点点头，认真地回答她："真的。"

他那么聪明，他可以保护秦姣。

那时秦姣单纯地觉得自己好像忽然找到了依靠，但是她从未想过，石斛来保护她了，谁来保护石斛？

— 8 —

石家祖上曾十分阔气，只是到了石斛父母这一辈，因为战乱，除了一座大宅子和几间商铺传了下来，其他的产业已经变卖了。

那几间商铺在战火纷飞的年代，也是门庭寥落。夫妻俩日常都在为军队提供物资忙碌着，基本不回家。正因为如此，一旦军中或官府有风吹草动，他们总能第一时间知道。当他们得知军中有人怀疑他们私下帮助横公鱼的时候，便知大祸临头了。

他们回到家，开始收拾细软。

"爹、娘，你们这是在做什么？"石斛肚子饿了，想吃午饭，顺便给秦姣拿了几块桂花糕。

"斛儿，咱们要离开这里。你去通知秦姨他们，我和你娘再收拾点东西，今晚就走。不，现在就走。"

石斛点点头，马上去了。他也总觉得这一天会到来。世上哪有不透风的墙，但是他没有做好准备，至少不是现在。

爹和娘都没有选择告发秦姨，而是带着秦姨一家逃命。以后他们一家，也要过和横公鱼一族同样颠沛流离的生活吗？石斛对未来充满担忧。

石斛很快地来到了秦姨的厢房，道："秦姨，爹让你们赶紧收拾东西，要走了！"

"走？去哪儿？"秦姨正哄秦姣午睡。

"有人觉察到了。"石斛道。

秦姨皱眉，把还在午休的秦姣叫醒，他们三人又急忙找了在后院湖里玩耍的秦峦，一行人匆匆地从后院出去。

因为事发突然，石斛的父母只挑了一些贵重的东西带着。

他们才离开不久，就有官兵从大街上奔驰而过，往石家去了。城门口也关闭了，官兵挨个儿盘查出城的人。

石父松了一口气："幸好我们出来得早，不然这会儿就麻烦了。"

秦姨眉头紧蹙："如今城门也封锁了，我们该怎么出去？"

"城门虽然不能走了，但我们可以从其他的路出去。"石父道，"昌黎城山多，不是每个山口都有人把守。"

秦姨忍不住道："石家对我秦家三人的恩德，我当真不知道该用什么做回报。"

"天可怜见，就算是路边的乞丐落难了，也要忍不住施以援手，何况横公鱼一族本是瑞兽，没想到如今会落到这步田地。"

"要怪，就怪这天道。"秦姨叹了一口气，"山路崎岖凶险，我看不如就到这里吧，让我去引开官兵，你们带着姣儿和峦儿离开吧。"

"使不得，"石父当即拒绝，"既然还有别的办法，为什么要做傻事？山路再凶险，也得先试一试。"

"可是……"

石母也道："既然已经出来了，我们就是一条船上的人。无论如何都要想办法离开昌黎城。我们不离开斛儿，你也不要轻言放弃。"

石母的话打动了秦姨，她点点头。几人分吃了一些干粮，开始计划如何从山路离开昌黎城。

昌黎城地处东南，山林茂密，地势易守难攻，但城里的人想要出去，也只能通过唯一的官道。有的地方甚至因为没有桥，还得通过绳索才能出村。

他们现在要面对的，并不仅仅是山路崎岖的问题。深山密林里最不缺的就是猛兽，大人也就罢了，还有三个年幼的孩子，这条路的确凶险万分。

一连几天，石斛的父母也没想到什么安全的法子。

这天，石斛的父母从外面买了一些汤粉回来，几个人正吃着，石斛忽然听到农家小院女主人的声音。石斛的听力一向比别人敏锐，尤其是在逃命的时候。石斛放下筷子，假装去厕所，在路过厨房的时候，他侧耳细听了一会儿。

女主人怀疑他们收留的这群人是官府正在通缉的要犯，因为官府开的赏银很高，他们打算去官府告状。

石斛回到屋中，把自己所听到的一五一十说了。石父当即把所有的吃食打包，几个人悄悄溜到后院，逃了。

同样的事情，他们这些日子经历了好几次，官府的盘查力度越来越大，他们的容身之地越来越少。

三个大人三个孩子，走到哪儿都引人注目，他们不得已躲到了山林之中。

他们找了个山洞，日常，石父会外出采购一些必需品。有时候，他们也会寻找山里有没有对外的通路。

不知不觉几个月过去了，秦姣从一开始的爱哭包变成了一个能在山里穿行的野孩子。她正处在爱美的年纪，在河边游玩的时候，会忍不住收集一些漂亮的石头和贝壳做成首饰戴在自己身上。她偶尔还会做一些首饰，送给娘亲和石姨。

她娘亲自上山以后，眉头皱得越来越深，不管石母和秦姣怎么开导，她都不见喜色。

娘亲的忧愁让秦姣也很担心，她把自己的烦恼对石斛说了。

"我记得娘有一次说想做靶子引开官兵，让我们都能逃出去。可那样我和哥哥就没有娘了，怎么办？"秦姣说着说着便哭起来。

"别担心，我爹一定能想到办法，到时候我们就能离开昌黎城，恢复正常的生活了。"石斛嘴上这么说，但心里也挺犯愁。

这几天，他父母晚上会说悄悄话，说的都是带的钱就要花光了，这么多人没有收入还要东躲西藏，要是再找不到出去的路，只怕无法继续生存下去。

可他们几乎探完了所有的路，倘若走山路，远比被官兵追捕凶险。这昌黎城的地势就像一个桶，大人走悬崖绝壁尚且困难，几个小孩要是有闪失，他们会愧疚终生。

第二天，石斛发现他们吃的菜没有了肉。父亲见石斛不吃，忙笑着道："我前几天买的肉吃完了，还没来得及买新的。最近探路探得勤快，忘记买了。明天咱们就有肉吃了。"

尽管石斛明明没挑剔菜太素，但石父很紧张。

他的儿子早慧，他担心石斛看出端倪。

此地无银三百两，石斛的心情变得越发焦躁。

又过了几天，菜里还是没有肉。石父知道自己瞒不下去了，趁着吃饭的时候，他道："过两天就是端午节，那天晚上有表演，最近会有表演队陆陆续续入城。等演出结束了，我们可以混在表演队里出去。"

"可是，人家表演队会帮我们吗？"秦姣好奇地问。

"不必担心，我与那杂耍班班主有恩，已经和他说好了。到时候你的姨娘、石斛还有我会扮成表演队的人，你们三个就躲在箱子里，等出了城再出来。"

秦姣娘亲的眼神中总算有了些光彩，但又忍不住问："这样会不会太冒险了？"

"比起走山路，这已经是最安全的法子了。那天来往的杂耍班子很多，放心吧，不会有事的。"

事实上，他们是到了不得不走的地步。

石斛年纪渐长，他们不能让石斛一直待在深山老林里毫无长进。而且现在坐吃山空，他们也没有办法继续在山里生存下去。

石母也盼着离开大山很久了，唯一让她牵挂的是自家的老宅。他们逃得匆忙，许多珍贵的古董瓷器、家具衣物都还留在家里。

石父安慰道："旧的不去，新的不来。就算现在回去，家里的东西怕也被洗劫一空了。"

石母听了，越发抑郁。

—9—

端午节，大街小巷热闹非凡。尤其是到了傍晚，龙舟竞渡，人声鼎沸。戏班子、杂耍班子轮番上阵，夜晚的彩灯把昌黎城照得亮如白昼。

石家人和秦家人兵分两路。石斛和父母在杂耍班班主的接应下，混入后台开始打扮。秦姣、秦峦和娘亲躲在后面堆放杂物的箱子里面，等着被运出城。

秦姣周围一片漆黑，大气都不敢出，只听外面吵吵嚷嚷的，一直到后半夜，秦姣憋不住了，悄悄推开箱子。

箱子才露出了一道缝隙，秦姣就见杂耍班子的班主和石斛的父母在后台说话。不知道他们说了什么，不一会儿，他们扭打了起来。突然，一把刀插进了石斛父亲的身体，石斛父亲倒下了。随后，那把刀又插入了石斛母亲的身体，石斛的母亲也倒下了。

秦姣瞪大了眼睛，不敢发出声音。

杂耍班班主把石斛的父母拖到一边，用破布盖住，便离开了。晚上的演出事务繁多杂乱，他一时间顾不上这里。

秦姣推开箱子，勉强从箱子里爬出来。她刚刚站直身体，就见原本躲在角落里的石斛出来了，站在那用破布盖住的两具尸体前面。

石斛盯着破布，一直没有说话。他的眼神很奇怪，像是被人突然抽走了灵魂一样。

秦姣发出的动静让石斛转过头来，他突然跑到秦姣面前，抓住她的手便往外跑。

他的手滑腻腻的，像是出了很多汗。

秦姣后来回忆，这大约是因为，他当时很紧张。

他紧张不是因为第一次牵秦姣的手，而是他清楚地知道，杂耍班班主背叛了父母。

举报逃犯可以领一百两赏银，但帮助逃犯出城，一旦被发现，便是砍头的大罪。

班主是个俗人。

在官兵和班主进后台的时候，石斛和秦姣躲到了观看表演的人群中。

官兵将秦姣的娘亲搜了出来，那一瞬间，石斛捂住了秦姣的嘴。然后，他强行拽着秦姣往后退。

秦姣挣扎得很厉害，石斛便单手将她劈晕了。

石斛很清楚，秦姣受不了那样的刺激。可他呢，在秦姨行刑的刑场前，挪不开目光。他知道，自己一辈子都不可能忘记那一幕残忍的场景。

等秦姣再醒来的时候，已经置身昌黎城外的树林里。石斛、秦峦都在她身边。原来秦峦当时因为想解手溜出了箱子，也因为这样，他逃过一劫。

秦姣不解地问："后来呢？后来你们怎么逃出来的？"

石斛道："后来我们又回去了。"

"回去，回到了箱子里？"

"不错。最危险的地方，就是最安全的地方。"

石斛的声音淡淡的，秦姣注意到他的脸颊上有血迹，惊讶地问："石斛，你的脸怎么了？"

石斛没有说话。

秦峦小声对秦姣道："方才，他为父母报了仇。"

秦姣的心揪了一下。

石斛和秦峦随着杂耍班子出城，趁着班主在路边解手的空当，石斛在背后悄无声息地给了他一刀。

秦姣想到他父母的遭遇，不免为他伤心。当她想到娘亲的遭遇，心中更加悲伤了。她甚至不敢问秦峦，秦峦也没有说。

晚上，他们三个在密林之中夜宿。石斛生了一堆火，火上面烤着一只野兔。石斛一边烤，一边想，倘若以前和爹娘多说两句话就好了。

石斛又想，爹娘为什么要为秦家牺牲这么大？倘若没有他们，自己还是锦衣玉食的公子。

可石斛又理解他们，因为他也曾说过，就算是路边的乞丐濒死，他也会忍不住伸出援助之手。

只是，代价未免大了一些，结局未免残忍了一些。

"石斛，兔子肉烤焦了。"秦姣提醒他。

石斛如梦初醒，忙翻转兔身。

离开昌黎城后，石斛和他们兄妹二人不小心走散了。后来的许多年，等秦姣再见石斛，他的模样、性情和从前相比大相径庭。

听闻石斛落单以后，被一个美妇人捡到，美妇人觉得他干净俊俏，又特别懂事，就将他带回了家中，如儿子一般对待，供他读书识字。后来美妇人因病去世，他便继承了美妇人全部的遗产，自己也因为猎杀横公鱼有功，被擢升为大夫，财富加身，权势加身。

秦姣再见石斛，就是在他因猎杀横公鱼有功，做大夫的那一年。

那一年，秦姣刚刚断尾求生，化作人类的模样。

她听到石斛的名字，便想上门寻他，想问他，这些年究竟发生了什么？

不过秦姣已经不是当年的懵懂女童，她选择在石斛府邸附近的饭馆里做杂活，伺机接近石斛。

石斛喜欢吃府邸附近七宝斋制的点心，秦姣混入七宝斋，终于有一次，轮到她进石府送点心。

石府比她想象中守卫得更加森严。

据说，石府里面有一个地牢，关押着昌黎城的重犯，所以就算是私宅，也每隔百米便配备了守卫。平时，还有两班十人队在府中巡逻。

秦姣从下人口中得知，石斛患有怪病，半夜总是会莫名其妙惊醒，睡眠极浅。

秦姣在点心里放了一张字条，上书"故人有约，酉时三刻十里亭见，请君独行"。

半夜，秦姣在十里亭附近等候，石斛果真一个人前来。

秦姣戴着兜帽，等了一会儿，确认他没有带护卫，才在他面前现身。

经年过去，两人容貌改换，莫说石斛认不出秦姣，就是秦姣也认不出石斛了。不过，石斛不认识她，却知道她是横公鱼。

那年昌黎城破，将军李飞度带兵收复失地，曾在战乱废墟之中找到一条横公鱼。她躲在罅隙里面，一条鱼尾在旱地里摆动，掀起无数尘土。如玉的容颜沾满尘土与血污，唯有那一双眼睛，还明亮如故。

石斛当时还不是一方大夫，他劝李飞度杀死秦姣，然而李飞度借故放走了秦姣。所以，当得知半夜约见他的故人是秦姣，他着实吃了一惊。

"大胆妖孽，竟敢妄称我的故人！"石斛拔出腰间长剑，攻击秦姣。

秦姣惊慌闪躲道："石斛哥哥，你当真不记得我了吗？"

"我怎么不记得，当年第一次见你，我就让李飞度杀了你。谁知道他妇人之仁，将你放走！"石斛的剑势凌厉，没有一丝留手。

如果不是他演技逼真，便是他真的忘了。

他疯得根本不愿意听秦姣解释，秦姣不得已，只能趁着夜色逃跑。

这让石斛颇为懊恼，本想回去下令抓捕秦姣，但是几次提笔，总记不清楚秦姣的样子，只能作罢。

至此秦姣已然知晓，她没有办法和石斛平等对话。她又着实好奇石斛的变化。这些年来，她四处打探，才知道原来石斛得了失忆症。

石斛每天喝药，病不但不见好转，反而在喝药之后，病症越发严重，且两极分化严重，有的事情他记得非常清楚，有的事情他全然忘记了。

如此颠三倒四的记忆，也让他做出许多啼笑皆非的事。

譬如他某天有意早起，要登门巴结上司，等他到了对方的府邸前，才想起来昨天和前天，他已经来过两次。

他送给各个州城长官的礼物，有的一连送了五六份，有的长官上任一年了，他还未打点过一次……

相对重要的事他都做得如此乱七八糟，更遑论平时吃饭穿衣的小事。

有时候他一天吃七八顿，有时候他明明很饿，又觉得自己已经吃过了。

他请大夫来把脉，问大夫自己吃过饭了怎么还饿，大夫只把他当神经病。

不管他请了多少名医，就是治不好他这颠三倒四的记忆。他没有办法，只能请管家安排他的日程，帮他处理日常起居相关事宜。

他本以为如此就能高枕无忧了，但五年前，府里发生了一件大事。

有人告发管家偷盗，挪用公款，私自释放重犯，还以石斛的名义做了很多龌龊事，影响极其恶劣。这件事一度惊动了昌黎城城主，城主派人到石府调查石斛是否有精神病一事，吓得府中上下人等不敢吱声。

说来也怪，监察官员来了之后，石斛的表现极其正常，甚至可以用惊为天人来形容。

石斛不仅没有失忆，还清楚地记得这个和自己只有一面之缘的监察官的生平事，连对方的饮食习惯都一清二楚。

石斛以厚礼赠之，伺候得监察官甚是满意，监察官回到城主府，对石斛极尽夸赞之能事，石斛才安然渡过此次危机。

至于石府管家，在当天晚上就被石斛装袋沉了湖。

据说，石斛处理完这一切之后，半夜连续惊醒三次，急得他翻箱倒柜找药吃。吃完之后，第二天他又变得颠三倒四，甚至还安排人去接待已经离开的监察官。

石斛的好友李飞度不忍看他因为精神病荒废前途，便主动给他介绍了一个可靠的"管家"——乔装打扮之后的秦姣。

石斛朋友极少，虽然因为李飞度私自放走横公鱼一事，与李飞度有了嫌隙，可两人毕竟曾是同窗，李飞度的为人，石斛还是信得过的，便让秦姣入了石府。

秦姣入府后才发现，石斛的病绝非伪装，甚至，他已经到了病入膏肓的地步。

吃了饭不到半炷香的时间，他便忘了自己是不是吃过饭，对自己早上吃的东西完全没有记忆。有时候他会不记得周围人的名字，甚至忘记自己的身份。这种情况到了晚上才会好转，一旦他的状态有所恢复，他便会紧张地吃药……

在秦姣当管家的两个月后，石斛的病情得到缓解。那段时间，他吃药吃得格外勤快。

听闻海边有鲛人出没，石斛打起十二分精神，准备出海捉鱼，石府就交给秦姣全权打理。

透过窗户，秦姣看到石斛在房间内佩戴护心镜。

秦姣想，千万不能让石斛出海。不管海边是不是藏着同族，只要石斛不出海，同族就能保全性命。

到了石斛吃药的时候了，秦姣故意换了一服安眠药，这样，石斛明天早上的记忆就会颠三倒四。她端着药进屋，恭敬地呈给石斛："大人，您的药。"

"放那边吧。"石斛道。

"药是温的，大人不要放凉了。"秦姣轻声提醒。

石斛瞥了她一眼，端起碗一饮而尽："这样可好？"

秦姣点点头："属下并无他意，只是希望大人能按时服药，早日康复。"

"好。"石斛道，"秦管家有心了。"

他说着，忽然打了个哈欠，不知道为何会这么疲惫。他放下护心镜，准备更衣就寝。他见周围没什么伶俐的人，便对秦姣道："秦管家，你过来为我更衣吧。"

"我？"秦姣愣了一下。

"有何不可？"石斛张开手臂，"都是男人，不必扭捏。"

秦姣缩着脑袋过去，给石斛脱了外套。

石斛忍不住道："秦管家这身上，总是有一股淡淡的香味，像女人似的。"

"大人说笑了，也许是我来了石府以后，怕熏着大人，佩戴了香囊的缘故。"

"是吗？"石斛笑了笑。

"秦管家当真是讲究。我听李飞度说，你是昌黎本地人，是家里的独子，曾在李家做了多年的下人，是不是？"石斛问。

秦姣略显惊讶："大人都记得？"

"忽然便想起来了。难得你办事伶俐，等我从海边回来，要好好赏你。你现在就可以想想，要什么赏赐了。"石斛边脱靴子边道。

秦姣低着头，心想，她什么赏赐都不需要，她只希望石斛能变回原来的样子，放过横公鱼族。

这些话，她无法讲给石斛听，只得道："属下什么都不求，只要大人能赏我一口饱饭，让我有安身立命之所就可以了。"

"所求如此简单？那你现在不就如此了？"石斛奇怪。

秦姣对他行礼，弓着身子退了出去，关上门。

第二天，石斛一早醒来，忽然发狂似的找药吃。

他一天只需要喝一服药，临睡的时候才喝，所以现在下人们还没给他煎药。没喝药的石斛眼圈青黑，无精打采。

秦姣心想，他或许已经忘了今日之事。她故意上前试探："大人，您出海的行装已经备好，早饭也已经做好，您看什么时候出发？"

石斛悚然一顿。

"大人？"秦姣发现他的状态不对，看着又不像是失忆了。

曾经一目十行、事无巨细记得特别清楚的石斛，竟然会被失忆的问题困扰。秦姣觉得，命运很可笑。

石斛抓了抓头发，一双眼冒着幽幽的寒光，像是饿了十天半个月。他干擦了一把脸，声音嘶哑："不去了，不出海了。让我一个人待一会儿。"顿了顿，他又大声道，"让厨房尽快煎药！"

石斛回到屋中，秦姣莫名担心，在屋外问："大人，你还好吗？先吃早饭吧，不能饿着肚子。"

"你们吃吧。"石斛有些语无伦次。

秦姣惶恐道："大人的饭我们怎么敢吃？"

石斛道："不妨事，吃吧。"

他好像忽然变得十分柔和，像个做错了事的孩子，连声音高一点都怕惊扰了别人。

有那么一瞬，秦姣恍惚看到了曾经的石斛，那个喜欢坐在湖边沉思，为一件小事纠结的石斛。

"大人，你是不是遇到了什么难事，不如告诉我？"秦姣鼓起勇气道。

石斛沉默着。

就在秦姣觉得自己问不出什么的时候，石斛又打开了门："秦管家和我一起吃吧。"

石斛没有亲人，也许是爱屋及乌的缘故，他对秦姣有一种奇妙的熟悉感。

李飞度把秦姣介绍过来的时候曾说，秦姣的容貌因为一场大火损毁，但她做事周全仔细，所以请石斛善待她。

石斛对她的外表浑不在意，饭菜上桌，还让秦姣多吃点。

秦姣越来越恍惚，不知怎么的，开始啪嗒啪嗒地掉眼泪。

"秦管家哭什么？"石斛莫名其妙。

秦姣忙擦了擦脸："没什么，就是感动。"

她想起很久以前，他们坐在一起吃饭的情形。可现在就算他们还能在同一张桌子上吃饭，也回不到最初了。

她没有办法原谅石斛对横公鱼一族的伤害，也无法忘记石家的牺牲和他对自己的恩情。

秦姣的眼泪掉得厉害，不得已转过身去，一边把饭往嘴里塞，一边问："我曾听过大人一个故事，说大人还很小的时候，父母因为护着横公鱼被杀了。大人因此怨恨横公鱼，所以才对横公鱼族赶尽杀绝吗？"

石斛霍然起身："你到底是谁？"

秦姣惊觉自己失言，丢了饭碗，往屋外跑。

石斛抓住了她，将她一把拽回来。

在挣扎的时候，秦姣的假面皮掉了，一头长发也散下来。石斛清清楚楚地看见了这张他日思夜想的脸孔，一时怔住。

"秦……秦姣？"

他又想起来了，秦姣还以为他会像在十里亭那儿一样，又拔剑刺她。

在石斛分神的时候，秦姣推开了他。

她出了石府，想到自己就这样对石斛置之不理，想到自己已经没有办法信任石斛，便悲从中来。

他一定有很多话想对自己说，可自己懦弱地选择了逃跑。

这之后她再试图靠近石斛，他又变成了不近人情、冷峻陌生的模样。

他的割裂让秦姣好奇、不解。

李府中，秦姣看向玉瑶，道："我知道石斛和我族有不共戴天之仇，但他的父母，还有他也真真切切因为帮我族人而受到了莫大的伤害。我只想调查清楚他变化的真相，也许还能说服他释放关押在昌黎的横公鱼。"

秦姣早就想再进一次石府，等到今日，不过是为了确认自己的哥哥已经平安获救。

玉瑶自然不可怜石斛，她只是注意到了秦姣忽略的地方。

"秦姣，你在他身边那么多年，可曾发现他身体有什么异常？譬如月圆之夜，他的耳廓后面，是否出现过不一样的胎记？"

"是，他的耳朵后会在月圆之夜显现一个火焰形的胎记。怎么了？"秦姣疑惑。

"没什么。"玉瑶眸底透出狡黠。

她只是没想到，石斛的命留到今日，还能给横公鱼族的兴旺发挥作用。

耳后有火焰胎记的人，定是舍离珠的宿主。

这也解释了，他为什么能过目不忘，把一切都记得清清楚楚。

虽然现在，他"痴呆疯傻"得厉害。

玉瑶对他杀鱼的因果不感兴趣，更不会放过他。

她要取出石斛体内的舍离珠，集齐所有舍离珠，她就能复活铎罗，挑起无庸城和九原城的战争。

两城的子民这些年未免过得也太轻松了！她一定要让他们为当年的错误付出血的代价！

玉瑶的眼睛微红，似乎有些狂热。

小伤看见了她眼底的狂热，想，自己必须做点什么。

"玉掌柜，若是你想接近石斛，我有一个办法。"

玉瑶忙问："什么办法？"

"有一个人，石斛颇为信任。我们可以借助他的力量，进入石府。"

玉瑶大约猜到："……莫啸？我怎么把这憨货忘了。"

石斛常年被梦魇困扰，格外信任谙熟解梦的莫啸。如果让莫啸引他们入府，未尝不可。

"但是，莫啸会同意吗？"

"不劳掌柜费心，我能说服他。"小伤道。

"若是交给别人，我还不放心。那就有劳你了。"不知道为什么，任何事情交给小伤做，玉瑶总格外放心。

也许是因为，小伤不像其他人那般轻佻。

又或许，她现在对小伤有些依赖。

秦姣不太理解玉瑶想做什么，但她不会过问。

她只想找到石斛，完成自己的心愿。

—— 11 ——

晚上，李飞度让下人备了酒菜，款待玉瑶和小伤。小伤不许玉瑶饮酒，她觉得特别没有意思，一个人回屋休息了。

三杯淡酒下了肚，小伤对李飞度道："李将军，你可知道今天晚上天有异象？"

"什么异象？"

"你随我到楼上一观。"小伤说着，和李飞度上了阁楼。

李飞度家的阁楼可以爬到屋顶，于是下一瞬，玉瑶就见两个男人坐在屋脊上，不知道在聊些什么。

"李将军行军这么多年，受过不少气吧？"小伤淡淡地问。

"不知你指的是……"

"我听闻李将军这次回来，是被昌黎城城主特召回来的。如今昌黎城太平无事，城主不想让你回边疆，也许是担心你拥兵自重。"

李飞度喝了一口酒。

不错，他除了行军打仗，什么都不关心。他不关心，不代表别人不关心。他们讨厌他中庸的立场，总是给他使绊子。

"我李家世代忠良，他担心什么劲！莫说他们担心我反，就算城主把位子让给我，我也决不会要。我们李家祖训在此，我怎能辱没先祖？"

"将军的心，天知地知，你知我知。不过眼下我有一件事需要将军帮忙，望将军答应。"

"你说的可是关于石斛的事？他如今已经不信任我了，让我帮你，还不如让你说的那个莫啸帮你靠谱。"

"不。我想让将军借我十万精兵。"

李飞度皱眉："你到底想干什么？"

小伤一双眼似寒潭深不见底，喝了一口酒，笑了笑："你还记得吗？当年，谁曾在你被敌军伏击之后，率一百名士兵破敌军营寨将你救回？"

李飞度瞳孔震颤："曙少主？"

他当然记得。当初司空曙戴银色面具，单枪匹马取敌人首级，那等光辉事迹，现在还在军中流传。

李飞度这条命，也是司空曙所救。只是他听闻司空曙已经死于疾病，现任城主司空辉每年还煞有介事地祭奠这位胞弟。

李飞度盯着小伤的眼睛，不确定地道："他还活着？你跟他是什么关系？"

小伤道："我即是他。"

李飞度起身，打量他。

人人都惋惜司空曙，曾经光辉灿烂的司空曙，怎么会是面前这个不起眼的药铺伙计？

可他细看小伤，对方总是一副淡然的模样。

他终于窥到小伤不经意间流露出的高贵气质来了。

小伤以拇指轻叩桌面，抬眸望他："所有人都以为我死了是不是？当然，不是我死了，是有人巴不得我死了。"

他沦落至此，他的胞兄司空辉当记头功。

司空曙自小天赋异禀，事事压司空辉一头。无庸城城主府有祖训，立长不立贤。立长子没有争议，但是否贤能，人人心里都有一杆秤。

祖训传到司空曙父亲这一代，开始变成一纸空文。

盖因他父亲偏疼他这个天赋异禀的嫡子。让他父亲没想到的是，司空辉闻得此事，还恭喜司空曙，乃至表现得感激涕零："我一直担心自己的德才不能胜任城主之位，如今父王决意将王位传于弟弟，我心底的大石头总算落了地。"

司空曙信了。

他多年戎马倥偬，性情直爽，而司空辉久居主城，对他向来和颜悦色，疼爱有加。他相信司空辉的恭喜是发自真心的。那日，父亲宣他到内庭叙话，有意立他为少主，当天晚上司空辉便设宴为他庆贺。

他很高兴，应司空辉的要求多喝了两杯，后半夜，他忽然浑身发烫，双脚疼痛难忍，不得已呼喊司空辉的名字，司空辉见状却大叫妖怪，让护卫将他杀死。

后来他才知道，他喝了用横公鱼骨头熬制的汤，从人变成了妖物。

这自然都是司空辉的阴谋，他要做的不仅仅是杀死司空曙，而是让司空曙绝望而清楚地意识到——他以后便成了人人喊打的横公鱼，就算侥幸得生，也不会有人让他做城主。

杀人不如诛心，司空辉对司空曙所做的，又何止这一件。

司空辉将司空曙驱逐出城，司空曙的父亲司空凛不得已让司空辉继承了城主之位。此后，司空辉又派暗卫追杀司空曙，逼得司空曙退无可退，只能跳河，寻得一线生机。

在司空曙昏迷期间，司空辉软禁司空凛，又赐司空曙生母毒酒，让司空曙无家可归。

即便如此，他一天不见到司空曙，一天难安。

这让司空曙如何相信，司空辉是记忆中那个总是微笑的、满脸和气的兄长？

李飞度不知他曾经敬仰的少主竟有如此遭遇，气得差点把酒杯捏碎。

"少主！我现在就杀到无庸城，取了司空辉首级给你下酒！"

小伤笑了笑，阻止道："君子报仇，十年不晚，何必着急于一时？如今司空辉羽翼丰满，想要撼动他的根基，须得小心筹谋。不知事到如今，你可愿借我十万精兵？"

李飞度道："曙少主莫开玩笑了，你救过我的命，莫说十万，舍我李飞度这身剐，也要替少主报仇雪恨！"

小伤露出了笑意："好，我敬你一杯。"

他只是浅抿，李飞度却是一口闷。

北风劲吹，玉瑶起身关窗，见那两个男人还在对饮，忍不住翻了个白眼。

小伤真是，只许州官放火，不许百姓点灯。

她也想喝酒！

清晨，玉瑶苏醒时，已经不见小伤踪影。玉瑶向秦姣打听，秦姣只说小伤找莫啸去了。

还是同一家客栈，莫啸的风寒还没好，等小伤给他买好吃的。

小伤提着一只叫花鸡，敲了敲门。

莫啸"咳咳"两声，给小伤开了门。

小伤难得露出狐狸一样的笑容，莫啸只觉得浑身起了鸡皮疙瘩，十分不自在，警惕地问："有事找我？"

"没有猜错的话，你现在身体已经大好了吧？"小伤问。

莫啸给他倒了一杯水，自己舔了舔唇："好不好又怎么样？"

莫啸正为自己无法潜入石府的地牢而发愁。也不知道石斛的部下都是怎么训练出来的，一个比一个精明，像自己这样精明的人，竟然没有办法骗过他们。

小伤喝了一口水，把给莫啸准备的叫花鸡的牛皮纸揭开，撕下鸡腿肉放在小盘子里，推到莫啸面前。

小伤如此殷勤，莫啸不由得怀疑："说吧，你到底想干什么？"

"很简单，请你帮一个忙，带我和玉瑶进石府。"小伤开门见山。

"我就知道！"莫啸激动地站了起来，"我就知道你和玉瑶来昌黎城不是为了散心，你们到底想干什么？"

"你先坐下，"小伤又喝了一小口水，才道，"我们来昌黎城不是为了散心，你又如何？你不过五十步笑百步罢了。"

"哦？你都知道什么？"

"昌黎城最吸引你的，恐怕是这儿的人鱼传说吧？数年前，横公鱼一族流亡到昌黎，被石斛大夫大肆剿杀。这些年，石斛大夫还在不遗余力地清剿横公鱼族。你哪儿也不去，偏偏入了石府，我不得不怀疑你的动机。"

"一切只是你的揣测而已。"莫啸吃了块鸡腿肉转移小伤的注意力。

"不管我是不是揣测，但我可以保证，你带我们进府，我可以帮你分散石斛的注意力。到时候你想干什么，都轻而易举。"

既然是交易，莫啸便不藏着掖着了。

"这个嘛……聪明的不是石斛，而是他的那些手下。只要觉察到一点不对劲，他们宁可错杀都不错放。"

"那天你说石府闹贼……所以，那贼不是别人，是你自己？"

莫啸一怔，光顾着吃鸡肉，暴露了。

小伤道："我不管你是什么人，也不管你为什么找横公鱼，但我和玉瑶要做的事，关乎无庸城的命运。如果你不答应，我就把你做贼的事捅出去。"

"卑鄙！"莫啸忍不住道。

"无毒不丈夫。"小伤笑得像狐狸。

莫啸吃了一口鸡腿肉，想了想，道："让我带你们进去也不是不可以，但话要说清楚。一、你们做的事怎么就关乎无庸城的命运了？二、你们能怎么帮我？"

"你可知石斛靠杀鱼的功劳成为上大夫之前，是很善良的。只是出于某些缘故，变成了现在疯癫健忘的样子。

"我们此番就是为了给他治病，找到他健忘的根源，让他找回从前善良的本性，对自己所作所为诚心悔过。你跟在他身边，他迟早会释放横公鱼。你若再想接触这些鱼，岂不容易？"

原来如此。

莫啸一连吃了两只鸡腿，又问："石斛猎杀横公鱼，和无庸城的命运有什么关系？"

"石斛释放横公鱼与无庸城无关，但他体内藏着一颗关乎两城和大荒命运的神珠舍离珠。有人想集齐那些珠子唤醒修罗族战神铎罗，挑起两城的战火，我们必须在那人得逞之前把珠子取走。"

"竟有此事？"莫啸手里的鸡腿"咚"的一声掉在盘里。

关于铎罗的传说，莫啸也曾听说过。但没想到，真有人会不辞辛苦地寻找舍离珠。

"既然如此，这个忙我帮定了。"莫啸道。

时至今日，小伤与玉瑶都无从得知他来无庸城寻找横公鱼的目的，小伤好奇："你也不想看到两城起冲突？"

莫啸暗暗思忖，这件事情根本没有必要解释，除非小伤怀疑他寻找横公鱼是怀着什么不可告人的目的。

"不管你是否相信，我不希望两城起冲突。我初来昌黎城的时候，先去了一趟海边。大海很蓝，渔民的生活平静纯朴。虽然我没有找到自己想要的东西，但是我很喜欢和他们在一起的日子。倘若两城因为铎罗又陷入战火，这份平静就不复存在了。"

小伤意外，他还以为，莫啸作为九原城子民，对无庸城始终怀有敌意。

他这么说，小伤不禁想和他做兄弟。

"年轻的时候，我曾带兵清剿九原城敌军，俘虏了不少战俘。他们和我们无庸城的子民一样，两只眼睛、一个鼻子、一张嘴。那时我就在想，为什么两城要交战？"

"你……带兵？"莫啸惊诧。

小伤笑笑："怎么，觉得我太瘦了，不像行伍之人？"

"你看看你自己，无论是长相还是气质，都不像将领。何况你如今也就二十出头，更年轻的时候，岂不是十几岁？那时候你还在长个，肯定不如现在。现在不像，以前更不像……"

"别看我瘦弱，我力气大得惊人。"小伤撸起袖子，"不然比一比？"

莫啸道："比就比。"

掰手腕比赛，莫啸还没反应过来就输了，胳膊差点被掰折。然后，莫啸又试了三次，连输三局。莫啸不服："你作弊！"

小伤道："换一只手。"

莫啸又连输三局。

莫啸揉着发痛的手，龇牙咧嘴："你到底是什么怪物？"

"的确算……怪物？我天赋异禀，八岁便能百步穿杨，十岁被称将帅之才，十三岁已经可以率领千骑精兵。"

"这么说，你是将门虎子，怎么会沦落到大梦药铺做长工的地步？难不成你老爹谋反，连累你成了钦犯？"

"也许吧。"小伤撕下一块鸡胸肉，回想往日荣光，以前觉得自己是被选中的幸运儿，现在才觉得，他的运气早早因为天赋异禀被用光了。

小伤岔开话题，问："我会行军打仗，就算离开了战场还有力气干活，而你只会玄学，如何在这世间立足？"

小伤又轻蔑道："看你这细皮嫩肉的样子，从前必定非富即贵，是大家族里庸庸碌碌的寄生虫。"

"非也。我乃天选之子，百年难得一见的占星师，是我莫家绝对的骄傲！"莫啸道。

"是吗？"小伤有一种鱼儿上钩的感觉，忍不住戏谑道，"那就是了，无庸城或许有大家族的子弟研究玄术，可从来没有人以此为傲。而玄术最受推崇的地方，在九原。能让家族为你而光荣的，只有九原。你这个如假包换的九原人，不应该给我一个解释？"

— 12 —

莫啸全身的汗毛顿时竖了起来。

不错，他是九原人。如果小伤曾是带兵打仗的将领，又如何能允许自己一个异类在无庸城生存？

"你怕我？"小伤似笑非笑地问。

"怕？"莫啸冷哼一声，淡定地吃了口鸡肉。

他修玄术，虽不像修仙问道能获得通天的本事，但能开天眼，晓过去未来，预测祸福吉凶。他感知不到小伤对他的威胁，并不惧怕。

何况，小伤作为带兵打仗的将领，竟然蛰伏于小小饭馆，恐怕背后也藏着不可告人的秘密。都是一丘之貉，有什么可怕的？

莫啸狡黠笑道："不错，我行不更名坐不改姓，乃九原城占星师莫啸是也。你若是敢告发我，我就跟你鱼死网破。"

小伤已经猜出了他的身份，如今听到他亲口证实，倒是讶异了下。

无庸城禁玄宗，崇道宗，九原城恰好相反。

九原城修玄术的占星师地位尊贵，玄宗门掌门更有左右王储选拔的能力。

掌门的亲传弟子，亦是下任掌门候选人，往往会在年幼时便养在王储身边，及至王储继任，他亦成为城主的股肱辅臣。

莫啸，应当就是现任玄宗门掌门的亲传弟子。闻说玄宗门掌门闭关多年，他应该才是如今宗门说一不二的存在。

"你于玄宗、于九原城意义颇深，为何会独自来无庸城寻找横公鱼？"

"你以为我愿意受颠沛流离、背井离乡之苦？"莫啸斜视他一眼，道，"不过，就像你说的，一个秘密需要另一个秘密交换，倘若你不告诉我你的真实身份，我也不会告诉你我为何来此。"

小伤道："也好，但我想，我可以自己查出来。"

"也许那时候，我已经功成身退了。"莫啸把鸡肉塞进嘴里，自信地笑了笑，

"方才你不是说让我帮你夺灵珠？倘若我帮了你，你也必须让石斛把关押横公鱼地牢的钥匙交给我。"

"地牢？"

"是。他府中有一个关押重犯的地牢。如今昌黎城太平无事，哪还有那么多要犯？所以我怀疑，里面关的都是他抓到的横公鱼。"

小伤笑了："你倒是不嫌麻烦，但本来我也要放了那些鱼。只要珠子到手，我可以让他把地牢钥匙给你。"

"一言既出，驷马难追。"莫啸举起水杯，以水代酒，一饮而尽。

小伤把莫啸带到玉瑶面前的时候，玉瑶委实吃了一惊。

她啧啧赞叹："果然，这世上就没有你小伤做不成的事。"

小伤对玉瑶小声道："他还不知道秦姣、你、我都是横公鱼，所以万万不可露馅。"

"我知道。"玉瑶小声回答。

然后，玉瑶又压低声音，把小伤的叮嘱告知秦姣，秦姣笑了："防人之心不可无，公主放心。"

他们三个嘀嘀咕咕，仿佛在对莫啸评头论足。

莫啸忍不住靠近李飞度，问："我今天哪儿不对劲？她俩是不是在夸我英俊潇洒、风流倜傥？"

李飞度认真打量了一下，中肯道："莫公子除了久病初愈脸色不太好，的确堪称英俊潇洒、风流倜傥。"

"是吗？"莫啸拍了拍脸，只是只有脸色不太好，至于被评头论足？

莫啸给他们带来了几套道服："你们把这衣服换上，这几天石斛总是梦魇，我跟他说，要想除了梦魇，须得做一场法事。你们就扮成我的弟子，协助我做法事。"

"做法事？"玉瑶比画了几下手势，"到时候我们是不是得穿上这衣服，这样这样跳舞？"

莫啸托着下巴想了想，也跟着比画："嗯……还可以那样那样跳。"

玉瑶柳眉倒竖："我看你是皮痒了。"

"冤枉，冤枉。具体要怎么做，我会教你们的，到时候你们只需要按照我说的做就可以了。"

按照他的吩咐，小伤、玉瑶和秦姣都换上了道服，来到石府。

秦姣抬眸瞥去，石府的匾额已经换了颜色。距离上次一别，又过去了几年，她终于又等到了接近石斛的机会。

和莫啸几人一起进了石府，秦姣一直低着头，连呼吸都变得谨慎。玉瑶忍不住提醒："秦姣，不要太紧张，不然会露馅的。"

秦姣深吸一口气，点点头："我知道。"

她不是当年不谙世事的孩子了，也不是几年前莽撞的少女了，她知道自己接下来要做什么。

莫啸一出现，管家便匆匆过来："莫大师，昨晚石大人没睡好，又大发雷霆，今天一早起来，到处摔东西呢。你快去看看吧……"

莫啸一副早有预料的样子："别急，我已经想到了办法。"

"太好了。大人说，只有贴了您的符咒，他才能睡安稳觉。这几天您都去哪儿了？"

"我身体抱恙，恐将病气渡给大人，所以休息了几天。"

"哦，现在好点了吗？"

"已经大好了。"

"那就好。最近天气多变，莫大师要好好调养。"

两人聊着聊着，来到石斛的寝屋前。管家还没来得及进去通报，就听见里面传来瓷器碎裂的声音。

"啪"一声，碎片从门内飞了出来，溅在了秦姣脚边。

她瑟缩着，后退一步。

石斛似乎还不解气，又举起了旁边的花瓶要往外砸，管家忙进屋，跪地叩首："大人，大人息怒，莫大师来了。"

"莫大师是谁？"石斛眼神凛凛。

"您忘了，您之前失眠的顽疾，都是莫大师给您调理好的。"

石斛恍惚了一下，终于放下花瓶，揉了揉眉心，坐下来，道："让莫大师进来吧。"

莫啸几人进来了，石斛的目光扫过几人，忽然落在秦姣身上。

秦姣的头更低了，一颗心突突直跳。

石斛想了想，道："想必这位就是莫大师吧，莫大师，我头疼得厉害，你给我看看。"

管家一时尴尬："大人，那位才是莫大师，那位姑娘是他的弟子。"

石斛尴尬，咳了两声，抱歉道："我看姑娘眼熟，没想到认错了人。"

莫啸忍俊不禁："我这弟子与大人有缘，倒算她的福气。我这几日抱恙，一直没来大人府上，但始终心系大人的病症。这两天我终于想到了一个办法，可以彻底祛除围绕在大人身上的邪祟。"

"哦？大师快说。"

"我带着众弟子前来，给大人做一场法事，做了法事之后，邪祟便可尽除，大人的身体亦能康复了。"

"如此甚好，不知这法事什么时候做？需要什么准备吗？"石斛被失眠梦魇困扰得不轻，不疑有他。

如果不是亲眼所见，莫啸不信世上竟有这么奇怪的人——说话做事颠三倒四，怎么喝药都失眠，大早上便因失眠发脾气。

莫啸掐指一算，笑道："今日，就是做法事的良辰吉日。"

— 13 —

"竟然如此巧合？请大师快快做法。需要我配合的，尽管开口。"

"所需不多，一张桌子、一盆火、一片空地而已。但大人得站在我让大人站的地方。"

"哦？这是为何？"

"事关排列布阵，马虎不得。待会儿无论我们做什么，都请大人不要惊讶，也不要出声。"

石斛闻言，懵懂地点了点头。

准备好莫啸所说的物品后，玉瑶几人也按照莫啸所说，开始跳祭祀之舞。

石斛站在他们面前，观望着。只见莫啸忽然取了柳枝净瓶，四处点洒净水，偶尔也洒一点水在石斛脚边。

玉瑶小声问小伤："他这是在施法吗？"

"不，他随便洒的。"

"……"玉瑶差点被他认真的样子骗到。

等莫啸走了，小伤又取了柳枝在石斛脚边点了点。小伤走了，玉瑶取了柳枝，来到石斛身边。

石斛已经做好了被洒水的准备，但玉瑶忽然扔了柳枝，手化作鱼鳍，如刀削向石斛。夺取舍离珠有两种办法，一是本人自愿奉献，二是外人杀死宿主，取而代之。

对付仇人，玉瑶选择第二种。

石斛躲闪不及，脸被划破相，鼻骨前肉翻卷。他痛苦地号叫起来，旁边的护卫见状，纷纷拔刀，围住莫啸几人。

秦姣没想到玉瑶会突袭，阻止道："若是杀了他，昌黎的横公鱼就没法救出来了！"

"他有地牢的钥匙，抢了他的钥匙就可以救了。"玉瑶不想错过这个机会。

秦姣忙从身后拽住她，苦苦哀求："玉瑶，求你不要……"

"放开我！"仇人近在眼前，玉瑶差一点点就能要他的命。

秦姣凝视前方，道："石斛，你看看我，真的忘了吗？当年在深山里，你曾说会一直护着的女孩秦姣……"

石斛似有一阵的惊慌，但很快，他便阴了脸色："来人，给我拿下他们！"他果然不记得了。

秦姣道："你从前记得最清楚，为什么现在都忘了？"

"人类卑鄙自私，狡诈多疑，秦姣，快松手！"玉瑶恨铁不成钢，但等秦姣松开，府兵已经将众人团团围住。

玉瑶恼道："秦姣，这个结果你满意了？"

秦姣不置可否，悲哀地看着石斛，重复道："你真的忘了我吗？"

石斛皱眉："你到底是谁？"

"是你父母豁出命救回我的母亲，我们才有一起长大的机会，可后来我们走散了。"

"一起长大……"石斛的头忽然无比疼痛，不禁对着管家大喊，"我的药在哪儿？快，快去给我煎药！"

他又道："都别愣着，给我把这些人关起来！"

他的失忆症太厉害，对药的依赖越来越强。管家为难地道："大人，您早上才喝过两剂药，大夫说，是药三分毒，您不能喝那么多了。"

"少废话！"石斛越发暴虐。

小伤似乎想到了什么，问秦姣："你曾说有一日他没有喝到药，突然叫出了你的名字，还和你一起用早饭？"

"是的。"

小伤恍然大悟，道："石斛大夫！刚才发生了天大的误会，玉掌柜并非想害你，而是想帮你！"

石斛捂着自己流血的脸，冷冷地道："年轻人，你以为聪明的就只有你一个吗？"

"如果世上有人能让你不吃药也不痛苦，难道你不想试一试？"

石斛不耐烦，只让府兵快把人押下去。

沉默了一会儿，他又道："年轻人，你留下。"

小伤道："此事需要玉掌柜配合。"

石斛暴跳如雷："她刚才差点把我劈成两半！"

"我保证她不会再伤害你。"

玉瑶瞪着小伤："我承诺过吗？"

小伤偷偷攥了下她的胳膊："我们只有四个人。答应我，不要轻举妄动。"

石斛接过仆从递来的棉布，捂着流血的伤口，心有余悸。最后，他退让一步："就在这里说。"

顿了顿，他又骂管家："让你快去煎药，你杵在这里做什么！"

玉瑶不知小伤究竟想做什么，但眼下没有更好的解决办法。

石斛不肯撤走府兵，小伤只得道："如果我没猜错的话，让石斛大夫痛苦的不是失忆，而是记得太清楚。没有神药可以让你选择性忘掉不想忘记的东西，可普通人随着时间的推移，再痛苦的记忆都会减淡。石斛大夫，你想不想做个普通人？"

他一下击中了石斛的软肋。

石斛的眼皮抖动。

是的，他突然又想起来了。其实，他有超出凡俗的记忆力，连二十年前某个夜晚吃过的饺子是什么难吃的馅都记得清清楚楚。

他自然也记得，现在站在他面前，眼眶红得像兔子一样的秦姣。

他的呼吸急促，心跳也加速，只觉得自己仿若坠入河中，将要溺毙。

他摆摆手，示意府兵退下。

"我犯了大错。"他悲哀地道，"死有余辜的大错。但我看到她的脸，便希望能原谅自己，希望能回到最初。"

回到他没有杀过横公鱼的时候。

那时他和秦姣重逢，就不会怯懦。

可他如果失忆了，便不认识她，依然会伤害她。

石斛常常想，就这样死去好了，但他舍不得。常见见她也是好的，他躲在暗处偷窥就好了。

沉默良久，石斛问："你有什么办法，让我做一个普通人？"

"让你拥有超凡记忆力的元凶，是一颗藏在你体内的舍离珠。玉掌柜可以帮你取走它。"

"珠子？"石斛揉了揉发酸发胀的头，"好一个害人的东西，快帮我取了它！对了，取走它后，秦姣姑娘能否留下？我有话对你说。"

小伤看向秦姣，秦姣点点头。

玉瑶道："他肯定在打鬼主意，秦姣，你假装答应他，待会儿取走珠子，我们一起走。"

秦姣再点点头："好。"

玉瑶走到石斛面前。她告诉石斛，要学会探查自己的识海，找到舍离珠所在。

石斛依言照做。

玉瑶发现，面前的男人虽然三十多岁了，但闭上眼时，面孔竟显得很年轻。秦姣就是被这副皮囊冲昏头，方才阻止了她。

干脆趁此机会杀了他得了。玉瑶想。

秦姣似乎感应到什么，忽然道："掌柜，取珠子的时间必须控制在一炷香时间内。"

根本没有这个条件，玉瑶恼道："别插嘴！"

但一炷香时间后，她真的取出了珠子。

石斛在以肉眼可见的速度变老，玉瑶担心他发现端倪，再将他们关押进地牢。她快步后退："走！"

管家、仆从和府兵正奇怪他们怎么溜了，转眼看到石斛，惊得张大了嘴："大、大大大人，您的脸！快拦住那妖女和她同党！"

石斛摸着自己的脸，竟然皱纹横生。但他能觉到，许多让他痛苦的记忆，此刻都模糊不清。

时光对普通人最无情，他不仅不生气，反倒喜悦。别的人，他并不在意，秦姣留下就可以。他道："把秦姣姑娘抓回来。"

— 14 —

玉瑶拽着秦姣快跑，跑着跑着，发现自己拽住的，竟是她的一片衣袖。在阳光的照耀下，衣袖幻化成横公鱼的鱼鳞。

"秦姣，你……"玉瑶回眸，发现秦姣竟然跑向石斛。

玉瑶气急败坏："傻姑娘，别回去！"

秦姣置若罔闻。

石斛不解地问："他们带你走，你为什么不走？不怕我对你不利？"

"我本就为了找你，为什么走？"

"你不恨我？"

"从前你莫名其妙杀我，我恨。但现在我想问你，为什么会杀横公鱼？"

"我忘不了爹娘死掉的样子，喝了很多药，记错了。我以为横公鱼是杀我父母的元凶。等回过神已经铸成大错，只得一错再错。"石斛痛苦地道，"我最不想忘记的人是你，可我做不到……"

他一直在逃避，退缩，但今日玉瑶几人推了他一把，他终于有勇气向她诉说。

"我不奢求你的原谅，在死之前能看到你，我已经满足了。"

秦姣却道："谁都有资格恨你，我没有。没有石斛，就没有秦姣。你的父母救了我的阿娘，我想救你，才来找你。"

"可秦姣……我已经无法回头了。"

石斛十分痛苦，也不敢相信，自己能得到秦姣的原谅。

秦姣道："昌黎城内还关押着许多横公鱼，放了他们。石斛，不论你做过什么，我都会站在你身边，直到你死去的那一天。"

她知道石斛的怯懦，所以想给他活着的勇气，哪怕他已经没有多久的光阴。

石斛身子一颤："这样的幸福，是我配享有的吗？如果是梦的话，我一辈子都不再醒了。我死后，会给你留下一笔钱财，再还你自由。"

秦姣道："好。"

只是他不知道，她不需要钱财。她曾喜欢过一个少年，即便那少年如今面目全非，她也希望谷则异室，死则同穴。

秦姣伸手，微笑道："石斛，把水牢的钥匙给我吧。"

玉瑶想回去救秦姣，小伤似乎看见了什么，不等玉瑶张口，便揽过她的腰。

"哎，你干什么？"

"追兵很快就来了，我们得趁早离开。"小伤撒谎道。

"逃……逃跑也不必这样吧。"玉瑶脸红，不自然地扭了扭腰。

小伤突然一个箭步，跃上屋顶："这样岂不跑得更快？"

莫啸在屋顶下气急败坏："小伤，说好的等你们夺走了珠子，就把地牢的钥匙交给我！钥匙呢？"

"想要钥匙？留在府里找找，不就找到了？"小伤和玉瑶一溜烟没了踪影。

莫啸这才意识到，自己当了冤大头。

他正想着爬上屋顶的办法，转身就被护卫们团团围住。

为首的府兵道："大胆贼人，使用妖术让大人变老，快抓住他！"

莫啸没想到，他会以这样的方式进入他朝思暮想的地牢。

烛火明灭，火星在眼前跳跃。莫啸郁闷了半天，眼神又狂热起来。

管他呢，总归进来了！

这趟无庸城的旅程，终于有望落下帷幕！

半炷香时间之后，莫啸坐在一团发霉的潮湿的稻草堆上，呆呆地看向四周。

他为什么会产生，嗯……牢里有横公鱼这样的错觉？

这地牢不仅没有横公鱼，还有不少鬼哭狼嚎的犯人和数不清的蛇虫鼠蚁。而他的废物护卫庖禄，不知什么时候才能找到他。

夜晚，莫啸勉强睡了半炷香的时间，被一股尿骚味熏醒。

地牢里没有茅厕，大家大小便都是在桶里解决。莫啸忍着呕吐的冲动，翻个身想继续睡，谁知道一股尿意袭来，让他辗转反侧。

身为九原城骄傲的占星师，他决不允许自己和这群囚犯一样，在桶里解手。

一直忍到了后半夜，莫啸终于没忍住，悄悄起身。当他吹着口哨释放自我的时候，身后传来了疑似小伤的咳嗽声。

莫啸浑身一抽，恨不能找个地缝钻进去。

他急忙提起裤子，转身，果然是小伤。

地牢的火把明明灭灭，光线昏暗，不过小伤足以把刚才的情形看得一清二楚。

"呃……"小伤握拳，凑近嘴巴，想说点什么，又只能尴尬地别过视线。

莫啸比他更尴尬。

莫啸解释："我刚才腿抽筋，靠墙抖了抖。"

小伤道："一边抖，一边吹口哨？"

"事情不是你想象的那样！"莫啸激动地反驳，"我在这地牢里好好待着，你过来干什么？"

"如果你不希望我出现，我现在就走。"

"别别别。"莫啸已经不指望自己不成器的护卫庖禄能帮什么忙了，若是再把小伤放走，他明天还得对桶解手。

"你还知道要来，我以为你良心给狗吃了。"隔着一道铁栅栏，莫啸请小伤蹲下。

"你是不是来救我的？"

小伤点点头："从某种意义上，可以这么说，就看你怎么理解。"

他回了趟石府，石斛却不在府上了。有人给了他一把水牢钥匙，说是秦姣所赠。于是他先拿着钥匙到各个水牢放走了横公鱼，才来找莫啸。

"还理解什么？快放我出去！"莫啸道。

"不着急。"小伤按住躁动的他，"现在我可以自由进出地牢，你能不能出去，在我一念之间。"

莫啸试探着问："你的意思是，你不让我出去？"

小伤又点点头："从某种意义上，也可以这么说。"

莫啸暴跳如雷："小伤，我跟你无冤无仇，为什么你三番五次坑我！"

"对你这种来路不明的九原人，我不得不提防。想要从这个地方出去，你得先回答我几个问题。"

莫啸终于看清小伤的真面目，又是生气又是愤怒，问："什么问题？"

"你为什么找横公鱼？"

"抱歉，如果是这个问题，把我杀了，我也不告诉你。"

小伤想，也是，能让莫啸一个养尊处优的贵公子远赴千里，吃糠咽菜睡地牢，必然有他舍弃性命也要守护的东西。

不过，小伤早有了应对之策，他从怀里摸出一张酥油饼，撕开一小片，不动声色地吃了起来。

莫啸瞪大了眼睛——他今晚没吃饭！

"小伤，你杀人诛心！"

"别激动，我不会杀，留着你才有意思。"小伤一边吃，一边笑道，"既然你不说，我就猜了。你贵为九原城的占星师，一人之下，万人之上，如果不是发生了什么关乎九原城生死的大问题，你绝对不会背井离乡。"

莫啸不作声。

小伤又道："九原城这些年安分了不少。这么安分，是不是因为……城中有变故，也许是王室内部的变故。"

"胡说八道！"莫啸反驳。

"你这么激动，说明我的猜测是对的。王室内斗，城中大小事便朝令夕改。但我未曾听说九原城推行什么新政令，那便是王室内有重要的成员抱恙，致使大事无从决断。但你们这些近臣隐瞒得很好，以免外人得知，趁机攻打九原城。"

"你到底想干什么？"莫啸摇晃铁栅栏，难得严肃道。

小伤有领兵之才，怎么会放过歼灭九原城的良机？但莫啸即便与他同归于尽，也决不会允许他攻打九原。

小伤慢悠悠地吃着酥油饼，不慌不忙。

"那就是了，你千辛万苦到无庸城寻找横公鱼，多半是为了取横公鱼的血，治好你们那位英明神武的城主，让九原城重新运转起来。"

莫啸一时无声，惊叹于他的聪慧。

他如此，小伤便知自己猜得八九不离十，也不再激他："你放心，我如今出面和无庸城城主上报你们九原城的破事多有不便，可能邀功不成还反被擒，我没那么傻。"

"哦，那你究竟想干什么？"莫啸疑惑。

小伤想了想，道："你还记得你说过，当初在海边和渔民生活的时候，觉得很开心的事吗？我想和你去一次海边。"

"什么时节了，你要出海？"

"你只说去不去？"

"去。"

在海边生活，比在这地牢强不止百倍。莫啸不会傻到拎不清。

海边，斜阳悠悠落下。不知不觉间，小伤已经在这里住了两天。

昌黎城地处东南边陲，而这海被无庸城和九原城一分为二，海中凶险万分，海边却平静无澜。

看着小伤站在漠漠斜阳下，莫啸无聊地啃起了烤鱼。

"你这每天一言不发地站在这里晒太阳，到底想干什么？"

"想看看这里是不是真像你说的那么美好。"小伤微微一笑。

莫啸把一条烤鱼扔给他："我真没骗你。"

小伤闻了闻烤鱼的香气，赞同道："的确，此处没有刀光剑影，更没有互相猜忌，若是大家都能像这里的渔民一样生活，就好了。"

"不打仗，随时都能过这种日子。"

"让我帮你吧。"小伤道。

"什么？"

"让我帮你，治好九原城城主的病。"

"你？"

"嗯。你不是一直在找横公鱼吗？我就是横公鱼。"

"噗！"莫啸差点被鱼刺卡到。

荒谬，太荒谬了。他从来没有想过，踏破铁鞋无觅处，得来全不费工夫这件事，会发生在自己身上。

第十梦

宴潮尾

身份不重要，

地位不重要。

重要的是，

他喜欢就好了。

— 1 —

"你是领兵的将军，怎么成了横公鱼？"莫啸难以置信。

"谁告诉你，我的身份是领兵的将军？我只是说，我曾领过兵。"

"既不是将军，小小年纪又能领数千精兵，那必定是将门之后。不管怎么说，你横公鱼的身份，在军中是无法保全的。"

小伤忽然跃进了海里。

"欸，说就说，别想不开！"莫啸想阻止他，转眼间，一条人鱼跃出海面，鱼尾横扫，将浪花打到了莫啸身上。

人鱼形态的小伤一头黑发变成了赤金色，身上的鳞片若隐若现。

莫啸还是第一次见横公鱼，呆滞半晌。小伤从海中走到他身边，问："这次，你该相信了？"

事实已经摆在面前，莫啸焉能不信？

小伤把外衫脱了，往渔村的方向走："天底下能够帮你的只有我，你只有与我合作，别无选择。"

"可你为什么要帮我？"

"因为，我也喜欢平静的生活……当然，我想和你谈个条件。"

天上没有白掉的馅饼，莫啸等他继续说。

小伤看着他，道："我想借你们九原城的力量，助我夺回城主之位。这，就是我救你们城主的条件。"

一场绝对公平的交易。

他不趁九原城城主受伤之际攻打九原城，自然希望九原城城主苏醒后，不要趁无庸城内乱，伺机犯边。

莫啸何等聪明，思忖了半晌，不禁道："好吧，我相信你是真的喜欢和平，如果你能救我九原城于危难，我乐意还你的恩情。不过，纵然你神机妙算，有件事你还是猜错了。受伤的不是九原城城主，而是少主驹凤。"

小伤步子一停。

"驹凤？"

"少主驹凤盛名不亚于当年的你，又是城主嫡长子，本应是天命所归的继承人，却在两年前围猎时受了极重的伤，至今还昏迷不醒。"

小伤与驹凤曾交战过，自是清楚他的才能。可坊间并没有驹凤围猎受伤的消息，甚至前段时间，驹凤还出席了盛大的寿宴。

"难怪你口风严，原来是怕我把驹凤受重伤的消息散布出去。"

"既然被你猜到了，就不算我自己泄露的。"

"如果这样能让你的负罪感少一点，我就当是自己猜出来的。"小伤笑笑。

他知道，莫啸现在和盘托出，便是认可他们的盟约，将他视为一条船上的人。

这份信任难得。

小伤思忖了一会儿，道："这次九原城之行，我还得找一个人同行。"

"怎么，你才说要缔结两城和平之约，就要把我九原城的事情泄露给第三个人？"

"我既承诺，自然守口如瓶。我会用别的理由勾她一起去。"

"你说的是玉掌柜？"莫啸的眉头皱得更深，"她为什么要和你我同行？"

"因为私心。有一件事，我和她一样想得到答案。"

"什么事？"

"当年横公鱼族被困昌黎，族长千辛万苦回到九原城求救，为何九原城城主不驰援？横公鱼是你们九原城的瑞兽，你们最知道其价值，如今还要费尽千辛万苦来寻鱼，早知如此，何必当初？这是她的心结，亦是我百思不得其解的地方。"

"据我所知，当年城主有意与无庸和谈休战，双方已经在商量休战协议，或许是为了卖无庸城一个面子，才做此决定。"

莫啸说着，声音渐低。

他和小伤一样，都觉得这件事两城的城主都做得不地道。

莫啸忍不住又道："难道你要为横公鱼族讨公道？你要是怀着这样的目的，我只能跟你唱反调了。"

"这件事没有那么简单。无庸人不过把横公鱼当成玩物，而非欲除之而后快的战争罪犯，没必要为了横公鱼为难九原城。"

"你这么说，似乎也有道理……"莫啸摸了摸下巴，困惑起来，半晌，他妥协道，"好吧，就依你所言。"

"再好不过了。"小伤道。

莫啸细细审视小伤，又觉得没那么简单。

他为什么会为此事困惑？说到底，那是玉瑶的私事。除非，他现在把玉瑶的私事，看成了自己的私事。

莫啸心领神会，不禁道："欸，你离了玉掌柜两天，不如带几条烤鱼回去给她吃？"

小伤瞥他一眼。

"你……认真的？掌柜真身是鱼。"

莫啸讪笑："哈哈，忘了，忘了，我看东边大街上的烧鸡不错。"

小伤提着烧鸡回到客栈的时候，玉瑶还没起床。

一股浓郁的酒味从屋里飘出来，小伤皱眉，踹开房门，便见玉瑶躺在一堆空酒坛旁边，白花花的肚皮露出来，一脸满足地睡着。

难怪她之前听说自己要去找莫啸，表现得那么开心，原来是嫌自己管得太宽。小伤拧眉，把烧鸡放在桌上。

他一手托在玉瑶的颈后，一手穿过她的后腰，将她打横抱起，搬到了床上。

他从来没见过这么能喝的女人，莫说玉瑶喝了酒头疼，他一个外人闻到她身上的酒味，头都不太舒服。

小伤将空酒坛堆起来，本想犒劳她的烧鸡，也被小伤自己消化了。

半夜，玉瑶终于睁开眼。她不是自然苏醒，而是被胃疼疼醒的。她爬到夜壶旁边，吐了一摊血。忽然有火光照在她的脸上，她眨了眨眼，骇然后退："小伤，你怎么回来了？"

"我若是不回来，你打算再开几坛酒？"

"咳咳，一切都是误会，我就只喝了一小口，剩下的还没开封。"

"掌柜是把我当瞎子还是当傻子？"小伤拍了拍装烧鸡的油纸袋，"可惜了原来为掌柜特地带的烧鸡。"

"烧鸡？"玉瑶眼前一亮，"我正好饿了，把烧鸡给我吧！"

"你确定自己现在能吃下去？"

玉瑶本想点头，可胃又是一阵揪疼。她擦了擦嘴角的血迹，喃喃自语："这胃疼的滋味真不好受。"

"既然知道，就不要自伤了。"小伤道。

"你知道我不是凡人，就算我快病死了，也能死而复生。不管怎么样，你都不该阻止我喝酒。"

小伤忽地凑近她，认真地道："如果你肯不喝酒，我就告诉你一个夺走金代同身上舍离珠的办法。"

"什么办法？"玉瑶眼睛一亮。

"你还喝酒吗？"小伤追问。

玉瑶纠结了片刻："我……我暂时不喝了。"

"暂时？"

"我、我保证等我身体好了再喝，这总行了吧？"玉瑶指天发誓。

小伤冷冷道："你别以为我不知道，横公鱼医人而不自医，你如今肩负整个横公鱼族生存下去的责任，你能够疗愈属下的疾病，但是谁能疗愈你？"

"这些事都是谁告诉你的？我非得揍他一顿不可。"

她倒能模糊重点，小伤浅笑了下。

"你既然想报仇，为何不爱惜自己的性命？有件事我忘了告诉你。金代同要去九原城。"

2

听到"金代同"三个字，玉瑶瞬间来了精神。

现在她手握五颗舍离珠，还差金代同那伙人的四颗和顾廷冉身上的一颗。对付金代同，显然比顾廷冉更加棘手。

她正愁怎么在凉川定居，没想到金代同自己挪了窝。

她不禁狐疑："啧，小伤，你是怎么知道这个消息的？"

小伤道："金代同要作为无庸城使臣，到九原城参加有关开辟商贸之路的洽谈会，队伍已经出发，路上的动静不小。"

"原来如此。"玉瑶托着下巴，点点头，"奇了怪了，以前金代同可从来不掺和这种正儿八经的活动，一心做他的石头买卖，这些日子以来，他却频频动作。是不是跟他拒了老娘的请求有关？我是说，他是不是以为九原城里有能救他妻子的宝贝，才打算出使九原城？"

小伤捻了捻桌上的浮灰："谁知道。"

"你都打听到这份上了，怎么就不深入分析一二？"

"我对金代同没有兴趣。是因为掌柜你，我才打听的。"小伤道。

玉瑶呆了片刻，忽地背过身去。

"什么时候你也学会贫嘴了，没来由地让人起鸡皮疙瘩。"

调子轻轻的，像羽毛落在小伤心上。他握拳咳了咳，一时不知该说什么，脸上却烧起来。

半晌，玉瑶才道："九原城……你刚才说，金代同要去九原城？"

"掌柜……你的反应有点慢。"小伤委婉地道。

玉瑶却似受到了震撼，捂着耳朵，脸上写着"我不听"三个大字。

她厌恶九原城，比无庸城更甚，乃至于这么多年，都不曾回去看过一眼。即便那是生养她父母的地方，是她的故土。只因为，那里的一景一物都像刀子，割开她心底还没有完全愈合的疤痕。

她打起退堂鼓："九原城我人生地不熟，不如窝在凉川城，深入敌营设计一番，为他布下天罗地网，待他回来瓮中捉鳖。"

她越说越离谱，小伤静静地看她表演。

良久，他笑着道："好，不如和我说说，你潜入敌人内部的计划。"

玉瑶现了原形："我暂时没想好。"

"掌柜有所不知，此次金代同直接越过凉川城城主，向司空辉请示出使九原城。若计划顺利，两城达成友好邦交协议，他居首功，回城后自是风光，风头一时无两。他从小养在那凉川城老城主膝下，比他兄长更得老城主喜爱。若他有心借此功和他兄长争权，老城主未必不考虑。而他既然有心出使九原城，必在凉川城进行了周密部署，岂容无权无势的你钻空子？横公鱼族本就见不得光，若是你自投罗网，反倒正中他下怀。"

玉瑶一时被他说蔫了，反驳不得。

似乎眼下把握金代同出使九原城的机会，到九原城设法取舍离珠，才是上策。

她撇撇嘴："小伤，你到哪儿打听到的这些秘辛？跟金代同肚子里的蛔虫一样。"

小伤用食指蹭了蹭自己的鼻尖，却不能说这本就是他指示金代同做的。他只得讲违心的话："既然我提议让掌柜和我一起去九原城，当然做了详细的调查。金代同此人看似不学无术，但自小经商，见过三教九流，比他那驽钝的兄长思维缜密，掌柜不可小觑。"

他相中金代同，亦是缘于此。

金代同从前不过是无意争权，不代表他能力不行。如今，是金代同重新拿回主导权的时候了。

玉瑶仍旧犹豫："可……他会不会针对我在凉川城布下天罗地网？"

"金代同远赴九原城，是掌柜接近他夺取舍离珠的最好机会。"小伤幽幽地道，"我言尽于此，若你还是不愿意，我便自己去了。"

小伤抱走了玉瑶所有的酒坛子。

等玉瑶反应过来的时候，追也追不上了。

小伤和莫啸雇了一辆马车，见玉瑶没有来，莫啸忍不住揶揄："你不是说还要带一个人吗？人呢？"

"我们先走，她稍后会自己跟过来。"小伤的语气波澜不惊。

"你就这么肯定？"

小伤没说话。

认识玉瑶也有两年了，她的脾气秉性，他门儿清。

果不其然，马车辚辚，驶了不到两里地，就见一个女人挎着大包小包飞奔而来。

"等……等等我！说好的一起走，怎么你自己先行了！"玉瑶一个箭步跃上马车，钻了进去。

发现身边的人是莫啸，玉瑶忙坐到了小伤身边，皱眉问："我们去九原城办要紧事，带他干什么？"

莫啸挑眉："玉掌柜见外了，九原城是我家，那里一山一水、一草一木，我最熟悉不过。没有我带路，你们怎么能畅行无阻？"

原来他是小伤雇来做向导的。玉瑶紧了紧包裹，又不放心地问："……你在无庸城玩够了吗？"

小伤忽地凑近她，低声道："掌柜放心，他已经在地牢里找到了自己想要的东西。"

"横公鱼？"

"这是他的秘密，我没有问。"

"秘密？你这人也太好糊弄了。"玉瑶又好气又好笑。

马车走走停停，一个多月后，玉瑶但见周遭乔木逐渐低矮，渐至消失，继而是大片的覆冰山峦，如冻岩黄土上的白色纱衣。

看样子，九原城已经近了。

莫啸一边优哉游哉地啃着路上买的烧鸡，一面有一搭没一搭地向玉瑶、小伤介绍九原城。

和地大物博、礼教森严的无庸城不同，九原城地处寒区，城中大半土地都处在冰雪的覆盖之下，剩下不到三分之一的沃土养活了所有九原的子民。

恶劣的生存条件让九原城全民皆兵。他们不仅因为资源的匮乏有强烈的忧患意识，还有丰富的对付冰原野兽的经验。

九原上多数野兽已经被九原城子民驯化，成为他们的家畜。

九原城城主不喜道宗，崇尚玄宗，玄宗门掌门与城主关系匪浅，老城主与掌门甚至结拜为了异性兄弟。莫啸是玄宗门掌门的亲传弟子，也是少主驹凤的顾命辅臣，谙熟占星、卜卦、预言等诸如此类。

玉瑶初入人间时，最瞧不上玄术。听着听着，她忍不住道："莫啸，以我们的交情，你老实告诉我，你们玄宗是不是专门出神棍？"

她认真的态度刺激了莫啸，他自小就修习玄术，并将玄宗的思想作为毕生信仰，决不允许玉瑶污蔑。不等咽下口中的鸡肉，他就着急反驳道："玉掌柜不相信，不代表它不存在。这个世界上每个人的命运，都是冥冥中被安排好的，而我，不过是那个找到个人命运线的先知。"

"先知？呵，认识你到现在，你肩不能扛，手不能提。那些道宗还能捉几只妖……"玉瑶轻笑，嘲讽的意思格外明显。

莫啸摆摆手，道："掌柜此言差矣……我看似赢弱，却完成了应完成的任务——在出发之前，我便推演过，唯有我自己去无庸城，才能找到破局之法。"

至于破什么局，他也不告知玉瑶。

小伤听着，却是揣摩到一二。

九原城少主驹凤重伤昏迷，城中人心浮动。莫啸前往无庸城，一方面是为了寻横公鱼，另一方面，可能和他与自己缔结的和平盟约有关。

无庸城和九原城纷争多年，不仅仅是小伤，莫啸或许也有心平息纷争。

从无庸城到九原城，只有一条必经之路。傍晚，三人在九原城边陲的凤城县的一个镇子上落脚。

这是一个极偏僻的县，坐落于黄土上，客栈仍保留了一些无庸城的建筑风格，屋檐下悬着两盏花灯。

玉瑶在客栈二层临窗远眺，忽然看到了一支从街上浩浩荡荡走过的队伍。她背过身靠着栏杆，团扇轻摇："说曹操曹操到，还真让我等到金代同了。"

3

金代同作为无庸城的使臣，一路走来颇有排场。玉瑶仔细数了数，那一支队伍足有上千人，千人经过这条街，约莫要半炷香的工夫。

当中有四匹马拉着一辆镏金嵌玉的马车，宝顶华盖，纱幕飘摆，想必就是使臣金代同的座驾。

此时，马车里走出个衣帽贵气的小厮，不知对前面马车上的护卫说了什么，不久后，整个队伍都停了下来。

她正猜测金代同是否要在此地休息，却见有人挑起马车帘。

接着，一道目光逼射而来，宛如鹰隼直扑猎物。

玉瑶吓得团扇差点拿不稳，等她捏紧扇柄，金代同已经放下帘子。

他发现她了。

虽然这是玉瑶意料中的事……

当初在凉川时，她就领教过金代同极目千里、耳听八方的异能。但方才，她还是不体面地惊了片刻。

她不知金代同想做什么，只听得小厮和护卫呼了一声，那支队伍又动了。

玉瑶心中不免焦躁，恨不得跳下去给金代同一点颜色看看："小伤，你之前说，金代同来了这九原城，防护最是薄弱，可如今他被里三层外三层的护卫包围着，你我二人连近身都难，怎么下手？"

莫啸晃着酒瓶出来，好奇地插进玉瑶和小伤之间，笑着问道："欸，你们聊什么，外面不冷吗？吃点卤花生下酒？"

进了九原城的地界，天冷飕飕的。玉瑶却似不觉，团扇扇动鲛绡流光裙的衣袂，没好气地道："不知道我最近戒酒？"

"嘿嘿，那小伤，你喝不喝？"莫啸转向小伤。

小伤摩挲着榉木栏杆，眯起眼："你说呢？"

莫啸又是讪笑。

小伤忽然想到该如何回应玉瑶："掌柜，你猜我为什么要莫啸做向导？"

"嗯？"玉瑶上下打量莫啸，摇摇头。

莫啸也一头雾水，问："小伤，你不会……"

小伤拍了拍莫啸的肩膀，露出一副对不住了的表情。

莫啸一惊，忍不住头皮发麻。

"你回到九原城，身份总会暴露的，不如我现在告诉掌柜。"

玉瑶不知他们打什么哑谜，又听小伤道："掌柜，莫啸就是玄宗门掌门的亲传弟子，九原大名鼎鼎的占星师。"

玉瑶讶然。

莫啸忍不住道："欸，小伤，你就这么卖了我？"

"你从未说，自己的身份需要保密。我和掌柜想见金代同，还得仰赖你。他带着这么多人，走走停停，定比我们晚一步到九原城，我们可以先在城中守株待兔。"

他无所顾忌，不过是因为莫啸迟早会暴露身份，但这于他们的协议并无影响。

莫啸瞪了他半晌，终于拗不过他。

小伤说得没错，他的身份迟早要告诉玉瑶。

九原城占星师地位之高，玉瑶自是清楚。她现在再看莫啸，觉得他哪里都可爱起来了。

莫啸被她盯得没办法："一直想低调，无奈实力不允许啊。你们是客，到了九原，我自当尽一尽地主之谊。"说着，莫啸吹了个哨子。

护卫庖禄就像苍蝇闻到了白糖的甜气，忽然从屋檐处倒挂下来。

莫啸还没发话，庖禄便殷勤地道："主人，我这就给您传书到城主府，让城主派人来迎接。"

莫啸笑道："你总算通人性了。去吧。"

玉瑶嫣然道："你手底下的人真有意思，总是神出鬼没的。"

"庖禄是我城征远王庶子，出身富贵，性情难免顽劣。未来他还要去军中历练，我便不对他横加约束了。"

莫啸虽是说庖禄，但玉瑶听出了别的意味。

堂堂征远王庶子，委身做他的护卫，他的地位可见一斑。

玉瑶并不待见九原人，可想到他能成为自己夺珠的助力，一时对他越发喜爱起来。

两日后，三人抵达九原城的凤城县。

县令早得了庖禄的信儿，命人准备了马车，早早在城门口列队相迎。

玉瑶从马车内窥见这阵仗，一时震惊，感慨连连："耳听之时，并不觉得他尊贵，如今见了方知。"

小伤瞥了她一眼，似有几分漫不经心，问："你可喜欢这样的排场？"

"谈不上喜欢不喜欢。"玉瑶轻摇团扇，"只希望他别在这时候把我们的身份供出去。他地位如此显赫，为什么孤身到无庸城？"

"放心，不会的。"小伤安抚道。

莫啸先下了马车，抬眼望去，面前的县官身材魁梧、长相粗犷，却作态拘谨，怪有意思。

莫啸还未张口，他便惶恐赔礼："下官有眼无珠，莫大人已经到了凤城县数日，我竟浑然无知。官邸中已为大人准备了接风宴，请大人移步用膳。"

九原城原是由贵族统治，后来才效仿无庸城设立了官僚体制。到了近年，郡县的官员越发圆滑世故、能屈能伸，尽管他们骨子里仍保留着尚武的野蛮气息。莫啸不甚喜欢这份圆滑，神色淡淡，道："席不必吃了，我带了两位朋友，给我们安排个住处，我们休息两日便走。"

"住处早安排了，大人尽管放心。"

因凤城县小，马车简陋，莫啸三人仍坐原来的马车，和接风的衙内官员一道，前往住宿处。

玉瑶下了马车，抬头望，但见一座红瓦白墙、尖圆顶的建筑，颇像无庸城的庙宇，又有所不同。从该建筑进去，里面有个宽阔的院子，有厢房走廊，只是没有植物。四平八稳的布局，略显单调。

九原城常年飘雪，寸草不生，宅邸也比无庸城的简约朴素，但更为大气。

玉瑶身着翩然如仙的衫裙，惹得那些穿夹袄和碧色连体长裙的侍女瞩目。

玉瑶找了个侍女打探，得知金代同一行尚未抵达凤城县，便跟着小伤和莫啸进了屋子。

小伤的计划是先金代同一步抵达九原城的主城凤都。

为了避免不必要的排场耽误时间，他们和莫啸第二日便向县官要了几匹快马，以加快马拉车的速度。

一个多月后，几人终于抵达凤都。

天刚破晓，云层内涌出金色的光线，将他们的马车照得透亮。

玉瑶揉了揉惺忪睡眼，只见面前冰雪晶莹，一座冰雕玉凿似的二层城墙映入眼帘。

有银盔银甲的侍卫乘着冰原马列队而出，为首的将领腰缠水蓝色的蹀躞带，配着透明的缨枪。

他们之后，几个月白箭袖袍衫的官员急急走来，向莫啸和小伤几人行礼。

这些官员都是奉城主之命迎接莫啸的重臣，也是莫啸的旧识。

莫啸与他们寒暄了一阵，便一同动身前往城主府，拜见城主。

路上，莫啸小声对玉瑶和小伤道："在我们这里，不同品阶的官员穿不同颜色的衣裳，刚才走在最前面，穿月白袍衫迎我们的是九原丞相，旁边穿青袍衫的都是些上大夫。"

玉瑶轻笑道："我们那儿披麻戴孝时才穿一身白，你们的品味真独特。"

小伤咳了咳："掌柜，这里对你来说才是我们，无庸城是你们。"

玉瑶笑意顿凝，是，她是忘了。

她虽然在无庸城出生，但根在九原。

莫啸哈哈一笑，并不计较："九原尽覆冰雪，城中的银吾卫穿白色是为了隐蔽。吾主也以白色为尊，上大夫的袍衫颜色偏浅亮。两境情况不同，没有比较的必要。你们还没吃过九原城的特色美食吧，今晚就让你们尝尝这边的鲜冰鱼。"

冰鱼非九原平民吃得起的东西，一条冰鱼足有二十四尺，重达六百多斤，普通人家想要捕猎一条冰鱼，即便倾全家之力，也要耗费一年的时间。

玉瑶听到莫啸要用鱼来款待他们，眼梢一扬："我不喜欢吃鱼。"

"啊，哈哈，是吗？"莫啸仿佛才想起来，他又触了这条横公鱼的霉头，

"不想吃的话，我一个人吃就好了。还有别的美食，你们慢慢品尝。"

说着，几人到了城主府。

看着那巍峨的建筑，小伤一时感慨，自家的城主府没能回去，先到别人家的城主府串门了。

—— 4 ——

入了城主府，便有下人来接应，领着三人先到了会客的厅堂。厅中铺着兽毯，桌椅、梁柱上都刻着奇怪的图腾，颜色繁复，鲜亮刺目。

三人等待之时，下人不断送来特色小食，让他们先吃着。

玉瑶瞥了一眼，尽是些凉拌鱼皮、清蒸海鲜之类的菜品，十分倒胃口。又等了半炷香的时间，有下人前来通报："城主已在前厅备好酒菜，莫天师，还有两位客人请移步。"

时间已近中午，玉瑶的肚子早就饿得咕咕叫。

他们来到前厅，发现这里人头攒动。

莫啸先带他们见了城主，一个六十多岁的老人，穿着银色的袍子，身形比较消瘦。见到莫啸之后，眼神才有了光彩。

"莫天师，你终于回来了。"他激动地从镏金嵌玉的王座上起身，想握莫啸的手。

旁边，有人突然轻声咳了下："城主，莫天师远行而归，怎能久站呢？"

"对，对，来人，给莫天师赐座。"城主收回手，笑道。

侍者即刻搬来高凳，莫啸没有坐下，而是行礼道："莫啸不敢居功，此番能不辱使命平安归来，全托城主洪福所赐。"

"莫天师何必自谦，当初我和你师父送你离开九原城，便知此次任务凶险，非你不能胜任。"城主道，"好在天佑九原，我儿有救了。"

莫啸再行礼，道："其实我能圆满完成任务，还多亏在无庸城结识的两位朋友。这位是卖药的玉瑶玉掌柜，这位是药铺长工小伤。"

"哦？"城主双眼浑浊，目光掠过玉瑶和小伤。

旁边，那个刚才咳嗽两声的中年男人忽地哂笑："药铺长工？这样的身份，能帮莫天师什么忙？"

小伤打眼望去，是个精神矍铄、高大强壮的中年男子。尽管他声音不大，可神态和口吻都透着轻蔑不屑。

莫啸微微一笑："九钦大人此言差矣，人不可貌相，海水不可斗量，怎么能以对方的身份，判定他的才能呢？"

玉瑶压低声音，对小伤道："没想到这莫啸平时嬉皮笑脸，关键时刻说的话还挺顺耳。"

如果是别的，小伤才懒得替莫啸说话，但这一点，他表示非常认可："若非如此，我也不会让他当向导。"

九钦脸色不善，没再反驳，别过头冷哼了声。气氛一时尴尬，城主笑着让大家先落座，宴席便要开始。

莫啸走过来，对小伤和玉瑶低声介绍："九钦是驹风少主的叔叔，也是城主的弟弟，在城中颇有势力。"

九原城与无庸城不同，兵权仍在皇亲贵胄手中，九钦手底下有十万精兵，几乎能与城主分庭抗礼，难怪他在城主面前态度如此倨傲。

小伤沉思片刻，眉头不觉深锁。

玉瑶嫣然道："不过一个不相干的人，跟咱们没有什么关系，脾气臭就臭点，我有的是容人之量。"

小伤道："我在意的不是九钦，而是这无庸城的城主。掌柜，你不觉得城主的身形气色，好似久病不愈之人？"

"他病了？"玉瑶这才打眼再瞧，果然发现这城主两颊凹陷，精神不济，偶尔还咳嗽几声。

小伤又道："如果没记错的话，就是他父亲下的指令，不为横公鱼族驰援。当时他已经三十多岁，应当知道其中内幕。"

横公鱼族作为当年被九原首领驯化的瑞兽一族，对九原王族一直恭敬有加，年年朝贡，以求亲好。没想到九原王族能眼睁睁看着自己的属臣在异域受屠戮，且当时九原王族并无邦交问题，救横公鱼族仅举手之劳。

玉瑶显然不喜欢他提及往事，道："过程如何对我来说并不重要，我只认结果。我如今能在他面前神色自如，并非我不痛恨他，而是因为我知道，君子报仇，十年不晚。"

"掌柜的意思是，你是君子，而非女子？"小伤浅笑。

"抠字眼有意思？"玉瑶白了他一眼，"别忘了我们来九原城的目的，金代同很快就要到了。"

小伤不置可否。

对付金代同，只是他勾玉瑶来九原城的借口。他不可能让玉瑶夺走金代同身上的舍离珠。调查横公鱼族覆灭的真正原因，才是他此行的目的。

小伤几人落座后，便见八个侍从抬着一个硕大的餐盘进来，摆到长桌上。餐盘上面罩着一个硕大的铁罩子，玉瑶看不清楚里面装的是什么。

城主笑道："莫天师，离开九原城这么久，很久没吃冰鱼了吧？"

莫啸盯着餐盘，口水差点流出来："是啊，很久没有吃了。"

想到这些日子的颠沛流离，莫啸不忍回首。

下人揭开餐盘的盖子，一股寒气袭来。

原来这冰鱼打捞上来以后，就用冰块一直冻着。在鱼最新鲜的时候，厨子以精湛的技艺将它们的肉片成片，制成冰雕鱼片。

鱼片晶莹剔透，隔着它甚至能看见人的脸孔。

小伤从冰雕鱼的一侧看去，发现侍者给城主夹了一片生鱼片，蘸酱递给他。

城主像是没什么食欲，吃了两片就不吃了。九钦的兴致倒是很好，豪取餐盘上的鱼片，一片接着一片，吃个不停。

莫啸似乎也发现了城主食欲不振的问题，想了想，把旁边的葡萄奶酪冻移到城主身边："城主，这奶酪冻入口即化，酸甜可口，若是您没有什么食欲，可以试试它。"

城主吃了一口，果然觉得味道可口，食欲见长。

莫啸皱眉，脸上阴云密布。

玉瑶反感冰鱼，只把面前的鸡肉和鸭肉吃了个精光。九钦见状，特意叫人给她端了盘鱼翅，她没动筷子。

九钦不禁取笑："怎么，无庸的小娘子都像玉掌柜这样娇气？平常人想吃冰鱼也没有这等口福。"

他又叫人取了鱼的内脏混合鱼油端过来，仿佛刻意强迫玉瑶吃。

盘子端到半路，被小伤横手挡下："九钦大人，你们九原城的待客之道难道是强人所难？"

小伤也没吃鱼。他变成横公鱼后，本能地排斥用鱼做的菜，更能理解玉瑶的处境。

席间气氛再次变得微妙。

城主放下筷子，劝道："九钦，来者即客，我们九原城有的是美食，让他们随意挑着吃吧。"

九钦还是一副嗤笑的表情，用刀子扎了块鱼肉塞进嘴里，不答话，也没再找小伤和玉瑶的麻烦。

小伤便低头夹了块鸡肉，又点了道乳酪。

用过饭后，城主以有事和莫啸商谈为由，将莫啸留在了前厅。城主还安排下人带小伤和玉瑶先去客房休息。

城主府占地数公顷，修建了大大小小五百余间屋子，每间屋子各有用处。

下人一边走，一边和小伤两人介绍他们待会儿要去的地方——在莫啸所住的占星阁附近，那里东面临水，风光宜人。

小伤和玉瑶赶了一天路，累得腰酸脚疼，一路上并不言语，默默地跟着。

他们终于来到了临水的屋舍前，放眼看去，沿着河边的是清一色红色尖顶建筑，屋前有彩色宝石铺就的长廊，雪白的廊柱上有神秘的浮雕图案，有别于无庸城的建筑风格。

小伤和玉瑶才进屋，下人就退出了屋子。

玉瑶纤纤玉指捏起一只琉璃杯盏，还未开口，便听外面传来落锁声。有人从外面反锁了门。

"欸？你们干什么？"

玉瑶上前摇晃大门，外面的人无动于衷。

须臾，她又听有人吩咐附近的白衣护卫："城主有令，任何人都不许靠近这间屋子，都打起十二分精神，给我看好了！"

玉瑶气恼，正欲抬脚踹门，却发现自己周身酸软无力，冷不防往后倒去。小伤扶着她："掌柜！"

"卑鄙，设宴款待是假，在宴席上下药是真！"玉瑶揉了揉眉心，愤懑道。

她在席间便倍感不适，碍于面子一直忍耐，只当吃完这餐饭，可以问问莫啸关于金代同来访的事情，谁知道会落入他的圈套。

小伤将她扶坐下，玉瑶忽然怪道："你现在力气还挺大。"

"当然，我没吃那些菜。"

"你没吃？那你刚才……"玉瑶分明记得，小伤吃了肉和甜点。

"那条鱼很大，切片后放在寒冰中能反光，我算准角度，既能保证挡住他们的视线，又能让他们透过鱼片，看到我伪装吃了鸡肉和奶酪的样子。"

"好啊你，知道他们有猫腻，为什么不提醒我？"玉瑶微愠，恨不能踹小伤一脚。

小伤笑道："我知道他们下的什么药，这种药最多能让人筋骨酸软，暂时没有招架之力，不会夺人性命。我不想声张，只是好奇他们到底想干什么。"

"哼，一定是莫啸那小子出卖了我们！"玉瑶柳眉倒竖，"我就知道那憨货没安好心！还不是你，非要他做向导。"

小伤道："真相尚不明朗，现在说这些为时过早。我们何不去探探虚实？"

"探探虚实？"

"不错。"

偌大的城主府，守卫森严。他们人生地不熟，能进来未必逃得出去。如果摸不清敌人的意图，实在过于被动。

— 5 —

夜色寂寂，月亮倒映在水中央。河里偶然传来低低的兽吼声，河面浮现一圈一圈的涟漪。

莫啸和城主交谈后，便沿着城主府河岸，往占星阁的方向行去。他的表情自席间已不大好，才入阁，下人便走过来，对莫啸行礼道："莫天师，水已备好，请您沐浴更衣。"

远行归家的旅人，总需要依靠沐浴洗去一身疲惫。莫啸宽衣入了浴室，对身后人道："让我一个人在此静一静，没我的吩咐，谁也不要过来。"

"是。"

他没入浴桶，水汽氤氲，不一会儿，便觉得精神松弛昏昏欲睡。

莫啸闭上眼睛，任由水汽漫过眉目，正养神之际，忽然听耳边一阵窸窣声，接着，有一柄团扇支起了他的下巴，一股香气袅袅而来。

"你不赖啊，表面上和我们一路插科打诨，还帮我们在城主面前说好话，背地里却不声不响地，连同你那老城主捅了我们一刀。"

莫啸霍然睁眼，便见到玉瑶那张美艳的脸。她的眉梢上扬，表情危险。

一时间大风起，帘幕翻涌，小伤的衣摆也隐约显现。

莫啸表情突变，捂着自己的上身，激动地道："玉掌柜，你要找我说话，也挑个好地方吧！"

他的惊悚来得真切，打乱了玉瑶的问话，玉瑶龇牙："你想什么呢？"

她用团扇打了一下水面，忙起身背过脸："快穿好衣服，别想趁机喊人，外面的人已经被我和小伤料理干净了。"

莫啸谨慎地抓了榻上的袍子套在身上，系好系带，脸皱得像核桃："我的姑奶奶，你们大晚上的不睡觉，不打个招呼就来这儿吓人，到底要干什么？"

他并无喊人的打算，玉瑶转身，狐疑地上下打量他："你问我们？你什么都不知道？"

她不得不怀疑，莫啸在演戏。

莫啸摊手："我以玄宗祖师爷的名誉起誓，我什么都不知道。"

玉瑶和小伤对视了一眼，道："城主在宴席上给我和小伤下了药，随后把我们反锁在了客房内。如果不是我们留有一手，现在怕是已经沦为砧板上的鱼肉了。"

"竟有此事？"莫啸啧啧称奇。

玉瑶警惕地道："别以为你唱红脸我们就会相信你，你千方百计骗我们到九原，究竟有何目的？"

"我都以祖师爷的名誉起誓了，怎么敢骗人？"莫啸思索道，"不瞒你们说，我这次回来，也发现了件怪事——城主不能吃甜食，但今日宴席上，他却把葡萄奶酪冻吃干净了。"

莫啸的师父与城主情同亲兄弟，莫啸将城主视为叔叔，城主的脾气秉性，他最熟悉不过。但莫啸离开九原城一年多了，城主的身体状况有所改变，也未尝不可能。

他不能仅凭一个小细节，就断定眼前的城主不是他认识的城主。

小伤联想到自己窥视到的另外一个小细节，问："我曾听闻九原城全民皆兵，城主亦是行伍出身，为何身体如此消瘦？"

城主时不时咳嗽，说话时中气不足，短促无力。比之普通人，都显得体弱。

莫啸不禁笑道："小伤，你比我想象中更聪明。这本是九原城的另外一个秘密，既然被你识破，我便不瞒你。城主身体底子亏空，如今仍在任上，不过是为了稳定大局。若是可以，他早该退位，颐养天年。"

本该顺位继承的驹凤横遭意外，若他也倒下，九原城当真无人可用。

"原来九原城就是只纸老虎，"玉瑶忽地嗤笑了声，"我以为司空曙横死后，无庸城已经够倒霉了，没想到九原城也不遑多让。既然都快病死了，为什么不让你们的少主驹凤接任，非要攥着大权？"

玉瑶尚不知驹凤昏迷之事，小伤笑笑，不戳破她的无知。虽然她迟早会发现这个秘密。其实，他更想问问她对司空曙的评价，可又觉得问这个问题会冒昧。

思忖了一会儿，小伤道："莫啸的揣测并非空穴来风，如果我们被下药与莫啸无关，或许和城主，乃至席间故意刁难我们的九钦有关。莫啸，在你离开九原城之前，九钦是否对城主也如此不敬？"

"他素来如此。怎么？"

"素来如此……那城中可有他想取城主而代之的传闻？"

九原城的郡县制尚不完善，不少贵族异常排斥前人效仿无庸城定的规矩，尤其是城主之位的继承，凡是能者，拥有正统王室血脉者，都不太愿意遵守城主之位是父子世袭的新规矩，想自立称王。

莫啸笑道："人之常情，不然他为何敢在城主面前给你们脸色看？"

"你倒是看得开。"小伤失笑，但莫啸非俗世中人，对权势无所执着，倒令他感到羡慕。

小伤道："假如你的设想是对的，宴席上的城主另有其人，也许幕后的主使就是九钦，给我和掌柜下药的，也是九钦。"

莫啸的眉头紧紧皱起。这是他最不愿意接受的结果——在他离开九原城这些年，九钦杀了城主，成为九原城的实际掌控者。

可……即便只有万分之一的概率，他也要探究出真相。

莫啸按捺住自己的心绪，道："你们是我的客人，不论九原城内风云如何变幻，我都会保证你们的安全。"

玉瑶冷笑："倘若你要替我们讨个公道，不如现在我们一起到九钦那儿讨问明白，他为什么给我们下药。"

莫啸道："九钦麾下十万精兵，有三万拱卫着凤都。若城主也被他毒害，城主府的禁卫应当也被他掉过包。正面对峙，不是万全之策。"

"你打算怎么办？"

莫啸思索再三，还是道："我有个制衡九钦的筹码，但需要你们配合我。至于被下药一事，你们暂且回屋，明日我便给你们一个说法。"

"你怎么能保证，等我们回去后，你不会立刻联系九钦？"玉瑶始终无法信任莫啸。

小伤却道："掌柜，怀疑也于事无补，何不信莫兄这一回？"

他很清楚，莫啸只需要取横公鱼的血救驹凤，即便困着他们，也不过为了取血。小伤并不担心自己和玉瑶的安危，倒是想看看这城主府里藏着怎样诡谲的风云。

玉瑶本也没有更好的办法，三番五次表示怀疑，不过是为了警告莫啸别要花招。

她深深看了一眼莫啸，道："莫啸，既然你赌咒发誓，我就再信你们九原人一次。明天傍晚之前，我要九钦亲自来和我赔礼道歉。"

莫啸为难地道："我师父出关，他或可卖个面子。玉掌柜，您大人大量，要求低些，我保证你和小伤能平安见到金代同。"

"金代同"三个字，足以拿捏玉瑶。她抿了下唇，彻底不说话了。

离开占星阁，玉瑶才咕哝道："小伤，你们到底有什么事瞒着我，你为何对他这么放心？万一他食言怎么办？"

小伤想，若她知道我以横公鱼的精血为筹码，和莫啸缔结了两城的和平盟约，她会生气吧？

若她知道她三番两次拿不到舍离珠，也是自己在背后作梗，会更生气吧？

他什么都不能告诉她。

小伤只得道："我并非信任他，而是信任我自己。"小伤停下脚步，看着玉瑶道，"掌柜，我相信无论我做什么决定，都不会让你陷入危险的境地。"

他突然这么认真，让玉瑶无所适从。

满口的伶牙俐齿，都被他的真诚打败。

玉瑶不禁别过脸，耳根莫名泛红。

"罢了罢了，如你所言，事已至此，我便静观其变。"

小伤浅笑："聊点开心的，掌柜，你猜猜，金代同一行现在到哪儿了？"

"对了，我们拖拖拉拉这么久，想必他们到凤都了吧！"玉瑶忽然紧张起来。

小伤信口胡诌："嗯，金代同到了这里，应当会被安排宿在驿馆。掌柜，九原城的内斗与我们并不相干，不如回去想想，该怎么从金代同手里拿到舍离珠。"

玉瑶很是上道，果然把被下药的不快抛在脑后。

— 6 —

小伤和玉瑶暂时回了宿处。

他们溜出去的时候，只迷晕了窗边的守卫，回来时还未到轮值换岗的时间，那两个守卫怕惹祸上身，不敢上报自己值守期间突然犯困打盹的事，所以谁也没有惊动。

玉瑶给自己斟了杯茶，边饮边道："金代同来访九原城，目的是缔结无庸城和九原城的通商协议，若是成功了，两城岂不是要化干戈为玉帛？"

她费尽千辛万苦，要集齐舍离珠，就是为了借铎罗的力量毁灭无庸城和九原城，如果两城一致对外，她的复仇计划恐怕将落空。她想，这次不仅要夺取舍离珠，还要设法破坏金代同和九原城城主的通商计划。

问题很棘手。

小伤转动茶杯，不动声色地打量她。

他自小聪慧过人，在历经了司空辉的背叛后，洞察人心的本事更胜从前一筹。他知道玉瑶在想什么，但那些是他不惧的。他走向寝屋，打开衣柜。

玉瑶好奇地问："你做什么？"

小伤回头："如今我们被锁在一间屋子里，掌柜想和我睡一张床吗？"

"你、你休想！"玉瑶脸红。

小伤笑着拽了拽柜子里的备用被褥："看来我只能在次间打地铺了。"

跋涉多日，晚宴没怎么吃，好不容易找到个落脚的地方，他现在只想休息。最好一瞑眼，就能等到莫啸释放他们的消息。

玉瑶僵坐在桌旁，半晌，又支着下巴，看他为打地铺忙碌着。她拍了拍自己的脸颊，心道：有什么好害臊的，他在我面前早就没秘密了。

可如今两人衣冠整齐，同处一室，她反倒不像从前坦然。

城主府温泉宫中灯火通明。城主尚未歇息，和弟弟九钦边泡温泉边聊着什么。侍者弓腰入内，城主脸色微变，还没有来得及从温泉中出来，就看到莫啸的身影。

莫啸的目光在脸色红润的城主身上停留，城主尴尬地擦了擦脸上熏出来的汗。莫啸笑着道："城主气色不错，身体已经大好了？"

城主咳嗽了一阵，尴尬地道："去年有云游的高人替我诊治，调养许久，的确比从前好些。"

莫啸微眯眼。一年的工夫，从行将就木的病人变成能吃甜冷食物、泡温泉的健硕男子，那高人肚子里有点东西。

当然，如果他并不是自己认识的城主，一切都解释通了。

莫啸复又笑着道："圣躬康泰，实乃我九原城之福。如今我又取回了横公鱼血，可谓双喜临门。只是方才途经宝象楼的时候，我发现那边有重兵把守。城主，那边住着我两位朋友，为何会有如此大的阵仗？"

城主看了一眼九钦，讪讪地道："九原城近年不太平，各地反叛势力争相起事，我也是出于安全考虑，才安排重兵守卫。"

"城主以为，我会相信吗？"莫啸幽幽地问。

九钦忽地拍了下温泉水，冷斥道："莫天师，那两人分明是横公鱼妖所化，你却说他们是你的朋友，真以为我们看不出来？横公鱼族对我九原城仇恨颇深，你竟和他们称朋道友，安的是什么心？"

"哈哈，"九钦沉不住气，莫啸却放松了不少，"我只说找到了横公鱼，至于如何取他们的精血，需要九钦大人在这里趾高气扬地指点江山，先斩后奏？还是说，九钦大人连我们玄宗都不放在眼里了？"

九原的王室成员多信玄宗，城中信奉者远比九钦的精兵多，且其麾下精兵也有信仰玄宗者。九钦再不满，也得掂量莫啸背后的势力。

九钦脸色极差："我并无此意，只希望莫天师不要被小人蒙蔽。"

"不劳九钦大人牵挂。驹风少主对我玄宗颇为推崇，是我玄宗的好友，也是我的至交，如何救他性命，我比九钦大人更有数。还希望城主和九钦大人能礼待我两位朋友。"莫啸一副笑眯眯的样子，话却有千钧之力。

九钦神色连变，良久，才吩咐侍者前往宝象楼放人。他从温泉中起身，用布巾裹着自己的躯体，傲慢地道："世子安危关乎九原安定，两年前玄宗便将他秘密转移，事到如今，我还未见过世子。你找到了横公鱼，我这个做叔叔的，想见一眼自己的侄子，不过分吧？"

"九钦大人玩笑了，驹风少主藏在何处，城主自是知晓。我们玄宗哪敢私藏？"说话间，莫啸瞥了一眼城主。

城主脸红如烧，越发尴尬："唉，九钦，你是喝了几杯酒，口不择言了。"

九钦也意识到自己失言，冷哼了声，大步向外走。

莫啸在他身后补充道："大人，世子复苏当日，我玄宗会通知您的。"

"最好如此！"九钦停在门口，狠戾地剜了他一眼。

玄宗用横公鱼血救治世子驹凤时，九钦才能找到真正的驹凤。就算莫啸不提醒，他也不会缺席。

待他的身影彻底消失于温泉宫，莫啸脸上的笑意才敛了。他回头向城主恭敬行礼，也快步离开。

有的事情，他虽然不想面对，但结局已定，他只能接受。那就在下一场灾祸来临之前，未雨绸缪。

对莫啸信守诺言这点，玉瑶表示满意。

还没到第二天早上，围在客房外的侍卫已尽数消失。

取而代之的，是鱼贯而入服侍她与小伤的仆从。他们说，玉瑶和小伤是莫啸的朋友，也是他们九原城最尊贵的客人。可一旦玉瑶追问之前软禁她与小伤的原因，他们就如傀儡一般，一问三不知。

玉瑶算算时间，金代同一行已经抵达凤都的驿馆，她要先去会会金代同这位"旧友"，便暂且不追究此事了。

她整夜未休息，终于将随身携带的几味药炼化成了能让她变身三个时辰的"面纱"。

小伤被她吵得无法入眠，好奇地问她何为面纱，她便一副看无知小民的表情："所谓'面纱'，就是服用后别人就看不见你真容的药。"她服下药，不一会儿，竟化身为城主的样貌。

小伤啧啧称奇："掌柜打算伪装成城主的模样，欺骗金代同？"

"不仅如此。我要用这张皮毁掉金代同和九原城之间的信任。刚才我问了，城主为金代同设了晚宴，假如他缺席，城主会不会认为无庸城没有足够的诚意通商？"玉瑶幻想着这个美好的结局，笑眯眯道，"我还为金代同设计了一个法阵，能废掉他的耳朵，弄瞎他的眼睛，遏制他使用定格时空的异能。"

"看来掌柜离开凉川后，下了不少苦功。"小伤盯向她，又道，"什么法阵这么厉害？掌柜也修过道宗的功法？"

"没吃过猪肉，还没见过猪跑？"玉瑶对着镜子，仔细整理自己变身成城主后浓密卷曲的头发，"我设置了个迷魂阵，里面的镜子能借强光射伤他的眼睛，能借大鼓的鼓声刺破他的耳膜。当他看不见，也听不见的时候，我只消躲在暗处，设法激怒他，让他一次次使用定格时空异能，神仙尚且有疲惫的时候，何况人？"

玉瑶嫣然一笑，模仿城主的口吻道："既然他不愿意和我交易，我只能设法将他带到法阵中，请他吃罚酒了。"

小伤表情微妙，心中感谢玉瑶对他的坦诚。

他尚有足够的时间通知金代同。

半个时辰后，玉瑶认为自己的伪装已经极尽完美，正要和小伤设法前往驿馆，却见一行人正往城主府内会客的大殿去。

为首的金代同头顶蔚蓝天幕，衣袂被冰原的风吹得猎猎作响，神态比从前成熟稳重。玉瑶蒙了，戴上帷帽，揪住路上行色匆匆的侍女问："不是说无庸城的使者晚上才赴宴吗？"

"临时出了变故，这会儿使者已经进大殿了。"侍女头顶特色小食，也因无庸城使团突然造访，手忙脚乱。

玉瑶这会儿还顶着城主的皮囊，有心阻止，却来不及。

"他运气怎么这么好，知道我有心害他！"

以金代同的口才，两城通商的协议手到擒来。

玉瑶徘徊了一阵，恼道："为今之计，只能赶在金代同离开九原城之际杀死他，激化九原城和无庸城的矛盾。"

"掌柜，金代同和横公鱼族并无仇怨，你真的要滥杀无辜？"

"无辜？人类没有一个好东西！我凭什么以德报怨？"

"当初石斛的父母为了救横公鱼族，双双命丧，他们也不是好东西？"小伤逼近，质问她，"横公鱼族被屠戮是无辜的，难道他们就有罪？"

他的眼神有种压抑不住的阴沉，玉瑶一时噤声。她动了动唇，想反驳什么，可内心深处的声音告诉她，他说得没错。

正义是正义，他们横公鱼族的恩怨就算了？

她已经为复仇坚持了那么多年，不能因为小伤三言两语便动摇自己的信念，觉得神魂飘荡无所依凭。何况，她肩负着复兴横公鱼族的重担，族人们也一定希望她能复仇。

玉瑶淡漠地越过他，回了宝象楼。

她焦躁地翻找酒水，试图用酒麻痹自己，等苏醒后，坚持一条路走到黑。

小伤喝止侍从为她取酒，玉瑶不满地道："找，我要酒，别听他的！"

"酒只会伤身，却不能解决问题。"

"有谁喝酒是为了解决问题的？你凭什么管我？你是我什么人，我要听你的？"玉瑶早就被他的质问激怒，非要违逆他的意思。

她身上的担子太重了，可是他不能感同身受。她才知道，他其实既厌恶她，又反对她。

小伤被她质问得无言以对，停下了阻止她取酒的动作，整个人僵在原地，半晌，他深感挫败地放开她。

他之前劝她为了横公鱼族复兴考虑，不要做伤身之事，但他还有句话没有说出口——他是为她好。现在却没有足够的自信告诉她，他可以解决她所有的困厄。

只是她提醒了他，他凭什么管她？她真的不明白吗？谁会对不在意的人指手画脚呢？

—— 7 ——

玉瑶酩酊大醉，再睁眼时，周遭天光大亮。她的手下意识地去摸酒瓶，朦胧间，看到了小伤的影子。

她以为他又要和她争执，却听他道："莫啸请我们过去。"

玉瑶揉了揉眉心："去哪儿？"

"占星阁。"

玉瑶狐疑起身。城主与九钦给她和小伤下药，软禁他们的谜团，莫啸还未给个说法，她是该见他。

至于金代同……玉瑶蹙眉，金代同一时半会儿不会返回凉川，她有的是机会下手。

玉瑶和小伤到占星阁时，城主与九钦竟也在阁中。莫啸一袭灰白格广袖宽袍，玉簪松松地将一半的发绾在脑后，见到他们，展颜一笑。

"这几日休息可好？"莫啸问。

玉瑶不知自己醉了这么久，细问才知有三四天了。小伤对此一直无所表示，似乎已经忘了两人的不快。她面色不善："今儿怎么了，这么大阵仗？"

莫啸笑笑："有个秘密，也是时候告诉玉掌柜了。"

他前日夜里便寻到宝象楼，没想到玉瑶醉得不省人事。他只得与小伤先行商榷对策。

他取了支笔，在龟壳上画了道符，右手指尖凌空一画，一簇幽蓝的火焰升腾，沿着龟背灼烧，须臾，龟壳裂开，图案与他所绘完全吻合。

这是大吉之兆，莫啸面色晴朗，把龟壳交给仆从，道："掌柜不是问我因何孤身前往无庸城？因为我遇到了一个天大的难题。"

"难题？"

玉瑶环顾四周，包括小伤，每个人似乎都知道今日要做什么，她却如云山雾罩，迷迷糊糊。

莫啸没有着急作答，只示意众人随他来。

三年前九原城少主驹凤不慎坠马，身受重伤，玄宗门宗主一直用秘法保护他的肉身，将他藏在占星阁的密室中，以防有人加害于他。

除了宗主，唯有莫啸和城主知道驹凤的藏身之处。可莫啸发现，眼前的城主根本不知道驹凤在哪儿，身体也不似表现的那样弱。

他比任何人都不愿接受，城主已经不是真正的城主的现实。

他不能乐观地认为，这一切与九钦毫无关系。

九钦应该比任何人都想知道驹凤的下落。毁了驹凤，九钦便没了对手，是城主第一顺位继承者。以他的判断，九钦应当没有从真城主的口中得到驹凤的藏身之处，只能等莫啸回城，然后趁他用横公鱼血救活驹凤的时候，找到驹凤，杀死驹凤。

占星阁外的侍卫早就被九钦调换过。只是狐狸的尾巴不到最后时刻，不会露出来。纵使是险局，莫啸也不得不利用驹凤引对方入局。

玉瑶迫切地想知道莫啸在打什么哑谜，可四周寂静无声，她不好开口。

小伤神色淡然，也不向她解释。

莫啸修心的密室中藏着个神龛，转动神像，墙边的一扇门忽然缓缓打开，露出一条通道。

九钦难掩惊讶，他找了很久，没想到玄宗竟然把人藏在他眼皮底下。

救活驹凤仿若举行神圣的仪式，由两名莫啸亲传的玄宗弟子在前引路，随后是莫啸、城主、九钦、小伤和玉瑶，以及护卫队。

长长的阶梯两侧都是一人高的纯金灯盏，几近延伸到虚无。

护卫队每隔两级台阶，便停下两人驻守，一直到一扇有神兽浮雕的青铜门前，最后两名护卫停在门的两侧。

玄宗弟子启动机关，青铜门缓缓开启。

玉瑶环顾四周，屋顶、墙壁上镶嵌着形如月亮的宝石，绘着她无法看懂，甚至看起来很诡异的图案。宝石照亮了密室，密室中间放着一张长桌，桌上有一个用布盖着的人。

九钦面露喜色，正打算上前掀开布，莫啸忙阻止他："万万不可，桌上刻着符咒，可以定格所躺之人的时间，若是贸然破坏它的力量，少主的肉身便会腐烂。"

九钦阴笑道："久不见驹凤，我这做叔叔的一时唐突了。"

他垂下手退到莫啸身后。

莫啸神色淡漠，让侍者呈上银瓶与针。

他与小伤约定，到九原后，小伤献出自己的血救活驹凤，驹凤出面和小伤缔结九原与无庸的和平盟约。

看着他走向小伤，玉瑶越发怪异："莫啸，你究竟想做什么？"

"事到如今，掌柜也应该清楚，我到无庸城的目的，就是为了寻你们横公鱼族，用你族能生死人肉白骨的血液，救活少主驹凤。"

横公鱼族和九原王室之间有着血海深仇，她杀驹凤还来不及，哪愿救助？

玉瑶冷冷地道："所以，做向导也是你的伪装？难怪城主当初要软禁我和小伤，原来是怕我们逃跑。"

莫啸否认："软禁你们可不是我所为。何况，你的同伴不反对我这么做。"

玉瑶诧异回眸："小伤，你……"

"没错，我不反对。"小伤道，"掌柜，复仇是一片苦海，回头才是彼岸。你应当学会放下。"

"不可能放！"玉瑶激动地，"小伤，如果你今天支持他，就别怪我跟你翻脸无情！"

他们已爆发过一次争吵，玉瑶尚未原谅他，他竟然越发过分。

小伤却无比固执："掌柜再厌恶我，我也要这么做。"

他取过莫啸手中银针，刺向自己的拇指。

九钦忽然道："来人，给我抓住这两条横公鱼！"

他的目的便是找到驹凤，怎可能任由小伤救活驹凤。目的已经达到，他再不必藏着掖着。两名侍卫上前，抓住小伤和玉瑶。

玉瑶愤懑地挣扎："你这杂毛，快放开我！"

"放不放由不得你。"九钦气定神闲地理了理自己的外袍，小人得志地吐了口长气。

莫啸盯着他，刻意问："九钦大人，这是何意？"

"何意？莫天师，你还太年轻，不知良禽择木而栖的道理。不过我愿意给你一个选择的机会。进密室后，我便差人把守密室内外，如今你们都是我瓮中之鳖，插翅难飞，倘若你服软，承认我为下任城主，我可以放过你。"

莫啸转而盯着无所表示的城主，还没开口，对方竟然撕下一张人皮面具，露出原本獐头鼠目的脸。

"城主"不睬莫啸，唯唯诺诺地站到了九钦身侧。

玉瑶更是惊骇："原来你竟是个替身！"

"你们无庸城不是流传着一句古话——兵不厌诈。"九钦神清气爽，"没想到吧，莫天师，在你离开九原城这段时间里，发生了这么多事。"

莫啸看到了自己最不愿看到的情景，攥紧了拳头，声音低沉："你把城主怎么样了？"

"他死活不肯告诉我驹凤的下落，我这个做弟弟的，只能用些非常手段。"九钦轻飘飘地道，"如果你执迷不悟，也会是这个下场。"

密室内没有外人，即便莫啸死了，也死无对证。

玄宗上下只要不是傻子，都该知道此刻支持他只有好处，没有坏处。

两名弟子上来挡在莫啸面前，莫啸却示意他们后退。

莫啸无奈地道："已经到这个地步，我还能做什么？少主就在你面前。"

九钦哈哈大笑："我喜欢你的识时务。"

他疾步走向驹凤，迫不及待地揭开那张蒙着驹凤的白布。

白布内忽然飘出一股奇异的香气，令他倍感晕眩，一时动弹不得。

"莫天师，你……"九钦大惊失色，回头，却见密室四周竟飞出无数箭矢，将绑缚小伤与玉瑶的护卫射成了刺猬。

莫啸脸色骤冷："杀城主，还想杀少主，老东西，你就不怕遭报应？"

他话音刚落，躺在长桌上的人猛然跃起，原来他不是驹凤，而是莫啸的护卫庖禄。

九钦意识到自己中计，愤懑地喊道："来人！给我抓住他们！"

想象中的援兵未至，密室大门却"砰"的一声关闭了。九钦和冒牌城主冲到门前，怎么推都推不开。

九钦既惊又怒："身为九原天师，竟然勾结外来妖物。莫啸，你好大的胆子！"

"弑君篡位，赶尽杀绝的你有什么资格审判我？"莫啸冷笑，"城主的仇，我会向你加倍讨回来！庖禄！"

庖禄会意，跃上前一拳打得九钦脸歪嘴斜，仍不过瘾，又补了一拳，然后一屁股坐在九钦脸上。

冒牌城主头皮发麻，慌乱地找青铜门的门闩。庖禄吹了个口哨，两名玄宗弟子一人一条麻绳，将冒牌城主五花大绑。随后，九钦也被吊了起来。两人的嘴也被绳子堵着，呜呜地说不了完整的话。

莫啸迈步走向九钦，捏住他的嘴，狂笑了几声："进了我的占星阁，还以为一切尽在你手？"

占星阁密室的摆件暗合五行八卦，莫啸只需要按动机关，密室就会变成一个巨大的杀阵，将瓮中之人统统杀掉。别说三千护卫，就算上万雄兵，也无法从此地全身而退。且此密室一间套一间，若一间密室的机关不能杀死敌人，便可引敌人入第二间，乃至第三间……

九钦被他掐得脸颊生疼，浑身也被勒出红印，汗水淋漓。可即便他连声求饶，莫啸亦无动于衷。

玉瑶知此密室机关重重后，再不敢轻举妄动。

她忽然发现，眼前的莫啸格外陌生。也许他从前对她嬉皮笑脸，不过是因为她于九原城无害。他的脾气再好，也是九原城一人之下、万人之上的玄宗天师，有智慧有傲骨，亦有手段有狠戾。

更让她绝望的是，小伤什么都知道，却联合莫啸欺瞒她。

小伤并不值得她信赖。

玉瑶懒得看莫啸审判九钦，问："既然真的少主不在此间，又在何处？"

"掌柜的问题问得好。"莫啸这才松开了踩躏九钦的手，理了理自己的衣襟，"不知掌柜有没有发现，需要人操纵的机关并无人操纵，便能自己发射箭矢？"

"我可没有眼观六路的本事。"

"无妨，"莫啸笑笑，"小伤可以告诉你。"

他觉察到小伤和玉瑶之间的隔阂，主动让小伤开口。

"早在前夜，我和莫啸来过此处，见了驹凤少主。掌柜当时尚在醉酒。"

"尚在醉酒……呵，这就是你先斩后奏的理由？所以方才在暗中操控机关的人，是驹凤？"玉瑶语气淡漠，失落多于生气。

她以为自己很了解小伤，现在才知道，她大错特错。

仔细想想，这个男人从何而来，经历过什么，心底在想什么，她一概不知。

如今他的背叛比任何人背叛她，都让她伤心。

小伤亦不忍看她，道："是的。"

他才说完，墙边一道暗门开启，一个身着带披膊的暗纹雪色长袍，戴凤头冠，面容英俊、气度潇洒的青年走了出来。

不难猜测，他就是大难不死的九原城少主驹凤。

莫啸向他行礼，他也还莫啸一个礼，道："此番多亏莫天师筹谋，又得你们横公鱼族鼎力相助，我才向死而生。"

他对着小伤说，至于玉瑶，只是淡淡地扫了一眼。

玉瑶不屑地别过视线。

她的轻慢没让驹凤不悦，他越过几人，走到九钦面前。

"可惜了叔叔，当年围猎，你未能害死我，以后，你也没有机会了。"他平静地拔出一把长刀，刀面映出九钦的眼睛。

九钦满面惊恐，口中呜呜，人随着麻绳飘来荡去。

刀霍然划过，刺破了九钦的脸，同时砍断了勒住他嘴巴的绳子。他如蒙大赦："你不能杀我！我是你亲叔叔，就算我有罪，你也不能亲自杀我！这于法不合，于礼不合。"

"你现在倒会讲礼法了。"驹凤出言嘲讽。

但他的刀停在九钦喉前半寸处，最终没有下杀手。

九钦说得不错，在礼法不全的时候，九原城对待罪大恶极之人，皆是动私刑杀死了事。可驹凤率先提议，定罪后量刑处置。只因他想还给大家一个全新的九原城，让所有人都被规矩约束，包括他自己。

"庖禄，把人押下去。"驹凤吩咐。

— 8 —

会客的大殿中，驹凤让下人给小伤和玉瑶看茶："九原处于苦寒之地，这几两鲜茶其实是无庸的佳品，二位慢饮。"

在他们喝茶的时候，驹凤讲述了自己当初坠马的始末。

驹凤的父亲，即老城主有一个善妒的妻子，所以，城主子嗣不旺。他那本就为数不多的子嗣里，成器的只有驹凤一人。

无庸城与九原城的战争旷日持久，城主年岁已高，不堪旧疾折磨，便让驹凤代为管理九原城。

然而，驹凤代理朝政时年岁尚小，九原城内暗流涌动，想取驹凤而代之的人不在少数。

驹凤叹道："如果司空曙还在的话，一定能理解我的处境。"

无庸战神司空曙名动九原。论安邦定国，驹凤与司空曙不相伯仲，但行军打仗，他自愧弗如。他又忍不住笑道："倘或他还在，我九原城或许等不到迎来转机的机会。"

反对驹凤继位的老臣，大多是九钦的附庸。

九钦骁勇善战，又是正统贵族，但新法规定城主之位父死子继，没有子嗣，才能兄终弟及。起初，两人还能维持表面和平，直到一场胜仗后，九钦率军回城。大军在城外驻扎，夜里醉饮，有九钦军扰民滋事。九钦只抽了闹事的部下三十鞭子，驹凤觉得不妥，召见九钦，当着他的面，将骚扰民女、寻衅滋事的几名士兵当众处斩。

驹凤坚信，天子犯法，与庶民同罪。从严治军，方能养出有素质、有纪律的军队。

可这惹怒了九钦，也让九钦军心生不满。

自此后，驹凤与九钦的不和被搬到了台面上。

秋狩时节，九原多冰雪，唯有城郊偏南一隅有水源，草木丰茂，藏着无数珍奇异兽，堪称天然的狩猎场。

九钦便趁此机会，买通养马官，给驹凤的爱驹下药，致使驹凤在狩猎时不慎坠马，受了重伤。

得知莫啸出发前往无庸寻横公鱼，九钦又千方百计寻找驹凤下落，企图杀死他。可老城主宁死不说出驹凤肉身的藏匿地点，九钦一计不成，便安排了个傀儡做城主，打算等莫啸归来，连横公鱼和驹凤一并杀害。

法网恢恢，疏而不漏，九钦最终还是计败事发，锒铛入狱。

玉瑶对他的故事并不感兴趣，懒洋洋地抿着茶，思绪飘到很远的地方。

她知道了，小伤这次把她带到九原，完全是忽悠她。

她之前只顾着生气、失望，静下心想，又好奇小伤的真实目的。

如果小伤的计划是帮莫啸救驹凤，完全没有必要牵扯她。

好奇，不代表她原谅他的背叛。

金代同见的城主是假的，过阵子，驹凤应当会亲自接见这位无庸城的来使，玉瑶还有机会杀死金代同，把脏水泼向九原城。

至于这两日，驹凤除了忙着交接政务，还要寻找老城主下落。

倘或老城主身故，驹凤将举行大葬仪式，用九钦和傀儡城主的人头祭奠，随后才举行登基仪式。

玉瑶和小伤作为上宾，讨一个来去自由的待遇，不过是一句话的事。

喝完茶，下人突然来报，莫啸感知到了老城主的下落。

驹凤神色紧张："在哪儿？"

"在府内废弃的冰窖中。"

驹凤匆匆赶去，玉瑶正好想看热闹，跟着去了。

小伤不得不随行。

九原城的冬日漫长，也有较热的时候。为了保存食物，城主府内挖了不少冰窖。九钦大抵是为了保存尸身，以模仿老城主制作人皮面具，便把他的尸体抛在冰窖内。

驹凤赶到时，四周已有侍卫驻守。

莫啸屏住呼吸，拦住了还要往里走的驹凤，劝告道："少主，请留步。这里不干净，您身体还虚弱，不宜进去。"

"无妨。冰窖中的东西，不会有问题。"

驹凤执意进去，吩咐侍卫揭开蒙着尸体的布。

果然，里面有一张他再熟悉不过的脸。因为长时间饱受折磨，老城主变得身形消瘦，面孔扭曲。他想起了幼年时牙牙学语，少年时努力学习骑射，希望得到父亲夸奖的情景，站在那里，不禁双眼通红。许久，他才哆嗦着手，又把布盖上。

"少主节哀。"莫啸难掩悲伤。

"我知道。"

驹凤在此前已经做了最坏的打算，眼下要做的，不过是彻底接受。

九原的王不能沉溺在悲伤中，父亲一定不希望他如此。

他还要背起复兴九原的重担。

驹凤沉默良久，喑哑道："来人，殓了吧。"

玉瑶站在小伤身边，一时不能理解，众人脸色为何如此阴沉。尤其是小伤，明明死的是和他不相干的人，他为何会露出悲悯之色。

她的淡漠和周围的人格格不入。

老城主的父亲曾经下令不援助横公鱼族，任由横公鱼在无庸城被大肆屠戮。老城主死了也是应该。

玉瑶只是可惜，他不是自己亲手杀的。

驹凤将老城主的灵柩停在宝安寺，为了粉饰太平，只对外宣布老城主病故。他顺应民意，不日将继任城主之位。随后，他下令严刑逼供九钦及其同党，务必抽丝剥茧彻查九钦，给九钦治最重的罪。

玉瑶也未闲着。之前用来炼"面纱"这味奇药的原料已经用完，她只得设法制作一张形如驹凤的人皮面具。

陷阱已给金代同布置好了，只等面具完成，便可把对方引到她布置的杀阵内。

为了避免小伤发现，她还特意让驹凤给她安排了间单独的客房，躲小伤躲得远远的。

小伤几次找她，都被她拒之门外，直到这日，驹凤又召见两人，说要论功行赏。

玉瑶才进大殿，便自动与小伤隔开三尺距离。

驹凤淡笑，让他们坐下。

"横公鱼族产自九原城，数百年前，被我的先辈作为献礼送到无庸，这么多年兜兜转转，总算回到此地。我本以为你们会因过去的误会怀恨在心，没想到你们不计前嫌，救了我，也救了九原城。"

这顶高帽，玉瑶并不愿戴。

灭族之恨，被逐之苦，三言两语无法抹除。

小伤替她回道："少主客气了。能够让九原城因此避免一场灾祸，免遭生灵涂炭，横公鱼族义不容辞。"

"咻。"玉瑶突兀地笑了下，发现大家都看向自己，念着如今寄人篱下，势单力薄，便假装摸了摸鼻尖，"不好意思，鼻子有点痒。"

顿了顿，玉瑶忍不住追问："少主，您说过去我族和九原城之间有些误会，究竟是什么误会？"

"我的祖父素来和善，对异族子民爱护有加。我也受了他的影响，才有心和无庸城停止干戈。我一直不理解，当初横公鱼族族长不远万里，跋山涉水回九原城求援，为何他会严词拒绝。但九钦让人设计伪装我父亲一事，让我有了头绪。"

"你的意思是，当初下令逐我横公鱼族的人，不是你祖父？"玉瑶霍然起身。

她的父亲因失望而自裁，她在仇恨中沉浸多年，如何能相信，她听到的消息是错的。

一定是驹风在狡辩。

驹风道："若我有意推脱，此刻杀了你们便是，何必多事。实际上，祖父晚年性情乖戾，和我认识的他大相径庭，经由父亲一事，我不得不怀疑，有人曾伪装他拒绝了横公鱼族长的求援。"

"不过是你的揣测罢了！"玉瑶下意识地反驳，"你的祖父犯下重罪，做孙子的就这么着急为他洗白？"

"看来玉掌柜并没有一笑泯恩仇。多说无益，我只有一句话想问你，彼时我九原城正与无庸城休战，周围又无强敌环伺，为何不救？若救了，何至于我受重伤时，还要派莫天师千里迢迢去寻鱼？"

玉瑶被他问住。横公鱼血的效用，民间之人不知，王室中人一清二楚，并死守这样的秘密。于是民间只知横公鱼为瑞兽，却不知其为何是瑞兽。没有哪个城主会做赔本生意，细算的话，当时救援横公鱼族，并不是赔本生意，甚至是举手之劳。

而伪装成城主，企图破坏两城邦交的事，玉瑶也在谋划。

驹凤又道："玉掌柜，你与其将怒火撒在我身上，不如想想那个伪装我祖父拒绝驰援横公鱼族的人，到底安的是什么祸心。"

玉瑶心如乱麻，倘或他所言为真，她便是入了敌人圈套而不自知的傻瓜。

可破坏横公鱼族与九原城王室的关系，又有什么好处？

谁在暗中策划这一切？

"玉掌柜。"小伤唤了她一声。

玉瑶顿时定住。

小伤看着她，道："驹凤少主诚心与我族示好，何不趁此机会，将我族迁回九原城？"

"这才是你带我来九原城的目的吗？让我听到这些，然后劝我迁回九原城？"玉瑶如醍醐灌顶，忽然明了。

小伤并不否认："我只希望，掌柜和横公鱼族能回到自己的家园，光明正大地活着。"

"有什么要紧，大家一起下地狱好了！"玉瑶忽地急火攻心，脸颊涨得通红，"你，驹凤，都没有无罪的证据！"

有的人在地狱里生存久了，忽然看到地上的人递来一缕光，也会怀疑他别有用心。玉瑶便是如此。

她坚信小伤背叛她，欺骗她，而不是为她好。

这让她无比后悔，当初为什么救他。

最好让他在河水中腐烂。

太可笑了，一条横公鱼为了人类，背叛整个横公鱼族，还劝她相信人类，让她把族人迁回九原城。

谁知道这是不是一场新的阴谋？

他们已经熟悉了阴暗的生存之道，绝不会因为人类三言两语，踏进新的牢笼。

玉瑶张牙舞爪，拒人千里的态度让气氛一时紧张。

驹凤不禁出言宽慰："或许玉掌柜初到九原，还无法适应，不妨再休息些日子，到处走走看看，相信你会喜欢这里。"

他打住话题，又让侍者呈上特色小食。

玉瑶早腻味了，也不需驹凤论功行赏，转身便走。

—— 9 ——

小伤看着玉瑶的背影，并未追上去，只是道："玉掌柜脾气不太好，希望少主勿怪。"

"言重了，你是我的救命恩人，她又是你的至交，我怎会为这点小事发脾气？只是原定论功行赏，闹成这样不知道如何赏了。"

"莫天师应当和少主说过，我别的不求，只求你一件事。你在位期间，不要打无庸城的主意。"

驹凤是听莫啸提过，可听到小伤亲口说出，还是有种不真实的感觉。

"直到此刻，我依然很难相信，我们在战场上交锋过。司空曙，你变了很多。"

司空曙，这个名字如今听着反倒陌生了。小伤笑了下："人都是会变的，少主与我当年所见，也有不同。"

驹凤玩味地道："自是不同。我如今做了城主，你却成了别人的长工。"

"偶尔散散心，有何不可？都是人生，都是经历。"

驹凤笑了："我看未必是散心，而是醉翁之意不在酒，在乎佳人也。"

玉瑶还不知道，她到底得到的是谁的心。"司空曙"这三个字，代表的不仅仅是无庸城的神话，也是他驹凤敬佩的存在。

驹凤倒是好奇："你当初答应莫啸救我，就不怕我翻脸不认账？"

小伤淡淡地道："我除了自己的哥哥，还没有看错过人。至少，你从未虐杀过无庸城的战俘。"

"感谢你看得起我。"驹凤起身，走到七彩琉璃窗前，看着远处的河水与草木，回眸笑道，"但眼前的宁静，不比我身后的宝座珍贵吗？若无庸城和九原城往后能自由通商，我愿和你签订止战协议。"

"凉川少主金代同在驿馆等你。"小伤想到什么，眉头皱起，"玉掌柜是个偏脾气，少主需要提防她从中作梗。她如今已不信任我了。"

"放心，我会想办法让她认命。"顿了顿，驹凤戏谑补充，"当然，我保证不伤她。"

小伤知道他打趣自己，默认不驳。

他尚有一事要与驹凤商量，岔开话题，道："武英城主晚年性情大变，无理拒绝横公鱼族的求援，以致横公鱼族族长自裁，你父亲如何看待此事？"

玉瑶认为驹凤空口无凭，小伤来九原城，便是为了找证据。

驹凤方才所言，让小伤更坚定当年的事有猫腻。

"父亲也觉得不可思议，每每回忆此事，便觉愧对横公鱼族。可祖父晚年记忆一直不太好，那之后一直缠绵病榻，不能言语，乃至暴毙于城主府，未及定下顺位继承者。父亲只得假拟诏书，城中流言纷扰，他无暇调查，祖父也草草入殓了。事实上，若非父亲被人掉包，我也想不到有人胆大包天至此，敢冒充城主。"

"也许你的猜测是对的，有人曾假冒武英城主，拒绝了驰援横公鱼族的提议。他的目的，便是挑起横公鱼族和九原王室的仇恨。"

"为何？横公鱼族作为瑞兽一族，放眼无庸城和九原城，并非了不起的存在。"

"少主可曾听过修罗族的传说？"

修罗族是被诅咒的魔族，传说他们的祖先被众神打败后，堕入了茫茫荒漠的深渊秘境。

他们常年与瘴气、迷雾、蛇虫鼠蚁为伴，被无庸人和九原人歧视。

直到战神铎罗横空出世，修罗族有心踏平无庸城，夺取九原城，将整个大荒的资源占为己有。可惜铎罗被无庸城、九原城先祖联合封印了，魂魄也散作十缕，化作十颗舍离珠流入无庸。

最希望无庸城和九原城交战不休，复活战神铎罗的，本不应该是横公鱼族，而是修罗族。

若非得知九原内乱至此，小伤也无法联想到修罗族。

但一切过于巧合。

他怀疑，武英城主拒绝援助横公鱼族，乃至九钦掉包驹凤父亲的背后有修罗族的影子。

驹凤亦聪慧，一点就透，道："我已差人细审九钦，你无须忧虑。"

"旁人做事，我总归不放心。让我亲自审他，如何？"

莫啸刚醒，就看到小伤的脸。

玄宗弟子抱歉说没能拦住他。

莫啸已经习惯了小伤不走寻常路，但得知他要去牢房提审九钦，还是吃了一惊。

小伤道："驹凤允准了。带上你，不过是为了监视我，谨防我杀死九钦。"

莫啸道："你说带就带，我岂不是很没面子？"

"去不去？"小伤言简意赅地问。

莫啸匆忙起床穿衣。

"先说好，我不是听话，我是在执行驹凤的命令。"

"我信了。"小伤浅笑。

路上，小伤道："再给我准备两件东西。"

"什么？"

"铁桶，还有老鼠。"

"嗯？"

"你只需要照做就可以了。"

"有一说一，我真不喜欢你说一半藏一半的性格。"莫啸不满，但还是吩咐弟子准备好小伤所需之物，和小伤往天牢的方向走去。

九钦被关在单独的囚牢中，听守卫说，九钦进入这间牢房后，异常安分。

牢房门开后，他也不抬头。

他的模样比小伤初见时憔悴。大抵等待审判的滋味不好受，不知他是否后悔没死在占星阁的密室。

"九钦，看看谁来了。"莫啸道。

九钦睁开眼睛，看到来人，咧开嘴："我等你们很久了。"

莫啸意外："你知道我们会来？"

"很难猜？这些天，总有人想从我这里套出什么秘密，所以我不着急。"九钦气定神闲地捋了捋衣袍下摆，一副运筹帷幄的样子。

莫啸有所耳闻，这些天狱卒威逼利诱，他也没有吐出半个字。

大抵是知道认了罪，就没有翻身的机会。

原来他贼心不死，还想东山再起。

莫啸便问："你等我们，为的是什么？"

九钦浑浊的眼球转了转，阴恻恻地笑了："让我离开这个阴暗肮脏的鬼地方，我什么都告诉你们。你们比任何人都有能力。"

"你在威胁我们？"莫啸盯着他。

九钦笑得更灿烂："谈不上威胁，各取所需罢了。"

小伤道："看来，你背后的靠山并没有你想象中的有义气，将你孤零零抛在这里。你很害怕他们杀了你，让一切死无对证，是不是？"

九钦神色陡变："你胡说什么？"

小伤道："如果他们存心救你，这关押皇室宗亲的天牢早乱成一锅粥了，可你还好端端在这里。"

九钦不安地用脚搓了搓地。

他讨厌被人摸清的感觉。

小伤打量着他，对他身后的靠山可能是修罗族又有了三分把握。修罗族阴险邪恶，道德沦丧，九钦如果妄想得到他们的救援，那是打错如意算盘了。当务之急，是让九钦认罪伏法。

小伤把铁桶和老鼠放在地上。

莫啸意味深长地道："这儿的味道不好，我出去等你。狱卒你随意调动。"

"去吧。"小伤补充道，"给我搬把交椅过来，我坐下慢慢审。"

见小伤气定神闲地坐下，一手搭在椅子的扶手上，悠然盯着自己，九钦莫名惊悚。

"臭畜生，想干什么？"

他视小伤为普通的横公鱼，骂他畜生。

小伤的脸色阴沉："你不错，一张嘴就触到了我的底线。"

"畜生终究是畜生，即便断尾化成人的模样，也不改畜生的本性。"

"是吗？我今天可以让你看看，真正畜生的本性是什么。"

小伤拍了拍手，狱卒便将九钦绑在了牢中的柱子上，掀起他的上衣，用刷子蘸取一些牛乳，均匀地抹在他的肚脐附近。

一股凉意从九钦的肚脐蔓延开来，他汗毛都竖起来了，仍故作镇定："你到底要干什么？你可知在九原，杀权贵宗亲是犯法的！"

"犯法？我用驹凤的话回答你，这时候讲法太迟了。"小伤提起关着老鼠的笼子，"你猜，老鼠闻到牛乳的味道会怎么样？"

黑黝黝的老鼠尾巴细长，瞳仁黝黑突出，便是对视，九钦也两股战战。

小伤很满意他的表现，把吱吱叫唤的老鼠递到他眼前，道："待会儿，我就把铁桶绑在你的腹部，让老鼠顺着铁桶底部钻进里面，锁上底部的锁。你涂抹着牛乳的、最柔软的肚子就成了它们离开桎梏的唯一通路。你的肚子是能吃的，它们或许一开始并不知道，只是闻着味道不停地撞向它，用鼻子闻，用牙齿啃咬，舌头舔舐，爪子抓挠……也不知它们会摸索到什么时候，才开始啃食你的肚子，吃空它，在你的肚子里搭窝，或是从你的后背逃出去……"

九钦瞪大了眼睛，虽然铁桶还没有上身，但他已经恐惧得想呕吐了。

在恐惧中等待死亡，远比死亡本身更让他恐惧。

他疯狂而尖利地大叫："你没有资格杀我！莫啸！莫啸！快阻止他！"

小伤冷不防抽了他一嘴巴，打断了他的呼救，阴沉道："在你于席间戏弄玉掌柜的时候，难道没想过会有今日？"

九钦脸色苍白，脸颊上五指印高高肿起。

看到小伤瞳孔深处的厌恶，他才知道，小伤的审问不仅仅是为了从他身上得到答案，还为了给那个女人报仇。

小伤打开了铁桶底部特意留的小门，有老鼠探出了脑袋，像是要蹿到九钦的身上。

九钦斜眼盯着铁笼，两只老鼠吱吱乱转，黑黢黢的，牙尖嘴利。

九钦终于没忍住，疯狂地干呕。

"拿走！把这脏东西拿走！"

"你背后的人是谁？谁在支持你谋权篡位？"

"塔、塔尔，伊索……"几个名字脱口而出。

塔尔是驹凤的四叔，伊索是九钦的女婿……这些人都是明面上支持九钦的亲戚，却不是小伤想听的答案。

"不到黄河心不死。"小伤把一只老鼠扔进铁桶，将铁桶往九钦的肚皮上扣去。

九钦登时癫狂地挣扎起来："我说！我说！"

小伤没有停止动作，关上铁桶底部阀门。

九钦的话更密更快。

"是修罗族！九原王室里有许多人和我一样，都信仰修罗族神明铎罗。大祭司告诉我们，只要无庸城和九原城纷扰不休，铎罗就有复活的希望……"

"当年武英城主拒绝救援横公鱼族，还有舍离珠的传说，真相究竟如何？"

"都是大祭司的主意！大祭司说，横公鱼族单纯蠢笨，能力强大，是寻找舍离珠最好的棋子……"

"大祭司是谁？"

"是，是……"

小伤又放出一只老鼠，九钦几乎像癫痫发作般抖动起来。

"大祭司也藏在九原城之中，没有人知道他的名字，只知道他是铎罗神的使者！"

大抵是惊吓过度，说完这句话，九钦口吐白沫，昏死过去。

小伤将老鼠扔回笼子，接过侍者递来净手的水和巾帕。

莫啸在外面也听得清清楚楚，不禁道："我九原城一直以来都信仰玄宗，没想到修罗族的邪教竟然无声无息地渗透进了王室内部。"

"恐怕无庸城也难逃此祸。"小伤面色凝重，"修罗族的战神铎罗死后，他的信徒和他的元神碎片一样四散流窜，这些年不知秘密发展到何种地步。我也是时候回到无庸城，将这些遗毒连根拔除了。"

小伤转眸："或许，和九钦相关的宗亲，你们都要细细审问。他们的府邸外宅，里里外外，不能放过。"

"你的审法倒是让我开了眼，放心，为了九原城，我也会这么做。"莫啸愉快地打了个响指。

— 10 —

宝象楼客房，小伤得到了莫啸递交过来的证据，一刻也不耽误，急忙来找玉瑶。

按照惯例接待无庸使臣，本该举办游园会，但老城主仙逝，一切活动从简，游园会便取消了，驹凤只请金代同一行在四方塔吃顿便饭。

玉瑶正忙着在宴前准备伪装驹凤的人皮面具，但架不住小伤一而再，再而三地敲门。

她的心绪早被他拂乱了，打开门时，脸色不佳。

"你又想花言巧语什么？"

"掌柜能否请我进屋坐坐？"

屋子里全是东倒西歪的空酒坛，玉瑶手抵着门框，斩钉截铁地拒绝："有话在这里谈。"

她的脸颊上浮着不正常的红云，小伤皱眉，问："你喝了多少？"

"不用你管。"玉瑶撇嘴道，"我不需要一个叛徒关心我。"

"我在掌柜心里如此不堪？"

玉瑶别过脸，不说话。

小伤道："我已经找到当年武英城主拒绝救援横公鱼族的幕后主使，一切都是修罗族人所为。他们企图利用横公鱼族复活铎罗，扰乱无庸城和九原城，抢夺大荒的所有资源。有九钦的证词为证。

"若你还是不信，可以亲口问他。他和九钦军中不少人，都是修罗族战神铎罗的拥趸，是邪教的信徒。"

玉瑶曾经以他没有证据为由，不愿听他的话。如今，他把证据摆在她面前。

"掌柜，不要再做修罗族的棋子。无论如何，我也不会让你伤害金代同。"

玉瑶捏着那份证词，脑子里嗡嗡作响。她忽然想到什么，问："当初金代同本已答应和我交易，最后却变卦了。还有另外几颗舍离珠，也因为各种原因，与我失之交臂……小伤，我怀疑过你，现在想想，怎么会不是你？你跟在我身边，就是为了处心积虑破坏我的计划？"

小伤沉默了一会儿，道："我不否认。"

"好，好得很！你倒是学会了人类那套，卑鄙极了！"玉瑶恼自己被当棋子的蠢笨，又恼小伤的欺骗，一时气急败坏。

"即便武英城主拒绝我父亲的求援事出有因，可有谁架着刀在无庸人的脖子上，求他们虐杀横公鱼吗？喜欢的时候可亲可近，爱护有加；不喜欢了便弃如敝屣，随意屠杀。人类总是不可信的。"

小伤劝道："你不能一竿子打死所有人。"

"连你都会背叛我，好人在哪里？我看石斛的父母肯定也是为了什么不可告人的目的，才救横公鱼的。"

玉瑶冷硬反驳，"砰"一声关上门。

小伤停了片刻，唤她，她也不应。

他暗道自己是不是做错了，逼她逼得太紧。任何人遇到了这样的事情，都无法短时间接受，何况他的确欺骗了她。

小伤只得讷讷地道："对不起。我为之前的背叛向你道歉，可我没有害掌柜的心。"

玉瑶的声音闷闷丢出来："那你怀的是什么心？"

"我……"

小伤摁着自己的胸腔，鲜活的心在怦怦跳动。他的脸颊忽然烫起来，想起了与玉瑶相伴的无数个日夜。

可他又想到自己的处境，一切未曾尘埃落定，没有回答。

"掌柜，你好好休息，或许过段时间，你就想清楚了。"

一个酒坛破空飞来，撞在门上，碎片满地。

"滚。"

玉瑶喝醉了酒，耽误了大事。等她醒的时候，才知金代同作为使臣，已经到四方塔会见驹凤。

她辛苦制作的人皮面具用不上了，匆忙扮成侍女的模样，也混入了四方塔。

四方塔上热闹非凡，从其他地方来的使臣也在受邀之列。

莫啸也在席间，坐在金代同附近喝着酒。

玉瑶几次张望，都没有看见小伤的影子。她不知小伤为何不在现场，他说过，不会允许她对金代同下手。

但不论他如何阻止，她都要对金代同下手。

她寻机在金代同的茶水中放了特殊的药物，不消片刻，金代同必寻茅房。

果然，没多久金代同便捂着肚子，眉头直皱。

他抱歉离席，离开四方塔，走到僻静无人处，只见玉瑶站在他不远处。她蒙着面纱，像之前给他端茶的侍女。

玉瑶扬手一撒，金代同只觉得一阵眩晕。他揉了揉眼，四周突然变得雾气蒙蒙。

他处在迷雾中心，四面鼓声雷动，金光刺眼。

他所怀异能，能听到千里外的女童歌唱，看到千里外的一根牛毛，如此强烈的刺激，令他瞬间痛苦地闭上眼，耳孔也溢出血。

"妖女，你好大的胆子，竟敢暗杀使臣！"

"谁让你非要听小伤谗言，不与我做交易？"玉瑶在阵中拼命地捶打鼜鼓，道，"若你自愿把舍离珠给我，我可以放了你！"

金代同越发痛苦，捂着耳朵不听不看。

法阵原本不应设置在城主府内，可时间仓促，玉瑶只能亲自入阵。这也意味着，当金代同施展时空定格之术时，她的法阵便会失效，鼓声也会停止。

金代同无法睁眼，在阵中摸索，等时空定格的效用消失，玉瑶同时敲响多面鼓，以防金代同发现她的具体位置。

金代同每次使用时空定格的异能，便会消耗很多精神，不得不停顿半炷香的时间。

玉瑶不求他答应自己，杀死他，一样能取珠子。

而一城使者，凉川世子死在九原城，一定能挑起两城战火。

她热切地想着，鼓声越发急促。

一根竹签突然破空飞来，穿透迷雾，径直扎破了她的鼓面。玉瑶惊讶失声，鼓槌也掉落在地。

金代同回过神，以迅雷不及掩耳之势掐住她的脖子，将她摁在地上。他表情狰狞，仿佛要取她的性命。

小伤阻止道："松手！"

竹签是小伤从莫啸处借的，他识破了玉瑶的阵眼，一击便破了这杀阵。他今日未在席间宴饮，便是担心玉瑶对金代同不利，四处巡逻着。

迷雾逐渐消散，玉瑶环顾四周，才发现驹凤和莫啸也过来了。

玉瑶不再挣扎，认命地躺在地上。

她失败了，心底反倒平静许多。如果族人知道她被俘虏，应当也会原谅她，她真的为复仇努力过。

— 11 —

宴会结束，玉瑶被驹凤差人押到大殿。

金代同坐在旁边的椅子上，不舒服地揉着眉心。侍者为他调药，擦拭耳道中的污血。

驹凤看着玉瑶，问："玉掌柜，你一点也不后悔？"

"后悔什么？"

"伤了一个和你无冤无仇之人。"

"那又如何？那么多人杀横公鱼的时候，想过我们与他们无冤无仇吗？"玉瑶冷笑，"我不过是以其人之道，还治其人之身。若他还有那么一点用处，便算为我横公鱼族复仇大业添砖加瓦了。"

"哼，自私自利的妖类，真会给自己的自私找借口。"金代同差点被她震聋，没好气地道。

"冤冤相报何时了。"驹凤叹了一声，"若人人都这么想，人人都有仇可报，这辈子多没意思。"

玉瑶不置可否。

"来人，松绑。"

玉瑶错愕地道："若是做戏的话，没必要，对你而言，我并无价值。你大可杀了我。"

"坏人总以为这个世界人人都是坏人，但我不是。你是小伤的救命恩人，也是我的客人。在人类的世界，不是所有人都有仇报仇，也有像我这样，愿意以德报怨。"

侍卫当真给玉瑶松了绑。

玉瑶揉了揉被绳子勒出的痕迹，仍道："冠冕堂皇。"

以德报怨，何以报德？

驹凤道："大家都能听到，我保证你能平安离开九原城。城主没有戏言。"

驹凤一声令下，守卫们便让开一条通路，让玉瑶离开。

玉瑶从未见过有仇不报的人类，无法理解驹凤的意图。她始终认为，人类不会纯粹对另外一个人好。

她本能地抗拒，道："你以为这样我就会感激你？别再惺惺作态了，真叫我恶心。"

"你若不怕死，为何怕我骗你？我若骗你，你便实现了死的愿望了。"

驹凤的话让玉瑶哑了声。

玉瑶忽地发了疯，拔刀刺向自己。

小伤眼疾手快，攥住了刀柄。

血液蜿蜒而下，玉瑶大惊失色，松开匕首。

"你这个叛徒，为什么救我？"她不能复仇，本想效仿父亲自裁谢罪。

小伤道："掌柜当初救了毫无生意的我，我也想救掌柜。"

"我不需要你拯救！"

"当初的我也不需要。可现在我很开心，因为我认识了你。"

"你若感激我，为什么背叛我？"玉瑶的头刺疼起来。

在玉瑶心里，没有一条横公鱼会倒戈人类。不论是谁，都无法忘记灭族之仇。

莫啸这时插话道："玉掌柜，他根本不是横公鱼，何来背叛鱼族一说？"

"莫啸！"小伤最怕玉瑶发现这一点，没想到莫啸戳破了他的秘密。

莫啸摇了摇骰子，笑道："我算过的，这么说出事实来大吉大利。难道你还想瞒玉掌柜一辈子？明明动心了，为何不大大方方地追求，在这里别扭什么？"

玉瑶怔了一会儿："人类食用我族鱼尾骨汤会化成鱼类，当人类发现这个秘密后，再没有人吃过了。难怪，难怪当初见到你，总觉得你奇怪……小伤，你到底是谁？"

小伤知道自己不能再欺瞒下去，只得道："司空曙。"

他曾比任何人都痛恨化为横公鱼的自己。但若非他变成横公鱼，便无法真正理解玉瑶。

他只希望玉瑶能超脱仇恨，他夺权后，会还她一个光明的未来。他一日未夺权，一日不敢承诺。

可玉瑶实在无法接受，她竟然救了自己的仇人。

他若是普通百姓，她或许能原谅自己。

但他来自无庸城的王室——放任百姓伤害横公鱼族的王室成员。

许多情绪涌向玉瑶，她痛苦地摁着脑袋，几乎无法呼吸。她不知何去何从，跑离了大殿。

"欸！玉掌柜！"莫啸着急，"小伤，你快追出去啊！"

小伤却踉跄着倒在了旁边的椅子上，颓丧地扶额。

追上了就有用吗？

他依然无法给她承诺。

他的欺瞒已经给她带来了伤害，如果现在离开她能好受一些，他愿意还她自由。

好在，他手握五颗舍离珠，玉瑶逃了，也没有办法掀起风浪。

"英雄难过美人关啊，"莫啸刻意隐去自己说错话的事，拍了拍小伤的肩膀，"但我真的算过了，你和玉掌柜大吉大利。"

小伤只觉得烦躁："滚。"

傍晚，小伤回到住所。他从来运筹帷幄，但这次，他感到茫然无措。

不一会儿，小伤听到了敲门声。他以为是玉瑶，起身开门，看到的却是拿着一坛酒的莫啸。

莫啸笑嘻嘻地走进来："玉掌柜跑了，我来陪陪你。"

他还是为自己激化小伤和玉瑶的矛盾感到不安，这是来谢罪的。

小伤正要把门关上，莫啸眼疾手快，将酒坛子举在前面，双手伸在门缝中间，一副嬉皮笑脸的样子："那么见外？谈谈心而已，不至于赶人吧。"

看在酒的分上，小伤把他放了进来。

算算时间，他们竟也认识很久了，谈心的次数却屈指可数。

小伤没想到，自己曾贵为无庸城少主，身边连一个值得信赖的朋友都没有，倒是落魄后，在大梦药铺里遇到几个憨货。

莫啸带的是九原特产的果酒，喝的时候清甜爽口，但后劲很大。

举杯间，莫啸总是刻意编笑话逗小伤，想帮小伤驱走心中的苦闷。

真是个憨货，还不如不说。小伤发誓，活了半辈子，还没听过这么不好笑的笑话。

莫啸讲得好卖力啊，讲着讲着，都把他自己感动了。

小伤还是笑不出来。

莫啸笑得夸张，像嘎嘎乱叫的鸭子。最后，他总算觉得尴尬，不再笑了。他同情地看着小伤："玉掌柜就是这酒，平时处着没感觉，走了才觉得珍贵。我懂你。"

小伤疑惑："你懂我？"

"咳咳，我是说我能理解你，我跟玉掌柜没什么。玄宗的弟子，早就超脱了凡俗的情爱。但认识你们的这段旅程，对我而言依然值得怀念。"莫啸首先撇清嫌疑。

"我从出生开始，路已经被人安排好了。我的吃穿住行，都被仆人包揽，所需做的不过是潜心修习玄术。可后来衣来伸手、饭来张口的我，要自己想办法抓鱼。那条鱼让我出了不少洋相，当时我就这样，卷起裤脚，一直泡在河里。河水真冷，把我的皮肤都泡烂了……"莫啸说着，表演起来。

小伤觉得有点意思了，一手握着酒杯，头靠着门框，看着莫啸。

谁不是呢？当时觉得新鲜而痛苦的经历，过去后反倒怀念起来。

"我和你一样。"小伤道，"我八九岁时，亦是众星拱月。大家都说，我很聪明，像父亲年轻的时候。娘也因为我，倍受父亲宠爱。"

"他们既然喜欢你，为什么会答应你上战场？"

"我求来的机会。我当时心比天高，总想把九原军赶出无庸城。但在上阵杀敌之前，我连鸡也没杀过。但后来我才明白，那些九原城的士兵和我没什么不同。战争是不会因为我赢了他们就停止的，他们只要一有机会，就会卷土重来。如果我死了，无庸城后继无人，他们更加肆无忌惮。"

喝了大半夜的果酒，小伤和莫啸都有些醉了。

莫啸又坐到了小伤身边，搂着小伤的脖子，不停地重复："真有意思，堂堂少主，一城天师，都曾躲在一间药铺里当长工。小伤啊小伤，你之前也太能装了……"

"我并非装，一度当自己死了罢了。如果不是掌柜，我活着，也和死了没区别。"

"为什么？那样重的仇恨，你就不想报？"

"当时我一直逃避自己成为横公鱼的现实，坚信无庸城的百姓不会让一只鱼妖当城主。即便活着，意志也被司空辉折辱殆尽。我怕被人发现，更怕又有人因支持我而死。世上遗憾的人多了，多我一个又怎么样？"

"现在呢？"

"为了横公鱼族，我也要变得强大，历史应该由真正强大的人书写。何况，支持我的人，其实并没有因为我变成鱼而放弃我，司空辉依然忌惮我，处心积虑地想杀了我。"

"没想到玉掌柜那样怪的性情，竟然真的救了你。她凭什么？我看她自己就糟透了。"

"不错，她是糟透了。"小伤不否认，又道，"但她真的希望我振作，给了我足够的时间疗伤。我还记得，第一次见她，为了给我上药，她扒了我的衣服，一点羞耻心都没有。在她心里，活下去比尊严重要。有的时候执念太重，便会陷入自怨自艾的怪圈。她对我看似恶劣，又包容了我最糟糕的时光。"

莫啸扬眉："接着说，我爱听。"

"她其实是个刀子嘴豆腐心的人，开了家药铺，收容了许多像我一样失意而古怪的妖类。可她从小未能得到父母的疼爱，又背负着复兴横公鱼族的重担，岂不比我可怜？我想救她，倾尽我的所有救她。"

— 12 —

小伤一直说，说了很多很多。

并不是每一句话莫啸都能理解，但莫啸并未打断他。不知不觉间，莫啸竟然睡了过去。

小伤也喝醉了，却还是一直喝，一直喝。

他好像开始理解玉瑶酗酒的悲哀了。

半夜，小伤头疼欲裂，发现莫啸竟然抱着自己的一条大腿睡得正香。小伤踹了几脚，踹不开，叫了两个侍卫，三人一起努力，才把莫啸的手掰开。

小伤把门关上，揉了揉额角。酒后被冷风吹，头更加疼。

走到床边，梆子已经敲过四响，他正要睡下，心底突然有个声音，希望他不要睡。

朦胧中，他看到一个婀娜的人影，她绾着绸缎般光滑的长发，不施粉黛却美得绝尘，站在自己面前。

是玉瑶。

她盯着他，一副失魂落魄的模样。

小伤的酒意醒了一半："掌柜？"

他强撑着身体爬起来，努力朝她靠近，玉瑶却后退一步。她向来是一个特别硬气的人，嘴毒、脾气臭，从来不在人前示弱。她突然流露出的惶恐、痛苦、彷徨的表情，让小伤的五脏六腑好似被什么攫住。

"你还是怨恨我吗？"小伤问。

玉瑶动了动唇，半晌，才痛苦地道："司空曙，你为什么骗我，骗了我那么久？"

玉瑶讨厌人，在万万人中，她最讨厌一城之主。九原城城主也好，无庸城城主也罢，对她来说，都是仇人。就是这两个人，无休止地发动战争，践踏横公鱼的性命。

她知道，小伤在无庸城享有战神的美誉。在他被众星拱月的时候，可曾怜悯过她？现在却说为了她，让她把族人带回九原城。

玉瑶看着自己的手，声音颤抖："我竟然就用这双手，把你从阎王手里抢了回来。如果我早知道你的身份，一定不会这么做。没有你的话，我早就复活铎罗了。"

"我的命是掌柜赐的，如果你真的恨我，可以杀死我。我不会还手。"

"我真的会杀了你！"

玉瑶拔下银簪，青丝披散，风拂来香气的时候，簪子已经抵在了小伤喉间。

小伤果然不抵抗。他看着玉瑶，眼眸深邃，从容淡然。

玉瑶下不去手。

其实她早回来了，还偷听到小伤和莫啸的对谈。他并不知，她见他第一眼，便有一点儿喜欢他。她承认当时她有一点点见色起意。后来，她可怜他的伤病，收留他，希望他能振作起来。

她也曾好奇他对她的感情，可他从来没有肯定过。如今得到肯定，她却不喜欢了。

她不知道如何面对他。人间那么肮脏，她没有勇气以德报怨。

玉瑶转身欲走，小伤攥住她的手腕："掌柜。"

他喝了太多酒，不太清醒了，本能地害怕失去她。

他手心的茧子那样有存在感，玉瑶才知道，自己还是会为他心动。

玉瑶问："司空曙，不……小伤，如果你想让我留下，把你手上的舍离珠给我好不好？"

小伤又退缩了。

"我……我不能。"

"既然如此，道不同，不相为谋。"

小伤感觉她在挣脱他，或许是酒意作祟，他生出了平日没有的勇气，更用力地攥紧她。

"掌柜！掌柜……再给我一点时间，等我夺回城主之位，我让你做我的夫人。"

"你以为我稀罕夫人的位置吗？"

"我给你磕头。我给横公鱼族赔罪。请你做我的夫人。"

玉瑶："……"

她忽然发现，小伤的双颊红晕不太正常。

她还想说什么，他拽着她的手缓缓滑落，随后，瘫坐在地上。

玉瑶一惊，转身，月光照在衣衫不整的小伤身上，照亮了他那张惊人的俊美面庞。

就是这张脸，令女人见了便心旌摇曳。

玉瑶的手轻轻摸过那张脸，指尖落在他鼻尖探索那微弱的呼吸，确认他只是醉酒睡着了。

晨曦透过窗棂，刺入小伤的眼睛。小伤茫然四顾，发现自己不知什么时候躺在床上，身上盖着一床被子。

不像玉瑶的举止，可脖子和胸前的红印，又分明提醒着小伤，玉瑶来过。

小伤忽然想到什么，翻箱倒柜，发现他私藏的舍离珠全都不见了。

他和玉瑶一样，将所有搜集到的舍离珠都藏在身侧。

小伤揉揉长发，暗叹一声，糟糕，昨晚到底喝了多少酒？

莫啸"罪责难逃"。

小伤起身，才拉开门，就看见了笑眯眯的莫啸。

"你醒了？"莫啸关切地问。

小伤盯着他，他便心虚地道："我昨晚喝多了，头痛，想必你也是一样，给你带了醒酒汤，怎么样，够善解人意吧？"

莫啸晃了晃手里的小食盒。

小伤声音低沉："趁着我喝醉的时候，玉瑶把舍离珠偷走了。"

"什么？"莫啸脸色大变，醒酒汤差点脱手。

玉瑶的下一个目标，必然是身怀舍离珠，还在驿馆养伤的金代同。小伤和莫啸匆匆赶到驿馆，却来迟一步。

金代同受重伤倒地，一夕忽老。

莫啸懊悔万分："早知如此，我找你喝什么酒！"

凉川的使臣在九原出了事，莫啸难辞其咎。为了避免两城纷争，莫啸将金代同带到占星阁，使尽浑身解数，总算暂时将他的容貌恢复了七八成。

小伤揣测，玉瑶定会前往凉川寻觅剩下的舍离珠。等她集齐舍离珠，便将前往修罗族所在的荒渊秘境。

为了阻止她复活铎罗，他必须在那之前，从他兄长手中夺回属于他的城主之位。借两城兵力，才能与修罗族对抗。

三月初，伤愈的金代同和商队浩浩汤汤返回凉川，得到司空辉的大力赞扬。

司空辉继位后一直大兴土木，民生困苦。七月初，九原城通天河大坝决堤，淹了附近数百公里的土地房屋，他却在城主府与自己的爱妾颠鸾倒凤。以至于在得知有叛军暴乱，无庸军节节败退的时候，他惊慌失措，不知如何是好。

随后金代同主动请缨出战，他即刻给金代同颁发了城主金印，又赐他一道符节、一身黄金软甲，封他为兵马都督兼先锋大元帅，全权负责此次退敌事宜。

战况时好时坏，无庸城内物价波动极大，百姓怨声载道。

便在这时，城中不知从哪里流传出，战神司空曙仍活着的消息。

无庸城城主府，司空辉一手端着酒杯，一手拨弄着怀里的歌姬的头发。在他的脚下，还匍匐着两个宠侍，身段如蛇，柔软地贴着他。

司空辉眼里戾气颇深，因为最近，司空曙活着的流言愈演愈烈。街头巷尾，有童谣歌唱，司空曙乃民心所向，将取代司空辉。

当年司空曙逃走的时候，他派了不少杀手前去暗杀，得知司空曙逃到无庸城和凉川城交界处后跳了河，他才松一口气。

以司空曙的伤势，就算神医也无能为力，所以他认为司空曙早就被淹死了。

虽说这个猜测一定程度上安慰了司空辉，可午夜梦回的时候，他仍会被司空曙活着的噩梦惊醒。他不敢相信，自己那个不可一世的弟弟，会如此轻易地死去。

他也曾再派人寻觅，只是线索断在河边，此后司空曙杳无音信。偶有人冒充司空曙招兵买马，他一派兵追索，闹剧就不了了之。

但司空曙跳河消失，终归没见到尸体。

结合现在城中四起的流言，司空辉越来越相信，司空曙没死。

司空辉想着想着，气上了头，将脚下的女人踹到边上，厉声道："来人！给我彻查城中流言来源！"

司空辉发了好一通火，正好有人赶在这时候进来，司空辉怒火中烧："什么事？"

"城主，金元帅求见。"

听到这个消息，司空辉的怒容总算收敛。

金代同生擒了一名叛军主帅，夺回了两座被叛军攻下的县城，叛军不得不退居通天河以东的郡县，短时间内无法再滋事。他请求回城照顾发妻，司空辉恩准。

金代同领了恩典，又道："听闻城主正因为城中喧嚣的流言而不快。"

"你远在军营，也得闻此事？"司空辉皱眉。

"我认为城主不必为此烦心。"

"哦？"

"如果不出所料，传流言的人一定是藏匿在街头巷尾的乞丐，这群人就像老鼠一样，难以捕捉，嘴巴闲碎。只要城主广结善缘，用粮食把这群人聚集起来，一则可以很快堵住他们的嘴，二则可以更快地找出传流言的人。"

"这也正是我心中所想。"司空辉高兴极了，越看金代同越顺眼，从兰锜上拿了一柄宝剑赐给他，"此事就交给你办，我许你特权，所有人，见宝剑如见城主。"

金代同诚惶诚恐："谢城主！金代同定不辱使命。"

司空辉在金代同回来之后，心情甚好，还留金代同用了午饭。

他自上任以来，纵情享乐，大兴土木，城主府金库早已经亏空。这金代同不仅为无庸城开通和九原城的商路，朝贡纳税也最为积极。

得了宝剑，金代同雷厉风行，很快揪出散布流言的主谋。那人果然是个游手好闲的乞丐，说者无心，听者有意，流言才在城中传播。

金代同杀一儆百，很快，流言消失无踪。

— 13 —

凉川城内，小伤把玩着司空辉赠予金代同的宝剑，嘴角挑起一丝笑意："我这蠢笨的兄长，除了在对付我的时候用了点脑子，其余的时间，当真昏庸至极。"

也许他根本没有意识到，他现在多么依赖金代同。杀一个无恶不作的地痞，可以为金代同争夺凉川城城主位添砖加瓦，何乐而不为。

金代同道："父亲近来越发器重我，可我还是不知道，要怎么样才能让他下决心废黜兄长，选择我。"

"人心最难控制。你要做的，不是一味讨好城主，而是发展自己的实力。"

金代同目光幽深："我知道。"

小伤不动声色地铺陈多年，每一步都走得小心翼翼，现在是时候收网了。

时年九月，凉川城城主不小心摔了一跤，卧床不起。尽管经过调理，身体有所恢复，但依然下不了床。

次年三月，凉川城城主病重，金代同和兄长入城主府侍奉。

金代同率军围住城主府，软禁父兄，对外秘而不宣，以父亲之名，宣布自己继任凉川城城主位。

司空辉当然知晓他的权来得名不正言不顺，可久居一隅的叛军忽然卷土重来，多地流民土匪暴乱，他需要用人，不得不承认了金代同的凉川城城主身份。

春雨如酥，将凉川城的玉石浇得清透。小伤撑着伞离开城主府，回到了大梦药铺。

商略如今富可敌国，暗中为他招兵买马，军队潜伏在无庸城各地，只听小伤一声号令。

凉川城的金代同，昌黎城的李飞度，也蓄势待发。

时年五月，一天，司空辉被噩梦惊醒，他梦到司空曙化作厉鬼向他索命。是夜，风雨交加，他吓得大汗淋漓，心跳加速。

他披衣起身，听得昌黎城李飞度与叛军联合起兵造反的消息。

李飞度幕后之人就是司空曙，司空辉怎能不知？

据传，司空曙刻了一块石碑，碑上痛陈司空辉杀弟夺位、大兴土木、荒淫无道等种种罪行，一时间一呼百应，各个附属城纷纷有义军加入，大军来势汹汹，一天就攻下了六个县城，势如破竹，直逼无庸城。

司空辉吓得魂飞魄散，连夜召集众臣商议退敌之策。

下面两排坐着的都是他的心腹，唯独不见金代同。

司空辉一面差人去请，一面烦闷地饮酒。良久，他环视四周，问："你们谁可以领兵退敌？"

四周鸦雀无声。

司空辉冷笑一声："怎么，说到退敌，一个个都哑巴了？"

玩弄权术，他们极其擅长。对于退敌这种随时可能人头不保的事，谁都不愿意当那出头鸟。

司空辉气得摔了茶盏："我平时许你们高官厚禄，此时主城有难，你们就全成了缩头乌龟？"

"城主息怒。李飞度大军才十万人，加上一些乌合之众，也就二十万，不足为惧。"有人分析道。

司空辉瞥了他一眼："不足为惧，你领兵？"

那人霎时不敢吱声。

司空辉暴怒，掀翻了桌子："滚，都给我滚！"

大家立刻唯唯诺诺地后退。

金代同姗姗来迟："城主，我愿领兵退敌。"

司空辉脸上总算有了一丝笑意："还是金城主有胆识！快请坐，怎么这么久才到？"

"我方才在路上遇到一群乞丐，阻了我的去路。幸亏我府中护卫精锐，否则现在人头不保。"

"乞丐？！又是这群家伙，即刻下令剿杀作乱之人，以除后患。"司空辉烦闷道。

金代同抱拳回道："是。"

金代同又道："李飞度所在的昌黎城地处东南，毗邻陈仓城，与我所在的西北恰好在对角线上。我欲前往陈仓退敌，只可惜鞭长莫及。"

"西北的门户全赖你守着，此次退敌，我另有安排。"司空辉道。

"城主已经有安排了？"金代同问。

"若等你们这酒囊饭袋，只怕明日大军逼到城下我还蒙在鼓里。"司空辉冷哼一声，顿了顿，又道，"一则，我会调派高唐城和安定城二十万大军，从西南和东北两地驰援陈仓城；二则，我会向整个无庸城宣告，所谓的司空曙，不过是一只横公鱼妖！"

"横公鱼妖？"众人沸腾。

他们当真以为，司空曙活着，而且还是从前的司空曙。

"有一件事，我一直瞒着诸位。"司空辉的脸色渐渐悲伤起来，"我的弟弟司空曙，其实不是病死的，而是被横公鱼害死的！那天他与我夜饮后留宿我府上，半夜，厢房忽然传来惨叫声。我派人去查看，才发现他竟然被横公鱼妖所吞。那妖物吞了他之后，幻化成了他的模样，还妄想迷惑我，幸而我识破他的诡计，可惜他溜得太快，跳河逃跑了。"

"竟然有这样的事。"大家万分震惊。

司空辉脸色沉痛地拍了一下桌子："我只恨自己无能，没能抓住那妖怪。也是从那时候起，我就知道早晚有一天他会利用弟弟的模样招摇撞骗。但我没想到，他竟然妄图做城主。"

"哼，当初无庸城与九原城交战，横公鱼族早就被屠戮一空。看来那群横公鱼根本没有死绝，埋伏起来伺机报复，所以才杀死了曙少主。"有人愤愤不平。

这群人虽是司空辉心腹，但也有人惋惜于当年司空曙罹难，如今得知"真相"，自是义愤填膺。

司空辉道："就算舍弃我这条命，也不能让贼子得逞。横公鱼不过是异族，给我们提鞋都不配！"

"我等愿誓死退敌，保卫无庸城！"众人异口同声喊道。

司空辉欣慰地点点头。

商议完后，司空辉单独留下金代同。他打量了一会儿金代同，道："李飞度联合横公鱼造反一事关系重大，金代同，你可愿意助我一臂之力？"

金代同道："臣万死不辞。"

"你即刻秘密调兵驰援高唐与安定，片刻不能等。高唐与安定两城太平久了，恐怕不敌李飞度大军。"

金代同不解："城主为何让我秘密行事？"

"高唐与安定在明，你在暗，对叛军形成包围之势，便可拿下李飞度。"司空辉取了城主令，交给金代同，"见此令如见城主，你调兵与高唐和安定的城主会合之后，告诉他们，这是我的意思。"

金代同诚惶诚恐，双手接过城主令："承蒙城主厚爱，我定不辱使命。"

"你办事素来稳妥，这件事交给你办，我才放心。"司空辉冷冷地道，"你也看到了，我手底下的人，全都是酒囊饭袋，听到司空曙的名字，连兵都不敢带。哼，这次我倒要让他们看看，谁才是真正的无庸城城主！"

金代同忙行礼："在臣心里，城主始终只有一人。凉川城在先城主治下，一直不被重视。若非辉城主提拔器重，如今凉川城还是一个积贫积弱的小地。"

"倒也不必谦虚。凉川城矿产丰富，在你的治下，和从前已大有不同。"司空辉欣慰地拍了拍金代同的肩膀。

金代同再次行礼："谢城主。"

等金代同退下，大殿内只剩下司空辉一个人。他的侧脸被窗外漏进来的光映照得有些妖冶。

从小到大，他是最不得意的。

明明无庸城立长不立嫡，可嫡子司空曙的身份，似乎总比他金贵两分。

他的生母出身不好，纵然他为长子，也比其他弟弟，看起来矮了一头。

他不喜言辞，不像司空曙那样耀眼，所以大家都笑话他驽钝。有的人甚至拿他打赌，说若是谁能逗他在家宴上多说两个字，谁就赢一两黄金。

司空辉不可能多说什么，他和司空曙比起来已经如此驽钝，他必须在别的地方让父亲喜欢。

他要永远和和气气，奉承父亲，友爱弟弟。

那年，司空辉和司空曙在参观新建的府邸时，有一处房顶因为连日大雨坍塌，司空辉本能地将司空曙拉开了，他自己却被砸伤了手和背，有一段时间，甚至没有办法自己吃饭，然而父亲对他并无关怀。

反倒是司空曙，在看望他的时候，经常带来一些父亲的慰问品。司空曙几乎没有受伤，但父亲不吝赏赐。

司空辉想，就算父亲再不喜欢他，也不能违背祖训，废长立嫡。

后来，无庸城与九原城再起摩擦，司空曙来司空辉处饮酒，言谈之间，表示对带兵打仗颇为感兴趣。

司空曙说，父亲好战，他也无法容忍外族侵吞无庸的土地。

司空辉想，自己素来不讨父亲的喜欢，不如主动请缨出征，也许能让父亲改变印象。

那天，他抢在司空曙面前请缨出征，果然得到了父亲的赞赏。司空曙来找司空辉，不太理解司空辉为什么会抢先要求出征。

司空辉想，他当然不明白。他早就出尽了风头，怎么会知道，一个不受宠的孩子多么希望自己能够得到父亲的青睐。

然而司空辉第一次领兵，就被九原城的少主驹凤打得落花流水，无庸城也因此痛失六座城池。

还是司空曙临危受命，不仅收复失地，还让九原差点俯首称臣。

虽然没有人苛责司空辉，但司空辉觉得自己像米仓里的老鼠，人们什么都不必说，自己的存在已经足够让人讨厌。

为什么有的人天生如此优秀，衬得他如此平庸？因为这种人的存在，平庸的他连获得关注和宠爱的机会都没有了。

司空辉暗暗发誓，要摧毁司空曙。

只要司空曙消失，就算自己平庸，人们也不会有微词。人们只会觉得，大部分人都是如此平庸，大家都是一样的。

大殿上，司空辉盯着御座后的浮雕，眼神渐渐幽冷。

时年六月，有关横公鱼妖吞食前世子司空曙的言论不胫而走。

人们都说，现在打着司空曙名义举兵造反的，并不是世子司空曙，而是一只横公鱼妖。司空辉痛惜爱弟之死，誓与横公鱼妖抗争到底。对战期间，司空辉将每日向上天祷告，祈求上天宽恕无庸城子民，让他们免于战争之苦。在祷告期间，司空辉谢绝歌舞、华服与珍馐，与民众一起，等待无庸城黎明的到来。

一时间，无庸城百姓对横公鱼族的痛恨空前绝后。

司空辉的行为也得到了子民的拥护，各城纷纷出现了不少勤王之兵，自发地参与到此次抵御外敌的抗争之中。

与此同时，高唐城城主、安定城城主奉命发兵，前往东南陈仓城。两军决定在陈仓城外的永安县会师。

凉川城城主金代同也悄悄整军待发。小伤与手握城主令的金代同一起出发，前往陈仓。

他们要与高唐军和安定军在永安县会师。

会师之日，就是司空辉溃败之时。

司空辉坐在大殿上。今天，是他穿素衣向上天祷告的第三十天，他收到了来自前线的战报。

金代同与高唐、安定两军会师之后，在中军营帐暗杀了两军主帅。高唐、安定大军群龙无首，被突袭的凉川军和李飞度军合力围歼，全军覆没。

金代同与李飞度向司空曙倒戈，司空曙向世人揭露了司空辉毒害自己的罪行，获得了大部分人的支持。

司空曙亲率二十万大军，浩浩荡荡，直逼无庸城。与此同时，平原城、代郡城、襄平城三城军队在驰援无庸城的路上，被来路不明的大军所阻击。

三十万大军的首领也打着为司空曙报仇的旗号，为首的是一个叫作商略的巨富。他联合四方富商，暗中招兵买马，商军兵强马壮，打得养尊处优的另外三军四散溃逃。

司空曙拿下城主府，只在旦夕。

大军还没有逼近，已经有人开始逃亡。司空辉听到了城主府内混乱的脚步声，他觉得十分荒诞，忽然笑了起来。

"金代同……"他喃喃自语，自己最器重的大将拿着他的城主令，对他的弟弟俯首称臣。

这让他看起来越发像个笑话。

他的拥趸到底在哪里？

夜幕降临的时候，司空曙大军举起的火把点燃了整个城主府。在哀号、惨叫、悲泣与求饶声中，司空辉看到了大殿外熟悉的身影。

"我筹谋数年获得的江山，你不到五年，就抢回来了。而我，连挣扎的余地都没有。"司空辉神情悲戚。

小伤目光悲悯，一步一步，走到司空辉面前。

司空辉一点也不慌张，倒是出乎小伤的意料。小伤还以为，他的兄长会很懦弱，会匍匐向前，跪在他的脚边，痛哭流涕地向他忏悔，跟他诉说昔日的兄弟情义。

小伤道："挣扎？我倒是觉得，让你坐这个位置太久了。如果我早能觉察大哥对我的嫉妒，就不会将一片真心交付于你。"

"你我之间，还有真心吗？"

"原来大哥对我没有半点情义。但在我心里，一直将大哥视为我的至亲。当年你我兄弟二人参观新建成的府邸，屋顶坍塌时，大哥不假思索护着我。从那时候起，我就在心里发誓，大哥的命就是我的命，若大哥遇到危险，我也将赴汤蹈火在所不辞。后来，你率军攻打九原城，结果节节败退，我一心为你报仇，在战场上大杀四方。后来我才知道，你并不感激我，反而记恨我抢了你的军功。"

一个人的所思所想，决定他看到怎样的世界。

小伤的解释，司空辉是不信的。

司空辉抬头："你今日来，是为了杀我？"

"我的确想杀了你。因为你罔顾人伦，囚禁父亲，残害我的母族。"小伤的长剑对准了司空辉的咽喉，"可你是我大哥。"

司空辉闻言，冷笑出声。他忽然握住剑尖，把剑扎进自己的心口，看到血的时候眼神还有些狂热："何必对我手下留情？败军之将，怎会稀罕你的怜悯！"说着，司空辉又把剑往更深的地方扎。

小伤猝然睁大眼，揪住司空辉的领口："司空辉！"

司空辉笑得狰狞："弟弟，你又赢了……我争来争去，终究争不过你。为什么没有人喜欢我？为什么？……"

血汩汩而出，他的狰狞面孔在小伤的眸中定格。

他曾伤害了唯一对他真心的弟弟，夺了城主位后，尤其喜欢看众人臣服于他的模样，滥用权势，闹得民怨沸腾。

或许，越是偏执地想得到什么，越会让什么蒙蔽自己的双目，最终往往事与愿违，将想要的东西越推越远。

— 15 —

夜里，小伤在被大火焚烧过的城主府独自徘徊。他并没有感到快乐，反倒觉得双肩多了副重担。

如果可以，他希望能回到父母疼爱、兄友弟恭的少年时期。

人人都觉得复了仇，便会痛快淋漓。痛快之后呢？他几乎可以想象，当玉瑶真的复活了铎罗，挑起两城战争，内心也会如他现在这般，有着无尽的空虚。

因为他们最想得到的，早已经失去了。

自玉瑶失踪后，小伤始终没有放弃寻找她的下落。

曾经跟着金代同的三个舍离珠拥有者，已先后遭到玉瑶袭击。这也意味着，在小伤夺权的这段时间内，玉瑶已经集齐舍离珠，下一步，就是前往修罗族的秘境，复活铎罗。

小伤用极短的时间平定了无庸城，整饬军防，又命李飞度调一万兵力，与九原城驹凤的两万士兵组成联军，秘密前往高唐城。

莫啸得到消息，先驹凤一步，与小伤会合。

他没忘记自己当初捅下的娄子，还算有点良心。

无庸城和九原城的交界处，是一片茫茫大漠。大漠深处有一个荒渊秘境，入秘境需得穿过无庸高唐城，高唐城边境下辖数座小城，城中已有修罗族人的身影。

那里终年不见日光，格外阴森。传闻，修罗族战神铎罗被封印于高唐城的应麟县。那儿原是个古战场，如今发展成个小县城。

为了寻找玉瑶，小伤通知了大梦药铺所有人，并让莫啸备了车马，一行人紧赶慢赶，一路追踪，可惜直到应麟县外，都没有打听到玉瑶的踪迹。

骡车才驶入修罗族地界，他们便被怒号的阴风吹得差点失去方向。

修罗族人皮肤偏青灰色，因常年不见阳光，每个人看起来都病恹恹的。

这里的原始居民手脚纤细，皮肤苍白，血管毕现，生得倒是比修罗族人漂亮些。

小伤道："我与莫啸一道，连枝，你和白沐、黑芒一道，兵分两路找人，三个时辰后，在这里会合。"

连枝睁着无辜的双眼，摇头："小伤哥哥，我跟着你，莫天师可以跟他的护卫哥哥一起。白沐姐姐和黑芒哥哥一起，兵分三路撒网找不是更好吗？"

莫啸挠挠头："庖禄也来了？"

庖禄总是神出鬼没，他几乎忘了对方的存在。

"主人，我在这儿！"庖禄从一棵歪脖子树上倒挂下来，朝莫啸做了个鬼脸。

莫啸："……"

"也好。"小伤表示同意。

小伤和连枝向北边找，莫啸与庖禄向西边找，白沐、黑芒向南边找。

白沐对可爱的连枝依依不舍："小连枝，你跟紧小伤。他是个木头人，千万别让他忘了你。"

"我会的。"连枝眨了眨眼。

她到大梦药铺后，被白沐养胖了，出落得水灵灵的，越发讨喜。

白沐被她甜得五迷三道，唠叨叮嘱了半日，才和黑芒离开。

连枝跟上小伤的步伐，脸上的笑容却消失了。取而代之的，是不同于她这个年纪的沉稳。

玉瑶与修罗族人的相貌全然不同，他们一路追索都找不到，想必是因为她乔装打扮了。

但雁过留声风过留痕，小伤最终在一家卤味店里问到了玉瑶的下落。

"前天，店里是来了个奇怪的客人，和你们描述的差不多高，外表虽和修罗族人差不多，但口音像从无庸城那边过来的。问她什么都支支吾吾，买了份卤味就压低兜帽，匆匆朝北边去了。我猜测她要去应麟山。"

"应麟山，是铎罗被封印的那座山吗？"

"可不是，本地人怎么会去那种鬼地方？"摊主嘿嘿干笑，"那边全是信仰修罗神的修罗族人，一个个凶神恶煞，不与外人来往。那边还修建了十大神殿，修罗族的大祭司和护法都在里面。你们小心点。"

"上山的路有几条？"连枝问。

摊主连连摇头："客还是别去了，那是无庸城和九原城的县主都管不了的地方，终年黑雾缭绕，可怕着呢！别说人，连苍蝇蚊子都飞不进去。"

应麟有两位县主，一位来自无庸城，一位来自九原城。当年两城士兵合力封印了修罗战神铎罗，攻陷了修罗十大神殿。

十几年前，修罗族大祭司又率领修罗族人夺回了十大神殿，两位县主三番几次求援，都石沉大海。

修罗族嗜杀，若有敢冒犯者，除非让他们全军覆没，否则他们绝不会让敌人活着离开他们的领地。玉瑶单枪匹马，岂不危险重重？

连枝看穿小伤的担忧，柔声宽慰道："少主，玉掌柜是个聪明人，不会贸然去闯的。"

"但愿如此。"小伤语气虽淡，但仍旧害怕玉瑶被仇恨蒙蔽眼睛，一时冲动做傻事。

沉默了一会儿，他道："连枝，若为了这个任务牺牲自己的性命，你会怨我吗？"

没有人知道，连枝是小伤安插在玉瑶身边的细作，负责监视玉瑶的一举一动。

早在凉川城，小伤便为拯救玉瑶布局了。

小伤常常问那些跟随他的人，为了他牺牲性命，真的愿意吗？

他最不希望在夺权的路上再牵连任何人，连枝理解他，便笑了笑，道："少主，跟随你是大家自愿的。死生自负，无怨无悔。你只管去做自己想做的事，莫要挂念我们。"

连枝，以及她的父辈，都受恩于司空曙，所以她赴汤蹈火，在所不辞。

那些曾追随他的人，也曾在他流落到大梦药铺后，一而再，再而三地来寻他，就是希望他振作。

武器只有被主人使用的时候，才会越来越光亮，放在兵器库中暗无天日，只会看不到希望。

小伤道："好，我明白了。"

三个时辰后，天边一片火烧云，晚霞映得人红光满面。难得一见的夕阳吸引了许多原住民出来观瞧。

小伤等人在原地会合，得到的消息一致。玉瑶往北去了。

小伤思忖了片刻，飞鸽传书给李飞度，让他与驹凤两路大军兵分两路，到应麟县外接应他们。

难得有夕阳照破迷雾，大家赶在天彻底黑之前，先到了应麟山脚。

唯一一条上山的路被封住了。路口有块石碑，明明白白地写着——修罗十大神殿，禁忌之地，私闯神殿者，杀无赦。

极目而望，远处山头黑云缭绕，电闪雷鸣，妖气冲天。一座黑色的建筑飘浮在半空，被云雾笼罩，若隐若现。

修罗族人手持长枪，到处巡逻着。大家躲在隐蔽处，一时之间，不知道如何能进入十大神殿，也不知道玉瑶在何处。

忽然，白沐失声道："快看！"说完，她又用手紧紧捂着嘴巴，怕被修罗族人听见。

众人顺着她的提示，竟然看到玉瑶站在大殿入口。

玉瑶披着黑色长袍，放下了袍子的兜帽，将脸上的人皮面具撕去，露出了与修罗族人完全不同的面孔。

她和守卫神殿的修罗族侍卫说着什么，不一会儿，神殿大门缓缓开启。

那是十大神殿第一大殿大梵天殿，越过大梵天殿，依次是欲色天殿、因陀罗殿、乌摩殿、鬼母殿、鲁托罗殿、湿婆殿、毗湿奴殿、铎罗殿和阿修罗殿。每一个神殿都供奉着一位修罗神明，只是这些神明早已神降，如今殿内最厉害的，是修罗族的大祭司。

附近的人将大祭司唤作"冥河"，说他身长九尺，双头四目，着青黑长袍，持鱼龙法杖，踏业火红莲，能够来去如风，是个极为可怕的存在。

当初伪装成武英城主挑拨横公鱼族和九原王室关系的，应当就是这个冥河大祭司。

虽不知玉瑶为何能进去，但他们也必须设法入内。

白沐焦急地道："小伤，玉瑶姐若是中了大祭司的圈套，肯定会把无庸城和九原城搅得天翻地覆，快点阻止她。"

"硬碰硬是进不去的，"莫啸接话道，"咱们只有这些人，但修罗族有上万人。"

高唐城地域狭小，修罗族人在战神铎罗陨落后，人口凋零，即便如此，上万人的势力也不可小觑。

就算他们再想救人，也必须等到驹凤和李飞度驰援大军的到来。

— 16 —

翌日清晨，驹凤和李飞度的大军终于抵达应麟县。

当初应麟县两位县主曾修书，说修罗族近年异动频频，需要兵力支援，谨防他们夺取十大神殿，卷土重来。但当时司空辉怯战，无庸城内乱频繁，九原城也不太平，因此一直未给他们回音，以至于十大神殿重回敌手。

此次两城联军，势在攻下十大神殿，招抚修罗族。

修罗族的神使听到异动，即刻率军出大殿迎敌。

小伤趁着他们对战之际，在大梵天殿内寻到了个隐秘的地道。

被俘的修罗族士兵透露，无庸城来了个女人，被大祭司带到密道深处了。他们正在祭坛举行献祭仪式，没有人能够阻止仪式的进行。

地道直通铎罗的墓穴，祭祀仪式就在地宫中举行。

小伤几人取了盏长明灯，进入了地道。

地道内十分安静，即便是轻微的响动，也清晰可闻。

走了大约半个时辰，他们发现一个三岔路口。

他们按照早上的分组兵分三路，小伤与连枝走最左侧。实际上，任何一条岔路都危险重重，也可能是一条死路。死路内机关重重，遍布毒气，没有出口。小伤走得又快又急，仿佛下一刻就想知道这是不是死路。连枝见状，忍不住拉着他："主人，不可莽撞。"

一声"主人"，终于让小伤停住脚步。

是的，焦虑最是无用，焦虑做不了任何事。

可他们走的的确是一条死路，行到一半时，四周突然飞射出无数箭矢，洞口内也喷射出黑色毒气，小伤和连枝捂着口鼻疾速折返。

连枝仍是被毒箭射伤。而小伤有了横公鱼的体质，不怕剧毒。他正替连枝疗伤，第二个洞口内忽然传来了女人的尖叫声，那是黑芒、白沐进入的洞口。

小伤正打算进去看看，莫啸和庖禄灰头土脸地从第三个洞口退了出来。他们进的也是一条死路，庖禄总算想起自己是个护卫，用精湛的身法掩护莫啸退了出来。

两条死路都会喷射毒气，小伤用自己的血——为他们驱毒。

消耗血液，亦消耗了小伤的精气。

莫啸带了能短时间内恢复体力的丸药，给小伤服下，他的脸才恢复些血色。

他们再进入下一个洞口。这条路大抵是条生路，往前走，能看到光明。烛光摇曳，如果没猜错的话，它通向的，便是供奉铎罗的祭坛。只是路上两边生长着数不清的藤蔓，藤蔓上开着五颜六色的鲜花。

白沐趴在半道，右小腿被划了一条长长的口子，向外渗血。黑芒挥剑抵挡藤蔓，那些藤蔓好似有灵性，能避开黑芒攻击，顺着血腥味缠绕而来。

众人合力砍断藤蔓，黑芒背着白沐，一路向前。

半刻钟后，众人遇到了一道坚硬的石门。石门上也爬满了藤蔓。

如此坚硬厚重的石门，蛮力无法推开。

上面的藤蔓窸窸窣窣，似乎嗅到了生人的气息，缓慢地移动起来。

小伤道："莫啸，你看看是否有破石门的机关法阵，我们帮你除掉藤蔓。"

莫啸道："好说。我就喜欢挑战新鲜事物。"

他在九原曾研究过修罗族的文化风俗，以及修罗族人的信仰图腾。修罗族自诩是神的后裔，不喜与外人通姻，生活的领域狭窄，擅长巫术与用毒。

他的手顺着石门来回摸索，摸到一些奇怪的图案。有横有竖，有的像蛇，有的像鸟。他用袖口一番擦扫后，图案变得明显。

白沐负伤无法御敌，好奇地问："这是什么？"

"修罗族的文字。修罗族历经数百年，文字变化很大，多种多样，这应当是最古老的一种。"

"你知道写的什么吗？"

"找对人了。我莫啸上知天文下知地理，比这更古老的东西，我都研究过。"他这辈子没别的爱好，独爱钻研偏门左道。"他对着白沐比画，"这个字代表的是修罗族的因陀罗，因陀罗和铎罗一样，曾是个骁勇善战的神明。

传闻无庸城和九原城的城主和修罗族族长都是大荒神的弟子，但因为无庸城和九原城两位城主狡诈，合力谋杀了大荒神，夺取了大荒最丰富的资源，修罗族族长便率部和他们抗争，不幸失败，流落荒渊。"

"这样听来，修罗族族长真可怜。"

"传说的东西，能有几分真？你怎么知道真相不是修罗族族长为了主宰大荒主动挑起了战争？"莫啸笑了笑，道，"门上的字应当与当年铎罗败走荒渊有关。他旁边是因陀罗和鬼母，也是他逃跑时跟在他身边的部下……"

莫啸忽然想到什么，试着移动文字，不一会儿，众人听到轰隆隆的声响。

原本封闭的石门突然向一侧打开，强烈的光线倾泻而出，藤蔓纷纷缩退到阴暗的角落内。

白沐吃惊地问："发生了什么？"

"玩了一个有益身心的小游戏。"莫啸笑道。

他方才挪动机关，拼凑出当年铎罗败走荒渊的撤退路线，门便开了。想必修罗族人都知道如何开启，但他们没想到，莫啸也深谙修罗族的传说与典故。

眼前是一个硕大的圆形祭台，祭台不远处，冥河大祭司踏着业火红莲飘浮在半空，周身火光熊熊。他闭着四目，四手捏莲花手印，口中念念有词，不知在做什么。

而小伤众人寻找的玉瑶飘浮在祭台中央，周围是十颗舍离珠。

舍离珠迸射的光芒，正源源不断地汇入玉瑶的体内。

她也闭着眼，长发飞舞，肢体诡异地扭曲，身上筋脉突显，表情痛苦，好似想挣脱牢笼却没有办法的困兽。

"糟了！"莫啸失声叫道，"她被冥河大祭司当成了献祭铎罗的祭品，铎罗要把她当成宿主重生！快阻止他！"

面对突如其来的闯入者，周围守卫的修罗族士兵纷纷挥起长枪，将他们团团围住。

小伤不假思索，将手中剑投掷出去，直射冥河大祭司。

剑却被一道无形的阻力弹了回来。

大祭司在祭台和他周围设置了结界。他在专心地举行复活铎罗的仪式，容不得一丝马虎。

小伤试图接住剑，巨大的反作用力致使他飞出，重重砸在闭合的石门上。

连枝忧心地疾呼："主人！"

"别管我，杀了他！"小伤强忍着喉头的腥味，命令道。

看到玉瑶受苦，小伤失去了理智。

连枝要再次攻击，却被莫啸拦住。

"大祭司的血祭仪式已经启动，贸然过去只会像小伤一样，吃力不讨好。我们必须撑到大军进入地宫。"

连枝急道："可玉掌柜怎么办？"

"小伤现在没脑子，我们不能自乱阵脚。大祭司的结界交给我和庖禄，你们专心对付修罗兵。"

莫啸方才能破解石门上的机关，此刻俨然成了众人的主心骨。

白沐化作半人半妖的形态，利爪挥舞，将冲来的一个修罗兵身体挠破，道："好，莫啸，玉掌柜交给你了！"

莫啸笑道："我莫天师出马，还有办不成的事？"

冥河大祭司念的是血祭法咒，在玄宗内，这是一个极邪恶的禁术。想必这大祭司潜伏在九原城多年，才学会了这禁术。

血祭仪式，所选择的必是人牲。以人牲躯壳为容器，将已死之人的元神注入容器内，人牲便会魂飞魄散，剩下的肉身为死者所用。

铎罗的元神，就藏在十颗舍离珠中。

他用的既然是玄宗的邪术，就怪不得莫啸制裁他。

莫啸亦捏莲花手印，口中念诀，终止血祭仪式。冥河大祭司的念力不如莫啸，几番抗争不得，呕出一口血。

玉瑶从半空坠下，摔在祭台上。

差一点就成功了。冥河大祭司狠狠地瞪着莫啸，发出狂烈的咆哮。随后，他手持鱼龙法杖，踏着业火红莲，向莫啸瞬移过来。

莫啸不擅武力，小伤眼疾手快，拾起长剑，格挡了大祭司对莫啸的一击。

玉瑶趴在祭台中央，虚弱得无法起身。她的意识还未涣散，清楚地知道外界发生了什么。

她原以为集齐了舍离珠，自己就会变成铎罗的主人，让无庸城的百姓付出应有的代价。没想到冥河大祭司表面答应她，等铎罗复活就为横公鱼族复仇，暗地里却使阴招，让她变成铎罗复生的宿主。

小伤曾告诉她，是修罗族挑拨离间，九原王室和横公鱼族才生了嫌隙。她不相信，现在终于看清修罗族的真面目。

她铸成大错了，不能一错再错。

她不能让在自己感到绝望时，拯救她的小伤和大梦药铺众人为她牺牲。

玉瑶化作横公鱼形态，跳下祭台，和小伤一起，对付冥河大祭司。

"玉掌柜……"小伤因她的加入，一时分神。

玉瑶摆尾，卷住冥河大祭司的鱼龙法杖，口中吐出水柱，射向冥河大祭司的业火。业火遇水而熄，冥河大祭司飞行不稳，生气地吐出火焰，点燃了祭台周围枯萎的嗜血妖藤，霎时间火光冲天。

玉瑶道："现在不是叙旧的时候！"

她还是那样，脾气很差。

小伤笑了笑，攥紧手中长剑。这次，他要为她而战。

— 17 —

就在他们和冥河大祭司以及修罗兵在地宫祭台鏖战的时候，驹凤和李飞度的大军终于踏破了十大神殿，纷纷进入地宫。

十大神殿中并无神明，只有期盼着铎罗复活的虾兵蟹将，加起来不足一万兵力。

冥河大祭司眼看大势已去，四只眼睛都喷射出怒火。

他踏着业火红莲飞向小伤，似乎想与他同归于尽。

玉瑶惊慌地挡在小伤面前。

冥河大祭司突然转变攻势，操控嗜血妖藤卷住玉瑶，打开了一道暗门的机关。很快，他便将玉瑶带走了。

小伤追去，石门倏忽关上，若非连枝眼疾手快，他的手也要被压烂。

小伤焦躁不安，在墙边摸索机关。

莫啸走过来，安抚道："这种事还是我最熟悉。"

他摸索半天，眉头皱紧。这竟然是一个只能开合一次的机关，被冥河大祭司使用后门锁便坏了。

石门极重，他们若要硬闯，地宫或有坍塌的风险。

小伤默然不语，只是绝望地用手抠着石门。

莫啸看不下去，将他拽到一边："别犯傻，手抠烂了也抠不坏这道门！"

"玉瑶在里面！若成了铎罗的宿主，她会魂飞魄散！"小伤声音嘶哑。

他素来沉稳持重，但这一次，他感到手足无措。

大家都沉默下来。

没有人愿意面对这个结果，也不希望冥河大祭司复活铎罗。

驹凤斟酌道："这地宫的上面是铎罗神殿，现在十大神殿都被我们扫荡过了。若是从下面无法进入密室，我们可以从上面寻找办法。就算是挖空神殿，也要找到冥河。"

冥河大祭司不仅是横公鱼族的仇人，也是驹凤的仇人。

挖空神殿，工程量巨大，即便无庸军和九原军齐心协力，也不是两三个时辰可以做到的。但眼下没有别的办法，众人只得依驹凤的计划行事。

小伤回到神殿一层，仍焦躁不安，一直盯着进度。

大家不敢劝他。

到五更天时，铎罗神殿的地被挖空，有人看到了地宫的一间暗室。

小伤凭借记忆，指挥士兵顺着一个方向挖，只听一阵轰隆隆的声音，大殿的梁柱突然断裂，地基松动，大殿摇晃不止。

驹凤和莫啸认为不能再挖了，小伤自己拿过铁铲，固执地道："玉瑶还在里面。"

他挖了半天，一缕业火突然蹿天而起。

但这次，业火不是冥河大祭司所吐。

黑雾丝丝缕缕，从被小伤挖空的地方冒出来，接着，被黑雾笼罩的玉瑶也升到了大殿中。

她完全变了个模样，皮肤呈幽蓝色，双手长出了长长的银色指甲，鱼尾也化作了两条覆盖鳞片的修长的腿。她掐着冥河大祭司的脖子，纯黑的眸子好奇地打量四周，口中发出咯咯的诡谲笑声。

"愚蠢的人类，你们阻止不了我……"

她又低头盯着冥河大祭司，道："你的动作太慢，让我等太久了……"

"属下有罪，求战神宽恕……"冥河大祭司试图拨开她的爪子，口吻既惊又喜。

铎罗复活了，修罗族复兴有望了。冥河大祭司眼神热切。

"我不喜欢宽恕。"玉瑶歪头，嘴角挑起一个弧度，"但你的力量太弱，肉太酸，我不喜欢。"

她轻飘飘地丢开冥河大祭司。

莫啸忍不住摁住小伤："我们迟了一步，铎罗已经复活了。"

铎罗复活，玉瑶便只剩下一副躯壳。

甚至连躯壳都被铎罗改造过。

小伤不愿相信，扑将过去。

玉瑶好奇他是谁，指尖轻点，嗜血妖藤便缠住他。小伤挣扎道："玉掌柜，我知道你还活着，你记得我，对不对？"

玉瑶脑子忽地有些混沌，指尖一勾，藤蔓便收紧，几乎要勒断小伤的身体。

小伤痛苦万分："玉掌柜，你看看我。"

"你是谁？"

玉瑶开口，声音诡谲，有如一个男人和女人同时说话。

"我是小伤。"

"小伤是谁？"

"小伤是你所爱之人。"

玉瑶皱眉，摇头："本座从不爱人。"

她试图杀死小伤，但心底有个声音在抗拒。她感到烦恼，尝试了几次，又作罢。

小伤因她反复的折磨口溢鲜血，仍咬牙坚持："掌柜，你若还活着，请看看我。"

冥河大祭司掷出鱼龙法杖，狠狠重击他的胸口，阴森地道："神已复活，愚蠢的人类，不要再执迷不悟。"

"掌柜……请看着我。"小伤吐了几口血，挣扎抬头，依然不相信玉瑶已经死了，哪怕眼前的人和玉瑶已经没有半点相似之处。

冥河大祭司使用鱼龙法杖不停攻击，小伤疼得冷汗淋漓。

玉瑶的心似乎也跟着他一样痛，便松开小伤，喝止冥河大祭司。

连枝跃上前，接住小伤："主人！"

玉瑶伸手，利爪中心升腾起一缕业火，继而化作五缕，手轻轻一挥，五缕业火便化作了五名修罗兵。她又化出一团业火，吹成无数缕，将他们全部变成修罗兵。

她指挥修罗兵，夺取十大神殿。

她的神力，在场任何人都不是对手。

驹凤和李飞度迅速调度军队和修罗兵对战，白沐气道："玉瑶姐，你看看自己，都做了什么！"

她气玉瑶的一意孤行，但于事无补。白沐、黑芒化作妖的形态，和冥河大祭司鏖战。

众人疲于迎战，重伤的小伤也化作妖的形态，飞到玉瑶面前。

玉瑶正享受重获力量的喜悦，玩得不亦乐乎。此时她盯着这个被她放过，却一再出现的男人，眉头拧起。

"我的耐心是有限的。"玉瑶劝他不要不自量力。

她操控业火阻挡，他却忍着被烈火烧灼的痛飞向她。

"不怕死？"玉瑶操控藤蔓，化作一把利剑，又刺向他的胸膛。

小伤没有躲开，借着这一击的时间，抱住了玉瑶。随后，他拔出藏在身后的鱼骨剑，刺进玉瑶的心脏。

疼痛让玉瑶的眼眸恢复了瞬间的清明。

连枝和冥河大祭司不自觉地看过去。

冥河大祭司企图阻止小伤，但白沐和黑芒死死缠着他。

小伤紧紧抱着玉瑶，盯着这张熟悉而陌生的脸，认真地道："掌柜，你若听得到，就努力脱离铎罗的掌控。如果你真的已经死了，我陪你下地狱。"

他的鱼骨剑只插进玉瑶肉身三分，不至于夺命。可如果玉瑶真的变成了铎罗，他会毫不犹豫刺死她。

玉瑶看着自己操控的藤蔓和他汩汩流血的胸口，表情越发扭曲。

她是铎罗神，为何会因为这个凡人痛苦？

"啊……"玉瑶试图推开他，把那柄鱼骨剑拔出来，但体内有一股奇怪的力量，一直在阻止她。

她忽然看清了面前男人的脸，失声喊道："司空曙……"

小伤脸色苍白，扯出一抹笑："是，我是司空曙。还有呢？"

"小伤……"玉瑶突然想起来了，指尖无措地捂住他的胸膛。她感到有浓稠的液体顺着她的指缝涌出，无论如何都止不住。

"小伤，对不起……"她慌乱地擦拭。

小伤攥鱼骨剑的手却无力地坠落。

他想，他后悔了。

无论她有没有变成铎罗，他都不舍得杀死她的。

小伤的声音越来越弱："你曾对我说，世界很糟糕，人类卑鄙自私，毁灭了才好。可除了那些，人间也有爱，爱不珍贵吗？"

看着意识涣散的小伤，玉瑶被夺舍的魂魄归位，发出了痛苦的嘶喊。

四周黑雾弥漫，玉瑶抱着小伤不断下坠。她身上所存的铎罗的神力也在那一刻无限地释放，十大神殿的梁柱再次剧烈地颤抖，屋顶巨石坍塌。

冥河大祭司被白沐和黑芒困住，在闪退的时候，不慎被巨石砸伤。

驹凤道："我们必须离开这里！"

所有人都明显感觉到，到处都在崩坏。若是不及时逃跑，他们也会因大殿坍塌而被活埋。

白沐正和黑芒撤退，却见连枝冲着玉瑶的方向去了。白沐喊道："连枝，太危险了！"

"如果我不救他们，他们也会被活埋。如果真的有一个人要死的话，也不应该是主人。"连枝说着白沐听不太懂的话，一往无前。

她的话让白沐停住了步子。

白沐停下，黑芒也停下。

莫啸道："快走，神殿要塌了。"

"我们不能抛下玉瑶姐和小伤。"白沐神色凝重，"我们不是朋友吗？"

玉瑶的神识夺回肉身，铎罗的神力散尽，那么多的石块砸落，白沐不敢设想，若她真的走了，以后会有多后悔。

白沐想了想，道："黑芒，我们画地结界，为玉瑶姐和小伤做庇护吧！"

黑芒微笑道："好。"

黑芒十爪触地，身形变成一道幻影，与白沐一左一右，画出一个圆形，结印念咒。只见圆圈迸射出金色光芒，幻化成一个透明的罩子，将玉瑶、小伤、连枝和莫啸罩在其中。

神殿坍塌的巨石，都被结界阻隔在外。

莫啸见状，也不走了。他摸了摸鼻尖，笑道："大梦药铺的伙计，怎么能对伙伴们见死不救？"

他不会结界术，但身上带着些疗伤救人的药。看着头顶不断坠落的巨石，他掐指一算，依然大吉大利。

不知过去了多久，屋外有鸟儿啁啾，阳光照在脸上，玉瑶的睫毛轻轻一动，旋即睁开眼。

背后心脏的位置传来一阵剧痛，她蹙眉，忍不住重重地倒吸一口凉气。

玉瑶茫然看向四周，像是客栈的房间，和她到应麟县时住的差不多。椸上悬着她素日常穿的桃红描金大袖衫，地上是一双新的翘头履。

她揉了揉发痛的额角，想起来了，当时在地宫中，她抱着小伤从半空坠落，神殿因为她散尽的神力而崩塌。小伤因为她，胸腔被藤蔓穿透。

小伤……

玉瑶匆忙穿鞋，推开房门。

她看到一条长长的回廊，院子里，有几个熟悉的人影。

黑芒在给白沐受伤的小腿换药，白沐坐在椅子上，似乎在抱怨这里的大夫医术不精，敷药敷得她伤口起了水泡。

莫啸和庖禄在下棋，莫啸嘲讽庖禄脑子钝，总是下臭棋。

独不见小伤和连枝。

玉瑶跑过来，问："小伤呢？"

"玉掌柜，你可醒了！"莫啸一时高兴，吃了庖禄一枚棋子。

庖禄气得把棋盘推乱，郁闷得都要掉眼泪了："不下了。"

玉瑶接着问："小伤在哪儿？"

白沐道："李飞度将军说，应麟县没有好大夫，要把他们城主接回城主府调养。现在应该走远了吧。"

"他还活着，是吗？"玉瑶紧张地问。

莫啸扬头，道："有我这位回春圣手在，死了也能从地府给你捜回来。不过可惜了连枝……"

"她怎么了？"玉瑶对连枝的印象并不深刻，只记得她常常跟在她和小伤身后，像个甜软的糯米团子。

"黑芒、白沐设置的结界后来撑不住了，连枝为了把你背出神殿，被掉落的石头砸坏了腿，下半辈子可能再也站不起来了。"

"她为什么这么做？"

白沐听到这里，生气地道："因为她把你当阿姐，舍不得你死了！"

莫啸道："玉掌柜，你岂不知人间有情？"

人间有情，可情为何物呢？

玉瑶脑海忽然闪过小伤的影子，她的心怦怦跳动。

他说，爱不珍贵吗？

她以前总觉得，人类卑鄙自私、虚伪贪婪，可现在她发现，并不全是。小伤他们珍惜的，是有别于那些黑暗的情感。

玉瑶又问："连枝在哪里？"

"跟小伤一起回无庸城了吧……"白沐不确定地道，"将军昨夜备的车马，今早出发的。"

玉瑶往马厩的方向跑去。

看着她骑上马，白沐才急了："玉瑶姐，你刚醒，怎么能到处乱跑？养好了身体，大家一起去无庸也可以的。"

玉瑶当然知道，但她心情迫切，一刻也等不及。

想起两人从前种种，想到他为自己所做的一切，她迫切地想见到小伤。

玉瑶快马驰骋了半个时辰，突然在官道长亭内看到个身披大氅的人影。

小伤手里抱个暖炉，头靠在亭柱旁极目远眺。

他似乎也看见她了，双眸逐渐明润起来。

玉瑶跳下马，飞奔过去。她跑得太快太快了，差点撞在他身上。小伤伸手将她稳住，淡笑道："怎么这么着急？"

玉瑶眼眶发酸："你不要我了，为了给自己养伤，把我丢在应麟县？"

"我在这里等你。"小伤道。

"你知道我会追来？"

小伤摇了摇头："不知道。"

他的脸色苍白，瞧着没什么精气神，风吹过脸颊，吹得两颊不正常地发红。

李飞度策马而来，解释道："是属下擅自做主，误了城主好事。请玉掌柜勿怪。"

小伤平淡地道："不怪你，下去吧。"

李飞度仍担心玉瑶会对小伤不利，趁着小伤昏迷，将小伤装上马车，谁知小伤半路醒了，坚持不走。

玉瑶破涕为笑："不知道还在这里吹风？在马车里养着不行？"

小伤认真地道："我怕你看不到我。"

"那你不会回应麟县？"

"已经往回走了半天，有些累了。"

"如果我一直不来，你岂不是要等很久？"

"无妨，我去找你。"

玉瑶又笑："你还不算笨。"

小伤摇摇头："也很笨。如果能早一点阻止你，我们都不会受伤。"

玉瑶不禁抱住他，小声道："现在已经很好了。我已经很满足了。

"司空曙……你真的会原谅我从前做的错事吗？"

"人非圣贤，孰能无过？"小伤揉了揉她的长发，宽慰道，"你本性不坏，也救了很多人，不是吗？"

"我把舍离珠弄丢了，那些被我伤害过的，我弥补不了了。"

小伤当即否认，认真地道："你是无庸最好的大夫，我相信你有一双妙手，能帮他们回春。"

"你这样信任我？"

"你曾救过我，我当然信。"

玉瑶终于确定，他还喜欢她。她开心得快要飞起来了。她又像做错事的孩子，怯怯地低头，问："连枝她不想见我了吧？我把她弄成那样。"

"应麟县的大夫说不准，也许，回到无庸城就能治好了。"小伤的手沿着玉瑶的背部滑下，扣住她的五指，"我说过，你有一双妙手。何况，她既然选择救你，怎么会怪你？"

"你总会安慰人。"玉瑶还是难免忐忑不安，她小心翼翼地走到马车边，却见里面有人撩起了车帘。

"玉瑶姐姐，我等你好久了。你能醒过来，实在太好了。"连枝对她甜甜一笑。

玉瑶道："你的腿……"

连枝眨了眨眼："你会治好我的，对不对？"

玉瑶看了看她，又看了看小伤，硬着头皮道："我尽力。"

连枝道："你最好了。"

玉瑶想，她真是个善良的好孩子。

等小伤拉着玉瑶上另外一辆马车，连枝才放下车帘。她掀开了膝盖上盖的毯子，明明只是膝盖骨轻微浮肿，到底是谁乱传她不良于行？

经过短暂的休息，小伤命车队继续出发。马车辚辚，黄沙漫漫。玉瑶看着外面逐渐丰茂的水草，脸颊又烧起来。

　　"小伤，无庸城的百姓会接受一只鱼妖做他们的城主夫人吗？"

　　"怎么，你想做？"

　　"欸？你……你难道没有这个意思？"

　　玉瑶闹了个大红脸，若他没有这个意思，她岂不显得不矜持。

　　小伤笑起来，道："反正城主也成了鱼妖，夫人是鱼妖，又怎么样？"

　　身份不重要，地位不重要。

　　重要的是，他喜欢就好了。

　　　　　　　　（全书完）